T0258501

Noche sobre las aguas

Ken Follett es uno de los autores más queridos y admirados por los lectores de todo el mundo, y las ventas de sus libros superan los ciento ochenta millones de ejemplares. Su primer gran éxito literario llegó en 1978 con *El ojo de la aguja* (*La isla de las tormentas*), un thriller de espionaje ambientado en la Segunda Guerra Mundial. En 1989 publicó *Los pilares de la Tierra*, el épico relato de la construcción de una catedral medieval del que se han vendido veintisiete millones de ejemplares y que se ha convertido en su novela más popular. Su continuación, *Un mundo sin fin*, se publicó en 2007, y en 2017 vio la luz *Una columna de fuego*, que transcurre en la Inglaterra del siglo XVI, durante el reinado de Isabel I. En 2020 llegó a las librerías la aclamada precuela de la saga, *Las tinieblas y el alba*, que se remonta al año 1000, cuando Kingsbridge era un asentamiento anglosajón bajo la amenaza de los invasores vikingos. En 2021 se publicó *Nunca* y en 2023 *La armadura de la luz*, la quinta parte de la saga Los Pilares de la Tierra. Follett, que ama la música casi tanto como los libros, es un gran aficionado a tocar el bajo. Vive en Stevenage, Hertfordshire, con su esposa Barbara. Entre los dos tienen cinco hijos, seis nietos y cuatro perros labradores.

Para más información, visite la página web del autor:
www.kenfollett.es

Biblioteca

KEN FOLLETT

Noche sobre las aguas

Traducción de
Eduardo G. Murillo

DEBOLS!LLO

Papel certificado por el Forest Stewardship Council®

MIXTO
Papel | Apoyando la
silvicultura responsable
FSC® C117695

Penguin
Random House
Grupo Editorial

Título original: *Night Over Water*

Primera edición con esta cubierta: enero de 2017
Novena reimpresión: noviembre de 2023

© 1981, Ken Follett
Traducido de la edición de William Morrow & Company, Inc., Nueva York, 1991
© 1991, de la edición en castellano para España y América:
Penguin Random House Grupo Editorial, S. A. U.
Travessera de Gràcia, 47-49. 08021 Barcelona
© 1991, Eduardo G. Murillo, por la traducción
Diseño de la cubierta: Penguin Random House Grupo Editorial / Andreu Barberan. Basado
en el diseño original de Daren Cook
Fotografía de la cubierta: © Andreusk / Thinkstock

Printed in Spain – Impreso en España

ISBN: 978-84-9793-136-6
Depósito legal: B-17.415-2016

Impreso en QP Print

P 8 3 1 3 6 E

Para mi hermana Hannah, con amor

ÍNDICE

INDICI

El primer servicio aéreo de pasajeros entre Estados Unidos y Europa fue iniciado por la Pan American en el verano de 1939. Duró tan solo unas pocas semanas: los servicios quedaron interrumpidos cuando Hitler invadió Polonia.

Esta novela narra la historia de un último vuelo imaginario, ocurrido pocos días después de que se declarase la guerra. El vuelo, los pasajeros y la tripulación son imaginarios. Sin embargo, el avión es auténtico.

AGRADECIMIENTOS

Doy las gracias a las numerosas personas y organizaciones que me han ayudado a reunir datos para este libro, en especial a:

En Nueva York: Pan American Airlines, en particular a Liwa Chiu, su bibliotecaria.

En Londres: lord Willis.

En Manchester: Chris Makepeace.

En Southampton: Ray Facey, de Associated British Ports, y Ian Sinclair, de la RAF de Hythe.

En Foynes: Margaret O'Shaughnessy, del Museo de Hidroaviones.

En Botwood: Tip Evans, del Museo Heritage de Botwood, y a la hospitalaria gente de Botwood.

En Shediac: Ned Belliveau y su familia, Charles Allain y al Museo Moncton.

Antiguos tripulantes y otros empleados de la Pan American que volaron en el *clipper*: Madeline Cuniff, Bob Fordyce, Lew Lindsey, Jim McLeod, States Mead, Roger Wolin y Stan Zedalis.

Por localizar a la mayoría de los antes citados: Dan Starer y Pam Mendez.

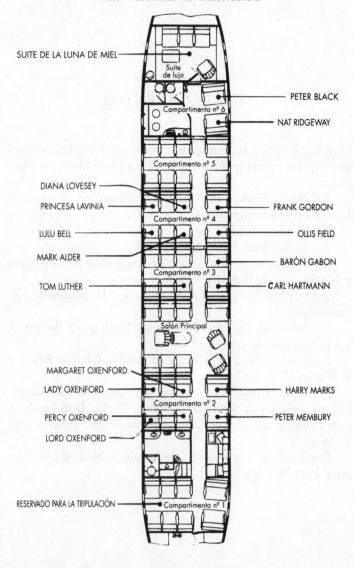

 PLANO DE LA CUBIERTA DE PASAJEROS
CLIPPERS DE LA PAN AMERICAN

AVIÓN: BOEING 314. PASAJEROS: VUELOS DIURNOS, 74; NOCTURNOS, 40. ENVERGADURA: 45,6 METROS; ESLORA: 31,8 METROS.
PROPULSIÓN: 4 TURBOMOTORES WRIGHT DE 1500 CV CADA UNO.

SUITE DE LA LUNA DE MIEL

Suite
de lujo

PETER BLACK

Compartimento nº 6

NAT RIDGEWAY

Compartimento nº 5

DIANA LOVESEY

PRINCESA LAVINIA

FRANK GORDON

Compartimento nº 4

LULU BELL

OLLIS FIELD

MARK ALDER

BARÓN GABON

Compartimento nº 3

TOM LUTHER

CARL HARTMANN

Salón Principal

MARGARET OXENFORD

LADY OXENFORD

HARRY MARKS

Compartimento nº 2

PERCY OXENFORD

PETER MEMBURY

LORD OXENFORD

RESERVADO PARA LA TRIPULACIÓN

Compartimento nº 1

PRIMERA PARTE

INGLATERRA

1

Era el avión más romántico jamás construido.

De pie en el muelle de Southampton, a las doce y media del día en que se declaró la guerra, Tom Luther escudriñaba el cielo, esperando el avión con el corazón sobrecogido de ansiedad y temor. Canturreaba por lo bajo unos compases de Beethoven sin cesar: el primer movimiento del *Concierto Emperador*, una melodía emocionante, apropiadamente bélica.

A su alrededor se había congregado una multitud de espectadores: entusiastas de los aviones provistos de prismáticos, niños y curiosos. Luther calculó que esta debía de ser la novena vez que el *clipper* de la Pan American aterrizaba en aguas de Southampton, pero continuaba siendo una novedad. El avión era tan fascinante, tan encantador, que la gente corría a verlo incluso el día en que su país entraba en guerra. Al lado del mismo muelle había dos magníficos transatlánticos, que se alzaban sobre las cabezas de los allí reunidos, pero los hoteles flotantes habían perdido su magia; todo el mundo vigilaba el cielo.

Sin embargo, mientras aguardaba, la gente hablaba de la guerra, con su acento inglés. La perspectiva excitaba a los niños; los hombres hablaban en voz baja de tanques y artillería, como expertos en la materia; la expresión de las mujeres era sombría. Luther era norteamericano, y confiaba en que su país se mantendría al margen de la guerra: no era su problema. Además, si alguna cosa tenían los nazis a su favor era que detestaban el comunismo.

Luther era un hombre de negocios, fabricante de prendas de lana, y en cierta ocasión había tenido muchos quebraderos de cabeza en sus fábricas por culpa de los rojos. Había estado a su merced; casi le habían arruinado. El recuerdo todavía le amargaba. Los competidores judíos habían acabado con la tienda de ropa masculina de su padre, y después, Luther Woolens había recibido amenazas de los comunistas, ¡casi todos judíos! Más adelante, Luther había conocido a Ray Patriarca, y su vida había cambiado. La gente de Patriarca sabía cómo tratar a los comunistas. Se produjeron algunos accidentes. A un revoltoso se le quedó la mano enganchada en un telar. Un sindicalista murió atropellado por un conductor que se dio a la fuga. Dos hombres que se quejaban de infracciones en las normas de seguridad se enzarzaron en una pelea en un bar y terminaron en el hospital. Una mujer quisquillosa retiró un pleito contra la empresa después de que su casa ardiera. Bastaron unas pocas semanas; la calma reinó a partir de aquel momento. Patriarca sabía lo que Hitler sabía: la única forma de tratar con los comunistas era aplastarles como cucarachas. Luther dio una patada en el suelo, sin dejar de tararear a Beethoven.

Una lancha se hizo a la mar desde el muelle de hidroaviones de la Imperial Airways, situado en Hyte, al otro lado del estuario, y realizó varias pasadas por la zona del amaraje, buscando escombros flotantes. Un murmullo de impaciencia se elevó de la multitud: el avión se estaría acercando.

El primero en divisarlo fue un niño que llevaba unas botas nuevas grandes. No tenía prismáticos, pero su vista de once años era mejor que las lentes.

—¡Ya viene! —chilló—. ¡Ya viene el *clipper*!

Señaló al suroeste. Todo el mundo le imitó. Al principio, Luther solo vio una forma vaga que podría haber pertenecido a un pájaro, pero su silueta no tardó en definirse, y un rumor de excitación se propagó entre la muchedumbre, a medida que la gente se comunicaba que el niño tenía razón.

Todo el mundo lo llamaba el *clipper*, pero técnicamente era un Boeing B-313. Pan American había encargado a la Boeing que construyera un avión capaz de transportar pasajeros de una a otra orilla del Atlántico con todo lujo, y este era el resultado: un palacio aéreo enorme, majestuoso, increíblemente potente. La compañía aérea había recibido seis y ordenado otros seis. Eran iguales en comodidad y elegancia a los fabulosos transatlánticos atracados en Southampton, pero los barcos tardaban cuatro o cinco días en atravesar el Atlántico, mientras el *clipper* podía realizar el viaje en un plazo de veinticinco a treinta horas.

Parece una ballena con alas, pensó Luther mientras el avión se aproximaba. Tenía un gran morro romo, como el de una ballena, un armazón inmenso y una parte posterior terminada en punta que culminaba en altas aletas de cola gemelas. Debajo de las alas había un par de plataformas, llamadas hidroestabilizadores, que servían para estabilizar el avión cuando se posaba en el agua. El borde de la quilla era afiladísimo, como el casco de una lancha rápida.

Luther no tardó en distinguir las grandes ventanillas rectangulares, alineadas en dos filas irregulares, que señalaban las cubiertas superior e inferior. Había llegado a Inglaterra en el *clipper* justo una semana antes, de modo que ya conocía su distribución. La cubierta superior albergaba la cabina de vuelo y el depósito de equipajes; la inferior era la cubierta de pasajeros. En lugar de hileras de asientos, la cubierta de pasajeros contaba con una serie de salones provistos de sofás-cama. El salón principal se transformaba en comedor cuando llegaba el momento, y los sofás se convertían en camas por las noches.

Todo estaba pensado para aislar a los pasajeros del mundo y del clima exterior. Había espesas alfombras, luces suaves, tejidos de terciopelo, colores sedantes y mullidos tapizados. El potente amortiguador de ruidos reducía el rugido de los motores a un zumbido lejano y tranquilizador. El capitán era autoritario y sereno al mismo tiempo, la tripulación, pulcra y elegante con sus uniformes de la Pan American, las azafatas, atentas y serviciales. Todas las necesidades estaban cubiertas; había comida y bebida constantes; todo lo solicitado aparecía como por arte de magia, justo en el momento preciso, camas provistas de cortinas a la hora de dormir, fresas en el desayuno. El mundo exterior empezaba a parecer irreal, como una película proyectada sobre las ventanillas, y el interior del avión adoptaba la apariencia de todo el universo.

Estas comodidades no resultaban baratas. El viaje de ida y vuelta costaba 675 dólares, la mitad de lo que costaba una casa pequeña. Los pasajeros eran miembros de la realeza, estrellas de cine, presidentes de grandes empresas y dirigentes de países pequeños.

Tom Luther no pertenecía a ninguna de estas categorías. Era rico, pero se lo había ganado a pulso, y no se habría permitido semejante lujo en circunstancias normales. Sin embargo, necesitaba familiarizarse con el avión. Le habían pedido que llevara a cabo un trabajo peligroso para un hombre poderoso..., muy poderoso. No le pagarían por este trabajo, pero que un hombre como aquel le pidiera un favor era mejor que el dinero.

Aún cabía la posibilidad de que se diera carpetazo al asunto. Luther aguardaba el mensaje que le daría la definitiva luz verde. La mitad del tiempo se sentía ansioso de acometer la empresa; la otra mitad, confiaba en no tener que hacerlo.

El avión descendió en ángulo, la cola más baja que el morro. Ya estaba muy cerca, y su tremendo tamaño volvió a impresionar a Luther. Sabía que medía treinta y tres metros de largo y cuarenta y seis de punta a punta de las alas, pero las medidas se reducían a simples cifras cuando se veía al maldito trasto flotar en el aire.

Por un momento dio la impresión de que, en lugar de volar, estaba cayendo, y de que se hundiría en el fondo del mar como una piedra. Después, pareció colgar en el aire, muy cerca de la superficie, como suspendido de un hilo, durante un largo momento de incertidumbre. Por fin, tocó el agua y se deslizó sobre la superficie, brincando sobre la cresta de las olas como un guijarro lanzado de canto y levantando pequeñas explosiones de espuma. De todos modos, no había mucho oleaje en el estuario protegido, y el casco se zambulló en el agua un momento después, con una explosión de espuma parecida al humo de una bomba.

Hendió la superficie, arando un surco blanco en el verde, lanzando al aire curvas gemelas de espuma a ambos lados. Le hizo pensar a Luther en un pato real que descendiera sobre un lago con las alas desplegadas y las patas dobladas bajo el cuerpo. El casco se hundió un poco más, y las cortinas de espuma en forma de vela que se alzaban a derecha e izquierda aumentaron de tamaño; después, empezó a inclinarse hacia delante. La espuma se acrecentó a medida que el avión se estabilizaba, sumergiendo cada vez más su vientre de ballena. El morro se hundió por fin. Su velocidad disminuyó de repente, la espuma se convirtió en una estela y el avión surcó el mar como el barco que era, con tanta calma como si jamás hubiera ascendido al cielo.

Luther se dio cuenta de que estaba conteniendo el aliento, y dejó escapar un largo suspiro de alivio. Empezó a canturrear de nuevo.

El avión avanzó hacia su amarradero. Luther había desembarcado tres semanas antes. El muelle era una balsa diseñada especialmente, con dos malecones gemelos. Dentro de breves minutos, se atarían cuerdas a los puntales situados delante y detrás del avión, que sería remolcado hacia su aparcamiento, entre los malecones. A continuación, los privilegiados pasajeros saldrían por la puerta a la amplia superficie de las plataformas laterales, pasarían después a la balsa y subirían por una pasarela a tierra firme.

Luther hizo ademán de marcharse, pero se detuvo con brusquedad. Detrás de él había alguien a quien no había visto antes, un hombre de estatura similar a la suya, vestido con un traje gris oscuro y sombrero hongo, como un funcionario camino de su oficina. Luther estaba a punto de pasar de largo, pero volvió a mirar. El rostro que asomaba bajo el sombrero no era el de un funcionario. El hombre tenía frente despejada, ojos muy azules, mandíbula larga y una boca fina y cruel. Era mayor que Luther, de unos cuarenta años, pero ancho de espaldas y parecía en buen estado físico. Su aspecto era apuesto y peligroso. Miró a Luther a los ojos.

Luther dejó de tararear por lo bajo.

—Soy Henry Faber —dijo el hombre.

Tom Luther.

Tengo un mensaje para usted.

El corazón de Luther desfalleció. Intentó ocultar su nerviosismo y habló en el mismo tono conciso del otro hombre.

—Bien. Adelante.

—El hombre que le interesa tanto tomará este avión el miércoles cuando salga hacia Nueva York.

—¿Está seguro?

El hombre miró fijamente a Luther y no contestó.

Luther asintió, sombrío. El trabajo seguía adelante. Al menos, la incertidumbre había terminado.

—Gracias —dijo.

—Hay algo más.

—Le escucho.

—La segunda parte del mensaje es: No nos falle.

Luther respiró hondo.

—Dígales que no se preocupen —respondió, con más confianza de la que en realidad sentía—. Es posible que ese tipo salga de Southampton, pero nunca llegará a Nueva York.

Imperial Airways tenía un taller para hidroaviones en la parte del estuario opuesta a los muelles de Southampton. Los mecánicos de la Imperial se encargaban del mantenimiento del *clipper*, bajo la supervisión del ingeniero de vuelo de la Pan American. El ingeniero de este viaje era Eddie Deakin.

Era mucho trabajo, pero tenían tres días. Después de descargar a sus pasajeros en el amarradero 108, el *clipper* se dirigiría a Hythe. Una vez allí, y en el agua, se maniobraba hasta una grúa, era izado a una grada y remolcado, como una ballena montada en un cochecito de bebé, hacia el interior del enorme hangar verde.

El vuelo transatlántico castigaba mucho los motores. En el tramo más largo, de Terranova a Irlanda, el avión estaba en el aire durante nueve horas (y en el viaje de vuelta, con el viento en contra, el mismo tramo se tardaba en recorrer dieciséis horas y media). El combustible fluía hora tras hora, las bujías echaban chispas, los catorce cilindros de cada enorme motor se movían arriba y abajo sin cesar, y las hélices de cuatro metros y medio desmenuzaban las nubes, la lluvia y las galernas.

Todo ello representaba para Eddie el romanticismo de su trabajo. Era maravilloso, era asombroso que los hombres pudieran construir motores que trabajaran con tanta precisión y perfección, hora tras hora. Había muchas cosas que podían averiarse, muchas piezas móviles que debían fabricarse con absoluta precisión y ensamblarse meticulosamente, con el fin de que no se rompieran, deslizaran, bloquearan o deterioraran mientras transportaban un aeroplano de cuarenta y una toneladas a lo largo de miles de kilómetros.

El miércoles por la mañana, el *clipper* estaría preparado para volverlo a hacer.

2

El día que estalló la guerra era un domingo agradable de finales de verano, templado y soleado.

Pocos minutos antes de que la noticia fuera retransmitida por radio, Margaret Oxenford se hallaba en el exterior de la enorme mansión de ladrillo que era su casa familiar, sudando un poco porque llevaba sombrero y chaqueta, y de mal humor porque la habían obligado a ir a la iglesia. Desde el otro lado del pueblo la única campana de la iglesia emitía una nota monótona.

Margaret detestaba la iglesia, pero su padre no le permitía que faltara al servicio, a pesar de que ya tenía diecinueve años y era lo bastante mayor para haberse forjado su propia opinión sobre la religión. Un año antes, aproximadamente, había reunido el valor suficiente para decirle que no quería ir, pero él se había negado a escuchar. Margaret había dicho: «¿No crees que es hipócrita de mi parte ir a la iglesia si no creo en Dios?», a lo que su padre había replicado: «No seas ridícula». Derrotada e irritada, le había dicho a su madre que cuando fuera mayor de edad no volvería a la iglesia. Su madre había dicho: «Eso dependerá de tu marido, querida». En lo que a sus padres respectaba, la discusión estaba zanjada, pero Margaret, desde entonces, hervía de indignación cada domingo por la mañana.

Su hermana y su hermano salieron de la casa. Elizabeth tenía veintiún años. Era alta, desgarbada y no muy bonita. En un tiempo, su intimidad había sido absoluta. Habían pasado juntas muchos años, sin ir a la escuela, educadas en casa por institutrices y profesores particulares. Habían compartido todos sus respectivos secretos, pero últimamente se habían alejado. Elizabeth, al llegar a la adolescencia, había abrazado los rígidos valores tradicionales de sus padres: era ultraconservadora, monárquica ferviente, ciega a las nuevas ideas y hostil al cambio. Margaret había tomado el camino opuesto. Era feminista y socialista, y le interesaba la música de jazz, la pintura cubista y el verso libre. Elizabeth creía que Margaret era desleal a la familia por adoptar ideas radicales. La estupidez de su hermana irritaba a Margaret, pero el hecho de que ya no fueran amigas íntimas la entristecía y disgustaba. No tenía muchas amigas íntimas.

Percy tenía catorce años. No estaba a favor ni en contra de las ideas radicales, pero como era travieso por naturaleza, simpatizaba con la rebeldía de Margaret. Compañeros de sufrimientos bajo la tiranía de sus padres, se daban mutuamente solidaridad y apoyo, y Margaret le quería de todo corazón.

Mamá y papá salieron un momento después. Papá llevaba una espantosa corbata naranja y verde. Apenas distinguía los colores, pero lo más probable era que mamá se la hubiera comprado. Mamá tenía el cabello rojizo, ojos verdes como el mar y piel pálida y cremosa. Colores como el naranja y el verde la dotaban de un aspecto radiante. Por el contrario, el cabello negro de papá se estaba tiñendo de gris y su tez era sonrosada, de forma que, en él, la corbata parecía una advertencia contra algo peligroso.

Elizabeth se parecía a papá. Tenía el cabello oscuro y facciones irregulares. Margaret había heredado los colores de su madre; habría cambiado la corbata de seda de papá por una bufanda. Percy cambiaba a tal velocidad que nadie sabía a quién acabaría pareciéndose.

Caminaron por el largo sendero hasta el pueblecito que se extendía al otro lado de las puertas. Papá era el dueño de casi todas las casas y de todos los terrenos de cultivo en kilómetros a la redonda. No había hecho nada para reunir tamaña riqueza: una serie de matrimonios celebrados a principios del siglo diecinueve había unido a las tres familias de terratenientes más importantes del condado, y la enorme propiedad resultante había pasado intacta de generación en generación.

Recorrieron la calle del pueblo, cruzaron el jardín y llegaron a la iglesia de piedra gris. Entraron en procesión: primero, mamá y papá; detrás, Margaret y Elizabeth; Percy cerraba la comitiva. Los aldeanos se llevaron la mano a la frente, mientras los Oxenford avanzaban por el pasillo hacia el banco de la familia. Los granjeros más acaudalados, todos los cuales pagaban un alquiler a papá, inclinaron la cabeza en señal de cortesía; y la clase media, el doctor Rowan, el coronel Smythe y sir Alfred, saludaron respetuosamente con un movimiento de cabeza. Este ridículo ritual feudal exasperaba y turbaba a Margaret cada vez que ocurría. En teoría, todos los hombres eran iguales ante Dios, ¿verdad? «¡Mi padre no es mejor que cualquier de ustedes, pero sí mucho peor que la mayoría!», deseaba gritar. Algún día reuniría el valor. Si hacía una escena en la iglesia, quizá no tendría que volver jamás. Pero la posible reacción de papá la asustaba demasiado.

—Llevas una corbata muy bonita, papá —dijo Percy, con un susurro estruendoso, cuando entraban en su banco, seguidos por las miradas de todos los presentes.

Margaret reprimió una carcajada, pero sufrió un acceso de risas histéricas. Percy y ella se sentaron precipitadamente y ocultaron sus rostros, fingiendo que rezaban, hasta que el acceso pasó. Después, Margaret se sintió mejor.

El sermón del vicario giró en torno al Hijo Pródigo. Margaret pensó que el viejo chocho bien podía haber elegido un tema más acorde con las preocupaciones de todo el mundo: la inminencia de la guerra. El primer ministro había enviado un ultimátum a Hitler, al que el Führer no había hecho caso, y se esperaba una declaración de guerra de un momento a otro.

Margaret temía la guerra. Un chico al que amaba había muerto en la Guerra Civil española. Había ocurrido justo un año antes, pero todavía se despertaba llorando por las noches.

Para ella, la guerra significaba que miles de chicas más experimentarían el dolor que ella había padecido. La idea le resultaba casi intolerable.

Pero otra parte de ella ansiaba la guerra. La cobardía de Inglaterra durante la guerra española la había torturado durante años. Su país había hecho el papel de espectador pasivo, mientras el gobierno progresista electo era derribado por una pandilla de asesinos armados por Hitler y Mussolini. Cientos de jóvenes idealistas procedentes de toda Europa habían ido a España para luchar por la revolución, pero carecían de armas, y los gobiernos democráticos del mundo se habían negado a proporcionárselas. Los jóvenes habían perdido sus vidas, y las personas como Margaret se sentían airadas, impotentes y avergonzadas. Si Inglaterra se alzaba ahora contra el fascismo, podría volverse a sentir orgullosa de su país.

Su corazón saltaba ante la perspectiva de la guerra por otro motivo. Significaría, casi con toda seguridad, el fin de la vida mezquina y asfixiante que llevaba con sus padres. Estaba aburrida, harta y frustrada de sus ritos invariables y de su absurda vida social. Deseaba escapar y vivir su vida, pero le parecía imposible: era menor de edad, no tenía dinero y no sabía trabajar en nada. Claro que, pensaba esperanzada, todo será diferente en tiempos de guerra.

Había leído fascinada que, en la última guerra, las mujeres se habían puesto pantalones y trabajado en fábricas. Actualmente, ya existían cuerpos femeninos del ejército, la armada y las fuerzas aéreas. Margaret soñaba con presentarse voluntaria al Servicio Territorial Auxiliar, el ejército de las mujeres. Una de las pocas habilidades que poseía era saber conducir. El chófer de papá, Digby, la había instruido en el Rolls, e Ian, el chico que había muerto, la había dejado montar en su motocicleta. Hasta sabía manejar una lancha a motor, pues papá tenía un pequeño yate anclado en Niza. El STA necesitaba conductores de ambulancia y repartidores de mensajes. Ya se veía en uniforme, llevando un casco, a lomos de una motocicleta, transportando informes urgentes de un campo de batalla a otro a toda velocidad, con un fotografía de Ian en el bolsillo de su camisa caqui. Estaba segura de que, si le daban la oportunidad, se comportaría con valentía.

Según descubrieron después, la guerra se declaró durante el servicio. Hasta se produjo una señal de ataque aéreo a las once y veintiocho minutos, en pleno sermón, pero no llegó al pueblo, y en cualquier caso era una falsa alarma. La familia Oxenford volvió a casa ignorante de que estaban en guerra con Alemania.

Percy quería coger una escopeta para ir a cazar conejos. Todos podían disparar; era un pasatiempo familiar, casi una obsesión. Papá, por supuesto, se negó a la petición de Percy, porque no estaba bien disparar los domingos. Percy se disgustó, pero obedeció. Aunque muy travieso, aún no era lo bastante hombre para desafiar a papá abiertamente.

Margaret amaba las picardías de su hermano. Era el único rayo de sol que iluminaba las tinieblas de su vida. Deseaba a menudo burlarse de papá como Percy lo hacía, y reírse a sus espaldas, pero se enfurecía demasiado para bromear sobre ello.

Al llegar a casa, se quedaron estupefactos al ver a una camarera descalza que regaba las flores del vestíbulo. Papá no la reconoció.

—¿Quién es usted? —preguntó con brusquedad.

—Se llama Jenkins y ha empezado esta semana —dijo mamá, con su suave acento norteamericano.

La muchacha hizo una reverencia.

—¿Y dónde demonios están sus zapatos? —preguntó papá.

Una expresión de suspicacia cruzó el rostro de la chica, que lanzó una mirada acusadora a Percy.

—Su señoría, por favor, fue el joven lord Isley. —El título de Percy era conde de Isley—. Me dijo que las camareras deben ir descalzas los domingos para santificar la fiesta.

Mamá suspiró y papá emitió un gruñido de exasperación. Margaret no pudo reprimir una sonrisa. Era la broma favorita de Percy: dar instrucciones imaginarias a los nuevos criados.

Podía decir lo más ridículo del mundo con el rostro imperturbable, y como la familia tenía fama de ser excéntrica, la gente se creía cualquier cosa.

Percy hacía reír con frecuencia a Margaret, pero esta sentía pena en estos momentos por la pobre camarera, descalza en el vestíbulo y sintiéndose como una idiota.

—Vaya a ponerse los zapatos —dijo mamá.

—Y no crea nunca lo que diga lord Isley —añadió Margaret.

Se quitaron los sombreros y entraron en la sala de estar.

—Lo que has hecho ha sido vergonzoso —siseó Margaret, tirando del pelo a Percy. Percy se limitó a sonreír: era incorregible. En una ocasión le había dicho al vicario que su padre había muerto de un ataque al corazón durante la noche, y todo el pueblo inició el duelo antes de descubrir que no era cierto.

Papá conectó la radio y fue entonces cuando supieron la noticia: Inglaterra había declarado la guerra a Alemania.

Margaret sintió que un salvaje regocijo crecía en su pecho, como la excitación de conducir a excesiva velocidad o de subir a la copa de un árbol alto. Se habían disipado las incógnitas: habría tragedia y aflicción, dolor y pena, pero ya era inevitable. La suerte estaba echada y lo único que se podía hacer era combatir. La idea aceleró su corazón. Todo sería diferente. Se abandonarían las convenciones sociales, las mujeres participarían en la contienda, las diferencias de clase desaparecerían, todo el mundo trabajaría codo con codo. Casi podía palpar la atmósfera de libertad. Y entrarían en guerra contra los fascistas, los mismos que habían asesinado al pobre Ian y a otros miles de jóvenes excelentes. Margaret no creía ser vengativa, pero se sentía así cuando pensaba en luchar contra los nazis. Era una sensación desconocida, aterradora y escalofriante.

Papá estaba furioso. Ya se le veía hinchado y rubicundo, y cuando se enfadaba siempre parecía que estaba a punto de estallar.

—¡Maldito Chamberlain! —exclamó—. ¡Maldito sea ese canalla!

—Por favor, Algernon —dijo mamá, reprochándole su lenguaje destemplado.

Papá había sido uno de los fundadores de la Unión Británica de Fascistas. A partir de ese momento, cambió; no solo rejuveneció, sino que adelgazó, ganó en apostura y mitigó sus nervios. Había cautivado a la gente y logrado su lealtad. Había escrito un libro controvertido llamado *Los mestizos: la amenaza de la contaminación racial*, sobre el declive de la civilización desde que la raza blanca empezó a mezclarse con judíos, asiáticos, orientales e incluso negros. Se había carteado con Adolf Hitler, al que consideraba el estadista más grande desde Napoleón. En la casa se celebraban grandes recepciones cada fin de semana, a las que acudían políticos, a veces hombres de estado extranjeros y, en una inolvidable ocasión, el rey. Las discusiones se prolongaban hasta bien entrada la noche; el mayordomo subía más coñac de la bodega, en tanto los criados bostezaban en el vestíbulo. Durante la depresión económica, papá había esperado que el país le llamara a rescatarle en su hora de crujir y rechinar de dientes, pidiéndole que fuera primer ministro de un gobierno de reconstrucción nacional. Pero la llamada nunca se produjo. Las recepciones de los fines de semana fueron espaciándose y perdiendo participantes; los invitados más distinguidos buscaron y encontraron formas de desligarse públicamente de la Unión Británica de Fascistas; y papá se convirtió en un hombre amargado y decepcionado. Su encanto desapareció junto con su confianza. El resentimiento, el aburrimiento y la bebida dieron al traste con su apostura. Su intelecto nunca había sido auténtico. Margaret había leído su libro, y se asombró al descubrir que no solo era desacertado, sino grotesco.

En los últimos años, su programa se había reducido a una idea obsesiva: Inglaterra y Alemania debían unirse contra la Unión Soviética. Lo había defendido en artículos de revistas y cartas a los periódicos, y en las cada vez menos frecuentes ocasiones en que era invitado a hablar en actos políticos y conferencias universitarias. Se aferró a la idea con ahínco, si bien los acontecimientos que sacudían Europa ponían de manifiesto día tras día lo absurdo de su política. Sus esperanzas quedaron reducidas a cenizas con la declaración de guerra entre Inglaterra y Alemania. Margaret descubrió en su corazón una pizca de piedad por él, junto con las demás emociones tumultuosas.

—¡Inglaterra y Alemania se borrarán mutuamente del mapa y permitirán que Europa sea dominada por el comunismo ateo! —dijo.

La referencia al ateísmo recordó a Margaret que la habían obligado a ir a la iglesia.

—No me importa, yo soy atea —replicó.

—Es imposible, querida, eres de la iglesia anglicana —dijo mamá.

Margaret no pudo reprimir una carcajada.

—¿Cómo te atreves a reír? —preguntó Elizabeth, que estaba al borde del llanto—. ¡Es una tragedia!

Elizabeth era una gran admiradora de los nazis. Hablaba alemán (lo hablaban las dos, de hecho, gracias a una institutriz alemana que había durado más que la mayoría), había ido a Berlín varias veces y cenado en dos ocasiones con el propio Führer. Margaret sospechaba que los nazis eran unos presuntuosos que se complacían en la aprobación de la aristocracia inglesa.

—Ya es hora de que nos enfrentemos a esos criminales —dijo Margaret, volviéndose hacia Elizabeth.

—No son criminales —repuso Elizabeth, indignada—. Son orgullosos, fuertes, arios de pura cepa, y es una tragedia que nuestro país les haya declarado la guerra. Papá tiene razón: la raza blanca se autoinmolará y el mundo quedará en manos de los mestizos y los judíos.

Estas tonterías acababan con la paciencia de Margaret.

—¡No tiene nada de malo ser judío! —contestó con vehemencia.

Papá levantó un dedo en el aire.

—No tiene nada de malo ser judío… en el lugar adecuado.

—Lo que significa bajo el tacón de la bota en tu…, tu sistema fascista.

Había estado a punto de decir «en tu asqueroso sistema», pero se asustó de repente y reprimió el insulto. Era peligroso irritar en exceso a papá.

—¡Y en tu sistema bolchevique son los judíos quienes cortan el bacalao! —dijo Elizabeth.

—Yo no soy bolchevique, soy socialista.

—Es imposible, querida —intervino Percy, imitando el acento de mamá—, eres de la iglesia anglicana.

Margaret rió, pese a todo; sus carcajadas volvieron a enfurecer a su hermana.

—Lo único que quieres es destruir cuanto es bello y puro, para reírte después —dijo Elizabeth con amargura.

Apenas era una respuesta, pero no impidió que Margaret insistiera en sus trece.

—Bien, en cualquier caso, estoy de acuerdo contigo en lo referente a Neville Chamberlain —dijo, dirigiéndose a su padre—. Ha empeorado mucho más nuestra posición militar permitiendo que los fascistas se apoderasen de España. Ahora, el enemigo nos acecha por el este y por el oeste.

—Chamberlain no permitió que los fascistas se apoderasen de España —la corrigió papá—. Inglaterra firmó un acuerdo de no intervención con Alemania, Italia y Francia. Lo único que hicimos fue cumplir nuestra palabra.

Era una hipocresía absoluta, y él también lo sabía. Margaret enrojeció de indignación.

—¡Cumplimos nuestra palabra mientras los italianos y los alemanes quebrantaban la suya! —protestó—. Los fascistas consiguieron cañones y los demócratas nada..., excepto héroes.

Se produjo un momento de embarazoso silencio.

—Lamento muchísimo que Ian muriera, querida —dijo mamá—, pero era una mala influencia para ti.

De pronto, Margaret tuvo ganas de llorar.

Ian Rochdale era lo mejor que le había ocurrido en su vida, y el dolor de su muerte todavía la dejaba sin aliento.

Margaret había bailado durante años en los bailes de cacería con frívolos jóvenes de la clase terrateniente, chicos con solo un par de ideas en la cabeza: beber y cazar. Casi había desesperado de encontrar un chico de su edad que la interesara. Ian había irrumpido en su vida como la luz de la razón; desde su muerte, ella vivía en la oscuridad.

Ian cursaba su último año en Oxford. A Margaret le hubiera encantado ir a la universidad, pero era imposible: jamás había ido a la escuela. Sin embargo, leía muchísimo (¡no había otra cosa que hacer!) y ansiaba con todas sus fuerzas encontrar a alguien parecido a ella, a quien le gustara hablar sobre las ideas. Él era el único hombre que le explicaba cosas sin aires de superioridad. Ian era la persona más lúcida que había conocido. Su paciencia durante las discusiones era infinita, y carecía de vanidad intelectual; nunca fingía comprender algo si no era así. Ella le adoró desde el primer momento.

Pasó mucho tiempo antes de que ella pensara en el amor, pero Ian se le declaró un día, con torpeza y enorme turbación, esforzándose por primera vez en elegir las palabras adecuadas.

—Creo que me he enamorado de ti —dijo—. ¿Va a resentirse nuestra relación?

Y entonces ella comprendió, llena de alegría, que también le amaba.

Ian cambió su vida. Era como si se hubiera trasladado a otro país, en el que todo era diferente: el paisaje, el clima, la gente, la comida. Todo le gustaba. Las coacciones y molestias de vivir con sus padres se hicieron más llevaderas.

Incluso cuando Ian se enroló en las Brigadas Internacionales y fue a España para luchar en defensa del gobierno progresista electo contra los fascistas rebeldes, continuó iluminando su vida. Estaba orgullosa de él, porque poseía la valentía de sus convicciones, y estaba dispuesto a arriesgar su vida por la causa en la que creía. A veces, recibía una carta de él. En una ocasión, le envió un poema. Después, llegó la nota que anunciaba su muerte, destrozado por una granada. Margaret experimentó la sensación de que su vida había terminado.

—Una mala influencia —repitió con amargura—. Sí. Me enseñó a poner en duda los dogmas, a no creer en las mentiras, a odiar la ignorancia y a despreciar la hipocresía. Como resultado, encajo mal en la sociedad civilizada.

Papá, mamá y Elizabeth se pusieron a hablar a la vez, y luego se callaron, porque no había forma de que ninguno fuera escuchado. Percy aprovechó el repentino silencio para hablar.

—Hablando de judíos —dijo—, encontré en el sótano una fotografía muy curiosa, en una de aquellas maletas viejas de Stamford-Stamford. —Connecticut era el lugar donde había vivido la familia de mamá. Percy sacó del bolsillo de la camisa una foto arrugada y virada a sepia—. Tuve una bisabuela llamada Ruth Glencarry, ¿verdad?

—Sí —contestó mamá—. Era la madre de mi madre. ¿Por qué, querido? ¿Qué has descubierto?

Percy entregó la fotografía a papá y todos se congregaron a su alrededor para verla. Mostraba una escena callejera de una ciudad norteamericana, seguramente Nueva York, unos setenta años antes. En primer plano aparecía un judío de unos treinta años, de negra barba, vestido con toscas ropas de obrero y un sombrero. Se erguía junto a una carretilla de mano que llevaba una rueda de afilar. Una inscripción en el carrito rezaba «Reuben Fishbein, Afilador». Una niña de unos diez años, ataviada con un vestido de algodón andrajoso y botas pesadas estaba de pie al lado del hombre.

—¿Qué significa esto, Percy? —preguntó papá—. ¿Quiénes son estos desgraciados?

—Mira el dorso —le dijo Percy.

Papá volvió la fotografía. En el reverso estaba escrito: «Ruthie Glencarry, nacida Fishbein, a la edad de 10 años».

Margaret miró a papá. Estaba horrorizado.

—Es muy peculiar que el abuelo de mamá se casara con la hija de un afilador ambulante judío, pero dicen que Norteamérica es así —dijo Percy.

—¡Es imposible! —dijo papá, pero su voz temblaba, y Margaret adivinó que, en el fondo, lo consideraba muy posible.

—Como la condición de judío —prosiguió Percy, en tono despreocupado—, se trasmite por vía femenina, y como la madre de mi madre era judía, eso me convierte en un judío.

Papá había palidecido como un muerto. Mamá parecía perpleja, y fruncía levemente el entrecejo.

—Confío en que los alemanes no ganen esta guerra —dijo Percy—. No me dejarán ir al cine, y mamá tendrá que coser estrellas amarillas en todos sus vestidos de baile.

Parecía demasiado redondo para ser cierto. Margaret examinó con atención las palabras escritas en el reverso de la foto y comprendió la verdad.

—¡Percy! —exclamó con alegría—. ¡Si es tu letra!

—No, no lo es —se defendió Percy.

Pero todo el mundo vio que sí lo era. Margaret rió de buena gana. Percy había encontrado en algún sitio la foto de la niña judía y falsificado la inscripción del reverso para tomar el pelo a papá. Este había picado el anzuelo, y no era de extrañar: la peor pesadilla de cualquier racista debía de ser descubrir que sus antepasados eran mestizos. Bien merecido.

—¡Bah! —dijo papá, y tiró la foto sobre una mesa.

—Percy, eres incorregible —se quejó mamá. Las críticas habrían proseguido, pero en aquel momento se abrió la puerta y apareció Bates, el colérico mayordomo.

—La comida está servida, su señoría —anunció.

Salieron de la sala de estar, cruzaron el vestíbulo y entraron en el pequeño comedor. Había rosbif demasiado hecho, como todos los domingos. Mamá tomaría ensalada. Nunca comía alimentos cocinados, pues creía que el calor destruía su calidad.

Papá bendijo la mesa y se sentaron. Bates ofreció a mamá el salmón ahumado. Según su teoría, los alimentos ahumados, en salmuera o conservados de maneras similares sí podían consumirse.

—Está claro que solo podemos hacer una cosa —dijo mamá, mientras se servía el salmón. Hablaba en el tono distendido de quien se limita a llamar la atención sobre lo obvio—. Hemos de marcharnos a vivir a Estados Unidos hasta que esta estúpida guerra termine.

Se produjo un momento de perplejo silencio.

—¡No! —estalló Margaret, horrorizada.

—Creo que ya hemos discutido bastante por hoy —dijo mamá—. Comamos en paz y tranquilidad, por favor.

—¡No! —repitió Margaret. La indignación casi le impedía hablar—. Vosotros... Vosotros no podéis hacer esto, es..., es... —Deseaba colmarles de insultos, acusarles de traición y cobardía, manifestarles en voz alta su desprecio y repudio, pero las palabras no le salían, y lo único que pudo decir fue—: ¡No es justo!

Incluso eso fue excesivo.

—Si no puedes contener tus exabruptos, lo mejor será que te marches —dijo papá.

Margaret se llevó la servilleta a la boca para ahogar un sollozo. Empujó la silla hacia atrás, se puso en pie y salió corriendo del comedor.

Lo habían planeado desde hacía meses, claro.

Percy acudió a la habitación de Margaret después de comer y le explicó los detalles. Iban a clausurar la casa, cubrir los muebles con sábanas protectoras y despedir a los criados. Los bienes quedarían en manos del administrador de los negocios de papá, que cobraría los alquileres. El dinero sería ingresado en el banco; no podría ser enviado a Estados Unidos a causa de las normas sobre el control de las divisas que regían en tiempos de guerra. Los caballos serían vendidos, las mantas protegidas con bolas de naftalina, y las vajillas de plata encerradas bajo llave.

Elizabeth, Margaret y Percy deberían preparar una sola maleta por cabeza; el resto de sus pertenencias sería recogida por una empresa de mudanzas. Papá había reservado billetes para todos en el *clipper* de la Pan Am, y se irían el miércoles.

Percy estaba loco de alegría. Ya había volado una o dos veces, pero el *clipper* era diferente. Un avión enorme, y muy lujoso: todos los periódicos habían hablado del gran acontecimiento cuando se inauguró el servicio unas semanas antes. El vuelo a Nueva York duraba veintinueve horas, y todo el mundo se acostaba para pasar la noche sobre el océano Atlántico.

Era repugnantemente apropiado, pensó Margaret, que se marcharan rodeados de lujos, dejando a su país sumido en las privaciones, las penurias y la guerra.

Percy se fue a preparar su maleta y Margaret se quedó tendida en la cama, mirando el techo, amargamente decepcionada, presa de cólera, llorando de frustración, impotente para modificar su destino.

Permaneció en la cama hasta la hora de irse a dormir. Por la mañana, cuando aún seguía acostada, mamá entró en su habitación. Margaret se incorporó y le dirigió una mirada hostil. Mamá se sentó ante el tocador y miró al reflejo de Margaret en el espejo.

—No discutas con tu padre sobre esto, por favor —dijo.

Margaret se dio cuenta de que su madre estaba nerviosa. En otras circunstancias, el detalle habría bastado para suavizar su tono, pero estaba demasiado furiosa para contenerse.

—¡Es una cobardía! —estalló.

Mamá palideció.

—No nos comportamos como cobardes.

—¡Pero huís de vuestro país cuando empieza la guerra!

—No tenemos otra alternativa. Hemos de irnos.

Margaret estaba perpleja.

—¿Por qué?

Mamá se volvió y la miró de frente.

—Porque de lo contrario meterán a tu padre en la cárcel.

La sorpresa paralizó a Margaret.

—¿Cómo? Ser fascista no es ningún crimen.

—Se han decretado medidas de emergencia. ¿Qué más da? Un simpatizante del ministerio del Interior nos ha avisado. Papá será detenido si aún sigue en Inglaterra a fines de semana.

Margaret apenas podía creer que quisieran encarcelar a su padre como si fuera un ladrón. Se sintió como una idiota; no había pensado en las diferencias que la guerra impondría a la vida cotidiana.

—No nos permitirán llevarnos dinero —siguió su madre

con amargura—. Bien por el concepto británico del juego limpio.

El dinero era lo último que a Margaret le importaba en estos momentos. Toda su vida estaba en la cuerda floja. Experimentó un súbito arrebato de valentía, y tomó la decisión de decirle la verdad a su madre. Antes de que pudiera amilanarse, contuvo el aliento y dijo:

—No quiero ir con vosotros, mamá.

Mamá no expresó la menor sorpresa. Hasta era posible que esperase algo por el estilo.

—Has de venir, querida —respondió, en el tono suave y vago que utilizaba cuando intentaba evitar una discusión.

—A mí no me van a meter en la cárcel. Puedo vivir con tía Martha, o incluso con la prima Catherine. ¿Se lo dirás a papá?

De súbito, mamá habló con un ardor muy poco habitual en ella.

—Te di a luz con dolor y sufrimientos, y no permitiré que arriesgues tu vida mientras pueda evitarlo.

Por un momento, aquella demostración de sentimientos pilló por sorpresa a Margaret. Después, protestó.

—Me parece que tengo derecho a expresar mi opinión: ¡es mi vida!

Mamá suspiró y adoptó de nuevo sus lánguidos modales habituales.

—Lo que tú y yo pensemos da igual. Tu padre no quiere que nos quedemos, digamos lo que digamos.

La pasividad de mamá irritó a Margaret, que decidió entrar en acción.

—Se lo pediré directamente.

—Yo que tú no lo haría —dijo su madre, con un timbre suplicante en la voz—. Todo esto es muy duro para él. Bien sabes que ama a Inglaterra. En cualquier otra circunstancia, ya habría telefoneado al ministerio de la Guerra para solicitar algún trabajo. Se le está partiendo el corazón.

—Y el mío, ¿qué?

—Para ti no es lo mismo. Eres joven, tienes toda la vida por delante. Para él es el final de todas sus esperanzas.

—No tengo la culpa de que sea fascista —replicó con aspereza Margaret.

Mamá se puso en pie.

—Esperaba que fueras más comprensiva —dijo en voz baja, y se marchó.

Margaret se sintió culpable e indignada al mismo tiempo. ¡Era tan injusto! Papá había menospreciado sus opiniones desde que tuvo uso de razón, y ahora que los acontecimientos demostraban su equivocación, pedían a Margaret que sintiera compasión por él.

Suspiró. Su madre era hermosa, excéntrica y caótica. Había nacido rica y decidida. Sus excentricidades eran el resultado de una voluntad fuerte a la que no guiaba ninguna educación: se aferraba a ideas absurdas porque no tenía forma de diferenciar lo sensato de lo insensato. El caos era el método que utilizaba una mujer fuerte para paliar la dominación masculina. Como no le estaba permitido enfrentarse a su marido, la única manera de escapar a su control era fingir que no le entendía. Margaret quería a su madre, y contemplaba sus peculiaridades con afectuosa tolerancia, pero estaba resuelta a no ser como ella, a pesar de su parecido físico. Si los demás se negaban a educarla, ella sería su propia maestra, y prefería llegar a ser una vieja solterona que casarse con algún cerdo convencido de tener derecho a darle órdenes como a una camarera.

A veces, deseaba entablar otro tipo de relación con su madre. Quería confiar en ella, ganarse su simpatía, pedirle consejo. Podrían ser aliadas, luchar juntas por la libertad contra un mundo que quería tratarlas como adornos. Mamá, sin embargo, había abandonado esa lucha mucho tiempo atrás, y esperaba que Margaret hiciera lo mismo. No iba a ocurrir. Margaret iba a ser ella misma: estaba absolutamente decidida. Pero ¿cómo?

Se sintió incapaz de comer durante todo el lunes. Bebió incontables tazas de té, mientras los criados se dedicaban a clausurar la casa. El martes, cuando mamá se dio cuenta de que Margaret no iba a hacer las maletas, ordenó a la nueva doncella, Jenkins, que lo hiciera en su lugar. De modo que, a la postre, mamá se salió con la suya, como casi siempre.

—Has tenido muy mala suerte, entrando a trabajar en casa una semana antes de que decidiéramos cerrarla —dijo Margaret a la muchacha.

—El trabajo no va a escasear, señora —respondió Jenkins—. Mi padre dice que nunca hay desempleo en tiempos de guerra.

—¿Qué vas a hacer? ¿Trabajar en una fábrica?

—Voy a alistarme. Han dicho en la radio que diecisiete mil mujeres se alistaron ayer en el STA. Hay colas ante los ayuntamientos de todas las ciudades del país... He visto una foto en el periódico.

—Qué suerte tienes —dijo Margaret, abatida—. La única cola que voy a hacer será para subir a un avión con rumbo a Estados Unidos.

—Ha de obedecer al marqués —dijo Jenkins.

—¿Qué ha dicho tu padre sobre lo de alistarte?

—No se lo he dicho... Lo haré, y punto.

—¿Y si te obliga a volver?

—No podrá. Tengo dieciocho años. Basta con firmar la solicitud. Si se tiene la edad suficiente, los padres no pueden hacer nada para impedirlo.

—¿Estás segura? —preguntó Margaret, estupefacta.

—Claro. Todo el mundo lo sabe.

—Pues yo no —dijo Margaret con tono pensativo.

Jenkins bajó la maleta de Margaret al pasillo. Se irían el miércoles por la mañana, muy temprano. Al ver las maletas alineadas, Margaret comprendió que iba a pasar la guerra en Connecticut si no hacía algo más que enfurruñarse. A pesar de que su madre le había rogado que no armara follones, tenía que enfrentarse a su padre.

Solo de pensar en ello se estremeció. Volvió a su cuarto para calmar los nervios y pensar en lo que iba a decir. Debía mantenerse tranquila. Las lágrimas no le conmoverían y la ira solo provocaría su desdén. Margaret tenía que aparentar sensatez, responsabilidad y madurez. No debía enfrascarse en discusiones, pues su padre se enfurecería y ella se asustaría tanto que no podría continuar.

¿Cómo debía empezar?: «Creo que tengo derecho a decir algo sobre mi futuro».

No, eso no estaba bien. Él respondería: «Yo soy responsable de ti y, por tanto, debo decidir».

Tal vez debería comenzar con un: «¿Puedo hablarte sobre ese viaje a Estados Unidos?».

A lo que él replicaría: «No hay nada que discutir».

Debía empezar con algo tan inofensivo que él no pudiera rechazarlo. Decidió que la fórmula sería: «¿Puedo preguntarte una cosa?». Se vería forzado a contestar que sí.

Y después, ¿qué? ¿Cómo podría plantear el tema sin provocar uno de sus temibles accesos de cólera. Podría decirle: «Estuviste en el ejército durante la pasada guerra, ¿verdad?». Sabía que había luchado en Francia. Luego, añadiría: «¿Se alistó mamá?». También sabía la respuesta a esta pregunta: mamá fue enfermera voluntaria en Londres y cuidó de oficiales norteamericanos heridos. Por fin, remataría su obra: «Los dos habéis servido a vuestro país, de manera que comprenderéis muy bien por qué quiero hacer lo mismo». Una estrategia irresistible.

Si aceptaba el principio, ella pensaba que anularía sus demás objeciones. Viviría en casa de unos parientes hasta alistarse, lo que sería cuestión de días. Tenía diecinueve años: muchas chicas de su edad ya llevaban trabajando seis años en régimen de jornada completa. Era lo bastante mayor para casarse, conducir un coche e ir a la cárcel. Nada la impedía quedarse en Inglaterra.

El plan parecía sólido. Ahora, tenía que ser valiente.

Papá estaría en su estudio con el administrador de sus negocios. Margaret salió de su cuarto. Al llegar al rellano, el temor debilitó su resolución. A su padre le enfurecía que le llevaran la contraria. Sus accesos de cólera eran terribles, y crueles sus castigos. Cuando tenía once años, la obligó a permanecer de pie durante todo un día, de cara a la pared, por ser grosera con un invitado; le había quitado el osito de peluche como castigo por mearse en la cama a los siete años; una vez, enfurecido, había arrojado un gato por una ventana de arriba. ¿Qué haría ahora, cuando le dijera que quería quedarse en Inglaterra para luchar contra los nazis?

Se obligó a bajar la escalera, pero sus aprensiones aumentaron a medida que se acercaba a su estudio. Le vio enfurecerse en su mente, la cara roja y los ojos saltones, y se sintió aterrorizada. Intentó calmar su enloquecido pulso, preguntándose si, en realidad, debía temer algo. Papá ya no podía partirle el corazón arrebatándole su osito de peluche. Sin embargo, sabía muy bien que aún no había perdido la capacidad de hacerla desear que la tierra se la tragara.

Mientras se hallaba de pie frente a la puerta del estudio, temblorosa, el ama de llaves atravesó el vestíbulo con un crujido de su vestido de seda negro. La señora Allen gobernaba con mano inflexible al personal femenino de la casa, pero siempre había sido indulgente con los niños. Apreciaba a la familia y su partida la había entristecido profundamente; para ella, era el fin de una manera de vivir. Dirigió a Margaret una sonrisa llorosa.

Al mirarla, Margaret tuvo una idea que paralizó su corazón.

Un plan de huida se formó con todo detalle en su mente. Pediría dinero prestado a la señora Allen, se iría de casa ahora, cogería el tren de las cuatro cincuenta y cinco a Londres, pasaría la noche en el piso de su prima Catherine y se alistaría en el STA a primera hora de la mañana. Cuando su padre la localizara, ya sería demasiado tarde.

Era tan sencillo y osado que apenas podía creerlo, pero antes de que pudiera pensarlo dos veces se sorprendió diciendo:

—Ah, señora Allen, ¿puede prestarme algo de dinero? He de hacer unas compras de última hora y no quiero molestar a papá. Está muy ocupado.

La señora Allen no vaciló ni un instante.

—Por supuesto, señorita. ¿Cuánto necesita?

Margaret no sabía cuánto costaba el billete a Londres; nunca había comprado su pasaje.

—Oh, con una libra será suficiente —dijo, a tontas y a locas. Estaba pensando: «¿De veras estoy haciendo esto?».

La señora Allen sacó del bolso dos billetes de diez chelines. De haberlos necesitado, era probable que le hubiera entregado los ahorros de toda su vida.

Margaret cogió el dinero con mano temblorosa. Este puede ser mi billete a la libertad, pensó, y a pesar de que estaba asustada, una leve llama de esperanza henchida de alegría alumbró en su pecho.

La señora Allen, pensando que la joven se encontraba disgustada por la emigración, le apretó la mano.

—Este es un día muy triste, lady Margaret —dijo—. Un día muy triste para todos nosotros.

Sacudió su cabeza gris con pesar y desapareció en la parte posterior de la casa.

Margaret miró a su alrededor frenéticamente. No se veía a nadie. Su corazón se agitaba como un pájaro enjaulado y jadeaba de manera entrecortada. Sabía que si vacilaba, su valor se esfumaría. Ni siquiera se atrevió a demorarse lo bastante para ponerse una chaqueta. Aferró el dinero y salió por la puerta principal.

La estación distaba tres kilómetros, y estaba en el pueblo siguiente. A cada paso que daba por la carretera, Margaret esperaba oír el zumbido del Rolls-Royce de su padre. Pero ¿cómo iba a saber lo que había hecho? Era poco probable que alguien reparase en su ausencia hasta la hora de la cena; y aun en este caso, supondrían que se había ido de compras, como había dicho a la señora Allen. De todos modos, el temor la devoraba sin cesar.

Llegó a la estación con mucha antelación, compró el billete (tenía dinero más que suficiente) y se sentó en la sala de espera de señoras, observando las manecillas del gran reloj que presidía la pared.

El tren llegaba con retraso.

Las cuatro y cincuenta y cinco, las cinco, las cinco y cinco. Margaret estaba tan aterrorizada que habría tirado la toalla y vuelto a casa con tal de aliviar la tensión.

El tren llegó a las cinco y catorce minutos, y su padre aún no había hecho acto de presencia.

Margaret subió al tren con el corazón en un puño.

Se quedó de pie ante la ventanilla y clavó la vista en la puerta de acceso al andén, esperando verle llegar en el último minuto para atraparla.

El tren se movió por fin.

Apenas pudo creer que se estaba marchando.

El tren aumentó la velocidad. Los primeros temblores de júbilo se insinuaron en su corazón. Pocos segundos después, el tren salía de la estación. Margaret vio que el pueblo disminuía de tamaño, y su corazón se llenó de triunfo. Lo había conseguido: ¡se había escapado!

De pronto, notó que las rodillas le fallaban. Buscó un asiento libre, y se dio cuenta por primera vez de que el tren iba lleno. Todos los asientos estaban ocupados, incluso en este vagón de primera clase, y había soldados sentados en el suelo. Se quedó de pie.

Su euforia no disminuyó, a pesar de que el viaje fue, juzgado por parámetros normales, una especie de pesadilla. Más gente se apretujaba en los vagones a cada parada. El tren se detuvo durante tres horas en las afueras de Reading. Hubo que quitar todas las bombillas a causa del oscurecimiento general, de forma que al caer la noche el tren se quedó totalmente sin luz, a excepción de ocasionales destellos de la linterna del guardia que patrullaba, abriéndose camino entre los pasajeros sentados y tendidos sobre el suelo. Cuando Margaret ya no pudo continuar de pie, se sentó en el suelo. Esta clase de cosas ya no importaban, se dijo. Su vestido se ensuciaría, pero mañana iría de uniforme. Todo era diferente: estaban en guerra.

Margaret se preguntó si papá habría descubierto su fuga, averiguado que había cogido el tren y conducido a toda velocidad hasta Londres para interceptarla en la estación de Paddington. Era improbable, pero posible, y su corazón se llenó de temor cuando el tren frenó en la estación.

Sin embargo, no le vio por parte alguna cuando bajó, y

experimentó la misma sensación de triunfo. ¡Después de todo, no era omnipotente! Logró encontrar un taxi en la cavernosa oscuridad de la estación. La condujo hasta Bayswater utilizando únicamente las luces laterales. El chófer la alumbró con una linterna hasta que llegó a la puerta del edificio de apartamentos en que vivía Catherine.

Todas las ventanas del edificio estaban a oscuras, pero se veía un rayo de luz en el vestíbulo. El portero se hallaba ausente (era casi medianoche), pero Margaret sabía llegar al piso de Catherine. Subió la escalera y tocó el timbre.

Nadie respondió.

El corazón le dio un vuelco.

Volvió a llamar, pero sabía que era inútil: el piso era pequeño y el timbre sonaba fuerte. Catherine no estaba.

No era de extrañar, pensó. Catherine vivía con sus padres en Kent, y usaba el piso como *pied-à-terre*. La vida social londinense se había paralizado, desde luego, y Catherine no tenía motivos para estar allí. Margaret no había pensado en esa posibilidad.

No se sentía desalentada, pero sí defraudada. Había esperado con ansia el momento de sentarse con Catherine, beber chocolate caliente y darle a conocer los detalles de su gran aventura. Tenía varios parientes en Londres, pero si iba a verles llamarían a papá. Catherine habría sido una buena cómplice, pero no podía confiar en ningún otro pariente.

Después, recordó que tía Martha no tenía teléfono.

En realidad, era una tía abuela, una displicente solterona de setenta años. Vivía a un kilómetro de distancia, más o menos. A estas horas dormiría profundamente, y se pondría furiosa si la despertaba, pero no había otro remedio. Lo más importante es que carecía de medios para comunicar a papá el paradero de Margaret.

Margaret volvió a bajar la escalera y salió a la calle… y se encontró con una oscuridad absoluta.

La negrura era aterradora. Se quedó de pie ante la puerta y miró a su alrededor, con los ojos abiertos de par en par, sin ver nada. Notó una sensación extraña en el estómago, como si estuviera mareada.

Cerró los ojos y recreó en su mente el panorama habitual de la calle. Detrás de ella se alzaba Obington House, donde Catherine vivía. Lo normal sería que brillaran luces en varias ventanas y que la luz situada sobre la puerta arrojara un vivo resplandor. A su izquierda, en la esquina, había una pequeña iglesia estilo Wren, cuyo pórtico siempre estaba iluminado. Una hilera de farolas bordeaba la acera; cada una proyectaba un diminuto círculo de luz; y la calzada estaría iluminada por autobuses, taxis y coches.

Abrió los ojos de nuevo y no vio nada.

Daba miedo. Imaginó por un momento que no había nada a su alrededor: la calle había desaparecido y ella se encontraba en el limbo, cayendo en el vacío. De repente, se sintió muy mareada. Luego, se controló y visualizó la ruta a la casa de tía Martha.

Tiro hacia el este desde aquí, pensó, me desvío a la izquierda por la segunda bocacalle y la casa de tía Martha está al final de la manzana. Sería bastante fácil, incluso en la oscuridad.

Anhelaba algún tipo de alivio: un taxi iluminado, la luna llena o un policía que la ayudara. Su deseo se cumplió al cabo de un momento: un coche se acercaba. Sus tenues luces laterales parecían ojos de gato en las tinieblas, y Margaret pudo ver de repente la línea del bordillo hasta la esquina de la calle.

Se puso a caminar.

El coche pasó de largo y sus luces rojas traseras se perdieron en la oscura distancia. Margaret pensaba que le faltaban tres o cuatro pasos para llegar a la esquina cuando perdió pie al rebasar el bordillo. Cruzó la calle y localizó la acera opuesta sin tropezar. Esto le dio ánimos y caminó con más confianza.

De pronto, algo duro la golpeó en el rostro con brutal violencia.

Lanzó un grito de dolor y pánico entremezclados. El pánico la cegó por un instante y quiso dar media vuelta y correr. Se tranquilizó con un gran esfuerzo. Se llevó la mano a la mejilla y se acarició la parte dolorida. ¿Qué demonios había ocurrido? ¿Qué podía haberla golpeado a la altura de la cara en mitad de la acera? Extendió ambas manos. Palpó algo casi de inmediato, y apartó las manos del susto; después, apretó los dientes y las alargó de nuevo. Tocó algo frío, duro y redondo, como un plato de enorme tamaño que flotara a media altura. Lo exploró con detenimiento, comprendiendo que se trataba de una columna redonda con una ranura rectangular y una parte superior que sobresalía. Cuando supo por fin lo que era, lanzó una carcajada, a pesar de su cara dolorida. Había sido atacada por un buzón.

Pasó de largo y siguió andando con las manos extendidas frente a ella.

Al cabo de un rato perdió pie en otro bordillo. Recobró el equilibrio y experimentó cierto alivio: había llegado a la calle de tía Martha. Se desvió a la izquierda.

Se le ocurrió que tal vez tía Martha no oyera el timbre. Vivía sola; nadie más podía responder. Si sucedía eso, Margaret tendría que regresar al edificio de Catherine y dormir en el pasillo. Aceptaba lo de dormir en el suelo, pero otro paseo por la oscuridad la aterrorizaba. Lo más sencillo sería enroscarse ante la puerta de tía Martha y esperar a que amaneciera.

La casita de tía Martha estaba al final de un bloque muy largo. Margaret se acercó poco a poco. La ciudad estaba oscura, pero no en silencio. Se oía un coche de vez en cuando a lo lejos. Los perros ladraban cuando pasaba frente a sus puertas y un par de gatos maullaron, indiferentes a su presencia. En una ocasión, oyó la música de una fiesta prolongada. Más adelante, captó los sonidos apagados de una pelea doméstica tras unas cortinas. Se descubrió anhelando encontrarse en el interior de una casa, arropada por lámparas, un hogar encendido y una tetera.

La manzana parecía más larga de lo que Margaret recordaba. Sin embargo, era imposible que se hubiera equivocado; había doblado a la izquierda en la segunda bocacalle. Pese a todo, la sospecha de que se había perdido creció en su fuero interno. Su sentido del tiempo la había traicionado. ¿Cuánto llevaba andando por la manzana, cinco minutos, veinte, dos horas o toda la noche? De repente, ni siquiera tuvo la seguridad de que había casas en las cercanías. Igual estaba en pleno Hyde

Park, tras cruzar la entrada por pura chiripa. Empezó a albergar la sensación de que la oscuridad que la rodeaba estaba poblada de seres, capaces de ver por la noche como los gatos, a la espera de que cayera al suelo para abalanzarse sobre ella. Un chillido empezó a formarse en su garganta, pero lo reprimió.

Se obligó a pensar. ¿Cabía la posibilidad de que se hubiera equivocado? Sabía que había perdido pie en el bordillo de una bocacalle, pero recordó que también existían callejones. Igual se había internado por uno de ellos. A estas alturas, ya podía haber recorrido más de un kilómetro en dirección contraria.

Intentó recordar la embriagadora sensación de excitación y triunfo que la había asaltado en el tren, pero se había esfumado, y ahora se sentía sola y asustada.

Decidió parar y quedarse inmóvil. Así no le ocurriría nada malo.

Permaneció quieta durante mucho tiempo, hasta que fue incapaz de calcular cuánto. Tenía miedo de moverse, un miedo que la paralizaba. Pensó que continuaría de pie hasta que se desmayara de agotamiento o hasta la mañana.

Entonces, apareció un coche.

Sus tenues luces laterales proporcionaban una iluminación muy escasa, pero en comparación con el pozo de negrura anterior parecía la luz del día. Comprobó que se hallaba en mitad de la carretera, y corrió a la acera para apartarse del camino del coche. Estaba en una plaza que creyó reconocer. El coche pasó de largo, dobló una esquina y ella lo siguió, confiando en distinguir una señal que la orientara. Llegó a la esquina y vio el coche al final de una calle corta y estrecha flanqueada por tiendas pequeñas, una de las cuales era una sombrerería de la que su madre era cliente; comprendió que se encontraba a escasos metros de Marble Arch.

Estuvo a punto de llorar de alivio.

Se paró en la siguiente esquina y esperó a que otro coche iluminara el camino. Después, se internó en Mayfair.

Pocos minutos más tarde se detuvo frente al hotel Claridge. El edificio estaba a oscuras, por supuesto, pero pudo localizar la puerta, preguntándose si debía entrar.

No creía tener bastante dinero para pagar la habitación, pero recordó que la gente no abonaba la cuenta hasta abandonar el hotel. Podía tomar una habitación por dos noches, salir por la mañana como si fuera a regresar más tarde, alistarse en el STA y llamar después al hotel para dar instrucciones de que enviaran la cuenta al abogado de su padre.

Contuvo el aliento y abrió la puerta.

Como la mayoría de los edificios públicos que permanecían abiertos por la noche, el hotel había dispuesto una doble puerta, como una esclusa de aire, para que los huéspedes entraran y salieran sin que las luces del interior se vieran desde fuera. Margaret cerró la puerta exterior a su espalda, atravesó la segunda y accedió a la luz reconfortante del vestíbulo. La invadió una tremenda oleada de alivio. Había regresado a la normalidad: la pesadilla quedaba atrás.

Un joven portero de noche dormitaba ante el mostrador. Margaret carraspeó, y el muchacho se despertó, sorprendido y confuso.

—Necesito una habitación —dijo Margaret.

—¿A estas horas de la noche? —preguntó el joven con poca delicadeza.

—El apagón me sorprendió —explicó Margaret—. No puedo volver a casa.

El portero empezó a despejarse.

—¿No lleva equipaje?

—No —respondió Margaret, con aire de culpabilidad, pero se apresuró a añadir—: Claro que no. No me he quedado tirada en la calle a propósito.

El portero la miró de una forma extraña. Margaret pensó que no podía negarle lo que pedía. El joven tragó saliva, se frotó la cara y fingió consultar un libro. ¿Qué le pasaba a aquel hombre? El empleado tomó una decisión y cerró el libro.

—El hotel está completo.

—Oh, vamos, han de tener algo...

—Se ha peleado con su viejo, ¿verdad? —preguntó el portero, guiñándole un ojo.

Margaret apenas podía creer lo que estaba ocurriendo.

—No puedo volver a casa —repitió, como si el hombre no la hubiera entendido la primera vez.

—Yo no puedo solucionarlo —replicó él—. La culpa es de Hitler —añadió, en una repentina demostración de ingenio.

Era bastante joven.

—¿Dónde está su superior? —preguntó Margaret.

El empleado pareció ofenderse.

—Yo soy el responsable hasta las seis.

Margaret paseó la vista a su alrededor.

Tendré que sentarme en el salón hasta las seis.

—¡No puede hacer eso! —exclamó el portero, como atemorizado—. ¿Una joven sola, sin equipaje, pasando la noche en el salón? Mi empleo peligrará.

—No soy una joven —dijo Margaret, irritada—. Soy lady Margaret Oxenford.

Detestaba utilizar su título, pero se trataba de una situación desesperada.

Sin embargo, no sirvió de nada. El portero le dirigió una mirada severa e insolente.

—¿De veras? —preguntó.

Margaret estaba a punto de cubrirle de improperios cuando vio su reflejo en el cristal de la puerta, dándose cuenta de que tenía un ojo morado. De propina, tenía las manos sucias y el vestido roto. Recordó que se había golpeado con el buzón y sentado en el suelo del tren. No era de extrañar que el portero le negara la habitación. Desesperada, protestó:

—¡No puede echarme a la calle en medio del apagón!

—No puedo hacer otra cosa —respondió el portero.

Margaret se preguntó cuál sería la reacción del hombre si se sentaba sin acceder a moverse. De hecho, es lo que tenía ganas de hacer: le dolían todos los huesos y estaba extenuada. Sin embargo, había pasado tantas vicisitudes que no le quedaban fuerzas para un enfrentamiento. Además, era tarde y estaban solos. Era imposible saber qué haría el hombre si le daba una excusa para ponerle las manos encima.

Dio media vuelta con cansados movimientos y salió a la noche, desalentada y amargada.

Apenas se había alejado unos pasos del hotel cuando deseó haber ofrecido mayor resistencia. ¿Por qué sus intenciones siempre eran más firmes que sus acciones? Ahora que se había rendido, se sentía lo bastante airada como para desafiar al portero. Estuvo a punto de regresar sobre sus pasos, pero continuó andando: le pareció lo más sencillo.

No tenía a dónde ir. No sería capaz de encontrar el edificio de Catherine; no había logrado localizar la casa de tía Martha; no podía confiar en los demás parientes e iba demasiado sucia para conseguir una habitación de hotel.

Tendría que vagar hasta que se hiciera de día. Hacía buen tiempo; no llovía y el aire de la noche era apenas un poco fresco. Si continuaba moviéndose ni siquiera sentiría frío. Veía bien por donde iba. Había muchos semáforos en el West End, y pasaba un coche cada uno o dos minutos. Oía música procedente de los clubs nocturnos y de vez en cuando veía a gente de su clase que llegaba a casa tras una fiesta nocturna en sus coches conducidos por chóferes, las mujeres ataviadas con espléndidos vestidos y los hombres con frac. Observó con curiosidad en otra calle a tres mujeres solitarias, una de pie ante una puerta, otra apoyada en una farola y otra sentada sobre un coche. Todas fumaban y, en apariencia, esperaban a alguien. Se preguntó si serían lo que mamá llamaba Mujeres Perdidas.

Empezaba a sentirse cansada. Todavía llevaba los zapatos de estar por casa con los que se había marchado. Obedeciendo a un impulso, se sentó en el escalón de una puerta, se quitó los zapatos y frotó sus doloridos pies.

Levantó la vista y divisó la vaga silueta de los edificios que se alzaban en la acera opuesta. ¿Se hacía de día por fin? Quizá encontraría un café que abriera temprano. Desayunaría y esperaría a que abrieran las oficinas de reclutamiento. No había comido casi nada desde hacía dos días, y se le hizo la boca agua de pensar en bacon y huevos fritos.

De pronto, un rostro blanco osciló frente a ella. Lanzó un débil grito de miedo. El rostro se acercó y vio a un hombre joven vestido de etiqueta.

—Hola, preciosa —saludó.

Margaret se puso de pie a toda prisa. Odiaba a los borrachos; carecían de toda dignidad.

—Váyase, por favor —dijo. Intentó hablar con firmeza, pero su voz tembló.

El hombre se aproximó más con paso inseguro.

—Pues dame un beso.

—¡Por supuesto que no! —exclamó ella, horrorizada.

Dio un paso atrás, tropezó y dejó caer sus zapatos. La pérdida de sus zapatos la hizo sentirse muy vulnerable. Se giró en redondo y se agachó para recogerlos. El hombre emitió una risita obscena y, ante el horror de la joven, deslizó su mano entre los muslos de Margaret, manoseándola con penosa torpeza. Ella se incorporó al instante, sin encontrar los zapatos, y se apartó de él.

—¡Aléjese de mí! —chilló, mirándole a la cara.

—Estupendo, adelante —dijo el hombre, volviendo a reír—, me gusta un poco de resistencia.

El hombre la agarró por los hombros con sorprendente agilidad y la atrajo hacia él. Le arrojó a la cara su nauseabundo aliento alcohólico y la besó en la boca sin más preámbulos.

Era atrozmente desagradable, y Margaret pensó que iba a desmayarse, pero la abrazaba con tal fuerza que apenas podía respirar, ni mucho menos protestar. La joven se debatió sin el menor resultado, mientras él babeaba sobre ella. Después, quitó una mano de su hombro y le aferró un pecho. Se lo estrujó con brutalidad, hasta que Margaret jadeó de dolor. Sin embargo, gracias a que tenía un hombro libre, pudo soltarse a medias de él y empezar a chillar.

Lanzó un sonoro y prolongado chillido.

—Muy bien, muy bien, no te lo tomes así, no quería hacerte daño —le oyó vagamente decir, con voz preocupada, pero estaba demasiado asustada para atender a razones y continuó gritando. De la oscuridad surgieron rostros: un transeúnte vestido de obrero, una Mujer Perdida con cigarrillo y bolso, y una cabeza asomada a una ventana de la casa que se alzaba detrás de ellos. El borracho desapareció en la noche.

Margaret dejó de gritar y se puso a llorar. Después, oyó el sonido de unas botas que corrían y distinguió el estrecho haz de una linterna camuflada y el casco de un policía.

El policía dirigió la luz hacia el rostro de Margaret.

—No es una de las nuestras, Steve —murmuró una mujer.

—¿Cómo te llamas, muchacha? —preguntó el policía llamado Steve.

—Margaret Oxenford.

—Un pisaverde la confundió con una puta, eso es todo —dijo el hombre vestido de obrero.

Satisfecho, se marchó.

—¿Quiere decir lady Margaret Oxenford? —preguntó el policía.

Margaret sorbió el aire y asintió con aspecto compungido.

—Ya te he dicho que no era de las nuestras —insistió la mujer. Dio una bocanada a su cigarrillo, lo tiró al suelo, lo pisó y se marchó.

—Venga conmigo, señorita, ya ha pasado todo —dijo el policía.

Margaret se secó la cara con la manga. El policía le ofreció el brazo. Ella lo cogió. El hombre iluminó el suelo con la linterna y empezaron a andar.

—Qué hombre tan horrible —dijo al cabo de un momento Margaret, estremeciéndose.

El policía no se mostró muy comprensivo.

—No se le puede culpar —dijo alegremente—. Esta es la calle de Londres que goza de peor reputación. Lo normal es creer que una chica sola a estas horas es una Dama de la Noche.

Margaret supuso que tenía razón, aunque lo consideró muy injusto.

El familiar farol azul de una comisaría de policía apareció a la luz del alba.

—Tómese una buena taza de té y se sentirá mejor —dijo el policía.

Entraron. Había un mostrador frente a ellos, con dos policías detrás. Uno era corpulento y de edad madura, mientras que el otro era joven y delgado. A cada lado del vestíbulo había un sencillo banco de madera apoyado contra la pared. Solo había una persona en el vestíbulo, una mujer pálida, el pelo recogido con un chal y calzada con zapatillas, que estaba sentada en un banco y esperaba con resignada paciencia.

El rescatador de Margaret le indicó que tomara asiento en el banco opuesto.

—Siéntese un momento.

Margaret obedeció. El policía se acercó al mostrador y habló con el hombre de mayor edad.

—Sargento, esa es lady Margaret Oxenford. Tuvo un altercado con un borracho en Bolting Lane.

—Debió de pensarse que era del oficio.

La variedad de eufemismos con que se designaba a la prostitución asombró a Margaret. La gente parecía tener horror a llamarla por su nombre, y necesitaba mencionarla de una manera solapada. Ella misma solo había conocido su existencia de una manera muy vaga, y no había creído en su realidad hasta esta noche. En cualquier caso, las intenciones del joven vestido de etiqueta no habían sido nada vagas.

El sargento inspeccionó a Margaret con atención, y después dijo algo en voz baja que ella no pudo oír. Steve asintió y desapareció por la parte posterior del edificio.

Margaret se dio cuenta de que había dejado los zapatos ante aquella puerta. Se le habían agujereado las medias. Empezó a preocuparse: no podía presentarse en la oficina de reclutamiento con esta pinta. Quizá podría volver a buscar sus zapatos a la luz del día, aunque era muy posible que ya no estuvieran allí. También necesitaba con suma urgencia un baño y ropa limpia. Después de tantas penalidades, sería horroroso que el STA la rechazara. ¿Adónde podía ir a asearse? La casa de tía Martha ya no sería segura por la mañana; papá podía presentarse en ella, buscándola. ¿Iba a fracasar todo su plan por un simple par de zapatos?, se preguntó angustiada.

Su salvador volvió con una gruesa taza de loza con té. Estaba demasiado flojo y azucarado, pero Margaret lo bebió con fruición. Se marcharía en cuanto hubiera terminado el té. Iría a un barrio pobre y encontraría una tienda que vendiera ropas baratas; aún le quedaban unos chelines. Compraría un vestido, un par de sandalias y un conjunto de ropa interior. Iría a una casa de baños pública, se lavaría y cambiaría. Entonces, se hallaría en condiciones de acudir al ejército.

Mientras fraguaba este plan, se produjo un ruido al otro lado de la puerta y un grupo de jóvenes se precipitó en el interior. Iban bien vestidos, algunos de etiqueta y otros de calle. Al cabo de un momento, Margaret observó que arrastraban contra su voluntad a alguien. Uno de los hombres empezó a gritar al sargento que estaba detrás del mostrador.

El sargento le interrumpió.

—¡Muy bien, muy bien, silencio! —ordenó con voz autoritaria—. Ahora no están en el campo de rugby. Esto es una comisaría de policía. —El alboroto se aplacó un poco, pero no lo suficiente para el sargento—. ¡Si no saben comportarse, les encerraré a todos en una sucia celda! ¡De una vez por todas, CIERREN EL PICO!

Se callaron y soltaron a su prisionero, que parecía malhumorado. El sargento señaló a uno de los hombres, un individuo de cabello oscuro que tendría la misma edad de Margaret.

—Muy bien. Usted, dígame a qué viene este alboroto.

El joven señaló al prisionero.

—¡Este sujeto invitó a mi hermana a cenar a un restaurante y después se largó sin pagar! —exclamó indignado.

Hablaba con acento de clase alta, y Margaret creyó reconocer su cara. Confió en que no la reconociera; sería muy humillante que la gente se enterase de que un policía la había rescatado después de huir de casa.

—Se llama Harry Marks y deberían encerrarle —añadió otro joven, vestido con un traje a rayas.

Margaret miró con interés a Harry Marks. Era un hombre de unos veintidós o veintitrés años, muy atractivo, de cabello rubio y facciones regulares. Aunque le habían arrugado bastante la ropa, llevaba su chaqueta de etiqueta con desenvuelta elegancia.

—Estos tipos están bebidos —dijo, mirando a su alrededor con desdén.

—Es posible que estemos borrachos, pero es un caradura y un ladrón —estalló el joven del traje a rayas—. Mire lo que hemos descubierto en su bolsillo. Tiró un objeto sobre el mostrador—. A sir Simon Monkford le robaron estos gemelos por la noche.

—Muy bien —dijo el sargento—. Eso quiere decir que le están acusando de obtener provechos económicos mediante el engaño, o sea, dejando de pagar la cuenta del restaurante, y de robo. ¿Algo más?

—¿Es que no le parece bastante? —rió el joven.

El sargento apuntó con su lápiz al muchacho.

—Recuerde bien donde cojones está, hijo. Puede que haya nacido con una estrella en el culo, pero esto es una comisaría de policía y si no habla con educación, pasará el resto de la noche en una celda de mierda.

El muchacho le miró con expresión confusa y no dijo nada más.

El sargento dirigió su atención al que había hablado primero.

—Bien, ¿puede proporcionarme detalles sobre ambas acusaciones? Necesito el nombre y dirección del restaurante, el nombre y dirección de su hermana, así como el nombre y dirección de la persona a la que pertenecen estos gemelos.

—Sí, no hay problemas. El restaurante…

—Bien. Quédese aquí. —Señaló al acusado—. Siéntese. —Agitó la mano hacia el resto de los congregados—. Los demás pueden irse a casa.

Todos parecieron decepcionados. Su gran aventura había concluido en un anticlímax. Por un momento, ninguno se movió.

—¡Vamos, muevan todos el culo! —dijo el sargento.

Margaret nunca había oído tantos tacos en un solo día.

Los jóvenes se marcharon, murmurando.

—¡Entregas a un ladrón a la justicia y te tratan como si el criminal fueras tú! —dijo el muchacho del traje a rayas, pero atravesó la puerta antes de finalizar la frase.

El sargento empezó a interrogar al joven de cabello oscuro, tomando notas. Harry Marks permaneció de pie junto a él unos instantes, y después se apartó con impaciencia. Vio a Margaret, le dedicó una luminosa sonrisa y se sentó a su lado.

—¿Estás bien, jovencita? ¿Qué haces aquí, a estas horas de la noche?

Margaret se quedó perpleja. El hombre se había transformado por completo. Sus altivos modales y lenguaje refinado habían desaparecido, y hablaba con el mismo acento del sargento. La sorpresa impidió a Margaret contestar.

Harry dirigió una mirada significativa hacia la puerta, como si pensara en salir corriendo por ella; después, miró al mostrador y vio que el policía joven, que aún no había pronunciado palabra, le observaba con suma atención. Dio la impresión de que desechaba la idea de escapar. Se volvió hacia Margaret.

—¿Quién le ha puesto ese ojo morado? ¿Su viejo?

—Me perdí en el apagón y tropecé con un buzón —respondió Margaret, encontrando la voz.

Esta vez le tocó al hombre sorprenderse. La había tomado por una chica de clase obrera. Al captar su acento, se dio cuenta de su equivocación. Adoptó su anterior personalidad sin pestañear.

—¡Qué mala suerte!

Margaret estaba fascinada. ¿Cuál era su auténtica identidad? Olía a colonia. Llevaba el pelo bien cortado, aunque una pizca largo. Vestía un traje de etiqueta azul oscuro, siguiendo la moda de Eduardo VIII, con calcetines de seda y zapatos de piel. Se adornaba con joyas de buena calidad: diamantes a guisa de botones en la camisa, gemelos a juego, reloj de oro con correa de piel de cocodrilo y un anillo de sello en el dedo meñique de la mano izquierda. Sus manos eran grandes y de aspecto fuerte, pero de manicura impecable.

—¿De veras se marchó del restaurante sin pagar? —preguntó Margaret en voz baja.

Él la miró de arriba abajo y aparentó tomar una decisión.

—Pues sí —dijo, en tono de conspirador.

—¿Por qué?

—Porque si hubiera escuchado a Rebecca Maugham-Flint hablar un minuto más acerca de sus malditos caballos, no habría podido resistir el impulso de precipitarme sobre su garganta y estrangularla.

Margaret rió por lo bajo. Conocía a Rebecca Maugham-Flint, una muchacha sencilla y gorda, hija de un general, que había heredado los enérgicos modales y la voz estentórea de su padre.

—Me lo imagino —dijo.

No se le ocurría una compañera de cena más improbable para el atractivo señor Marks.

El agente Steve apareció y cogió su taza de té vacía.

—¿Se siente mejor, lady Margaret?

Observó por el rabillo del ojo que su título había impresionado a Harry Marks.

—Mucho mejor, gracias —contestó. Hablando con Harry, había conseguido olvidar sus problemas, pero ahora recordó todo cuanto había hecho—. Han sido muy amables —prosiguió—. Me voy a marchar, porque me aguardan asuntos muy importantes.

—No hace falta que se apresure —dijo el policía—. Su padre, el marqués, ya viene a buscarla.

El corazón de Margaret se paralizó. ¿Cómo era posible? Estaba tan convencida de encontrarse a salvo… ¡Había subestimado a su padre! Se sentía tan asustada como en el momento de huir hacia la estación de ferrocarril. ¡Iba en su persecución, corría tras ella en este preciso momento! Sintió que el suelo temblaba bajo sus pies.

El joven agente parecía orgulloso.

—Su descripción empezó a circular a última hora de la noche, y la leí mientras estaba de servicio. No la reconocí a oscuras, pero me acordaba del nombre. Las instrucciones consistían en informar al marqués de inmediato. En cuanto la traje aquí, le llamé por teléfono.

Margaret se puso en pie. Su corazón latía locamente.

—No voy a esperarle —anunció—. Ya es de día.

El semblante del policía reflejó nerviosismo.

—Un momento —la atajó, volviéndose hacia el mostrador—. Sargento, la señorita no quiere esperar a su padre.

—No pueden obligarla a quedarse aquí —le dijo Harry Marks—. Huir de casa no es ningún crimen a su edad. Si quiere marcharse, hágalo.

La idea de que encontraran alguna excusa para detenerla horrorizaba a Margaret.

El sargento se levantó de su silla y dio la vuelta al mostrador.

—El señor tiene razón —dijo—. Puede marcharse cuando quiera.

—Oh, gracias —respondió Margaret, aliviada.

El sargento sonrió.

—Pero no tiene zapatos, y las medias están rotas. Si va a marcharse antes de que llegue su padre, deje que llamemos un taxi.

Ella reflexionó unos momentos. Habían telefoneado a papá en cuanto entró en la comisaría, pero hacía menos de una hora. Papá no llegaría hasta dentro de otra hora, o más.

—Muy bien —accedió—. Gracias.

El sargento abrió una puerta que daba al vestíbulo.

—Estará más cómoda aquí, mientras espera el taxi.

Abrió una luz.

Margaret habría preferido quedarse a hablar con el fascinante Harry Marks, pero no quería rechazar la amable invitación del sargento, sobre todo después de que hubiera accedido a su petición.

—Gracias —repitió.

—Es una trampa —dijo Harry, mientras se encaminaba hacia la puerta.

Entró en la pequeña habitación. Había unas sillas baratas, un banco, una bombilla desnuda que colgaba del techo y una ventana con barrotes. No pudo imaginar por qué el sargento consideraba este cubículo más cómodo que el vestíbulo. Se volvió para decírselo.

La puerta se cerró en sus narices. Un presentimiento espantoso hinchió su corazón de pánico. Se abalanzó sobre la puerta y aferró el tirador. En ese momento, una llave giró en la cerradura, confirmando sus temores. Agitó el tirador furiosamente. La puerta no se abrió.

Se desplomó, desesperada, apoyando la cabeza contra la madera.

Oyó al otro lado una carcajada, y después la voz de Harry, apagada pero comprensible.

—Bastardos.

La voz del sargento ya no era amistosa.

—Métete la lengua en el culo —dijo con rudeza.

—No tiene derecho, y lo sabe.

—Su padre es un podrido marqués, y ese es todo el derecho que necesito.

Nadie volvió a hablar.

Margaret comprendió con amargura que había perdido. Su gran evasión había fracasado. Los que había considerado sus amigos la habían traicionado. Había gozado de libertad por un breve espacio de tiempo, pero todo había terminado. No se iba a enrolar en el STA, pensó, desolada. Se embarcaría en el *clipper* de la Pan Am y volaría a Nueva York, huyendo de la guerra. A pesar de todas las vicisitudes, no había logrado alterar su destino. Le pareció horriblemente injusto.

Al cabo de un largo rato, se apartó de la puerta y recorrió los pocos pasos que la separaban de la ventana. Vio un patio vacío y una pared de ladrillo. Se quedó de pie, derrotada e indefensa, mirando por entre los barrotes la brillante luz del amanecer, esperando a su padre.

Eddie Deakin dio al *clipper* de la Pan American un vistazo final. Los cuatro motores Wright Cyclone de 1500 caballos de fuerza brillaban de aceite. Cada motor era tan alto como un hombre. Habían cambiado todas las cincuenta y seis bujías. Guiado por un impulso, Eddie sacó del bolsillo de su mono una galga y la deslizó por el asiento de uno de los motores, entre la goma y la parte metálica, para probar la estanqueidad. La potente vibración debida al largo vuelo sometía el adhesivo a un terrorífico esfuerzo. Sin embargo, la delgada hoja de la galga no consiguió penetrar ni medio centímetro. El encaje del motor era perfecto.

Cerró la escotilla y bajó por la escalerilla. Mientras depositaban de nuevo el avión sobre el agua, se quitaría el mono, se cambiaría de ropa y adoptaría su uniforme de vuelo negro de la Pan American.

El sol brillaba cuando salió del muelle y subió por la colina hasta el hotel donde la tripulación se hospedaba durante la escala. Estaba orgulloso del avión y de su trabajo. Las tripulaciones del *clipper* constituían una élite, los mejores hombres al servicio de la compañía aérea, pues la línea transatlántica era la ruta más prestigiosa. Siempre podría decir que había sobrevolado el Atlántico durante la primera época.

Sin embargo, tenía el proyecto de despedirse pronto. Tenía treinta años, estaba casado desde hacía uno y Carol-Ann estaba embarazada. Volar era perfecto para un soltero, pero no iba a pasarse la vida lejos de su mujer y sus hijos. Había ahorrado y contaba casi con la cantidad suficiente para emprender un negocio propio. Tenía una opción sobre un lugar cercano a Bangor (Maine), ideal para construir un campo de aviación. Se dedicaría al mantenimiento de aviones y vendería combustible, y a la larga adquiriría un avión para vuelos charter. Soñaba en secreto con llegar a ser algún día el propietario de una compañía aérea, como el pionero Juan Trippe, fundador de la Pan American.

Entró en los terrenos del hotel Langdown Lawn. Era una suerte para la tripulación de la Pan American que un hotel tan agradable distara tan solo un kilómetro y medio del complejo de Imperial Airways. Era una típica casa de campo inglesa, dirigida por una pareja encantadora que caía bien a todo el mundo y servía el té en el jardín por las tardes, bajo la luz del sol.

Entró en el hotel. Se encontró en el vestíbulo con su ayudante, Desmond Finn, conocido inevitablemente como Mickey. Mickey le recordaba a Eddie al Jimmy Olsen de las aventuras de Supermán; era un tipo despreocupado, que sonreía exhibiendo toda la dentadura y adoraba a Eddie como a un héroe, una característica que turbaba a Eddie. Estaba hablando por teléfono, y se interrumpió al ver a Eddie.

—Espera. Tienes suerte, acaba de entrar. —Tendió el auricular a Eddie—. Una llamada para ti.

Se alejó escaleras arriba, dejando a Eddie solo.

—¿Sí? —dijo Eddie.

—¿Es usted Edward Deakin?

Eddie frunció el ceño. No reconoció la voz, y nadie le llamaba Edward.

—Sí, soy Eddie Deakin. ¿Quién es usted?

—Espere, le paso a su mujer.

El corazón le dio un vuelco. ¿Por qué le llamaba Carol-Ann desde Estados Unidos? Algo iba mal.

Un momento después escuchó su voz.

—¿Eddie?

—Hola, cariño, ¿qué ocurre?

Ella estalló en lágrimas.

Una serie de espantosas explicaciones acudieron a su mente: la casa se había incendiado, alguien había muerto, Carol-Ann se había herido en algún accidente, había sufrido un aborto…

—Carol-Ann, cálmate. ¿Te encuentras bien?

Ella consiguió hablar entre sollozos.

—No… estoy… herida…

—Pues ¿qué? —preguntó, temeroso—. ¿Qué te ha pasado? Intenta explicármelo, cielo.

—Aquellos hombres… vinieron a casa.

Eddie sintió que un escalofrío de pánico recorría su cuerpo.

—¿Qué hombres? ¿Qué te hicieron?

—Me obligaron a entrar en un coche.

—Santo Dios, ¿quiénes son? —Sentía la cólera alzarse como un dolor en el pecho, y le costaba respirar—. ¿Te hicieron daño?

—Estoy bien, pero… Eddie, estoy tan asustada…

No supo qué decir. Demasiadas preguntas acudían a sus labios. ¡Unos hombres habían ido a su casa y obligado a Carol-Ann a entrar en un coche! ¿Qué estaba ocurriendo?

—Pero ¿por qué? —preguntó por fin.

—No me lo dijeron.

—¿Qué dijeron?

—Eddie, has de hacer lo que quieren, es lo único que sé.

A pesar de la ira y el miedo, Eddie oyó a su padre diciendo: «Nunca firmes un cheque en blanco». Aun así, no vaciló.

—Lo haré, pero ¿qué...?

—¡Promételo!

—¡Te lo prometo!

—Gracias a Dios.

—¿Cuándo ocurrió?

—Hace un par de horas.

—¿Dónde están ahora?

—Estamos en una casa, no muy lejos de... —Sus palabras se convirtieron en un grito de terror.

—¡Carol-Ann! ¿Qué pasa? ¿Estás bien?

No hubo respuesta. Furioso, asustado e impotente, Eddie estrujó el teléfono hasta que sus nudillos se pusieron blancos.

Después, volvió a escuchar la voz masculina del principio.

—Escúchame con mucha atención, Edward.

—No, escúchame tú a mí, capullo —estalló Eddie—. Si le haces daño te mataré, lo juro por Dios, te seguiré los pasos aunque me cueste toda la vida, y cuando te encuentre, miserable, te arrancaré la cabeza del tronco con mis propias manos, ¿me has entendido bien?

Se produjo un momento de vacilación, como si el hombre que estaba al otro lado de la línea no esperase semejante parrafada.

—No te hagas el duro —dijo por fin—, estás demasiado lejos. —Parecía un poco sorprendido, pero tenía razón: Eddie no podía hacer nada—. Presta atención —prosiguió el hombre.

Eddie se contuvo con un gran esfuerzo.

—Un hombre llamado Tom Luther te entregará las instrucciones en el avión.

¡En el avión! ¿Qué significaba eso? ¿Sería un pasajero o qué, el tal Tom Luther?

—¿Qué quiere que haga? —preguntó Eddie.

—Cerrar el pico. Luther te lo explicará. Y será mejor que sigas sus instrucciones al pie de la letra, si quieres volver a ver a tu mujer.

—¿Cómo sabré…?

—Una cosa más. No llames a la policía. No te beneficiará. Si la llamas, me la follaré, solo por el placer de hacerte daño.

—Bastardo, te…

La comunicación se cortó.

3

Harry Marks era el más afortunado de todos los hombres. Su madre siempre le había dicho que tenía suerte. Aunque su padre había muerto durante la Gran Guerra, tuvo suerte de contar con una madre fuerte y capacitada que le crió. Limpiaba oficinas para ganarse la vida, y no le faltó trabajo ni durante la Depresión. Vivían en una casa de alquiler de Battersea, con un grifo de agua fría en todos los rellanos y lavabos exteriores, pero estaban rodeados de buenos vecinos, gente que se ayudaba entre sí en los momentos difíciles. Harry poseía la habilidad de esquivar los problemas. Cuando azotaban a los niños en el colegio, la vara del profesor se rompía cuando le llegaba el turno a Harry. Si Harry caía bajo un caballo o un carricoche, le pasaban por encima sin hacerle daño.

Su amor por las joyas le convirtió en un ladrón.

De adolescente, le gustaba caminar por las ricas calles comerciales del West End y contemplar los escaparates de las joyerías. Los diamantes y las piedras preciosas que brillaban sobre el terciopelo oscuro, iluminados por las brillantes luces del escaparate, le embelesaban. Le gustaban por su belleza, pero también porque simbolizaban un tipo de vida sobre el que había leído en los libros, una vida de espaciosas casas de campo rodeadas de verde césped, en que hermosas muchachas llamadas lady Penelope o Jessica Chumley jugaban al tenis toda la tarde y volvían jadeantes a tomar el té.

Había sido aprendiz de un joyero, pero le abandonó al

cabo de seis meses, aburrido e inquieto. Reparar correas rotas de reloj y ensanchar anillos de boda para esposas gordas carecía de encanto. Sin embargo, aprendió a distinguir un rubí de un granate rojo, una perla natural de una cultivada, y un diamante cortado con las técnicas modernas de uno tallado en el siglo diecinueve. También descubrió las diferencias entre un engaste hermoso y uno feo, un diseño elegante y una pieza ostentosa sin gusto; y esta habilidad había inflamado su deseo hacia las joyas bonitas y su anhelo por el estilo de vida que iba parejo.

A la larga, descubrió una forma de satisfacer ambos deseos, utilizando a chicas como Rebecca Maugham-Flint.

Había conocido a Rebecca en Ascot. Solía ligar con chicas ricas en las carreras de caballos. El aire libre y las multitudes le posibilitaban fluctuar entre dos grupos de jóvenes espectadoras, de tal forma que todos le creían miembro de uno u otro grupo. Rebecca era una chica alta de gran nariz, espantosamente vestida con un vestido de lana de volantes y un sombrero de Robin Hood, con pluma incluida. Ninguno de los jóvenes que la rodeaban le prestaba atención, y se sintió patéticamente agradecida a Harry por hablar con ella.

Harry procuró no cultivar su amistad de inmediato, pues era mejor aparentar desinterés. Sin embargo, cuando se topó con ella un mes después en una galería de arte, ella le saludó como a un viejo amigo y le presentó a su madre.

Se suponía que muchachas como Rebecca no acudían a cines y restaurantes acompañadas de chicos sin carabina, por supuesto; solo lo hacían las dependientas y las obreras. Por eso, siempre contaban a sus padres que salían en grupo; para dar mayor verosimilitud a la mentira, solían iniciar la velada en alguna fiesta, tras lo cual podían marcharse discretamente en pareja, lo cual le iba de perlas a Harry; como no «cortejaba» de manera oficial a Rebecca, sus padres no consideraban necesario investigar sus antecedentes, y nunca cuestionaron las vagas mentiras que Harry les contaba sobre una casa de campo en Yorkshire, un internado privado de Escocia, una madre inválida que vivía en el sur de Francia y un próximo destino en las Reales Fuerzas Aéreas.

Había descubierto que las mentiras vagas eran habituales en la sociedad de clase alta. Las decían jóvenes que no deseaban admitir su desesperada pobreza, o el alcoholismo sin remedio de sus padres, o su pertenencia a familias desacreditadas por algún escándalo. Nadie se molestaba en dejar como un trapo a un individuo hasta que mostraba serias inclinaciones por una joven de buena familia.

Harry había salido con Rebecca durante tres semanas de esta forma indefinida. Le había invitado a pasar un fin de semana en una mansión de Kent, donde había jugado al críquet y robado dinero a los invitados, que no habían querido denunciar el hurto por temor a ofender a sus anfitriones. También le había llevado a varios bailes, en los que Harry había robado carteras y vaciado bolsos. Además, durante las visitas a casa de la joven había robado pequeñas sumas de dinero, algunos cubiertos de plata y tres interesantes broches victorianos que su madre aún no había echado en falta.

En su opinión, no se comportaba de una manera inmoral. La gente a la que robaba no se merecía su riqueza. La mayoría no había trabajado ni un solo día en su vida. Los pocos que tenían un empleo utilizaban los contactos de sus privilegiados colegios para obtener sinecuras muy bien pagadas. Eran diplomáticos, presidentes de empresas, jueces o parlamentarios conservadores. Robarles era lo mismo que matar nazis: no un crimen, sino un servicio público.

Llevaba haciéndolo dos años, y sabía que no podría continuar indefinidamente. El mundo de la sociedad británica de clase alta era extenso pero limitado, y alguien le iba a descubrir un día. La guerra había llegado justo en el momento en que se sentía dispuesto a buscar una forma de vida diferente.

Sin embargo, no iba a enrolarse en el ejército como soldado raso. La comida mala, la ropa impresentable, los malos tratos y la disciplina militar no eran para él, y el color caqui no contribuía a mejorar su aspecto. No obstante, el azul de la Fuerza Aérea hacía juego con sus ojos, y no le costaba nada imaginarse como piloto. Por lo tanto, iba a ser oficial de la RAF. Aún no había pensado cómo, pero lo conseguiría: era un tío con suerte.

Entretanto, decidió utilizar a Rebecca para introducirse en otra casa rica antes de dejarla.

Comenzaron la velada en la recepción celebrada en la mansión de Belgravia de sir Simon Monkford, un acaudalado editor.

Harry pasó un rato con la honorable Lydia Moss, la obesa hija de un conde escocés. Torpe y solitaria, era el tipo de muchacha más vulnerable a sus encantos, y la sedujo durante unos veinte minutos, más o menos, por pura costumbre. Después, habló con Rebecca durante unos minutos para enternecerla. Luego consideró que había llegado el momento de efectuar su movimiento de apertura.

Se excusó y salió de la sala. La fiesta se celebraba en el enorme salón doble de la primera planta. Mientras cruzaba el rellano y subía la escalera sintió la excitante descarga de adrenalina que siempre se producía cuando estaba a punto de acometer un trabajo. Saber que iba a robar a sus anfitriones, así como el riesgo de ser sorprendido con las manos en la masa y desenmascarado, le llenaba de temor y excitación.

Llegó a la siguiente planta y siguió el pasillo hasta la parte delantera de la casa. Pensó que la puerta más alejada conducía al dormitorio principal. La abrió y contempló una espaciosa alcoba, con cortinas floreadas y una colcha rosa. Estaba a punto de entrar cuando se abrió otra puerta y una voz desafiante gritó:

—¡Oiga!

Harry se volvió, tenso y alarmado. Vio a un hombre de su misma edad internarse en el pasillo y mirarle con curiosidad.

Como siempre, las palabras precisas acudían a sus labios siempre que las necesitaba.

—Ah, ¿está ahí?

—¿Cómo?

—¿No es eso el lavabo?

El rostro del joven se tranquilizó.

—Ah, entiendo. Lo que usted busca es la puerta verde que hay al otro extremo del pasillo.

—Muchas gracias.

—De nada.

Harry caminó por el pasillo.

—Una casa encantadora —comentó.

—Ya lo creo.

El hombre bajó la escalera y desapareció.

Harry se permitió el lujo de una sonrisa complacida. La gente era muy crédula.

Volvió sobre sus pasos y entró en el dormitorio rosa. Como de costumbre, había un conjunto de habitaciones. El color indicaba que esta era la habitación de lady Monkford. Una rápida inspección reveló un pequeño vestidor a un lado, también decorado en rosa, una alcoba contigua más pequeña, con butacas de cuero verde y papel pintado a rayas, y un vestidor de caballeros al lado. Las parejas de clase alta solían dormir separadas, según había aprendido Harry. Aún no había decidido si porque iban menos calientes que la clase obrera, o porque se sentían obligados a utilizar las numerosas habitaciones de sus inmensas casas.

El vestidor de sir Simon estaba amueblado con un pesado armario de caoba y una cómoda a juego. Harry abrió el cajón superior de la cómoda. Dentro de un pequeño joyero de piel había un surtido de botones, atiesadores de cuello y gemelos, tirados de cualquier manera. La mayoría eran vulgares, pero el ojo educado de Harry localizó un elegante par de gemelos incrustados de rubíes. Los guardó en su bolsillo. Junto al joyero había una cartera de piel que contenía cincuenta libras en billetes de cinco. Harry cogió veinte libras, muy complacido. Qué fácil, pensó. A cualquiera que trabajara en una sucia fábrica le costaría dos meses ganar veinte libras.

Nunca lo robaba todo. Coger unos pocos objetos creaba la duda. La gente pensaba que había extraviado las joyas o calculado mal la cantidad que llevaba en la cartera, y no se decidía a denunciar el robo.

Cerró el cajón y se dirigió al dormitorio de lady Monkford. Se sintió tentado de marcharse con el útil botín recogido, pero decidió arriesgarse unos minutos más. Lady Monkford tendría zafiros. A Harry le encantaban los zafiros.

Hacía una noche espléndida, y la ventana estaba abierta de

par en par. Harry se asomó y vio un pequeño balcón con una balaustrada de hierro forjado. Entró a toda prisa en el vestidor y se sentó ante el tocador. Abrió todos los cajones y descubrió varios joyeros y azafates. Los registró velozmente, atento al menor ruido de una puerta que se abriera.

Lady Monkford no tenía buen gusto. Era una hermosa mujer que había sorprendido a Harry por su inutilidad, y ella, o su marido, escogía joyas ostentosas, tirando a baratas. Sus perlas eran inadecuadas, los broches grandes y feos, los pendientes chabacanos y los brazaletes chillones. Se sintió decepcionado.

Sopesaba la posibilidad de llevarse un colgante casi atractivo cuando oyó que la puerta del dormitorio se abría.

Se le hizo un nudo en el estómago y aguardó, petrificado, pensando a toda velocidad.

La única puerta del vestidor daba al dormitorio. Había una pequeña ventana, pero estaba cerrada, y era probable que no pudiera abrirla con la rapidez o el silencio suficientes. Se preguntó si tendría tiempo de esconderse en el armario ropero.

Desde donde estaba no veía la puerta del dormitorio. Oyó que volvía a cerrarse, una tos femenina a continuación y pasos ligeros sobre la alfombra. Se inclinó hacia el espejo y descubrió que de esta forma podía ver el dormitorio. Lady Monkford había entrado y se encaminaba al vestidor. Ni siquiera tenía tiempo de cerrar los cajones.

Su respiración se aceleró. Estaba paralizado de miedo, pero ya había pasado por situaciones parecidas. Se tomó un momento de calma, obligándose a respirar con más lentitud y serenando sus pensamientos. Después, se puso en acción.

Se levantó y entró como una exhalación en el dormitorio.

—¡Caramba! —exclamó.

Lady Monkford se detuvo en el centro del dormitorio. Se llevó una mano a la boca y emitió un leve chillido.

La brisa que penetraba por la ventana abierta agitó una cortina floreada. Harry tuvo una inspiración.

—¡Caramba! —repitió, en tono de estupor—. Acabo de ver a alguien saltando por la ventana.

La mujer recobró la voz.

—¿A qué demonios se refiere? ¿Qué está haciendo en mi dormitorio?

Harry, ciñéndose a su papel, corrió hacia la ventana y miró al exterior.

—¡Ha desaparecido! —anunció.

—¡Haga el favor de explicarse!

Harry contuvo el aliento, como si tratara de ordenar sus pensamientos. Lady Monkford, una nerviosa mujer de unos cuarenta años, ataviada con un vestido verde, parecía bastante fácil de manejar. Le dedicó una sonrisa radiante, asumiendo la personalidad de un colegial enérgico, demasiado crecido para su edad y que jugaba al rugby (un tipo con el que ella debía de estar familiarizada), y empezó a engatusarla.

—Es lo más raro que he visto en mi vida —dijo—. Estaba en el pasillo, cuando un tipo de aspecto extraño se asomó a la puerta de esta habitación. Me vio y volvió a entrar. Yo sabía que era el dormitorio de usted, porque había entrado un rato antes, mientras buscaba el baño. Me pregunté cuáles eran las intenciones de aquel individuo… No parecía un criado, ni tampoco un invitado, desde luego. Decidí entrar y preguntárselo. Cuando abrí la puerta, saltó por la ventana. —A continuación, explicó por qué estaban abiertos los cajones del tocador—. He echado un vistazo a su vestidor, y tengo la sospecha de que iba detrás de sus joyas.

Muy brillante, se felicitó. Debería dedicarme a la radio.

La mujer se llevó una mano a la frente.

—Esto es horrible —dijo con voz débil.

—Será mejor que se siente —indicó Harry, solícito. La ayudó a acomodarse en una pequeña silla rosa.

—¡Imagínese! —exclamó lady Monkford—. ¡Si usted no le hubiera ahuyentado, me habría sorprendido en mi propia habitación! —Aferró su mano y la estrechó con fuerza—. Temo que voy a desmayarme. Le estoy muy agradecida.

Harry reprimió una sonrisa. Se había vuelto a salir con la suya.

Harry reflexionó. No podía permitir que la mujer armara demasiado follón. Lo mejor sería que no le contara el incidente a nadie.

—Escuche, no le cuente a Rebecca lo que ha ocurrido —dijo, como primer paso—. Es muy nerviosa, y un suceso como este podría deprimirla durante semanas.

—A mí también —dijo lady Monkford—. ¡Semanas!

Estaba demasiado preocupada para pensar que la musculosa y enérgica Rebecca no encajaba en el tipo de persona que sufría de los nervios.

—Tendrá que llamar a la policía y todo eso, pero la fiesta se estropeará —prosiguió Harry.

—Oh, querido… Eso sería horrible. ¿Cree que debemos llamarla?

—Bueno… —Harry disimuló su satisfacción—. Depende de lo que haya robado ese bribón. ¿Por qué no lo comprueba?

—Oh, sí, sería lo mejor.

Harry apretó su mano para darle ánimos y la ayudó a incorporarse. Entraron en el vestidor. Lady Monkford tragó saliva al ver todos los cajones abiertos. Harry la sostuvo hasta depositarla en la silla. La mujer se sentó y examinó sus joyas.

—Creo que no se ha llevado gran cosa —dijo al cabo de un momento.

—Es posible que yo le sorprendiera antes de empezar —insinuó Harry.

Lady Monkford continuó inspeccionando los collares, brazaletes y broches.

—Creo que usted tiene razón —dijo—. Menos mal que estaba aquí.

—Si no ha perdido nada, no vale la pena que se lo cuente a nadie.

—Excepto a sir Simon, claro.

—Claro —corroboró Harry, si bien deseaba todo lo contrario—. Dígaselo cuando haya terminado la fiesta. Al menos, no estropeará la velada.

—Una idea estupenda.

Todo marchaba a las mil maravillas. Harry experimentó un inmenso alivio. Decidió desaparecer cuanto antes.

—Será mejor que baje —dijo—. Usted, entretanto, se irá tranquilizando. —Se inclinó y la besó en la mejilla. Sorprendida, la mujer enrojeció—. Creo que es usted terriblemente valiente —susurró Harry en su oído antes de marcharse.

Las mujeres adultas son todavía más fáciles de manejar que sus hijas, pensó. Al desembocar en el pasillo desierto, se vio en un espejo. Se detuvo para ajustarse el lazo de la corbata y sonrió con aire triunfante a su reflejo.

—Eres un demonio, Harold —murmuró.

La fiesta estaba llegando a su fin. Cuando Harry volvió a entrar en el salón, Rebecca le recibió con hostilidad.

—¿Dónde has estado? —preguntó.

—Hablando con nuestra anfitriona. Lo siento. ¿Nos vamos?

Salió de la mansión con los gemelos y veinte libras de su anfitrión en el bolsillo.

Detuvieron un taxi en la plaza Belgravia y se dirigieron a un restaurante de Piccadilly. Harry adoraba los buenos restaurantes; las servilletas bien dobladas, las ropas resplandecientes, los menús en francés y los camareros deferentes le procuraban una inmensa sensación de bienestar. Su padre nunca había entrado en uno de ellos. Su madre sí, cuando iba a hacer la limpieza. Pidió una botella de champán, consultó la carta con suma atención y eligió un vino de reserva bueno, aunque no difícil de encontrar, de precio asequible.

Cuando empezó a llevar a las chicas a los restaurantes cometía algunas equivocaciones, pero aprendió a marchas forzadas. Un truco práctico era dejar la carta sin abrir y decir: «Me apetece lenguado. ¿Tienen?». El camarero abría la carta y señalaba el lugar donde ponía *Sole meunière*, *Les goujons de sole avec sauce tartare* y *Sole grillée*. Después, al verle vacilar, añadía: «Los goujons están muy buenos, señor». Harry no tardó en aprender el francés de todos los platos básicos. También reparó en que los clientes habituales de esos restaurantes solían preguntar al camarero cuál era el plato del día: no todos los ingleses ricos sabían francés. Desde aquel momento, tomó la costumbre de solicitar la traducción de cada plato siempre que acudía a un buen restaurante; ahora, sabía descifrar una carta mucho mejor que la mayoría de los jóvenes ricos de su edad. El vino tampoco representaba ningún problema. A los *sommeliers* les encantaba que les pidieran la opinión, y no esperaban que un joven estuviera tan familiarizado con todos los *châteaux*, cosechas y añadas. El truco, tanto en los restaurantes como en la vida, era aparentar desenvoltura, sobre todo cuando se carecía de ella.

El champán elegido era bueno, pero no acababa de sentirse a gusto consigo mismo aquella noche, y supuso que el problema residía en Rebecca. No paraba de pensar en lo agradable que sería traer a una chica hermosa a un lugar como este. Siempre salía con chicas carentes de atractivo: chicas feas, chicas gordas, chicas cubiertas de granos, chicas idiotas. Era sencillo relacionarse con ellas y, en cuanto se entusiasmaban con él, lo aceptaban tal como era, negándose a dudar de él por temor a perderle. Como estrategia para introducirse en casa de los ricos eran inmejorables. La pega es que se pasaba la vida con chicas que no le gustaban. Algún día, a lo mejor…

Rebecca estaba de mal humor esa noche. Algo la tenía descontenta. Quizá, después de salir con Harry durante tres semanas, se estaba preguntando por qué no había intentado «propasarse», lo que ella traducía por tocarle las tetas. La verdad residía en que Harry era incapaz de fingir deseo hacia ella. Podía fascinarla, galantearla, hacerla reír, despertar amor en ella, pero no podía desearla. En una penosa ocasión, se había encontrado en un pajar con una muchacha flacucha y deprimida dispuesta a perder la virginidad, y había intentado forzarse a sí mismo, pero su cuerpo se había negado a cooperar, y todavía se estremecía de desagrado al pensar en ello.

La mayoría de sus experiencias sexuales habían tenido como objeto muchachas de su clase, pero ninguna de aquellas relaciones había durado mucho. Solo recordaba una relación amorosa satisfactoria. A la edad de dieciocho años había sido seducido con total premeditación en Bond Street por una mujer mayor, la aburrida esposa de un abogado muy ocupado, y habían sido amantes durante dos años. Ella le había enseñado muchas cosas: sobre hacer el amor, asignatura que le enseñaba con entusiasmo, sobre las costumbres de la clase alta, que él asimilaba subrepticiamente, y sobre poesía, que leían y discutían juntos en la cama. Harry le había tomado mucho cariño. La mujer concluyó instantánea y brutalmente su relación cuando el marido supo que ella tenía un amante (aunque Harry nunca supo cómo). Desde entonces, Harry les había visto a los dos varias veces. La mujer siempre aparentaba mirarle como si no existiera. Harry consideró cruel esta conducta. Ella había significado mucho para él, y se había sentido querido por su amante. ¿Era obstinada o despiadada? Jamás lo sabría.

El champán y la buena comida no mejoró el humor de Harry, ni tampoco el de Rebecca. Empezó a sentirse inquieto. Había pensado en no volver a verla después de esa noche, pero de repente no pudo soportar la idea de pasar con ella ni el resto de la velada. Le desagradó incluso la perspectiva de gastarse en ella el dinero de la cena. Contempló su rostro huraño, desprovisto de maquillaje y encogido bajo un estúpido sombrerito con pluma, y empezó a odiarla.

Después de terminar los postres, pidió café y fue al lavabo. El guardarropa estaba junto al lavabo de caballeros, cerca de la salida, y no se veía desde la mesa. Un impulso irresistible se apoderó de Harry. Cogió el sombrero, dio una propina a la encargada del guardarropa y salió del restaurante.

Hacía una noche muy agradable, sumida en la impenetrable oscuridad del apagón general, pero Harry conocía bien el West End, y podía guiarse por los semáforos, sin contar con el tenue resplandor de las luces laterales de los vehículos. Se sintió como un colegial recién salido del colegio. Se había desembarazado de Rebecca, ahorrado siete u ocho libras y concedido una noche libre, todo a la vez.

El gobierno había cerrado los teatros, cines y salas de baile «hasta que se haya juzgado la amplitud del ataque alemán contra Inglaterra», según decían. Sin embargo, los clubs nocturnos siempre funcionaban en los límites de la ley, y había muchos abiertos, si se sabía dónde buscar. Harry se instaló confortablemente al cabo de poco rato en un sótano del Sobo, bebiendo whisky y escuchando una banda de jazz norteamericana de primera fila, mientras sopesaba la idea de gastarle una broma a la cigarrera.

Seguía pensando en ello cuando el hermano de Rebecca entró en el local.

A la mañana siguiente estaba sentado en una celda situada bajo el palacio de justicia, deprimido y compungido, esperando que le llevaran ante los magistrados. Tenía graves problemas.

Largarse del restaurante de aquella manera había sido una completa estupidez. Rebecca no era de las que se tragaban el orgullo y pagaba la cuenta sin armar alboroto. Montó un número, el dueño llamó a la policía, la familia se vio mezclada... El tipo de escándalo que Harry siempre procuraba evitar. Aun así, habría salido incólume, de no ser por la increíble mala suerte de toparse con el hermano de Rebecca dos horas más tarde.

Se encontraba en una celda grande, acompañado de otros quince o veinte prisioneros que serían llevados ante la justicia esa mañana. No había ventanas, y el humo de los cigarrillos llenaba la celda. Harry no sería juzgado hoy: se celebraría una audiencia preliminar.

Acabarían condenándole, por supuesto. Las pruebas en su contra eran abrumadoras. El jefe de los camareros confirmaría la acusación de Rebecca, y sir Simon Monkford identificaría como suyos los gemelos.

Y aún era peor. Un inspector del Departamento de Investigación Criminal había interrogado a Harry. El hombre vestía el uniforme de detective, compuesto de traje de sarga, camisa blanca, corbata negra, chaleco sin cadena de reloj y botas gastadas y brillantes. Era un policía experimentado, de mente aguda y carácter cauteloso.

—Desde hace dos o tres años —dijo—, recibimos curiosos informes, procedentes de familias acaudaladas, acerca de joyas extraviadas. No robadas, por supuesto. Simplemente extraviadas. Brazaletes, pendientes, colgantes, botones de camisa... Los propietarios están muy seguros de que los objetos no han sido robados, porque la única gente que ha tenido la oportunidad de llevárselos eran sus invitados. El único motivo por el que han presentado la denuncia es para reclamarlos si aparecen en algún sitio.

Harry mantuvo la boca cerrada durante todo el interrogatorio, pero se sentía fatal por dentro. Hasta hoy, había estado completamente seguro de que sus actividades habían pasado inadvertidas. Se quedó sorprendido al averiguar lo contrario: le pisaban los talones desde hacía tiempo.

El detective abrió un grueso expediente.

—El conde de Dorset, una bombonera de plata georgiana y una caja de rapé lacada, también georgiana. La señora de Harry Jaspers, un brazalete de perlas con cierre de rubíes, obra de Tiffany's. La contessa di Malvoli, un colgante de diamantes *art déco* con cadena de plata. Este hombre tiene buen gusto.

El detective miró con expresión significativa los botones de diamante que adornaban la camisa de Harry.

Harry comprendió que el expediente contenía detalles de docenas de delitos cometidos por él. También sabía que acabaría siendo acusado de, como mínimo, algunos de los robos. Este astuto detective relacionaría algunos hechos básicos; no le costaría nada encontrar testigos que ubicaran a Harry en cada lugar y momento en que se habían cometido los hurtos. Tarde o temprano, registrarían sus habitaciones y la casa de su madre. Había vendido la mayoría de las piezas, pero se había quedado unas cuantas; los botones de su camisa que el detective había examinado los había robado a un borracho dormido durante un baile en la plaza Grosvenor, y su madre poseía un broche que Harry había arrebatado con gran destreza a una condesa en el curso de una fiesta de boda celebrada en un jardín de Surrey. ¿Qué respondería cuando le preguntaran de qué vivía?

Le aguardaba una larga estancia en la cárcel. Al salir, le reclutarían forzosamente para el ejército, que era más o menos lo mismo. El pensamiento le heló la sangre en las venas.

Se rehusó con firmeza a hablar, incluso cuando el detective le agarró por las solapas de su chaqueta de etiqueta y le tiró contra la pared, pero el silencio no iba a salvarle. La ley tenía todo el tiempo de su parte.

A Harry solo le quedaba una oportunidad de salir libre. Tendría que convencer al juez de concederle libertad bajo fianza; después, desaparecería. De pronto, anheló la libertad, como si hubiera pasado años en la cárcel, en lugar de horas.

Desaparecer no sería tan sencillo, pero la alternativa le produjo escalofríos.

Se había acostumbrado a su estilo de vida robando a los ricos. Se levantaba tarde, tomaba el café en una taza de porcelana, vestía ropas bonitas y comía en restaurantes caros. Aún le gustaba retornar a sus raíces, beber en la taberna con los viejos amigos y llevar a su madre al Odeon. Sin embargo, la idea de ir a la cárcel se le antojaba insoportable: las ropas sucias, la comida horrible, la falta total de intimidad y, para colmo, el espantoso aburrimiento de una existencia falta de sentido.

Estremecido, concentró su mente en el problema de lograr la libertad bajo fianza.

La policía se opondría, por supuesto, pero serían los jueces quienes tomaran la decisión. Harry nunca había sido llevado ante los tribunales pero, en las calles de las que provenía, la gente sabía de estas cosas, como sabía quién saldría elegido en las elecciones municipales y la manera de limpiar chimeneas. La libertad bajo fianza solo se denegaba automáticamente en los juicios por asesinato. En caso contrario, quedaba en manos de los magistrados. Solían hacer lo que la policía solicitaba, pero no siempre. A veces, un abogado inteligente o un defensor que presentaba una historia lacrimógena acerca de un niño enfermo lograban convencerles. A veces, si el fiscal era demasiado arrogante, concedían la libertad bajo fianza para afirmar su independencia. Debería entregar cierta cantidad de dinero, unas veinticinco o cincuenta libras. Esto no representaba ningún problema. Tenía mucho dinero. Le habían permitido telefonear una vez, y había llamado a la agencia de noticias situada en la esquina de la calle donde vivía su madre, pidiéndole a Bernie, el propietario, que enviara a uno de sus empleados a buscar a su madre para que se pusiera al teléfono. Cuando lo hizo, Harry le dijo dónde encontraría su dinero.

—Me darán la libertad bajo fianza, mamá —dijo Harry.

—Lo sé, hijo —contestó su madre—. Siempre has tenido suerte.

Si no era así...

He salido en otras ocasiones de situaciones complicadas, se dijo para animarse.

Pero no tan complicadas.

—¡Marks! —chilló un guardián.

Harry se levantó. No había preparado lo que iba a decir: actuaría guiado por la inspiración del momento. Por una vez, deseó haber pensado en algo. Acabemos de una vez, pensó. Se abrochó la chaqueta, se ajustó el nudo de la corbata y enderezó el cuadrado de hilo blanco que sobresalía del bolsillo superior. Se acarició el mentón y deseó que le hubieran permitido afeitarse. El germen de una historia apareció en el último momento en su mente. Se quitó los gemelos de la camisa y los guardó en el bolsillo.

La puerta se abrió y salió al exterior.

Subió una escalera de hormigón y desembocó en el banquillo de los acusados, en el centro de la sala. Frente a él se hallaban los asientos de los abogados, vacíos; el secretario de los magistrados, un abogado cualificado, detrás de su mesa; y el tribunal, compuesto de tres magistrados no profesionales.

Hostia, pensó Harry, confío en que esos bastardos me dejen salir.

En la galería de la prensa, a un lado, estaba un joven periodista con un cuaderno de notas. Harry se dio la vuelta y dirigió la mirada hacia la parte posterior de la sala. Localizó a su madre en los asientos reservados al público, ataviada con su mejor chaqueta y un sombrero nuevo. Dio unos significativos golpecitos sobre su bolsillo; Harry dedujo que traía el dinero de la fianza. Observó con horror que llevaba el broche robado a la condesa de Eyer.

Miró al frente y aferró la barandilla, para evitar que sus manos temblaran.

—Sus señorías, el número tres de la lista —anunció el fiscal, un inspector de policía calvo de enorme nariz—. Robo de veinte libras en metálico y un par de gemelos de oro valorados en quince guineas, propiedad de sir Simon Monkford, así como obtención de provecho económico mediante estafa al restaurante Saint Raphael de Piccadilly. La policía solicita que continúe detenido el sospechoso, porque estamos investigando otros delitos que entrañan grandes cantidades de dinero.

Harry examinó con disimulo a los magistrados. En un extremo había un viejo carcamal, de largas patillas y cuello rígido, y en el otro, un tipo de aspecto similar, que llevaba la corbata de un regimiento; ambos bajaron sus narices hacia él. Harry pensó que debían creer culpable a todo aquel que comparecía ante su presencia. Sus esperanzas flaquearon. Después, se dijo que no costaba mucho convertir los prejuicios estúpidos en incredulidad igualmente imbécil. Ojalá no fueran muy inteligentes, si quería engañarles como a niños. El presidente, en medio, era el único que contaba. Era un hombre de edad madura, bigote y traje grises, y su aspecto aburrido insinuaba que había escuchado más historias inverosímiles y excusas plausibles de las que deseaba recordar. Debería vigilarle con atención, se dijo Harry, nervioso.

—¿Solicita usted la libertad bajo fianza? —preguntó a Harry el presidente.

Harry fingió confusión.

—¡Oh! ¡Santo Dios, creo que sí! Sí, sí. Desde luego.

Los tres jueces se incorporaron al reparar en su acento de clase alta. Harry disfrutó del efecto ejercido. Estaba orgulloso de su habilidad para confundir las expectativas sociales de la gente. La reacción del tribunal le dio ánimos. Puedo engañarles, pensó. Apuesto a que sí.

—Bien, ¿qué puede decir en su defensa? —preguntó el presidente.

Harry escuchó con gran atención el acento del presidente, intentando delimitar con toda precisión su clase social. Decidió que el hombre pertenecía a la clase media culta; tal vez un farmacéutico, o un director de banco. Sería astuto, pero estaría acostumbrado a tratar con deferencia a la clase alta.

Harry adoptó una expresión de embarazo, así como el tono de un colegial dirigiéndose a un maestro.

—Mucho me temo que se ha producido la más espantosa de las confusiones, señor —empezó. El interés de los jueces aumentó otro ápice. Se removieron en sus asientos y se inclinaron hacia delante, interesados. Comprendieron que no se trataba de un caso corriente, y agradecieron sacudirse el tedio habitual—. A decir verdad, algunas personas bebieron demasiado oporto ayer en el club Carlton, y esa es la auténtica causa.

Hizo una pausa, como si fuera lo único que tenía que decir, y miró al tribunal con aire expectante.

—¡El club Carlton! —exclamó el juez militar. Su expresión indicaba que los miembros de un club tan augusto no solían comparecer ante un tribunal.

Harry se preguntó si había ido demasiado lejos. Quizá se negarían a creerle miembro del club.

—Es horriblemente embarazoso —se apresuró a continuar—, pero volveré y me disculparé de inmediato con todos los implicados, solucionando el problema sin más demora… —Fingió recordar de repente que iba vestido de etiqueta—. En cuanto me haya cambiado, quiero decir.

—¿Está diciendo que no tenía la intención de robar veinte libras y un par de gemelos? —preguntó el viejo carcamal.

Su tono era de incredulidad, pero el que hicieran preguntas resultaba alentador. Significaba que no desechaban su historia de buenas a primeras. Si no hubieran creído una palabra de lo que había dicho, no se habrían molestado en solicitar detalles. Su corazón se inflamó: ¡podría salir libre!

Tomé prestados los gemelos. Había salido sin los míos.

Levantó los brazos y mostró los puños sueltos de su camisa, sobresaliendo de las mangas de la chaqueta. Guardaba los gemelos en el bolsillo.

—¿Y las veinte libras? —preguntó el viejo carcamal.

Harry se dio cuenta, nervioso, de que era una pregunta más difícil. No se le ocurrió ninguna excusa plausible. Es posible olvidarse los gemelos y coger prestados los de otra persona, pero coger dinero sin permiso equivalía a robar. Se encontraba al borde del pánico, cuando la inspiración acudió de nuevo en su rescate.

—Pienso que sir Simon se equivocó acerca del contenido auténtico de su cartera. —Harry bajó la voz, como comunicando algo a los jueces que la gente vulgar de la sala no debía oír—. Es espantosamente rico, señor.

—No se hizo rico olvidando el dinero que tenía —indicó el presidente. Una oleada de carcajadas se elevó del público. El sentido del humor tendría que ser una señal alentadora, pero el presidente ni tan solo insinuó una sonrisa: no había tenido la intención de mostrarse gracioso. Es director de un banco, pensó Harry. Considera que el dinero no es cosa de broma—. ¿Por qué no pagó la cuenta del restaurante? —continuó el juez.

—Ya he dicho que lo lamento muchísimo. Tuve una discusión horrible con..., con mi compañera de cena.

Harry ocultó de manera ostensible la identidad de su acompañante. Los chicos de los colegios privados opinaban que era de mal gusto proclamar el nombre de una mujer, y los magistrados lo sabían.

—Me temo que salí hecho una furia —dijo—, olvidándome por completo de pagar la cuenta.

El presidente le dirigió una dura mirada por encima de sus gafas. Harry experimentó la sensación de haberse equivocado en algo. Le dio un vuelco el corazón. ¿Qué había dicho? Se le ocurrió que tal vez se había mostrado excesivamente indiferente respecto a una deuda. Era normal en la clase alta, pero un pecado mortal para un director de banco. El pánico se apoderó de él y pensó que lo iba a perder todo por un pequeño error de discernimiento.

—Soy un irresponsable, señor —dijo a toda prisa—, y regresaré al restaurante a la hora de comer para saldar mi deuda. Si ustedes me lo permiten, quiero decir.

No estaba seguro de haber apaciguado al presidente.

—¿Está diciendo que los cargos contra usted serán retirados después de escuchar sus explicaciones?

Harry decidió que debía evitar la impresión de tener una respuesta apropiada para cada pregunta. Bajó la cabeza y adoptó una expresión de confusión.

—Supongo que no me servirá de nada si la gente se negara a retirar los cargos.

—Muy probable —dijo el presidente con severidad.

Viejo presuntuoso, pensó Harry, aunque sabía que este tipo de cosas, por humillantes que fueran, beneficiaban a su caso. Cuanto más le reprendieran, menos posibilidades existían de que le enviaran a la cárcel.

—¿Desea añadir algo más? —preguntó el presidente.

—Solo que estoy terriblemente avergonzado de mí mismo, señor —contestó Harry en voz baja.

—Hummm —gruñó con escepticismo el presidente, pero el militar cabeceó indicando su aprobación.

Los tres jueces conferenciaron entre murmullos durante un rato. Pasados unos instantes, Harry se dio cuenta de que estaba conteniendo el aliento, y se obligó a exhalarlo. Era insoportable saber que todo su futuro estaba en manos de estos tres incompetentes. Deseó que se apresurasen y tomasen una decisión. Luego, cuando los tres cabecearon al unísono, deseó que aquel horrible momento se postergara.

El presidente levantó la vista.

—Confío en que una noche entre rejas le haya enseñado la lección —dijo.

Oh, Dios mío, creo que me van a dejar en libertad, pensó Harry.

—Desde luego, señor. No me gustaría repetir la experiencia nunca más.

—Tome las medidas pertinentes.

Se produjo otra pausa; después, el presidente apartó la vista de Harry y se dirigió a la sala.

—No voy a afirmar que creamos todo cuanto hemos oído, pero no consideramos que el acusado deba continuar detenido.

Una oleada de alivio invadió a Harry, y sus piernas flaquearon.

—Se le condena a siete días de prisión. Se le impone una fianza de cincuenta libras.

Harry estaba libre.

Harry vio las calles con nuevos ojos, como si hubiera pasado un año en la cárcel, en lugar de unas pocas horas. Londres se estaba preparando para la guerra. Docenas de inmensos globos plateados flotaban en el cielo, con el fin de obstaculizar a los aviones alemanes. Sacos de arena rodeaban las tiendas y los edificios públicos para protegerlos de los bombardeos. Se habían abierto nuevos refugios antiaéreos en los parques, y todo el mundo llevaba una máscara antigás. La gente tenía la sensación de que podía morir en cualquier momento, y esto la impulsaba a abandonar su reserva y a conversar cordialmente con los extraños.

Harry no se acordaba de la Gran Guerra; tenía dos años cuando terminó. De pequeño, pensaba que «la guerra» era un lugar, porque todo el mundo le decía: «A tu padre le mataron en la guerra», de la misma manera que decían: «Ve a jugar al parque, no te caigas al río, mamá se va a la taberna». Más tarde, cuando fue lo bastante mayor para comprender lo que había perdido, cualquier mención de la guerra le resultaba muy dolorosa. Con Marjorie, la esposa del abogado que había sido su amante durante dos años, había leído la poesía de la Gran Guerra, y durante un tiempo se había considerado pacifista. Después, vio a los Camisas Negras desfilando por Londres y los rostros asustados de los judíos viejos que les contemplaban, y había decidido que valía la pena combatir en algunas guerras. En los últimos años había comprobado con disgusto que el gobierno británico hacía caso omiso de lo que ocurría en Alemania, porque confiaba en que Hitler destruyera a la Unión Soviética. Ahora, la guerra había estallado, y solo podía pensar en los niños que, como él, vivirían con el hueco dejado por sus padres.

Pero los bombardeos aún no habían llegado, y era otro día de sol.

Harry decidió que no iría a su casa. La policía estaría furiosa porque había salido en libertad bajo fianza y querría detenerle a las primeras de cambio. No deseaba volver a ir a la cárcel. ¿Cuánto tiempo tendría que seguir mirando hacia atrás? ¿Podría evadir a la policía eternamente? En caso contrario, ¿qué iba a hacer?

Subió al autobús con su madre. De momento, se instalaría en su casa de Battersea.

Mamá tenía aspecto de tristeza. Sabía cómo se ganaba él la vida, aunque nunca habían hablado del tema.

—Nunca pude darte nada —dijo ella en tono pensativo.

—Me lo has dado todo, mamá —protestó Harry.

—No. No lo hice. De lo contrario, ¿por qué necesitarías robar?

Harry no encontró la respuesta.

Cuando bajaron del autobús, Harry se dirigió a la agencia de noticias de la esquina, agradeció a Bernie que hubiera llamado a su madre y compró el *Daily Express*. El titular rezaba LOS POLACOS BOMBARDEAN BERLÍN. Al salir, vio a un policía que pedaleaba por la calle, y una oleada de absurdo pánico le asaltó por un momento. Casi se dio la vuelta para empezar a correr, hasta que logró controlarse y recordar que siempre enviaban a dos agentes para proceder a las detenciones.

No puedo vivir así, pensó.

Llegaron al edificio de su madre y subieron la escalera de piedra hasta el cuarto piso. Su madre puso la tetera al fuego.

—Te he planchado el traje azul —dijo la mujer—. Cámbiate, si quieres.

Ella todavía se cuidaba de su ropa, cosiendo los botones y zurciendo los calcetines de seda. Harry entró en el dormitorio, sacó su maleta de debajo de la cama y contó el dinero.

Dos años de robar le habían reportado doscientas cuarenta y siete libras. Habré afanado cuatro veces esa cantidad, pensó; ¿en qué me he gastado el resto?

También tenía un pasaporte norteamericano.

Lo ojeó con aire pensativo. Recordó que lo había encontrado en la casa que poseía un diplomático en Kensington, escondido en un escritorio. Había observado que el nombre del propietario era Harold, y en la foto se le parecía un poco, así que lo había cogido.

Estados Unidos, pensó.

Sabía imitar el acento norteamericano. De hecho, sabía algo que la mayoría de los ingleses desconocía, que había varios acentos norteamericanos diferentes, algunos más elegantes que otros. Tómese, por ejemplo, la palabra «Boston». La gente de Boston decía «Baston». La gente de Nueva York decía «Bouston». Para los norteamericanos, un mayor acento inglés denotaba una clase social más elevada. Y había millones de chicas norteamericanas ricas que ansiaban ser seducidas.

En este país, por el contrario, solo le esperaban la cárcel y el ejército.

Tenía un pasaporte y un buen puñado de dinero. Tenía un traje limpio en el armario ropero de su madre, y podía comprarse algunas camisas y una maleta. Se encontraba a ciento quince kilómetros de Southampton.

Podía marcharse hoy.

Era como un sueño.

Su madre le llamó desde la cocina, despertándole de su ensueño.

—Harry, ¿quieres un bocadillo de bacon?

—Sí, por favor.

Fue a la cocina y se sentó a la mesa. Su madre colocó un bocadillo frente a él, pero no lo cogió.

—Vámonos a Estados Unidos, mamá.

La mujer estalló en carcajadas.

—¿Yo? ¿A Estados Unidos? ¡Tendría que beber cacao!

—Lo digo en serio. Yo sí voy.

Su madre adoptó una expresión seria.

—Eso no es para mí, hijo. Soy demasiado vieja para emigrar.

—Pero va a estallar una guerra.

—Ya he pasado por una guerra, una huelga general y una Depresión. —Paseó la mirada alrededor de la diminuta cocina—. No es gran cosa, pero es lo que conozco.

Harry no había esperado que accediera, pero se sentía abatido. Su madre era todo cuanto tenía.

—De todos modos, ¿qué vas a hacer allí? —preguntó ella.

—¿Te preocupa que continúe robando?

—Los ladrones siempre terminan igual. No sé de ningún chorizo a quien no le hayan echado el guante tarde o temprano.

—Me gustaría alistarme en la Fuerza Aérea y aprender a volar.

—¿Te dejarían?

—A los norteamericanos les da igual que seas de clase obrera, mientras tengas un buen cerebro.

Su madre pareció animarse un poco. Se sentó y bebió su té, en tanto Harry comía el bocadillo de bacon. Cuando terminó, sacó su dinero y contó cincuenta libras.

—¿Para qué es eso? —preguntó su madre. Dos años de limpiar oficinas le habían reportado la misma cantidad.

—Te vendrán bien. Cógelo, mamá. Quiero que te lo quedes.

La mujer obedeció.

—Hablabas en serio, pues.

—Le pediré prestada la moto a Sid Brennan, iré a Southampton hoy mismo y cogeré un barco.

Su madre le apretó la mano.

—Que tengas suerte, hijo.

—Te enviaré más dinero desde Estados Unidos.

—No es necesario, a menos que te sobre. Prefiero que me envíes una carta de vez en cuando, para saber cómo te va.

—Sí. Te escribiré.

Los ojos de la mujer se llenaron de lágrimas.

—Volverás a verme algún día, ¿verdad?

Harry le acarició la mano.

—Por supuesto, mamá. Volveré.

Harry se miró en el espejo de la barbería. El traje azul, que le había costado trece libras en Savile Row, le sentaba de maravilla y combinaba con sus ojos azules. El cuello blando de su nueva camisa parecía norteamericano. El barbero cepilló las hombreras de su chaqueta cruzada. Harry le dio una propina y se marchó.

Subió por la escalera de mármol y emergió en el recargado vestíbulo del hotel South-Western. Estaba abarrotado de gente. Era el punto de partida elegido por la mayoría de los transatlánticos, y miles de personas intentaban abandonar Inglaterra.

Harry descubrió cuántas cuando trató de conseguir un camarote en el barco. No quedaba ni un pasaje libre en ningún buque para las semanas siguientes. Algunas líneas marítimas habían preferido cerrar sus oficinas, para evitar que sus empleados perdieran el tiempo rechazando a los que querían marcharse. Durante un rato creyó que iba a ser imposible. Estaba a punto de darse por vencido y empezar a pensar en otro plan, cuando un agente de viajes mencionó el *clipper* de la Pan American.

Había leído sobre el *clipper* en los periódicos. El servicio se había iniciado aquel verano. Se podía volar a Nueva York en menos de treinta horas, en lugar de los cuatro o cinco días que tardaba el barco. Sin embargo, tan solo el billete de ida costaba noventa libras. ¡Noventa libras! Casi lo que costaba un coche nuevo.

Harry se había desprendido de la cantidad. Era una locura, pero ahora que había tomado la decisión de irse pagaría cualquier precio con tal de abandonar el país. Y el lujo del avión le seducía: el champán correría hasta llegar a Nueva York. Era el tipo de extravagancia demente que Harry adoraba.

Ya no daba un brinco cada vez que veía a la bofia; la policía de Southampton no sabía nada de él. Sin embargo, era la primera vez que iba a volar, y estaba nervioso.

Consultó su reloj, un Patek Philippe robado a un ayuda de cámara real. Le quedaba tiempo de tomar una taza de café que calmara su estómago. Entró en el salón.

Mientras bebía el café, una mujer extraordinariamente hermosa entró. Era una rubia perfecta, y llevaba un vestido de talle de avispa color crema, con lunares rojo-anaranjados. Tendría unos treinta años, diez más que Harry, pero el detalle no impidió que le dirigiera una sonrisa cuando ella le miró.

Se sentó en la mesa contigua, y Harry examinó la forma en que la seda a topos se amoldaba a sus pechos y cubría sus rodillas. Completaba su atuendo con zapatos color crema y un sombrero de paja. Colocó el pequeño bolso sobre la mesa.

Un hombre ataviado con una chaqueta de lana se reunió con ella al cabo de un momento. Al oírles hablar, Harry descubrió que la mujer era inglesa, pero él era norteamericano. Harry escuchó con atención, fijándose en el acento del hombre. La mujer se llamaba Diana; el hombre era Mark. Vio que este tocaba el brazo de Diana. Ella se acercó un poco más. Estaban enamorados, no veían a nadie más. Para ellos, el salón estaba vacío.

Harry experimentó una punzada de envidia.

Apartó la vista. Aún se sentía intranquilo. Iba a cruzar el Atlántico volando. Le parecía un trayecto excesivamente largo para que no hubiera tierra en medio. Nunca había comprendido el principio de los viajes aéreos. Si las hélices giraban y giraban, ¿cómo podía subir el avión?

Mientras escuchaba a Mark y Diana, ensayó una expresión de desenvoltura. No quería que los demás pasajeros del *clipper* supieran que estaba nervioso. Soy Harry Vandenpost, pensó; un acaudalado joven norteamericano que vuelve a casa por culpa de la guerra en Europa. De momento, no tengo trabajo, pero supongo que encontraré un empleo pronto. Mi padre hace inversiones. Mi madre, Dios la haya acogido en su seno, era inglesa, y yo fui a un colegio en Gran Bretaña. No fui a la universidad… Nunca me gustó empollar (¿dirían los norteamericanos «empollar»? No estaba seguro). He pasado tanto tiempo en Inglaterra que se me ha pegado la jerga local. He volado algunas veces, desde luego, pero este es mi primer vuelo transatlántico. ¡Me entusiasma la idea!

Cuando hubo terminado el café, casi había perdido el miedo.

Eddie Deakin colgó. Paseó la mirada por el vestíbulo: estaba desierto. Nadie le había escuchado. Contempló el teléfono que le había sumido en el horror y lo odió, como si pudiera concluir la pesadilla destrozando el aparato. Después, poco a poco, se alejó.

¿Quiénes eran? ¿Dónde retenían a Carol-Ann? ¿Por qué la habían secuestrado? ¿Qué querían que hiciera él? Las preguntas zumbaban en su cabeza como moscas sobre un tarro de miel. Trató de pensar. Se obligó a concentrarse en las preguntas una por una.

¿Quiénes eran? ¿Cabía la posibilidad de que fueran simples lunáticos? No. Estaban demasiado bien organizados. Unos locos podían perpetrar un rapto, pero averiguar dónde estaría Eddie justo después del secuestro y conseguir que hablara por teléfono con Carol-Ann en el momento exacto daba a entender que todo se había planeado meticulosamente. Era gente racional, pero dispuesta a quebrantar la ley. Tal vez fueran anarquistas, pero lo más probable es que estuviera tratando con gángsteres.

¿Dónde retenían a Carol-Ann? Ella le había dicho que se encontraba en una casa. Podía ser la de uno de los secuestradores, pero lo más probable era que hubieran allanado o alquilado una casa vacía en algún lugar solitario. Carol había dicho que estaba retenida desde hacía unas dos horas, de modo que la casa no podía distar más de noventa o cien kilómetros de Bangor.

¿Por qué la habían secuestrado? Querían algo de él, algo que no les entregaría de manera voluntaria, algo que no haría por dinero, algo, imaginó, a lo que él se negaría. Pero ¿qué? No tenía dinero, no tenía secretos, y no tenía a nadie en su poder.

Tenía que ser algo relacionado con el *clipper*.

Según ellos, un hombre llamado Tom Luther le daría instrucciones en el avión. ¿Trabajaría Luther para alguien que quisiera detalles sobre la construcción y manejo del avión? ¿Otra línea aérea, tal vez, o un país extranjero? Era posible. Quizá los alemanes o los japoneses querían construir una copia para utilizarlo como bombardero. Sin embargo, tenía que haber medios más sencillos para obtener los planos. Cientos de personas, incluso miles, podían proporcionarles dicha información: los empleados de la Pan American, los empleados de la Boeing, hasta los mecánicos de la Imperial Airways que se encargaban del mantenimiento de los motores aquí, en Hythe. El secuestro no era necesario. Coño, las revistas habían publicado cantidad de detalles técnicos.

¿Querría alguien robar el avión? Costaba creerlo.

La explicación más lógica era que necesitaran la cooperación de Eddie para introducir clandestinamente en Estados Unidos algo, o a alguien.

Bien, no se le ocurría nada más. ¿Qué iba a hacer?

Era un ciudadano que respetaba la ley y la víctima de un delito, y deseaba de todo corazón llamar a la policía.

Pero estaba aterrorizado.

Nunca había estado tan asustado en toda su vida. De pequeño había tenido miedo de papá y del demonio, pero desde entonces nada le había petrificado de espanto. Ahora, se sentía indefenso y helado de terror. Se sentía paralizado; por un momento, ni siquiera pudo moverse de donde estaba.

Pensó en la policía.

Se encontraba en la jodida Inglaterra, no tenía sentido llamar a sus polis montados en bicicleta. Sin embargo, podía telefonear al sheriff del condado, a la policía del estado de Maine, o incluso al FBI, e indicarles que buscaran una casa aislada alquilada en fecha reciente por un hombre...

«No llames a la policía. No te beneficiará», había dicho la voz por teléfono. «Si la llamas, me la follaré, solo por el placer de hacerte daño.»

Eddie le creyó. Había captado una nota de anhelo en la

voz maliciosa, como si el hombre buscase una excusa para violarla. El estómago redondo y los pechos llenos conferían a su mujer un aspecto maduro y sensual que...

Cerró los puños, pero lo único que podía golpear era la pared. Salió por la puerta principal, lanzando un gemido de desesperación. Atravesó el jardín sin mirar a dónde iba. Llegó a un grupo de árboles, se detuvo y apoyó la frente en la rugosa corteza de un árbol.

Eddie era un hombre sencillo. Había nacido en una granja, a pocos kilómetros de Bangor. Su padre era un pobre granjero, que poseía unas pocas hectáreas de campos de patatas, algunos pollos, una vaca y un huerto. Nueva Inglaterra era un mal sitio para ser pobre; los inviernos eran largos y muy fríos. Mamá y papá lo atribuían todo a la voluntad de Dios. Incluso cuando la hermana pequeña de Eddie enfermó de neumonía y murió, papá dijo que Dios lo había querido así, por un motivo «demasiado profundo para que nosotros lo entendamos». En aquellos días, Eddie soñaba con encontrar un tesoro enterrado en el bosque: un arcón provisto de bordes de latón perteneciente a un pirata, lleno de oro y piedras preciosas, como en las novelas. En sus fantasías, cogía una moneda de oro y compraba en Bangor grandes camas blandas, un montón de leña, una vajilla de porcelana para su madre, chaquetones de piel de oveja para toda la familia, gruesos filetes y una nevera llena de helados y una piña. La ruinosa y destartalada granja se convertía en un lugar cálido, cómodo y henchido de felicidad.

Nunca encontró el tesoro enterrado, pero recibió una educación, recorriendo a pie cada día los diez kilómetros que distaba la escuela. Le gustaba, porque en el aula se estaba más caliente que en su casa, y la señora Maple le apreciaba porque siempre se interesaba por el funcionamiento de las cosas.

Años más tarde, fue la señora Maple quien escribió al congresista que concedió a Eddie la oportunidad de pasar el examen de entrada a Annapolis.

Pensó que la Academia Naval era el paraíso. Había mantas, ropa de buena calidad y toda la comida que era capaz de devorar. Nunca había imaginado tantos lujos. Se adaptó con facilidad al duro régimen físico. Las chorradas que se decían no eran peores que las escuchadas en la iglesia durante toda su vida, y las novatadas no tenían ni punto de comparación con las palizas que le propinaba su padre.

En Annapolis se dio cuenta por primera vez de cómo le veía la demás gente. Averiguó que era entusiasta, tenaz, inflexible y muy trabajador. Aunque era flaco, nadie se metía con él; su mirada asustaba a los bravucones. La gente le apreciaba porque podía confiar en sus promesas, pero nadie le alzó la voz en ningún momento.

Le sorprendió que le considerasen muy trabajador. Tanto papá como la señorita Maple le habían enseñado que todo se podía conseguir con esfuerzo, y Eddie jamás había concebido otro método. Los halagos, en cualquier caso, le complacían. El calificativo más entusiasta que su padre dedicaba a alguien era el de «maquinista», que en la jerga local de Maine significaba «muy trabajador».

Fue nombrado alférez y destinado a la instrucción de vuelo en hidroaviones. Había muchas comodidades en Annapolis, en comparación con su casa, pero la Marina de Estados Unidos era ya todo un lujo. Pudo enviar dinero a sus padres, para que repararan el techo de la granja y compraran una cocina nueva.

Llevaba cuatro años en la Marina cuando su madre murió, y papá la siguió justo cinco meses después. Sus escasas hectáreas fueron absorbidas por la granja vecina, pero Eddie pudo comprar la casa y el bosquecillo por una miseria. Se dio de baja de la Marina y consiguió un empleo bien remunerado en la Pan American Airways.

Entre vuelo y vuelo trabajaba en la vieja casa. Instaló cañerías, electricidad y un calentador de agua, sin ayuda de nadie, pagando los materiales gracias a lo que ganaba como mecánico. Compró estufas eléctricas para los dormitorios, una radio y hasta un teléfono. Después conoció a Carol-Ann. Pensó que la casa no tardaría en llenarse de risas de niños, y que su sueño se convertiría en realidad.

En lugar de ello, se había convertido en una pesadilla.

4

Las primeras palabras que Mark Alder dijo a Diana Lovesey fueron:

—Santo Dios, eres lo más bello que he visto en todo el día.

La gente siempre le decía este tipo de cosas. Era bonita y vivaz, y le encantaba vestir bien. Aquella noche llevaba un vestido largo azul turquesa, con solapas pequeñas, un corpiño fruncido y mangas cortas hasta la altura del codo; sabía que tenía un aspecto maravilloso.

Se encontraba en el hotel Midland de Manchester, asistiendo a una cena, a la que seguiría un baile. No estaba segura de si la organizaba la Cámara de Comercio, los francmasones o la Cruz Roja; siempre acudía la misma gente a tales acontecimientos. Había bailado con casi todos los socios de su marido Mervyn, que la habían estrechado más de lo necesario y pisado los pies, consiguiendo que sus esposas la asaetearan con miradas asesinas. Era extraño, pensaba Diana, que cuando un hombre se ponía en ridículo ante una chica bonita, su mujer siempre odiara a la chica, en lugar de al hombre. A pesar de que a Diana no la atraían en absoluto aquellos maridos pomposos y anegados de whisky.

Había escandalizado a todas y molestado a su marido cuando enseñó al teniente de alcalde a bailar el *jitterbug*. Ahora, necesitada de una pausa, se había ido al bar del hotel, con la excusa de comprar cigarrillos.

Él estaba solo, bebiendo un coñac corto, y la miró como

si hubiera traído la luz del sol al bar. Era un hombre bajo y pulcro, de sonrisa infantil y acento norteamericano. Su comentario pareció espontáneo y sus modales eran encantadores, de modo que ella le dirigió una sonrisa radiante, aunque no le habló. Compró cigarrillos, pidió un vaso de agua con hielo y volvió al baile.

Él debió de preguntarle al camarero quién era, y averiguó su dirección de alguna manera, porque al día siguiente Diana recibió una nota del hombre, escrita en el papel del hotel Midland.

De hecho, era un poema.

Empezaba:

Fija en mi corazón, la imagen de tu sonrisa,
grabada, siempre presente en la mente,
no podrán borrarla el dolor, los años o la desdicha.

Le arrancó lágrimas.

Lloró por todo cuanto había anhelado y jamás conseguido. Lloró porque vivía en una mugrienta ciudad industrial, con un marido que detestaba irse de vacaciones. Lloró porque el poema era lo único hermoso y romántico que le había ocurrido en cinco años. Y lloró porque ya no estaba enamorada de Mervyn.

Después, todo sucedió a una velocidad vertiginosa.

Al día siguiente era domingo. Fue a la ciudad el lunes. Su rutina normal habría consistido en acudir primero a Boot's para cambiar su libro en la biblioteca; después, habría comprado un billete combinado de almuerzo y sesión en el cine Paramount de la calle Oxford por dos chelines y seis peniques. Después de la película, habría dado una vuelta por los almacenes Lewis y por Finnigan's, para comprar cintas, servilletas o regalos para los hijos de su hermana. Tal vez se habría acercado a una de las pequeñas tiendas de The Shambles para comprarle a Mervyn algún queso exótico o una mermelada especial. Luego, habría tomado el tren de vuelta a Altrincham, el suburbio donde residía, a tiempo para cenar.

Esta vez, tomó café en el bar del hotel Midland, comió en el restaurante alemán situado en los bajos del hotel Midland y tomó el té de las cinco en el salón del hotel Midland. Sin embargo, no vio al hombre fascinante de acento norteamericano.

Regresó a casa con el corazón roto. Era ridículo, se dijo. ¡Le había visto menos de un minuto y no le había dirigido ni una palabra! Parecía simbolizar todo cuanto le faltaba en la vida, pero si le veía de nuevo descubriría seguramente que era grosero, estúpido, morboso y maloliente, o todo a la vez.

Bajó del tren y caminó por la calle de grandes villas suburbanas en donde vivía. Cuando se acercó a su casa, se quedó conmocionada y aturdida al verle andando hacia ella, mirando su casa con un aire fingido de curiosidad ociosa.

Diana se ruborizó y su corazón se aceleró. Él también se mostró sorprendido. Se detuvo, pero ella continuó avanzando.

—Nos encontraremos en la Biblioteca Central mañana por la mañana —le dijo ella cuando pasó a su lado.

No esperaba que respondiera, pero el hombre, como ella averiguó más tarde, poseía una mente ágil e ingeniosa.

—¿En qué sección? —le preguntó al instante.

Era una biblioteca grande, pero no tan grande como para que dos personas tardaran en encontrarse mucho rato, pero dijo lo primero que le vino a la cabeza.

—Biología.

El hombre rió.

Diana entró en su casa con aquella carcajada campanilleando en sus oídos, una carcajada cálida, serena, complacida; la risa de un hombre que amaba la vida y se sentía a gusto consigo mismo.

La casa estaba desierta. La señora Rollins, que se encargaba de las tareas domésticas, ya se había marchado, y Mervyn aún no había llegado. Diana se sentó en la moderna e higiénica cocina y se entretuvo en antihigiénicos pensamientos pasados de moda sobre aquel divertido poeta norteamericano.

A la mañana siguiente le encontró sentado a una mesa, bajo un letrero que ponía SILENCIO. Cuando le dijo «hola», él se llevó un dedo a los labios, señaló una silla y escribió una nota.

Decía: «Me encanta tu sombrero».

Diana llevaba un sombrerito parecido a una maceta vuelta del revés con un borde, y se inclinaba a un lado, hasta casi cubrirle el ojo izquierdo. Era la moda del momento, pero pocas mujeres de Manchester se atrevían a seguirla.

Ella sacó una pluma del bolso y escribió debajo: «No te quedaría bien».

«Pero mis geranios encajarían de maravilla», escribió él.

Ella rió, y el hombre le indicó que callara.

¿Está loco, o solo es divertido?, pensó Diana.

Ella escribió: «Adoro tu poema».

Él escribió a continuación: «Yo te adoro a ti».

Loco, pensó ella, pero las lágrimas acudieron a sus ojos. Escribió: «¡Ni siquiera sé tu nombre!».

Él le entregó su tarjeta. Se llamaba Mark Alder y vivía en Los Ángeles.

¡California!

Fueron a comer temprano a un restaurante VHL (verduras, huevos y leche), porque estaba segura de que no se toparía en él con su marido: ni una manada de caballos salvajes le arrastraría a un restaurante vegetariano. Después, como era martes, había un concierto a mediodía en el Houldsworth Hall de Deansgate, con la famosa orquesta Hallé de la ciudad y su nuevo director, Malcolm Sargent. Diana se sentía orgullosa de que su ciudad pudiera ofrecer tal oferta cultural a un visitante.

Aquel día averiguó que Mark escribía comedias para la radio. Nunca había oído hablar de la gente para la cual escribía, pero él dijo que era famosa: Jack Benny, Fred Allen, Amos 'n' Andy. También era propietario de una emisora de radio. Vestía una chaqueta de cachemira. Estaba pasando unas largas vacaciones, siguiendo la pista de sus orígenes. Su familia procedía de Liverpool, la ciudad portuaria que distaba pocos kilómetros al oeste de Manchester. Era un hombre bajo, no mucho más alto que Diana, y de su misma edad, de ojos color avellana y algunas pecas.

Y era un encanto.

Era inteligente, divertido y fascinante, de modales educados, uñas impecables y ropa excelente. Le gustaba Mozart, pero conocía a Louis Armstrong. Lo más importante era que Diana le gustaba.

Era muy peculiar que a pocos hombres les gustasen de verdad las mujeres, pensó Diana. Los hombres que ella conocía la adulaban, intentaban meterle mano, insinuaban discretas citas cuando Mervyn les daba la espalda y a veces, cuando estaban borrachos, le declaraban su amor, pero en realidad no les gustaba. Su conversación era trivial, nunca la escuchaban y no sabían nada acerca de ella. Mark era diferente por completo, como fue averiguando durante los siguientes días y semanas.

El día después de citarse en la biblioteca, él alquiló un coche y la llevó a la costa, donde comieron bocadillos en una playa acariciada por la brisa y se besaron al abrigo de las dunas.

Mark tenía una *suite* en el Midland, pero no podían encontrarse allí porque Diana era muy conocida; si la hubieran visto subir a una habitación después de comer, la noticia se habría esparcido por toda la ciudad a la hora del té. Sin embargo, la mente inventiva de Mark aportó una solución. Fueron en coche a la ciudad costera de Lytham St. Anne's, provistos de una maleta, y se inscribieron en un hotel como el señor y la señora Alder. Comieron y se fueron a la cama.

Hacer el amor con Mark fue muy divertido.

La primera vez, hizo una pantomima de intentar desnudarse en completo silencio, y ella se rió tanto que no sintió timidez cuando él la desnudó. Ya no le preocupaba que le gustara o no: era obvio que la adoraba. Era tan amable que no se puso nerviosa ni un momento.

Pasaron la tarde en la cama y después bajaron a pagar, diciendo que habían decidido no prolongar su estancia. Mark pagó como si hubieran pasado la noche para que no se produjeran enfados. La dejó en la estación anterior a Altrincham, y ella llegó a casa en tren como si hubiera pasado la tarde en Manchester.

Todo aquel verano procedieron de la misma forma.

Él debía volver a Estados Unidos a principios de agosto para trabajar en un nuevo programa, pero se quedó, y escribió una serie de *sketchs* sobre un norteamericano de vacaciones en Inglaterra, enviándolos cada semana por el nuevo servicio de correo aéreo iniciado por la Pan American.

A pesar de este recordatorio de que el tiempo se les escapaba de las manos, Diana consiguió no pensar demasiado sobre el futuro. Mark volvería a su país algún día, por supuesto, pero mañana seguiría aquí, y ese era el único futuro que Diana osaba anticipar. Era como la guerra: todo el mundo sabía que sería espantosa, pero nadie era capaz de predecir cuándo estallaría. Hasta que ocurriera, lo único que cabía hacer era seguir adelante e intentar pasarlo bien.

El día después de que estallara la guerra, él le dijo que iba a regresar.

Diana estaba sentada en la cama, con la sábana por debajo del busto, mostrando los pechos. A Mark le encantaba esta postura. Pensaba que sus pechos eran maravillosos, aunque ella pensaba que eran demasiado grandes.

Sostenían una conversación seria. Inglaterra había declarado la guerra a Alemania, y hasta los amantes felices hablaban de ello. Diana había seguido el horrible conflicto de China durante todo el año, y la idea de una guerra en Europa la llenaba de pánico. Como los fascistas en España, los japoneses no tenían escrúpulos en lanzar bombas sobre mujeres y niños, y las carnicerías de Chungking e Ichang habían sido estremecedoras.

Formuló a Mark la pregunta que estaba en boca de todo el mundo.

—¿Qué crees que ocurrirá?

Por una vez, su respuesta no fue divertida.

—Creo que va a ser horrible —dijo con gravedad—. Creo que Europa quedará devastada. Es posible que este país sobreviva, por ser una isla. Eso espero.

—Oh —exclamó Diana.

De repente, tuvo miedo. Los ingleses no decían cosas semejantes. Los periódicos se mostraban beligerantes, y Mervyn deseaba la guerra sin ambages. Sin embargo, Mark era extranjero, y su opinión, pronunciada con su tranquilo tono norteamericano, sonaba preocupantemente realista. ¿Arrojarían bombas sobre Manchester?

Recordó algo que Mervyn había dicho, y lo repitió.

—Estados Unidos entrará en guerra tarde o temprano.

—Hostia, espero que no —fue la sorprendente contestación de Mark—. Esto es un conflicto europeo, y no tiene nada que ver con nosotros. Puedo entender por qué Inglaterra ha declarado la guerra, pero no tengo el menor deseo de ver morir a los norteamericanos por defender a los jodidos polacos.

Nunca le había oído decir tacos de aquella manera. A veces, le susurraba obscenidades en el oído mientras hacían el amor, pero eso era diferente. Ahora, parecía irritado. Pensó que tal vez estaba un poco asustado. Sabía que Mervyn estaba asustado, pero lo expresaba en forma de optimismo imprudente. El miedo de Mark se traducía en aislacionismo y juramentos.

Su actitud la decepcionó, pero entendía su punto de vista: ¿por qué debían los norteamericanos ir a la guerra por Polonia, o incluso por Europa?

—Y yo ¿qué? —dijo Diana. Procuró expresarse con frivolidad—. ¿Te gustaría que me violasen unos nazis rubios de botas brillantes?

No era muy gracioso, y se arrepintió al instante.

Fue entonces cuando él sacó un sobre de la maleta y se lo dio.

Ella sacó el billete y lo miró. De pronto, se quedó aterrorizada.

—¡Vuelves a tu país! —gritó. Era como el fin del mundo.

—Hay dos billetes —se limitó a decir él, con aire solemne.

Ella pensó que su corazón iba a dejar de latir.

—Dos billetes —repitió en tono monótono. Estaba desorientada y extrañamente asustada.

Él se sentó en la cama a su lado y le cogió la mano. Diana sabía lo que diría a continuación. Se hallaba emocionada y aterrorizada al mismo tiempo.

—Ven conmigo, Diana. Vuela a Nueva York conmigo. Después, iremos a Reno y te divorciarás, y luego iremos a California y nos casaremos. Te quiero.

«Volar.» Apenas se podía imaginar volando sobre el océano Atlántico: tales cosas solo ocurrían en los cuentos de hadas.

«A Nueva York.» Nueva York era un sueño de rascacielos y clubs nocturnos, gángsteres y millonarios, herederas elegantes y coches enormes.

«Y te divorciarás». ¡Y librarse de Mervyn!

«Luego, iremos a California.» Donde se rodaban las películas, y crecían naranjas en los árboles, y el sol brillaba todos los días.

«Y nos casaremos.» Y estar con Mark todo el tiempo, cada día, cada noche.

No pudo hablar.

—Tendremos hijos —dijo Mark.

Ella quiso llorar.

—Pídemelo otra vez —susurró.

—Te quiero. ¿Quieres casarte conmigo y ser la madre de mis hijos? —dijo él.

—Oh, sí —respondió Diana, y tuvo la sensación de que ya estaba volando—. ¡Sí, sí, sí!

Tenía que decírselo a Mervyn aquella noche.

Era lunes. El martes debería viajar a Southampton con Mervyn. El *clipper* despegaba el miércoles a las dos del mediodía.

Flotaba en el aire cuando llegó a casa el lunes por la tarde, pero en cuanto entró en la casa se desvaneció su euforia.

¿Cómo se lo iba a decir?

La casa era bonita, un gran chalet nuevo, blanco y de tejado rojo. Tenía cuatro dormitorios, tres de los cuales casi nunca se habían utilizado. Tenía un cuarto de baño moderno y una cocina con los últimos adelantos. Ahora que se aprestaba a abandonarla, la miró con tierna nostalgia: había sido su hogar durante cinco años.

Ella preparaba las comidas de Mervyn. La señora Rollins se encargaba de la limpieza y de lavar la ropa. Si Diana no cocinara, no habría tenido nada que hacer. Además, Mervyn era en el fondo un producto de la clase obrera, y le gustaba que su mujer le trajera la comida a la mesa cuando volvía a casa. Todavía llamaba a la comida «el té», y la acompañaba con té, aunque siempre era copiosa: salchichas, filete o pastel de carne. Para Mervyn, «la cena» se servía en los hoteles. En casa se tomaba el té.

¿Qué le iba a decir?

Hoy tomaría buey frío, las sobras del asado del domingo. Diana se puso un delantal y empezó a cortar patatas para freír. Cuando pensó en la previsible irritación de Mervyn, le temblaron las manos y se cortó con el cuchillo de las verduras.

Intentó serenarse mientras se lavaba el corte bajo el agua fría, lo secaba con una toalla y se lo vendaba. ¿De qué tengo miedo?, se preguntó. No me va a matar. No puede detenerme: ya tengo más de veintiún años y vivimos en un país libre.

Estos pensamientos no calmaron sus nervios.

Se sentó a la mesa y lavó una lechuga. Aunque Mervyn trabajaba mucho, casi siempre llegaba a casa a la misma hora. Decía: «¿De qué sirve ser el jefe si he de parar de trabajar cuando los demás se van a casa?». Era ingeniero, y el dueño de una fábrica de la que salían toda clase de rotores, desde aspas pequeñas para sistemas de refrigeración hasta enormes hélices de transatlánticos. Mervyn siempre había tenido éxito —era un buen negociante—, pero dio en el clavo cuando empezó a fabricar hélices de avión. Volar era su afición favorita, y poseía un pequeño avión, un Tiger Moth, aparcado en un aeródromo de las afueras de la ciudad. Cuando el gobierno empezó a crear las Fueras Aéreas, dos o tres años antes, había muy pocas personas que supieran fabricar hélices curvas con precisión matemática, y Mervyn era una de ellas. Desde entonces, sus negocios habían experimentado un gran auge.

Diana era su segunda esposa. La primera le había abandonado, siete años atrás, y huido con otro hombre, llevándose a sus dos hijos. Mervyn se divorció de ella en cuanto pudo y se declaró a Diana nada más concluido el divorcio. Diana tenía veintiocho años, y él treinta y ocho. Era un hombre atractivo, masculino y próspero, y la adoraba. Su regalo de bodas consistió en un collar de diamantes.

Unas semanas antes, para su quinto aniversario, le había regalado una máquina de coser.

Al pensar en el pasado, comprendió que la máquina de coser había sido la gota que colmaba el vaso. Ella deseaba un coche. Sabía conducir y Mervyn se podía permitir el lujo. Cuando vio la máquina de coser, supo que su paciencia se había agotado. Llevaban cinco años juntos, pero él aún no se había dado cuenta de que Diana no cosía nunca.

Sabía que Mervyn la amaba, pero no la veía. Para él, era una persona con la etiqueta de «esposa». Era bonita, interpretaba su papel social de la forma adecuada, le ponía la comida en la mesa y se comportaba en la cama como una puta; ¿qué más se podía pedir? Nunca le consultaba acerca de nada. Como no era ni ingeniero ni hombre de negocios, ni se le ocurría que poseyera un cerebro. Hablaba a los hombres de su fábrica con más inteligencia que a ella. En su mundo, los hombres deseaban coches y las mujeres máquinas de coser.

Aun así, era un hombre muy inteligente. Hijo de un tornero, había asistido a una escuela de segunda enseñanza de Manchester y estudiado Física en la universidad de Manchester. Había tenido la oportunidad de ingresar en Cambridge y licenciarse, pero carecía de vocación académica, y consiguió un empleo en el departamento de proyectos de una importante empresa de ingeniería. Estaba al día en los avances de la física, y hablaba intensamente con su padre, aunque nunca con Diana, por supuesto, de átomos, radiaciones y fisión nuclear.

Por desgracia, Diana no entendía ni jota de física. Sabía mucho sobre música, literatura y un poco sobre historia, pero a Mervyn no le interesaba la cultura, aunque le gustaba el cine y la música de baile. Así pues, no tenían ningún tema en común del que hablar.

Habría sido diferente de haber tenido hijos, pero Mervyn

ya tenía dos hijos de su primera mujer y no quería más. Diana se sentía inclinada a quererlos, pero no tuvo la menor posibilidad; su madre les predispuso en contra de Diana, con el argumento de que esta había causado la ruptura de su matrimonio. La hermana de Diana que vivía en Liverpool tenía dos lindas gemelas con trenzas, y Diana les dedicaba todo su afecto maternal.

Perdería a las gemelas.

A Mervyn le entusiasmaba mantener una vida social intensa con los principales políticos y hombres de negocios de la ciudad, y Diana disfrutó al principio con su papel de anfitriona. Siempre le había gustado la ropa bonita, y le sentaba de maravilla. Pero la vida era algo más que aquello.

Durante un tiempo, pasó por ser la inconformista de la sociedad de Manchester: fumaba puros, vestía de forma extravagante, hablaba sobre el amor libre y el comunismo. Le encantaba escandalizar a las matronas, pero Manchester no era una ciudad muy conservadora, Mervyn y sus amigos eran liberales, y no había provocado una gran conmoción.

Estaba descontenta, pero se preguntaba si tenía derecho a ello. La mayoría de las mujeres pensaban que era afortunada: tenía un marido serio, digno de confianza y generoso, una bonita casa y montones de amigos. Se decía que debía ser feliz, pero no lo era…, y entonces apareció Mark.

Oyó que el coche de Mervyn frenaba en la calle. Era un sonido familiar, pero esta noche se le antojó ominoso, como el gruñido de una bestia peligrosa.

Puso la sartén sobre el gas con mano temblorosa.

Mervyn entró en la cocina.

Era tremendamente atractivo. Su cabello oscuro ya se había teñido de gris, pero le dotaba de un porte aún más distinguido. Era alto y no había engordado, como la mayoría de sus amigos. No era presumido, pero Diana le animaba a vestir trajes oscuros a medida y camisas blancas caras, porque le gustaba que pareciera tan triunfador como era.

La aterrorizaba que él distinguiera la culpabilidad en su rostro y le preguntara cuál era la causa.

La besó en la boca. Avergonzada, ella le devolvió el beso. A veces él la abrazaba, le introducía la mano entre las nalgas y la pasión se apoderaba de ellos, que se precipitaban al dormitorio y dejaban que la comida se quemara; pero esto ya no solía ocurrir, y hoy, gracias a Dios, no fue una excepción. Él la besó distraído y se alejó.

Se quitó la chaqueta, el chaleco, la corbata y el cuello, y se subió las mangas. Después, se lavó las manos y la cara en el fregadero de la cocina. Era ancho de pecho y tenía los brazos fuertes.

No se había dado cuenta de que algo iba mal. Ni lo haría, por supuesto; no la veía. Ella era un objeto más, como la mesa de la cocina. Diana no tenía por qué preocuparse. No se enteraría de nada hasta que ella se lo dijera.

No se lo diré aún, pensó.

Mientras se freían las patatas, untó el pan con mantequilla y preparó el té. Todavía temblaba, pero lo disimuló. Mervyn leía el *Manchester Evening News* y apenas la miraba.

—Tengo un alborotador en el trabajo —dijo, mientras ella colocaba su plato frente a él.

Me importa un pimiento, pensó Diana. Ya no tengo nada que ver contigo.

Entonces, ¿por qué te he preparado «el té»?

—Es de Londres, de Battersea, y creo que es comunista. En cualquier caso, ha pedido aumento de sueldo por trabajar en la nueva taladradora de plantillas. En realidad, no le falta razón, pero pago el trabajo de acuerdo con las tarifas antiguas, así que deberá pasar por el tubo.

—He de decirte algo —ensayó Diana, armándose de valor. Después, deseó con todas sus fuerzas no haber pronunciado las palabras, pero ya era demasiado tarde.

—¿Qué te has hecho en el dedo? —preguntó su marido, reparando en el pequeño vendaje.

Esta pregunta vulgar la disuadió.

—Nada —contestó, dejándose caer en la silla—. Me hice un corte mientras preparaba las patatas.

Cogió el cuchillo y el tenedor.

Mervyn comió con voracidad.

—Debería mirar con más cuidado a quien contrato, pero el problema es que actualmente no se encuentran buenos fabricantes de herramientas.

No estaba previsto que ella contestara cuando él hablaba de sus negocios. Si hacía una sugerencia, su marido le dirigía una mirada irritada, como si hubiera hablado cuando no le tocaba. Su deber era escuchar.

Mientras él hablaba acerca de la nueva taladradora de plantillas y del comunista de Battersea, ella recordó el día de su boda. Su madre aún vivía. Se habían casado en Manchester, y habían celebrado la fiesta en el hotel Midland. Mervyn vestido de novio había sido el hombre más apuesto de Inglaterra. Diana había supuesto que siempre lo sería. Ni siquiera había cruzado por su mente la idea de que su matrimonio podía fracasar. Nunca había conocido a una persona divorciada antes de Mervyn. Al recordar sus sentimientos de aquella época, tuvo ganas de llorar.

También sabía que su separación destrozaría a Mervyn. No tenía ni idea de lo que ella planeaba. Aún empeoraba más la situación el hecho de que su primera mujer le hubiera abandonado de la misma manera, por supuesto. Iba a enloquecer. Pero antes se pondría furioso.

Terminó el plazo y se sirvió otra taza de té.

—Apenas has cenado—dijo. De hecho, Diana no había probado nada.

—He comido mucho —contestó ella.

—¿A dónde fuiste?

Aquella inocente pregunta la embargó de pánico. Había comido bocadillos con Mark en la cama de un hotel de Blackpool, y no se le ocurrió ninguna mentira plausible. Acudieron a su mente los nombres de los principales restaurantes de Manchester, pero cabía la posibilidad de que Mervyn hubiera comido en alguno de ellos.

—Al Waldorf Café —dijo, tras una penosa pausa.

Había varios Waldorf Cafés; era una cadena de restaurantes baratos en los que se podía comer filete con patatas fritas por un chelín y nueve peniques.

Mervyn no le preguntó en cuál.

Diana recogió los platos y se levantó. Sentía tal debilidad en las rodillas que tuvo miedo de caer, pero consiguió transportarlos hasta el fregadero.

—¿Quieres postre?

—Sí, por favor.

Diana buscó en la alacena y sacó una lata de peras y leche condensada. Abrió las latas y llevó el postre a la mesa.

Mientras le contemplaba comer peras, el horror de lo que iba a hacer la estremeció. Parecía imperdonablemente destructor. Como la inminente guerra, iba a destrozarlo todo. La vida que Mervyn y ella habían creado juntos en esta casa, en esta ciudad, quedaría reducida a escombros.

Comprendió de súbito que no podía hacerlo.

Mervyn dejó la cuchara sobre la mesa y consultó su reloj de bolsillo.

—La siete y media… Vamos a poner las noticias.

—No puedo hacerlo —dijo Diana en voz alta.

—¿Cómo?

—No puedo hacerlo —repitió.

Lo dejaría correr todo. Iría a ver a Mark ahora mismo y le diría que había cambiado de idea, que no iba a huir con él.

—¿Por qué no puedes escuchar la radio? —preguntó Mervyn, impaciente.

Diana le miró. Estuvo tentada de revelarle la verdad, pero no se atrevió.

—He de salir —respondió. Buscó frenéticamente una excusa—. Doris Williams está en el hospital y he de ir a verla.

—¿Quién es Doris Williams, por el amor de Dios?

Esa persona no existía.

—La conoces —dijo Diana, improvisando a marchas forzadas—. La acaban de operar.

—No la recuerdo —dijo él, sin suspicacia. Tenía mala memoria para los encuentros fortuitos.

—¿Quieres acompañarme? —preguntó Diana, guiada por su inspiración.

—¡No, por Dios! —respondió él, justo como Diana sabía que haría.

—Iré en coche.

—No corras mucho con el oscurecimiento.

Mervyn se levantó y se dirigió a la sala donde estaba la radio.

Diana le contempló un momento. Nunca sabrá lo poco que ha faltado para que le abandonara, pensó, entristecida.

Se puso un sombrero y salió con la chaqueta en el brazo. El coche, gracias a Dios, arrancó a la primera. Enfiló el camino particular y se desvió hacia Manchester.

El trayecto fue una pesadilla. Tenía una prisa desesperada, pero debía conducir a paso de tortuga, porque llevaba los faros delanteros velados y solo veía unos metros por delante de ella; además, el llanto incesante nublaba su visión. No sufrió un accidente porque conocía bien la carretera.

La distancia era menor de quince kilómetros, pero tardó más de una hora en recorrerla.

Cuando por fin frenó el coche frente al Midland, estaba agotada. Se quedó inmóvil un minuto, intentando serenarse. Sacó la polvera y se maquilló para ocultar las huellas del llanto.

Sabía que le rompería el corazón a Mark, pero lo superaría. No tardaría en considerar su relación como un romance de verano. Era menos cruel concluir una relación amorosa corta y apasionada que cinco años de matrimonio. Mark y ella siempre recordarían con ternura aquel verano de 1939...

Volvió a estallar en lágrimas.

Al cabo de un rato, decidió que no tenía sentido continuar sentada pensando en ello. Debía salir y terminar de una vez. Se recompuso el maquillaje y bajó del coche.

Atravesó el vestíbulo del hotel y subió la escalera sin detenerse en la recepción. Sabía el número de la habitación de Mark. Era muy escandaloso que una mujer sola acudiera a la habitación de un hombre, por supuesto, pero hizo caso omiso. La alternativa habría sido encontrarse con Mark en el salón o en el bar, pero era impensable darle semejante noticia en un lugar público. No miró a su alrededor, indiferente a si alguien conocido la veía.

Llamó a la puerta. Rezó para que estuviera en la habitación. ¿Y si había decidido cenar fuera, o ir a ver alguna película? No hubo respuesta, y volvió a llamar con más fuerza. ¿Cómo podía ir al cine a estas horas?

Entonces, oyó su voz.

—¿Sí?

—¡Soy yo! —respondió Diana, llamando otra vez.

Escuchó pasos rápidos. La puerta se abrió y Mark apareció en el umbral, con expresión de estupor. Sonrió, la invitó a entrar, cerró la puerta y la abrazó.

Ahora, Diana se sentía tan infiel hacia él como antes hacia Mervyn. Le besó y, como siempre, una oleada de deseo la invadió, pero se contuvo.

—No puedo irme contigo —dijo.

Mark palideció.

—No digas eso.

Ella paseó la mirada a su alrededor. Mark estaba haciendo las maletas. El armario y los cajones estaban abiertos, la maleta en el suelo, y había por todas partes camisas dobladas, pilas ordenadas de ropa interior y zapatos guardados en bolsas. Era muy pulcro.

—No puedo ir —repitió Diana.

Él la cogió por la mano y la condujo al dormitorio. Se sentaron en la cama. Su rostro expresaba abatimiento.

—No lo dices en serio.

—Mervyn me quiere, hemos estado juntos cinco años. No puedo hacerle esto.

—Y yo, ¿qué?

Ella le miró. Vestía un jersey rosa oscuro, pajarita, pantalones de franela gris-azulados y zapatos de cordobán. Le habría devorado en aquel mismo instante.

—Los dos me queréis, pero él es mi marido.

—Los dos te queremos, pero tú me gustas —subrayó Mark.

—¿Piensas que a él no le gusto?

—Pienso que ni siquiera te conoce. Escucha, tengo treinta y cinco años, no es la primera vez que me enamoro, y sostuve una relación durante seis años. Nunca me he casado, pero ha faltado poco. Sé que esta vez es decisiva. Nunca me había sentido así. Eres hermosa, eres divertida, eres heterodoxa, eres brillante y te gusta hacer el amor. Soy guapo, soy divertido, soy heterodoxo, soy brillante y quiero hacerte el amor ahora mismo...

—No —mintió ella.

Él la atrajo hacia sí con suavidad y se besaron.

—Estamos hechos el uno para el otro —murmuró Mark—. ¿Recuerdas cuando nos escribíamos notas bajo el letrero de SILENCIO? Tú comprendiste el juego al instante, sin más explicaciones. Otras mujeres piensan que estoy chiflado, pero a ti te gusto como soy.

Era verdad, pensó ella, y cuando hacía excentricidades, como fumar en pipa, salir a la calle sin bragas o asistir a mítines fascistas y conectar la alarma de incendios, Mervyn se irritaba, en tanto Mark se reía a carcajada limpia.

Él le acarició el cabello, y después la mejilla. El pánico de Diana se fue calmando, y empezó a serenarse. Apoyó la cabeza en el hombro de Mark y rozó con los labios la suave piel de su cuello. Sintió las puntas de sus dedos sobre la pierna, debajo del vestido, acariciando la parte interna de sus muslos, donde terminaban las medias. Se supone que esto no debía ocurrir, pensó débilmente.

Él la tendió poco a poco sobre la cama. Se le cayó el sombrero.

—Esto no está bien —murmuró.

Mark la besó en la boca, mordisqueándole los labios. Notó que sus dedos se internaban bajo la fina seda de las bragas, y se estremeció de placer. Al cabo de un momento, introdujo toda la mano.

Él sabía lo que debía hacerse.

Un día, a principios del verano, mientras yacían desnudos en la habitación de un hotel escuchando por la ventana abierta el sonido del oleaje, Mark le había dicho:

—Enséñame lo que haces cuando te tocas.

Diana se sintió violenta, y fingió no haberle entendido.

—¿Qué quieres decir?

—Ya lo sabes. Cuando te tocas. Enséñame. Así sabré lo que te gusta.

—Yo no me toco —mintió.

—Bueno... Cuando eras más joven, antes de casarte. Debías de hacerlo entonces... Todo el mundo lo hace. Enséñamelo que solías hacer.

Estuvo a punto de negarse, pero luego comprendió la sensualidad de la situación.

—¿Quieres que me autoestimule..., mientras tú miras? —preguntó, con voz ronca de deseo.

Mark le dirigió una sonrisa lasciva y asintió con la cabeza.

—Quieres decir... ¿hasta el final?

—Hasta el final.

—No podré —dijo; pero lo hizo.

Ahora, las puntas de sus dedos la tocaban con sabiduría, en los lugares precisos, con el mismo movimiento familiar y la presión exacta. Cerró los ojos y se abandonó a la sensación.

Al cabo de un rato, Diana empezó a gemir con suavidad y a subir y bajar las caderas rítmicamente. Sintió el cálido aliento de Mark sobre su cara cuando se inclinó más sobre ella.

—Mírame —la urgió Mark, cuando ella ya empezaba a perder el control.

Abrió los ojos. Mark continuó acariciándola de la misma manera, solo que con más rapidez.

—No cierres los ojos —dijo él.

Mirarle a los ojos mientras la acariciaba era muy íntimo, una especie de hiperdesnudez. Era como si él pudiera verla por completo, conocerla por completo, y Diana experimentó una libertad embriagadora, porque ya no le quedaba nada que ocultar. Sobrevino el clímax, y ella se obligó a sostener su mirada, mientras sus caderas brincaban y ella jadeaba y se contorsionaba al compás de los espasmos de placer que sacudían su cuerpo; y él no cesaba de mirarla, mientras musitaba:

—Te quiero, Diana, te quiero muchísimo.

Cuando todo hubo acabado, ella se aferró a Mark, jadeante y temblorosa de emoción, deseando que la sensación durara eternamente. Habría llorado, pero las lágrimas se habían agotado.

Nunca se lo dijo a Mervyn.

La mente inventiva de Mark encontró la solución, y ella la ensayó mientras volvía a casa, serena, sosegada y decidida.

Mervyn estaba en pijama y bata, fumando un cigarrillo y escuchando música por la radio.

—Una visita larguísima, por lo que veo —dijo en tono plácido.

Tuve que conducir muy despacio —contestó Diana, solo un poco nerviosa. Tragó saliva y contuvo el aliento—. Me voy fuera mañana.

Mervyn no se sorprendió en exceso.

—¿A dónde?

—Me gustaría visitar a Thea y ver a las gemelas. Quiero asegurarme de que están bien, y no hay forma de saber cuándo tendré otra ocasión; los trenes ya empiezan a fallar y el racionamiento de gasolina empieza la semana que viene.

Él asintió con aire ausente.

—Sí, tienes razón. Será mejor que vayas ahora que aún puedes.

—Subiré a hacer las maletas.

—Prepárame la mía, por favor.

Por un espantoso momento, creyó que iba a acompañarla.

—¿Para qué? —preguntó, con un hilo de voz.

—No pienso dormir en una casa vacía. Pasaré la noche de mañana en el Reform Club. ¿Volverás el miércoles?

—Sí, el miércoles —mintió.

—Muy bien.

Diana subió al primer piso. Mientras guardaba en la maleta la ropa interior y los calcetines de Mervyn, pensó: «Es la última vez que le hago la maleta». Dobló una camisa blanca y eligió una corbata gris plateada; colores sobrios que hacían juego con su cabello oscuro y los ojos pardos. El que hubiera aceptado su historia la tranquilizaba, pero también se sentía frustrada, como si hubiera dejado algo a medias. Comprendió que, si bien la aterrorizaba enfrentarse a él, también deseaba explicarle por qué se marchaba. Necesitaba decirle que la había decepcionado, que se había convertido en un hombre insoportable y desconsiderado, y que ya no la mimaba como antes. Sin embargo, ya no tendría la oportunidad de decirle esas cosas, y se sentía extrañamente decepcionada.

Cerró la maleta y empezó a guardar artículos de maquillaje y tocador en la bolsa de aseo. Amontonar medias, pasta de dientes y crema para el cutis se le antojó una forma peculiar de poner fin a cinco años de matrimonio.

Mervyn subió al cabo de un rato. Las maletas estaban preparadas y Diana se había puesto su camisón menos atractivo. Se hallaba sentada frente al espejo del tocador, quitándose el maquillaje. Él se colocó detrás de ella y se apoderó de sus pechos.

Oh, no, pensó Diana; ¡esta noche no, por favor!

Aunque estaba aterrorizada, su cuerpo respondió de inmediato, y enrojeció de culpabilidad. Los dedos de Mervyn apretaron sus pezones erectos, y ella emitió un leve gemido de placer y desesperación. Mervyn le cogió las manos y la obligó a levantarse. Ella le siguió sin fuerzas hasta la cama. Su marido cerró la luz y yacieron en la oscuridad. Él la montó de inmediato y le hizo el amor con una especie de furiosa desesperación, casi como si supiera que le iba a abandonar y no podía hacer nada por evitarlo. El cuerpo de Diana la traicionó, y se estremeció de placer y vergüenza. Se dio cuenta con extrema mortificación de que había llegado al orgasmo con dos hombres en menos de dos horas y trató de evitarlo, pero no pudo.

Cuando se produjo, lloró.

Por suerte, Mervyn no se dio cuenta.

El miércoles por la mañana, sentada en el elegante salón del hotel South-Western, mientras esperaba el taxi que la conduciría junto con Mark al amarradero 108 del muelle de Southampton para subir a bordo del *clipper*, se sintió libre y triunfante.

Todos los presentes en el salón o la miraban o procuraban no mirarla. Un hombre atractivo, vestido con traje azul, que debía de ser diez años menor que ella, la miraba con particular insistencia, pero ya estaba acostumbrada. Ocurría siempre que acentuaba su belleza, y hoy estaba espléndida. Su vestido a lunares crema y rojos era fresco, veraniego y llamativo, perfectos sus zapatos color crema, y el sombrero de paja culminaba el acierto de su indumentaria. Tanto el lápiz de labios como el barniz de las uñas eran rojo naranja, como los lunares del vestido. Había pensado en ponerse zapatos rojos, pero el resultado sería demasiado chillón.

Le encantaba viajar: hacer y deshacer las maletas, conocer gente nueva, beber champán y comer hasta la saciedad, y ver sitios nuevos. Volar la ponía nerviosa, pero cruzar el Atlántico era el viaje más fascinante, porque al final la esperaba Estados Unidos. Se moría de ganas de llegar. Se había hecho una idea acerca del país extraída de las películas. Ya se veía en un apartamento *art déco*, todo ventanas y espejos; una doncella uniformada la ayudaba a ponerse un abrigo de pieles blanco; un coche negro largo, con un chófer de color al volante, la esperaba en la calle con el motor en marcha para llevarla al club nocturno, donde pediría un martini, muy seco, y bailaría a los sones de una orquesta de jazz, cuyo cantante sería Bing Crosby. Sabía que era una fantasía, pero estaba ansiosa de descubrir la realidad.

La invadían los sentimientos contradictorios por abandonar Inglaterra cuando la guerra empezaba. Lo consideraba una cobardía, pero estaba ansiosa por partir.

Sabía muchas cosas acerca de los judíos. En Manchester residía una extensa comunidad judía. Los judíos de Manchester habían plantado un millar de árboles en Nazaret. Los amigos judíos de Diana seguían los acontecimientos de Europa con horror y miedo. No se trataba únicamente de los judíos; los fascistas odiaban a los negros, los gitanos y los maricones, y a cualquiera que rechazara el fascismo. Diana tenía un tío maricón, que siempre la había tratado como a una hija.

Diana era demasiado mayor para alistarse, pero debería quedarse en Manchester y realizar trabajos voluntarios, como preparar vendajes para la Cruz Roja...

Eso también era una fantasía, más improbable aún que bailar arropada por la voz de Bing Crosby. No era el tipo de mujer propenso a preparar vendajes. La austeridad y los uniformes no eran su fuerte.

A fin de cuentas, nada de eso le importaba. Lo único fundamental era que estaba enamorada. Seguiría los pasos de Mark. Le seguiría al campo de batalla, de ser preciso. Se casarían y tendrían hijos. Él volvía a su país, y ella le acompañaba.

Echaría de menos a sus adorables sobrinas. Se preguntó cuánto tiempo pasaría antes de que volviera a verlas. Ya habrían crecido para entonces, llevarían perfume y sujetador en lugar de calcetines y trenzas.

Pero ella también tendría hijas...

El viaje a bordo del *clipper* de la Pan American le resultaba emocionante. Había leído un reportaje en el *Manchester Guardian*, sin soñar siquiera que un día volaría en él. Trasladarse a Nueva York en poco más de un día parecía un milagro.

Había escrito una nota a Mervyn. No contenía nada de lo que había querido decirle; no explicaba cómo se había desvanecido su amor, lenta pero inexorablemente, por culpa del descuido y la indiferencia; ni siquiera decía que Mark era maravilloso. «Querido Mervyn», había escrito, «te dejo. He notado tu progresiva frialdad hacia mí, y me he enamorado de otro hombre. Cuando leas estas líneas, ya me encontraré en Estados Unidos. Lamento herirte, pero creo que tienes parte de la culpa.» No se le ocurrió ninguna forma apropiada de despedida (era incapaz de escribir «tuya» o «con amor»), y se limitó a garrapatear «Diana».

Al principio, pensó en dejar la nota sobre la mesa de la cocina. Después, la obsesionó la posibilidad de que Mervyn cambiara de planes, y en lugar de quedarse a pasar la noche del martes en su club volviera a casa, encontrara la nota y les causara dificultades a ella o a Mark antes de abandonar el país. Al final, la envió por correo a la fábrica, a donde llegaría hoy.

Consultó su reloj, un regalo de Mervyn, que le imponía siempre puntualidad. Conocía bien su rutina: pasaba casi toda la mañana en la planta de la fábrica, subía a mediodía a su oficina y examinaba el correo antes de salir a comer. Había escrito en el sobre «Personal», para que su secretaria no la abriera. Estaría sobre su despacho, entre un montón de facturas, pedidos, cartas e informes. En estos momentos, la estaría leyendo. Pensar en ello la hizo sentirse culpable y apesadumbrada, pero también aliviada de que se hallara a trescientos kilómetros de distancia.

—Nuestro taxi ha llegado —dijo Mark.

Diana estaba un poco nerviosa. ¡Cruzar el Atlántico en avión!

—Es hora de irnos —insistió él.

Diana reprimió su angustia. Dejó sobre la mesa la taza de café, se levantó y le dedicó la más radiante de las sonrisas.

—Sí —respondió en tono alegre—. Es hora de volar.

Eddie siempre había sido tímido con las chicas.

Aún era virgen cuando se graduó en Annapolis. Mientras se hallaba destinado en Pearl Harbor acudió a prostitutas, y esa experiencia le había dejado una sensación de desagrado consigo mismo. Después de abandonar la Marina había sido un solitario; recorría en coche los pocos kilómetros que le separaban de un bar cuando necesitaba compañía. Carol-Ann era una azafata de tierra que trabajaba para la línea aérea en Port Washington, Long Island, la terminal de hidroaviones de Nueva York. Era una rubia tostada por el sol con los ojos azules de la Pan American, y Eddie jamás se había atrevido a pedirle una cita. Un día, en la cantina, un joven operador de radio le dio dos billetes para ir a ver *Vivir con papá* en Broadway, y cuando dijo que no tenía con quien ir, el radiotelegrafista se volvió hacia la mesa de al lado y preguntó a Carol-Ann si quería acompañarle.

—Siiií —respondió ella, y Eddie comprendió que pertenecía a su parte del mundo.

Averiguó más tarde que, en aquella época, la joven se sentía desesperadamente sola. Era una chica del campo, y la sofisticación de los neoyorkinos le producía ansiedad y tensión. Era sensual, pero no sabía qué hacer cuando los hombres se tomaban libertades, de manera que, desconcertada, rechazaba sus propuestas con indignación. Su nerviosismo le ganó la reputación de «témpano», y no recibía muchas invitaciones.

Pero Eddie no sabía nada de esto en aquel momento. Se sintió como un rey con ella del brazo. La llevó a cenar y la devolvió en taxi a su apartamento. Le dio las gracias por la agradable velada en la puerta, y reunió el coraje suficiente para besarla en la mejilla; entonces, ella se puso a llorar y dijo que él era el primer hombre decente que conocía en Nueva York. Antes de que Eddie se diera cuenta de lo que estaba diciendo, le había pedido otra cita.

Se enamoró de ella durante esa segunda cita. Fueron a Coney Island un caluroso viernes de julio, y ella se puso pantalones blancos y una blusa azul cielo. Él comprendió asombrado que ella se sentía orgullosa de que la vieran caminando a su lado. Comieron helado, subieron a unas montañas rusas llamadas El Ciclón, compraron sombreros absurdos, se cogieron de las manos y se confesaron secretos íntimos triviales. Cuando la acompañó a casa, Eddie le confesó que nunca había sido tan feliz en toda su vida, y Carol-Ann le asombró de nuevo al decirle que ella tampoco.

No tardó en olvidarse de la granja y pasar todos sus permisos en Nueva York, durmiendo en el sofá de un estupefacto pero alentador compañero de profesión. Carol-Ann le llevó a Bristol (New Hampshire) para que conociera a sus padres, dos personas menudas, delgadas y de mediana edad, pobres y trabajadoras. Le recordaron sus propios padres, pero sin la implacable religión. Apenas podían creer que habían engendrado una hija tan hermosa, y Eddie comprendió sus sentimientos, porque apenas podía creer que una chica como aquella se hubiera enamorado de él.

Pensaba en cuánto la amaba, mientras se hallaba de pie en el jardín del hotel Langdown Lawn, contemplando el tronco del roble. Se encontraba sumido en una pesadilla, uno de aquellos espantosos sueños que se inician con una sensación de bienestar y felicidad, luego se piensa, por mero placer especulativo, en lo peor que podría ocurrir, y de repente sucede, lo peor ocurre, sin remedio, y es imposible remediarlo.

Lo más terrible es que se habían peleado antes de que se marchara, y no se habían reconciliado.

Ella estaba sentada en el sofá, vestida con una camisa de dril de Eddie y nada más, con las largas piernas bronceadas extendidas y el liso cabello rubio cayéndole sobre los hombros como un chal. Leía una revista. Sus pechos eran pequeños, pero ahora se habían hinchado. Él sintió el deseo de tocarlos, y pensó «¿por qué no?». Deslizó la mano por debajo de la camisa y le tocó el pezón. Ella levantó la vista, sonrió con ternura y continuó leyendo.

Él le besó la cabeza y se sentó a su lado. Carol-Ann le había sorprendido desde el primer momento. Ambos se habían comportado al principio con timidez, pero en cuanto volvieron de la luna de miel y empezaron a vivir juntos en la vieja granja, las inhibiciones de la joven desaparecieron por completo.

De entrada, quiso hacer el amor con la luz encendida. Eddie se sintió un poco cohibido, pero consintió, y le gustó, aunque no perdió la vergüenza. Después, reparó en que ella no cerraba la puerta cuando se bañaba. A partir de ese momento consideró absurdo encerrarse en el cuarto de baño y la imitó, y un día ella entró desnuda ¡y se metió en la bañera con él! Eddie jamás se había sentido más violento. Ninguna mujer le había visto desnudo desde que tenía cuatro años. Le sobrevino una enorme erección de solo mirar a Carol-Ann lavarse las axilas, y se cubrió la polla con una toalla hasta que ella estalló en carcajadas.

Empezó a pasear por la granja en diversos estados de desnudez. Ahora, por ejemplo, era como si no llevara nada, aunque, según su criterio, la cantidad de ropa que la cubría era más que suficiente, y esto consistía en un pequeño triángulo de algodón al final de las piernas, donde la camisa dejaba al descubierto las bragas. Por lo general, aún era peor. Él estaba preparando café en la cocina y ella entraba en ropa interior y empezaba a tostar panecillos, o se estaba afeitando y Carol-Ann aparecía en el lavabo en bragas, pero sin sujetador, y se lavaba los dientes tal que así, o irrumpía desnuda en el dormitorio, trayéndole el desayuno en una bandeja. Se preguntó si sería una «ninfómana». Había oído esa palabra en boca de otra gente. De todos modos, le gustaba que ella fuera así. Le gustaba mucho. Nunca había ni soñado que poseería a una hermosa mujer que pasearía por su casa desnuda. Pensaba que era muy afortunado.

Vivir con ella durante un año le cambió. Se había vuelto tan desinhibido que iba desnudo desde el dormitorio al cuarto de baño. A veces, ni siquiera se ponía el pijama para irse a dormir, y en una ocasión la poseyó en la sala de estar, justo en ese sofá.

Seguía preguntándose si ese tipo de comportamiento era el síntoma de alguna anormalidad psicológica, pero había decidido que daba igual: Carol-Ann y él podían hacer lo que les diera la gana. Cuando aceptó este planteamiento, se sintió como un pájaro escapado de una jaula. Era increíble; era maravilloso; era como vivir en el cielo.

Se sentó a su lado sin decir nada, disfrutando de su compañía, oliendo la suave brisa que entraba por las ventanas, procedente del bosque. Tenía preparada la maleta y dentro de unos minutos saldría hacia Port Washington. Carol-Ann había dejado la Pan American (no podía vivir en Maine y trabajar en Nueva York) y trabajaba en una tienda de Bangor. Eddie quería hablar con ella sobre ese tema antes de marcharse.

—¿Qué? —preguntó Carol-Ann, levantando la vista del *Life*.

—No he dicho nada.

—Pero ibas a hacerlo, ¿verdad?

—¿Cómo lo sabes? —sonrió él.

—Eddie, ya sabes que oigo tu cerebro cuando está en funcionamiento. ¿Qué pasa?

Él colocó su mano ruda y grande sobre el estómago de su mujer y palpó su leve hinchazón.

—Quiero que dejes tu trabajo.

—Es demasiado pronto...

—No hay problema. Nos lo podemos permitir. Y quiero que te cuides de verdad.

—Ya me cuidaré. Dejaré el trabajo cuando lo necesite.

Eddie se sintió herido.

—Creí que te gustaría la idea. ¿Por qué quieres continuar?

—Porque necesitamos el dinero y yo necesito hacer algo.

—Ya te he dicho que nos lo podemos permitir.

—Me aburriría.

—La mayoría de las mujeres casadas no trabajan.

—Eddie, ¿por qué intentas tenerme amarrada?

Carol-Ann había alzado el tono de voz.

Él no intentaba tenerla amarrada, y la sugerencia le enfureció.

—¿Por qué estás tan decidida a llevarme la contraria?

—¡No te llevo la contraria! ¡No quiero quedarme sentada aquí como el ayudante de un estibador!

—¿No tienes cosas que hacer?

—¿Como qué?

—Tejer ropa de bebé, hacer conservas, echar siestas...

Ella se mostró desdeñosa.

—Oh, por el amor de Dios...

—¿Qué hay de malo en eso, cojones? —se irritó Eddie.

—Habrá mucho tiempo para eso cuando nazca el niño. Me gustaría pasar bien mis últimas semanas de libertad.

Eddi se sintió humillado, pero no estaba seguro de cómo había ocurrido. Quería marcharse. Consultó su reloj.

—He de coger el tren.

Carol-Ann parecía entristecida.

—No te enfades —dijo en tono conciliador.

Pero Eddie estaba enfadado.

—Creo que no te comprendo —contestó, irritado.

—Detesto que me coaccionen.

—Solo trataba de ser amable.

Eddie se levantó y se dirigió a la cocina, donde la chaqueta del uniforme colgaba de una percha. Se sentía estúpido e incomprendido. Se había propuesto un acto de generosidad y ella lo consideraba una imposición.

Carol-Ann trajo la maleta del dormitorio y se la dio en cuanto Eddie acabó de ponerse la chaqueta. Levantó la cara y él le dio un beso rápido.

—No te vayas enfadado conmigo —dijo Carol-Ann.

Su deseo no se cumplió.

Y ahora, Eddie se hallaba en un jardín de un país extranjero, a miles de kilómetros de ella, con el corazón encogido, preguntándose si volvería a ver alguna vez a Carol-Ann.

5

Por primera vez en su vida, Nancy Lenehan estaba engordando.

De pie en la suite del hotel Adelphi de Liverpool, junto a una montaña de maletas que esperaban ser embarcadas en el *SS Orania*, se miró en el espejo, horrorizada.

No era bonita ni fea, pero tenía facciones regulares (nariz recta, pelo oscuro, barbilla bien dibujada) y parecía atractiva cuando se vestía con acierto, lo que ocurría casi siempre. Hoy llevaba un vestido de franela muy ajustado, confeccionado por Paquin en color cereza, y una blusa de seda gris. La chaqueta, siguiendo la moda, se ceñía a la cintura, y por eso había descubierto que estaba engordando. Cuando se abrochó los botones de la chaqueta, apareció una arruga, leve pero muy reveladora, y los botones inferiores ejercieron presión contra los ojales.

Solo existía una explicación. La cintura de la chaqueta era más breve que la cintura de la señora Lenehan.

Debía de ser el resultado de haber comido y bebido durante todo agosto en los mejores restaurantes de París. Suspiró. Seguiría una dieta durante toda la travesía transatlántica. Al llegar a Nueva York, habría recobrado la figura.

Jamás se había plegado a una dieta. La perspectiva no la inquietaba; aunque le gustaba comer, no era glotona. Lo que en realidad la inquietaba era sospechar que se trataba de un síntoma de la edad.

Hoy cumplía cuarenta años.

Siempre había sido esbelta, y los vestidos caros a medida le sentaban bien. Había detestado la indumentaria suelta de los años veinte, y se alegró cuando las cinturas volvieron a ponerse de moda. Derrochaba mucho tiempo y dinero en ir de compras, una actividad que le encantaba. A veces, esgrimía la excusa de que necesitaba exhibir un buen aspecto porque trabajaba en el mundo de la moda, pero la verdad era que lo hacía por puro placer.

Su padre había fundado una fábrica de zapatos en Brockton, Massachusetts, en las afueras de Boston, en 1899, el año que Nancy nació. Le enviaban desde Londres zapatos de la mejor calidad y realizaba copias baratas; sus ventas crecieron gracias a estos plagios. Sus anuncios mostraban un zapato londinense de 29 dólares junto a una copia Black de 10, y preguntaban: «¿Distingue usted la diferencia?». Trabajaba bien y con denuedo, y durante la Gran Guerra se hizo con el primero de los contratos militares, que aún constituían el negocio más rentable.

Durante los años veinte estableció una cadena de tiendas, sobre todo en Nueva Inglaterra, que solo vendían sus zapatos. Cuando llegó la Depresión, redujo el número de modelos de mil a cincuenta y fijó un precio de 6,60 dólares por cada par, independientemente del modelo. Su audacia fue recompensada y, mientras todos los demás negocios quebraban, los beneficios de Black aumentaron.

Solía decir que costaba lo mismo fabricar malos zapatos que buenos, y que era absurdo que la clase obrera fuera mal calzada. Cuando los pobres compraban zapatos de suela de cartón que se estropeaban al cabo de pocos días, las botas de Black eran baratas y resistentes. Papá estaba orgulloso de ello, al igual que Nancy. Según ella, las excelentes botas de la familia justificaban la gran mansión de Back Bay donde vivían, el enorme Packard con chófer, sus fiestas, sus ropas bonitas y sus criados. Ella no era como otros jóvenes adinerados, que se conformaban con heredar la riqueza.

Ojalá pudiera decir lo mismo de su hermano.

Peter tenía treinta y ocho años. Cuando papá murió, cinco años antes, dejó a Peter y a Nancy un número igual de acciones de la empresa, el cuarenta por ciento cada uno. La hermana de papá, tía Tilly, recibió el diez por ciento, y el diez restante fue a parar a Danny Riley, el desacreditado abogado de papá.

Nancy siempre había dado por sentado que ella tomaría el timón cuando papá muriera. Papá siempre la había preferido a Peter. No era normal que una mujer dirigiera una empresa, pero ya había sucedido otras veces en la industria textil.

Papá tenía un ayudante, Nat Ridgeway, un lugarteniente muy capacitado, que había expresado con gran claridad su convicción de que era el hombre adecuado para presidir «Black's Boots».

Cosa que Peter también deseaba, y además era el hijo. Nancy siempre se había sentido culpable por ser la favorita de papá. Si Peter no heredaba el imperio de su padre, quedaría humillado y decepcionado. Nancy no fue capaz de asestarle un golpe semejante. Se mostró de acuerdo en que Peter se pusiera al frente del negocio. Entre ella y su hermano controlaban el ochenta por ciento de las acciones. Una vez establecido el acuerdo, cada uno siguió su camino.

Nat Ridgeway dimitió y fue a trabajar a la «General Textiles» de Nueva York. Fue una pérdida para el negocio, pero también fue una pérdida para Nancy. Justo antes de que papá muriera, Nat y Nancy habían empezado a salir.

Nancy no había salido con nadie desde la muerte de Sean. No quería, pero Nat había elegido el momento a la perfección, porque después de cinco años, Nancy empezaba a darse cuenta de que el trabajo ocupaba toda su vida, sin dejar espacio a la diversión. Estaba preparada para emprender un pequeño romance. Habían disfrutado de unas cuantas cenas tranquilas, una o dos obras de teatro, y ella le había besado, a modo de despedida, con notable pasión; y en ese punto se hallaban cuando la crisis estalló, y el romance terminó cuando Nat abandonó la empresa. Nancy se sintió engañada.

Desde entonces, Nat había progresado espectacularmente en la «General Textiles», y ya era presidente de la empresa. También se había casado con una hermosa rubia diez años menor que Nancy.

En contraste, a Peter le había ido fatal. De hecho, no estaba capacitado para el trabajo. El negocio había ido cuesta abajo durante los cinco años de su mandato. Las tiendas ya no rendían beneficios; se mantenían, y poco más. Peter había abierto una suntuosa zapatería en la Quinta Avenida de Nueva York, en la que se vendían zapatos caros de mujer, objetivo que absorbía todo su tiempo y atención..., pero perdía dinero.

Solo la fábrica, bajo la dirección de Nancy, daba dinero. A mediados de los años treinta, cuando Estados Unidos salió de la Depresión, había impulsado la fabricación de sandalias para mujeres con los dedos de los pies al aire, que alcanzaron una enorme popularidad. Estaba convencida de que el futuro de los zapatos femeninos residía en productos ligeros y alegres, lo bastante baratos para tirarlos cuando hiciera falta.

Hubiera podido vender el doble de los zapatos que se fabricaban, pero las pérdidas de Peter absorbían sus beneficios, y no se podía invertir en la expansión.

Nancy sabía lo que era necesario hacer para salvar el negocio.

A fin de obtener capital, era preciso vender la cadena de tiendas, tal vez a sus gerentes. El dinero de la venta se emplearía en modernizar la fábrica y adoptar el método de producción basado en las cintas transportadoras que se estaban introduciendo en todas las fábricas de zapatos más adelantadas. Peter debería cederle las riendas y limitarse a dirigir su tienda de Nueva York, bajo un severo control de gastos.

Deseaba que su hermano conservara el cargo de presidente y el prestigio inherente, y continuaría subvencionando su tienda con los beneficios de la fábrica, dentro de ciertos límites. A cambio, debería renunciar a todo poder real.

Había puesto por escrito estas propuestas en un informe confidencial dirigido a Peter. Él le había prometido que lo pensaría. Nancy le había dicho, con la mayor delicadeza posible, que no se podía permitir la decadencia de la empresa, y que si él no accedía a su plan, debería pedir su cabeza a la junta de accionistas, con el resultado de que Peter sería despedido y a ella la nombrarían presidente. Deseaba con todo su corazón que lo comprendiera. Si pretendía provocar una crisis, esta se saldaría con una derrota humillante para él y un conflicto familiar que tal vez no se pudiera solucionar jamás.

Hasta el momento, Peter no se había ofendido. Parecía tranquilo y pensativo, pero continuaba mostrándose cordial. Decidieron viajar a París juntos. Peter compró zapatos de moda para su tienda, y Nancy adquirió prendas de alta costura para su uso exclusivo, vigilando los gastos de Peter. Nancy adoraba Europa, sobre todo París, y tenía muchas ganas de conocer Londres. Entonces, se declaró la guerra.

Decidieron regresar de inmediato a Estados Unidos, pero todo el mundo pensó lo mismo, por supuesto, y tuvieron muchos problemas para encontrar pasaje. Por fin, Nancy consiguió billetes para un barco que zarpaba de Liverpool. Después de un largo viaje desde París en tren y transbordador, habían llegado ayer a la ciudad inglesa, para embarcar el día de hoy.

Los preparativos para la guerra la ponían nerviosa. El día anterior, por la tarde, un botones había ido a su habitación para instalar una complicada pantalla a prueba de luz sobre la ventana. Todas las ventanas debían estar completamente oscurecidas durante la noche, para que la ciudad no fuera visible desde el aire. Tiras de cinta adhesiva cruzadas se pegaban sobre los cristales de las ventanas, para que las astillas de vidrio no saltaran cuando la ciudad fuera bombardeada. La parte delantera del hotel estaba protegida con sacos de arena, y se había habilitado un refugio antiaéreo en la parte posterior.

Lo que más temía Nancy era que Estados Unidos entrara en guerra y sus hijos Liam y Hugh fueran reclutados. Recordó que papá decía, cuando Hitler accedió al poder, que los nazis impedirían la caída de Alemania en las garras del comunismo; esa fue la última vez que pensó en Hitler. Estaba demasiado ocupada para preocuparse por Europa. No le interesaba la política internacional, el equilibrio del poder ni el auge del fascismo; eran abstracciones ridículas, comparadas con las vidas de sus hijos. Que los polacos, austríacos, judíos y eslavos se cuidaran de sí mismos. Su deber era cuidar de Liam y Hugh.

Aunque no necesitaban muchos cuidados. Nancy se había casado joven y había tenido hijos enseguida, de modo que los chicos eran ya mayores. Liam estaba casado y vivía en Houston, y Hugh cursaba el último año de carrera en Yale. Hugh no estudiaba tanto como debería, y le preocupó saber que se había comprado un veloz coche deportivo, pero ya había superado la edad de escuchar los consejos de su madre. Por lo tanto, considerando que no podía arrebatarles al ejército, no tenía grandes motivos para volver.

Sabía que la guerra favorecía los negocios. En Estados Unidos se produciría un gran auge económico, y la gente ganaría más dinero para comprar zapatos. Tanto si Estados Unidos entraba en guerra como si no, el potencial militar experimentaría una expansión, lo cual significaba más pedidos de los ya acordados en sus contratos con el gobierno. En conjunto, calculaba que sus ventas se duplicarían o triplicarían en el curso de los dos o tres años siguientes: otra razón para modernizar la fábrica.

Sin embargo, todo esto se reducía a la insignificancia ante la espantosa y evidente posibilidad de que sus hijos fueran reclutados, para luchar, ser heridos y, tal vez, morir entre horribles dolores en un campo de batalla.

Un mozo de cuerda vino a buscar sus maletas, interrumpiendo sus lúgubres pensamientos. Preguntó al hombre si Peter ya había entregado su equipaje. El mozo, con un fuerte acento local que Nancy casi no pudo entender, le dijo que Peter había enviado sus maletas al barco la noche anterior.

Nancy se dirigió a la habitación de Peter para comprobar si ya estaba preparado para marcharse. Cuando llamó, una camarera abrió la puerta, comunicándole con el mismo acento gutural que su hermano se había ido ayer.

Nancy se quedó perpleja. Los dos se habían registrado en el hotel juntos ayer por la noche. Nancy decidió cenar en su habitación y acostarse pronto; Peter dijo que iba a hacer lo mismo. Si había cambiado de idea, ¿a dónde había ido? ¿Dónde había pasado la noche? ¿Dónde estaba ahora?

Bajó al vestíbulo para telefonear, pero no sabía a quién llamar. Ni ella ni Peter conocían a nadie en Inglaterra. Dublín se hallaba justo enfrente de Liverpool, al otro lado del estrecho. ¿Habría viajado Peter a Irlanda, para conocer el país del que procedía la familia Black? Era lo que habían pensado en un principio, pero Peter sabía que no podría llegar a tiempo de coger el barco.

Guiada por un impulso, pidió a la operadora que marcara el número de tía Tilly.

Llamar a Estados Unidos desde Europa era cuestión de suerte. No había suficientes líneas, y a veces era preciso esperar mucho rato. Si había suerte, se podía obtener la llamada en pocos minutos. El sonido solía ser malo, y había que gritar.

Eran las siete de la mañana menos unos quince minutos en Boston, pero tía Tilly ya estaría levantada. Dormía poco y se despertaba temprano, como muchos ancianos. Era una persona muy activa.

Las líneas no estaban ocupadas en aquel momento, tal vez porque era demasiado pronto para que los hombres de negocios de Estados Unidos estuvieran sentados en su despacho, y el teléfono de la cabina sonó al cabo de cinco minutos. Se imaginó a tía Tilly en su bata de seda y zapatillas de piel, saliendo de su reluciente cocina para coger el teléfono negro del pasillo.

—¿Diga?

—Soy Nancy, tía Tilly.

—Santo Dios, pequeña, ¿estás bien?

—Muy bien. Han declarado la guerra, pero el tiroteo aún no ha empezado, al menos en Inglaterra. ¿Sabes algo de los chicos?

—Están bien. Liam me envió una postal desde Palm Beach. Dice que Jacqueline aún está más bonita bronceada. Hugh me llevó a dar un paseo en su coche nuevo, que es muy bonito.

—¿Conduce muy rápido?

—Me pareció muy prudente, y hasta se negó a tomar una copa, diciendo que la gente no debería conducir automóviles potentes después de beber.

—Me siento más tranquila.

—¡Feliz cumpleaños, querida! ¿Qué estás haciendo en Inglaterra?

—Estoy en Liverpool, a punto de tomar un barco para Nueva York, pero he perdido a Peter. No sabrás nada de él, ¿verdad?

—Pues claro que sí, querida. Ha convocado una junta de accionistas para pasado mañana, a primera hora.

Nancy se quedó petrificada.

—¿Quieres decir el viernes por la mañana?

—Sí, querida; pasado mañana es viernes.

Tilly pronunció estas palabras en tono ofendido, como diciendo: «No soy tan vieja como para no saber el día de la semana que es».

Nancy no salía de su asombro. ¿Cuál era el sentido de convocar una junta de accionistas, si ni ella ni Peter estarían presentes? Los directores restantes eran Tilly y Danny Riley, y nunca decidirían nada por su cuenta.

Esto olía a conspiración. ¿Tramaría algo Peter?

—¿Cuál es el orden del día, tía?

—Ahora lo estaba repasando. —Tía Tilly leyó en voz alta—. «Aprobar la venta de "Black's Boots" a "General Textiles", bajo las condiciones negociadas por el presidente.»

—¡Dios mío!

Nancy se sintió desfallecer. ¡Peter estaba vendiendo la empresa a sus espaldas!

Por un momento, la estupefacción le impidió hablar.

—¿Te importaría leerlo otra vez, tía? —dijo, tras un gran esfuerzo, con voz temblorosa.

Tía Tilly lo repitió.

Un escalofrío recorrió a Nancy de pies a cabeza. ¿Cómo había conseguido Peter traicionarla ante sus propios ojos? ¿Cuándo había negociado el acuerdo? Lo habría empezado a planear en cuanto recibió el informe confidencial de su hermana. Mientras fingía meditar en sus propuestas, conspiraba contra ella.

Siempre había sabido que Peter era débil, pero jamás le habría sospechado autor de una traición tan vergonzosa.

—¿Sigues ahí, Nancy?

Nancy tragó saliva.

—Sí, sigo aquí, pero atónita. Peter no me lo había dicho.

—¿De veras? Eso no es justo, ¿verdad?

—Es obvio que desea la aprobación de la venta estando yo ausente…, pero él tampoco llegará a tiempo a la junta. Hoy cogeremos el barco… El viaje dura cinco días.

Y sin embargo, pensó, Peter ha desaparecido…

—¿No hay un avión ahora?

—¡El *clipper*! —recordó Nancy. Había salido en todos los periódicos. Se podía cruzar el Atlántico en un día. ¿Era eso lo que Peter iba a hacer?

—Exacto, el *clipper* —dijo Tilly—. Danny Riley me ha dicho que Peter regresa en el *clipper*, y que llegará a tiempo de asistir a la junta de accionistas.

A Nancy le costaba muchísimo asimilar las vergonzosas mentiras de su hermano. Había viajado hasta Liverpool con ella, para convencerla de que iba a coger el barco. Debió de marcharse en cuanto se separaron en el pasillo del hotel, trasladándose en coche hasta Southampton para llegar a tiempo de subir al avión. ¿Cómo era posible que hubiera pasado todo el viaje con ella, hablando y comiendo juntos, comentando el inminente viaje, mientras al mismo tiempo planeaba su ruina?

—¿Por qué no vienes en el *clipper*, tú también? —preguntó Tilly.

¿Sería demasiado tarde? Peter lo habría planeado con todo cuidado. Habría anticipado que Nancy haría algunas averiguaciones al descubrir su desaparición, asegurándose de que su hermana no podría cazarle. Sin embargo, el sentido del tiempo no era el punto fuerte de Peter, y cabía la posibilidad de que hubiera incurrido en algún error.

Ni siquiera se atrevía a confiar en ello.

—Voy a intentarlo —dijo Nancy con repentina determinación—. Adiós. —Colgó el teléfono.

Reflexionó durante unos momentos. Peter se había marchado ayer por la noche, y debía de haber viajado toda la noche. El *clipper* saldría hoy mismo de Southampton para llegar a Nueva York mañana, a tiempo de que Peter se trasladara a Boston para la junta del viernes. ¿A qué hora despegaba el *clipper*? ¿Podría Nancy llegar a Southampton a tiempo de cogerlo?

Se acercó a la recepción con el alma en un hilo y preguntó al conserje mayor a qué hora despegaba el *clipper* de Southampton.

—Lo ha perdido, señora —contestó el hombre.

—Compruebe la hora, por favor —insistió Nancy, intentando ocultar su impaciencia.

El conserje sacó una lista de horarios y la examinó.

—A las dos.

Ella consultó su reloj: las doce en punto.

—No llegaría a tiempo a Southampton ni aunque tuviera un avión privado esperándola —dijo el conserje.

—¿Puedo alquilar algún avión?

El rostro del conserje adoptó la expresión tolerante de un empleado de hotel siguiéndole la corriente a un extranjero iluso.

—Hay un aeródromo a unos quince kilómetros de aquí. Por lo general, siempre hay algún piloto que la pueda llevar allí, a cambio de unos honorarios, pero ha de llegar al aeródromo, encontrar al piloto, hacer el viaje, aterrizar cerca de Southampton y trasladarse de la pista de aterrizaje al muelle. Es imposible hacerlo en dos horas, créame.

Nancy se alejó, frustrada.

Irritarse no servía de nada en los negocios, como había aprendido mucho tiempo atrás. Cuando las cosas se torcían, era preciso encontrar una forma de enderezarlas. No puedo llegar a Boston a tiempo, pensó, pero quizá pueda impedir la venta por control remoto.

Volvió a la cabina telefónica. En Boston pasaban unos

minutos de las siete. Su abogado Patric MacBride, estaría en casa. Indicó a la operadora su número.

Mac era el hombre que su hermano tendría que haber sido. Cuando Sean murió, él intervino y se ocupó de todo: la investigación, el funeral, el testamento, y las finanzas personales de Nancy. Era maravilloso con los chicos; hablaba con ellos de deportes, iba a verlos cuando interpretaban obras en el colegio, les dio consejos sobre la universidad y las respectivas carreras. En momentos diferentes, habló con cada uno de ellos sobre las verdades de la vida. Cuando papá murió, Mac aconsejó a Nancy que impidiera a Peter asumir la presidencia; ella hizo lo contrario, y ahora los acontecimientos demostraban que Mac estaba en lo cierto. Sabía que Mac la amaba, más o menos, pero no era una relación peligrosa: Mac era un devoto católico, fiel a su fea, gorda y leal esposa. Nancy le apreciaba mucho, pero no era la clase de hombre del que podía enamorarse. Era afable, regordete, tranquilo y calvo, y ella siempre se había sentido atraída por tipos enérgicos y con mucho pelo; hombres como Nat Ridgeway.

Mientras esperaba la conexión, tuvo tiempo de reflexionar sobre la ironía de la situación. El cómplice de Peter en la conspiración contra ella era Nat Ridgeway, brazo derecho de su padre y galanteador de ella en otro tiempo. Nat había dejado la empresa (y a Nancy) porque no podía ser jefe; y ahora, desde su cargo de presidente de «General Textiles», intentaba controlar de nuevo «Black's Boots».

Sabía que Nat había estado en París para presenciar los desfiles de modas, aunque no se había encontrado con él. Sin embargo, Peter se habría reunido con él y cerrado el trato en la capital francesa, mientras fingía dedicarse a inocentes compras de zapatos. Nancy no había sospechado nada. Cuando pensó en la facilidad con que la habían engañado, se sintió furiosa contra Peter y Nat…, y sobre todo contra sí misma.

Descolgó el teléfono de la cabina cuando sonó; hoy tenía suerte con las conexiones.

—Mac respondió con la boca llena del desayuno.

—¿Hummm?

—Mac, soy Nancy.

El hombre tragó la comida a toda prisa.

—Gracias a Dios que me has llamado. Te he buscado por toda Europa. Peter está intentando...

—Lo sé, acabo de enterarme —le interrumpió—. ¿Cuáles son las condiciones del trato?

—Una acción de «General Textiles», más veintisiete centavos en metálico, por cinco acciones de «Black's».

—¡Jesús, eso es un regalo!

—A tenor de vuestros beneficios, no es un precio tan bajo...

—¡Pero el valor de nuestros bienes es mucho más elevado!

—Oye, no he dicho lo contrario —dijo Mac en tono apaciguador.

—Lo siento, Mac, es que estoy muy furiosa.

—Lo comprendo.

Oía a las cinco hijas de Mac pelearse al fondo. También oía el sonido de una radio y el siseo de una tetera.

—Coincido contigo en que la oferta es demasiado baja —prosiguió el hombre, al cabo de un momento—. Se atiene al nivel de beneficios actual, en efecto, pero se desentiende del valor de los bienes y de las perspectivas futuras.

—Ya lo puedes decir.

—Hay algo más.

—Dime.

—Peter continuará durante los cinco años siguientes a la adquisición para encargarse de la operación «Black's», pero no hay empleo para ti.

Nancy cerró los ojos. Este era el golpe más cruel. Se sintió enferma. El perezoso y estúpido Peter, al que ella había protegido y cobijado, se quedaría; y ella, que había mantenido a flote el negocio, sería despedida.

—¿Cómo puede hacerme esto? —dijo—. ¡Es mi hermano!

—Lo siento muchísimo, Nan.

—Gracias.

—Nunca confié en Peter.

—Mi padre dedicó su vida a levantar este negocio —gritó Nancy—. No podemos permitir que Peter lo destruya.

—¿Qué quieres que haga?

—¿Podemos impedirlo?

—Si asistes a la junta de accionistas, creo que podrás convencer a tu tía y a Danny Riley de que voten en contra...

—El problema es que no puedo asistir. ¿No puedes convencerles tú?

—Es posible, pero no serviría de nada: Peter les supera en votos. Ellos solo poseen el diez por ciento, cada uno, y Peter el cuarenta.

—¿No puedes votar en mi nombre?

—Me faltan tus poderes.

—¿Puedo votar por teléfono?

—Una idea interesante... Creo que se pondría a votación de la junta, y Peter utilizaría su mayoría para derrotar la propuesta.

Permanecieron en silencio mientras se estrujaban los sesos. Durante la pausa, Nancy se acordó de las normas de educación.

—¿Cómo está la familia? —preguntó.

—En este momento, sin lavar, sin vestir y sin domar. Y Betty está embarazada.

Nancy se olvidó de sus problemas por un momento.

—¡No me tomes el pelo! —Pensaba que habían parado de tener hijas; la menor tenía cinco años—. ¡A estas alturas!

—Pensaba que ya había averiguado cuál era la causa.

Nancy lanzó una carcajada.

—¡Felicidades!

—Gracias, aunque Betty se muestra un poco... ambivalente hacia el tema.

—¿Por qué? Es más joven que yo.

—Pero seis son muchos críos.

—Os lo podéis permitir.

—Sí... ¿Estás segura de que no puedes coger ese avión?

Nancy suspiró.

—Estoy en Liverpool. Southampton dista trescientos kilómetros y el avión despega antes de dos horas. Es imposible.

—¿Liverpool? Eso no está lejos de Irlanda.

—Ahórrame los datos turísticos...

—Es que el *clipper* hace escala en Irlanda.

El corazón de Nancy estuvo a punto de detenerse.

—¿Estás seguro?

—Lo leí en el periódico.

Este dato lo cambiaba todo, comprendió Nancy, sintiendo renacer sus esperanzas. ¡Podría coger el avión, a pesar de todo!

—¿Dónde aterriza? ¿En Dublín?

—No, en algún lugar de la costa oeste, pero no me acuerdo del nombre. Aún te queda tiempo.

—Lo comprobaré y te llamaré después. Adiós.

—Oye, Nancy...

—¿Qué?

—Feliz cumpleaños.

Ella sonrió a la pared.

—Mac..., eres grande.

—Buena suerte.

—Adiós.

Colgó y volvió a la recepción. El conserje mayor le dedicó una sonrisa condescendiente. Nancy resistió la tentación de ponerle en su sitio; aún le sería de menos ayuda.

—Creo que el *clipper* hace escala en Irlanda —dijo, obligándose a adoptar un tono cordial.

—En efecto, señora. En Foynes, en el estuario del Shannon. Ella tuvo ganas de replicar: «¿Y por qué no me lo has dicho antes, presumido de mierda?», pero se limitó a sonreír.

—¿A qué hora? —preguntó.

El hombre consultó la lista de horarios.

—Está previsto que aterrice a las tres y media y vuelva a despegar a las cuatro y media.

—¿Podría llegar a tiempo de cogerlo?

La sonrisa tolerante del hombre se desvaneció y la miró con más respeto.

—No lo había pensado. Son dos horas de vuelo en un aeroplano pequeño. Si encuentra un piloto, puede lograrlo.

La tensión de Nancy aumentó. Las posibilidades de conseguir su objetivo ya no parecían tan remotas.

—Consígame un taxi que me lleve al aeródromo cuanto antes, por favor.

El conserje chasqueó los dedos en dirección a un botones.

—¡Taxi para la señora! —Se volvió hacia Nancy—. ¿Y sus baúles? —Estaban amontonados en el vestíbulo—. No cabrán en un avión pequeño.

—Envíelos al barco, por favor.

—Muy bien.

—Hágame la nota cuanto antes.

—Ahora mismo.

Nancy cogió el maletín en el que guardaba sus útiles de aseo imprescindibles, el maquillaje y una muda de ropa interior. Abrió una maleta y encontró una blusa limpia para el día siguiente por la mañana, de seda azul marino, un camisón y una bata. Llevaba sobre el brazo una chaqueta de cachemira gris ligera, que tenía la intención de ponerse en el muelle si el viento era frío. Decidió conservarla; podía necesitarla para abrigarse en el avión.

Cerró las maletas.

—Su cuenta, señora Lenehan.

Nancy extendió un talón y lo entregó, junto con una propina.

—Muy amable, señora Lenehan. El taxi la está esperando.

Salió corriendo y subió a un estrecho automóvil inglés. El conserje colocó el maletín a su lado y dio instrucciones al chófer.

—¡Vaya con la mayor rapidez posible! —añadió Nancy.

El coche circuló por el centro de la ciudad con una lentitud insufrible. Nancy golpeteó el suelo del taxi con su zapato de raso gris. El retraso se debía a que unos hombres estaban pintando rayas blancas en mitad de la calle, en los bordillos y alrededor de los árboles que bordeaban la calle. Se preguntó cuál era el propósito, irritada, y después se imaginó que servirían de ayuda a los conductores cuando se produjera el oscurecimiento.

El taxi ganó velocidad a medida que atravesaba los suburbios y salía a campo abierto, donde no tenían lugar preparativos bélicos. Los alemanes no bombardearían los campos, como no fuera por accidente. No paraba de consultar el reloj. Ya eran las doce y media. Si encontraba un avión y un piloto, y le convencía de llevarla sin la menor demora, podría despegar hacia la una. El conserje había dicho dos horas de vuelo. Aterrizaría a las tres. Después, por supuesto, tendría que trasladarse desde el aeródromo hasta Foynes, aunque la distancia debía de ser corta. Cabía la posibilidad de que llegara con tiempo de sobra. ¿Encontraría algún vehículo que la condujera a los muelles? Intentó serenarse. Tales especulaciones por adelantado eran absurdas.

Se le ocurrió pensar que tal vez el *clipper* estuviera lleno; todos los barcos lo estaban.

Apartó el pensamiento de su mente.

Cuando estaba a punto de preguntarle al conductor si faltaba mucho, el coche se desvió bruscamente de la carretera y entró en un campo, atravesando un portal abierto. Mientras el coche traqueteaba sobre la hierba, Nancy divisó un pequeño hangar. A su alrededor, pequeños aviones de brillantes colores estaban sujetos a la tierra cubierta de verde césped, como mariposas clavadas sobre un paño de terciopelo. Notó con satisfacción que no había escasez de aparatos. Sin embargo, también necesitaba un piloto, y no se veía ninguno.

El chófer paró junto a la gran puerta del hangar.

—Espéreme, por favor —pidió Nancy mientras bajaba. No quería quedarse sin posibilidad de regresar.

Entró corriendo en el hangar. Había tres aviones en el interior, pero ninguna persona. Salió al sol de nuevo. Alguien tenía que responsabilizarse del lugar, pensó, presa de los nervios. Tenía que haber alguien cerca, de lo contrario la puerta estaría cerrada con llave. Rodeó el hangar hasta la parte posterior, y vio a tres hombres de pie junto a un aeroplano.

El aparato era arrebatador. Estaba pintado por completo de amarillo canario, con pequeñas ruedas amarillas que le recordaron a Nancy coches de juguete. Era un biplano, con las alas superiores e inferiores sujetas mediante cables y puntales, y un solo motor en el morro. La hélice apuntaba al aire y la cola se hallaba apoyada en tierra, como un cachorrillo ansioso de que le sacaran a pasear.

Lo estaban aprovisionando de combustible. Un hombre ataviado con un grasiento mono azul y una gorra de tela se encontraba subido a una escalera de mano, vertiendo la gasolina de una lata en una protuberancia del ala situada sobre el asiento delantero. A su lado había un hombre alto y atractivo, de la misma edad que Nancy, que llevaba un casco de vuelo y una chaqueta de cuero. Hablaba animadamente con un hombre vestido con un traje de tweed.

Nancy carraspeó.

—Disculpen —dijo.

Los dos hombres la miraron, pero el alto continuó hablando y los dos desviaron la vista.

No era un buen comienzo.

—Lamento molestarles —insistió Nancy—. Quiero alquilar un avión.

—No puedo ayudarla —dijo el hombre alto, interrumpiendo la conversación.

—Es una emergencia —contestó Nancy.

—No soy un maldito taxista —repuso el hombre, apartando de nuevo la vista.

—¿Por qué es tan grosero? —preguntó Nancy, irritada.

Su frase consiguió atraer la atención del hombre, que le dirigió una mirada de interés y curiosidad. Nancy advirtió que tenía cejas negras y arqueadas.

—No era mi intención —se disculpó—, pero mi avión no se alquila, ni yo tampoco.

—No se ofenda, por favor —dijo ella, desesperada—, pero si es un problema de dinero, le pagaré lo que sea…

Estaba ofendido. Su expresión se endureció y volvió la cabeza.

Nancy observó que llevaba un traje gris oscuro bajo la chaqueta de cuero, y que sus zapatos negros de tipo oxford eran auténticos, y no imitaciones baratas como las que Nancy fabricaba. Era un hombre de negocios que pilotaba su propio avión por placer, evidentemente.

—¿Hay algún otro piloto? —preguntó.

El mecánico levantó la vista del depósito de combustible y meneó la cabeza.

—Hoy no —dijo.

—No me dedico a los negocios para perder dinero —dijo el hombre alto a su compañero—. Dígale a Seward que se le paga lo estipulado.

—El problema es que se le han abierto los ojos —contestó el hombre del traje de tweed.

—Lo sé. Dígale que la próxima vez negociaremos una tarifa superior.

—Puede que no le parezca suficiente.

—En ese caso, que coja los trastos y se vaya a tomar por el culo.

Nancy quería chiflar de frustración. Tenía delante un avión y un piloto perfectos, pero sus palabras no lograrían que la condujeran a donde deseaba.

—¡He de ir a Foynes! —gritó, casi al borde de las lágrimas. El hombre alto se giró en redondo.

—¿Ha dicho Foynes?

—Sí...

—¿Por qué?

Al menos, había conseguido entablar conversación con él.

—Intento coger el *clipper* de la Pan American.

—Qué curioso. Yo también.

Recobró de nuevo las esperanzas.

—Dios mío. ¿Se dirige a Foynes?

—Sí. —El aspecto del hombre era sombrío—. Persigo a mi mujer.

A pesar de su excitación, comprendió que se trataba de una declaración muy extraña; semejante confesión revelaba que el hombre era muy débil, o muy seguro de sí mismo.

Nancy miró al avión. Al parecer, tenía dos cabinas, una detrás de la otra.

—¿El avión es de dos plazas? —preguntó, ansiosa.

El hombre la miró de arriba abajo.

—Sí. Dos plazas.

—Lléveme con usted, por favor.

El hombre vaciló, y después se encogió de hombros.

—¿Por qué no?

Nancy estuvo a punto de desmayarse de alivio.

—Gracias, Dios mío —exclamó—. Le estoy muy agradecida.

—Olvídelo. —El hombre extendió una mano enorme—. Mervyn Lovesey. Encantado de conocerla.

Se estrecharon las manos.

—Nancy Lenehan. Es un placer.

Eddie se dio cuenta por fin de que necesitaba hablar con alguien.

Tenía que ser alguien de su plena confianza; alguien a quien pudiera confiar lo sucedido.

La única persona con la que hablaba de este tipo de cosas era Carol-Ann. Era su confidente. Ni siquiera hablaba de ciertos temas con papá, cuando este estaba vivo; no le gustaba mostrarse débil ante su padre. ¿Podía confiar en alguien?

Pensó en el capitán Baker. Marvin Baker era el tipo de piloto que gustaba a los pasajeros: apuesto, de mandíbula cuadrada, seguro y confiado. Eddie le respetaba y apreciaba, pero Baker solo debía lealtad al avión y a los pasajeros, y era muy estricto en el cumplimiento de las normas. Insistiría en que se dirigiera de inmediato a la policía. No le servía.

¿Alguien más?

Sí. Steve Appleby.

Steve era hijo de un leñador de Oregón, un chico alto, de músculos duros como el acero, criado en el seno de una familia católica y muy pobre. Se habían conocido cuando eran guardiamarinas en Annapolis. Habían entablado amistad el primer día, en el inmenso comedor pintado de blanco. Mientras los demás novatos protestaban del rancho, Eddie limpió su plato. Levantó la vista y reparó en otro cadete cuya pobreza le hacía pensar que la comida era excelente: Steve. Sus ojos se encontraron y se entendieron a la perfección.

Su amistad prosiguió cuando salieron de la academia, pues ambos fueron destinados a Pearl Harbor. Cuando Steve se casó con Nella, Eddie fue el padrino, y Steve intercambió papeles con Eddie el año anterior. Steve continuaba en la Marina, destinado en el astillero de Portsmouth (New Hampshire). Ahora se veían con menos frecuencia, pero no importaba, porque su amistad era de aquellas que sobreviven a largos períodos sin contacto. No se escribían, a menos que tuvieran algo importante que contar. Cuando coincidían en Nueva York cenaban, iban a bailar y compartían una estrecha intimidad, como si se hubieran visto por última vez el día antes. Eddie habría confiado su alma a Steve.

Steve era muy habilidoso. Conseguía lo que los demás no podían: un pase de fin de semana, una botella de licor, un par de entradas para un partido importante...

Eddie decidió que intentaría ponerse en contacto con él.

Se sintió un poco mejor después de haber tomado algo parecido a una decisión. Entró corriendo en el hotel.

Se dirigió a la pequeña oficina y dio el número de la base naval a la propietaria del hotel. Después, subió a su habitación. La mujer vendría a buscarle cuando consiguiera la comunicación.

Se quitó el mono. No quería que le interrumpieran en mitad del baño, de modo que se lavó la cara y las manos en el dormitorio, vistiéndose a continuación con una camisa blanca y los pantalones del uniforme. La rutina le calmó un poco, pero estaba muy impaciente. No sabía lo que Steve diría, pero compartir el problema constituiría un alivio.

Se estaba anudando la corbata cuando la propietaria llamó a la puerta. Eddie bajó corriendo la escalera y descolgó el teléfono. Le habían conectado con la operadora de la base.

—Póngame con Steve Appleby, por favor —dijo.

—El teniente Appleby no puede ponerse al teléfono en este momento —contestó la mujer. El corazón le dio un vuelco a Eddie—. ¿Quiere que le dé el recado?

Eddie se sentía amargamente decepcionado. Sabía que Steve no podría agitar una varita mágica y rescatar a Carol-Ann, pero al menos habrían hablado, y tal vez habría surgido alguna idea.

—Señorita, es una emergencia. ¿Dónde diablos está?

—¿Puede decirme quién le llama, señor?

—Soy Eddie Deakin.

La operadora abandonó al instante su tono formal.

—¡Hola, Eddie! Fuiste su padrino de bodas, ¿verdad? Soy Laura Gross. Nos conocemos. —Bajó la voz como una conspiradora—. Steve no ha pasado la noche en la base, extraoficialmente.

Eddie gruñó para sí. Steve estaba haciendo algo que no debía… en el momento menos apropiado.

—¿Cuándo volverá?

—Tenía que haber regresado antes de amanecer, pero aún no ha dado señales de vida.

Peor aún. Steve no solo se hallaba ausente, sino que tal vez se había metido en algún lío.

—Puedo pasarte con Nella —dijo la operadora—. Está en la oficina.

—Vale, gracias.

No iba a confesar sus problemas a Nella, desde luego, pero quizá averiguaría algo más sobre el paradero de Steve. Dio patadidas en el suelo, nervioso, mientras aguardaba la conexión. Recreó en su mente a Nella: era una muchacha afectuosa de rostro redondo y pelo largo rizado.

Por fin, escuchó su voz.

—¿Diga?

—Nella, soy Eddie Deakin.

—Hola, Eddie. ¿Dónde estás?

—Llamo desde Inglaterra, Nella. ¿Dónde está Steve?

—¡Desde Inglaterra! ¡Santo Dios! Steve está, hum, ilocalizable ahora. ¿Pasa algo? —preguntó, en tono preocupado.

—Sí. ¿Cuándo crees que volverá Steve?

—En el curso de la mañana, tal vez dentro de una hora o así. Eddie, pareces muy nervioso. ¿Qué pasa? ¿Tienes algún problema?

—Dile a Eddie que me llame aquí, si llega a tiempo.

Le dio el número de teléfono del Langdown Lawn.

Ella lo repitió.

—Eddie, ¿quieres hacer el favor de contarme qué ocurre?

—No puedo. Dile que me llame. Me quedaré aquí otra hora. Después, he de volver al avión… Hoy regresamos a Nueva York.

—Lo que tú digas —dijo Nella, vacilante—. ¿Cómo está Carol-Ann?

—He de irme. Adiós, Nella.

Colgó sin esperar la respuesta. Sabía que se había comportado con rudeza, pero estaba demasiado preocupado para que le importara. Se sentía a punto de estallar.

Como no sabía que hacer, subió la escalera y regresó a su cuarto. Dejó la puerta entreabierta, para oír el timbre del teléfono del vestíbulo, y se sentó en el borde de la cama individual. Tenía ganas de llorar, por primera vez desde que era niño. Sepultó la cabeza entre sus manos.

—¿Qué voy a hacer?

Recordó el secuestro de Lindbergh. Se publicó en todos los periódicos cuando estaba en Annapolis, siete años antes. Habían asesinado a su hijo.

—Oh, Dios mío, salva a Carol-Ann —rezó.

Ya no solía rezar. Los rezos nunca habían servido de nada a sus padres. Solo creía en sí mismo. Meneó la cabeza. No era el momento de acudir a la religión. Tenía que pensar y hacer algo.

La gente que había secuestrado a Carol-Ann quería que Eddie subiera al avión, eso estaba claro. Tal vez era motivo suficiente para no hacerlo, pero en este caso no se encontraría con Tom Luther ni averiguaría qué querían de él. Quizá pudiera frustrar sus planes, pero perdería hasta la más ínfima posibilidad de lograr el control de la situación.

Se levantó y abrió su maletín. Solo podía pensar en Carol-Ann, pero guardó como un autómata los útiles de afeitar, el pijama y la ropa sucia. Se peinó y guardó los cepillos.

El teléfono sonó cuando iba a sentarse otra vez.

Salió de la habitación en dos zancadas. Bajó la escalera como un rayo, pero alguien llegó al teléfono antes que él. Cruzó el vestíbulo y oyó la voz de la propietaria.

—¿El cuatro de octubre? Voy a ver si quedan plazas libres.

Volvió sobre sus pasos, cabizbajo. Se dijo que Steve tampoco podría hacer nada. Nadie podía ayudarle. Alguien había raptado a Carol-Ann, y Eddie iba a obedecer sus órdenes para recuperarla. Nadie le sacaría del apuro en que se encontraba.

Entristecido, recordó que se habían peleado la última vez que la vio. Nunca se lo perdonaría. Deseó con todo su corazón haberse mordido la lengua. ¿De qué mierda habían discutido? Juró que nunca más se pelearía con ella, si conseguía rescatarla con vida.

¿Por qué sonaba ese jodido teléfono?

Llamaron a la puerta y entró Mickey, vestido con el uniforme de vuelo y cargando la maleta.

—¿Preparado para marcharnos? —dijo en tono jovial.

El pánico se apoderó de Eddie.

—¿Ya es hora?

—¡Claro!

—Mierda…

—¿Qué pasa, tanto te gusta esto? ¿Quieres quedarte a luchar contra los alemanes?

Eddie tenía que concederle unos minutos más a Steve.

—Ve pasando —dijo a Mickey—. Enseguida te alcanzo.

A Mickey pareció herirle un poco que Eddie no quisiera acompañarle. Se encogió de hombros.

—Hasta luego —dijo, y se marchó.

¿Dónde cojones estaba Steve Appleby?

Siguió sentado durante quince minutos, con la vista clavada en el papel pintado.

Por fin, cogió su maleta y bajó la escalera poco a poco,

mirando el teléfono como si fuera una serpiente venenosa dispuesta a atacar. Se detuvo en el vestíbulo, esperando que sonara.

El capitán Baker bajó y miró a Eddie, sorprendido.

—Vas a llegar tarde —dijo—. Será mejor que vengas conmigo en taxi.

El capitán poseía el privilegio de ir en taxi hasta el hangar.

—Estoy esperando una llamada —contestó Eddie.

El capitán frunció levemente el entrecejo.

—Bien, pues ya no puedes esperar más. ¡Vámonos!

Eddie no se movió durante un momento. Después, comprendió la estupidez de la situación. Steve no iba a llamar, y Eddie debía estar en el avión si quería hacer algo. Se obligó a coger la maleta y a salir por la puerta.

Entraron en el taxi que les estaba esperando.

Eddie se dio cuenta de que casi había incurrido en insubordinación. No quería ofender a Baker, que era un buen capitán y siempre trataba a Eddie con suma corrección.

—Lo siento —se disculpó—. Esperaba una llamada de Estados Unidos.

El capitán sonrió, con semblante risueño.

—¡Coño, pero si llegaremos mañana!

—Tiene razón —contestó Eddie, sombrío.

Estaba solo.

SEGUNDA PARTE

DE SOUTHAMPTON A FOYNES

6

Mientras el tren rodaba hacia el sur atravesando los bosques de pinos de Surrey en dirección a Southampton, Elizabeth, la hermana de Margaret Oxenford, hizo un anuncio sorprendente.

La familia Oxenford viajaba en un vagón especial reservado para los pasajeros del *clipper*. Margaret se encontraba de pie al final del vagón, sola, mirando por la ventana. Su estado de ánimo oscilaba entre la desesperación más absoluta y una creciente excitación. Se sentía irritada y mezquina por abandonar su país en una hora de crisis, pero la perspectiva de volar a Estados Unidos no dejaba de emocionarla.

Su hermana Elizabeth se apartó del grupo familiar y caminó hacia ella con semblante grave.

—Te quiero, Margaret —dijo, tras un breve instante de vacilación.

Margaret se conmovió. Durante los últimos años, desde que habían alcanzado la edad necesaria para entender la batalla ideológica desencadenada en el mundo, habían abrazado puntos de vista diametralmente opuestos, y ello las había alejado. Sin embargo, echaba de menos la intimidad con su hermana, y el alejamiento la entristecía. Sería maravilloso volver a ser amigas.

—Yo también te quiero —dijo, abrazando a Elizabeth.

—No voy a ir a Estados Unidos —dijo Elizabeth, al cabo de un momento.

Margaret jadeó, estupefacta.

—¿Cómo es posible?

—Voy a decirles a papá y mamá que no voy. Tengo veintiún años... No pueden obligarme.

Margaret no estaba tan segura, pero aparcó el tema de momento; había otras preguntas mucho más acuciantes.

—¿A dónde irás?

—A Alemania.

—¡Nooo! —exclamó Margaret, horrorizada—. ¡Te matarán!

Elizabeth le dirigió una mirada desafiante.

—Los socialistas no son los únicos que desean morir por una causa, créeme.

—¡Vas a luchar por el nazismo!

—No solo por el fascismo —repuso Elizabeth, con un extraño brillo en sus ojos—, sino por toda la raza blanca, que está en peligro de ser engullida por los negros y los mestizos. Es por la raza humana.

Una oleada de irritación invadió a Margaret. ¡No solo iba a perder a su hermana, sino que la iba a perder por culpa de una causa perversa! Sin embargo, no quería enzarzarse en una discusión política; estaba mucho más preocupada por la seguridad de su hermana.

—¿De qué vas a vivir? —preguntó.

—Tengo dinero.

Margaret recordó que ambas habían heredado una cantidad de su abuelo a los veintiún años. No era excesiva, pero suficiente para vivir una temporada.

Otra idea acudió a su mente.

—Tu equipaje ya ha sido enviado a Nueva York.

—Aquellas maletas estaban llenas de manteles viejos. Preparé otras maletas y las envié el lunes.

Margaret estaba asombrada. Elizabeth lo había planeado todo a la perfección y en el mayor secreto. Reflexionó con amargura en la precipitación y atolondramiento de su intento de fuga. Mientras yo me hacía mala sangre y rechazaba la comida, pensó, Margaret encargaba su pasaje y enviaba su equipaje por anticipado. Claro que Elizabeth se había mostrado a la altura de sus veintiún años y Margaret no, pero lo fundamental residía en la cuidadosa planificación y la fría ejecución. Margaret se sentía avergonzada de que su hermana, tan estúpida y equivocada en lo referente a política, se hubiera comportado con tanta inteligencia.

De pronto, comprendió que echaría mucho de menos a Elizabeth. Aunque ya no eran grandes amigas, Elizabeth siempre estaba a mano. Casi siempre discutían, se peleaban y hacían burla de sus mutuas ideas, pero Margaret también iba a echar de menos esa rutina. Aún se consolaban en los momentos de aflicción. Las reglas de Elizabeth solían ser dolorosas, y Margaret la acostaba y le llevaba una taza de chocolate caliente y la revista *Picture Post*. Elizabeth había lamentado profundamente la muerte de Ian, aunque no le veía con buenos ojos, y había confortado a Margaret.

—Te echaré muchísimo de menos —dijo Margaret, llorosa.

—No des un espectáculo —la previno Elizabeth—. No quiero que se enteren todavía.

Margaret se serenó.

—¿Cuándo se lo dirás?

—En el último momento. ¿Actuarás con normalidad hasta entonces?

—De acuerdo. —Se obligó a sonreír—. Te trataré tan mal como de costumbre.

—¡Oh, Margaret! —Elizabeth se hallaba al borde de las lágrimas. Tragó saliva—. Ve a hablar con ellos mientras intento tranquilizarme.

Margaret apretó la mano de su hermana y volvió a su asiento.

Margaret pasaba las páginas del *Vogue* y, de vez en cuando, leía un párrafo a papá, sin hacer caso de su total desinterés.

—El encaje está de moda —citó—. No me había dado cuenta. ¿Y tú? —La falta de respuesta no la desanimó—. El blanco es el color que priva actualmente, a mí no me gusta. Acentúa mi palidez.

La expresión de su padre era insoportablemente plácida. Margaret sabía que estaba complacido consigo mismo por haber reafirmado su autoridad paterna y aplastado la rebelión. Lo que no sabía era que su hija mayor había colocado una bomba de relojería.

¿Tendría Elizabeth el valor de llevar adelante su plan? Una cosa era decírselo a Margaret, y otra muy distinta decirlo a papá. Cabía la posibilidad de que Elizabeth se arrepintiera en el último momento. La propia Margaret había tramado un enfrentamiento con él, pero al final se había echado atrás.

Y aunque Elizabeth se lo dijera a papá, no era seguro que pudiera escapar. A pesar de tener veintiún años y dinero, papá era muy tozudo y carecía de escrúpulos a la hora de lograr un objetivo. Si se le ocurría algún medio de detener a Elizabeth, lo pondría en práctica. En principio, no se opondría a que Elizabeth se pasara al bando de los fascistas, pero se enfurecería si la joven se negaba a plegarse a sus planes.

Margaret se había peleado muchas veces con su padre por motivos similares. Se había puesto furioso cuando aprendió a conducir sin su permiso, y cuando descubrió que ella había acudido a una conferencia de Marie Stopes, la controvertida pionera de la anticoncepción, estuvo a punto de sufrir un ataque de apoplejía. En aquellas ocasiones, no obstante, le había ganado la partida actuando a sus espaldas. Nunca había ganado en una confrontación directa. A la edad de dieciséis años, le había prohibido que fuera de camping con su prima Catherine y varias amigas de esta, a pesar de que el vicario y su esposa supervisaban la expedición. Las objeciones de su padre se debían a que también iban chicos. Su discusión más virulenta había girado en torno al deseo de Margaret de ir al colegio. Había suplicado, implorado, chillado y sollozado, pero él se mostró implacable.

—Las chicas no tienen por qué ir al colegio —había dicho—. Crecen y se casan.

Pero no podía seguir castigando y reprimiendo a sus hijas por los siglos de los siglos, ¿verdad?

Margaret se sentía inquieta. Se levantó y paseó por el vagón, con tal de hacer algo. Casi todos los demás pasajeros del *clipper*, por lo visto, compartían su estado de ánimo indeciso, entre la excitación y la depresión. Cuando todos se reunieron en la estación de Waterloo para subir al tren, se produjo un regocijado intercambio de conversaciones y risas. Habían consignado su equipaje en Waterloo. Hubo un pequeño problema con el baúl de mamá, que excedía de manera exagerada el peso límite, pero la mujer había hecho caso omiso de lo que decía el personal de la Pan American, consiguiendo que el baúl fuera aceptado. Un joven uniformado había recogido sus billetes, acompañándoles al vagón especial. Después, a medida que se alejaban de Londres, los pasajeros se fueron sumiendo en el silencio, como si se despidieran en privado de un país que tal vez jamás volverían a ver.

Había entre los pasajeros una estrella de cine norteamericana de fama mundial, culpable en parte de los murmullos excitados. Se llamaba Lulu Bell. Percy estaba sentado a su lado en estos momentos, hablando con ella como si la conociera de toda la vida. Margaret deseaba hablar con la mujer, pero no se atrevía a acercarse y entablar conversación. Percy era más atrevido.

La Lulu Bell de carne y hueso parecía mayor que en la pantalla. Margaret calculó que frisaría la cuarentena, aunque todavía interpretaba papeles de jovencitas y recién casadas. En cualquier caso, era bonita. Pequeña y vivaz, hizo pensar a Margaret en un pajarito, un gorrión o un reyezuelo.

—Su hermano pequeño me está entreteniendo —dijo la actriz, respondiendo a la sonrisa de Margaret.

—Confío en que se esté portando con educación.

—Oh, desde luego. Me ha hablado de su abuela, Rachel Fishbein. —La voz de Lulu adquirió un tono solemne, como si estuviera comentando alguna heroicidad trágica—. Tiene que haber sido una mujer maravillosa.

Margaret se sintió algo violenta. Percy disfrutaba contando mentiras a los desconocidos. ¿Qué demonios le habría dicho a esta pobre mujer? Sonrió vagamente, un truco que había aprendido de su madre, y continuó paseando.

Percy siempre había sido travieso, pero su audacia había aumentado en los últimos tiempos. Crecía en estatura, su voz era más grave y sus bromas rozaban lo peligroso. Aún temía a papá, y solo se oponía a la voluntad paterna si Margaret le respaldaba, pero esta sospechaba que se aproximaba el día en que se rebelaría abiertamente. ¿Cómo se lo tomaría papá? ¿Podría dominar a un chico con la misma facilidad que a sus hijas? Margaret creía que no.

Margaret distinguió al final del vagón a una misteriosa figura que le resultó familiar. Un hombre alto, de mirada intensa y ojos ardientes, que destacaba entre esta multitud de personas bien vestidas y alimentadas porque era delgado como la muerte y llevaba un traje raído de tela gruesa y áspera. Su cabello era muy corto, como el de un presidiario. Parecía preocupado y tenso.

Sus miradas se cruzaron, y Margaret le reconoció al instante. Nunca se habían encontrado, pero había visto su foto en los periódicos. Era Carl Hartmann, el socialista y científico alemán. Decidida a ser tan osada como su hermano, Margaret se sentó delante del hombre y se presentó. Hartmann, que se había opuesto a Hitler durante mucho tiempo, se había convertido en un héroe para los jóvenes como Margaret por su valentía. Luego, había desaparecido un año antes, y todo el mundo temió lo peor. Margaret supuso que había escapado de Alemania. Tenía el aspecto de un hombre recién salido del infierno.

—El mundo entero se preguntaba qué había sido de usted —dijo Margaret.

El hombre contestó en un inglés correcto, aunque de pronunciado acento.

—Estaba bajo arresto domiciliario, pero me permitían continuar mis trabajos científicos.

—¿Y después?

—Me escapé —dijo, sin más explicaciones. Presentó al hombre sentado a su lado—. ¿Conoce a mi amigo, el barón Gabon?

Margaret había oído hablar de él. Philippe Gabon era un

banquero francés que utilizaba su inmensa fortuna para apoyar causas judías, como el sionismo, lo cual le había granjeado la antipatía del gobierno británico. Pasaba casi todo el tiempo viajando por el mundo, tratando de convencer a las naciones de que aceptaran a los judíos huidos del nazismo. Era un hombre bajo, regordete, de pulcra barba, ataviado con un elegante traje negro, chaleco gris y corbata blanca. Margaret supuso que él era quien pagaba el billete de Hartmann. Estrechó su mano y continuó charlando con Hartmann.

—Los periódicos no han informado de su huida —señaló.

—Nuestra intención es mantener el secreto hasta que Carl haya abandonado Europa sano y salvo —dijo el barón Gabon.

Ominosas palabras, pensó Margaret; da la impresión de que los nazis aún le persigan.

—¿Qué va a hacer en Estados Unidos? —preguntó.

—Trabajaré en el departamento de Física de Princeton —contestó Hartmann. Una amarga expresión cubrió su rostro—. No quería abandonar mi país, pero si me hubiera quedado, mi trabajo habría contribuido a la victoria nazi.

Margaret no sabía nada acerca de su trabajo, solo que era científico. Lo que le interesaba de verdad eran sus opiniones políticas.

—Su valentía ha ejercido gran influencia en mucha gente —dijo.

Pensaba en Ian, que había traducido los discursos de Hartmann, cuando a Hartmann le permitían pronunciar discursos.

Sus alabanzas parecieron incomodarle.

—Ojalá hubiera continuado. Lamento haberme rendido.

—No te has rendido, Carl —intervino el barón Gabon—. No te acuses sin motivo. Hiciste lo único que podías.

Hartmann cabeceó. Su razón le decía que Gabon estaba en lo cierto, pero en el fondo de su corazón creía haber traicionado a su país. Margaret lo comprendió así, y habría querido confortarle, pero no supo cómo. La aparición del acompañante de la Pan American solucionó su dilema.

—La comida está preparada en el siguiente vagón. Vayan acomodándose, por favor.

—Ha sido un honor conocerle —dijo Margaret, poniéndose en pie—. Espero que tendremos más oportunidades de seguir conversando.

—Estoy seguro —dijo Hartmann, sonriendo por primera vez—. Viajaremos juntos durante cuatro mil ochocientos kilómetros.

Margaret entró en el vagón restaurante y se sentó con su familia. Mamá y papá estaban sentados a un lado de la mesa, y los tres hijos se apretujaban en la otra, con Percy entre Margaret y Elizabeth. Margaret miró de reojo a Elizabeth. ¿Cuándo soltaría la bomba?

El camarero sirvió agua y papá ordenó una botella de vino del Rin. Elizabeth guardaba silencio y miraba por la ventanilla. Margaret esperaba, intrigada.

—¿Qué os pasa, niñas? —preguntó mamá, notando la tensión.

Margaret no dijo nada.

—Tengo algo importante que deciros —habló por fin Elizabeth.

El camarero vino con una crema de champiñones y Elizabeth aguardó a que les sirviera. Su madre pidió una ensalada.

—¿Qué es, querida? —preguntó, cuando el camarero se hubo marchado.

Margaret contuvo el aliento.

—He decidido no ir a Estados Unidos —dijo Elizabeth.

—¿De qué demonios hablas? —estalló su padre—. Claro que irás… ¡Ya estamos en camino!

—No, no volaré con vosotros —insistió Elizabeth con calma. Margaret la observó con atención. Elizabeth hablaba sin alzar la voz, pero su largo rostro, no muy atractivo, estaba pálido de tensión. Margaret se sintió solidaria con ella, pese a todo.

—No digas tonterías, Elizabeth. Papá te ha comprado el billete —dijo su madre.

—A lo mejor nos devuelven el importe —intervino Percy.

—Cállate, idiota —le conminó su padre.

—Si intentáis obligarme —prosiguió Elizabeth—, me negaré a subir al avión. No creo que la compañía aérea os permita llevarme a bordo chillando y pataleando.

Elizabeth había sido muy lista, pensó Margaret. Había sorprendido a papá en un momento vulnerable. No podía subirla a bordo por la fuerza, y no podía quedarse en tierra para buscar una solución al problema porque las autoridades le detendrían por fascista.

Pero su padre aún no estaba derrotado. Había comprendido la gravedad de la situación. Bajó su cuchara.

—¿Qué piensas hacer si te quedas aquí? —preguntó con sarcasmo—. ¿Alistarte en el ejército, como pretendía la retrasada mental de tu hermana?

Margaret enrojeció de ira ante el insulto, pero se mordió la lengua y no dijo nada, esperando que Elizabeth le aplastara.

—Iré a Alemania —dijo Elizabeth.

Su padre enmudeció por un momento.

—Querida, ¿no crees que estás llevando las cosas demasiado lejos? —tanteó su madre.

Percy habló, imitando perfectamente a su padre.

—Este es el resultado de permitir a las chicas hablar de política —dijo en tono pomposo—. La culpa es de Marie Stopes...

—Cierra el pico, Percy —dijo Margaret, hundiéndole los dedos entre las costillas.

Se quedaron en silencio hasta que el camarero se llevó la sopa intacta. Lo ha hecho, pensó Margaret; ha tenido las agallas de decirlo. ¿Se saldrá con la suya?

Margaret observó que su padre estaba desconcertado. Le había resultado fácil mofarse de Margaret por querer quedarse a luchar contra los fascistas, pero era más difícil escarnecer a Elizabeth, porque estaba de su parte.

Sin embargo, un pequeña duda moral nunca le preocupaba durante mucho rato.

—Te lo prohibo absolutamente —dijo, en cuanto el camarero se alejó, en tono concluyente, como dando por finalizada la discusión.

Margaret miró a Elizabeth. ¿Cuál sería su reacción? Su padre ni siquiera se dignaba discutir con ella.

—Temo que no me lo puedes prohibir, querido papá —respondió Elizabeth, con sorprendente suavidad—. Tengo veintiún años y puedo hacer lo que me dé la gana.

—Mientras dependas de mí, no.

—En ese caso, me las tendré que arreglar sin tu apoyo. Cuento con un pequeño capital.

Papá bebió un veloz trago de vino.

—No lo permitiré y punto.

Parecía una amenaza vana. Margaret empezó a creer que Elizabeth iba a lograrlo. No sabía si sentirse contenta por la previsible derrota de papá, o enfurecida porque Elizabeth iba a unirse a los nazis.

Les sirvieron lenguado de Dover. Solo Percy comió. Elizabeth estaba pálida de miedo, pero fruncía la boca con determinación. Margaret no tuvo otro remedio que admirar su fuerza de voluntad, aunque despreciaba su propósito.

—Si no vas a venir a Estados Unidos, ¿por qué has subido al tren? —preguntó Percy.

—He encargado pasaje en un barco que zarpa de Southampton.

—No puedes ir en barco a Alemania desde este país —dijo su padre, triunfante.

Margaret se sintió consternada. Claro que no. ¿Se habría equivocado Elizabeth? ¿Fracasaría todo su plan por este simple detalle?

Elizabeth no se inmutó.

—El barco va a Lisboa —explicó con calma—. He enviado un giro postal a un banco de allí y reservado hotel.

—¡Maldita trampa! —gritó su padre. Un hombre de la mesa vecina les miró.

Elizabeth continuó como si no le hubiera oído.

—Una vez en Lisboa, encontraré un barco que me lleve a Alemania.

—¿Y después? —preguntó su madre.

—Tengo amigos en Berlín, mamá. Ya lo sabes.

Su madre suspiró.

—Sí, querida.

Parecía muy triste. Margaret comprendió que había aceptado la inevitabilidad de la situación.

—Yo también tengo amigos en Berlín —gritó su padre.

Varias personas de las mesas contiguas levantaron la vista.

—Baja la voz, querido —dijo mamá—. Te oímos muy bien.

—Tengo amigos en Berlín que te enviarán de vuelta en cuanto llegues —siguió su padre, en voz más queda.

Margaret se llevó la mano a la boca. Su padre podía conseguir que los alemanes expulsaran a Elizabeth, por supuesto; el gobierno podía hacer cualquier cosa en un país fascista. ¿Terminaría la huida de Elizabeth ante un despreciable burócrata, que examinaría su pasaporte, menearía la cabeza y le denegaría el permiso de entrada?

—No lo harán —replicó Elizabeth.

—Ya lo veremos —dijo papá, con escasa seguridad, en opinión de Margaret.

—Me recibirán con los brazos abiertos, papá —afirmó Elizabeth, y la nota de cansancio en su voz dotó de más convencimiento a sus palabras—. Convocarán una rueda de prensa para anunciar al mundo que he escapado de Inglaterra para unirme a su causa, al igual que los miserables periódicos ingleses publicaron la deserción de judíos alemanes importantes.

—Espero que no descubran lo de la abuela Fishbein —declaró Percy.

Elizabeth se había preparado contra los ataques de su padre, pero el cruel humor de Percy atravesó sus defensas.

—¡Cierra el pico! ¡Eres un chico horrible! —gritó, y se puso a llorar.

El camarero se llevó de nuevo sus platos intactos. El siguiente consistía en costillas de cordero con guarnición de verduras. El camarero sirvió vino. Mamá tomó un sorbo, señal de que estaba afligida.

Papá empezó a comer, atacando la carne con el cuchillo y el tenedor y masticando con furia. Margaret estudió su rostro colérico, y se quedó sorprendida al detectar una huella de perplejidad tras la máscara de rabia. Pocas veces se le veía agitado; su arrogancia solía sortear todas las crisis. Mientras examinaba su expresión, comprendió que todo el mundo de su padre se estaba viniendo abajo. Esta guerra era el fin de sus esperanzas. Había querido que los ingleses abrazaran el fascismo bajo su liderazgo, pero en lugar de ello habían declarado la guerra al fascismo y le exiliaban.

La verdad era que le habían rechazado a mediados de los años treinta, pero hasta ahora había hecho la vista gorda, fingiendo que un día acudirían a él cuando fuera necesario. Supuso que por esa razón estaba tan irritado: vivía una mentira. Su celo de cruzado había degenerado en una manía obsesiva, su confianza en fanfarronadas, y al fracasar en su intento de convertirse en el dictador de Inglaterra solo le había quedado la opción de tiranizar a sus hijos. Ahora, sin embargo, ya no podía ignorar la verdad. Abandonaba su país y, como comprendió Margaret de repente, nunca le permitirían regresar.

Y para colmo, en el momento en que sus esperanzas políticas se reducían a la nada, sus hijos también se rebelaban. Percy fingía ser judío, Margaret había intentado escapar, y Elizabeth, el único seguidor que le quedaba, le estaba desafiando.

Margaret pensaba que agradecería la aparición de una brecha en su armadura, pero se sentía incómoda. El firme despotismo de papá había sido una constante en su vida, y el hecho de que pudiera desmoronarse la desconcertaba. Se sintió repentinamente insegura, como una nación oprimida que encarase la perspectiva de una revolución.

Intentó comer algo, pero apenas podía tragar. Mamá jugueteó con un tomate durante unos momentos, y luego dejó caer su tenedor.

—¿Hay algún chico de Berlín que te guste, Elizabeth? —preguntó de súbito.

—No —contestó Elizabeth.

Margaret le creyó, pero la pregunta de mamá, en cualquier caso, había sido muy perspicaz. Margaret sabía que Alemania no solo atraía a Elizabeth desde un punto de vista ideológico. Había algo en los altos y rubios soldados, en sus uniformes inmaculados y botas centelleantes, que estremecía profundamente a Elizabeth. Mientras la sociedad londinense consideraba a Elizabeth una chica más bien fea y vulgar, procedente de una familia excéntrica, en Berlín era algo especial: una aristócrata inglesa, la hija de un pionero del fascismo, una extranjera que admiraba a la Alemania nazi. Su deserción nada más estallar la guerra le granjearía una gran popularidad; la agasajarían como a una celebridad. Se enamoraría de algún oficial joven, o de un relevante miembro del partido, se casarían y tendrían hijos rubios que hablarían alemán.

—Lo que vas a hacer es muy peligroso, querida —dijo mamá—. Papá y yo estamos preocupados por tu seguridad.

Margaret se preguntó si a papá le preocupaba en realidad la seguridad de Elizabeth. A madre sí, seguro, pero lo que más irritaba a papá era la desobediencia. Tal vez, oculto bajo su furia, existía un vestigio de ternura. No siempre había sido intratable. Margaret recordaba momentos cariñosos, incluso divertidos, tiempo atrás. El recuerdo la entristeció hasta límites insospechados.

—Sé que es peligroso, mamá —contestó Elizabeth—, pero mi futuro se juega en esta guerra. No quiero vivir en un mundo dominado por financieros judíos y mugrientos sindicalistas manipulados por el partido Comunista.

—¡Qué disparate! —exclamó Margaret, pero nadie la escuchó.

—Entonces, ven con nosotros —dijo mamá—. Estados Unidos es un lugar estupendo.

—Los judíos controlan Wall Street…

—Creo que exageras —dijo mamá con firmeza, evitando mirar a papá—. Es cierto que hay demasiados judíos y otros personajes desagradables en el mundo de las finanzas norteamericanas, pero la gente decente les sobrepasa en número. Recuerda que tu abuelo era banquero.

—Es increíble que hayamos pasado de afiladores a banqueros en solo dos generaciones —dijo Percy.

—Estoy de acuerdo con tus ideas, querida —continuó mamá—, ya lo sabes, pero creo que no hace falta morir por ellas. Ninguna causa lo merece.

Margaret se quedó estupefacta. Mamá estaba diciendo que no valía la pena morir por la causa del fascismo, lo cual suponía casi una blasfemia a los ojos de papá. Nunca había visto a su madre rebelarse contra él de esta forma. Margaret también se dio cuenta de que Elizabeth estaba sorprendida. Las dos miraron a papá, que enrojeció un poco y gruñó, expresando su desaprobación, pero no se produjo la explosión que todos esperaban. Y esto fue lo más sorprendente de todo.

Sirvieron el café y Margaret vio que habían llegado a las afueras de Southampton. El tren se detendría dentro de pocos minutos en la estación. ¿Iba Elizabeth a conseguirlo?

El tren redujo la velocidad.

—Me bajo del tren en la estación central —dijo Elizabeth al camarero—. ¿Quiere traer mi equipaje del vagón contiguo, por favor? Es una bolsa roja de piel, y me llamo lady Elizabeth Oxenford.

—Desde luego, señorita.

Casas suburbanas de ladrillo rojo pasaron ante las ventanillas del vagón como filas de soldados. Margaret observaba a papá. No decía nada, pero su rostro, a causa de la rabia contenida, estaba hinchado como un globo. Mamá apoyó una mano en su rodilla.

—No hagas una escena, querido, por favor —dijo.

Papá no contestó.

El tren se detuvo en la estación.

Elizabeth estaba sentada junto a la ventanilla. Miró a Margaret. Esta y Percy se levantaron para dejarla pasar, y después se volvieron a sentar.

Papá se puso en pie.

Los demás pasajeros presintieron la tensión y contemplaron la escena: Elizabeth y papá plantándose cara en el pasillo, mientras el tren se detenía.

La idea de que Elizabeth había elegido el momento perfecto volvió a llamar la atención de Margaret. A papá le resultaría difícil emplear la fuerza en estas circunstancias; los demás pasajeros podrían impedírselo. Sin embargo, el miedo la atenazó.

El rostro de papá se había teñido de púrpura, y sus ojos casi se le salían de las órbitas. Respiraba con violencia. Elizabeth temblaba, pero su boca reflejaba firmeza.

—Si bajas del tren ahora, no quiero volver a verte nunca más —dijo papá.

—¡No digas eso! —gritó Margaret, pero ya era demasiado tarde. Nadie podía borrar aquellas palabras.

Mamá se puso a llorar.

—Adiós —se limitó a contestar Elizabeth.

Margaret se levantó y le echó los brazos al cuello.

—¡Buena suerte! —susurró.

—Lo mismo digo —replicó Elizabeth, abrazándola.

Besó la mejilla de Percy, se inclinó con torpeza sobre la mesa y besó el rostro de mamá, anegado en lágrimas. Por fin, miró a papá de nuevo.

—¿Nos estrechamos las manos? —preguntó con voz temblorosa.

El rostro de papá era una máscara de odio.

—Mi hija ha muerto —replicó.

Mamá emitió un sollozo de pesar.

El silencio reinaba en el vagón, como si todo el mundo fuera consciente de que un drama familiar estaba llegando a su conclusión.

Elizabeth dio media vuelta y se marchó.

Margaret deseó aferrar a su padre y agitarle hasta que sus dientes castañetearan. Su insensata obstinación la estremecía. ¿Por qué no podía darse por vencido una sola vez? Elizabeth era una persona adulta; ¡no estaba obligada a obedecer a sus padres el resto de su vida! Papá no tenía derecho a proscribirla. Impulsado por la ira, había destruido la familia, absurda y vengativamente. Margaret le odió en aquel momento. Al contemplar su semblante furioso y beligerante, quiso decirle que era mezquino, injusto y estúpido, pero se mordió los labios y calló, como siempre hacía con su padre.

Elizabeth pasó frente a la ventanilla del vagón, cargada con su maleta roja. Les miró a todos, sonrió entre lágrimas y agitó su mano libre, casi con timidez. Mamá se puso a llorar en silencio. Percy y Margaret le devolvieron el saludo. Papá apartó la mirada. Después, Elizabeth se perdió de vista.

Papá se sentó y mamá le imitó.

Se oyó un silbato y el tren se movió.

Volvieron a ver a Elizabeth, esperando en la cola de salida. Levantó la vista cuando pasó su vagón. Esta vez no sonrió ni saludó; su aspecto era triste y taciturno.

El tren aceleró y pronto dejaron de ver a Elizabeth.

—La familia es algo maravilloso —comentó Percy, y aunque se expresó con sarcasmo, su voz estaba desprovista de humor, aunque henchida de amargura.

Margaret se preguntó si volvería a ver a su hermana.

Mamá se secó los ojos con un pequeño pañuelo de hilo, pero no paraba de llorar. No solía perder la compostura. Margaret no recordaba la última vez que la había visto llorar. Percy parecía conmovido. La fidelidad de Elizabeth a una causa tan vil deprimía a Margaret, pero no podía reprimir cierta sensación de júbilo. Elizabeth lo había conseguido: ¡había desafiado a papá y ganado! Se había mostrado a su altura, le había derrotado, había escapado de sus garras.

Si Elizabeth podía hacerlo, Margaret también.

Captó el olor del mar. El tren entró en los muelles. Corría paralelo a la orilla del agua, dejando atrás poco a poco cobertizos, grúas y transatlánticos. A pesar de la pena que la embargaba por la partida de su hermana, Margaret experimentó un escalofrío de anticipación.

El tren se detuvo tras un edificio designado como «terminal de Imperial». Era una estructura ultramoderna que recordaba un poco una tienda. Las esquinas eran redondeadas y el piso superior tenía un amplio mirador similar a una plataforma, con una barandilla a lo largo de todo el perímetro.

Los Oxenford, al igual que los demás viajeros, recogieron su equipaje y bajaron del tren. Mientras comprobaban que las maletas eran trasladadas del tren al avión, acudieron a la terminal de Imperial Airlines para completar las formalidades de salida.

Margaret se sentía mareada. El mundo que la rodeaba estaba cambiando a demasiada velocidad. Había abandonado su hogar, su país estaba en guerra, había perdido a su hermana y faltaban pocos minutos para que volara en dirección a Estados Unidos. Deseó detener un rato el reloj y tratar de asumirlo todo.

Papá explicó a un empleado de la Pan American que Elizabeth no vendría con ellos.

—No hay problema —contestó el hombre—. Hay alguien que espera comprar un billete. Yo me ocuparé de todo.

Margaret reparó en que el profesor Hartmann, que fumaba un cigarrillo en un rincón, dirigía nerviosas y preocupadas miradas a su alrededor. Parecía nervioso e impaciente. Gente como mi hermana le ha convertido en lo que es ahora, pensó Margaret; los fascistas le han perseguido hasta transformarle en un manojo de nervios. No me extraña que tenga tanta prisa por abandonar Europa.

Desde la sala de espera no podían ver el avión, de modo que Percy fue a buscar un lugar más a propósito. Volvió con cantidad de información.

—El despegue tendrá lugar a las dos en punto, tal como estaba previsto —anunció. Margaret experimentó una punzada de aprehensión—. Tardaremos una hora y media en llegar a nuestra primera escala, que es Foynes. En Irlanda es verano, al igual que en Inglaterra, así que llegaremos a las tres y media. Esperaremos una hora, mientras lo reaprovisionan de combustible y deciden la ruta de vuelo definitivo. Volveremos a despegar a las cuatro y media.

Margaret vio caras nuevas, gente que no había viajado en el tren. Algunos pasajeros habrían acudido directamente a Southampton por la mañana, o habrían permanecido en algún hotel. Mientras pensaba en esto, una mujer increíblemente hermosa llegó en taxi. Era rubia, tendría unos treinta años y llevaba un vestido magnífico, de color crema con lunares rojos. La acompañaba un hombre sonriente, de aspecto vulgar, vestido con una chaqueta de cachemira. Todo el mundo les miró; parecían muy felices, y su aspecto era atractivo.

Pocos minutos después, el avión estaba preparado para que los pasajeros subieran.

Pasaron por las puertas principales de la terminal al muelle, donde se hallaba amarrado el *clipper*, oscilando sobre el agua. El sol arrancaba destellos de sus costados plateados.

Era enorme.

Margaret no había visto jamás un avión ni la mitad de grande. Era del tamaño de una casa y largo como dos pistas de tenis. Una gran bandera norteamericana estaba pintada sobre su morro, parecido al de una ballena. Las alas eran altas y estaban situadas a la altura de la parte superior del fuselaje. Había cuatro enormes motores empotrados en las alas, y las hélices debían de medir unos cuatro metros y medio de diámetro.

¿Cómo era posible que aquel trasto *volara*?

—¿Pesa mucho? —preguntó en voz alta.

Percy la oyó.

—Cuarenta y una toneladas —se apresuró a contestar.

Sería como volar por los aires en una casa.

Llegaron al borde del muelle. Una pasarela descendía hasta un embarcadero flotante. Mamá avanzó a toda prisa, aferrándose a la barandilla; daba la impresión de que se tambaleaba, como si hubiera envejecido veinte años. Papá cargaba con las maletas de ambos. Mamá nunca cargaba con nada; era una de sus fobias.

Una pasarela más corta les condujo desde el embarcadero flotante hasta lo que parecía un ala secundaria roma, medio sumergida en el agua.

—Un hidroestabilizador —indicó Percy—. También conocido como ala acuática. Impide que el avión se incline hacia un costado en el agua.

La superficie del ala acuática era ligeramente curva, y Margaret pensó que iba a resbalar, pero no fue así. Se situó a la sombra de la gigantesca ala que se cernía sobre su cabeza. Le habría gustado tocar una de las enormes hélices, pero no llegaba.

Había una puerta en el fuselaje bajo la palabra AMERICAN de LÍNEAS AÉREAS PAN AMERICAN. Margaret agachó la cabeza y pasó por la puerta.

Bajó tres escalones hasta pisar el suelo del avión.

Margaret se encontró en una habitación de unos seis metros cuadrados, con una lujosa alfombra de color terracota, paredes beige y sillas azules, cuyo tapizado estaba adornado con estrellas. Había lámparas en el techo y grandes ventanas cuadradas con celosías. Las paredes y el techo eran rectos, en lugar de curvos como el fuselaje; no daba la impresión de subir a un avión, sino de entrar en una casa.

La habitación tenía dos puertas. Algunos pasajeros fueron conducidos hasta la parte posterior del avión. Margaret observó que, en aquella dirección, había una serie de saloncitos, alfombrados y decorados en suaves tonos verdes y canelas. A los Oxenford, sin embargo, les había tocado la parte de delante. Un mozo bajo y regordete con chaqueta blanca, que se presentó como Nicky, les guió hasta el compartimento siguiente.

Era algo más pequeño que el anterior, decorado de manera diferente: alfombra turquesa, paredes verde pálido y tapicería beige. A la derecha de Margaret había dos largas otomanas de tres plazas, una enfrente de la otra, separadas por una mesita situada bajo la ventana. A su izquierda, al otro lado del pasillo, había otro par de otomanas, un poco más pequeñas, de dos plazas.

Nicky les indicó los asientos más amplios de la derecha. Papá y mamá se sentaron al lado de la ventana, y Margaret y Percy junto al pasillo, dejando dos asientos libres entre ellos, y otros cuatro al otro lado del pasillo. Margaret se preguntó quien se sentaría en ellos. La hermosa mujer del vestido a topos sería interesante. Y también Lulu Bell, sobre todo si quería hablar de la abuela Fishbein. Lo mejor sería que le tocara Carl Hartmann.

Notó que el avión se movía al compás de las aguas. Era un movimiento casi imperceptible, suficiente para recordarle que se encontraba en el mar. Decidió que el avión era como una alfombra mágica. Era imposible imaginar cómo simples motores lograban que volara. Resultaba mucho más sencillo creer que un antiguo hechizo le sostendría en el aire.

Percy se levantó.

—Voy a echar un vistazo —dijo.

—Quédate aquí —ordenó papá—. Si empiezas a dar vueltas, molestarás a todo el mundo.

Percy se sentó al instante. Papá aún no había perdido toda su autoridad.

Mamá se empolvó la nariz. Había dejado de llorar. Margaret llegó a la conclusión de que se sentía mejor.

—Prefiero sentarme mirando hacia delante —dijo una voz de acento norteamericano.

Margaret levantó la vista. Nicky, el mozo, le enseñó al hombre un asiento, al otro lado del compartimento. Margaret no le identificó, pues se encontraba de espaldas a ella. Era rubio y llevaba un traje azul.

—No hay problema, señor Vandenpost —dijo el mozo—. Acomódese en el asiento opuesto.

El hombre se volvió. Margaret le miró con curiosidad, y los ojos de ambos se encontraron.

Se quedó atónita al reconocerle.

Ni era norteamericano ni se llamaba Vandenpost.

Los ojos azules del joven le dirigieron una advertencia, pero ya era demasiado tarde.

—¡Caramba! —exclamó Margaret—. ¡Si es Harry Marks!

7

En momentos como este, Harry Marks se comportaba mejor que nunca.

Después de salvarse de la cárcel, viajar con pasaporte robado, utilizar un nombre falso y fingir que era norteamericano, tenía la increíble mala suerte de tropezarse con una chica enterada de que era un ladrón, que le había oído hablar con diferentes acentos y que le llamaba en voz alta por su nombre real.

Un pánico ciego le atenazó por un instante.

Una horrenda visión de lo que dejaba a sus espaldas apareció ante sus ojos: un juicio, la prisión y la vida miserable de un soldado raso del ejército británico.

Pero entonces recordó que era un hombre afortunado, y sonrió.

La chica parecía desconcertada por completo. Trató de recordar su nombre.

Margaret. Lady Margaret Oxenford.

Ella le miraba estupefacta, demasiado sorprendida para decir algo, mientras él esperaba que una inspiración le iluminase.

—Me llamo Harry Vandenpost —dijo—, pero creo que mi memoria es mejor que la de usted. Es Margaret Oxenford, ¿verdad? ¿Cómo está?

—Bien —respondió ella, aturdida. Estaba más confusa que él. Dejó que se hiciera cargo de la situación.

El joven extendió la mano, como si fuera a estrechar la de Margaret, y esta hizo lo propio. En ese momento, la inspiración acudió en auxilio de Harry Marks. En lugar de estrechar la mano de la muchacha, inclinó la cabeza, en un gesto pasado de moda, y susurró en su oído:

—Finja que nunca me ha visto en una comisaría de policía y yo haré lo mismo por usted.

Se irguió y la miró a los ojos. Advirtió que eran de un tono verde oscuro muy poco común; muy bellos.

Margaret continuó aturdida durante un momento. Después, su rostro se iluminó y sonrió. Había comprendido, y estaba complacida e intrigada por la pequeña conspiración que él proponía.

—Claro, soy una tonta. Harry Vandenpost.

Harry se tranquilizó. El hombre más afortunado del mundo, pensó.

—Por cierto… ¿Dónde nos conocimos? —añadió Margaret, frunciendo el ceño con malicia.

Harry no se arredró.

—¿No fue en el baile de Pippa Matchingham?

—No. No fui.

Harry comprendió que sabía muy poco sobre Margaret. ¿Residía en Londres durante la «estación» social, o se refugiaba en el campo? ¿Iba de cacería, colaboraba con instituciones caritativas, hacía campaña por los derechos de la mujer, pintaba acuarelas, o realizaba experimentos agrícolas en la granja de su padre? Decidió referirse a uno de los grandes acontecimientos de la temporada.

—Estoy seguro de que nos conocimos en Ascot.

—Sí, por supuesto —respondió ella. Harry se permitió una leve sonrisa de satisfacción. Ya la había convertido en su cómplice.

—Pero creo que no conoce a mi familia —prosiguió Margaret—. Mamá, te presento al señor Vandenpost, de…

—Pennsylvania —se apresuró a completar Harry. Se arrepintió de inmediato. ¿Dónde demonios estaba Pennsylvania? No tenía ni idea.

—Mi madre, lady Oxenford. Mi padre, el marqués. Y este es mi hermano, lord Isley.

Harry había oído hablar de todos ellos, por supuesto; era una familia famosa. Estrechó la mano de los tres con energía y cordialidad, que los Oxenford tomaron por una costumbre típicamente norteamericana.

Lord Oxenford parecía lo que era: un viejo fascista, gordo e iracundo. Llevaba un traje de tweed marrón y un chaleco cuyos botones estaban a punto de reventar por el empuje de la tripa. Tampoco se había quitado el sombrero de paño marrón.

—Estoy encantada de conocerla, señora —dijo Harry a lady Oxenford—. Me interesan mucho las joyas antiguas, y he oído decir que usted posee una de las mejores colecciones del mundo.

—Bueno, gracias —contestó ella—. Es mi afición favorita.

Su acento norteamericano sorprendió a Harry. Lo que sabía sobre ella lo había leído en las revistas de sociedad. Pensaba que era inglesa, pero ahora recordó vagamente algunas habladurías sobre los Oxenford. El marqués, como muchos aristócratas propietarios de enormes fincas en el campo, casi se había arruinado después de la guerra, a causa de la bajada mundial de los precios agrícolas. Algunos habían vendido sus propiedades para irse a vivir a Niza o Florencia, donde sus menguadas fortunas les permitían un nivel de vida más alto. Sin embargo, Algernon Oxenford se había casado con la heredera de un banquero norteamericano, y su dinero había permitido al hombre continuar viviendo al estilo de sus antepasados.

Todo ello significaba que Harry se las tendría que ingeniar para engañar a una norteamericana auténtica. No debía cometer ni un error, y la farsa se prolongaría treinta y seis horas.

Decidió mostrarse fascinante. Adivinó que la mujer no era inmune a los cumplidos, sobre todo procedentes de un hombre atractivo. Miró con atención el broche sujeto a la pechera de su traje de viaje color naranja. Estaba hecho de esmeraldas, zafiros, rubíes y diamantes, con la forma de una mariposa posada sobre una rama de rosas silvestres. Era extraordinariamente realista. Llegó a la conclusión de que era francés, que databa de 1880, y adivinó la identidad del fabricante.

—¿Ese broche es de Oscar Massin?

—En efecto.

—Es muy bonito.

—Gracias.

Era una mujer bella. Comprendió por qué Oxenford se había casado con ella, pero no por qué se había enamorado ella. Quizá él era más atractivo veinte años atrás.

—Creo que conozco a los Vandenpost de Filadelfia —dijo la mujer.

Vaya, pues yo no, pensó Harry. Sin embargo, no parecía muy segura.

—Mi familia son los Glencarry de Stamford, Connecticut —añadió ella.

—¡No me diga! —exclamó Harry, fingiendo sentirse impresionado. Continuaba pensando en Filadelfia. ¿Había dicho que era natural de Filadelfia, o de Pennsylvania? Ya no se acordaba. Quizá fueran el mismo lugar. Encajaban bien. Filadelfia, Pennsylvania. Stamford, Connecticut. Recordó que cuando se le preguntaba a un norteamericano de dónde era, siempre daba dos respuestas: Houston, Texas. San Francisco, California. Ya.

—Me llamo Percy —dijo el muchacho.

—Harry —contestó Harry, contento de moverse otra vez en territorio conocido.

El título de Percy era lord Isley. Era un título de cortesía, porque lo utilizaba hasta que su padre muriera, momento en el que se convertiría en el marqués de Oxenford. La mayoría de estos tipos estaban ridículamente orgullosos de sus estúpidos títulos. A Harry le habían presentado en una ocasión a un niño de tres años como el barón de Portrail. Sin embargo, Percy parecía un buen chico. Estaba comunicando a Harry con educación que no quería ser llamado por su título.

Harry se sentó. Iba de cara al frente, de manera que Margaret se sentaba cerca de él, al otro lado del pasillo, y podría hablar con ella sin que los demás le oyeran. El avión se hallaba tan silencioso como una iglesia. Todo el mundo estaba algo impresionado.

Trató de relajarse. Iba a ser un viaje tenso. Margaret conocía su verdadera identidad, lo cual creaba un peligro nuevo. Aunque aceptara su engaño, podía cambiar de opinión, o revelar la farsa sin querer. Harry no podía arriesgarse a levantar sospechas. Pasaría el control de inmigración norteamericano si no le hacían preguntas embarazosas, pero si algo ocurría y decidían verificar su identidad, no tardarían en descubrir que utilizaba un pasaporte robado, y todo habría terminado.

Otro pasajero ocupó el asiento opuesto al de Harry. Era muy alto. Llevaba un sombrero hongo y un traje gris oscuro que había conocido tiempos mejores. A Harry le llamó la atención, y observó al hombre mientras se quitaba el abrigo y se acomodaba en su asiento. Calzaba zapatos negros muy usados y completaba su indumentaria con calcetines gruesos de lana, un chaleco color vino y una chaqueta cruzada. La corbata azul oscuro daba la impresión de haberse utilizado cada día, sin interrupción, durante diez años.

Si no supiera lo que vale un pasaje de este palacio flotante, pensó Harry, juraría que este tipo es un poli.

Aún tenía tiempo de levantarse y abandonar el avión.

Nadie le detendría. Bajaría y desaparecería, así de sencillo.

¡Pero había pagado noventa libras!

Además, pasarían semanas antes de que encontrara otro billete para Estados Unidos, y cabía la posibilidad de que le detuvieran mientras esperaba.

Pensó otra vez en la idea de quedarse en Inglaterra, escabulléndose de la ley. Sería difícil en plena guerra; todo el mundo iría a la caza de espías extranjeros, pero, sobre todo, la vida de fugitivo le resultaría insoportable: vivir en pensiones baratas, esquivar a los policías, siempre de un lugar a otro.

El hombre sentado frente a él, si era policía, no iba en su persecución, desde luego; de lo contrario, no se estaría acomodando para el vuelo. Harry no tenía ni idea de lo que hacía aquel hombre, pero de momento lo apartó de su mente y se concentró en sus propios problemas. Margaret era el factor peligroso. ¿Qué podía hacer para protegerse?

La joven había admitido su subterfugio como si se tratara de una diversión. Tal como estaban las cosas, sería mejor no confiar en ella, pero aumentaría sus posibilidades de éxito manteniéndose cerca de Margaret. Si se ganaba su afecto, tal vez lograra de paso asegurarse su lealtad. Se tomaría esta charada más en serio y tendría cuidado de no traicionarle.

Conocer mejor a Margaret Oxenford era, de hecho, una tarea muy agradable. La estudió por el rabillo del ojo. Poseía el mismo pálido colorido otoñal de su madre: cabello rojo, piel cremosa con algunas pecas y aquellos fascinantes ojos verde oscuro. No podía precisar cómo era su figura, pero tenía pantorrillas esbeltas y pies estrechos. Llevaba una chaqueta ligera color camello, bastante sencilla, sobre un vestido pardorrojizo. Aunque sus ropas parecían caras, carecía de la elegancia de su madre. Tal vez la adquiriría con el curso del tiempo, al hacerse mayor y confiar más en sí misma. Sus joyas eran vulgares: un simple collar de perlas. Era de facciones regulares y bien dibujadas, y su barbilla denotaba firmeza. No era el tipo de chica que solía frecuentar. Siempre elegía muchachas aquejadas de alguna debilidad, porque era mucho más sencillo engatusarlas. Margaret era demasiado bonita para dejarse manejar. Sin embargo, tenía la impresión de que le gustaba, y ya era un buen comienzo. Se propuso conquistar su corazón.

Nicky, el mozo, entró en el compartimento. Era un hombre bajo, regordete y afeminado de unos veinticinco años, y Harry pensó que, probablemente, era homosexual. Había observado que muchos camareros lo eran. Nicky le tendió una hoja escrita a máquina con los nombres de los pasajeros y la tripulación de vuelo.

Harry la estudió con interés. Conocía al barón Philippe Gabon, el acaudalado sionista. El siguiente nombre, profesor Carl Hartmann, también le sonó. No había oído hablar de la princesa Lavinia Bazarov, pero su nombre le sugirió una rusa que había escapado de los comunistas, y su presencia en este avión daba a entender que había huido de su país con parte de sus bienes, como mínimo. Sabía muy bien quién era Lulu Bell, la estrella de cine. Tan solo una semana antes había ido con Rebecca Maugham-Flint a verla en *Un espía en París*, en el Gaumont de la avenida Shaftesbury. Interpretaba el papel de una chica resuelta, como de costumbre. Harry tenía cierta curiosidad por conocerla.

—Han cerrado la puerta —indicó Percy, que estaba sentado mirando hacia la parte posterior y podía ver el siguiente compartimento.

Los nervios volvieron a atenazar a Harry.

Por primera vez, notó que el avión oscilaba suavemente sobre el agua.

Captó un ruido sordo, como el tiroteo de una batalla lejana. Miró con ansiedad por la ventana. El ruido aumentó y una hélice se puso a girar. Habían puesto en marcha los motores. Oyó al tercero y cuarto cobrar vida. Aunque el efectivo aislamiento acústico amortiguaba el ruido, se notaba la vibración de los potentes motores, y los temores de Harry aumentaron.

Un marinero soltó las amarras del hidroavión. Harry experimentó una absurda sensación de fatalidad inevitable cuando las cuerdas que le ataban a tierra cayeron al agua.

Le molestaba tener miedo y no quería que nadie se diera cuenta, de modo que sacó un periódico, lo abrió y se reclinó en el asiento con las piernas cruzadas.

Margaret le tocó la rodilla. No tuvo necesidad de alzar la voz para que la oyera. El sistema a prueba de ruidos era asombroso.

—Yo también estoy asustada —le confió.

Sus palabras mortificaron a Harry. Pensaba que había logrado aparentar calma.

El avión se movió. Se agarró al brazo del asiento; luego, se obligó a soltarlo. No era de extrañar que la joven hubiera advertido su temor. Debía de estar tan blanco como el periódico que fingía leer.

Margaret estaba sentada con las rodillas muy apretadas y las manos enlazadas con fuerza sobre el regazo. Parecía asustada y excitada al mismo tiempo, como si estuviera a punto de subir a una montaña rusa. Sus mejillas sonrosadas, los grandes ojos y la boca entreabierta le daban un aspecto erótico. Se preguntó de nuevo cómo sería su cuerpo debajo del vestido.

Miró a los demás. El hombre sentado frente a él se estaba abrochando con parsimonia el cinturón de seguridad. Los padres de Margaret miraban por las ventanas. Lady Oxenford aparentaba tranquilidad, pero lord Oxenford carraspeaba con furia, un claro signo de tensión. El joven Percy estaba tan excitado que no paraba quieto, pero no parecía ni mucho menos asustado.

Harry bajó la vista hacia el periódico, pero fue incapaz de leer una palabra. Lo dejó y miró por la ventana. El poderoso avión se internaba majestuosamente en las aguas de Southampton. Vio los transatlánticos que se alineaban a lo largo del muelle. Ya se encontraban a cierta distancia, y varias embarcaciones más pequeñas se interponían entre él y la tierra. Ya no puedo bajar, pensó.

El mar estaba más picado en el centro del estuario. Harry no solía marearse, pero cuando el *clipper* empezó a cabalgar sobre las olas se sintió incómodo. El compartimento parecía la habitación de una casa, pero el movimiento le recordó que navegaba en un barco, un frágil cascarón de fino aluminio.

El avión llegó al centro del estuario, aminoró la velocidad y empezó a girar. La brisa lo mecía, y Harry comprendió que iba a aprovechar el viento para despegar. Dio la impresión de que se detenía, vacilaba, cabeceaba a causa del viento y se mecía en el leve oleaje, como un monstruoso animal olfateando el aire con su enorme hocico. La tensión era excesiva; Harry, con un gran esfuerzo de voluntad, reprimió su deseo de saltar del asiento y gritar que le dejaran salir.

De pronto, se oyó un terrorífico ruido, como si se hubiera desencadenado una espantosa tormenta: los cuatro gigantescos motores funcionaban a toda capacidad. Harry, sobresaltado, lanzó un grito, ahogado por el estruendo de las máquinas. El avión pareció estabilizarse un poco en el agua, como si se estuviera hundiendo a causa del esfuerzo, pero un momento después se precipitó hacia delante.

Ganó velocidad rápidamente, como una lancha motora, solo que ningún barco tan grande podía acelerar tan deprisa. Chorros de agua blanca pasaban disparados frente a las ventanas. El *clipper* aún cabeceaba y oscilaba con los movimientos del mar. Harry deseaba cerrar los ojos, pero al mismo tiempo le aterraba hacerlo. El pánico se había apoderado de él. Voy a morir, pensó, presa de la histeria.

El *clipper* aumentaba a cada segundo su velocidad. Harry nunca había viajado por el agua con tal celeridad; no había lancha que la alcanzara. Iban a setenta y cinco, noventa, ciento diez kilómetros por hora. La espuma azotaba las ventanas e impedía la visión. Vamos a hundirnos, estallar o estrellarnos, pensó Harry.

Captó una nueva vibración, como si corriera en coche a campo traviesa. ¿Qué era? Harry estaba seguro de que algo iba muy mal, y que el avión se estrellaría de un momento a otro. Se imaginó que el avión había empezado a elevarse y que la vibración era producida por los choques contra las olas, como si fuera una lancha rápida. ¿Era normal?

De pronto, dio la impresión de que el tirón del agua disminuía. Harry forzó la vista a través de la espuma y vio que la superficie del estuario aparecía ladeada, y comprendió que el morro del avión apuntaba hacia arriba, aunque no había notado el cambio. Estaba aterrorizado y quería vomitar. Tragó saliva.

La vibración cambió. En lugar de correr a campo traviesa, parecía que brincaban de ola en ola, como una piedra lanzada en forma que rasara la superficie. Los motores aullaron y las hélices hendieron el aire. Era imposible, pensó Harry. Tal vez un aparato tan grande no podía elevarse en el aire; tal vez solo podía cabalgar sobre las olas como un delfín gigantesco. Entonces, de súbito, sintió que el avión se había liberado. Se lanzó hacia arriba, y Harry notó que las esclavizantes aguas se alejaban. La ventana, a medida que la espuma quedaba atrás, le proporcionó mejor visión, y vio que el agua retrocedía bajo él mientras el avión se elevaba. Santo Dios, pensó, ¡este gigantesco palacio vuela de verdad!

Ahora que ya estaba en el aire, su temor se desvaneció y fue reemplazado por una tremenda sensación de júbilo, como si él fuera el responsable de que el avión hubiera logrado despegar. Quiso celebrarlo. Miró a su alrededor y observó que todo el mundo sonreía, aliviado. Al tomar conciencia otra vez de que había más gente con él, se dio cuenta de que estaba cubierto de sudor. Sacó un pañuelo blanco de hilo, se secó la cara a escondidas y escondió a toda prisa el pañuelo húmedo en su bolsillo.

El avión siguió ganando altura. Harry vio que la costa sur de Inglaterra desaparecía bajo los estabilizadores inferiores. Luego, miró al frente y divisó la isla de Wight. Al cabo de un rato, el avión se estabilizó y el rugido de los motores se redujo a un leve zumbido.

Nicky, el mozo, reapareció vestido con la chaqueta blanca y la corbata negra. Ahora que los motores se habían sosegado, no necesitó alzar la voz.

—¿Le apetece un combinado, señor Vandenpost? —preguntó.

Eso es exactamente lo que me apetece, pensó Harry.

—Un escocés doble —respondió al instante. Después, recordó que, en teoría, era norteamericano—. Con hielo —añadió, empleando el acento correcto.

Nicky atendió a los Oxenford y desapareció por la puerta de delante.

Harry tabaleó con los dedos sobre el brazo del asiento. La alfombra, el sistema de insonorización, los mullidos asientos y los colores relajantes le daban la sensación de estar en una celda acolchada, cómodo pero prisionero. Pasado un momento, se desabrochó el cinturón de seguridad y se levantó.

Siguió los pasos del mozo y salió por la misma puerta. A su izquierda estaba la cocina de acero inoxidable, diminuta y reluciente, donde el camarero preparaba las bebidas. A su derecha había una puerta señalada con el rótulo «Salón de

Descanso para caballeros». Al lado, una escalera caracoleaba hacia la cabina de pilotaje, supuso. A continuación había otro compartimento de pasajeros, decorado en colores diferentes, y ocupado por los tripulantes uniformados. Harry se preguntó por un momento qué estaban haciendo allí, hasta comprender que, durante un vuelo de casi treinta horas, los tripulantes debían descansar y ser reemplazados.

Volvió atrás, pasó junto a la cocina, atravesó su compartimento y el otro más grande por el que habían subido a bordo. Hacia la parte posterior del avión había tres compartimentos de pasajeros más, decorados con juegos de colores diferentes: alfombra turquesa con paredes verde pálido o alfombra rojiza con paredes beige. Había peldaños entre los compartimentos, porque el casco del avión era curvo, y el suelo se alzaba hacia la parte posterior. Mientras paseaba, dirigió distraídos cabeceos de saludo a los demás pasajeros, como haría un joven norteamericano rico y seguro de sí mismo.

El cuarto compartimiento tenía dos pequeños sofás a cada lado, y el otro albergaba el «Tocador de Señoras», otro nombre estrafalario pero un retrete, sin duda. Junto a la puerta de este lavabo, una escalerilla fija a la pared ascendía hasta una trampilla practicada en el techo. El pasillo, que corría a lo largo de todo el avión, finalizaba en una puerta. Debía de ser la famosa suite nupcial de la que tanto hablaba la prensa. Harry intentó abrir la puerta: estaba cerrada con llave.

De regreso, echó otro vistazo a los demás pasajeros.

Supuso que el hombre vestido con prendas francesas era el barón Gabon. A su lado se hallaba un tipo nervioso que no llevaba calcetines. Muy peculiar. Quizá era el profesor Hartmann. Su traje era horripilante y parecía medio muerto de hambre.

Harry reconoció a Lulu Bell, pero se quedó sorprendido al comprobar que aparentaba cuarenta años: le había adjudicado la edad que representaba en sus películas, unos diecinueve. Exhibía un montón de joyas modernas de buena calidad: pendientes rectangulares, enormes brazaletes y un broche de cristal de roca, obra de Boucheron, con toda probabilidad.

Volvió a ver a la hermosa rubia que había observado en el salón del hotel South-Western. Se había quitado el sombrero de paja. Tenía ojos azules y piel clara. Reía de algo que su acompañante estaba diciendo. Era obvio que le amaba, aunque no era un hombre muy guapo. A las mujeres les gustan los hombres que las hacen reír, pensó Harry.

El vejestorio del colgante Fabergé compuesto de diamantes en talla de rosa debía de ser la princesa Lavinia. Su rostro estaba petrificado en una expresión de desagrado, como una duquesa en una pocilga.

El compartimento más grande, por el que habían subido a bordo, había estado desocupado durante el despegue, pero Harry observó que ahora se utilizaba como salón común. Ya se habían trasladado a él cuatro o cinco personas, incluyendo al hombre alto que ocupaba el asiento opuesto al de Harry. Algunos hombres jugaban a las cartas, y a Harry le pasó por la cabeza que un jugador profesional se haría de oro en un viaje de estas características.

Volvió a su asiento y el mozo le trajo el whisky.

—El avión parece semivacío —comentó Harry.

Nicky meneó la cabeza.

—Va completo.

Harry miró a su alrededor.

—Hay cuatro asientos libres en este compartimento, y en los demás ocurre lo mismo.

—Claro, porque en este compartimento van sentadas diez personas de día, pero solo duermen seis. Lo entenderá cuando preparemos las literas, después de la cena. Hasta entonces, disfrute del espacio libre.

Harry bebió su whisky. El mozo era muy educado y eficiente, pero no obsequioso, como, por ejemplo, un camarero de un hotel londinense. Harry se preguntó si los camareros norteamericanos se comportaban de manera diferente. Confió en que sí. En sus expediciones al extraño mundo de la alta sociedad de Londres, siempre había considerado un poco degradante las reverencias y que le llamaran «señor» cada vez que se daba la vuelta.

Ya era hora de estrechar lazos con Margaret Oxenford, que bebía una copa de champán y hojeaba una revista. Había flirteado con docenas de muchachas de su edad y posición social, y llevó a cabo la rutina de forma automática.

—¿Vive en Londres?

—Tenemos una casa en la plaza Eaton, pero vivimos casi siempre en el campo —contestó ella—. Nuestra residencia está en Berkshire. Papá también tiene un pabellón de caza en Escocia.

Su tono era desapasionado en exceso, como si considerase la pregunta aburrida y quisiera soslayarla lo antes posible.

—¿Suele ir de caza? —preguntó Harry. Era un tema de conversación manido: casi todos los ricos lo hacían, y les encantaba hablar acerca de ello.

—No mucho. Preferimos tirar al blanco.

—¿Usted tira al blanco? —preguntó Harry, sorprendido, pues no pensaba que fuera una ocupación muy femenina.

—Cuando me dejan.

—Supongo que tendrá montones de admiradores.

Margaret le miró y bajó la voz.

—¿Por qué me hace unas preguntas tan estúpidas?

Harry se quedó sin habla, pasmado. Había formulado las mismas preguntas a docenas de chicas y nunca habían reaccionado así.

—¿Son estúpidas?

—A usted le importa un pito dónde vivo y si voy a cazar.

—Pero son los temas favoritos de la alta sociedad.

—¡Pero usted no pertenece a la alta sociedad!

—¡Que me aspen! —exclamó Harry, recobrando su acento normal—. ¡Usted no se anda con rodeos!

—Así está mejor —rió Margaret.

—Si sigo cambiando de acento, me confundiré.

—Muy bien. Soportaré su acento norteamericano si me promete dejar de decir tonterías.

—Gracias, cariño —contestó Harry, asumiendo de nuevo el papel de Harry Vandenpost.

No es tan ingenua, pensó. Era una chica que sabía lo que quería, estupendo. Eso la hacía todavía más interesante.

—Lo imita muy bien —continuó ella—. Nunca habría adivinado que lo fingía. Supongo que debe formar parte de su *modus operandi*.

Las chicas que hablaban latín siempre le desconcertaban.

—Imagino que sí —dijo, sin tener ni idea de lo que había querido decir. Debía cambiar de tema. Se preguntó cuál sería el mejor método de acceder a su corazón. Estaba claro que no podía flirtear con ella como hacía con las demás. Tal vez es del tipo psíquico, interesada en sesiones espiritistas y nigromancia—. ¿Cree en los fantasmas?

Se ganó otra contestación sarcástica.

—¿Por quién me ha tomado? ¿Y por qué ha cambiado de tema?

Se habría reído de cualquier otra chica, pero Margaret, por alguna razón, le llegaba al fondo.

—Porque no hablo latín —respondió con brusquedad.

—¿A qué demonios se refiere?

—No entiendo palabras como *modus andy*.

Ella pareció desconcertada e irritada por un momento; después, su rostro se serenó y repitió la frase.

—*Modus operandi*.

—Me fui del colegio antes de cursar esa asignatura.

Sus palabras causaron en Margaret un efecto muy sorprendente: enrojeció de vergüenza.

—Lo siento muchísimo —dijo—. He sido muy grosera.

Esta vez le tocó a Harry sorprenderse. Mucha gente de la alta sociedad parecía considerar un deber presumir de su educación. Se alegró de que Margaret fuera más considerada que los demás miembros de su clase.

—Perdonada —dijo, sonriendo.

—Sé muy bien cómo se siente, porque yo tampoco he tenido una educación adecuada —explicó la joven.

—¿A pesar de su dinero? —preguntó Harry, incrédulo.

Ella asintió con la cabeza.

—Nunca fuimos al colegio.

Harry se quedó estupefacto. Los londinenses respetables de la clase obrera consideraban vergonzoso no enviar a sus hijos al colegio; era casi tan malo como ser incordiado por la policía o expulsado por los caseros. La mayoría de los niños se quedaban en casa el día que llevaban a reparar sus botas al zapatero, porque no tenían otro par de repuesto; su madre sufría mucho por este motivo...

—Pero los niños deben ir al colegio... ¡Lo exige la ley! —dijo Harry.

—Teníamos aquellas estúpidas institutrices. Por eso no puedo ir a la universidad. No cumplo los requisitos necesarios. —Parecía triste—. Creo que me habría gustado la universidad.

—Es increíble. Pensaba que los ricos podían hacer lo que les daba la gana.

—Gracias a mi padre, no es mi caso.

—¿Y el chico? —Harry señaló a Percy.

—Oh, él va a Eton, por supuesto —dijo con amargura—. Con los chicos es diferente.

Harry reflexionó unos momentos.

—Eso quiere decir que usted disiente de su padre en otros temas. ¿En política, tal vez?

—Claro que disiento —respondió Margaret con pasión—. Soy socialista.

Esa podía ser la llave de su afecto, pensó Harry.

—Yo era del partido Comunista —dijo. Era verdad: se había afiliado a los dieciséis años y lo abandonó tres semanas después. Aguardó su reacción para decidir el alcance de sus confidencias.

La joven se animó de inmediato.

—¿Por qué lo dejó?

La verdad era que las reuniones políticas le aburrían sobremanera, pero sería un error decirlo.

—Es difícil explicarlo con palabras —mintió.

Tendría que haber adivinado que ella no iba a conformarse con eso.

—Ha de saber por qué lo dejó —dijo, impaciente.

—Se parecía demasiado a la escuela dominical.

Margaret lanzó una carcajada.

—Sé lo que quiere decir.

—De todos modos, estoy seguro de que he hecho más que los comunistas por devolver la riqueza a los trabajadores que la han producido.

—¿Por qué?

—Bueno, saco dinero de Mayfair y lo llevo a Battersea.

—¿Quiere decir que solo roba a los ricos?

—Es absurdo robar a los pobres: no tienen dinero.

Margaret volvió a reír.

—¿A que no devuelve sus mal habidas ganancias, como Robin de los Bosques?

Pensó en lo que iba a contestar. ¿Le creería ella si decía que robaba a los ricos para dárselo a los pobres? Era inteligente, aunque también ingenua, pero… no tan ingenua, decidió.

—No soy una institución de caridad —respondió, con un encogimiento de hombros—, pero a veces ayudo a la gente.

—Sorprendente —comentó Margaret. Sus ojos centelleaban de interés y animación, y su aspecto era arrebatador—. Sabía que existía gente como usted, pero es extraordinario conocerle y hablar con usted.

No exageres, pimpollo, pensó Harry. Las mujeres que se entusiasmaban con él le ponían nervioso; eran propensas a sentirse ofendidas cuando descubrían que era humano.

—No soy tan especial —dijo, con auténtico embarazo—. Lo que pasa es que procedo de un mundo desconocido para usted.

La mirada de Margaret reveló que sí le consideraba especial.

Hasta aquí hemos llegado, decidió Harry. Ya era hora de cambiar de tema.

—Me está poniendo violento —reconoció, avergonzado.

—Lo siento —se disculpó Margaret al instante—. ¿Por qué viaja a Estados Unidos? —preguntó, tras meditar un momento.

—Para huir de Rebecca Maugham-Flint.

Margaret rió.

—Dígame la verdad.

Cuando agarraba algo, era como un terrier, pensó: no lo soltaba. Era imposible controlarla, lo cual aumentaba su peligrosidad.

—Tenía que marcharme para no ir a la cárcel.

—¿Qué hará cuando lleguemos?

—Pensaba alistarme en las Fuerzas Aéreas Canadienses. Me gustaría aprender a volar.

—Qué emocionante.

—¿Y usted? ¿Por qué viaja a Estados Unidos?

—Es una fuga —replicó, disgustada.

—¿A qué se refiere?

—Ya sabe que mi padre es fascista.

Harry asintió con la cabeza.

—He leído sobre él en los periódicos.

—Bien, él piensa que los nazis son maravillosos y no quiere luchar contra ellos. Además, el gobierno le metería en la cárcel si se quedara.

—¿Van a vivir en Estados Unidos?

—La familia de mi madre es de Connecticut.

—¿Cuánto tiempo se quedarán?

—Mis padres se quedarán como mínimo hasta que termine la guerra. Es posible que no regresen nunca.

—¿Usted no quiere ir?

—Desde luego que no —replicó ella con vehemencia—. Quiero quedarme a luchar. El fascismo es algo aterrador y esta guerra puede ser de importancia vital. Quiero aportar mi granito de arena.

Se puso a hablar sobre la Guerra Civil española, pero Harry la escuchó sin prestarle mucha atención. Le había asaltado un pensamiento tan estremecedor que su corazón latía más rápido y debía esforzarse por mantener la expresión normal de su rostro.

«Cuando la gente huye de su país al estallar una guerra, no abandona sus objetos de valor.»

Era muy sencillo. Cuando huían de un ejército invasor, los civiles se llevaban sus posesiones. Los judíos huían de los nazis con monedas de oro cosidas en el forro de sus chaquetas.

Después de 1917, aristócratas rusos como la princesa Lavinia llegaban a todas las capitales de Europa aferrando sus huevos de Fabergé.

Lord Oxenford debía de haber pensado en la posibilidad de que nunca volvería. Además, el gobierno había dispuesto controles de cambio de divisas para impedir que la alta sociedad inglesa sacara todo su dinero al extranjero. Los Oxenford sabían que tal vez no volverían a ver lo que dejaban atrás. Estaba seguro de que se habían traído la mayor cantidad de bienes posible.

Transportar una fortuna en joyas en el equipaje era arriesgado, por supuesto, pero ¿existía un método menos peligroso? ¿Enviarlo por correo, por valija diplomática, dejarlas en el país, para que un gobierno vengativo las confiscara, un ejército invasor las robara, o una revolución postbélica las «liberara»?

No. Los Oxenford llevaban sus joyas encima.

Se habrían llevado el conjunto Delhi, en particular.

Solo pensarlo le dejó sin aliento.

El conjunto Delhi era la pieza principal de la colección de joyas antiguas de lady Oxenford. Consistía en un collar de rubíes y diamantes, con monturas de oro, además de pendientes y un brazalete a juego. Los rubíes eran birmanos, de la variedad más preciosa, y absolutamente enormes; el general Roben Clive, conocido como Clive de la India, los había llevado a Inglaterra en el siglo dieciocho, y los joyeros de la Corona los habían montado.

Se decía que el conjunto Delhi estaba valorado en un cuarto de millón de libras, más dinero del que un hombre podía gastar en su vida.

Y este conjunto se encontraba, casi con toda seguridad, en este avión.

Ningún ladrón profesional robaría durante un viaje en barco o en avión: la lista de sospechosos sería demasiado corta. Además, Harry suplantaba a un norteamericano, viajaba con pasaporte falso, estaba en libertad bajo fianza y se sentaba frente a un policía. Sería una locura intentar apoderarse del conjunto, y solo pensar en los riesgos implicados le provocaba temblores.

Por otra parte, nunca tendría una oportunidad semejante. De pronto, necesitó aquellas joyas como un hombre a punto de ahogarse jadea en busca de aire.

No podría vender el juego por un cuarto de millón, desde luego, pero conseguiría una décima parte de su valor, unas veinticinco mil libras, más de cien mil dólares.

En cualquier caso, le bastaría para vivir el resto de su vida.

Se le hizo la boca agua de pensar en tanto dinero, pero, además, las joyas eran irresistibles. Harry había visto fotos de ellas: las piedras del collar eran perfectamente iguales, los diamantes resaltaban sobre los rubíes como lágrimas sobre la mejilla de un niño, y las piezas más pequeñas, los pendientes y el brazalete, eran de proporciones perfectas. El conjunto, en el cuello, orejas y muñeca de una mujer hermosa, resultaría arrebatador.

Harry sabía que nunca se encontraría más cerca de una obra maestra como aquella. Nunca.

Tenía que robarla.

Los riesgos eran abrumadores, pero siempre había sido afortunado.

—Creo que no me está escuchando —dijo Margaret.

Harry se dio cuenta de que no prestaba atención.

—Lo siento —sonrió—. Ha dicho algo que me ha hecho pensar en otra cosa.

—Lo sé —contestó Margaret—. A juzgar por la expresión de su rostro, estaba soñando con alguien a quien ama.

8

Nancy Lenehan esperaba presa de impaciencia mientras ponían a punto el bonito aeroplano amarillo de Mervyn Lovesey. Estaba dando las últimas instrucciones al hombre del traje de tweed, que aparentaba ser el capataz de la fábrica que pertenecía a Mervyn. Nancy dedujo que tenía problemas con los sindicatos y que se avecinaba la huelga.

—Doy trabajo a diecisiete fabricantes de herramientas —dijo a Nancy, cuando hubo terminado— y cada uno de ellos es un puñetero individualista.

—¿Qué fabrica? —preguntó la mujer.

—Ventiladores. —Señaló el avión—. Hélices de avión y de barco, cosas así. Cualquier cosa que tenga curvas complicadas. La parte mecánica no presenta problemas, pero sí el factor humano. —Sonrió con condescendencia—. Supongo que no está interesada en los problemas de las relaciones industriales.

—Pues sí —contestó Nancy—. Yo también dirijo una fábrica.

El hombre se quedó sorprendido.

—¿De qué tipo?

—Fabrico cinco mil setecientos pares de zapatos al día.

Sus palabras le impresionaron, pero también debió de pensar que, en parte, le había engañado, a juzgar por su respuesta.

—La felicito —dijo, en un tono que sugería una mezcla de burla y admiración. Nancy adivinó que su negocio era mucho más modesto que el de él.

—Quizá debería decir que fabricaba zapatos —dijo, y un sabor a bilis acudió a su boca cuando lo admitió—. Mi hermano intenta vender el negocio a mis espaldas. Por eso he de alcanzar el *clipper* —añadió, dirigiendo una mirada ansiosa al aeroplano.

—Lo hará —le aseguró Mervyn—. Gracias a mi Tiger Moth llegaremos con una hora de sobra.

Ella deseó con todo su corazón que estuviera en lo cierto.

—Todo listo, señor Lovesey —dijo el mecánico, después de saltar del avión.

Lovesey miró a Nancy.

—Consíguele un casco —dijo al mecánico—. No puede volar con ese ridículo sombrerito.

Esta vuelta a sus bruscos modales anteriores sorprendió a Nancy. Le gustaba hablar con ella mientras no tenía otra cosa que hacer, pero en cuanto aparecía algo importante perdía su interés por ella. No estaba acostumbrada a que los hombres la trataran así. Sin ser arrebatadora, era lo bastante atractiva para que los hombres se fijaran en ella, y poseía un cierto aire autoritario. Los hombres solían tratarla con aire protector, pero sin llegar ni mucho menos a la desenvoltura de Lovesey. Sin embargo, no iba a protestar. Aguantaría cosas peores que la grosería con tal de atrapar a su traicionero hermano.

El matrimonio Lovesey despertaba su curiosidad. «Persigo a mi esposa», había dicho, una admisión sorprendentemente sincera. No le extrañaba que una mujer quisiera huir de él. Era muy apuesto, pero también egocéntrico e insensible. Por eso resultaba muy extraño que corriera detrás de su mujer. Aparentaba excesivo orgullo. En opinión de Nancy, era de los que se habrían limitado a decir: «Que se vaya a la mierda». Quizá le había juzgado mal.

Se preguntó cómo sería su mujer. ¿Sería bonita, sensual, egoísta, mimada? ¿Una ratita asustada? Pronto lo averiguaría…, si llegaban a tiempo de alcanzar el *clipper*.

El mecánico le trajo un casco y se lo puso. Lovesey subió a bordo.

—Échale una mano, ¿quieres? —gritó.

El mecánico, más galante que su patrón, la ayudó a ponerse la chaqueta.

—Allí arriba hace frío, aunque brille el sol —dijo.

La ayudó a subir y Nancy se encajó en el asiento posterior. El mecánico le pasó el maletín, que Nancy colocó bajo sus pies.

Cuando el motor arrancó, se dio cuenta, con un estremecimiento de nerviosismo, que iba a volar con un completo extraño.

Al fin y al cabo, Mervyn Lovesey podía ser un piloto incompetente, poco experto, a los mandos de un avión mal revisado. Hasta cabía la posibilidad de que se dedicara a la trata de blancas y se propusiera venderla a un burdel turco. No, era demasiado vieja para eso. De todos modos, carecía de motivos para confiar en Lovesey. Solo sabía que era inglés y tenía un aeroplano.

Nancy había volado tres veces, pero siempre en aviones grandes de cabinas cerradas. Nunca había subido a un biplano pasado de moda. Era como volar en un coche descapotable. El avión aceleró por la pista. El rugido del motor martilleó sus oídos y el viento abofeteó sus orejeras.

El avión de pasajeros en el que Nancy había volado se había elevado con suavidad, pero este subió de golpe, como un caballo de carreras que saltara una valla. Después, Lovesey lo ladeó con tal brusquedad que Nancy se agarró con todas sus fuerzas, temerosa de caer, a pesar del cinturón de seguridad. ¿Tendría aquel hombre permiso de piloto?

Lovesey enderezó el avión, que se elevó con gran rapidez. Su vuelo parecía más comprensible y menos milagroso que el de un gran avión de pasajeros. Nancy veía las alas, respiraba el aire, oía el aullido del pequeño motor y lo sentía planear, sentía la hélice bombeando aire y el viento alzando las anchas alas de tela, como se sentía una cometa al sujetar el hilo. Tal sensación no existía en un avión cerrado.

Sin embargo, percibir la lucha del pequeño aeroplano por volar le causaba una sensación molesta en el estómago. Las alas eran simples objetos frágiles de madera y lona; la hélice podía atorarse, romperse o desprenderse; el viento a favor podía cambiar y soplar en contra; cabía la posibilidad de encontrar niebla, rayos o tormentas.

Todo esto parecía improbable, no obstante, mientras el avión ascendía hacia el sol y su morro apuntaba con gallardía en dirección a Irlanda. Nancy experimentaba la sensación de cabalgar a lomos de una gigantesca libélula amarilla. Era aterrador pero divertido, como la noria de un parque de atracciones.

Pronto dejaron atrás la costa de Inglaterra. Nancy se permitió un breve momento de triunfo cuando se desviaron hacia el oeste sobre las aguas. Peter no tardaría en subir a bordo del *clipper*, felicitándose por haber engañado a su astuta hermana mayor, pero su júbilo sería prematuro, pensó ella con airada satisfacción. Aún no la conocía bien. Se llevaría un susto tremendo cuando la viera llegar a Foynes. Estaba ansiosa por contemplar la expresión de su rostro.

Aunque alcanzara a Peter, le quedaba una dura batalla por delante. Para derrotarle no bastaba presentarse en la junta de accionistas. Debería convencer a tía Tilly y a Danny Riley de que la mejor alternativa era retener sus acciones y apoyarla.

Quería explicar la vil conducta de Peter a todos, para que se enterasen de que había mentido y conspirado contra su hermana. Quería aplastarle y mortificarle, revelando a todos que era un ser rastrero. Sin embargo, tras un momento de reflexión, llegó a la conclusión de que no era una decisión inteligente. Si se mostraba furiosa y resentida, pensarían que se oponía a la fusión por motivos emocionales. Tenía que hablar con calma y frialdad sobre los proyectos de futuro, y actuar como si su desacuerdo con Peter fuera un mero asunto de negocios. Todos sabían que ella manejaba los negocios mejor que su hermano.

En cualquier caso, su argumento era muy sensato. El precio que les ofrecían por sus acciones se basaba en los beneficios de «Black's», que eran bajos por culpa de la mala gestión de Peter. Nancy sospechaba que obtendrían más cerrando la fábrica y vendiendo todas las tiendas. Aunque lo mejor sería reestructurar la fábrica de acuerdo con su plan para que volviera a rendir beneficios.

Había otro motivo para esperar: la guerra. La guerra beneficiaba, en general, a los negocios, sobre todo a las empresas como «Black's», que suministraban artículos a los militares. Era posible que Estados Unidos no intervinieran en la guerra, pero se acumularían las existencias como medida de precaución. Los beneficios, por tanto, aumentarían de todos modos. Por eso Nat Ridgeway quería comprar la empresa.

Meditó sobre la situación mientras cruzaban el mar de Irlanda, recitando su discurso mentalmente. Ensayó frases fundamentales, articulándolas en voz alta, confiando en que el viento borrara las palabras antes de que llegaran a los oídos de Mervyn Lovesey, cubiertos por el casco, a un metro de distancia de ella.

Se quedó tan absorta en su discurso que no advirtió el primer fallo del motor.

—La guerra de Europa duplicará el valor de esta empresa en doce meses —recitó—. Si Estados Unidos entra en guerra, el precio se volverá a doblar...

La segunda vez que ocurrió, se despertó de su ensueño. El rugido continuado se alteró un momento, como el sonido de un grifo atascado. Se normalizó, volvió a cambiar y adoptó un tono diferente, un sonido entrecortado más débil, que puso muy nerviosa a Nancy.

El avión empezó a perder altura.

—¿Qué sucede? —chilló Nancy, pero no hubo respuesta. O Lovesey no la oía, o estaba demasiado ocupado para contestar.

El tono del motor cambió de nuevo, aumentando de intensidad, como si recibiera más combustible, y el avión se ladeó.

Nancy estaba frenética. ¿Qué pasaba? ¿Era un problema serio? Tuvo ganas de ver la cara de Lovesey, pero continuaba mirando con determinación al frente.

El sonido del motor ya no era constante. A veces, parecía recuperar su anterior rugido gutural; después, temblaba y oscilaba. Nancy, asustada, miró hacia delante, intentando distinguir alguna alteración en el giro de la hélice, pero no observó ninguno. Sin embargo, cada vez que el motor tartamudeaba, el avión perdía un poco más de altura.

Nancy ya no podía soportar la tensión. Se desabrochó el cinturón de seguridad, se inclinó hacia delante y apoyó la mano en el hombro de Lovesey. Este volvió la cabeza.

—¿Qué pasa? —gritó en su oído Nancy.

—¡No lo sé!

Ella estaba demasiado asustada para aceptarlo.

—¿Qué sucede? —insistió.

—Creo que no funciona un cilindro del motor.

—¿Cuántos cilindros tiene?

—Cuatro.

El avión sufrió otra brusca bajada. Nancy se sentó a toda prisa y volvió a abrocharse el cinturón. Sabía conducir, y tenía la idea de que un coche continuaba funcionando aunque fallara un cilindro. Sin embargo, su Cadillac tenía doce. ¿Podía volar un avión con tres de los cuatro cilindros? La duda la torturaba.

Estaban perdiendo altura sin cesar. Nancy supuso que el avión podía volar con tres cilindros, pero no durante mucho rato. ¿Cuánto tardarían en caer al mar? Escrutó la lejanía y, para su alivio, vio tierra delante. Incapaz de contenerse, se desabrochó el cinturón de nuevo y habló a Lovesey.

—¿Podremos llegar a tierra?

—¡No lo sé!

—¡Usted no sabe nada! —gritó Nancy. El miedo convirtió su grito en un chillido. Se obligó a serenarse—. ¿Cuáles cree que son nuestras posibilidades?

—¡Cierre el pico y déjeme concentrarme!

Nancy se sentó. Voy a morir, pensó; combatió el pánico y trató de pensar con calma. Menos mal que he criado a los chicos antes de que esto ocurriera, se dijo. Será un duro golpe para ellos, sobre todo después de perder a su padre en un accidente de automóvil, pero son hombres, grandes y fuertes, y nunca les faltará dinero. Lo superarán.

Ojalá hubiera tenido otro amante. Ha pasado..., ¿cuánto tiempo? ¡Diez años! No es extraño que me haya acostumbrado. Para el caso, igual podría ser una monja. Tenía que haberme acostado con Nat Ridgeway; lo habría hecho bien.

Se había citado un par de veces con un hombre nuevo, justo antes de partir hacia Europa, un contable soltero de su edad, pero no deseó haberse acostado con él. Era amable pero débil, como casi todos los hombres que conocía. Intuían su fortaleza y deseaban que cuidara de ellos. ¡Pero yo quiero que alguien cuide de mí!, pensó.

Si sobrevivo a esta, juro que tendré otro amante antes de morir.

Comprendió que Peter iba a ganar. Qué vergüenza. El negocio era todo cuanto le quedaba de su padre, y ahora sería absorbido y desaparecería en la masa amorfa de «General Textiles». Papá había trabajado duro toda su vida para levantar esa compañía, y a Peter le habían bastado cinco años de indolencia y egoísmo para hundirla.

A veces, todavía echaba de menos a su padre. Era un hombre tan hábil... Siempre que surgía un problema, ya se tratase de una grave crisis financiera, como la Depresión, o de un pequeño problema familiar, como el escaso rendimiento de uno de los muchachos en la escuela, papá daba con la manera más positiva de afrontarlo. Era muy bueno para las cosas mecánicas, y la gente que manufacturaba las grandes máquinas que se usaban en la fabricación del calzado solían consultarle antes de dar el visto bueno a un diseño. Nancy entendía perfectamente el proceso de producción, pero era más experta en predecir los estilos que el mercado esperaba, y desde que se había hecho cargo de la fábrica, los beneficios procedían en mayor medida del calzado femenino que del masculino. Nunca se había sentido eclipsada por su padre, como le había ocurrido a Peter; ella simplemente le echaba de menos.

De pronto, la idea de que iba a morir le resultó ridícula e irreal. Sería igual que si cayera el telón antes de que acabará la obra, mientras el protagonista se hallaba en mitad de un monólogo; no era así como ocurrían las cosas. Durante un rato se sintió irracionalmente animada, con la seguridad de que viviría.

El avión seguía perdiendo altura, pero la costa de Irlanda se acercaba con rapidez. Pronto podría divisar los campos color esmeralda y las pardas ciénagas. Aquí es donde se originó la familia Black, pensó con un leve estremecimiento.

Justo delante de ella, la cabeza y los hombros de Mervyn Lovesey comenzaron a moverse, como si estuviera luchando con los controles; el ánimo de Nancy cambió de nuevo, y se puso a rezar. La habían educado en el catolicismo, pero no había ido a misa desde que Sean muriera; de hecho, la última vez que había pisado una iglesia fue en su funeral. No sabía muy bien si era creyente o no, pero rezaba con fervor, pensando que, al fin y al cabo, no tenía nada que perder. Musitó un padrenuestro, y le pidió a Dios que la salvara para poder cuidar de Hugh al menos hasta que contrajera matrimonio y se hubiera establecido; y a fin de poder ver a sus nietos; y porque quería remodelar el negocio y seguir dando empleo a aquellos hombres y mujeres, y hacer buenos zapatos para la gente corriente; y porque anhelaba disfrutar de un poco de felicidad. De repente era consciente de que había vivido entregada al trabajo durante demasiado tiempo.

Ahora podía ver las blancas cimas de las olas. Los borrosos contornos de la costa que se aproximaba se definieron, mostrando las líneas del oleaje, la playa, el acantilado, el campo verde. Con un escalofrío, se preguntó si sería capaz de nadar hasta la orilla en caso de que el avión cayera al agua. Se consideraba una buena nadadora, pero dar brazadas alegremente de un extremo a otro de la piscina era muy distinto de sobrevivir en el mar agitado. El agua estaría tan fría como para helar los huesos. ¿Cuál era la palabra que se usaba cuando alguien moría de frío? Entumecimiento. El avión de la señora Lenehan se precipitó en el mar de Irlanda y ella murió de entumecimiento, diría el *Globe* de Boston. Se estremeció dentro de su abrigo de cachemira.

Si el aparato se estrellaba, probablemente no viviría lo suficiente como para comprobar la temperatura del agua. Se preguntó si volaban muy rápido. Lovesey le había dicho que la velocidad de crucero era de unos ciento cincuenta kilómetros, pero ahora era bastante inferior. Pongamos que iban a ochenta. Sean se había estrellado a ochenta kilómetros por hora y había muerto. No, no tenía sentido especular cuán lejos podría llegar nadando.

La costa estaba más cerca. Tal vez sus plegarias habían sido escuchadas, se dijo; quizá el avión lograría aterrizar después de todo. No había habido más alteraciones en el ruido del motor: seguía emitiendo su desigual y agudo carraspeo, con un toque de furia, como el vengativo zumbido de una avispa herida. Pensó con preocupación en dónde aterrizarían, caso de conseguirlo. ¿Podía posarse un avión en una playa arenosa? ¿Y en una playa rocosa? Un avión podía aterrizar en un campo, si no era demasiado irregular. ¿Y en una turbera? No tardaría en averiguarlo.

La costa se encontraba ahora a medio kilómetro de distancia. Vio que la playa era rocosa y el oleaje bravío. La playa parecía muy escarpada, comprobó con terror: estaba sembrada de guijarros dentados. Un acantilado de poca altura descendía hasta un páramo, en el que pastaban algunas ovejas. Examinó el páramo. Parecía llano. No había setos, y crecían algunos árboles. Quizá fuera posible aterrizar allí. No sabía si confiar en ello o prepararse para la muerte.

El avión amarillo, que continuaba perdiendo altura, aguantó con firmeza. Nancy olió el aroma salado del mar. Lo mejor sería caer al agua, pensó con temor, que tratar de aterrizar en aquella playa. Aquellas piedras afiladas desgarrarían en pedazos el pequeño avión… y a ella también.

Confió en que su muerte fuera rápida.

Cuando la orilla se hallaba a unos cien metros de distancia, comprendió que el avión no se iba a estrellar en la playa: aún volaba a demasiada altura. Lovesey se dirigía hacia el prado que coronaba el acantilado. ¿Conseguiría llegar? Daba la impresión de que se encontraban al mismo nivel que la cumbre del acantilado, y seguían perdiendo altura. Iban a empotrarse en el acantilado. Quiso cerrar los ojos, pero no se atrevió, sino que contempló como hipnotizada el acantilado que se precipitaba hacia ella.

El motor aullaba como un animal enfermo. El viento arrojaba espuma de mar a la cara de Nancy. Las ovejas del acantilado se dispersaron en todas direcciones cuando el avión se lanzó hacia ellas. Nancy se aferró al borde de la carlinga con tanta fuerza que se hizo daño en las manos. Tenía la impresión de que el acantilado se acercaba a toda velocidad. Vamos a chocar, pensó; esto es el fin. Entonces, una ráfaga de viento elevó una pizca el avión, y Nancy creyó que estaban a salvo, pero volvió a caer. El borde del acantilado iba a arrancar las pequeñas ruedas amarillas. Cuando faltaba una fracción de segundo para el impacto, cerró los ojos y chilló.

Por un momento, no sucedió nada.

Después, se produjo una sacudida y Nancy salió despedida hacia delante, aunque el cinturón de seguridad la retuvo. Por un instante, pensó que iba a morir. Entonces, notó que el avión volvía a subir. Dejó de gritar y abrió los ojos.

Seguían en el aire, a medio metro de la hierba. El avión tocó tierra, y esta vez no se elevó. Nancy sufrió terribles sacudidas mientras se deslizaban sobre el terreno desigual. Vio que se dirigían hacia unas zarzas, y comprendió que aún podían chocar. Luego, Lovesey hizo algo y el avión giró, evitando el peligro. Las sacudidas cesaron; estaban frenando. Nancy apenas podía creer que seguía con vida. El avión se detuvo.

El alivio la agitó como si sufriera un ataque. No paraba de temblar. Dio vía libre a los estremecimientos, notó que la histeria se iba a apoderar de ella y la reprimió. Se terminó, dijo en voz alta. Se terminó, se terminó, estoy a salvo.

Lovesey se levantó y saltó del asiento con una caja de herramientas en la mano. Sin mirarla, bajó a tierra y caminó hasta la parte delantera del avión. Abrió la capota y examinó el motor.

Ni siquiera me ha preguntado si estoy bien, pensó Nancy.

Por extraño que fuera, la rudeza de Lovesey la calmó. Miró a su alrededor. Las ovejas habían regresado a pastar, como si no hubiera ocurrido nada. Ahora que el motor estaba silencioso, oyó las olas romper en la playa. El sol brillaba, pero sentía el viento frío y húmedo lamiendo su mejilla.

Se quedó inmóvil unos instantes, y después, cuando estuvo segura de que sus piernas la sostendrían, se levantó y bajó del avión. Puso pie en suelo irlandés por primera vez en su vida, y la emoción casi le arrancó lágrimas. De aquí nos marchamos hace muchísimos años, pensó. Oprimidos por los ingleses, perseguidos por los protestantes, condenados a morir de hambre por la enfermedad de la patata, nos apretujamos en barcos de madera y zarpamos de nuestra tierra natal hacia un mundo nuevo.

Y es una manera muy irlandesa de volver, pensó con una sonrisa. Casi muero al aterrizar.

Basta de sentimentalismos. Estaba viva. ¿Llegaría a tiempo de alcanzar el *clipper*? Consultó su reloj. Eran las dos y cuarto. El *clipper* acababa de despegar de Southampton. Podría llegar a Foynes a tiempo si este avión volvía a volar, y si tenía el valor de subir otra vez.

Se encaminó a la parte delantera del avión. Lovesey utilizaba una llave inglesa grande para soltar un tornillo.

—¿Lo arreglará? —preguntó Nancy.

El hombre no levantó la vista.

—No lo sé.

—¿Cuál es el problema?

—No lo sé.

Había recaído en su estado de ánimo taciturno.

—Pensaba que usted era ingeniero —dijo Nancy, exasperada.

Sus palabras le ofendieron.

—Estudié matemáticas y física —explicó, mirándola—. Mi especialidad es la resistencia al aire de cuevas complejas. ¡No soy un jodido mecánico!

—Pues tal vez debería ir a buscar un mecánico.

—No hay ninguno en esta jodida Irlanda. Este país aún vive en la Edad de Piedra.

—¡Gracias a la brutalidad de los ingleses, que sojuzga al pueblo desde hace muchos siglos!

El hombre sacó la cabeza del motor y se irguió.

—¿Por qué cojones nos hemos metido en política?

—Ni siquiera me ha preguntado todavía si estoy bien.

—Es obvio que está bien.

—¡Casi me ha matado!

—Le he salvado la vida.

Aquel hombre era imposible.

Nancy escudriñó el horizonte. A medio kilómetro de distancia se distinguía la línea de un seto o un muro que tal vez bordearía una carretera, y algo más allá vio varios tejados de paja arracimados. Quizá podría conseguir un coche y llegar a Foynes.

—¿Dónde estamos? —preguntó—. ¡Y no me diga que no lo sabe!

Él sonrió. Era la segunda o tercera vez que la sorprendía, al demostrar que no tenía tan mala leche como aparentaba.

—Creo que estamos a pocos kilómetros de Dublín.

Nancy decidió que no se iba a quedar para verle manipular el motor.

—Voy a pedir ayuda.

—Él le miró los pies.

—No llegará muy lejos con esos zapatos.

Voy a darle una lección, pensó Nancy, irritada. Se levantó la falda y se quitó las medias a toda prisa. Lovesey la miró, asombrado y sonrojado. Nancy se despojó también de los zapatos. Le gustó que perdiera la compostura.

—No tardaré mucho —dijo, guardando los zapatos en los bolsillos de la chaqueta y alejándose descalza.

Cuando estuvo a unos metros de distancia, Nancy se permitió una amplia sonrisa. Le había dejado sin habla. Le estaba bien por sentirse tan superior.

El placer de haberle vencido no tardó en disiparse. La humedad, el frío y la suciedad empezaron a torturar sus pies. Las casas estaban más lejos de lo que había pensado. Ni siquiera sabía qué iba a hacer cuando llegara. Supuso que intentaría trasladarse en coche a Dublín. Lovesey debía de tener razón sobre la escasez de mecánicos en Irlanda.

Le costó veinte minutos llegar a las casas. Detrás de la primera encontró a una mujer menuda calzada con zuecos, que cavaba en un huerto.

—Hola —saludó Nancy.

La mujer levantó la vista y lanzó un grito de miedo.

—Mi avión ha sufrido un accidente —explicó Nancy.

La mujer la miró como si viniera de otro mundo.

Nancy imaginó que su aspecto era de lo más extravagante, descalza y con una chaqueta de cachemira. Lo cierto era que, para una campesina ocupada en su jardín, un extraterrestre resultaría mucho menos sorprendente que una mujer recién salida de un avión. La mujer extendió un brazo vacilante y tocó la chaqueta de Nancy. Esta se sintió turbada: la mujer la trataba como a una diosa.

—Soy irlandesa —dijo Nancy, esforzándose por parecer más humana.

La mujer sonrió y meneó la cabeza, como diciendo «no me puedes engañar».

—Necesito ir en coche a Dublín.

La mujer, considerando más sensatas estas palabras, habló por fin.

—¡Oh, sí, desde luego!

Por lo visto, pensaba que apariciones como Nancy solo podían proceder de una gran ciudad.

El hecho de que utilizara el inglés tranquilizó a Nancy; había temido que la mujer solo hablara gaélico.

—¿Está muy lejos?

—Con un buen caballo, llegaría en una hora y media —dijo la mujer, con una cadencia musical.

Horrible perspectiva. El *clipper* despegaría dentro de dos horas de Foynes, al otro lado del país.

—¿Alguien del pueblo tiene coche?

—No.

—Maldita sea.

—Pero el herrero tiene una moto.

—¡Será suficiente!

En Dublín podría conseguir un coche que la llevara a

Foynes. No sabía si Foynes estaba muy lejos, o cuanto tiempo se tardaba en llegar, pero pensó que debía intentarlo.

—¿Dónde está el herrero?

—Yo la acompañaré.

La mujer hundió su pala en la tierra.

Nancy la siguió. Nancy vio con horror que la carretera era un simple sendero embarrado: una moto no podría correr más que un caballo sobre esta superficie.

Pensó en otra dificultad mientras caminaba por la aldea. Una moto solo aceptaba un pasajero. Había planeado volver al avión y recoger a Lovesey, en caso de conseguir un coche, pero solo uno de ellos podría montarse en la moto…, a menos que el propietario se la vendiera. Entonces, Lovesey conduciría y Nancy iría de paquete. Y después, pensó excitada, se dirigirían a Foynes.

Anduvieron hacia la última casa y se acercaron a un taller de una sola vertiente, situado a un lado… y las últimas esperanzas de Nancy se desvanecieron: las piezas de la moto estaban desparramadas por tierra y el herrero trabajaba con ellas.

—Mierda —dijo Nancy.

La mujer habló en gaélico con el herrero. Este miró a Nancy con una pizca de diversión. Era muy joven, de cabello negro y ojos azules, a la manera irlandesa, y exhibía un poblado bigote. Asintió con la cabeza, como dando a entender que comprendía la situación.

—¿Dónde está su aeroplano? —preguntó a Nancy.

—A un kilómetro de distancia, más o menos.

—Tal vez debería echarle un vistazo.

—¿Sabe algo de aviones? —preguntó ella con escepticismo.

El joven se encogió de hombros.

—Los motores son motores.

Ella imaginó que si podía desmontar una moto, también podría reparar un motor de avión.

—Sin embargo, yo diría que quizá sea demasiado tarde —añadió el herrero.

Nancy frunció el ceño, y entonces oyó lo que él ya había percibido: el sonido de un aeroplano. ¿Sería el Tiger Moth?

Corrió afuera y escudriñó el cielo. El pequeño avión amarillo volaba a baja altura sobre la aldea.

Lovesey lo había arreglado... ¡y había despegado sin esperarla!

Miró hacia arriba, incrédula. ¿Cómo podía hacerle esto? ¡También se llevaba su maletín!

El avión pasó rozando la aldea, como para burlarse de ella. Nancy agitó el puño en dirección al aparato. Lovesey la saludó y se alejó.

El avión empezó a disminuir de tamaño. El herrero y la campesina estaban de pie detrás de ella.

—Se marcha sin usted —comentó el joven.

—Es un monstruo sin entrañas.

—¿Es su marido?

—¡Por supuesto que no!

—Supongo que, para el caso, es lo mismo.

Nancy se sintió desfallecer. Hoy la habían traicionado dos hombres. ¿Había algo en ella que no funcionaba?, se preguntó.

Pensó que lo mejor sería rendirse. Ya no podría alcanzar el *clipper*. Peter vendería la empresa a Nat Ridgeway, y ese sería el final.

El avión se inclinó y giró. Lovesey ponía rumbo hacia Foynes, supuso ella. Alcanzaría a su esposa fugitiva. Nancy deseó que se negara a volver con él.

Inesperadamente, el avión continuó girando. Cuando apuntó hacia la aldea, se enderezó. ¿Qué estaba haciendo ese hombre?

Seguía la carretera embarrada, perdiendo altura. ¿Por qué regresaba? A medida que el avión se aproximaba, Nancy se empezó a preguntar si iba a aterrizar. ¿Fallaba de nuevo el motor?

El pequeño avión tocó la carretera embarrada y avanzó rebotando hacia las tres personas que se hallaban frente a la casa del herrero.

Nancy casi se desmayó de alivió. ¡Regresaba a buscarla!

El avión frenó delante de ella. Mervyn gritó algo que Nancy no entendió.

—¿Qué? —chilló ella.

Lovesey, impaciente, le indicó por señas que se acercara. Nancy corrió hacia el avión.

—¿A qué está esperando? —gritó Lovesey, inclinándose hacia ella—. ¡Suba!

Nancy consultó el reloj. Eran las tres menos cuarto. Todavía podían llegar a Foynes a tiempo. El optimismo volvió a invadirla. ¡Aún no estoy acabada!, pensó.

El joven herrero se acercó. Le brillaban los ojos.

—Permítame ayudarla —gritó.

Hizo un asiento con las manos enlazadas. Nancy apoyó su pie desnudo, cubierto de barro, y él la izó. Se dejó caer en el asiento.

El avión se elevó al instante.

Pocos segundos después estaban en el aire.

9

La esposa de Mervyn Lovesey era muy feliz.

Diana tuvo miedo cuando el *clipper* despegó, pero ahora solo sentía júbilo.

Nunca había volado. Mervyn jamás la había invitado a compartir su pequeño aeroplano, aunque ella había dedicado días a pintarlo de amarillo para él. Había descubierto que, en cuanto se dominaba el nerviosismo, era terriblemente excitante elevarse en el aire en algo parecido a un hotel de lujo con alas, y contemplar desde lo alto los pastos y trigales, carreteras y vías férreas, casas, iglesias y fábricas de Inglaterra. Se sentía libre. Era libre. Había dejado a Mervyn y huido con Mark.

La víspera, en el hotel South-Western de Southampton, se habían registrado como señores Alder y pasado la primera noche entera juntos. Habían hecho el amor antes de dormir y al amanecer, nada más despertarse. Parecía un lujo, después de tres meses de tardes breves y besos robados.

Volar en el *clipper* era como vivir en una película. El decorado era soberbio, la gente elegantísima, los dos camareros muy eficientes; todo ocurría como por capricho de un guión, y se veían caras famosas por todas partes. Estaba el barón Gabon, el rico sionista, siempre enfrascado en apasionadas discusiones con su demacrado acompañante. El marqués de Oxenford, el famoso fascista, iba a bordo con su bella esposa. La princesa Lavinia Bazarov, uno de los pilares de la sociedad parisina, iba en el compartimento de Diana, y ocupaba el asiento de ventanilla de la otomana de Diana.

Frente a la princesa, en el otro asiento de ventanilla de su lado, estaba Lulu Bell, la estrella de cine. Diana la había visto en muchas películas: *Mi primo Jake*, *Tormento*, *La vida secreta*, *Elena de Troya* y muchas otras que se habían proyectado en el cine Paramount de la calle Oxford de Manchester. Sin embargo, lo más sorprendente fue que Mark la conocía. Mientras se acomodaban en sus asientos, una estridente voz norteamericana se puso a gritar.

—¡Mark! ¡Mark Alder! ¿De veras eres tú?

Diana se volvió y vio que una rubia menuda, parecida a un canario, se precipitaba sobre él.

Resultó que habían trabajado juntos unos años atrás en un programa radiofónico de Chicago, antes de que Lulu se convirtiera en una gran estrella. Mark le presentó a Diana y Lulu se mostró muy cordial, alabando la belleza de Diana y la suerte de Mark por haberla encontrado. Por supuesto, se hallaba mucho más interesada en Mark, y los dos se pusieron a hablar desde el momento del despegue, recordando los viejos tiempos, cuando eran jóvenes y pobres, vivían en hoteles de mala muerte y bebían licor destilado clandestinamente.

Diana no se había dado cuenta de que Lulu era tan bajita. Parecía más alta en sus películas. Y también más joven. Al natural, resultaba obvio que su cabello rubio no era auténtico, como el de Diana, sino teñido. No obstante, poseía la personalidad vivaz y agresiva que exhibía en todas sus películas. Incluso en este momento, atraía la atención general. Aunque estaba hablando con Mark, todo el mundo la miraba: la princesa Lavinia, Diana y los dos hombres que se sentaban al otro lado del pasillo.

Estaba narrando una anécdota referida a un programa de radio; uno de los actores se había marchado a mitad de la retransmisión, creyendo que su intervención había terminado, cuando en realidad le quedaba una línea de diálogo al final.

—Total, que yo leí mi línea, que era «¿Quién se ha comido la mona de Pascua?», y todo el mundo miró a su alrededor…, ¡pero George había desaparecido! Y se produjo un largo silencio.

Hizo una pausa para dotar de énfasis dramático a la situación. Diana sonrió. ¿Qué coño hacía la gente cuando algo se torcía durante un programa de radio? Escuchaba mucho la radio, pero no recordaba ningún incidente similar. Lulu reanudó su explicación.

—Volví a repetir mi línea, «¿Quién se ha comido la mona de Pascua?». Y me inventé la continuación. —Bajó la barbilla y habló con una áspera voz masculina muy convincente—. Creo que ha sido el gato.

Todos rieron.

—Y así terminó el programa —concluyó.

Diana recordó un programa en que el locutor, sobresaltado por algo, había exclamado «¡Hostia!».

—Una vez oí a un locutor blasfemar —dijo. Iba a contar la anécdota, pero Mark la interrumpió.

—Bueno, es muy normal. —Se volvió hacia Lulu—. ¿Te acuerdas cuando Max Gifford dijo que Babe Ruth[1] tocaba las pelotas con mucha limpieza, y no pudo parar de reír?

Mark y Lulu estallaron en carcajadas. Diana sonrió, pero empezaba a sentirse un poco desplazada. Pensó que era un poco injusta. Durante tres meses, mientras Mark había estado solo en una ciudad desconocida, ella había acaparado toda su atención. No siempre iba a ser así. Tendría que acostumbrarse a compartirle con más gente a partir de ahora. Sin embargo, no le apetecía interpretar el papel de público. Se volvió hacia la princesa Lavinia, que estaba sentada a su derecha.

—¿Escucha usted la radio, princesa? —preguntó.

La vieja rusa inclinó su delgada y ganchuda nariz.

—La encuentro algo vulgar —contestó.

Diana ya había conocido a otras viejas altivas, y no la intimidaban.

—Me sorprende —contraatacó—. Sin ir más lejos, anoche sintonizamos unos quintetos de Beethoven.

1. Famoso jugador de béisbol norteamericano.

—La música alemana es muy mecánica —replicó la princesa.

No había forma de complacerla, pensó Diana. Había pertenecido a la clase más perezosa y privilegiada de la historia, y quería que todo el mundo lo supiera, por lo cual fingía que nada era comparable a lo que había poseído en otros tiempos. Iba a ser un auténtico latazo.

El mozo destinado a la parte posterior del avión vino para tomar nota de los combinados. Se llamaba Davy. Era un joven pulcro, bajo y agradable, de cabello rubio, y caminaba por el pasillo alfombrado dando ligeros saltitos. Diana pidió un martini seco. No sabía lo que era, pero sabía por las películas que en Estados Unidos era una bebida muy elegante.

Examinó a los dos hombres que se hallaban al otro lado del compartimento. Los dos miraban por la ventana. El más cercano era un joven atractivo, vestido con un traje algo llamativo. Era ancho de espaldas, como un atleta, y se adornaba con varios anillos. Su piel morena hizo pensar a Diana que tal vez era sudamericano. El hombre sentado frente a él no encajaba en el ambiente. Su traje le venía demasiado grande y tenía el cuello de la camisa bastante gastado. No tenía aspecto de poder costearse el precio del pasaje en el *clipper*. También era calvo como una bombilla. Los dos hombres ni se hablaban ni se miraban, pero Diana, a pesar de todo, estaba segura de que viajaban juntos.

Se preguntó qué estaría haciendo Mervyn en estos momentos. Ya habría leído su nota, casi con toda certeza. Tal vez estaría llorando, pensó con cierto sentimiento de culpabilidad. No, no era propio de él. Lo más probable es que estuviera enfurecido. Pero ¿sobre quién descargaría su furia? Sobre sus pobres empleados, quizá. Ojalá su nota hubiera sido más cálida, o más esclarecedora, pero su aturdimiento no le permitió pergeñar algo mejor. Supuso que habría llamado a su hermana Thea, pensando que conocería su paradero. Bien, pues no lo sabía. Su sorpresa habría sido mayúscula. ¿Qué le diría a las gemelas? La idea deprimió a Diana. Iba a perder a sus sobrinitas.

Davy volvió con las bebidas. Mark brindó con Lulu, y después con Diana..., casi como por compromiso, pensó Diana con amargura. Probó el martini y estuvo a punto de escupirlo.

—¡Ugh! —exclamó—. ¡Sabe a ginebra pura!

Todo el mundo se rió de su comentario.

—Es casi pura ginebra, cariño —dijo Mark—. ¿Nunca habías tomado un martini?

Diana se sintió humillada. No sabía lo que había pedido, como una quinceañera en un bar. Todos estos personajes cosmopolitas ya sabían que era una provinciana ignorante.

—Permítame que le traiga otra cosa, señora —dijo Davy.

—Una copa de champán —pidió, malhumorada.

—Al instante.

Diana habló a Mark, algo enfadada.

—Jamás había tomado un martini. Se me ocurrió probarlo. No tiene nada de malo, ¿verdad?

—Claro que no, cariño —contestó él, palmeándole la rodilla.

—Este coñac es impresentable, joven —dijo la princesa Lavinia—. Haga el favor de traerme un poco de té.

—Enseguida, señora.

Diana decidió ir al lavabo de señoras.

—Con permiso —dijo, levantándose y saliendo por la puerta en forma de arco que conducía a la parte posterior.

Pasó por otro compartimento de pasajeros igual al que había dejado y llegó a la cola del avión. A un lado había un pequeño compartimento, ocupado por solo dos personas, y al otro una puerta con el letrero «Tocador de señoras». Entró.

El tocador levantó sus ánimos. Era muy bonito. Había una mesa con dos taburetes tapizados en piel azul turquesa, y las paredes estaban cubiertas de tela beige. Diana se sentó frente al espejo para retocarse el maquillaje. Mark llamaba a esta actividad reescribirse la cara. Frente a ella tenía pañuelos de papel y crema para el cutis.

Al mirarse, vio a una mujer desdichada. Lulu Bell había irrumpido como una nube que oculta el sol. Había monopolizado la atención de Mark, consiguiendo que este tratara a Diana como una pequeña molestia. Claro que Lulu era, más o menos, de la misma edad que Mark; él tenía treinta y nueve y ella debía rebasar los cuarenta. Diana solo tenía treinta y cuatro. ¿Se daba cuenta Mark de lo mayor que era Lulu? Los hombres demostraban una gran estupidez en estos asuntos.

El auténtico problema era que Mark y Lulu tenían mucho en común: los dos trabajaban en el negocio del espectáculo, los dos eran norteamericanos, los dos habían vivido los primeros tiempos de la radio. Diana no compartía nada de todo esto. Exagerando un poco, se podía decir que no había hecho nada, excepto pertenecer a la alta sociedad de una ciudad provinciana.

¿Sería lo mismo con Mark? Diana se dirigía al país de él. A partir de ahora, él lo sabría todo, pero ella se desenvolvería en un mundo extraño por completo. Se relacionarían con los amigos de él, porque Diana no tenía ninguno en Estados Unidos. ¿Cuántas veces más se reirían de ella por desconocer lo que todo el mundo sabía, como el hecho de que un martini seco supiera a ginebra fría?

Se preguntó si echaría mucho de menos el mundo cómodo y predecible que dejaba a su espalda, el mundo de bailes de caridad y cenas de los masones en hoteles de Manchester, donde conocía a todo el mundo, todas las bebidas y todos los platos. Era aburrido, pero seguro.

Meneó la cabeza, agitando su cabello. No iba a seguir pensando de aquella manera. Estaba harta de aquel mundo, pensó; anhelaba aventuras y emociones; y ahora que las tengo, voy a disfrutarlas.

Tomó la resolución de llevar a cabo un esfuerzo decidido por recobrar la atención de Mark. ¿Qué podía hacer? No quería entablar una confrontación directa y echarle en cara su comportamiento. Sería propio de una persona débil. Tal vez un trago de su propia medicina resultaría eficaz. Ella podía hablar con otra persona, igual que él hablaba con Lulu. Quizá esa táctica le abriría los ojos. ¿A quién elegiría? El atractivo muchacho sentado al otro lado del pasillo iría de perlas.

Era más joven que Mark, y de mayor envergadura. Mark se pondría muy celoso.

Se aplicó perfume detrás de las orejas y entre los pechos, y salió del tocador. Movió las caderas más de lo necesario mientras caminaba por el avión, complacida por las miradas lujuriosas de los hombres y las envidiosas o admirativas de las mujeres. Soy la mujer más hermosa del avión, y Lulu Bell lo sabe, pensó.

Cuando llegó al compartimento no se sentó en su asiento, sino que se dirigió a la parte izquierda y miró por la ventana, inclinándose sobre el hombro del joven vestido con el traje a rayas. Él le dedicó una sonrisa de bienvenida.

Ella le devolvió la sonrisa.

—¿A que es maravilloso? —dijo.

—Ni más ni menos —contestó el joven.

Diana reparó en que el joven dirigía una mirada de preocupación al hombre sentado frente a él, como si esperase una reprimenda. Casi parecía que fuera su carabina.

—¿Viajan juntos ustedes dos? —preguntó Diana.

—Se podría decir que somos socios —respondió cortésmente el hombre calvo. Extendió su mano, como si hubiera recordado de repente sus buenos modales—. Ollis Field.

—Diana Lovesey.

Le estrechó la mano con cierta repugnancia. El hombre llevaba sucias las uñas. Se volvió hacia el joven.

—Frank Gordon —dijo él.

Los dos eran norteamericanos, pero su parecido terminaba allí. Frank Gordon iba bien vestido, con un alfiler de cuello de camisa y un pañuelo de seda en el bolsillo superior de la chaqueta. Olía a colonia y utilizaba un poco de brillantina en el cabello rizado.

—¿Qué estamos sobrevolando? ¿Todavía es Inglaterra?

Diana se inclinó sobre él y miró por la ventana, dejando que el joven aspirara su perfume.

—Creo que debe de ser Devon —dijo, aunque no tenía ni idea.

—¿De dónde es usted? —preguntó Gordon.

Diana se sentó a su lado.

—De Manchester —contestó. Miró a Mark, captó su expresión de estupor y devolvió su atención a Frank—. Está en el noroeste.

Ollis Field encendió un cigarrillo con aire de censura. Diana cruzó las piernas.

—Mi familia procede de Italia —explicó Frank.

El gobierno italiano era fascista.

—¿Cree que Italia entrará en guerra? —preguntó.

Frank denegó con la cabeza.

—Los italianos no quieren la guerra.

—Supongo que nadie quiere la guerra.

—Entonces, ¿por qué la hay?

Diana pensó que era un hombre intrigante. Tenía dinero, eso estaba claro, pero parecía inculto. La mayoría de los hombres se mostraban ansiosos por explicarle cosas, por exhibir ante ella sus conocimientos, tanto si lo deseaba como si no, pero este no se comportaba igual.

—¿Qué opina usted, señor Field? —preguntó a su acompañante.

—No opino —contestó con hosquedad.

Diana se volvió hacia el joven.

—Quizá los líderes fascistas solo puedan controlar a la gente mediante la guerra.

Miró a Mark y observó con desagrado que continuaba hablando animadamente con Lulu; estaban riendo como colegiales. Se sintió deprimida. ¿Qué le pasaba a su amante? A estas alturas, Mervyn ya le habría roto la nariz a Frank.

Pensó en decirle «Hábleme de usted», pero se sintió incapaz de soportar el aburrimiento de su respuesta, y se reprimió. En este momento, Davy, el mozo, le trajo su champán y un plato de tostadas cubiertas de caviar. Aprovechó la oportunidad para regresar a su asiento, abatida.

Escuchó la conversación de Mark y Lulu durante un rato, y después se abismó en sus pensamientos. Era una tontería enfadarse por culpa de Lulu. Mark estaba comprometido con ella, Diana. Lo único que pasaba era que le gustaba hablar de los viejos tiempos. Diana no debía preocuparse por Estados Unidos: había tomado una decisión, la suerte estaba echada y Mervyn ya habría leído su nota. Era estúpido recelar de una rubia teñida de cuarenta y cinco años como Lulu. Pronto aprendería las costumbres norteamericanas, y se familiarizaría con sus bebidas, programas de radio y manías. No tardaría en tener más amigos que Mark; atraía a la gente, no podía remediarlo.

Empezó a pensar en el largo vuelo sobre el Atlántico. Cuando leyó las noticias sobre el *clipper* en el *Manchester Guardian*, consideró que era el viaje más romántico del mundo. Entre Irlanda y Terranova mediaba una distancia de tres mil kilómetros, y el recorrido duraba una eternidad, algo así como diecisiete horas. Había tiempo de cenar, acostarse, dormir toda la noche y levantarse otra vez antes de que el avión aterrizara. La idea de ponerse camisones que había utilizado con Mervyn le parecía espantosa, pero no había tenido ocasión de comprarse ropa nueva para el viaje. Por suerte, tenía una preciosa bata de color café con leche y un pijama rosa salmón que nunca había usado. No había camas de matrimonio, ni siquiera en la suite matrimonial (Mark lo había comprobado), pero la litera de Mark estaría sobre la suya. Era emocionante y aterrador al mismo tiempo pensar en acostarse sobre el océano y en pleno vuelo, hora tras hora, a cientos de kilómetros de altura. Se preguntó si podría dormir. Los motores funcionarían tanto si dormía como si no, pero, en cualquier caso, temería constantemente que se parasen mientras dormía.

Miró por la ventana y vio que volaban sobre las aguas. Debía de ser el mar de Irlanda. La gente decía que un hidroavión no podía aterrizar en mar abierto, por culpa de las olas; de todos modos, Diana pensaba que tenía más posibilidades de aterrizar que un avión normal.

Se adentraron en las nubes y ya no vio nada. Al cabo de un rato, el avión empezó a sacudirse. Los pasajeros intercambiaron miradas y sonrisas nerviosas, y el mozo apareció para indicar a todo el mundo que se abrochara el cinturón de seguridad. El hecho de que no se viera tierra aumentó la angustia de Diana. La princesa Lavinia se aferró con fuerza al brazo de su asiento, pero Mark y Lulu siguieron hablando como si no pasara nada. Frank Gordon y Ollis Field aparentaban calma, pero los dos encendieron cigarrillos y los fumaron con avidez.

Justo cuando Mark estaba diciendo «¿Qué demonios fue de Muriel Fairfield?», se escuchó un ruido sordo y dio la impresión de que el avión caía. Diana experimentó la sensación de que el estómago se le subía a la garganta. Una pasajera chilló en otro compartimento. El aparato se estabilizó casi al instante, como si hubiera aterrizado.

—¡Muriel se casó con un millonario! —contestó Lulu.

—¡No me digas! ¡Pero si era muy fea!

—¡Mark, estoy asustada! —dijo Diana.

—Era una bolsa de aire, cariño —explicó Mark—. Es normal.

—¡Pero parecía que nos íbamos a estrellar!

—Eso no ocurrirá. Siempre hay turbulencias.

Continuó hablando con Lulu. Esta miró a Diana durante un momento, esperando que dijera algo. Diana apartó la vista, furiosa con Mark.

—¿Cómo logró Muriel pescar a un millonario? —preguntó Mark.

—No lo sé —contestó Lulu al cabo de un instante—, pero ahora viven en Hollywood y él produce películas.

—¡Increíble!

Increíble era la palabra precisa, pensó Diana. En cuanto cogiera a Mark a solas, le iba a explicar unas cuantas cosas.

Su falta de comprensión contribuía a aumentar su miedo. Al anochecer ya habrían dejado atrás el mar de Irlanda, y volarían sobre el océano Atlántico. ¿Cómo se sentiría entonces? Imaginaba el Atlántico como una inmensa nada monótona, fría y mortífera, que se extendía a lo largo de miles de kilómetros. Según el *Manchester Guardian*, lo único que se veía eran icebergs. Si algunas islas hubieran atenuado la desolación del paisaje, Diana se habría sentido menos nerviosa. Lo más aterrador era el vacío absoluto: solo el avión, la luna y el inmenso mar. En cierta manera, era como su angustia acerca de Estados Unidos: su mente le decía que no era peligroso, pero el panorama era extraño y carecía de rasgos familiares.

El nerviosismo la atormentaba. Intentó pensar en otras cosas, la cena de siete platos, por ejemplo, pues disfrutaba con las comidas largas y elegantes. Acostarse en la litera sería infantilmente excitante, como dormir en una tienda de campaña plantada en el jardín. Y las vertiginosas torres de Nueva York la esperaban al otro lado. Sin embargo, la excitación de viajar hacia lo desconocido se había convertido en temor. Vació su copa y pidió más champán, pero aún no logro tranquilizarse. Deseaba notar tierra firme bajo sus pies. Se estremeció al pensar en la frialdad del mar. No podía hacer nada para desalojar el miedo de su mente. De haber estado sola, habría ocultado el rostro entre las manos y cerrado los ojos. Miró con ira a Mark y Lulu, que charlaban alegremente, ajenos a su tortura. Estuvo tentada de hacer una escena, de estallar en lágrimas o entregarse a un ataque de histeria, pero tragó saliva y mantuvo la calma. El avión no tardaría en aterrizar en Foynes. Bajaría y pasearía sobre suelo seco.

Pero tendría que volver a subir para el largo vuelo transatlántico.

No podía soportar la idea.

Si una hora me ha puesto así, pensó, ¿cómo voy a aguantar toda una noche? Me moriré.

—¿Qué otra cosa puedo hacer?

Nadie iba a obligarla a volver al avión en Foynes, por supuesto.

Y si nadie la obligaba, no podría hacerlo.

¿Qué voy a hacer?

Ya sé lo que haré.

Telefonearé a Mervyn.

No conseguía creer que su hermoso sueño terminara así; pero sabía que ocurriría.

Mark estaba siendo devorado ante sus propios ojos por una mujer mayor de cabello teñido, excesivamente maquillada, y Diana iba a telefonear a Mervyn para decirle lo siento, he cometido un error, quiero volver a casa.

Sabía que él la perdonaría. Estar tan segura de su reacción la avergonzó un poco. Le había herido, pero él la tomaría en sus brazos y se alegraría de su regreso.

Pero yo no deseo eso, pensó compungida; quiero ir a Estados Unidos, casarme con Mark y vivir en California. Le quiero.

No, era un sueño absurdo. Ella era la señora de Mervyn Lovesey de Manchester, hermana de Thea y tía de las gemelas, la rebelde inofensiva de la sociedad de Manchester. Nunca viviría en una casa con palmeras en el jardín y piscina. Estaba casada con un individuo fiel y gruñón que demostraba más interés hacia sus negocios que hacia ella, y la mayoría de las mujeres que conocía se encontraban en la misma situación, de modo que debía de ser normal. Todas se sentían decepcionadas, pero estaban mejor que las pocas casadas con manirrotos y borrachos; se compadecían mutuamente y coincidían en que podría ser peor, y derrochaban el dinero ganado a base de grandes esfuerzos por sus maridos en grandes almacenes y peluquerías. Pero nunca se fugaban a California.

El avión se zambulló en la nada de nuevo y se estabilizó como antes. Diana tuvo que hacer un gran esfuerzo de concentración para no vomitar. Sin embargo, por alguna misteriosa razón, ya no estaba asustada. Sabía lo que el futuro le reservaba. Se sintió a salvo.

Solo deseaba llorar.

10

Eddie Deakin, el mecánico de vuelo, pensaba en el *clipper* como en una gigantesca burbuja de jabón, hermosa y frágil, que debía ser conducida con todo cuidado sobre el mar, mientras la gente acomodada en su interior se olvidaba alegremente de cuán delgada era la película que les separaba de la rugiente noche.

El viaje era más peligroso de lo que imaginaban, pues la tecnología del aparato era reciente, y el cielo nocturno que cubría el Atlántico era un territorio inexplorado, plagado de peligros inesperados. No obstante, Eddie siempre pensaba con orgullo que la habilidad del capitán, la dedicación de la tripulación y la fiabilidad de la ingeniería norteamericana les conduciría a casa sanos y salvos.

En este viaje, sin embargo, se sentía enfermo de miedo.

Había un Tom Luther en la lista de pasajeros. Eddie observó el embarque de los pasajeros por la ventana del compartimento de pilotaje, preguntándose cuál de ellos era el responsable del secuestro de Carol-Ann, aunque no pudo adivinarlo, por supuesto: formaban el grupo habitual de magnates, estrellas de cine y aristócratas bien vestidos y alimentados.

Durante un rato, mientras se preparaba el despegue, consiguió apartar su mente de Carol-Ann y concentrarse en su trabajo: verificar los instrumentos, poner a punto los cuatro enormes motores radiales, calentarlos, ajustar la mezcla de combustible y los alerones, y controlar la velocidad de los motores durante el despegue. En cuanto el avión alcanzó la altitud de crucero, sus tareas se reducían. Tenía que sincronizar la velocidad de los motores, regular la temperatura de los mismos y regular la mezcla de combustible; después su trabajo consistía sobre todo en vigilar el funcionamiento de los motores. Y su mente comenzó a divagar de nuevo.

Le poseía una necesidad desesperada e irracional de saber cómo iba vestida Carol-Ann. Se sentiría más aliviado si pudiera imaginarla abrigada con su chaqueta de lana, bien abotonada y ceñida con cinturón, y botas de lluvia, no porque hiciera frío (era septiembre), sino porque disimularía mejor las formas de su cuerpo. Sin embargo, lo más probable es que llevara el vestido sin mangas de color espliego que a él tanto le gustaba, y que se amoldaba como un guante a su exuberante figura. Estaría encerrada durante las siguientes veinticuatro horas con una pandilla de brutos, y el pensamiento de lo que podía suceder si empezaban a beber le sumía en una agonía dolorosísima.

¿Qué demonios querían de él?

Confió en que el resto de la tripulación no se diera cuenta del estado en que se hallaba. Por fortuna, cada uno se concentraba en su tarea concreta, y no estaban apretujados como en la mayoría de los aviones. La cabina de pilotaje del Boeing 314 era muy grande. La carlinga, muy espaciosa, tan solo ocupaba una parte. El capitán Baker y el copiloto Johnny Dott estaban sentados en asientos elevados, codo con codo, ante sus controles; entre ellos había un hueco con una trampilla, que daba acceso al compartimento de proa, situado en el morro del avión. Por la noche, contaban con unas gruesas cortinas que podían correr para que las luces del resto de la cabina no disminuyeran su visión nocturna.

Esa sección por sí sola era más grande que la mayoría de compartimientos de pilotaje, pero el resto de la cabina de vuelo del *clipper* era más que generosa. Casi todo el lado de babor estaba ocupado por una mesa de dos metros de largo, ante la cual se encontraba el piloto Jack Ashford, inclinado sobre sus cartas de navegación. Además, contaban con una pequeña mesa de conferencias, donde se sentaba el capitán cuando no pilotaba el avión. Junto a la mesa del capitán había una compuerta oval que conducía al interior del ala por un angosto pasadizo; era una característica especial del *clipper* poder acceder a los motores en pleno vuelo mediante este pasadizo, y Eddie podía realizar tareas de mantenimiento o reparaciones sencillas, como arreglar una fuga de combustible, sin necesidad de que el avión aterrizara.

A estribor, justo detrás del asiento del copiloto, estaba la escalera que conducía a la cubierta de pasajeros. A continuación, se hallaba el cubículo del operador de la radio, donde Ben Thompson se sentaba, inclinado hacia delante. Detrás de Ben se sentaba Eddie, de costado, ante una pared compuesta de cuadrantes y una batería de palancas. Un poco a su derecha se encontraba la compuerta oval que daba paso al pasadizo del ala de estribor. En la parte posterior del compartimento de pilotaje, una puerta se abría al compartimento de carga.

El conjunto medía en total seis metros de largo y tres de anchura, y permitía caminar erguido en toda su extensión. Alfombrado, a prueba de ruidos y decorado con tela verde pálido en las paredes y asientos de piel marrón, era el compartimento de pilotaje más lujoso jamás construido. Cuando Eddie lo vio por primera vez, pensó que se trataba de una broma.

Ahora, sin embargo, solo veía las espaldas encorvadas y los rostros concentrados de sus compañeros, y pensó aliviado en que no se habían dado cuenta del pánico que le embargaba.

Desesperado por entender por qué estaba viviendo aquella pesadilla, quería concederle al ignoto señor Luther la oportunidad de darse a conocer. Después del despegue, se ausentó para poder pasar por la cabina de los pasajeros. No se le ocurrió ningún motivo de peso, y adujo la primera tontería que se le ocurrió.

—Voy a echar un vistazo a los cables que controlan la compensación del timón —masculló en dirección al navegante, bajando a toda prisa por la escalera.

Si alguien le preguntaba por qué se le había ocurrido llevar a cabo dicha comprobación en aquel preciso momento, respondería: «Una intuición».

Recorrió sin prisa la cabina de los pasajeros. Nicky y Davy servían cócteles y aperitivos. Los pasajeros, muy tranquilos, conversaban en diversos idiomas. Ya se había iniciado una partida de cartas en el salón principal. Eddie vio algunos rostros conocidos, pero estaba demasiado distraído para pensar en los nombres de los famosos. Miró a varios pasajeros, confiando en que alguno se presentaría como Tom Luther, pero nadie le dirigió la palabra.

Llegó a la parte posterior del avión y subió la escalerilla fija a la pared, situada junto a la puerta que daba acceso al «Tocador de señoras». Conducía a una trampilla practicada en el techo que se abría a un espacio vacío de la cola. Podría haber llegado al mismo sitio a través de los compartimentos del equipaje habilitados en la cubierta superior.

Verificó los cables de control del timón a toda prisa, cerró la escotilla y descendió por la escalerilla. Un chico de catorce o quince observó su aparición con sumo interés. Eddie se obligó a sonreír.

—¿Puedo ver el compartimento de pilotaje? —preguntó el muchacho, esperanzado.

—Claro que sí —respondió Eddie como un autómata.

No quería que nadie le molestara en este preciso instante, pero la tripulación de este avión debía ser amable con los pasajeros, y la distracción apartaría a Carol-Ann de su mente, siquiera por unos instantes.

—¡Fantástico, gracias!

—Apaláncate en tu asiento un minuto y enseguida voy a buscarte.

Una expresión de sorpresa cruzó un instante por el rostro del muchacho; después, asintió y se marchó corriendo.

«Un modismo de Nueva Inglaterra o del mecánico», pensó.

Eddie caminó con mucha mayor lentitud por el pasillo, esperando que alguien se le acercara, pero no fue así, y supuso que el hombre aprovecharía una ocasión más discreta. Hubiera preguntado a los mozos quién era el señor Luther, pero se habrían preguntado por qué quería saberlo, y no deseaba despertar su curiosidad.

El muchacho ocupaba el compartimento número 2, cerca de la parte delantera, con su familia.

—De acuerdo, chaval, vamos a ello —dijo Eddie, sonriendo a sus padres, que le saludaron con marcada frialdad. Una chica de largo cabello rojizo (tal vez su hermana) le dedicó una cordial sonrisa, y su corazón se aceleró un poco: era bonita cuando sonreía.

—¿Cómo te llamas? —preguntó al muchacho, mientras subían la escalera de caracol.

—Percy Oxenford.

—Soy Eddie Deakin, el mecánico de vuelo.

Llegaron al final de la escalera.

—La mayoría de los compartimentos de pilotaje no son tan bonitos como este —dijo Eddie, obligándose a ser amable.

—¿Cómo son?

—Desnudos, fríos y ruidosos, con salientes afilados que se te clavan cada vez que te das la vuelta.

—¿Qué hace el mecánico de vuelo?

—Me ocupo de los motores, de que funcionen hasta llegar a Estados Unidos.

—¿Para qué sirven todas esas palancas y cuadrantes?

—Veamos… Estas palancas controlan la velocidad de las hélices, la temperatura del motor y la mezcla de carburante. Hay un juego completo para cada uno de los cuatro motores. —Se dio cuenta de que sus explicaciones eran un poco vagas y de que el chico era muy inteligente. Hizo un esfuerzo por ser más específico—. Siéntate en mi silla —dijo. Percy obedeció con gran entusiasmo—. Fíjate en este cuadrante. Nos indica que la temperatura máxima del motor número 2 es de 205 grados centígrados. Se aproxima demasiado al máximo permitido, que son 232 grados en pleno vuelo. La bajaremos un poco.

—¿Y cómo lo hace?

—Coge la palanca y bájala un poco… Vale ya. Acabas de

abrir unos dos centímetros la cubierta del alerón para que penetre un poco más de aire frío, y dentro de unos momentos verás que la temperatura baja. ¿Has estudiado física?

—Voy a un colegio retrógrado —dijo Percy—. Estudiamos mucho latín y griego, pero no nos dedicamos mucho a las ciencias.

Eddie pensó que el latín y el griego no ayudarían mucho a Inglaterra a ganar la guerra, pero no lo expresó en voz alta.

—¿Qué hacen los demás?

—Bueno, el miembro más importante es el navegante, Jack Ashford, sentado a la mesa de mapas. —Jack, un hombre de cabello oscuro, ojos azules y facciones regulares, levantó la vista y sonrió. Eddie prosiguió—. Ha de calcular donde estamos, cosa difícil en mitad del Atlántico. Tiene una cúpula de observación, entre los compartimentos de carga, y mide la posición de las estrellas con un sextante.

—Es un octante de burbuja, en realidad —puntualizó Jack.

—¿Qué es eso?

Jack le enseñó el instrumento.

—La burbuja te dice cuando el octante está ajustado. Identificas una estrella, miras por la lente y ajustas el ángulo de la lente hasta que la estrella aparenta alinearse con el horizonte. Lees el ángulo de la lente aquí, miras en el libro de tablas y averiguas tu posición.

—Parece fácil —dijo Percy.

—Solo en teoría —rió Jack—. Uno de los problemas de esta ruta es que podemos volar entre nubes durante todo el viaje, sin ver nunca una estrella.

—De todos modos, conociendo el punto de partida y continuando en la misma dirección, es difícil equivocarse.

—A eso se le llama navegar a ojo. Sin embargo, es posible equivocarse, porque el viento de costado te desvía.

—¿Y puede calcular cuánto?

—Podemos hacer algo mejor. Hay una pequeña trampilla en el ala, por la cual lanzo una bengala al agua y observo su trayectoria. Si se mantiene en línea con la cola del avión, significa que no nos desviamos, pero si parece moverse a un lado o a otro, es que sí.

—Parece un poco rudimentario.

Jack volvió a reír.

—Y lo es. Si tengo mala suerte, no veo ni una estrella en toda la travesía y calculo mal nuestra posición, podemos desviarnos cientos de kilómetros o más de nuestra ruta.

—¿Y qué sucede entonces?

—Nos enteramos en cuanto penetramos en el radio de un faro o una emisora de radio, y corregimos nuestra trayectoria.

Eddie observó la curiosidad y comprensión que se reflejaban en el inteligente rostro juvenil. Un día, pensó, le explicaré estas cosas a mi hijo. Eso le llevó a pensar en Carol-Ann, y el recuerdo hinchió de dolor su corazón. Si el invisible señor Luther hiciera acto de aparición, Eddie se sentiría mejor. Cuando averiguara las intenciones de aquellos hombres comprendería al menos por qué le estaba ocurriendo algo tan espantoso.

—¿Puedo ver el interior del ala? —preguntó Percy.

—Claro —contestó Eddie.

Abrió la escotilla que daba al ala de estribor. El rugido de los enormes motores se oyó al instante con mucha mayor potencia; olía a aceite caliente. En el interior del ala había un pequeño y angosto pasadizo. Detrás de cada uno de los dos motores había un cubículo para el mecánico, lo bastante alto para que un hombre se mantuviera de pie. Los interioristas de la Pan American no se habían adentrado en este espacio, que consistía en un mundo utilitario de puntales y remaches, cables y tubos.

—La mayoría de las cubiertas de vuelo son así —gritó Eddie.

—¿Puedo entrar?

Eddie meneó la cabeza y cerró la puerta.

—Los pasajeros no pueden pasar de este punto. Lo siento. Te enseñaré mi cúpula de observación —dijo Jack.

Condujo a Percy a la parte posterior de la cubierta de vuelo. Eddie examinó los cuadrantes, de los que habían hecho caso omiso durante los últimos minutos. Todo iba bien.

El encargado de la radio, Ben Thompson, recitó las condiciones de Foynes.

—Viento del oeste, veintidós nudos, mar picada.

Un momento después, en el tablero de Eddie se apagó la luz situada sobre la palabra «Vuelo» y se encendió la de «Amaraje».

—Motores preparados para el aterrizaje —anunció, después de echar un vistazo a los cuadrantes de temperatura. La comprobación era necesaria, porque los motores de alta compresión podían resultar dañados por una desaceleración demasiado brusca.

Eddie abrió la puerta que conducía a la parte trasera del avión. Había un estrecho pasillo, con bodegas de carga a cada lado, y una cúpula sobre el pasillo, a la que se accedía por una escalerilla. Percy estaba de pie en la escalerilla, mirando por el octante. Detrás de las bodegas de carga había un espacio que, en teoría, albergaba las camas de la tripulación, pero no se había amueblado; cuando la tripulación descansaba, lo hacía en el compartimento número 1. Al final de esta sección, una compuerta conducía al espacio de cola donde corrían los cables de control.

—Vamos a amarar, Jack —gritó Eddie.

—Es hora de que vuelvas a tu asiento jovencito —dijo Jack.

Eddie intuyó que Percy no era demasiado bueno. Aunque obedecía todas sus indicaciones, en sus ojos aleteaba un brillo travieso. De momento, sin embargo, se portaba a las mil maravillas, y bajó sin rechistar a la cubierta de pasajeros.

El tono del motor cambió y el avión empezó a perder altura. La tripulación procedió en forma automática a efectuar la rutina perfectamente coordinada del amaraje. Eddie tenía ganas de contar a los demás lo que le estaba pasando. Se sentía solo y desesperado. Eran sus amigos y compañeros; existía una confianza mutua entre todos; habían cruzado el Atlántico juntos; quería explicarles su situación y pedirles consejo. Pero era demasiado peligroso.

Se irguió y miró por la ventana. Divisó una pequeña ciudad y supuso que se trataba de Limerick. En las afueras de la ciudad, en la orilla norte del estuario del Shanon, se estaba construyendo un gran aeropuerto, en el que aterrizarían aviones e hidroaviones. Hasta que estuviera terminado, los hidroaviones se posaban en el lado sur del estuario, al abrigo de una pequeña isla, cerca de un pueblo llamado Foynes.

Se dirigían hacia el noroeste, de modo que el capitán Baker tuvo que girar cuarenta y cinco grados el aparato para efectuar el amaraje, zambulléndose en el viento del oeste. Una lancha del pueblo estaría patrullando la zona, vigilando los pecios flotantes que pudieran dañar el avión. El barco de reabastecimiento de combustible, cargado con barriles de veinticuatro litros, estaría dispuesto, y habría una multitud de curiosos en la orilla, atraídos por el milagro de que un barco pudiera volar.

Ben Thomas estaba hablando por el micrófono de la radio. Desde una distancia superior a pocos kilómetros tenía que utilizar el código morse, pero ya se encontraban lo bastante cerca para comunicarse mediante la radio. Eddie no distinguía las palabras, pero dedujo del tono tranquilo y relajado que todo marchaba bien.

Perdían altura sin cesar. Eddie vigiló sus cuadrantes y efectuó algunos ajustes ocasionales. Una de sus tareas más importantes era sincronizar la velocidad de los motores, un trabajo que exigía mayor atención cuando el piloto realizaba frecuentes cambios de velocidad.

Amarar en una mar serena casi no se notaba. En condiciones ideales, el casco del *clipper* se hundía en el agua como una cuchara en la nata. Eddie, concentrado en su panel de instrumentos, no se daba cuenta muchas veces de que el barco se había posado hasta que llevaba en el agua varios segundos. Sin embargo, el mar estaba picado hoy, una circunstancia adversa en cualquier lugar que se eligiera para descender.

El punto más bajo del casco, que se llamaba estribo, fue el primero en tocar, y se produjeron una serie de ruidos sordos mientras cortaba la cresta de las olas. Apenas duraron uno o dos segundos; luego, el gigantesco aparato se hundió unos centímetros más y surcó la superficie. Eddie consideraba que los aviones convencionales aterrizaban con más brusquedad, pues en ocasiones rebotaban varias veces. Muy poca espuma salió proyectada hacia las ventanas de la cubierta de vuelo, que ocupaba el nivel superior. El piloto disminuyó la velocidad al instante y el avión empezó a detenerse. El avión volvía a ser un barco.

Eddie miró por la ventana mientras se deslizaban hacia el amarradero. A un lado estaba la isla, baja y desnuda; distinguió una casita blanca y algunas ovejas. Al otro se hallaba la tierra firme. Vio un muelle de hormigón, con un barco de pesca grande amarrado, varios depósitos para almacenar combustible de enorme tamaño y una serie de casas grises diseminadas. Esto era Foynes.

Al contrario que Southampton, Foynes no contaba con un muelle construido a propósito para hidroaviones; el *clipper* amarraría en el estuario y los pasajeros serían conducidos a tierra en lanchas. Amarrar era responsabilidad del mecánico.

Eddie se arrodilló entre los asientos de los dos pilotos y abrió la compuerta que conducía al compartimento de proa. Descendió por la escalerilla al espacio vacío. Se introdujo en el morro del avión, abrió otra escotilla y asomó la cabeza al exterior. El aire era fresco y salado; inhaló una profunda bocanada.

Una lancha se acercó. Alguien saludó con la mano a Eddie. El hombre sujetaba una cuerda atada a una boya. Tiró la cuerda al agua.

Había un cabrestante plegable en el morro del hidroavión. Eddie lo alzó, asegurándolo, cogió un bichero de dentro y lo utilizó para levantar la cuerda que flotaba en el agua. Ató la cuerda al cabrestante y el avión quedó amarrado. Miró al parabrisas que había detrás de él y alzó los pulgares en dirección al capitán Baker.

Ya se aproximaba otra lancha para recoger a los pasajeros y a la tripulación.

Eddie cerró la compuerta y volvió a la cubierta de vuelo.

El capitán Baker y Ben, el encargado de la radio, continuaban en sus puestos, pero Johnny, el copiloto, estaba apoyado en la mesa de mapas, charlando con Jack. Eddie se sentó en su cubículo y apagó los motores. Cuando todo estuvo en orden, se puso la chaqueta negra del uniforme y una gorra blanca. La tripulación bajó la escalera, atravesó el compartimento de pasajeros número 2, entró en el salón, salió al exterior y abordó la lancha. El ayudante de Eddie, Mickey Finn, se quedó a supervisar el reaprovisionamiento de combustible.

El sol brillaba, pero soplaba una brisa fría que olía a sal. Eddie observó a los pasajeros que subían a la lancha, preguntándose de nuevo cuál era Tom Luther. Reconoció un rostro de mujer y recordó, con cierta sorpresa, que la había visto haciendo el amor con un conde francés en *Una espía en París*: era Lulu Bell, la estrella de cine. Charlaba animadamente con un individuo que llevaba una chaqueta cruzada. ¿Sería Tom Luther? Les acompañaba una hermosa mujer, ataviada con un vestido de lunares, que parecía muy desdichada. Reconoció otras caras, pero la mayor parte del pasaje consistía en hombres trajeados y tocados con sombrero, y mujeres ricas que exhibían abrigos de pieles.

Si Luther tardaba en identificarse, Eddie le buscaría y a la mierda la discreción, decidió. Ya no podía soportar la espera.

La lancha se alejó del *clipper* en dirección a tierra. Eddie miró hacia la orilla, pensando en su mujer. Imaginó el momento en que los hombres irrumpían en su casa. Carol-Ann estaría comiendo huevos, preparando el café o vistiéndose para ir a trabajar. ¿Y si la habían sorprendido en la bañera? A Eddie le fascinaba mirarla en la bañera. Se recogía el pelo, dejando al descubierto su largo cuello, y yacía en el agua, frotándose con la esponja sus miembros bronceados. A ella le gustaba que se sentara en el borde y le hablara. Hasta que la había conocido, Eddie pensaba que estas cosas solo sucedían en las fantasías eróticas. Pero ahora, tres hombres tocados con sombreros de fieltro, que irrumpían por sorpresa y se apoderaban de ella, contaminaban esta imagen...

Pensar en el miedo que se habría apoderado de ella mientras la secuestraban casi enloquecía a Eddie. Sintió que la cabeza le daba vueltas y tuvo que concentrarse para no caer de la lancha. La impotencia total en que se encontraba agudizaba la gravedad de su situación. Carol-Ann se hallaba en peligro y él no podía hacer nada por ayudarla. Se dio cuenta de que cerraba los puños espasmódicamente, y se forzó a evitarlo.

La lancha llegó a la orilla y amarró a un pontón flotante unido al muelle mediante una pasarela. La tripulación ayudó a los pasajeros a desembarcar y les siguió hacia la aduana.

Las formalidades duraron poco. Los pasajeros se dispersaron por el pueblo. Al otro lado de la carretera había una antigua fonda que casi siempre estaba ocupada por el personal de la línea aérea. La tripulación se encaminó hacia ella.

Eddie fue el último en salir, y un pasajero le abordó cuando salía de la aduana.

—¿Es usted el mecánico?

Eddie se puso en tensión. El pasajero era un hombre de unos treinta y cinco años, más bajo que él, pero corpulento y musculoso. Llevaba un traje gris claro, una corbata con alfiler y un sombrero de fieltro gris.

—Sí, soy Eddie Deakin —contestó.

—Me llamo Tom Luther.

Una neblina roja empañó la visión de Eddie y la cólera le dominó al instante. Agarró a Tom Luther por las solapas, le sacudió y le arrojó contra la pared de la aduana.

—¿Qué le habéis hecho a Carol-Ann? —masculló.

La sorpresa de Luther era mayúscula; esperaba encontrar a una víctima atemorizada y sumisa. Eddie le sacudió hasta que sus dientes castañetearon.

—Maldito hijo de puta, ¿dónde está mi mujer?

Luther no tardó en recobrarse del susto. La expresión de estupor desapareció de su rostro. Se libró de la presa de Eddie con un veloz y enérgico movimiento, lanzando su puño hacia delante. Eddie lo esquivó y le golpeó dos veces en el estómago. Luther expulsó aire como un neumático y se dobló en dos. Era fuerte, pero no estaba en forma. Eddie procedió a estrangularle metódicamente.

Luther le miró con ojos desorbitados por el terror.

Al cabo de un momento, Eddie se dio cuenta de que estaba matando al hombre.

Aflojó su presa y acabó soltándole. Luther se derrumbó contra la pared, jadeando en busca de aire, y se llevó la mano a la garganta.

El funcionario de la aduana irlandesa asomó la cabeza, alertado por el estruendo.

—¿Qué pasa?

Luther se incorporó con un esfuerzo.

—Me he caído, pero estoy bien —balbució.

El aduanero se inclinó y recogió el sombrero de Luther. Le dirigió una mirada de curiosidad mientras se lo entregaba, pero no dijo nada más y entró en la oficina.

Eddie miró a su alrededor. Nadie había presenciado la refriega. Los pasajeros y la tripulación habían desaparecido tras la pequeña estación de tren.

Luther se caló el sombrero.

—Si mete la pata, nos matarán a los dos, igual que a su maldita esposa, imbécil —dijo con voz ronca.

La referencia a Carol-Ann enfureció de nuevo a Eddie, que levantó el puño para golpear a Luther, pero este alzó un brazo para protegerse.

—Cálmese, ¿quiere? ¡Así no la recuperará! ¿No se da cuenta de que me necesita?

Eddie se daba cuenta a la perfección, pero había perdido la razón durante unos momentos. Retrocedió un paso y examinó al hombre. Luther se expresaba como un hombre culto y sus ropas eran caras. Lucía un erizado bigote rubio y sus ojos claros centelleaban de odio. Eddie no lamentaba haberle golpeado. Necesitaba descargar su angustia sobre algo, y Luther era el blanco perfecto.

—¿Qué quiere que haga, hijo de la gran puta?

Luther introdujo la mano en la chaqueta. Eddie pensó por un momento que sacaría una pistola, pero Luther extrajo una postal y se la tendió.

Eddie la miró. Era una foto de Bangor (Maine).

—¿Qué coño significa esto?

—Dele la vuelta —dijo Luther.

En el reverso estaba escrito:

44.70 N, 67.00 O.

—¿Qué son estos números? ¿Coordenadas? —preguntó Eddie.

—Sí. En ese punto deberá posar el avión.

Eddie le miró, perplejo.

—¿Posar el avión? —repitió estúpidamente.

—Sí.

—¿Es eso lo que quieren que haga? ¿Solo eso?

—Posar el avión en ese punto.

—¿Por qué?

—Porque usted quiere recuperar a su bonita esposa.

—¿Dónde está eso?

—Cerca de la costa de Maine.

La gente daba por sentado que un hidroavión podría amarar en cualquier sitio, pero, en realidad, necesitaba una mar serena. Para mayor seguridad, la Pan American no autorizaba el amaraje sobre olas que superasen el metro de altura. Si el avión llegaba a posarse sobre un mar embravecido, el resultado sería su destrucción.

—Un hidroavión no puede amarar en pleno mar... —dijo Eddie.

—Lo sabemos. El lugar está protegido.

—Eso no significa...

—Compruébelo usted mismo. El amaraje es posible. Lo he verificado.

Lo dijo con tanta seguridad que Eddie le creyó. Sin embargo, había algunos cabos sueltos.

—¿Qué debo hacer para tomar la decisión? No soy el capitán.

—Lo hemos planeado todo con mucho cuidado. En teoría, el capitán podría dar la orden, pero ¿con qué excusa? Usted es el mecánico, puede conseguir que algo se estropee.

—¿Quieren que estrelle el avión?

—No se lo aconsejo: yo viajaré a bordo. Estropee algo para que el capitán se vea forzado a realizar un amaraje de emergencia. —Tocó la postal con un dedo manicurado—. Justo aquí.

No cabía duda de que el mecánico podía crear un problema que obligara a amarar, pero resultaba difícil controlar una emergencia, y a Eddie, en principio, no se le ocurría cómo provocar un amaraje improvisado en un punto concreto.

—No es tan fácil…

—Ya sé que no es fácil, Eddie, pero también sé que es posible. Lo he comprobado.

¿A quién había solicitado consejo? ¿Quién era?

—¿Quién coño es usted?

—Ahórrese las preguntas.

Al principio, Eddie había amenazado a este hombre, pero ahora se habían girado las tornas, y estaba atemorizado. Luther era un miembro de la despiadada pandilla que había planificado todo esto al detalle. Habían decidido que Eddie sería su instrumento; habían secuestrado a Carol-Ann; la tenían en su poder.

Guardó la postal en la chaqueta del uniforme y se dio la vuelta.

—¿Lo hará, pues? —preguntó Luther, nervioso.

Eddie sostuvo la mirada de Luther durante un largo momento y se alejó sin responder.

Se había comportado con rudeza, pero estaba abatido. ¿Por qué hacían esto? Había sospechado al principio que los alemanes querían secuestrar un Boeing 314 para copiarlo, pero esa teoría improbable ya estaba descartada por completo, porque los alemanes se habrían apoderado del avión en Europa, no en Maine.

El hecho de que hubieran elegido un punto muy concreto para que el avión amarara constituía una pista. Sugería que un barco les estaría esperando. ¿Para qué? ¿Quería Luther introducir de contrabando algo o alguien en Estados Unidos? ¿Una maleta llena de opio, un bazooka, un agitador comunista, un espía nazi? La persona o la cosa tendrían que ser muy importantes para tomarse tantas molestias.

Al menos, sabía por qué le habían elegido. Si querían que el *clipper* efectuara un amaraje forzoso, el mecánico era su hombre. Ni el navegante ni el operador de radio podrían hacerlo, y el piloto necesitaría la cooperación de su copiloto. Sin embargo, el mecánico, sin ayuda de nadie, podía detener los motores.

Luther habría obtenido en la Pan American una lista de los mecánicos del *clipper*. No era muy difícil. Bastaba con allanar una oficina por la noche, o sobornar a alguna secretaria. ¿Por qué Eddie? Por algún motivo, Luther había elegido este vuelo en particular, tras examinar los nombres de los tripulantes. Después, se había preguntado cómo lograría la ayuda de Eddie, averiguando la respuesta: mediante el secuestro de su mujer.

Ayudar a estos gángsteres destrozaba el corazón de Eddie. Odiaba a los chorizos. Demasiado codiciosos para vivir como la gente normal y demasiado perezosos para trabajar, estafaban y robaban a los esforzados ciudadanos, viviendo a lo grande. Mientras otros se partían el espinazo arando y segando, o trabajando dieciocho horas al día para establecer un negocio, excavando en las minas o sudando todo el día en los altos hornos, los gángsteres se paseaban con trajes elegantes y enormes coches, sin hacer otra cosa que pegar y atemorizar a la gente. La silla eléctrica era demasiado buena para ellos.

Su padre pensaba lo mismo. Recordó lo que había comentado sobre los gamberros del colegio. «Esos chicos son malos, de acuerdo, pero no son listos». Tom Luther era malo, pero ¿era listo? «Es difícil luchar contra estos chicos, pero no lo es tanto engañarlos», afirmaba papá. Sin embargo, no sería fácil engañar a Tom Luther. Había diseñado un plan muy complejo y, hasta el momento, funcionaba a la perfección.

Eddie habría hecho casi cualquier cosa por engañar a Luther, pero este tenía a Carol-Ann. Todo lo que Eddie intentara para frustrar los designios de Luther podía redundar en perjuicio de su mujer. No podía luchar contra ellos ni engañarles; tenía que procurar satisfacer sus exigencias.

Hirviendo de cólera, salió del puerto y cruzó la única carretera que atravesaba el pueblo de Foynes.

La terminal aérea era un antigua fonda con un patio central. Desde que el pueblo se había convertido en un importante aeropuerto de hidroaviones, la Pan American monopolizaba casi todo el edificio, aunque todavía quedaba un bar, llamado la «Taberna de la señora Walsh», restringido a una pequeña sala, con una puerta que daba a la calle. Eddie subió a la sala de operaciones, donde el capitán Marvin Baker y el primer oficial, Johnny Dott, estaban conferenciando con el jefe de estación de la Pan American. Aquí, entre tazas de café, ceniceros y montañas de mensajes radiofónicos e informes meteorológicos, tomarían la decisión final sobre la forma de realizar la larga travesía atlántica.

El factor crucial era la fuerza del viento. El viaje hacia el oeste era una lucha constante contra el viento dominante. Los pilotos cambiaban de altitud constantemente, en busca de las condiciones más favorables, un juego denominado «cazar el viento». Los vientos más suaves solían encontrarse en las altitudes inferiores, pero por debajo de un cierto punto el avión corría el peligro de chocar con un barco o, lo más probable, con un iceberg. Los vientos fuertes exigían más combustible y, en ocasiones, los vientos previstos eran tan fuertes que el *clipper* no podía cargar el suficiente para recorrer los tres mil doscientos kilómetros de distancia hasta Terranova. El vuelo se suspendía y los pasajeros se alojaban en un hotel hasta que el tiempo mejoraba.

Si hoy se daba esa circunstancia, ¿qué sería de Carol-Ann?

Eddie echó un vistazo a los partes meteorológicos. Los vientos eran fuertes y se había desatado una tempestad en mitad del Atlántico. Por lo tanto, deberían efectuar cálculos muy cuidadosos antes de llevar adelante el vuelo. La idea aumentó su angustia; no podía soportar quedarse atrapado en Irlanda mientras Carol-Ann se hallaba en manos de aquellos bastardos, al otro lado del océano. ¿Le darían de comer? ¿Podría acostarse en algún sitio? ¿Hacía bastante calor, dondequiera que la retuvieran?

Se acercó al mapa del Atlántico que colgaba en la pared y consultó las coordenadas que Luther le había proporcionado.

Habían elegido muy bien el punto. Estaba cerca de la frontera canadiense, a una o dos millas de la costa, en un canal que separaba la costa de una isla grande, en la bahía de Fundy. Alguien con ciertos conocimientos sobre hidroaviones lo consideraría un lugar ideal para amarar. No lo era (los puertos que utilizaba el *clipper* estaban mucho más protegidos), pero reinaría mayor calma que en mar abierto, y el *clipper* podría posarse sobre el agua sin excesivos riesgos. Eddie se tranquilizó un poco: al menos, esa parte del plan saldría bien. Comprendió que tenía un papel relevante en el éxito de los propósitos de Luther. El pensamiento le dejó un gusto amargo en la boca.

Seguía preocupado por la treta que emplearía para que el avión descendiera. Podía fingir una avería en el motor, pero el *clipper* era capaz de volar con solo tres motores, y tenía un ayudante, Mickey Finn, al que no engañaría durante mucho tiempo. Se devanó los sesos, pero no encontró la solución.

Conspirar contra el capitán Baker y los demás le hacía sentirse como un canalla de la peor especie. Traicionaba a gente que confiaba en él. Pero no le quedaba otra elección.

De repente, otro peligro acudió a su mente. Cabía la posibilidad de que Tom Luther no cumpliera su promesa. ¿Y por qué iba a hacerlo? ¡Era un delincuente! Aunque Eddie consiguiera que el avión amarara, igual no recuperaba a Carol-Ann.

Jack, el navegante, entró con más partes meteorológicos, y dirigió a Eddie una mirada extraña. Eddie se dio cuenta de que nadie le hablaba desde que había entrado en la habitación. Parecían evadirle; ¿habían notado su gran preocupación? Se esforzó por comportarse con normalidad.

—Intenta no perderte este viaje, Jack —dijo, repitiendo una vieja broma. No era buen actor y el chiste parecía forzado en él, pero todos rieron y el ambiente se distendió.

El capitán Baker echó un vistazo a los nuevos partes meteorológicos.

—La tempestad está empeorando —comentó.

Jack asintió con la cabeza.

—Se va a convertir en lo que Eddie llamaría un bocinazo.

Siempre se burlaban de él por su dialecto de Nueva Inglaterra.

—O un pringue —respondió, fingiendo una sonrisa.

—La rodearé —dijo Baker.

Entre Baker y Johnny Dott idearon un plan de vuelo hasta Botwood (Terranova), ciñéndose al borde de la tempestad y esquivando los vientos de cara, más fuertes. Cuando terminaron, Eddie se sentó, cogió las predicciones meteorológicas y realizó sus cálculos.

Se confeccionaban previsiones sobre la dirección y la fuerza del viento a trescientos, mil doscientos, dos mil cuatrocientos y tres mil seiscientos metros de altura para cada parte del viaje. Conociendo la velocidad de crucero del avión y la fuerza del viento, Eddie podía calcular la velocidad respecto a tierra. Eso le proporcionaba el tiempo de vuelo en cada parte a la altitud más favorable. Después, utilizaba unas tablas para averiguar el consumo de combustible en aquel período de tiempo, teniendo en cuenta la carga útil del *clipper*. Calculaba la necesidad de combustible paso a paso en una gráfica, que la tripulación llamaba la curva Howgozit. Sumaba el total y añadía un margen de seguridad.

Después de terminar sus cálculos, comprobó consternado que la cantidad de combustible necesario para llegar a Terranova era superior a la que el *clipper* podía cargar.

Se quedó inmóvil unos instantes.

La diferencia era terriblemente pequeña: unos kilos de carga útil de más, unos litros de combustible de menos. Y Carol-Ann esperándole en alguna parte, muerta de miedo.

Debería decirle al capitán Baker que era preciso aplazar el despegue hasta que el tiempo mejorase, a menos que desease volar a través de la tormenta.

Sin embargo, la diferencia era ínfima.

¿Sería capaz de mentir?

En cualquier caso, existía un margen de seguridad. Si las cosas iban mal, el avión siempre podría atravesar la tormenta, en lugar de rodearla.

Odiaba la sola idea de engañar a su capitán. Siempre había sido consciente de que las vidas de los pasajeros dependían de él, y se sentía orgulloso de su meticulosa precisión.

Por otra parte, su decisión no era irrevocable. Durante todo el viaje, hora tras hora, debía comparar el consumo de combustible real con la proyección de la curva Howgozit. Si consumían más de lo previsto, bastaba con volver atrás.

Si descubrían su engaño, significaría el fin de su carrera, pero ¿qué importaba eso, cuando las vidas de su mujer y de su futuro hijo se encontraban en peligro?

Repasó sus cálculos de nuevo, pero esta vez, al consultar las tablas, cometió dos errores a posta, consignando el consumo de combustible para la carga útil inferior en la siguiente columna de cifras. Ahora, el resultado se mantenía dentro del margen de seguridad necesario.

Sin embargo, sus vacilaciones no desaparecían. Nunca le había resultado fácil mentir, y ni siquiera lo lograba en esta terrible situación.

Por fin, el capitán Baker perdió la paciencia y miró por encima del hombro a Eddie.

—Suéltalo ya, Ed… ¿Nos vamos o nos quedamos?

Eddie le enseñó los resultados amañados que había escrito y bajó la vista, sin atreverse a mirar cara a cara a su capitán. Carraspeó, presa de los nervios, esforzándose por hablar con el tono más firme y seguro.

—Por muy poco, capitán…, pero nos vamos…

TERCERA PARTE

DE FOYNES
A MITAD DEL ATLÁNTICO

11

Diana Lovesey pisó el muelle de Foynes y se sintió patéticamente agradecida por notar suelo firme bajo los pies.

Estaba triste, pero serena. Había tomado una decisión: no volvería al *clipper*, no volaría a Estados Unidos y no se casaría con Mark Alder.

Sus rodillas temblaban, y por un momento temió que iba a caerse, pero la sensación desapareció y caminó hacia el puesto de aduanas.

Enlazó su brazo con el de Mark. Se lo diría en cuanto estuvieran solos. Le rompería el corazón, pensó con una punzada de pena; la quería muchísimo. Sin embargo, era demasiado tarde para pensar en eso.

La mayoría de los pasajeros ya habían desembarcado. Las excepciones era la extraña pareja sentada cerca de Diana, el apuesto Frank Gordon y el calvo Ollis Field; se habían quedado a bordo. Lulu Bell no había parado de hablar con Mark. Diana no le hacía caso. Ya no estaba enfadada con Lulu. La mujer era entrometida e insoportable, pero había conseguido que Diana comprendiera la verdad de su situación.

Pasaron por la aduana y salieron del muelle. Se encontraban en el extremo oeste de un pueblo compuesto de una sola calle. Un rebaño de vacas cruzaba la calle, y tuvieron que esperar a que los animales se alejaran.

Diana oyó un comentario de la princesa Lavinia.

—¿Por qué nos han traído a este villorrio?

—La acompañaré al edificio de la terminal, princesa —dijo Davy, el mozo. Señaló un edificio de grandes dimensiones, que recordaba una posada antigua, con las paredes cubiertas de enredaderas—. Hay un bar muy confortable, llamado la «Taberna de la señora Walsh», donde sirven un whisky irlandés excelente.

Cuando las vacas terminaron de pasar, varios pasajeros siguieron a Davy hasta la «Taberna de la señora Walsh».

—Vamos a dar un paseo por el pueblo —dijo Diana a Mark.

Quería estar a solas con él lo antes posible. Él sonrió, accediendo a su propuesta. Sin embargo, otros pasajeros tuvieron la misma idea, entre ellos Lulu, y una pequeña multitud se puso a recorrer la calle principal de Foynes.

Había una estación de tren, una oficina de correos y una iglesia, seguidas de dos hileras de casas, construidas con piedra gris; los techos eran de pizarra. Algunas casas tenían tienda en la fachada. Vieron varios carritos tirados por ponys en la calle, pero un solo vehículo motorizado. Los habitantes del pueblo, vestidos con prendas de tweed o hechas en casa, miraban con ojos desorbitados a los visitantes, ataviados con sedas y pieles, y Diana experimentó la sensación de que estaba desfilando en una procesión. Foynes aún no se había acostumbrado a ser un lugar de paso donde se detenía la élite rica y privilegiada del mundo.

Ansiaba que el grupo se dispersara, pero nadie se alejaba un milímetro, como exploradores temerosos de extraviarse. Empezó a sentirse atrapada. El tiempo pasaba.

—Entremos ahí —dijo, cuando pasaron junto a otro bar.

—Qué gran idea —replicó al instante Lulu—. En Foynes no hay nada que ver.

Diana estaba hasta el gorro de Lulu.

—Me gustaría hablar con Mark a solas —dijo, malhumorada.

Mark se mostró turbado.

—¡Cariño! —protestó.

—No te preocupes —contestó Lulu de inmediato—. Seguiremos paseando y dejaremos solos a los amantes. Ya encontraremos otro bar, si es que no conozco mal Irlanda.

Habló en tono alegre, pero sus ojos no sonreían.

—Lo siento, Lulu —dijo Mark.

—No tienes por qué —contestó la actriz con jovialidad.

Diana no quería que Mark se disculpara en su nombre. Giró sobre sus talones y entró en el edificio, obligándole a seguirla.

El local era oscuro y frío. Había una barra alta, con botellas y barricas detrás. La sala, que tenía el suelo de tablas, albergaba unas pocas mesas y sillas de madera. Dos ancianos sentados en un rincón miraron a Diana. Llevaba una chaquetilla de seda rojo-anaranjada sobre el vestido de lunares. Se sintió como una princesa en una casa de empeños.

Una mujer menuda cubierta con un delantal apareció detrás del mostrador.

—Un coñac, por favor —pidió Diana. Quería armarse de valor. Se sentó a una mesa.

Mark entró…, probablemente después de haber presentado sus excusas a Lulu, pensó Diana con amargura. Tomó asiento a su lado.

—¿Qué ha pasado? —preguntó Mark.

—Estoy harta de Lulu.

—¿Por qué fuiste tan grosera?

—No fui grosera. Solo dije que quería hablar contigo a solas.

—¿No se te ocurrió una manera más diplomática de decirlo?

—Creo que esa mujer es inmune a las indirectas.

Mark parecía molesto y a la defensiva.

—Bueno, pues estás equivocada. Es una persona muy sensible, aunque aparente lo contrario.

—De todos modos, da igual.

—¿Cómo que da igual? ¡Has ofendido a una de mis amistades más antiguas!

La camarera trajo el coñac de Diana. Lo bebió a toda prisa para fortalecer el ánimo. Mark pidió una jarra de Guinness.

—Da igual porque he cambiado de opinión sobre todos nuestros proyectos, y no pienso ir a Estados Unidos contigo —replicó Diana.

Mark palideció.

—No lo dirás en serio.

—He estado pensando. No quiero ir. Volveré con Mervyn…, si me deja.

Estaba segura de que no se opondría.

—Tú no le quieres. Me lo dijiste. Y sé que es verdad.

—¿Qué sabes tú? Nunca has estado casado.

Una expresión dolida apareció en el rostro de Mark. Diana se enterneció y apoyó una mano en su rodilla.

—Tienes razón, no quiero a Mervyn como te quiero a ti. —Se sintió avergonzada de sí misma, y apartó la mano—. Pero no está bien.

—He prestado demasiada atención a Lulu —confesó Mark, arrepentido—. Lo siento, cariño. Perdóname. Creo que me he enrollado tanto con ella porque hacía mucho tiempo que no la veía. No te he hecho caso. Esta es nuestra gran aventura, y me he olvidado durante una hora. Perdóname, por favor.

Se mostraba tierno cuando comprendía que se había equivocado; su expresión apenada recordaba la de un colegial. Diana se obligó a recordar lo que había sentido una hora antes.

—No se trata solo de Lulu —dijo—. Creo que mi comportamiento ha sido imprudente.

La camarera trajo la bebida de Mark, pero este no la tocó.

—He dejado todo lo que tenía —prosiguió Diana—. Casa, marido, amigos y país. Voy a cruzar el Atlántico en avión, que es muy peligroso. Y viajo hacia un país desconocido en el que no tengo amigos, dinero ni nada.

Mark parecía abatido.

—Dios mío, ahora me doy cuenta de lo que hecho. Te he abandonado cuando te sentías más vulnerable. Nena, soy un capullo redomado. Te prometo que nunca volverá a suceder.

Tal vez cumpliera su promesa, y tal vez no. Era cariñoso, pero también descuidado. Ceñirse a un plan no era su estilo.

Ahora era sincero, pero ¿recordaría su juramento la próxima vez que se encontrara con una vieja amistad? Su actitud despreocupada ante la vida fue lo primero que cautivó a Diana; y ahora, irónicamente, comprendía que esa actitud le hacía poco digno de confianza. En cambio, si algo se podía decir en favor de Mervyn, era lo contrario: buenas o malas, sus costumbres nunca se alteraban.

—Creo que no puedo confiar en ti —dijo Diana.

—¿Cuándo te he decepcionado? —preguntó él, algo irritado.

A ella no se le ocurrió ningún ejemplo.

—De todos modos, lo harás.

—Lo importante es que tú quieres dejar atrás todo eso. Eres infeliz con tu marido, tu país está en guerra y estás hasta la coronilla de tu hogar y de tus amistades… Tú me lo has dicho.

—Hasta la coronilla, pero no asustada.

—No tienes por qué estar asustada. Estados Unidos es como Inglaterra. La gente habla el mismo idioma, va a ver las mismas películas, escucha las mismas orquestas de jazz. Te va a encantar. Yo cuidaré de ti, te lo prometo.

Ojalá pudiera creerle, pensó Diana.

—Y no te olvides de otra cosa —siguió Mark—. Hijos.

La palabra llegó al fondo de su corazón. Deseaba con toda su alma tener un hijo, y Mervyn se oponía radicalmente. Mark sería un buen padre, cariñoso, alegre y tierno. Se sintió confusa, y su decisión se tambaleó. Al fin y al cabo, tal vez debería rendirse. ¿Qué significaban para ella el hogar y la seguridad si no podía tener una familia?

¿Y si Mark la abandonaba antes de llegar a California? ¿Y si otra Lulu aparecía en Reno, justo después del divorcio, y Mark se fugaba con ella? Diana se quedaría sin marido, sin hijos, sin dinero y sin hogar.

Deseó haber reflexionado más antes de decirle sí. En lugar de echarle los brazos al cuello y acceder a todo, tendría que haber pensado en el futuro, sin descuidar el menor detalle. Tendría que haberle pedido una especie de seguridad, aunque solo hubiera sido un billete de vuelta por si las cosas se torcían. Claro que eso le habría ofendido y, en cualquier caso, se necesitaría algo más que un billete para cruzar el Atlántico, ahora que la guerra había estallado.

No sé lo que tendría que haber hecho, pensó abatida, pero ya es demasiado tarde para arrepentirse. He tomado mi decisión y no quiero que me disuada.

Mark le cogió las manos. Ella estaba demasiado triste para apartarlas.

—Puesto que has cambiado de opinión una vez, hazlo otra vez —dijo, en tono persuasivo—. Ven conmigo, casémonos y tengamos hijos. Viviremos en una casa a pie de playa, y nuestros críos chapotearán en las olas. Serán rubios y bronceados, y crecerán jugando al tenis, practicando el surfing y pedaleando en bicicletas. ¿Cuántos niños quieres? ¿Dos? ¿Tres? ¿Seis?

Pero Diana había superado su momento de debilidad.

—No está bien, Mark. Voy a volver a casa.

Leyó en los ojos de Mark que ahora le creía. Intercambiaron una mirada de tristeza. Durante un rato, los dos guardaron silencio.

Entonces, Mervyn entró.

Diana no daba crédito a sus ojos. Le miró como si fuera un fantasma. ¡No podía estar aquí, era imposible!

—De modo que os he cazado —dijo, con su familiar voz de barítono.

Emociones contradictorias se apoderaron de Diana. Estaba consternada, conmovida, asustada, aliviada, turbada y avergonzada. Se dio cuenta de que su marido observaba sus manos entrelazadas con las de otro hombre. Se soltó de Mark con brusquedad.

—¿Qué te pasa? ¿Qué ocurre? —preguntó Mark.

Mervyn se acercó a la mesa y se quedó de pie con los brazos en jarras, observándoles.

—¿Quién demonios es este pelmazo? —preguntó Mark.

—Mervyn —dijo Diana con voz débil.

—¡Caramba!

—Mervy..., ¿cómo has llegado aquí? —preguntó Diana.

—Volando —respondió él, con su concisión habitual.

Diana reparó en que llevaba una chaqueta de cuero y sostenía un casco bajo el brazo.

—Pero..., ¿cómo supiste dónde estábamos?

—En tu carta me decías que te marchabas en avión a Estados Unidos, y solo hay una forma de hacerlo —replicó Mervyn, con una nota triunfal en la voz.

Ella se dio cuenta de que su marido estaba complacido consigo mismo por haber descubierto dónde se hallaba y haberla interceptado, contra todo pronóstico. Nunca había imaginado que podría alcanzarla en su aeroplano; ni siquiera había pasado por su mente. Una oleada de gratitud por su hazaña la invadió.

Mervyn se sentó frente a ellos.

—Tráigame un whisky irlandés doble —pidió a la camarera.

Mark levantó su cerveza y bebió con nerviosismo. Diana le miró. Al principio, pareció intimidado por Mervyn, pero ahora había comprendido que Mervyn no se iba a enzarzar en una pelea a puñetazo limpio. Su expresión reflejaba inquietud. Acercó la silla a la mesa unos centímetros, como para distanciarse de Diana. Quizá se sentía avergonzado por el hecho de haber sido descubiertos cogidos de las manos.

Diana bebió un poco de coñac para procurarse fuerzas. Mervyn la contemplaba con fijeza. Su expresión de perplejidad y dolor casi la había impulsado a echarle los brazos al cuello. Había recorrido una enorme distancia sin saber qué clase de recibimiento encontraría. Alargó la mano y le tocó el brazo, como para darle ánimos.

Ante su sorpresa, Mervyn pareció incómodo y lanzó una mirada de preocupación a Mark, como desconcertado por el hecho de que su mujer le tocara en presencia de su amante. Le sirvieron el whisky y lo bebió de un trago. Mark parecía herido, y volvió a acercar la silla a la mesa.

Diana estaba confusa. Nunca se había encontrado en una situación semejante. Los dos la amaban. Se había acostado con ambos…, y ambos lo sabían. Era insoportablemente embarazoso. Quería consolar a los dos, pero tenía miedo de hacerlo. Se reclinó en su silla, a la defensiva, alejándose de ellos.

—No quería hacerte daño, Mervyn —dijo.

Él la miró con dureza.

—Te creo.

—Tú… ¿comprendes lo que ha ocurrido?

—Como soy una alma sencilla, capto lo esencial —respondió su marido con sarcasmo—. Te has largado con tu querido. —Miró a Mark y se inclinó hacia delante, como dispuesto a agredirle—. Un norteamericano, por lo que veo, el típico calzonazos que te permitirá hacer lo que te dé la gana.

Mark se apoyó contra el respaldo de la silla y no dijo nada, pero contempló a Mervyn con atención. Mark no era un camorrista. Tampoco parecía ofendido, sino solo intrigado. Mervyn había sido un personaje importante en la vida de Mark, aunque jamás se habían visto. Mark debía de haberse consumido de curiosidad durante todos estos meses acerca del hombre con el que Diana dormía cada noche. Ahora que le estaba descubriendo, se sentía fascinado. Mervyn, al contrario, no mostraba el menor interés por Mark.

Diana contempló a los dos hombres. No podían ser más diferentes. Mervyn era alto, agresivo, nervioso, áspero; Mark era bajo, pulcro, vivaz, liberal. Se le ocurrió que Mark tal vez utilizaría esta escena para alguno de sus guiones.

Los ojos de Diana se llenaron de lágrimas. Sacó un pañuelo y se sonó.

—Sé que he sido imprudente —musitó.

—¡Imprudente! —estalló Mervyn, burlándose de la inadecuada palabra—. Te has portado como una imbécil.

Diana parpadeó. Su menosprecio siempre le llegaba al alma, pero esta vez se lo merecía.

La camarera y los dos viejos del rincón seguían la conversación con indisimulado interés.

—¿Puedes traerme un bocadillo de jamón, cielo? —dijo Mervyn a la camarera.

—Con mucho gusto —respondió ella. Mervyn siempre caía bien a las camareras.

—Es que... En los últimos tiempos me sentía muy desdichada —dijo Diana—. Solo buscaba un poco de felicidad.

—¡Buscabas un poco de felicidad! En Estados Unidos..., donde no tienes amigos, parientes ni casa... ¿Dónde está tu sentido común?

Diana agradecía su llegada, pero deseaba que se mostrara más amable. Sintió la mano de Mark sobre su hombro.

—No le escuches —dijo en voz baja—. ¿Por qué no vas a ser feliz? No es malo.

Diana miró con temor a Mervyn, asustada de ofenderle aún más. Quizá la iba a repudiar. Sería sumamente humillante que la rechazara delante de Mark (y mientras la horrible Lulu Bell estuviera cerca). Era capaz: solía obrar así. Ojalá no la hubiera seguido. Significaba que debería tomar una decisión sin más tardanza. Si hubiera contado con más tiempo, Diana habría curado su orgullo herido. Esto era demasiado precipitado. Diana levantó la copa y la acercó a sus labios, pero la dejó sobre la mesa sin tocarla.

—No me apetece —dijo.

—Supuse que querrías una taza de té —dijo Mark.

Eso era justo lo que ella deseaba.

—Sí, me encantaría.

Mark se aproximó a la barra y pidió el té.

Mervyn nunca lo habría hecho; según su forma de pensar, eran las mujeres quienes pedían el té. Dedicó a Mark una mirada de desprecio.

—¿Ese es mi fallo? —preguntó a Diana, irritado—. No irte a buscar el té, ¿verdad? Además de traer el dinero a casa, quieres que haga de criada.

Le trajeron el bocadillo, pero no comió.

Diana no supo qué contestarle.

—No hace falta que armes una trifulca.

—¿No? ¿Qué mejor momento que ahora? Te largas con este patán, sin despedirte, dejándome una estúpida nota...

Sacó un trozo de papel del bolsillo de la chaqueta y Diana reconoció su carta. Enrojeció, humillada. Había derramado lágrimas sobre aquella nota; ¿cómo podía exhibirla en un bar? Se apartó de él, resentida.

Trajeron el té y Mark cogió la tetera.

—¿Desea que un patán le sirva una taza de té? —preguntó a Mervyn.

Los dos irlandeses del rincón estallaron en carcajadas, pero Mervyn no alteró la expresión y calló.

Diana empezó a sentirse irritada con él.

—Puede que sea una necia, Mervyn, pero tengo derecho a ser feliz.

Él apuntó un dedo acusador en dirección a su mujer.

—Hiciste un juramento cuando te casaste conmigo y no tienes derecho a dejarme.

La frustración alimentó el furor de Diana. Mervyn era inflexible, y explicarle algo era como hablar con una piedra. ¿Por qué no podía ser razonable? ¿Por qué estaba siempre tan seguro de que él tenía razón y los demás se equivocaban?

De pronto, se dio cuenta de que conocía muy bien esta sensación. La había experimentado una vez a la semana, como mínimo, durante cinco años. En las últimas horas, a causa del pánico que la había invadido en el avión, había olvidado lo horrible que era, la desdicha que le producía. Ahora, todo aquello se reproducía de nuevo, como el horror de una pesadilla recordada.

—Ella puede hacer lo que le plazca, Mervyn —dijo Mark—. No puedes obligarla a nada. Es una mujer adulta. Si quiere volver contigo a casa, lo hará; si quiere ir a Estados Unidos y casarse conmigo, también lo hará.

Mervyn descargó un puñetazo sobre la mesa.

—¡No va a casarse con usted, porque ya está casada conmigo!

—Puede obtener el divorcio.

—¿Alegando qué?

—En Nevada no hace falta alegar nada.

Mervyn dirigió su mirada encolerizada a Diana.

—No te irás a Nevada. Volverás a Manchester conmigo.

Diana miró a Mark. Él sonrió.

—No has de obedecer a nadie —dijo Mark—. Haz lo que quieras.

—Ponte la chaqueta —ordenó Mervyn.

Mervyn, con su manera desatinada, había devuelto a Diana el sentido común. Ahora comprendía que su miedo a volar y su angustia acerca de vivir en Estados Unidos eran preocupaciones nimias comparada con la pregunta más importante de todas: ¿con quién quería vivir? Amaba a Mark, y Mark la amaba a ella, y todas las demás consideraciones eran marginales. Una tremenda sensación de alivio se derramó sobre ella cuando tomó la decisión y la anunció a los dos hombres que la querían. Contuvo la respiración.

—Lo siento, Mervyn —dijo—. Me voy con Mark.

12

Nancy Lenehan se permitió un minuto de júbilo cuando miró desde el Tiger Moth de Mervyn Lovesey y vio el *clipper* de la Pan American flotando majestuosamente en las aguas serenas del estuario del Shannon.

Las probabilidades estaban en su contra, pero había atrapado a su hermano y malogrado su plan, al menos en parte. Hay que levantarse muy temprano para ganarle la partida a Nancy Lenehan, pensó, en un raro momento de autoalabanza.

Peter iba a llevarse el susto de su vida cuando la viera.

Mientras el pequeño aeroplano amarillo volaba en círculos y Mervyn buscaba un sitio para aterrizar, Nancy empezó a sentirse tensa al pensar en el inminente enfrentamiento con su hermano. Aún le costaba creer que la hubiera engañado y traicionado sin el menor escrúpulo. ¿Cómo pudo hacerlo? Cuando eran niños, se bañaban juntos. Ella le había puesto rodilleras, explicado cómo se hacían los niños, y siempre le había dado un trozo de su chicle. Ella había guardado sus secretos, pero le había revelado los suyos. Cuando se hicieron mayores, Nancy alimentó el ego de su hermano, procurando no avergonzarle nunca por ser mucho más inteligente que él, a pesar de que era una mujer.

Siempre había cuidado de él. Y cuando papá murió, permitió que Peter se convirtiera en presidente de la empresa. Esto le había costado muy caro. No solo había reprimido sus ambiciones para dejarle paso; al mismo tiempo, había frustrado un incipiente romance, porque Nat Ridgeway, el brazo derecho de papá, había renunciado cuando Peter se hizo cargo del negocio. Ya nunca sabría en qué habría desembocado aquel romance, porque Nat Ridgeway se había casado.

Su amigo y abogado, Patrick MacBride, la había aconsejado que no cediera a Peter la presidencia, pero ella había hecho caso omiso de su consejo, actuando contra sus propios intereses, porque sabía lo herido que se sentiría Peter cuando la gente pensara que no daba la talla de su padre. Cuando recordaba todo cuánto había hecho por él, y pensaba a continuación en los engaños y mentiras de Peter, le daban ganas de llorar de rabia y resentimiento.

Estaba desesperadamente impaciente por encontrarle, plantarse frente a él y mirarle a los ojos. Quería saber cómo reaccionaría y qué le diría.

También se encontraba ansiosa por presentar batalla. Alcanzar a Peter solo era el primer paso. Tenía que subir al avión de entrada, pero si iba lleno tendría que convencer a alguien para que le vendiera su billete, utilizar sus encantos para persuadir al capitán, o incluso emplear el soborno. Luego, cuando llegara a Boston, debería convencer a los accionistas menores, a su tía Tilly y a Danny Riley, el viejo abogado de su padre, de que se negaran a vender sus acciones a Nat Ridgeway. Estaba segura de poder conseguirlo, pero Peter no se rendiría sin presentar batalla, y Nat Ridgeway era un oponente formidable.

Mervyn posó el avión en el terreno de una granja cercana a la aldea. En una sorprendente demostración de buenos modales, ayudó a Nancy a bajar a tierra. Cuando pisó por segunda vez suelo irlandés, Nancy pensó en su padre, quien, si bien no paraba de hablar del viejo país, jamás lo había visitado. Lástima. Le habría gustado saber que sus hijos habían pasado por Irlanda, pero saber que su hijo había arruinado la empresa a la que había dedicado toda su vida le habría partido el corazón. Mejor que no estuviera vivo para verlo.

Mervyn aseguró el aparato con una cuerda. Nancy se alegró de dejarlo atrás. Aunque era bonito, casi la había matado.

Aún se estremecía cada vez que recordaba el descenso hacia el acantilado. No tenía la intención de meterse en un avión pequeño nunca más.

Caminaron a buen paso hacia el pueblo, siguiendo a una carreta tirada por caballos que iba cargada de patatas. Nancy percibió que Mervyn experimentaba una mezcla de triunfo y temor. Como a ella, le habían engañado y traicionado, y no había querido resignarse. Y, al igual que ella, su mayor satisfacción provenía de frustrar las expectativas de aquellos que habían conspirado contra él. A los dos todavía les esperaba el auténtico reto.

Una única calle atravesaba Foynes. Hacia la mitad se encontraron con un grupo de personas bien vestidas que solo podían ser pasajeros del *clipper*: daba la impresión de que pasearan por el set que no les correspondía de un estudio cinematográfico.

—Estoy buscando a la señora Diana Lovesey —dijo Mervyn, acercándose a ellos—. Creo que viaja a bordo del *clipper*.

—¡Ya lo creo! —exclamó una mujer, que Nancy reconoció como la estrella de cine Lulu Bell. El tono de su voz sugería que la señora Lovesey no le caía bien. Nancy volvió a preguntarse cómo sería la mujer de Mervyn.

—La señora Lovesey y su... ¿acompañante?, entraron en un bar que hay siguiendo la calle —explicó Lulu Bell.

—¿Puede indicarme dónde está el despacho de billetes? —preguntó Nancy.

—¡Si alguna vez me dan el papel de guía de turismo, no necesitaré ensayar! —dijo Lulu, y los pasajeros rieron—. El edificio de las líneas aéreas está al final de la calle, pasada la estación de tren y frente al puerto.

Nancy le dio las gracias y continuó andando. Mervyn ya se había adelantado, y tuvo que correr para alcanzarle. Sin embargo, se detuvo de repente cuando divisó a dos hombres que subían por la calle, enzarzados en una animada conversación. Nancy les miró con curiosidad, preguntándose por qué se había parado Mervyn. Uno era un petimetre de cabello plateado, que vestía un traje negro y un chaleco color gris gaviota, un pasajero del *clipper*, sin duda. El otro era un espantajo alto y flaco, con el cabello tan corto que parecía calvo y la expresión de alguien que acaba de despertar de una pesadilla. Mervyn se dirigió hacia el espantajo.

—Usted es el profesor Hartmann, ¿verdad? —dijo.

La reacción del hombre fue de absoluto sobresalto. Retrocedió un paso y alzó las manos, como si pensara que le iba a atacar.

—No pasa nada, Carl —dijo su compañero.

—Me sentiría muy honrado de estrechar su mano, señor —dijo Mervyn.

Hartmann bajó los brazos, aunque todavía parecía a la defensiva. Se dieron la mano.

El comportamiento de Mervyn sorprendió a Nancy. Había pensado que Mervyn Lovesey no aceptaba la superioridad de nadie en el mundo, pero ahora actuaba como un colegial que le pidiera el autógrafo a una estrella de béisbol.

—Me alegro de ver que consiguió escapar —continuó Mervyn—. Todos temimos lo peor cuando desapareció. Por cierto, me llamo Mervyn Lovesey.

—Le presentó a mi amigo el barón Gabon —dijo Hartmann—, que me ayudó a escapar.

Mervyn estrechó la mano de Gabon.

—No les molestaré más —dijo—. *Bon voyage*, caballeros.

Hartmann ha de ser alguien muy especial, pensó Nancy, para haber apartado a Mervyn, siquiera por unos momentos, de la obsesiva persecución de su mujer.

—¿Quién es? —preguntó, mientras caminaban por la calle.

—El profesor Carl Hartmann, el físico más importante del mundo —respondió Mervyn—. Está trabajando en la desintegración del átomo. Tuvo problemas con los nazis por culpa de sus ideas políticas, y todo el mundo pensó que había muerto.

—¿Cómo es que le conoce?

—Yo estudié física en la universidad. Pensé en dedicarme a la investigación, pero no tengo la paciencia necesaria. Sin embargo, me mantengo informado sobre los avances. Se han producido sorprendentes descubrimientos en ese campo durante los últimos diez años.

—¿Por ejemplo?

—Una austríaca, otra refugiada del nazismo, por cierto, llamada Lise Meitner, que trabaja en Copenhague, consiguió dividir el átomo de uranio en dos átomos más pequeños, bario y criptón.

—Pensaba que los átomos eran indivisibles.

—Como todos, hasta hace poco. Lo más sorprendente es que, cuando ocurre, se produce una potentísima explosión; por eso están tan interesados los militares. Si llegan a controlar el proceso, podrán fabricar la bomba más destructiva jamás conocida.

Nancy miró al hombre asustado y harapiento de mirada enloquecida.

—Me sorprende que le permitan deambular sin vigilancia —comentó.

—Estoy seguro de que le vigilan —dijo Mervyn—. Fíjese en ese tipo.

Nancy siguió la dirección que Mervyn había indicado con un cabeceo y miró al otro lado de la calle. Otro pasajero del *clipper* paseaba sin compañía, un hombre alto, corpulento, ataviado con un sombrero hongo, traje gris y chaleco rojo vivo.

—¿Cree que es su guardaespaldas?

Mervyn se encogió de hombros.

—Tiene pinta de policía. Es posible que Hartmann no lo sepa, pero yo diría que tiene un ángel guardián como la copa de un pino.

Nancy no pensaba que Mervyn fuera tan observador.

—Me parece que este es el bar —dijo Mervyn, pasando de lo cósmico a lo mundano sin pestañear. Se paró frente a la puerta.

—Buena suerte —le deseó Nancy.

Lo decía de todo corazón. De una forma curiosa, había llegado a apreciarle, a pesar de sus groseros modales.

Mervyn sonrió.

—Gracias. Le deseo lo mismo.

Entró en el local y Nancy continuó andando por la calle.

Al final, al otro lado de la carretera que salía del puerto, había un edificio casi oculto bajo las enredaderas, más grande que cualquier otra estructura del pueblo. Nancy se encontró en el interior con una oficina improvisada y un joven apuesto vestido con el uniforme de la Pan American. La miró con cierto brillo en los ojos, a pesar de que sería unos quince años más joven que ella.

—Quiero comprar un billete para Nueva York —dijo Nancy.

El joven se quedó sorprendido e intrigado.

—¡Caramba! No solemos vender billetes aquí... De hecho, no tenemos.

No parecía un problema serio. Nancy sonrió; una sonrisa siempre ayudaba a superar obstáculos burocráticos triviales.

—Bueno, un billete es un simple trozo de papel —dijo—. Si yo le pago la tarifa, supongo que me dejará subir al avión, ¿verdad?

El joven sonrió. Nancy supuso que, si estaba en sus manos, accedería a la petición.

—Pues sí, pero el avión va lleno.

—¡Maldición! —masculló Nancy. Se sintió vencida. ¿Había pasado tantas vicisitudes para nada? Aún no estaba dispuesta a tirar la toalla—. Tiene que haber algo. No necesito una cama. Dormiré en el asiento. Me conformaría con una de las plazas reservadas a los tripulantes.

—No puede comprar una plaza de tripulante. Lo único que queda libre es la suite nupcial.

—¿Puedo quedármela? —preguntó Nancy, esperanzada.

—Caramba, ni siquiera sé lo que vale...

—Pero podría averiguarlo, ¿verdad?

—Imagino que debe costar, como mínimo, el doble de la tarifa normal, que serían unos setecientos cincuenta pavos solo de ida, pero es posible que sea más cara.

A Nancy le daba igual que costara siete mil dólares.

—Le daré un cheque en blanco —dijo.

—Necesita muchísimo coger ese avión, ¿no?

—He de estar en Nueva York mañana. Es… muy importante.

No consiguió encontrar palabras para explicar lo importante que era.

—Vamos a consultarlo con el capitán —dijo el empleado—. Sígame, señora.

Nancy, mientras caminaba detrás de él, se preguntó si habría malgastado sus esfuerzos con alguien carente de autoridad para tomar una decisión.

El muchacho la condujo a una oficina en el piso superior. Había seis o siete tripulantes del *clipper* en mangas de camisa, fumando y bebiendo café mientras estudiaban mapas y predicciones meteorológicas. El joven la presentó al capitán Marvin Baker. Cuando el apuesto capitán le estrechó la mano, Nancy experimentó la curiosa sensación de que iba a tomarle el pulso, porque sus ademanes eran los típicos de un médico de cabecera.

—Capitán —explicó el joven—, la señorita Lenehan necesita trasladarse a Nueva York con la máxima urgencia, y está dispuesta a pagar el precio de la suite nupcial. ¿Podemos aceptarla?

Nancy aguardó ansiosamente la respuesta, pero el capitán formuló otra pregunta.

—¿Viaja su esposo con usted, señora Lenehan?

Nancy agitó sus pestañas, una maniobra muy útil siempre que necesitaba persuadir a un hombre de hacer algo.

—Soy viuda, capitán.

—Lo siento. ¿Lleva equipaje?

—Solo este maletín.

—Estaremos encantados de que viaje con nosotros a Nueva York, señora Lenehan —dijo el capitán.

—Gracias a Dios —exclamó Nancy—. No sabe lo importante que es para mí.

Sintió que las rodillas le flaqueaban por un momento. Se sentó en la silla más próxima. La molestaba mucho revelar sus sentimientos. Para disimular, rebuscó en su bolso y sacó el talonario. Firmó un talón en blanco con mano temblorosa y se lo dio al empleado.

Había llegado el momento de enfrentarse con Peter.

—He visto algunos pasajeros en el pueblo —dijo—. ¿Dónde están los demás?

—La mayoría han ido a la «Taberna de la señora Walsh» —indicó el joven—. Es un bar que hay en este edificio. Se entra por la parte de al lado.

Nancy se levantó. Los temblores habían desaparecido.

—Les estoy muy agradecida —dijo.

—Ha sido un placer ayudarla.

Nancy se marchó.

Mientras cerraba la puerta, oyó que los hombres comentaban entre sí, y adivinó que estarían realizando observaciones procaces sobre la atractiva viuda que podía permitirse el lujo de firmar talones en blanco.

Salió al exterior. La tarde era agradable, el sol no calentaba en exceso y el aire transportaba el aroma salado del mar. Ahora, debería buscar a su hermano desleal.

Rodeó el edificio y entró en el bar.

Era el tipo de lugar al que nunca iba: oscuro, pequeño, amueblado con tosquedad, muy masculino. Había sido pensado para servir cerveza a pescadores y granjeros, pero ahora estaba lleno de millonarios que bebían combinados. La atmósfera estaba cargada y se hablaba a voz en grito en varios idiomas; daba la impresión de que los pasajeros creían encontrarse en una fiesta. ¿Eran imaginaciones suyas, o detectaba cierta nota de histeria en las carcajadas? ¿Servía el jolgorio para disimular el nerviosismo que provocaba el largo vuelo sobre el océano?

Examinó las caras y localizó la de Peter.

Él no reparó en su hermana.

Ella le miró durante un momento, hirviendo de cólera. Sus mejillas enrojecieron de furor. Notó una imperiosa necesidad de abofetearle, pero reprimió su ira. No iba a revelarle lo disgustada que estaba. Lo más inteligente era proceder con frialdad.

Estaba sentado en un rincón acompañado por Nat Ridgeway. Otra conmoción. Nancy sabía que Nat había ido a París para asistir a los desfiles de modas, pero no había pensado que regresaría en el mismo vuelo de Peter. Ojalá no estuviera. La presencia de un antiguo amorío solo contribuía a complicar las cosas. Debería olvidar que una vez le había besado. Apartó el pensamiento de su mente.

Nancy se abrió paso entre la multitud y avanzó hacia su mesa. Nat fue el primero en levantar la vista. Su rostro expresó sobresalto y culpabilidad, lo cual satisfizo en cierta manera a Nancy. Al darse cuenta de su expresión, Peter también alzó la mirada.

Nancy le miró a los ojos.

Peter palideció y empezó a levantarse de la silla.

—¡Dios mío! —exclamó. Parecía muerto de miedo.

—¿Por qué estás tan asustado, Peter? —preguntó Nancy con desdén.

Él tragó saliva y se hundió en la silla.

—Pagaste un billete en el *SS Oriana*, sabiendo que no ibas a utilizarlo; fuiste a Liverpool conmigo y te inscribiste en el hotel Adelphi, a pesar de que no ibas a quedarte; ¡y todo porque tenías miedo de decirme que ibas a coger el *clipper*!

Peter la miró, pálido y en silencio.

Nancy no tenía intención de pronunciar un discurso, pero las palabras acudieron a su boca.

—¡Ayer te escabulliste del hotel y te marchaste a toda prisa a Southampton, confiando en que yo no lo descubriría! —Se inclinó sobre la mesa, y Peter reculó—. ¿De qué estás tan asustado? ¡No voy a morderte!

Peter se encogió al escuchar la última palabra, como si Nancy fuera a hacerlo.

Nancy no se había molestado en bajar la voz. Las personas de las mesas cercanas se habían callado. Peter miró a su alrededor con expresión preocupada.

—No me extraña que te sientas como un imbécil. ¡Después de todo lo que he hecho por ti! ¡Te he protegido durante todos estos años, ocultando tus estúpidas equivocaciones, permitiendo que accedieras a la presidencia de la compañía a pesar de que no eres capaz ni de organizar una tómbola de caridad! ¡Y después de todo esto, has intentado robarme el negocio! ¿Cómo pudiste hacerlo? ¿No te sientes como una rata inmunda?

Peter enrojeció hasta la raíz de los cabellos.

—Nunca me has protegido; solo has mirado por ti —protestó su hermano—. Siempre quisiste ser el jefe, pero no conseguiste el puesto. Lo conseguí yo, y desde entonces has conspirado para arrebatármelo.

Era un análisis tan injusto que Nancy dudó entre reír, llorar o escupirle en la cara.

—He conspirado desde entonces para que conservaras la presidencia, idiota.

Peter sacó unos papeles del bolsillo con un además ampuloso.

—¿Así?

Nancy reconoció su informe.

—Ya lo creo —replicó—. Este plan es la única manera de que conserves el puesto.

—¡Mientras tú te haces con el control! Me di cuenta enseguida. —La miró con aire desafiante—. Por eso preparé mi propio plan.

—Que no ha funcionado —dijo Nancy, en tono triunfal—. Tengo una plaza en el avión y vuelvo para asistir a la junta de accionistas. —Por primera vez, se dirigió a Nat Ridgeway—. Creo que seguirás sin controlar «Black's Boots», Nat.

—No estés tan segura —dijo Peter.

Nancy le miró. Se mostraba petulantemente agresivo. ¿Se habría guardado un as en la manga? No era tan listo.

—Cada uno de nosotros posee un cuarenta por ciento, Peter. Tía Tilly y Danny Riley, el resto. Siempre han seguido mis instrucciones. Me conocen y te conocen. Yo gano dinero y tú lo pierdes, y ellos lo saben, aunque te respetan en memoria de papá. Votarán lo que yo les diga.

—Riley votará por mí —insistió Peter.

Su tozudez consiguió preocuparla.

—¿Por qué va a votar por ti, cuando prácticamente has arruinado la empresa? —preguntó, malhumorada, pero no estaba tan segura como intentaba aparentar.

Peter captó su nerviosismo.

—Ahora soy yo el que te ha asustado, ¿verdad? —rió.

Por desgracia, tenía razón. La preocupación de Nancy aumentó. Peter no parecía tan derrotado como debería. Debía averiguar si sus fanfarronadas se basaban en algo concreto.

—Creo que estás diciendo tonterías —se burló Nancy.

—No, te equivocas.

Si continuaba azuzándole, se sentiría obligado a demostrarle que estaba en lo cierto.

—Siempre finges guardar un as en la manga, pero al final resulta que no hay nada.

—Riley me lo ha prometido.

—Riley es tan de fiar como una serpiente de cascabel —replicó ella.

Su flecha acertó en la diana.

—No si recibe… un incentivo.

De modo que se trataba de eso: habían sobornado a Danny Riley. Muy preocupante. Danny Riley y corrupción eran sinónimos. ¿Qué le habría ofrecido Peter? Tenía que saberlo, a fin de frustrar el soborno u ofrecerle más.

—Bien, si tu plan se apoya en la fiabilidad de Danny Riley, no tengo por qué preocuparme —dijo Nancy, lanzando una carcajada despreciativa.

—Se apoya en la codicia de Riley —dijo Peter.

—Yo, en tu lugar, me mantendría escéptica respecto a eso —dijo Nancy dirigiéndose a Nat.

—Nat sabe que es verdad —dijo untuosamente Peter.

Estaba claro que Nat prefería guardar silencio, pero cuando los dos le miraron asintió con la cabeza, a regañadientes.

—Nat le dará a Riley un buen empleo en «General Textiles» —explicó Peter.

El golpe casi dejó sin respiración a Nancy. Nada le habría gustado más a Riley que poner el pie en la puerta de una gran empresa como «General Textiles». Para un pequeño bufete de abogados de Nueva York era la oportunidad de su vida. Por un soborno así, Riley vendería a su madre.

Las acciones de Peter sumadas a las de Riley alcanzaban el cincuenta por ciento. Las de Nancy más las de tía Tilly también llegaban al cincuenta por ciento. El voto decisivo del presidente, Peter, dirimiría el empate.

Peter comprendió que había vencido a Nancy, y se permitió una sonrisa de triunfo.

Pero Nancy no se resignaba a la derrota. Cogió una silla y se sentó. Concentró su atención en Nat Ridgeway. Había notado su desaprobación durante toda la discusión. Se preguntó si sabía que Peter había obrado a espaldas de ella. Decidió plantear la cuestión.

—Tú sabías que Peter me estaba engañando, supongo.

Él la miró, con los labios apretados, pero ella también sabía hacerlo, y se limitó a esperar, como expectante. Por fin, Nancy apartó la mirada.

—No se lo pregunté —contestó Nat—. Vuestras trifulcas familiares no son problema mío. No soy una asistenta social, sino un hombre de negocios.

Pero hubo un tiempo, pensó ella, en que me cogías la mano en los restaurantes y me besabas al despedirte; y una vez me tocaste los pechos.

—¿Eres un hombre de negocios honrado? —preguntó Nancy.

—Ya sabes que sí —replicó Nat, tenso.

—En ese caso, no accederás a que se empleen métodos fraudulentos en tu beneficio.

Nat reflexionó durante unos momentos.

—Esto no es una fiesta, sino una fusión.

Iba a añadir algo más, pero ella le interrumpió.

—Si pretendes ganar mediante la falta de honradez de mi hermano, serás tan poco honrado como él. Has cambiado desde que trabajabas para mi padre. —Se volvió hacia Peter antes de que Nat pudiera replicar—. ¿No te das cuenta de que podrías duplicar el valor de tus acciones si me dejaras llevar a cabo mi plan durante un par de años?

Tu plan no me gusta.

—Aun sin efectuar ninguna reestructuración, los beneficios de la empresa aumentarán más por la guerra. Siempre hemos suministrado botas a los soldados... ¡Piensa en el volumen de negocio que se producirá si Estados Unidos entra en guerra!

—Estados Unidos no intervendrá en esta guerra.

—Aun así, la guerra de Europa beneficia a los negocios. —Nancy miró a Nat—. Tú lo sabes, ¿verdad? Por eso quieres comprar nuestra empresa.

Nat calló.

—Lo mejor sería esperar —dijo Nancy a Peter—. Escúchame. ¿Me he equivocado alguna vez en estos temas? ¿Has perdido dinero alguna vez por seguir mis consejos? ¿Has ganado dinero por desoírlos?

—Lo que pasa es que no entiendes nada.

Nancy no pudo imaginar a qué se refería.

—¿Qué es lo que no entiendo?

—Por qué voy a fusionar la empresa, por qué hago todo esto.

—Muy bien. ¿Por qué?

Él la miró en silencio, y Nancy leyó la respuesta en sus ojos: Peter la odiaba.

Se quedó paralizada de la conmoción. Experimentó la sensación de haberse lanzado de cabeza contra un muro de ladrillos invisible. No quería creerlo, pero la grotesca expresión de malignidad que deformaba el rostro de su hermano era inequívoca. Siempre había existido entre ellos cierta tensión, una rivalidad natural entre hermanos, pero esto, esto era espantoso, siniestro, patológico. Jamás lo había sospechado. Su hermano pequeño Peter la odiaba.

Una debe de sentirse así, pensó, cuando el hombre con quien llevas casada veinte años te dice que se ha liado con la secretaria y que ya no te quiere.

Notaba la cabeza turbia, como si le hubieran dado un puñetazo. Le iba a costar bastante asimilar lo que acababa de descubrir.

Peter no solo era idiota, mezquino o rencoroso. Se estaba perjudicando para poder arruinar a su hermana, por puro odio.

Tenía que estar un poco loco, como mínimo.

Nancy necesitaba pensar. Decidió abandonar aquel bar caluroso y lleno de humo y respirar un poco de aire puro. Se levantó y salió sin despedirse.

Se sintió un poco mejor en cuanto pisó la calle. Una brisa fresca soplaba desde el estuario. Cruzó la carretera y paseó por el muelle, escuchando los graznidos de las gaviotas.

El *clipper* flotaba a mitad del canal. Era más grande de lo que había imaginado. Los hombres que procedían a reabastecerlo de combustible se veían diminutos en comparación con él. Sus gigantescos motores y enormes hélices se le antojaron tranquilizadores. No se pondría nerviosa en este avión, pensó, sobre todo después de sobrevivir a un viaje sobre el mar de Irlanda en un Tiger Moth de un solo motor.

¿Qué haría cuando llegara a Nueva York? Peter llevaría adelante su plan. Tras su comportamiento se agazapaban demasiados años de odio oculto. Sintió pena por él; había sido desdichado durante todo este tiempo. Pero no iba a rendirse. Debía encontrar una forma de salvar lo que le correspondía por derecho de nacimiento.

Danny Riley era el punto débil. Un hombre que podía ser sobornado por un bando también podía ser sobornado por el otro. Tal vez se le ocurriría a Nancy otra cosa que ofrecerle, algo que le impulsara a cambiar de bando. Pero costaría. La oferta de Peter, integrarse en la asesoría jurídica de «General Textiles», era difícil de superar.

Quizá podría amenazarle. Sería más barato, por otra parte. Pero ¿cómo? Podía llevarse algunos negocios personales y familiares de la empresa, pero eso no era nada comparado con el nuevo negocio que Peter conseguiría de «General Textiles». Danny preferiría, antes que nada, dinero en mano, por supuesto, pero la fortuna de Nancy estaba invertida casi toda en «Black's Boots». Podía sacar unos miles de dólares sin demasiado problema, pero Danny querría más, tal vez cien de los grandes. No lograría reunir tanto dinero a tiempo.

Mientras se encontraba absorta en sus pensamientos, alguien la llamó por su nombre. Se volvió y vio al joven empleado de la Pan American, que agitaba una mano en su dirección.

—Una llamada telefónica para usted —gritó—. Un tal señor MacBride, de Boston.

Un hálito de esperanza la invadió. Tal vez a Mac se le ocurriría algo. Conocía a Danny Riley. Los dos eran, como su padre, irlandeses de segunda generación, que pasaban todo su tiempo con otros irlandeses y contemplaban con suspicacia a los protestantes, aunque fueran irlandeses. Mac era honrado y Danny no, pero, por lo demás, eran idénticos. Papá había sido honrado, pero no le hubiera importado emplear métodos dudosos para salvar a un compatriota del viejo país.

Papá había salvado en una ocasión a Danny de la ruina, recordó mientras corría por el muelle. Sucedió unos años atrás, poco antes de que papá muriera. Danny estaba perdiendo un caso muy importante y, desesperado, abordó al juez en su club de golf y trató de sobornarle. El juez resultó incorruptible, y aconsejó a Danny que se retirara, o procuraría que le expulsaran de la profesión. Papá había mediado con el juez, convenciéndole de que se había tratado de un lapsus momentáneo. Nancy lo sabía todo: papá había confiado mucho en ella hacia el fin de su vida.

Así era Danny: marrullero, indigno de confianza, bastante estúpido, básicamente manipulable. Estaba segura de que conseguiría su apoyo.

Pero solo le quedaban dos días.

Entró en el edificio y el joven la guió hasta el teléfono. Aplicó el oído al auricular, alegrándose de escuchar la voz familiar y afectuosa de Mac.

—¡De modo que has alcanzado el *clipper*! —dijo el hombre con júbilo—. ¡Esa es mi chica!

—Participaré en la junta de accionistas…, pero la mala noticia es que, según Peter, tiene asegurado el voto de Danny.

—¿Te lo has creído?

—Sí. «General Textiles» cederá a Danny la asesoría jurídica.

La voz de Mac adquirió un tono de desaliento.

—¿Estás segura de que es verdad?

—Nat Ridgeway está aquí, con él.

—¡Esa serpiente!

A Mac nunca le había caído bien Nat, y le odió cuando empezó a salir con Nancy. Aunque Mac estaba felizmente casado, se ponía celoso de todos los que mostraban un interés romántico en Nancy.

—Lo siento por «General Textiles», si Danny se va a encargar de la parte legal.

—Supongo que le adjudicarán el personal de menor categoría. Mac, ¿es legal que le ofrezcan este incentivo?

—Probablemente no, pero sería difícil demostrar que se trata de un delito.

—Eso significa que tengo problemas.

—Creo que sí. Lo siento, Nancy.

—Gracias, viejo amigo. Tú me aconsejaste que no permitiera a Peter ser el jefe.

—Desde luego.

Ya estaba bien de llorar sobre la leche derramada, decidió Nancy. Adoptó un tono más distendido.

—Escucha, si nosotros dependiéramos de Danny, estaríamos preocupados, ¿verdad?

—Ya puedes apostar a que sí.

—Preocupados por que cambiara de bando, preocupados porque la oposición le ofreciera algo mejor. Bien, ¿cuál consideramos que es su precio?

—Ummm. —La línea se quedó en silencio durante unos momentos. Después, Mac habló—. No se me ocurre nada.

Nancy pensaba en Danny cuando intentó sobornar a un juez.

—¿Te acuerdas de aquella vez, cuando papá le sacó de apuros? Fue el caso Jersey Rubber.

—Claro que me acuerdo. Ahórrate los detalles por teléfono, ¿vale?

—Sí. ¿Podríamos utilizar ese caso?

—No veo cómo.

—¿Amenazándole?

—¿Con sacarlo a la luz pública?

—Sí.

—¿Tenemos pruebas?

—No, a menos que encuentre algo entre los papeles de papá.

—Los guardas tú, Nancy.

Nancy guardaba en el sótano de su casa de Boston varias cajas de cartón con recuerdos personales de su padre.

—Nunca los he examinado.

—Y ahora ya no hay tiempo.

—Pero podríamos darle el pego.

—No te entiendo.

—Estaba pensando en voz alta. Aguántame un minuto más. Podríamos hacerle creer a Danny que hay algo, o podría haber algo, entre los viejos papeles de papá, algo que sacaría de nuevo a la luz aquel turbio asunto.

—No veo cómo…

—Escucha, Mac, tengo una idea —dijo Nancy, alzando el tono de voz al entrever nuevas posibilidades—. Supón que el Colegio de Abogados, o quien sea, decidiera abrir una investigación sobre el caso Jersey Rubber.

—¿Por qué iban a hacerlo?

—Porque alguien les dice que fue amañado.

—Muy bien. Y después, ¿qué?

Nancy empezaba a creer que tenía entre manos los ingredientes de un buen plan.

—¿Qué pasaría si el Colegio se enterase de que había pruebas cruciales entre los papeles de papá?

—Pedirían permiso para examinarlos.

—¿Dependería de mí la decisión?

—En una investigación normal del Colegio, sí. En el caso de que se procediera a una investigación criminal, serías citada a declarar, y no te quedaría otra elección.

Un plan se estaba formando en la mente de Nancy con tanta rapidez que no encontraba las palabras para explicarlo en voz alta. Ni siquiera se atrevía a confiar en que funcionara.

—Escucha, quiero que llames a Danny —le apremió—. Hazle la siguiente pregunta...

—Espera, que cojo un lápiz. Vale, adelante.

—Pregúntale esto: si el Colegio de Abogados abriera una investigación sobre el caso Jersey Rubber, ¿querría que yo aportara los documentos de papá?

Mac se quedó estupefacto.

—Tú crees que se negará.

—¡Creo que se morirá de miedo, Mac! Él no sabe lo que papá guardó: notas, diarios, cartas, podría ser cualquier cosa.

—Empiezo a ver por dónde vas —dijo Mac, y Nancy captó en su voz una nota de esperanza—. Danny pensaría que tienes en tu poder algo que él desea...

—Me pedirá que le proteja, como hizo papá. Me pedirá que niegue el permiso al Colegio para examinar los documentos. Y yo accederé..., a condición de que vote contra la fusión con «General Textiles».

—Espera un momento. No abras el champán todavía. Es posible que Danny sea corrupto, pero no estúpido. ¿No sospechará que lo hemos preparado todo para presionarle?

—Claro que sí, pero no estará seguro. Y no tendrá mucho tiempo para pensar en ello.

—Sí. Nuestra única posibilidad consiste en actuar cuanto antes.

—¿Quieres probarlo?

—De acuerdo.

Nancy se sentía mucho mejor; llena de esperanza y deseosa de ganar.

—Llámame a nuestra próxima escala.

—¿Cuál es?

—Botwood, Terranova. Llegaremos dentro de diecisiete horas.

—¿Tienen teléfonos allí?

—Si hay un aeropuerto, han de tener. Tendrías que reservar la llamada por adelantado.

—De acuerdo. Que disfrutes del vuelo.

—Adiós. Mac.

Nancy colgó el teléfono. Había recuperado los ánimos. Era imposible predecir si Danny caería en la trampa, pero haber pensado en un ardid la alegraba muchísimo.

Eran las cuatro y veinte, hora de subir al avión. Salió de la habitación y pasó a otro despacho, donde Mervyn Lovesey hablaba por otro teléfono. Levantó la mano para que se detuviera en cuanto la vio. Nancy vio por la ventana que los pasajeros subían a la lancha, pero esperó un momento.

—No me molestes con estas tonterías ahora —dijo Mervyn por teléfono—. Dale a los tocapelotas lo que piden y continúa con el trabajo.

Nancy se quedó sorprendida. Recordó que había conflictos laborales en la empresa del hombre. Daba la impresión de que se había rendido, algo insólito en él.

La persona con la que Mervyn hablaba también debió de sorprenderse, porque este dijo al cabo de un momento:

—Sí, me has entendido bien. Estoy demasiado ocupado para discutir con fabricantes de herramientas. ¡Adiós! —Colgó el teléfono—. La estaba buscando —dijo a Nancy.

—¿Tuvo éxito? —preguntó ella—. ¿Ha convencido a su mujer de que regrese?

—No, pero voy a meterla en cintura.

—Lástima. ¿Está ahí afuera?

Mervyn miró por la ventana.

—La de la chaqueta roja.

Nancy vio a una rubia de unos treinta y pocos años.

—¡Mervyn, es preciosa! —exclamó Nancy.

Estaba sorprendida. Había imaginado a la mujer de Mervyn más dura, menos hermosa, más como Bette Davis que como Carole Lombard.

—Ahora entiendo por qué no quiere perderla.

La mujer caminaba cogida del brazo de un hombre vestido con una chaqueta azul, el amante, sin duda alguna. No era, ni de lejos tan apuesto como Mervyn. Era de estatura algo más baja de la media, y empezaba a perder pelo. Sin embargo, tenía un aspecto agradable, plácido. Nancy comprendió al instante que la mujer se había decantado por alguien totalmente opuesto a Mervyn. Sintió simpatía por Mervyn.

—Lo siento, Mervyn —dijo.

—Aún no me he rendido —respondió él—. Iré a Nueva York.

Nancy sonrió. Esto era más típico de Mervyn.

—¿Por qué no? —preguntó—. Parece la clase de mujer por la que un hombre cruzaría todo el Atlántico.

—El problema es que depende de ti —dijo Mervyn, tuteándola—. El avión está completo.

—Por supuesto. ¿Cómo vas a viajar? ¿Y por qué depende de mí?

—Has comprado la única plaza disponible, la suite nupcial. Hay sitio para dos personas. Te ruego que me vendas la plaza disponible.

—Mervyn —rió ella—, no puedo compartir una suite nupcial con un hombre. ¡No soy una corista, sino una viuda respetable!

—Me debes un favor —insistió él.

—¡Te debo un favor, pero no mi reputación!

El atractivo rostro de Mervyn adoptó una expresión obstinada.

—No pensaste en tu reputación cuando quisiste cruzar el mar de Irlanda conmigo.

—¡Pero aquel vuelo no implicaba que pasaríamos la noche juntos!

Tenía ganas de ayudarle; su decisión de lograr que su bella esposa regresara a su lado era conmovedora.

—Lo siento muchísimo, pero a mi edad no puedo protagonizar un escándalo público.

—Escucha. He hecho averiguaciones sobre esta suite nupcial, y no difiere mucho de las demás que hay en el avión. Hay dos camas separadas. Si dejamos la puerta abierta por la noche, estaremos en la misma situación de dos completos extraños a los que se adjudican literas contiguas.

—¡Piensa en lo que dirá la gente!

—¿Por quién vas a preocuparte? No tienes marido que

pueda ofenderse, y tus padres han muerto. ¿A quién le importa lo que hagas?

Nancy pensó que era muy directo cuando quería algo.

—Tengo dos hijos de veintitantos años —protestó.

—Pensarán que has echado una cana al aire.

Muy probable, pensó Nancy con tristeza.

—También me preocupa toda la sociedad de Boston. No cabe duda de que el rumor se propagará por todas partes.

—Escucha. Estabas desesperada cuando me pediste ayuda en el aeródromo. Tenías problemas y yo te salvé el culo. Ahora soy yo el que está desesperado... Lo entiendes, ¿verdad?

—Sí, claro.

—Tengo problemas y te pido ayuda. Es mi última oportunidad de salvar mi matrimonio. Tú puedes echarme una mano. Yo te salvé, y tú puedes salvarme. Solo te costará un minúsculo escándalo. Nadie se ha muerto por eso. Nancy, por favor.

Nancy pensó en el «minúsculo escándalo». ¿Realmente importaba que una viuda se comportara con cierta indiscreción el día que cumplía cuarenta años? No iba a morirse, como él había dicho, y era probable que ni siquiera empañara su reputación. Las matronas de Beacon Hill opinarían que era «disoluta», pero la gente de su edad admiraría su temple. Nadie se imagina que sea virgen, pensó.

Nancy contempló la expresión terca y herida de Mervyn, y su corazón votó por él. A la mierda la sociedad de Boston, pensó; este hombre está sufriendo. Me ayudó cuando lo necesitaba. Sin él no estaría aquí. Tiene razón. Estoy en deuda con él.

—¿Me ayudarás, Nancy? —suplicó Mervyn—. Te lo ruego.

Nancy contuvo el aliento.

—¡Sí, maldita sea! —exclamó.

13

Lo último que vio Harry Marks de Europa fue un faro blanco, que se erguía con orgullo en la orilla norte de la desembocadura del Shannon, mientras el océano Atlántico azotaba con furia la base del acantilado. La tierra desapareció de vista a los pocos minutos; lo único que se veía en todas direcciones era el mar infinito.

Cuando llegue a Estados Unidos seré rico, pensó.

Estar tan cerca del famoso conjunto Delhi le creaba una excitación casi sexual. En algún lugar del avión, a pocos metros de donde estaba sentado, había una fortuna en joyas. Sus dedos ardían en deseos de tocarlas.

Un perista le daría cien mil dólares, como mínimo, por unas piedras preciosas valoradas en un millón. Se compraría un bonito piso y un coche, pensó, o quizá una casa en el campo con pista de tenis. Aunque tal vez debería invertir las ganancias y vivir de los intereses. ¡Sería un pisaverde y viviría de rentas!

Claro que antes debía apoderarse del botín.

Como lady Oxenford no llevaba ninguna joya, solo podían estar guardadas en dos sitios: en el equipaje de la cabina, en el mismo compartimento, o en las maletas consignadas en la bodega. Si fueran mías, no me separaría mucho de ellas, pensó Harry; las guardaría en el bolso de mano. Me daría miedo perderlas de vista. De todos modos, era imposible saber lo que opinaba al respecto la dama.

Primero, registraría la bolsa. Estaba bajo el asiento de lady Oxenford, una cara maleta de piel color vino tinto con remates metálicos. Se preguntó cómo lograría abrirla. Tal vez tendría una oportunidad durante la noche, mientras todo el mundo dormía.

Ya encontraría una forma. Sería arriesgado: robar era un juego peligroso, pero siempre se salía con la suya, hasta cuando las circunstancias se torcían. Fijaos en mí, pensó; ayer me pillaron con las manos en la masa, con unos gemelos robados en el bolsillo de los pantalones; pasé la noche en la cárcel; y ahora estoy a bordo del *clipper*, rumbo a Nueva York. ¿Suerte? ¡Aún es poco!

Una vez le habían contado un chiste sobre un hombre que se tiraba desde un décimo piso, y al pasar frente al quinto gritaba «De momento, todo va bien». Ese no era él.

Nicky, el mozo, trajo el menú de la cena y le ofreció una copa. No necesitaba beber, pero pidió una copa de champán, porque parecía lo más adecuado. Esto es vida, Harry, se dijo. Su excitación por hallarse en el avión más lujoso del mundo corría pareja con su nerviosismo por volar sobre el océano, pero, a medida que el champán obraba efecto, la excitación ganó la partida.

Le sorprendió ver que el menú estaba en inglés. ¿Acaso no sabían los norteamericanos que los menús sofisticados se escribían en francés? Quizá eran demasiado sensatos para escribir menús en un idioma extranjero. Tuvo la sensación de que Estados Unidos iba a gustarle.

El comedor solo tenía capacidad para catorce personas, de forma que la cena se serviría en tres turnos, explicó el mozo.

—¿A qué hora le apetece cenar, señor Vandenpost? ¿A las seis, a las siete y media o a las nueve?

Esta puede ser mi oportunidad, pensó Harry. Si los Oxenford cenaran antes o después que él, se quedaría solo en el compartimento, pero ¿qué turno elegirían? Harry maldijo mentalmente al mozo por escogerle a él en primer lugar. Un mozo inglés se habría dirigido primero a los nobles, pero este democrático norteamericano debía guiarse por los números de los asientos. Tendría que adivinar el turno de los Oxenford.

—Déjeme ver —dijo, para ganar tiempo.

Por su experiencia, sabía que los ricos solían comer tarde. Un trabajador desayunaba a las siete, almorzaba a mediodía y cenaba a las cinco, pero un noble desayunaba a las nueve, almorzaba a las dos y cenaba a las ocho y media. Los Oxenford cenarían tarde. Harry se inclinó por el primer turno.

—Estoy hambriento —dijo—. Cenaré a las seis.

El mozo se volvió hacia los Oxenford, y Harry contuvo el aliento.

—Me parece que a las nueve —dijo lord Oxenford.

Harry reprimió una sonrisa de satisfacción.

—Percy no querrá esperar tanto —intervino lady Oxenford—. Cenemos antes.

Muy bien, pensó inquieto Harry, pero no demasiado temprano, por el amor de Dios.

—A las siete y media, pues —concedió lord Oxenford.

Harry se sintió invadido de placer. Se había acercado un paso más al conjunto Delhi.

El mozo se volvió hacia el pasajero sentado frente a Harry, el tipo del chaleco rojo vino que tenía pinta de policía.

Les había dicho que se llamaba Clive Membury. Di a las siete y media, pensó Harry, y déjame solo en el compartimento. Sin embargo, Membury no tenía hambre y eligió el turno de las nueve.

Qué pena, pensó Harry. Membury se quedaría en el compartimento mientras los Oxenford cenaban. Quizá se ausentaría unos minutos. Era un tipo nervioso, que no paraba quieto. Si no se marchaba de buen grado, Harry tendría que imaginar una manera de deshacerse de él. Habría sido fácil de no encontrarse a bordo de un avión. Harry le habría dicho que se requería su presencia en otra habitación, que le llamaban por teléfono, o que había una mujer desnuda en la calle. Aquí, sería más difícil.

—Señor Vandenpost —dijo el mozo—, el mecánico y el navegante compartirán su mesa, si le parece bien.

—Desde luego —asintió Harry. Le gustaría hablar con algún miembro de la tripulación.

Lord Oxenford pidió otro whisky. Era un hombre sediento, como decían los irlandeses. Su esposa estaba pálida y silenciosa. Tenía un libro sobre el regazo, pero no pasaba las páginas. Parecía deprimida.

El joven Percy se marchó a charlar con los tripulantes que estaban de descanso y Margaret se sentó al lado de Harry. Este captó su perfume y lo identificó como «Tosca». Margaret se había quitado la chaqueta, y Harry observó que había heredado la figura de su madre: era muy alta, de hombros cuadrados, busto abundante y largas piernas. Su ropa, de buena calidad pero sencilla, no le hacía justicia. Harry la imaginó ataviada con un vestido de noche largo muy escotado, el cabello rojo recogido y el largo cuello blanco enmarcado por pendientes de esmeraldas talladas por Louis Cartier en su período indio... Estaría deslumbrante. Resultaba obvio que ella no se veía así. Ser una aristócrata acaudalada la molestaba; por eso vestía como la mujer de un vicario.

Era una chica formidable, y Harry estaba un poco intimidado, pero adivinaba su punto vulnerable, que le parecía encantador. Por más encantadora que sea, Harry, recuerda que es un peligro para ti y que necesitas cultivar su amistad.

Le preguntó si ya había volado en alguna ocasión anterior.

—Solo a París, con mamá —respondió ella.

Solo a París, con mamá, meditó Harry, admirado. Su madre jamás iría a París o volaría en avión.

—¿Cómo se siente uno al disfrutar de un privilegio tan grande? —preguntó Harry.

—Odiaba aquellos viajes a París. Tenía que tomar el té con aburridos ingleses, cuando lo que me apetecía en realidad era ir a restaurantes llenos de humo donde tocaban orquestas de jazz.

—Mi madre solía llevarme a Margate. Yo chapoteaba en el mar, y comíamos helados y pescado con patatas fritas.

Recordó de repente que no debía hablar de estas cosas, y una oleada de pánico le invadió. Debería farfullar vaguedades sobre un internado y una lejana casa de campo, como siempre que se veía forzado a hablar de su infancia con chicas de la alta sociedad, pero Margaret conocía su secreto y el zumbido de los motores impedía que nadie más escuchara sus palabras. En cualquier caso, cuando se sorprendió diciendo la verdad, se sintió como si, tras haberse lanzado desde el avión, estuviera aguardando a que el paracaídas se abriera.

—Nosotros nunca hemos ido a la playa —dijo Margaret con tristeza—. Solo la gente vulgar va a bañarse al mar. Mi hermana y yo envidiábamos a los niños pobres. Podían hacer lo que les apetecía.

Harry apreció la ironía de la situación. Aquí tenía una prueba más de que había nacido afortunado: los niños ricos, que circulaban en enormes coches negros, llevaban chaquetas con cuello de terciopelo y comían carne cada día, habían envidiado su libertad y su pescado con patatas fritas.

—Me acuerdo de los olores —prosiguió Margaret—. El olor de una pastelería a la hora de comer, el olor de la maquinaria engrasada cuando pasas cerca de una feria ambulante, el acogedor olor a cerveza y tabaco que se nota al abrirse la puerta de una taberna en una noche de invierno. La gente siempre parecía divertirse en esos sitios. Nunca he entrado en una taberna.

—No se ha perdido gran cosa —dijo Harry, a quien no le gustaban las tabernas—. En el Ritz se come mejor.

—Cada uno prefiere la forma de vida del otro —observó Margaret.

—Pero yo he probado las dos —puntualizó Harry—. Sé cuál es la mejor.

La joven meditó durante unos instantes.

—¿Qué espera lograr en la vida? —preguntó de repente.

Era una pregunta muy peculiar.

—Divertirme.

—No, en serio.

—¿Qué quiere decir «en serio»?

—Todo el mundo quiere divertirse. ¿Qué vas a hacer?

—Lo que hago ahora.

Harry, guiado por un impulso, decidió revelarle algo que nunca había contado a nadie.

—¿Has leído *El ladrón aficionado*, de Hornung? —Margaret negó con la cabeza—. Va de un ladrón de guante blanco que fuma cigarrillos turcos, viste prendas exquisitas, consigue que le inviten a casas y roba las joyas de los propietarios. Yo quiero ser como él.

—No digas tonterías, por favor —replicó ella con brusquedad.

Harry se sintió un poco herido. Margaret era brutalmente directa cuando pensaba que alguien decía estupideces. Solo que esto no eran estupideces, sino el sueño de su vida. Ahora que le había abierto su corazón, experimentaba la necesidad de convencerla de que estaba diciendo la verdad.

—No son tonterías —contestó.

—No puedes pasarte la vida robando. Acabarás envejeciendo en la cárcel. Hasta Robbin Hood se casó y se estableció al final. ¿Qué es lo que realmente te gusta?

Harry, en circunstancias normales, habría respondido a esta pregunta con una lista de *delicatessen*: un piso, un coche, chicas, fiestas, trajes de Savile Row y joyas hermosas. Sin embargo, sabía que ella se burlaría. Lamentaba su actitud, pero también era cierto que sus ambiciones no eran tan materialistas y, ante su sorpresa, se descubrió confesándole cosas que jamás había admitido.

—Me gustaría vivir en una gran casa de campo con las paredes cubiertas de hiedra —dijo.

Calló. De pronto, las emociones le dominaban. Se sintió turbado, pero, por algún motivo que desconocía, tenía muchas ganas de contarle todo esto.

—Una casa en el campo con pista de tenis, caballerizas y rododendros bordeando el camino particular —prosiguió. La recreó en su mente, y se le antojó el lugar más seguro y cómodo del mundo—. Me gustaría pasear por los jardines con botas marrones y un traje de tweed, hablando con los jardineros y los mozos de cuadra, y todos pensarían que yo era un auténtico caballero. Invertiría todo mi dinero en negocios sólidos como una roca y nunca gastaría ni la mitad de la renta. Al llegar el verano, celebraría fiestas en los jardines, con fresas y nata. Y tendría cinco hijas tan bonitas como su madre.

—¡Cinco! —rió Margaret—. ¡Será mejor que te cases con una mujer fuerte! —De repente, se puso seria—. Es un sueño precioso —dijo—. Espero que se convierta en realidad.

Harry se sentía muy cercano a ella, como si pudiera pedirle cualquier cosa.

—¿Y tú? —preguntó—. ¿También tienes un sueño?

—Quiero participar en esta guerra. Voy a alistarme en el STA.

Aún sonaba extraño que las mujeres se alistasen en el ejército, pero a estas alturas ya era moneda corriente.

—¿Qué harías?

—Conducir. Necesitan mujeres para entregar mensajes y conducir ambulancias.

—Será peligroso.

—Lo sé, pero no me importa. Quiero participar en la lucha. Es nuestra última oportunidad de detener el fascismo.

Apretó la mandíbula, y un brillo indómito apareció en sus ojos. Harry pensó que era terriblemente valiente.

—Pareces muy decidida.

—Tenía un… amigo al que los fascistas mataron en España, y quiero terminar el trabajo que él empezó.

Su expresión reflejaba tristeza.

—¿Le amabas? —preguntó Harry, guiado por un impulso.

Margaret asintió con la cabeza.

Harry advirtió que estaba a punto de llorar. Acarició su brazo, a modo de consuelo.

—¿Aún le amas?

—Siempre le querré un poco. —La voz de la joven se redujo a un susurro—. Se llamaba Ian.

Harry sintió un nudo en la garganta. Deseó estrecharla en sus brazos y consolarla, y lo hubiera hecho de no ser por la presencia de su padre que, sentado al final del compartimento, bebía whisky y leía el *Times*. Tuvo que contentarse con apretarle discretamente la mano. Ella le dedicó una sonrisa de gratitud, como si comprendiera.

—La cena está servida, señor Vandenpost —anunció el mozo.

Harry se sorprendió de que ya fuesen las seis. Lamentó interrumpir su conversación con Margaret.

Ella leyó su mente.

Tendremos mucho tiempo para hablar —dijo—. Pasaremos juntos las próximas veinticuatro horas.

—Cierto. —Harry sonrió y volvió a acariciarle la mano—. Hasta luego —murmuró.

Recordó que había empezado a cultivar su amistad a fin de manipularla. Había terminado contándole todos sus secretos. Margaret tenía una manera de dar al traste con sus planes que le preocupaba. Lo peor era que le gustaba.

Entró en el siguiente compartimento. Se sorprendió un poco al ver que lo habían transformado por completo; en lugar de un salón, ahora era un comedor. Había tres mesas de cuatro comensales, y dos más pequeñas auxiliares. Tenía todo el aspecto de un buen restaurante, con manteles y servilletas de hilo y vajilla de porcelana color hueso, adornada con el símbolo azul de la Pan American. Observó que el dibujo reproducido en el papel pintado de esta zona era un mapamundi y el mismo símbolo alado de la Pan American.

El mozo le indicó que tomara asiento frente a un hombre bajo y robusto, vestido con un traje gris claro que Harry le envidió. La aguja de corbata tenía una perla auténtica de buen tamaño. Harry se presentó.

—Tom Luther —dijo el hombre, estrechándole la mano.

Harry observó que sus gemelos hacían juego con la aguja. Un hombre que gastaba dinero en joyas.

Harry se sentó y desdobló la servilleta. El acento de Luther era norteamericano, aunque matizado por cierta entonación europea.

—¿De dónde eres, Tom? —preguntó Harry.

—De Providence, Rhode Island. ¿Y tú?

—De Filadelfia. —Harry tenía una necesidad extrema de saber dónde estaba Filadelfia—. Pero he vivido un poco en todas partes. Mi padre se dedicaba a los seguros.

Luther asintió con cortesía, pero sin demostrar mucho interés, lo cual complació a Harry. No deseaba que le hicieran preguntas sobre sus orígenes; era demasiado fácil cometer un desliz.

Los dos tripulantes llegaron y se presentaron. Eddie Deakin, el mecánico, era un tipo ancho de pecho y cabello color arena, de rostro agradable. Harry intuyó que le habría gustado desanudarse la corbata y quitarse la chaqueta del uniforme. Jack Ashford, el navegante, tenía el cabello oscuro y la barbilla caída, un hombre preciso y metódico que daba la impresión de haber nacido con el uniforme.

En cuanto se sentaron, Harry notó que una corriente de hostilidad se establecía entre Eddie y Luther. Muy interesante.

La cena empezó con un cóctel de gambas. Los dos tripulantes bebieron café. Harry pidió una copa de vino blanco seco y Tom Luther ordenó un martini.

Harry todavía pensaba en Margaret Oxenford y en el novio que había muerto en España. Miró por la ventana, preguntándose hasta qué punto continuaba enamorada del muchacho. Un año era mucho tiempo, sobre todo a su edad.

—Hasta el momento, el tiempo está a nuestro favor —comentó Jack Ashford, siguiendo la dirección de su mirada.

Harry observó que el cielo estaba despejado y que el sol brillaba sobre las alas.

—¿Cómo suele ser? —preguntó.

—A veces, llueve sin descanso desde Irlanda a Terranova —contestó Jack—. Tenemos granizo, nieve, hielo, truenos y rayos.

Harry recordó algo que había leído.

—¿No es peligroso el hielo?

—Planeamos nuestra ruta con la idea de evitar temperaturas bajo cero. En cualquier caso, el avión va equipado con botas de goma anticongelantes.

—¿Botas?

—Simples protectores de goma que recubren las alas y la colá en los puntos propensos a helarse.

—¿Cuál es la predicción para el resto del viaje?

Jack vaciló un momento, y Harry comprendió que se arrepentía de haber mencionado el tiempo.

—Hay una tempestad en el Atlántico —dijo.

—¿Fuerte?

—En el centro es fuerte, pero nos limitaremos a rozarla; espero.

No parecía muy convencido.

—¿Qué se nota en una tempestad? —preguntó Tom Luther.

Sonreía, enseñando los dientes, pero Harry leyó el miedo en sus ojos azules.

—Se mueve un poco —dijo Jack.

No dio más explicaciones, pero Eddie, el mecánico, respondió a la pregunta de Tom Luther.

—Es como intentar cabalgar sobre un caballo salvaje.

Luther palideció. Jack miró a Eddie con el ceño fruncido, desaprobando su falta de tacto.

El siguiente plato era sopa de tortuga. Nicky y Davy, los dos mozos, servían a los comensales. Nicky era gordo y Davy pequeño. En opinión de Harry, ambos eran homosexuales, o «musicales», como diría la camarilla de Noel Coward. A Harry le gustaba su eficacia informal.

El mecánico parecía preocupado. Harry le estudió con disimulo. Su rostro franco y bondadoso desmentía que fuera un tipo taciturno.

—¿Quién se encarga del avión mientras tú comes, Eddie? —preguntó Harry, en un intento de sonsacarle algo.

—Mi ayudante, Mickey Finn, realiza el trabajo —contestó Eddie. Hablaba en tono distendido, pero no sonreía—. La tripulación se compone de nueve personas, sin contar a los dos camareros. Todos, excepto el capitán, trabajan en turnos alternos de cuatro horas. Jack y yo hemos trabajado desde que despegamos de Southampton a las dos de la tarde, así que paramos a las seis, hace escasos minutos.

—¿Y el capitán? —preguntó Tom Luther con ansiedad—. ¿Toma pastillas para mantenerse despierto?

—Duerme cuando le es posible —dijo Eddie—. Creo que

se tomará un buen descanso cuando rebasemos el punto de no retorno.

—¿Quiere decir que volaremos por el cielo mientras el capitán duerme? —preguntó Luther, en un tono de voz excesivamente agudo.

—Claro —sonrió Eddie.

Luther parecía aterrorizado. Harry intentó apaciguar los ánimos.

—¿Cuál es el punto de no retorno?

—Controlamos nuestras reservas de combustible incesantemente. Cuando no nos queda el suficiente para regresar a Foynes, significa que hemos rebasado el punto de no retorno.

Eddie hablaba con contundencia, y Harry comprendió, sin el menor asomo de duda, que pretendía asustar a Tom Luther.

El navegante intervino en la conversación, con ánimo conciliatorio.

—En este momento, nos queda el combustible suficiente para llegar a nuestro destino o volver a Inglaterra.

—¿Y si no queda el suficiente para llegar a uno u otro punto? —se interesó Luther.

Eddie se inclinó hacia delante y dibujó una sonrisa desprovista por completo de humor.

—Confíe en mí, señor Luther —dijo.

—Una circunstancia imposible —se apresuró a afirmar el navegante—. Regresaríamos a Foynes antes de que ocurriera. Para mayor seguridad, basamos todos nuestros cálculos en tres motores, en lugar de cuatro, por si acaso uno se avería.

Jack intentaba que Luther recuperara la confianza, pero hablar de motores averiados solo sirvió para que el hombre se asustara más. Intentó sorber un poco de sopa, pero su mano tembló y el líquido se derramó sobre su corbata.

Eddie, satisfecho en apariencia, se sumió en el silencio. Jack trató de mantener viva la conversación, y Harry procuró echarle una mano, pero se respiraba un ambiente extraño. Harry se preguntó qué coño ocurría entre Eddie y Luther.

El comedor no tardó en llenarse. La hermosa mujer del

vestido a topos se sentó en la mesa de al lado, con su acompañante de la chaqueta azul. Harry había averiguado que eran Diana Lovesey y Mark Adler. Margaret debería vestirse como la señora Lovesey, pensó Harry; su aspecto mejoraría aún más. Sin embargo, la señora Lovesey no parecía feliz; de hecho, parecía desdichada en grado sumo.

El servicio era rápido y la comida buena. El plato principal consistía en *filet mignon* con espárragos a la holandesa y puré de patatas. El filete era el doble de grande que en cualquier restaurante inglés. Harry no lo terminó, y rechazó otra copa de vino. Quería estar en forma. Iba a robar el conjunto Delhi. La idea le excitaba, pero también le atemorizaba. Sería el mayor golpe de su vida, y podía ser el último, si así lo decidía. Podría comprarse aquella casa de campo cubierta de hiedra con pista de tenis.

Después del filete sirvieron una ensalada, lo cual sorprendió a Harry. En los restaurantes elegantes de Londres no solían servir ensalada, y mucho menos después del plato fuerte.

Melocotones melba, café y repostería variada llegaron en rápida sucesión. Eddie, al darse cuenta de que su comportamiento dejaba mucho que desear, hizo un esfuerzo por entablar conversación.

—¿Puedo preguntarle cuál es el objeto de su viaje, señor Vandenpost?

—Yo diría que prefiero mantenerme bien lejos de Hitler —respondió—. Al menos, hasta que Estados Unidos entre en guerra.

—¿Cree que eso ocurrirá? —preguntó Eddie, escéptico.

—Ya pasó la última vez.

—No tenemos nada contra los nazis —intervino Tom Luther—. Están en contra de los comunistas, y nosotros también.

Jack asintió en silencio.

Harry se quedó estupefacto. En Inglaterra, todo el mundo pensaba que Estados Unidos entraría en guerra, pero no sucedía lo mismo en esta mesa. Quizá los ingleses se estaban engañando, pensó con pesimismo. Quizá no se iba a recibir ninguna ayuda de Estados Unidos. Malas noticias para mamá, que se había quedado en Londres.

—Creo que deberíamos plantar cara a los nazis —dijo Eddie, con cierta agresividad—. Son como gángsteres —añadió, mirando a Luther—. A gente de esa calaña hay que exterminarla, como a ratas.

Jack se levantó con brusquedad. Su semblante expresaba preocupación.

—Si hemos terminado, Eddie, sería mejor que descansáramos un poco —dijo.

Eddie aparentó sorpresa ante esta repentina declaración, pero al cabo de un momento asintió, y los dos tripulantes se marcharon.

—Ese ingeniero es un poco rudo —dijo Harry.

—¿De veras? —contestó Luther—. No me he dado cuenta.

Mentiroso de mierda, pensó Harry. ¡Te ha llamado gángster en la cara!

Luther pidió un coñac. Harry se preguntó si en realidad, era un gángster. Los que Harry conocía en Londres eran mucho más ostentosos, cargados de anillos, abrigos de pieles y zapatos de dos colores. Luther parecía un hombre de negocios millonario, dedicado a envasar carne, construir barcos, algo así.

—¿Cómo te ganas la vida, Tom? —preguntó Harry, obedeciendo a un impulso.

—Tengo negocios en Rhode Island.

Como la respuesta no era muy alentadora, Harry se levantó al cabo de unos momentos, se despidió y salió.

Cuando entró en su compartimento, lord Oxenford le preguntó con brusquedad:

—¿Está buena la cena?

Harry la había encontrado excelente, pero la gente de la alta sociedad jamás ensalzaba la comida.

—No está mal —dijo, sin comprometerse—. Hay un vino del Rin muy aceptable.

Oxenford gruñó y se sumergió de nuevo en la lectura de

su periódico. Nadie es más grosero que un noble grosero, pensó Harry.

Margaret sonrió, contenta de volver a verle.

—¿Qué te ha parecido, en realidad? —preguntó, murmurando en tono conspirador.

—Deliciosa —respondió él, y ambos rieron.

Margaret cambiaba cuando reía. Sus mejillas se teñían de un tono rosáceo y abría la boca, exhibiendo dos filas de dientes impecables. Su cabello se agitaba, y Harry consideraba erótica la nota gutural de sus carcajadas. Deseó acariciarla. Estaba a punto de hacerlo, pero divisó por el rabillo del ojo a Clive Membury, sentado frente a él, y refrenó el impulso, sin saber bien por qué.

—Hay una tempestad sobre el Atlántico —dijo.

—¿Significa eso que lo vamos a pasar mal?

—Sí. Intentarán bordearla, pero aún así será un viaje agitado.

Era difícil hablar con ella porque los camareros no cesaban de pasar por el medio, llevando platos al comedor y volviendo con la vajilla utilizada. El hecho de que tan solo dos hombres se encargaran de cocinar y servir tantas cosas impresionó a Harry.

Cogió un ejemplar de *Life* que Margaret ya había terminado de leer y pasó las páginas, mientras esperaba con impaciencia a que los Oxenford fueran a cenar. No había traído libros ni revistas; la lectura no le apasionaba. Le gustaba ojear por encima un periódico, pero sus distracciones favoritas eran la radio y el cine.

Por fin, avisaron a los Oxenford de que era su turno de cenar, y Harry se quedó a solas con Clive Membury. El hombre había pasado la primera etapa del viaje en el salón, jugando a las cartas, pero ahora que el salón se había transformado en comedor no se movía de su asiento. En algún momento irá al lavabo, pensó Harry.

Se preguntó una vez más si Membury era policía y, de ser así, qué hacía a bordo del *clipper*. Si seguía a un sospechoso, el delito debía de ser muy grave, para que la policía inglesa desembolsara el importe del billete. De todos modos, tal vez era una de esas personas que ahorraban durante años para realizar el viaje de sus sueños, un crucero por el Nilo o la ruta del Orient Express. Tal vez era un fanático de la aviación que tan solo aspiraba a experimentar el gran vuelo transatlántico. En este caso, confío en que lo disfrute, pensó Harry. Noventa machacantes es mucho dinero para un poli.

La paciencia no era el punto fuerte de Harry. Después de que transcurriera media hora sin que Membury se moviera de su sitio, decidió tomar medidas.

—¿Ha visto la cubierta de vuelo, señor Membury?

—No.

—Por lo visto, es impresionante. Dicen que es tan grande como el interior de un Douglas DC-3, que es un avión de medidas muy respetables.

—Vaya, vaya.

A Membury le traía sin cuidado. Por lo tanto, no era un fanático de la aviación.

—Deberíamos echarle un vistazo.

Harry detuvo a Nicky, que pasaba con una sopera llena de sopa de tortuga.

—¿Se puede visitar la cubierta de vuelo?

—¡Sí, señor, desde luego!

—¿Va bien ahora?

—Estupendamente, señor Vandenpost. No vamos a despegar ni aterrizar, la tripulación no está cambiando de turno y el tiempo se mantiene sereno. No podría haber elegido un momento mejor.

Harry confiaba en que la respuesta sería esa. Se levantó y miró con aire expectante a Membury.

—¿Vamos?

Dio la impresión de que Membury iba a negarse. No era un tipo fácil de persuadir. Por otra parte, parecía grosero negarse a visitar la cubierta de vuelo; tal vez Membury no desearía mostrarse desagradable. Al cabo de unos momentos, se puso en pie.

—Desde luego —dijo.

Harry abrió la marcha. Pasó frente a la cocina y el lavabo de caballeros, giró a la derecha y subió por la escalera de caracol. Emergió en la cubierta de vuelo, seguido de Membury.

Harry miró a su alrededor. No se parecía en nada a la imagen que se había formado de la carlinga de un avión. Limpia, silenciosa y cómoda, recordaba más una oficina de cualquier edificio moderno. Los compañeros de mesa de Harry, el mecánico y el navegante, no estaban presentes, por supuesto, puesto que disfrutaban de su período de descanso, pero sí el capitán, sentado a una pequeña mesa situada en la parte posterior de la cabina. Levantó la vista, sonrió complacido y saludó.

—Buenas noches, caballeros. ¿Les apetece echar un vistazo?

—Ya lo creo —contestó Harry—, pero me he dejado la cámara. ¿Se pueden hacer fotografías?

—Sin el menor problema.

—Vuelvo enseguida.

Bajó las escaleras corriendo, complacido consigo mismo pero tenso. Se había desembarazado de Membury por un rato, pero tendría que proceder al registro con gran velocidad.

Volvió al compartimiento. Había un camarero en la cocina y otro en el comedor. Le habría gustado esperar a que los dos estuvieran ocupados sirviendo las mesas, sin pasar por el compartimento, pero no tenía tiempo. Debería correr el riesgo de que le interrumpieran.

Sacó la bolsa de lady Oxenford de debajo del asiento. Era demasiado grande y pesada para utilizarla como bolsa de mano, pero alguien la cargaría por ella. La colocó sobre el asiento y la abrió. No estaba cerrada con llave. Una mala señal, pues la mujer no era tan inocente como para dejar joyas de valor incalculable en una bolsa tan vulnerable.

De todos modos, la registró a toda prisa, vigilando por el rabillo del ojo la irrupción de alguien. Encontró perfumes y maquillajes, un conjunto de cepillo y peine de plata, una bata de color castaño, un camisón, unas zapatillas de exquisita confección, ropa interior de seda color melocotón, medias, una bolsa de aseo que contenía un cepillo de dientes y los consabidos artículos de tocador y un libro de poemas de Blake..., pero ninguna joya.

Harry maldijo en silencio. Había pensado que este era el escondite más probable. Ahora, empezaba a desconfiar de toda su teoría.

El registro había durado unos escasos veinte segundos.

Cerró la bolsa a toda prisa y la deslizó debajo del asiento.

Se preguntó si la mujer habría pedido a su marido que llevara las joyas.

Miró la bolsa guardada bajo el asiento de lord Oxenford. Los camareros seguían ocupados. Decidió probar suerte.

Tiró de la bolsa, parecida a una maleta, pero de piel. La parte superior se abría mediante una cremallera, provista de un pequeño candado. Harry siempre llevaba encima una navaja para casos como este. La utilizó para soltar el candado y descorrió la cremallera.

Mientras registraba el contenido, Davy, el camarero bajo, salió de la cocina, cargado con una bandeja de bebidas. Harry levantó la vista y sonrió. Davy miró la bolsa. Harry contuvo el aliento y sostuvo su sonrisa petrificada. El camarero entró en el comedor. Había dado por supuesto que la bolsa era de Harry.

Harry respiró de nuevo. Era un experto en apaciguar las sospechas, pero cada vez que lo hacía se moría de miedo.

La bolsa de Oxenford contenía el equivalente masculino de lo que su mujer llevaba: útiles de afeitado, brillantina, un pijama a rayas, ropa interior de franela y una biografía de Napoleón. Harry cerró la cremallera y aseguró el candado. Oxenford descubriría que estaba roto y se preguntaría qué había ocurrido. Si sospechaba, comprobaría si faltaba algo. Al ver que todo seguía en su sitio, imaginaría que el candado era defectuoso.

Harry devolvió la bolsa a su lugar.

Lo había conseguido, pero estaba tan cerca como antes del conjunto Delhi.

No parecía probable que los hijos transportaran las joyas, pero a regañadientes, decidió registrar su equipaje.

Si lord Oxenford había decidido emplear la astucia, escondiendo las joyas en el equipaje de sus hijos, habría elegido a Percy, quien se habría sentido encantado de participar en la estratagema, antes que a Margaret, más propensa a llevar la contraria a su padre.

Las cosas de Percy estaban guardadas con tal cuidado que solo un criado podía ser el responsable. Ningún crío normal de quince años doblaba sus pijamas y los envolvía con papel de seda. Su bolsa de aseo contenía un cepillo de dientes nuevo y un tubo de pasta dentífrica sin estrenar. Había un juego de ajedrez en miniatura, unos cuantos tebeos y un paquete de galletas de chocolate, detalle de una cocinera o criada que le apreciaba, imaginó Harry. Examinó el interior del juego de ajedrez, los tebeos y abrió el paquete de galletas, sin encontrar las joyas.

Mientras colocaba la bolsa en su sitio, un pasajero pasó en dirección al lavabo de caballeros. Harry no le hizo caso.

Se negaba a creer que lady Oxenford hubiera dejado el conjunto Delhi en un país que corría el peligro de ser invadido y conquistado dentro de escasas semanas. Sin embargo, hasta el momento no tenía pruebas de que lo llevara con ella. Si no estaba en la bolsa de Margaret, tenía que hallarse en el equipaje consignado. Sería difícil comprobarlo. ¿Era posible introducirse en una bodega mientras el avión volaba? La otra alternativa consistía en seguir a los Oxenford hasta su hotel de Nueva York…

El capitán y Clive Membury se estarían preguntando por qué tardaba tanto en volver con la cámara.

Cogió la bolsa de Margaret. Parecía un regalo de cumpleaños. Se trataba de un maletín de esquinas redondeadas, hecho de suave piel color crema y provisto de hermosos adornos metálicos. Cuando lo abrió, captó su perfume, «Tosca». Encontró un camisón de algodón con florecillas bordadas, y trató de imaginarla cubierta con él. Demasiado infantil para Margaret. Su ropa interior era de algodón. Se preguntó si aún sería virgen. Había una pequeña foto enmarcada de un chico de unos veintiún años, de largo cabello oscuro y cejas negras, vestido con una toga y una muceta. El chico muerto en España, probablemente. ¿Se habría acostado con él? Harry se inclinaba por esta posibilidad, pese a las bragas de colegiala. Estaba leyendo una novela de D.H. Lawrence. Apuesto a que su madre no lo sabe, pensó Harry. Había un montoncito de pañuelos de hilo con las iniciales «M. O.» bordadas. Olían a Tosca.

Las joyas no estaban aquí. Maldición.

Harry decidió quedarse con un pañuelo perfumado como recuerdo. Justo cuando lo cogía, Davy apareció con una bandeja cargada de cuencos para sopa.

Miró a Harry y se detuvo, frunciendo el ceño. La bolsa de Margaret era muy diferente de la perteneciente a Lord Oxenford, por supuesto. Estaba claro que Harry no podía ser el dueño de ambas bolsas; por lo tanto, estaba registrando las pertenencias de otras personas.

Davy le miró por un momento, sospechando de él, pero temeroso al mismo tiempo de acusar a un pasajero.

—¿Es esa su maleta, señor? —tartamudeó por fin.

Harry le enseñó el pañuelo.

—¿Cree que me puedo sonar con esto?

Cerró la maleta y la puso en su sitio.

La expresión de Davy continuaba mostrando preocupación.

—La señorita me pidió que viniera a buscarlo —explicó Harry—. Las cosas que hacemos…

La expresión de Davy cambió a una de embarazo.

—Lo siento, señor, pero espero que comprenda…

—Me alegro de que sea tan observador —dijo Harry—. Continúe así.

Palmeó el hombro de Davy. Ahora, tendría que devolverle el maldito pañuelo a Margaret, para dar crédito a su historia. Entró en el comedor.

Estaba sentada a una mesa con sus padres y su hermano. Harry le tendió el pañuelo.

—Se te ha caído esto —dijo.

Margaret se quedó sorprendida.

—¿De veras? ¡Gracias!

—De nada.

Se marchó a toda prisa. ¿Verificaría Davy su historia, preguntando a Margaret si había pedido a Harry que le trajera un pañuelo limpio? No era probable.

Volvió a su compartimento, pasó frente a la cocina, donde Davy estaba amontonando los platos sucios, y subió la escalera. ¿Cómo demonios iba a introducirse en la bodega del equipaje? Ni siquiera sabía dónde estaba; no había visto cómo subían las maletas. Pero tenía que existir alguna forma.

El capitán Baker estaba explicando a Clive Membury cómo navegaban sobre aquel océano monótonamente igual.

—Durante la mayor parte de la travesía estamos fuera del alcance de los radiofaros, de modo que las estrellas son nuestra mejor guía…, cuando las podemos ver.

Membury miró a Harry.

—¿Y la cámara? —preguntó con brusquedad.

Definitivamente un poli, pensó Harry.

—Me olvidé de ponerle carrete. Qué tonto, ¿no? —miró a su alrededor—. ¿Cómo pueden verse las estrellas desde aquí?

—Oh, el navegante sale de vez en cuando al exterior —contestó el capitán, impertérrito. Después, sonrió—. Era una broma. Hay un observatorio. Se lo enseñaré.

Abrió una puerta en el extremo posterior de la cubierta de vuelo y salió. Harry le siguió y se encontró en un angosto pasadizo. El capitán apuntó con su dedo hacia arriba.

—Esta es la cúpula de observación —dijo.

Harry miró sin demasiado interés; su mente seguía centrada en las joyas de lady Oxenford. Había una burbuja de vidrio en el techo, y a un lado colgaba de un gancho una escalerilla plegada.

—Se sube ahí con el octante cada vez que se abre una brecha en las nubes —explicó el capitán—. También sirve como compuerta de carga del equipaje.

La atención de Harry se despertó de repente.

—¿El equipaje entra por el techo? —preguntó.

—Claro. Justo por ahí.

—¿Y adónde va a parar?

El capitán señaló las dos puertas que se abrían a cada extremo del estrecho pasadizo.

—A las bodegas del equipaje.

Harry apenas daba crédito a su suerte.

—¿Y todas las maletas están guardadas detrás de esas dos puertas?

—Sí, señor.

Harry probó una de las puertas. No estaba cerrada con llave. Miró en el interior. Las maletas y baúles de los pasajeros estaban cuidadosamente apilados y atados con cuerdas a los puntales, para que no se movieran durante el vuelo.

En algún lugar le aguardaba el conjunto Delhi, y una vida llena de lujos.

Clive Membury miró por encima del hombro de Harry.

—Fascinante —murmuró.

—Ya lo puede decir —comentó Harry.

14

Margaret estaba muy animada. Ya se había olvidado de que no quería ir a Estados Unidos. ¡Apenas podía creer que había trabado amistad con un verdadero ladrón! En circunstancias normales, si alguien le hubiera dicho «Soy un ladrón», no le habría creído, pero, en el caso de Harry, sabía que era cierto, porque le había conocido en una comisaría de policía y había visto cómo le acusaban.

Siempre la había fascinado la gente que vivía al margen del orden establecido: delincuentes, bohemios, anarquistas, prostitutas y vagabundos. Parecían tan libres... Claro que su libertad no les permitía pedir champán, viajar en avión a Nueva York o enviar a sus hijos a la universidad; no era tan ingenua como para desconocer las desventajas de ser un paria. Sin embargo la gente como Harry nunca se plegaba a las órdenes de nadie, y eso le parecía maravilloso. Soñaba con ser una guerrillera, vivir en las colinas, ponerse pantalones, llevar un rifle, robar comida, dormir al raso y no planchar nunca la ropa.

Nunca había conocido gente de esa, o bien no la reconocía cuando se topaba con ella. ¿Acaso no se había sentado en un portal de «la calle más depravada de Londres», sin darse cuenta de que la iban a tomar por una prostituta? Parecía un acontecimiento lejanísimo, aunque había tenido lugar anoche.

Conocer a Harry era lo más interesante que le había pasado desde hacía tiempo inmemorial. Representaba todo aquello que Margaret siempre había deseado. ¡Podía hacer lo que le daba la gana! Por la mañana había decidido ir a Estados Unidos y por la tarde ya estaba de camino. Si le apetecía bailar toda la noche y dormir todo el día, lo hacía. Comía y bebía cuanto quería, cuando tenía ganas, en el Ritz, en una taberna o a bordo del *clipper* de la Pan American. Ingresaba en el partido Comunista y se marchaba sin dar explicaciones a nadie. Cuando necesitaba dinero, se lo quitaba a gente que poseía más del que merecía. ¡Era un alma libre por completo!

Tenía muchas ganas de saber más cosas acerca de él, y le sabía mal perder el tiempo cenando sin su compañía.

En el comedor había tres o cuatro mesas. El barón Gabon y Carl Hartmann se hallaban en la mesa vecina. Papá les había dirigido una mirada iracunda cuando entraron, tal vez porque eran judíos. Ollis Field y Frank Gordon compartían la mesa. Frank Gordon era un joven algo mayor que Harry, un tipo apuesto, pero cuya boca delataba cierta brutalidad oculta. Ollis Field era un hombre mayor, de aspecto extenuado, completamente calvo. Los dos hombres habían levantado ciertos comentarios por quedarse en el avión mientras todo el mundo bajaba en Foynes.

Lulu Bell y la princesa Lavinia, que se quejaba en voz alta del exceso de sal que arruinaba la salsa del cóctel de gambas, ocupaban la tercera mesa. Las acompañaban dos personas que habían subido en Foynes, el señor Lovesey y la señora Lenehan. Percy decía que compartían la suite nupcial, aunque no estaban casados. Sorprendió a Margaret que la Pan American permitiera semejante escándalo. Tal vez suavizaban las normas debido a la cantidad de gente que intentaba con desesperación trasladarse a Estados Unidos.

Percy se sentó a cenar tocado con un casquete negro judío. Margaret rió. ¿De dónde demonios habría sacado aquello? Papá se lo quitó de la cabeza de un manotazo, enfurecido.

—¡Idiota! —aulló.

El rostro de mamá no había alterado su expresión desde que dejara de llorar por la partida de Elizabeth.

—Creo que es espantosamente temprano para cenar —murmuró vagamente.

—Son las siete y media —dijo papá.

—¿Por qué no oscurece?

—En Inglaterra ya ha oscurecido —intervino Percy—, pero nos encontramos a cuatrocientos cincuenta kilómetros de la costa irlandesa. Seguimos la ruta del sol.

—Pero acabará oscureciendo.

—Alrededor de las nueve, diría yo.

—Bien —concluyó mamá.

—¿Os dais cuenta de que si fuéramos a la rapidez suficiente alcanzaríamos al sol y nunca oscurecería? —dijo Percy.

—No existe la menor posibilidad de que el hombre invente aviones tan rápidos —replicó lord Oxenford, en tono condescendiente.

Nicky, el camarero, trajo el primer plato.

—Yo no quiero, gracias —dijo Percy—. Los judíos no comemos gambas.

El camarero le dirigió una mirada de asombro, pero no dijo nada. Papá enrojeció.

Margaret se apresuró a cambiar de tema.

—¿Cuándo haremos la próxima escala, Percy?

Su hermano siempre sabía estas cosas.

—Se tardan dieciséis horas y media en llegar a Botwood —dijo—. Deberíamos llegar a las nueve de la mañana, según el horario inglés de verano.

—¿Qué hora será allí?

—Cuenta tres horas y media menos que la hora de Greenwich.

—¿Tres horas y media? —se extrañó Margaret—. No sabía que existían diferencias tan extravagantes.

—Y Botwood también aprovecha la luz solar, como Inglaterra, lo cual quiere decir que aterrizaremos hacia las cinco y media de la mañana, hora local.

—No podré despertarme —dijo mamá, con voz cansada.

—Ya lo creo que sí —se obstinó Percy—. Tendrás la sensación de que son las nueve de la mañana.

—Los chicos saben mucho de los adelantos técnicos —murmuró mamá.

Irritaba a Margaret cuando fingía ser estúpida. Creía que no era femenino comprender los detalles técnicos. «A los hombres no les gustan las chicas demasiado listas, querida», había repetido en más de una ocasión a Margaret. Esta ya no discutía con ella, pero tampoco le creía. En su opinión, solo los hombres estúpidos pensaban de esa manera. A los hombres inteligentes les gustaban las chicas inteligentes.

Se dio cuenta de que en la mesa vecina se hablaba en voz algo más alta. El barón Gabon y Carl Hartmann estaban discutiendo, mientras sus compañeros de cena les contemplaban en perplejo silencio. Margaret recordó que Gabon y Hartmann no habían parado de discutir desde que se sentaron a la mesa. No era sorprendente; debía de ser difícil hablar de trivialidades con uno de los cerebros más brillantes del mundo. Captó la palabra «Palestina». Debían de estar discutiendo sobre el sionismo. Dirigió una mirada nerviosa a su padre. Él también escuchaba, y su expresión denotaba mal humor.

—Vamos a atravesar una tormenta —dijo Margaret, antes de que su padre pudiera hablar—. El avión se moverá un poco.

—¿Cómo lo sabes? —preguntó Percy.

En su voz se transparentaban los celos; el experto en detalles aeronáuticos era él, no Margaret.

—Me lo ha dicho Harry.

—¿Y cómo lo supo?

—Cenó con el mecánico y el navegante.

—No estoy asustado —afirmó Percy, en un tono que sugería todo lo contrario.

A Margaret no le había ocurrido preocuparse por la tempestad. Resultaría incómoda, pero no existía auténtico peligro, ¿verdad?

Papá vació su copa y pidió más vino al camarero, con cierta irritación. ¿Le asustaba la tempestad? Margaret había observado que bebía más de lo normal. Tenía la cara colorada y los ojos vidriosos. ¿Estaba nervioso? Tal vez seguía disgustado por la partida de Elizabeth.

—Margaret, deberías hablar más con ese silencioso señor Membury —dijo mamá.

Margaret se sorprendió.

—¿Por qué? Da la impresión de que prefiere estar solo.

—Yo diría que es pura timidez.

No era propio de mamá apenarse por las personas tímidas, sobre todo si eran, como el señor Membury, miembros de la clase media.

—Di la verdad, mamá. ¿A qué te refieres?

—No quiero que te pases todo el viaje hablando con el señor Vandenpost.

Esta era, precisamente, la intención de Margaret.

—¿Y por qué no?

—Bien, es de tu edad, y no querrás darle esperanzas.

—Tal vez me apetezca darle esperanzas. Es terriblemente atractivo.

—No, querida —repuso mamá con firmeza—. Tiene algo que no acaba de convencerme.

Quería decir que no era de la alta sociedad. Como muchos extranjeros que se casaban con aristócratas, mamá era aún más presuntuosa que los ingleses.

Por lo tanto, la interpretación de Harry de joven norteamericano acaudalado no la había engañado por completo. Su olfato social era infalible.

—Pero dijiste que conocías a los Vandenpost de Filadelfia —protestó Margaret.

—En efecto, pero he reflexionado sobre ello y estoy segura de que no pertenece a esa familia.

—Puede que cultive su amistad solo para castigar tu presuntuosidad, mamá.

—No es presuntuosidad, querida, sino educación. La presuntuosidad es vulgar.

Margaret se rindió. La armadura de superioridad con que se cubría mamá era impenetrable. Resultaba inútil razonar con ella. Margaret, sin embargo, no tenía la menor intención de obedecerla. Harry era demasiado interesante.

—Me pregunto quién es el señor Membury —dijo Percy—. Me gusta su chaleco rojo. No parece la típica persona que viaja de un lado a otro del océano.

—Supongo que es una especie de funcionario —dijo mamá.

Eso es lo que parecía, pensó Margaret. Mamá tenía buen ojo para definir a la gente.

—Lo más probable es que trabaje para las líneas aéreas —intervino papá.

—Yo diría que es un funcionario del Estado —insistió mamá.

Los camareros trajeron el plato principal. Mamá rechazó el *filet mignon*.

—Nunca tomo alimentos cocinados —informó a Nicky—. Tráigame un poco de apio y caviar.

—Hemos de tener nuestro propio país —oyó Margaret que decía el barón Gabon—. ¡No hay otra solución!

—Pero usted mismo ha admitido que deberá ser un Estado militarizado... —replicó Carl Hartmann.

—¡Para defenderse de los vecinos hostiles!

—Y admite que deberá discriminar a los árabes en favor de los judíos, pero da la casualidad de que el fascismo es la combinación del militarismo y el racismo, precisamente aquello contra lo que usted lucha.

—No hable tan alto —advirtió Gabon, y ambos bajaron la voz.

Margaret, en circunstancias normales, se habría interesado en la discusión, por haberla sostenido en ocasiones con Ian. Los socialistas se hallaban divididos respecto a Palestina. Algunos decían que constituía la gran oportunidad de crear el Estado ideal; otros afirmaban que pertenecía a la gente que vivía allí y no podía «regalarse» a los judíos, de igual forma que no se les podía ceder Irlanda, Hong Kong o Texas. El hecho de que muchos socialistas fueran judíos complicaba el tema.

En cualquier caso, deseaba que Gabon y Hartmann se calmaran, para que su padre no les oyera.

Por desgracia, no fue así. Discutían de asuntos muy queridos por ambos. Hartmann volvió a levantar la voz.

—¡No quiero vivir en un Estado racista!

—No sabía que viajábamos con un hatajo de judíos —comentó en voz alta su padre.

—*Oy, vey* —dijo Percy.

Margaret miró a su padre, abatida. En otros tiempos, su filosofía política había tenido cierto sentido. Cuando millones de hombres sanos se hallaban en el paro y morían de hambre, parecía valeroso proclamar que tanto el capitalismo como el socialismo habían fracasado, y que la democracia perjudicaba al hombre normal. La idea de un Estado todopoderoso al frente de la industria, bajo el liderazgo de un dictador benévolo, resultaba en parte atractiva, pero aquellos elevados ideales y atrevidos proyectos habían degenerado en esta infamia absurda. Había pensado en papá cuando encontró un ejemplar de *Hamlet* en la biblioteca y leyó la frase «¡Oh, qué noble mente desaprovechada!».

No creía que los dos hombres hubieran escuchado el torpe comentario de papá, porque les daba la espalda y estaban absortos en la discusión.

—¿A qué hora nos iremos a dormir? —dijo, para distraer a su padre.

—Me gustaría acostarme pronto —dijo Percy.

Era una reacción inusual, pero tal vez se debía a la novedad de dormir en un avión.

—Nos iremos a la hora de siempre —dijo mamá.

—Sí, pero ¿en qué huso horario? ¿A las diez y media, horario de verano inglés, o a las diez y media de Terranova?

—¡Estados Unidos es racista! —exclamó el barón Gabon—. Al igual que Francia, Inglaterra, la Unión Soviética... ¡Todos son Estados racistas!

—¡Por los clavos de Cristo! —dijo papá.

—A las nueve y media me parece bien —intervino Margaret.

Percy se dio cuenta de lo que ocurría.

—A las diez y cinco estaré más muerto que vivo —contribuyó.

Era un juego que habían practicado de niños. Mamá colaboró.

—A las diez menos cuarto desapareceré.

—Enséñame tu tatuaje a esa hora.

—Yo seré la última, y me acostaré a y veinte.

—Tu turno, papá.

Se produjo un momento de silencio. Papá había practicado el juego con ellos en los viejos tiempos, antes de que la amargura y el desánimo se apoderasen de él. Su rostro se suavizó por un instante, y Margaret pensó que iba a participar.

Entonces, Carl Hartmann habló.

—¿Por qué quieres fundar otro Estado racista, pues?

Fue la gota que desbordaba el vaso. Papá se giró en redondo, al borde de la apoplejía.

—Esos judíos que se callen —estalló, antes de que alguien pudiera impedirlo.

Hartmann y Gabon le miraron, atónitos.

Margaret sintió que sus mejillas se teñían de rojo. Papá había hablado en voz lo bastante alta para que todo el mundo le oyera, y el comedor se sumió en un silencio absoluto. Deseó que el suelo se abriera bajo sus pies y la tragara. La idea de que la gente se fijara en ella, descubriendo que era la hija del borracho idiota y grosero sentado delante, la mortificaba. Miró a Nicky y leyó en su rostro que sentía pena por ella, lo cual aumentó su turbación.

El barón Gabon palideció. Por un momento, dio la impresión de que iba a replicar, pero luego cambió de opinión y desvió la vista. Una sonrisa torcida deformó la cara de Hartmann, y Margaret pensó que, viniendo de la Alemania nazi, el incidente le parecería nimio.

Papá aún no había terminado.

—Estamos en un compartimento de primera clase —añadió Oxenford.

Margaret observaba al barón Gabon. En un intento de hacer caso omiso de papá, cogió la cuchara, pero su mano temblaba y derramó la sopa sobre su chaleco gris gaviota. Desistió y dejó la cuchara en el plato.

Esta señal visible de su aflicción conmovió a Margaret. Experimentó una gran agresividad contra su padre. Se volvió hacia él y, por una vez, reunió el coraje suficiente para decirle lo que pensaba.

—¡Has insultado groseramente a dos de los hombres más distinguidos de Europa! —gritó, furiosa.

—Querrás decir a dos de los *judíos* más distinguidos de Europa —replicó él.

—Acuérdate de Granny Fishbein —dijo Percy.

Papá se giró en redondo hacia su hijo y le apuntó con un dedo tembloroso.

—Basta de tonterías, ¿me oyes?

—Necesito ir al lavabo —dijo Percy, levantándose—. Me encuentro mal.

Salió del comedor.

Margaret se dio cuenta de que tanto ella como Percy se habían rebelado contra papá, y que este había sido incapaz de remediarlo. Un acontecimiento memorable.

Papá bajó la voz y habló con Margaret.

—¡Recuerda que esta es la clase de gentuza que nos ha expulsado de nuestro hogar! —siseó, y volvió a levantar la voz—. Si quieren viajar con nosotros, deberían aprender a comportarse.

—¡Basta! —intervino una voz nueva.

Margaret miró al otro lado del comedor. Quien había hablado era Mervyn Lovesey, el hombre que había embarcado en Foynes. Estaba de pie. Los camareros, Nicky y Davy, se habían quedado petrificados, con aspecto aterrorizado. Lovesey atravesó el comedor y se detuvo ante la mesa de los Oxenford, con aire amenazador. Era un hombre alto y autoritario entrado en la cuarentena, de espeso cabello gris, cejas negras y rasgos bien dibujados. Llevaba un traje caro, pero hablaba con acento de Lancashire.

—Le agradeceré que se calle sus puntos de vista —dijo, en voz baja y tono amenazador.

—No es de su maldita incumbencia… —empezó papá.

—Sí que lo es —dijo Lovesey.

Margaret vio que Nicky se marchaba a toda prisa, y supuso que iba a pedir ayuda a la cubierta de vuelo.

—Tal vez no quiera saberlo —continuó Lovesey—, pero el profesor Hartmann es el físico más importante del mundo.

—No me importa lo que sea...

—No, a usted no, pero a mí sí. Y considero sus opiniones tan ofensivas como un olor desagradable.

—Diré lo que me dé la gana —insistió papá, empezando a levantarse.

Lovesey le retuvo, apoyando una fuerte mano sobre su hombro.

—Hemos declarado la guerra a la gente como usted.

—Lárguese, ¿quiere? —replicó papá, con voz débil.

—Me largaré cuando usted cierre el pico.

—Llamaré al capitán...

—No es necesario —dijo otra voz, y el capitán Baker apareció, con aspecto sereno y autoritario al mismo tiempo—. Estoy aquí. Señor Lovesey, ¿quiere hacer el favor de volver a su asiento? Le quedaré muy agradecido.

—Sí, me sentaré, pero no escucharé callado a un patán borracho que hace bajar la voz y llama judío al científico europeo más eminente.

—Señor Lovesey, por favor.

Lovesey regresó a su sitio.

El capitán se volvió hacia papá.

—Es posible que no le hayan escuchado bien, lord Oxenford. Estoy seguro de que usted no llamaría a otro pasajero con la palabra que el señor Lovesey acaba de mencionar.

Margaret rezó para que papá aceptara esta salida digna, pero, ante su decepción, replicó con mayor beligerancia.

—¡Le llamé judío porque es lo que es! —gritó.

—¡Basta, papá! —gritó Margaret.

—Debo pedirle que no utilice esa palabra mientras viaje a bordo de mi avión —dijo el capitán.

—¿Es que le avergüenza ser judío? —preguntó papá con desdén.

Margaret observó que el capitán Baker empezaba a irritarse.

—Este es un avión norteamericano, señor, y nos regimos por patrones de conducta norteamericanos. Insisto en que deje de insultar a los demás pasajeros, y le advierto que tengo autoridad para ordenar a la policía local de nuestra próxima escala que le detenga y le encierre en prisión. Le convendría saber que en esos casos, aunque muy infrecuentes, las líneas aéreas siempre presentan cargos.

La amenaza de encarcelamiento impresionó a papá. Guardó silencio por un momento. Margaret se sentía muy humillada. Aunque había intentado parar a su padre y protestado contra su conducta, estaba avergonzada. Su grosería recaía sobre ella: era su hija. Sepultó la cara entre las manos. No podía aguantarlo más.

—Volveré a mi compartimento —dijo su padre.

Margaret levantó la vista. Papá se puso en pie y se volvió hacia mamá.

—¿Vamos, querida?

Mamá se puso en pie. Papá le apartó la silla. Margaret experimentó la sensación de que todos los ojos estaban clavados en ella.

Harry apareció de repente, como surgido de la nada. Apoyó sus manos sobre el respaldo de la silla de Margaret.

—Lady Margaret —dijo, con una leve reverencia. Ella se levantó, profundamente agradecida por este gesto de apoyo.

Mamá se alejó de la mesa, impertérrita, la cabeza erguida. Papá la siguió.

Harry ofreció su brazo a Margaret. Era un pequeño detalle, pero significó mucho para ella. Aunque había enrojecido de pies a cabeza, consiguió salir del salón con dignidad.

Un rumor de conversaciones se desató en cuanto entró en el compartimento.

Harry la guió hasta su asiento.

—Has sido muy amable —dijo Margaret de todo corazón—. No sé cómo darte las gracias.

—Oí el jaleo desde aquí. Imaginé que lo estabas pasando fatal.

—Nunca me había sentido tan humillada.

Papá, sin embargo, aún no se había rendido.

—¡Esos idiotas se arrepentirán un día! —dijo. Mamá se

sentó en su rincón y le miró, inexpresiva—. Van a perder esta guerra, acuérdate de mis palabras.

—Basta, papá, por favor —dijo Margaret.

Por fortuna, el único testigo del discurso fue Harry; el señor Membury había desaparecido.

Papá no le hizo caso.

—¡El ejército alemán barrerá Inglaterra como un maremoto! ¿Sabes lo que ocurrirá después? Hitler instaurará un gobierno fascista, por supuesto.

De repente, una luz extraña brilló en sus ojos. Dios mío, parece que se haya vuelto loco, pensó Margaret. Mi padre está perdiendo la razón. El hombre bajó la voz, y una expresión astuta acudió a su rostro.

—Un gobierno fascista inglés, por supuesto —continuó—. ¡Y necesitará un fascista inglés al frente!

—Oh, Dios mío —exclamó Margaret. Comprendió, desesperada, lo que estaba pensando.

Papá pensaba que Hitler le nombraría dictador de Inglaterra.

Pensaba que Inglaterra iba a ser conquistada, y que Hitler le haría regresar de su exilio para que fuera el líder del gobierno títere.

—Y cuando haya un primer ministro fascista en Londres…, ¡bailarán a un son muy diferente! —concluyó papá con aire de triunfo, como si hubiera ganado alguna discusión.

Harry miraba estupefacto a Oxenford.

—¿Se imagina…? ¿Espera que Hitler le confíe a usted…?

—¿Quién sabe? —dijo papá—. Debería de ser alguien sin la menor relación con la administración derrotada. Si me llamaran a cumplir… mi deber para con mi país…, empezando desde cero, sin recriminaciones…

Harry parecía demasiado conmocionado para decir nada.

Margaret se encontraba sumida en la desesperación. Tenía que huir de papá. Ya no podía aguantarle. Se estremeció al recordar el resultado ignominioso de su último intento de huida, pero no iba a permitir que un fracaso la descorazonara. Debía intentarlo de nuevo.

Esta vez sería diferente. El ejemplo de Elizabeth la iluminaría. Elaboraría con toda minuciosidad el plan. Se aseguraría de contar con dinero, amigos y un sitio donde dormir.

Esta vez saldría bien.

Percy salió del lavabo de caballeros. Se había perdido casi todo el drama, pero cuando apareció, sin embargo, dio la impresión de que había vivido su propio drama. Tenía la cara encendida y parecía muy excitado.

—¡No os lo podéis ni imaginar! —anunció al compartimento en general—. Acabo de ver al señor Membury en el lavabo... Tenía la chaqueta desabrochada y se estaba introduciendo los faldones de la camisa en los pantalones... ¡y lleva una pistolera debajo de la chaqueta, con pistola y todo!

15

El clipper se aproximaba al punto de no retorno.

Eddie Deakin, distraído, nervioso, inquieto, se reintegró a sus tareas a las diez de la noche, hora de Inglaterra. El sol ya les había ganado la delantera, dejando al aparato en tinieblas. El tiempo también había cambiado. La lluvia azotaba las ventanas, las nubes ocultaban las estrellas y vientos veleidosos abofeteaban al poderoso avión sin demostrar el menor respeto, agitando a los pasajeros.

El tiempo solía ser peor a menor altitud, pero pese a ello el capitán Baker volaba casi al nivel del mar. Estaba «cazando el viento», buscando una altitud en que el viento del oeste, que soplaba de cara, fuera menos violento.

Eddie estaba preocupado por la poca cantidad de combustible que quedaba. Se sentó en su puesto y empezó a calcular la distancia que el avión podía recorrer con el combustible contenido en los depósitos. Puesto que el tiempo era algo peor de lo previsto, los motores habrían consumido más carburante del que habían pensado. Si no quedaba suficiente para llegar a Terranova, deberían regresar antes de sobrepasar el punto de no retorno.

¿Qué le pasaría entonces a Carol-Ann?

Tom Luther lo había planeado todo con sumo cuidado, y habría tenido en cuenta la posibilidad de que el *clipper* se retrasara. Tendría alguna forma de ponerse en contacto con sus compinches, para confirmar o alterar la hora de la cita.

Pero si el avión regresaba, Carol-Ann seguiría en manos de los secuestradores durante veinticuatro horas más, como mínimo.

Durante la mayor parte de su período de descanso, Eddie se había quedado sentado en el compartimento de delante, removiéndose en el asiento y mirando por la ventana. Ni siquiera había intentado dormir, sabiendo que le resultaría imposible. Imágenes de Carol-Ann le habían atormentado constantemente: Carol-Ann llorando, atada, o cubierta de morados; Carol-Ann asustada, suplicante, histérica, desesperada. Cada cinco minutos deseaba descargar su puño contra el fuselaje, y luchaba sin cesar contra el impulso de subir corriendo la escalera y preguntar a su sustituto, Mickey Finn, cuánto combustible se había consumido.

Su aturdimiento le había llevado a provocar a Tom Luther en el comedor. Se había comportado como un idiota. La mala suerte les había destinado ala misma mesa. Después, Jack Ashford, el navegante, había leído la cartilla a Eddie, y este se había dado cuenta de lo estúpido que había sido. Ahora, Jack sabía que algo ocurría entre Eddie y Luther. Eddie se había negado a proporcionar más detalles a Jack, y este lo había aceptado…, por ahora. Eddie se había jurado mentalmente proceder con más cautela. Si el capitán Baker llegaba tan solo a sospechar que estaban chantajeando a su mecánico, abortaría el vuelo, y Eddie ya no podría ayudar a Carol-Ann. Una preocupación más sobre sus espaldas.

Durante el segundo turno de cena había quedado olvidada la actitud de Eddie hacia Tom Luther, en la excitación de la pelea entre Mervyn Lovesey y lord Oxenford. Eddie no la había presenciado, pues se encontraba en el compartimento delantero, sumido en sus preocupaciones, pero los camareros se lo habían contado todo al poco rato. Eddie opinaba que Oxenford era un animal al que convenía bajar los humos, tal como había hecho el capitán Baker. Eddie sentía pena por el muchacho, Percy, que había sido criado por un padre semejante.

El tercer turno terminaría dentro de escasos minutos, y la

cubierta de pasajeros no tardaría en apaciguarse. Los mayores se irían a la cama. Los demás permanecerían sentados un par de horas, notando las sacudidas, demasiado excitados o nerviosos para dormir. Después, uno a uno, sucumbirían al horario dictado por la naturaleza y se retirarían. Algunos irreductibles iniciarían una timba en el salón principal y continuarían bebiendo, pero sería la típica sesión tranquila de copas y juego que en muy raras ocasiones producía problemas.

Eddie consultó ansiosamente el consumo de combustible en la gráfica que llamaban curva de Howgozit. La línea roja que indicaba el consumo real se hallaba bastante por encima de la línea que indicaba la previsión, trazada a lápiz. Era casi inevitable, puesto que había falseado la previsión, pero la diferencia era mayor de la que esperaba, a causa del tiempo.

Su preocupación aumentó a medida que calculaba la distancia posible a recorrer por el avión en relación con el combustible restante. Cuando realizó los cálculos en base a tres motores, un sistema al que obligaban las normas de seguridad, descubrió que no quedaba combustible suficiente para llegar a Terranova.

Tendría que haberlo dicho de inmediato al capitán, pero no lo hizo.

La diferencia era muy pequeña: con cuatro motores había suficiente combustible. Además, la situación podía cambiar en el curso de las dos horas siguientes. Cabía la posibilidad de que los vientos fueran más suaves de lo previsto, y el avión consumiría menos carburante del calculado, llegando a su destino sin contratiempos. Y, en cualquier caso, si ocurría lo peor, podían cambiar de ruta y atravesar la tormenta, acortando distancias. El único daño que sufrirían los pasajeros serían las sacudidas.

Ben Thompson, el operador de radio, que se hallaba a su izquierda, estaba transmitiendo un mensaje en código Morse, inclinando su cabeza calva sobre la consola. Eddie, confiando en que se tratara de un parte meteorológico más favorable, se puso detrás de él y leyó por encima de su hombro.

El mensaje le sorprendió y desconcertó.

Era del FBI e iba dirigido a alguien llamado Ollis Field. Decía: LA OFICINA HA RECIBIDO EN INFORMACIÓN DE QUE EN EL AVIÓN PUEDEN VIAJAR CÓMPLICES DE CONOCIDOS CRIMINALES. TOME PRECAUCIONES ESPECIALES RESPECTO AL PRISIONERO.

¿Qué significaba? ¿Tenía relación con el secuestro de Carol-Ann? Por un momento, a Eddie le dio vueltas la cabeza.

Ben arrancó la página del cuaderno.

—¡Capitán! —gritó—. Será mejor que eche un vistazo a esto.

Jack Ashford levantó la vista, alertado por el tono perentorio del radiotelegrafista. Eddie cogió el mensaje, se lo enseñó a Jack y lo pasó al capitán Baker, que estaba comiendo filete con puré de patatas servidos en una bandeja dispuesta en la mesa de conferencias, situada en la parte posterior de la cabina.

El semblante del capitán se ensombreció a medida que leía.

—Esto no me gusta —dijo—. Ollis Field debe de ser un agente del FBI.

—¿Es un pasajero? —preguntó Eddie.

—Sí. Ya me había parecido un poco raro. Un tipo vulgar, en nada parecido al típico pasajero del *clipper*. Se quedó a bordo durante la escala en Foynes.

Eddie no se había dado cuenta, pero el navegante sí.

—Creo que sé a quién se refiere —dijo Jack, rascándose la barbilla—. Un calvorotas. Va con un tío más joven, vestido como un figurín. Hacen una pareja bastante rara.

—El chico debe de ser el prisionero —dijo el capitán—. Me parece que se llama Frank Gordon.

La mente de Eddie trabajaba a toda velocidad.

—Por eso se quedaron a bordo en Foynes: el hombre del FBI no quiere dar a su prisionero la menor oportunidad de escapar.

El capitán asintió con aire sombrío.

—A Gordon lo habrán extraditado de Inglaterra..., y no se consigue una orden de extradición por robar en las tiendas.

Ese chico debe de ser un criminal peligroso. ¡Y lo han metido en este avión sin decírmelo!

—Me pregunto qué habrá hecho —dijo Ben, el operador de radio.

—Frank Gordon —musitó Jack—. Me suena. Esperad un momento… ¡Apuesto a que es Frankie Gordino!

Eddie recordó haber leído artículos sobre Frankie Gordino en los periódicos. Era un matón de una banda radicada en Nueva Inglaterra. El delito por el que era reclamado estaba relacionado con el propietario de un club nocturno que se había negado a pagar protección. Gordino había irrumpido en el club, disparado al propietario en el estómago, violado a la novia del hombre e incendiado el local. El tipo murió, pero la novia escapó de las llamas e identificó a Gordino en fotografías.

—No tardaremos en averiguar si es él —dijo Baker—. Eddie, hazme un favor, ve a buscar a Ollis Field y pídele que suba a verme.

—Hecho.

Eddie se puso la gorra y la chaqueta del uniforme y bajó por la escalera, dándole vueltas en la cabeza a este nuevo acontecimiento. Estaba seguro de que existía alguna relación entre Frankie Gordino y la gente que había raptado a Carol-Ann, y trató frenéticamente de adivinarla, sin el menor éxito.

Echó un vistazo a la cocina, donde un camarero estaba llenando una jarra de café.

—Davy —preguntó—, ¿dónde está el señor Ollis Field?

—Compartimento número 4, lado de babor, mirando hacia la cola.

Eddie avanzó por el pasillo, manteniendo el equilibrio sobre el suelo movedizo gracias a la práctica. Observó el aspecto compungido de la familia Oxenford en el compartimento número 2. El último turno estaba a punto de finalizar en el comedor; el café se derramaba sobre los platillos mientras la tempestad azotaba al avión. Pasó por el número 3 y llegó al 4.

En el asiento de babor que miraba a la cola estaba sentado un hombre calvo de unos cuarenta años. Parecía medio dormido, fumaba un cigarrillo y miraba por la ventana a la oscuridad que reinaba en el exterior. No respondía a la imagen que se había forjado Eddie de un agente del FBI. No se imaginaba a este hombre irrumpiendo en una habitación llena de contrabandistas de licor, revólver en mano.

Frente a Field se hallaba un hombre joven, mucho mejor vestido, con la complexión de un atleta retirado que está engordando. Debía de ser Gordino. Tenía la cara mofletuda y mohína de un niño mimado. ¿Sería capaz de dispararle a un hombre en el estómago?, se preguntó Eddie. Sí, creo que sí.

—¿Señor Field? —preguntó Eddie al hombre mayor.

—Sí.

—El capitán querría hablar con usted, si dispone de un momento.

Field arrugó el entrecejo por un momento y adoptó a continuación una expresión resignada. Había adivinado que su secreto ya no era tal, y estaba irritado, pero su expresión también delataba que, en el fondo, le daba igual.

—Por supuesto —contestó.

Aplastó el cigarrillo en el cenicero fijado a la pared, se desabrochó el cinturón de seguridad y se puso en pie.

—Sígame, por favor —dijo Eddie.

Al volver por el compartimento número 3, Eddie vio a Tom Luther, y sus miradas se cruzaron. En aquel instante, Eddie tuvo una inspiración.

La misión de Tom Luther era rescatar a Frankie Gordino.

Se quedó tan conmocionado por la revelación que dejó de andar, y Ollis Field tropezó con él.

Luther le miró con el pánico reflejado en sus ojos, temiendo que Eddie fuera a hacer algo que diera al traste con su juego.

—Perdone —dijo Eddie a Field, y siguió caminando.

Todo se estaba aclarando. Frankie Gordino se había visto obligado a huir de Estados Unidos, pero el FBI le había seguido la pista hasta Inglaterra, consiguiendo la extradición. Se había decidido devolverle al país por vía aérea, pero sus cómplices lo habían descubierto. Su propósito era sacar del avión a Gordino antes de llegar a Estados Unidos.

Y aquí entraba Eddie. Obligaría al *clipper* a posarse sobre el mar, cerca de la costa de Maine. Una lancha rápida estaría esperando. Sacarían a Gordino del *clipper* y escaparían en la lancha. Pocos minutos después desembarcaría en algún lugar seguro, seguramente al otro lado de la frontera con Canadá. Un coche le aguardaría para conducirle a un escondite. Lograría burlar a la justicia... gracias a Eddie Deakin.

Mientras guiaba a Field hacia la cubierta de vuelo, Eddie experimentó un gran alivio al comprender por fin lo que estaba ocurriendo, aunque al mismo tiempo se sintió horrorizado de que, para salvar a su mujer, debía ayudar a un criminal a obtener la libertad.

—Capitán, este es el señor Field —dijo.

El capitán Baker se había puesto la chaqueta del uniforme y estaba sentado tras la mesa de conferencias con el radiomensaje en las manos. Se habían llevado la bandeja de la cena. La gorra cubría su cabello rubio, proporcionándole un aire de autoridad. Miró a Field, pero no le invitó a tomar asiento.

—He recibido un mensaje para usted... del FBI —dijo.

Field extendió la mano, pero Baker no le entregó el papel.

—¿Es usted agente del FBI? —preguntó el capitán.

—Sí.

—¿Y está cumpliendo una misión en este momento?

—Sí.

—¿De qué se trata, señor Field?

—Creo que no necesita saberlo, capitán. Deme el mensaje, por favor. Dijo que iba dirigido a mí, no a usted.

—Soy el capitán de esta nave, y soy yo quien decido si necesito saber de qué asunto se trata. No discuta conmigo, señor Field. Limítese a cumplir mis órdenes.

Eddie examinó a Field. Era un hombre cansado y pálido de cabello ralo grisáceo y acuosos ojos azules. Era alto, y en otros tiempos debió de ser corpulento, pero sus carnes se habían aflojado y redondeado. Eddie juzgó que era más arrogante que valiente, y su opinión se confirmó cuando Field se plegó de inmediato a la energía del capitán.

—Escolto a un preso extraditado a Estados Unidos, donde será juzgado —dijo—. Se llama Frank Gordon.

—¿Conocido también como Frankie Gordino?

—Exacto.

—Quiero expresarle mi protesta, señor, por traer a bordo a un criminal peligroso sin informarme.

—Si sabe el auténtico nombre de ese individuo, también sabrá cómo se gana la vida. Trabaja para Raymond Patriarca, responsable de robos a mano armada, extorsión, usura, juego ilegal y prostitución, desde Rhode Island hasta Maine. Ray Patriarca ha sido declarado Enemigo Público Número Uno por la Junta de Seguridad Ciudadana de Providence. Gordino es lo que nosotros llamamos un matón: aterroriza, tortura y asesina a gente cumpliendo órdenes de Patriarca. Por razones de seguridad, no le alertamos sobre su llegada.

—Su seguridad no vale una mierda, Field.

Baker estaba enfadado de verdad. Eddie nunca le había oído soltar tacos delante de un pasajero.

—La banda de Patriarca lo sabe todo —añadió, tendiéndole el mensaje.

Field lo leyó y palideció.

—¿Cómo coño lo averiguaron? —murmuró.

—Tendré que preguntar qué pasajeros son «cómplices de conocidos criminales» —dijo el capitán—. ¿Ha reconocido a alguno a bordo?

—Por supuesto que no —replicó Field, irritado—. En tal caso, habría alertado de inmediato a la Oficina.

—Si identificamos a esas personas, las bajaré del avión en la próxima escala.

Yo sé quiénes son, pensó Eddie: Tom Luther... y yo.

—Envíe por radio a la Oficina la lista completa de pasajeros y tripulantes —indicó Field—. Investigarán todos los nombres.

Un estremecimiento de angustia recorrió a Eddie. ¿Corría Tom Luther el peligro de ser descubierto en el curso de esa investigación? Eso lo echaría todo por tierra. ¿Era un conocido criminal? ¿Se llamaba Tom Luther en realidad? Si utilizaba un nombre falso, también llevaría un pasaporte falso, pero esa eventualidad no representaba ningún problema, siempre que se hubiera conchabado con delincuentes de primera. ¿Habría tomado esa precaución? Todo cuanto habían hecho hasta el momento estaba perfectamente organizado.

El capitán Baker se encrespó.

—No creo que debamos preocuparnos por la tripulación.

Field se encogió de hombros.

—Haga lo que quiera. La Oficina obtendrá los nombres de la Pan American en menos de un minuto.

Field era un hombre falto de tacto, reflexionó Eddie. ¿Enseñaba J. Edgar Hoover a sus agentes el arte de ser desagradables?

El capitán cogió las listas de pasajeros y tripulantes y se las entregó al operador de radio.

—Envía esto enseguida, Ben —dijo. Hizo una pausa—. Incluyendo a la tripulación —añadió.

Ben Thompson se sentó ante su consola y empezó a teclear el mensaje en Morse.

—Una cosa más —dijo el capitán a Field—. Debo pedirle que me entregue su arma.

Muy inteligente, pensó Eddie. No se le había ocurrido ni por un momento que Field fuera armado, pero no había otra solución, si escoltaba a un criminal peligroso.

—Me opongo… —empezó Field.

—Está prohibido a los pasajeros llevar armas de fuego. No hay excepciones a esta norma. Entrégueme su pistola.

—¿Y si me niego?

—El señor Deakin y el señor Ashford se la quitarán.

La afirmación sorprendió a Eddie, pero interpretó su papel y se acercó a Field con aire amenazador. Jack le imitó.

—Si me obliga a utilizar la fuerza —continuó Baker—, le obligaré a bajar en la próxima escala, y no le permitiré volver a bordo.

Eddie estaba impresionado por la forma en que el capitán mantenía su autoridad, a pesar de que su antagonista iba armado. Estas cosas no ocurrían en las películas, donde el hombre armado se imponía a todo el mundo.

¿Qué haría Field? El FBI no aprobaría que entregara el arma, pero por otra parte, peor sería que le expulsaran del avión.

—Escolto a un prisionero peligroso —dijo Field—. Necesito ir armado.

Eddie distinguió algo por el rabillo del ojo. La puerta situada en la parte posterior de la cabina, que conducía a la cúpula de observación y a las bodegas, estaba entreabierta, y algo se movía al otro lado.

—Coja esa pistola, Eddie —dijo Baker.

Eddie introdujo la mano bajo la chaqueta de Field. El hombre no se movió. Eddie encontró la pistolera, abrió la funda y sacó la pistola. Field miraba al frente sin pestañear.

Entonces, Eddie se dirigió a la parte posterior de la cabina y abrió la puerta de par en par.

El joven Percy Oxenford estaba allí.

Eddie se sintió tranquilizado. Casi había imaginado que un miembro de la banda de Gordino esperaba agazapado con una metralleta.

—¿De dónde ha salido usted? —preguntó Baker a Percy.

—Hay una escalerilla junto al tocador de señoras —explicó Percy—. Conduce el ala del avión. Se puede reptar desde ella y salir por las bodegas del equipaje.

Eddie continuaba sosteniendo el arma de Ollis Field. La dejó sobre el armarito de mapas del navegante.

—Vuelva a su asiento, jovencito, por favor —pidió el capitán a Percy—, y no vuelva a salir de la cabina de pasajeros en lo que resta de vuelo. —Percy hizo ademán de volver sobre sus pasos—. Por ahí no —dijo Eddie—. Por la escalera.

Percy, que parecía un poco asustado, atravesó a toda prisa la cabina y se escurrió por la escalerilla.

—¿Cuánto tiempo llevaba ahí, Eddie? —preguntó el capitán.

—No lo sé. Creo que lo ha oído todo.

—Ahí va nuestra esperanza de ocultar la situación a los viajeros.

Baker aparentaba preocupación, y Eddie percibió el peso de la responsabilidad que agobiaba al capitán. Este recuperó enseguida su energía.

—Puede volver a su asiento, señor Field. Gracias por su cooperación.

Ollis Field se dio la vuelta y salió sin decirle nada.

—Volved al trabajo, muchachos —terminó el capitán.

La tripulación se reintegró a sus puestos. Eddie consultó sus cuadrantes de manera automática, a pesar de la confusión que se había apoderado de su mente. Observó que los depósitos de carburante instalados en las alas, y que alimentaban los motores, estaban bajando de nivel, y procedió a transferir combustible de los depósitos principales, situados en los hidroestabilizadores. Sus pensamientos, no obstante, se centraban en Frankie Gordino, que había matado a un hombre, violado a una mujer y prendido fuego a un club nocturno. Sin embargo, le habían capturado y sería castigado por sus horribles crímenes..., solo que Eddie Deakin iba a salvarle. Gracias a Eddie, aquella chica vería salir en libertad a su violador.

Peor aún, era casi seguro que Gordino volvería a asesinar. No servía para otra cosa. Llegaría un día en que Eddie se enteraría por los periódicos de algún crimen espantoso, un asesinato por venganza, en que la víctima sería mutilada y torturada antes de morir, o tal vez un edificio incendiado, en cuyo interior mujeres y niños arderían hasta convertirse en cenizas, o una muchacha secuestrada y violada por tres hombres diferentes..., y la policía lo relacionaría con la banda de Patriarca, y Eddie pensaría. «¿Ha sido Gordino? ¿Soy, el responsable de esa atrocidad? ¿Ha sufrido y muerto esa gente porque ayudé a Gordino a escapar?»

Si seguía adelante, ¿cuántos crímenes recaerían sobre su conciencia?

Pero no tenía otra elección. Carol-Ann se hallaba en poder de Ray Patriarca. Cada vez que lo pensaba, un sudor frío resbalaba sobre sus sienes. Debía protegerla, y la única forma era colaborar con Tom Luther.

Consultó su reloj: las doce de la noche.

Jack Ashford le dio la posición actual del avión, lo más aproximada posible; aún no había podido ver ni una estrella. Ben Thompson mostró los últimos partes meteorológicos; la tempestad era peligrosa. Eddie leyó un nuevo conjunto de cifras relativas a los depósitos de combustible y empezó a actualizar sus cálculos. Quizá el tiempo resolviera su dilema: si no les quedaba carburante suficiente para llegar a Terranova, tendrían que regresar, y todo concluiría. La idea tampoco le consolaba. No era fatalista. Debía hacer algo.

—¿Cómo va, Eddie? —preguntó el capitán Baker.

—Aún no he terminado —contestó.

—Ve con ojo. Estamos cerca del punto de no retorno.

Eddie sintió que un reguero de sudor humedecía su mejilla. Lo secó con un veloz y furtivo movimiento.

Terminó los cálculos.

El combustible que quedaba no era suficiente.

Por un momento no dijo nada.

Se inclinó sobre su cuaderno y sus tablas, fingiendo que aún no había terminado. La situación era peor que cuando había iniciado su turno. Ya no quedaba bastante carburante para terminar el viaje, siguiendo la ruta que el capitán había elegido, ni siquiera con cuatro motores; el margen de seguridad había desaparecido. La única manera de lograrlo era acortar el viaje, volando a través de la tormenta en lugar de bordearla; y en ese caso, si perdían un motor, estarían acabados.

Todos los pasajeros morirían, y él también. ¿Qué sería de Carol-Ann?

—Bien, Eddie —dijo el capitán—. ¿Qué hay que hacer? ¿Podemos seguir hasta Botwood o debemos volver a Foynes?

Eddie apretó los dientes. No podía soportar la idea de dejar a Carol-Ann con sus secuestradores ni un día más. Prefería arriesgarlo todo.

—¿Está preparado para cambiar de rumbo y volar a través de la tormenta?

—¿Es necesario?

—O eso, o regresar.

Eddie contuvo el aliento.

—Mierda —dijo el capitán. Todos odiaban la idea de volver atrás a mitad de camino; era un chasco.

Eddie aguardó la decisión del capitán.

—A la mierda —dijo el capitán Baker—. Atravesaremos la tempestad.

CUARTA PARTE

DE MITAD DEL ATLÁNTICO
A BOTWOOD

16

Diana Lovesey estaba furiosa con Mervyn, su marido, por subir al *clipper* en Foynes. Su persecución la ponía en una situación violentísima, y tenía miedo de que la gente considerase cómica la situación. Lo más importante era que no quería la oportunidad de cambiar de opinión que él le ofrecía. Había tomado una decisión y Mervyn se había negado a aceptarla como definitiva; ese detalle hacía flaquear su determinación. Ahora, debería tomar la decisión una y otra vez, porque él continuaría pidiéndole que la reconsiderase. En definitiva, había logrado amargarle el vuelo. Se suponía que iba a ser el viaje de su vida, un periplo romántico con su amante. Sin embargo, la embriagadora sensación de libertad que había experimentado cuando despegaron de Southampton se había desvanecido. Ya no extraía ningún placer del vuelo, el lujoso avión, la compañía elegante o la sofisticada comida. Tenía miedo de tocar a Mark, de besarle la mejilla, acariciarle el brazo o cogerle la mano, por si Mervyn pasaba por el compartimiento en aquel momento y la sorprendía. No sabía muy bien dónde estaba sentado Mervyn, pero temía verlo a cada instante.

El desarrollo de los acontecimientos había abatido por completo a Mark. Después de que Diana rechazara a Mervyn en Foynes, Mark se había mostrado animado, afectuoso y optimista, hablando de California, bromeando y besándola siempre que tenía oportunidad, como solía comportarse.

Después, había presenciado con horror la subida a bordo de su rival. Ahora, era como un globo deshinchado. Se sentó en silencio a su lado, ojeando desconsoladamente revistas sin leer ni una palabra. Diana comprendía que se sintiera deprimido. Ya había cambiado de opinión una vez acerca de huir con él; con Mervyn a bordo, ¿cómo podía estar seguro de que no volvería a cambiar?

Para colmo, había estallado una tormenta, y el avión se bamboleaba como un coche que corriera campo a través. Cada dos por tres pasaba un pasajero, pálido como la cera, en dirección al lavabo. Se rumoreaba que el tiempo iba a empeorar. Diana se alegró de que su disgusto le hubiera impedido cenar.

Tenía ganas de saber dónde estaba sentado Mervyn. Si lo supiera, tal vez dejaría de temer que se materializara de un momento a otro. Decidió ir al lavabo de señoras y buscarle por el camino.

Ella estaba en el compartimento número 4. Echó un rápido vistazo al número 3, pero no vio a Mervyn. Dio la vuelta, en dirección a popa, agarrándose a todo lo que podía para no caer. Atravesó el número 5 y comprobó que allí tampoco estaba. Era el último compartimento grande. El tocador de señoras, en el lado de estribor, ocupaba casi todo el 6, y solo dejaba sitio para dos personas en el lado de babor. Estos asientos estaban ocupados por dos hombres de negocios. No eran unos asientos muy atractivos, pensó Diana. No resultaba divertido pagar tanto dinero para ir sentado durante todo el vuelo junto al lavabo de señoras. Después del número 6 solo había la suite nupcial. Mervyn iría sentado en los compartimentos de delante, el 1 o el 2, a menos que estuviera jugando a las cartas en el salón principal.

Entró en el tocador. Había dos taburetes frente al espejo, ocupado uno por una mujer con la que Diana aún no había hablado. Cuando cerró la puerta a su espalda, el avión pareció que se zambullía, y Diana casi perdió el equilibrio. Avanzó tambaleándose hasta derrumbarse sobre el taburete vacante.

—¿Se encuentra bien? —preguntó la otra mujer.

—Sí, gracias. No me gustan nada estas sacudidas.

—Ni a mí. Alguien ha dicho que va a empeorar. Nos espera una gran tempestad.

Las turbulencias disminuyeron. Diana abrió el bolso y empezó a cepillarse el cabello.

—Usted es la señora Lovesey, ¿verdad? —preguntó la mujer.

—Sí. Llámeme Diana.

—Soy Nancy Lenehan. —La mujer vaciló, y adoptó una expresión extraña—. Subí al avión en Foynes. Vine desde Liverpool con tu..., con el señor Lovesey.

—¡Oh! —Diana enrojeció—. No me di cuenta de que venía acompañado.

—Me ayudó a salir de un buen lío. Yo necesitaba alcanzar este avión, pero me encontraba atrapada en Liverpool, sin ningún medio de llegar a tiempo a Southampton, así que fui al aeródromo y le pedí que me trajera.

—Me alegro por ti, pero me resulta muy violento.

—No entiendo por qué estás violenta. Debe ser bonito enamorar locamente a dos hombres. Yo ni siquiera tengo uno.

Diana la miró por el espejo. Más que hermosa, era atractiva, de facciones regulares y cabello oscuro, vestida con traje rojo muy elegante y una blusa de seda gris. Proyectaba un aire de confianza y energía. No me extraña que Mervyn te trajera, pensó Diana; eres su tipo.

—¿Fue educado contigo? —preguntó.

—No mucho —contestó Nancy, con una sonrisa triste.

—Lo siento. Su punto fuerte no son los buenos modales. Diana sacó el lápiz de labios.

—Ya le estaba bastante agradecida por traerme. —Nancy se sonó delicadamente con un pañuelo. Diana observó que lucía una alianza—. Es un poco brusco, pero creo que es un hombre estupendo. He cenado con él. Me hace reír. Y es terriblemente apuesto.

—Es un hombre estupendo —reconoció Diana—, pero es arrogante como una duquesa y carece de paciencia. Yo le saco de sus casillas, porque dudo, cambio de opinión y no siempre digo lo que pienso.

Nancy se pasó un peine por el cabello, espeso y oscuro, y Diana se preguntó si se lo teñía para disimular mechas grises.

—Da la impresión de que hará lo imposible por recuperarte —dijo Nancy.

—Puro orgullo —contestó Diana—. Es porque otro hombre me ha robado. Mervyn es competitivo. Si le hubiera dejado para ir a vivir a casa de mi hermana, ni tan solo se habría inmutado.

Nancy rió.

—Da la impresión de que no le concedes la menor posibilidad.

—Ni la más mínima.

De repente, a Diana se le pasaron las ganas de continuar hablando con Nancy. Sentía una hostilidad incontenible. Guardó el maquillaje y el peine y se levantó. Sonrió para disimular su repentina sensación de malestar.

—Voy a ver si consigo llegar a gatas hasta mi asiento —dijo.

—Buena suerte.

Cuando salió del tocador, entraron Lulu Bell y la princesa Lavinia. Al llegar al compartimento, Davy, el mozo, estaba convirtiendo sus asientos en una litera doble. A Diana le intrigaba saber cómo un asiento normal podía transformarse en dos camas. Se sentó y observó.

Primero, quitó los almohadones y sacó los apoyabrazos de sus huecos. Se inclinó sobre el marco del asiento, tiró hacia abajo de dos aletas fijas en la pared a la altura del pecho y dejó al descubierto unos ganchos. Inclinándose más, soltó una correa y alzó un marco plano. Lo colgó de los ganchos, de manera que formara la base de la litera superior. El lado externo encajó en una ranura practicada en la pared lateral. Diana estaba pensando que no parecía muy resistente, cuando Davy cogió dos puntales de aspecto fuerte y los fijó a los marcos superior e inferior, formando los pilares de la cama. La estructura ya parecía más sólida.

Colocó los almohadones del asiento sobre la cama de

abajo y utilizó los del respaldo a modo de colchón de la cama superior. Sacó de debajo del asiento sábanas y mantas de color azul pálido e hizo las camas con movimientos rápidos y precisos.

El aspecto de las literas era confortable, pero muy poco íntimo. No obstante, Davy liberó una cortina azul oscuro, ganchos incluidos, y la colgó de una moldura en el techo, que Diana había considerado un simple elemento decorativo. Aseguró la cortina a los marcos de las literas con pernos. Dejó una abertura triangular, como la entrada a una tienda de campaña, para que el ocupante pudiera entrar. Por fin desdobló una pequeña escalerilla y la dispuso para poder subir a la litera de arriba.

Se volvió hacia Mark y Diana con su leve sonrisa complacida, como si hubiera ejecutado un truco de magia.

—Avísenme cuando estén preparados y terminaré de arreglarlo —dijo.

—¿No hará mucho calor ahí dentro? —preguntó Diana.

—Cada litera cuenta con su propio ventilador. Si miran hacia arriba, lo verán.

Diana levantó la vista y vio una rejilla provista de una palanca para abrirla y cerrarla.

—Tienen también su propia ventanilla, luz eléctrica, colgador para la ropa y un estante —continuó Davy—. Si necesitan algo, aprieten este botón y acudiré.

Mientras estaba trabajando, los dos pasajeros de babor, el apuesto Frank Gordon y el calvo Ollis Field, habían cogido sus bolsas y marchado hacia el lavabo de caballeros. Davy empezó a preparar las literas del otro lado, que requería un proceso algo diferente. El pasillo no estaba en el centro del avión, sino más cercano a babor, y en este lado solo había un par de literas, dispuestas más a lo largo que a lo ancho del avión.

La princesa Lavinia regresó con un salto de cama azul marino, largo hasta los pies, ribeteado de encaje azul, y con un turbante a juego. Su rostro era una máscara de dignidad petrificada; era obvio que consideraba dolorosamente indigno aparecer en público de aquella guisa. Contempló la litera con pavor.

—Moriré de claustrofobia —gimió.

Nadie le hizo caso. Se quitó las zapatillas de seda y se introdujo en la litera inferior. Cerró la cortina y la ajustó bien, sin decir buenas noches.

Un momento después, Lulu Bell hizo acto de aparición con un ligero conjunto de gasa rosa que apenas disimulaba sus encantos. Desde el incidente de Foynes, su comportamiento con Diana y Mark se había ceñido a las reglas estrictas de cortesía, pero ahora parecía haber olvidado de repente el pique.

—¿A que no adivináis lo que me han contado sobre nuestros compañeros? —dijo, sentándose junto a ellos y apuntando con el pulgar a los asientos que ocupaban Field y Gordon.

—¿Qué te han dicho, Lulu? —preguntó Mark, lanzando una nerviosa mirada a Diana.

—¡El señor Field es un agente del FBI!

No era tan sorprendente, pensó Diana. Un agente del FBI no era más que un policía.

—¡Y Frank Gordon es su prisionero! —añadió Lulu.

—¿Quién te ha contado esto? —preguntó Mark, escéptico.

—En el lavabo de señoras solo se habla de eso.

—Eso no significa que sea verdad, Lulu.

—¡Sabía que no me creerías! Ese chico escuchó una discusión entre Field y el capitán del barco. El capitán estaba muy cabreado porque el FBI no avisó a la Pan American de que había un criminal peligroso a bordo. ¡Se produjo un auténtico enfrentamiento y, al final, la tripulación le quitó la pistola al señor Field!

Diana recordó que había pensado en Field como la carabina de Gordon.

—¿Qué ha hecho ese tal Frank?

—Es un gángster. Mató a un tío, violó a una chica y prendió fuego a un club nocturno.

A Diana le costaba creerlo. ¡Ella misma había conversado con aquel hombre! No era muy refinado, ciertamente, pero era guapo y vestía bien, y había flirteado con ella sin pasarse. Era fácil imaginarlo como un timador, un evasor de impuestos, o mezclado en juegos ilegales, pero le parecía imposible que hubiera matado gente a sangre fría. Lulu era una persona excitable, capaz de creerse cualquier cosa.

—Resulta difícil de creer —dijo Mark.

—Me rindo —dijo Lulu, con un ademán desdeñoso—. No tenéis sentido de la aventura. —Se puso en pie—. Me voy a la cama. Si empieza a violar gente, despertadme.

Trepó por la escalerilla y se deslizó en la litera de arriba. Corrió las cortinas, se asomó y habló a Diana.

—Cariño, comprendo por qué te enfadaste conmigo en Irlanda. Lo he estado pensando, y me parece que recibí mi merecido. Solo fui amable con Mark. Una tontería, supongo. Estoy dispuesta a olvidarlo en cuanto tú lo hagas. Buenas noches.

Era lo más parecido a una disculpa, y Diana carecía de ánimos para rechazarla.

—Buenas noches, Lulu —dijo.

Lulu cerró la cortina.

—Fue culpa mía tanto como suya —dijo Mark—. Lo siento, nena.

Diana, a modo de respuesta, le besó.

De pronto, se sintió a gusto con él otra vez. Todo su cuerpo se relajó. Se dejó caer sobre el asiento, sin dejar de besarle. Era consciente de que el pecho de Mark se apretaba contra su pecho derecho. Era fantástico volver a experimentar deseo físico hacia él. La punta de la lengua de Mark tocó sus labios, y ella los abrió para dejarla entrar. La respiración del hombre se aceleró. Nos estamos pasando, pensó Diana. Abrió los ojos… y vio a Mervyn.

Atravesaba el compartimento en dirección a la parte delantera, y tal vez no se habría fijado en ella, pero se volvió, miró hacia atrás y se quedó petrificado, como paralizado en mitad de un movimiento. Su rostro palideció.

Diana le conocía tan bien que leyó sus pensamientos. Aunque le había dicho que estaba enamorada de Mark, era demasiado tozudo para aceptarlo, y le había sentado como una patada en el estómago verla besando a otro, casi igual que si no le hubiera avisado.

Su frente se arrugó y frunció el ceño de ira. Por una fracción de segundo, Diana pensó que iba a iniciar una pelea. Después, se dio la vuelta y continuó andando.

—¿Qué ocurre? —preguntó Mark. No había visto a Mervyn... Estaba demasiado ocupado besando a Diana.

Ella decidió no contárselo.

—Alguien nos puede ver —murmuró.

Mark se apartó, a regañadientes.

Diana experimentó cierto alivio, pero enseguida se enfureció. Mervyn no tenía derecho a seguirla por todo el mundo y fruncir el ceño cada vez que ella besaba a Mark. El matrimonio no equivalía a esclavitud. Ella le había dejado, y él debía aceptarlo. Mark encendió un cigarrillo. Diana sentía la necesidad de enfrentarse con Mervyn. Quería decirle que desapareciera de su vida.

Se puso en pie.

—Voy a ver qué pasa en el salón —dijo—. Quédate a fumar. Se marchó sin esperar la respuesta.

Había comprobado que Mervyn no se sentaba en la parte de atrás, así que siguió adelante. Las turbulencias se habían suavizado lo bastante para caminar sin agarrarse a algo. Mervyn no estaba en el compartimento número 3. Los jugadores de cartas se hallaban enfrascados en una larga partida en el salón principal, con los cinturones de seguridad abrochados. Nubes de humo flotaban a su alrededor y botellas de whisky llenaban las mesas. Entró en el número 2. La familia Oxenford ocupaba todo el lado del compartimento. Todos los que viajaban en el avión sabían que lord Oxenford había insultado a Carl Hartmann, el científico, y que Mervyn Lovesey había saltado en su defensa. Mervyn tenía sus cualidades; Diana nunca lo había negado.

Llegó a la cocina. Nicky, el camarero gordo, estaba lavando platos a una velocidad tremenda, mientras su colega hacía las camas. El lavabo de los hombres estaba frente a la cocina. A continuación venía la escalera que subía a la cubierta de vuelo, y al otro lado, en el morro del avión, el compartimento número 1. Supuso que Mervyn estaba allí, pero comprobó que lo ocupaban los tripulantes que descansaban.

Subió por la escalera hasta la cubierta de vuelo. Era tan

lujosa como la cubierta de pasajeros. Sin embargo, la tripulación estaba muy ocupada.

—Nos encantaría recibirla como se merece en cualquier otro momento, señora —dijo un tripulante—, pero mientras dure la tempestad tendremos que pedirle que permanezca en su asiento y se abroche el cinturón de seguridad.

Por lo tanto, Mervyn tenía que estar en el lavabo de caballeros, pensó mientras bajaba la escalera. Aún no había averiguado dónde se sentaba.

Cuando llegó al pie de la escalera se topó con Mark. Diana le dirigió una mirada de culpabilidad.

—¿Qué estás haciendo? —preguntó ella.

—Lo mismo te pregunto —replicó Mark, con una nota desagradable en su tono de voz.

—Estaba echando un vistazo.

—¿Buscabas a Mervyn?

—Mark, ¿por qué estás enfadado conmigo?

—Porque te has escapado para verle.

Nicky les interrumpió.

—¿Quieren volver a sus asientos, por favor? De momento, el vuelo no es muy agradable, pero no durará mucho.

Regresaron al compartimento. Diana se sentía como una estúpida. Había seguido a Mervyn, y Mark la había seguido a ella. Qué tontería.

Se sentaron. Antes de que pudieran continuar su conversación, Ollis Field y Frank Gordon entraron. Frank llevaba una bata de seda amarilla con un dragón en la espalda, y Field, una vieja bata de lana. Frank se quitó la bata, dejando al descubierto un pijama rojo de cinturón blanco. Se quitó las zapatillas y trepó a la litera superior.

Entonces, ante el horror de Diana, Field sacó un par de esposas plateadas del bolsillo de su bata marrón. Dijo algo a Frank en voz baja. Diana no escuchó la respuesta, pero estaba segura de que Frank protestaba. Field, no obstante, insistió, y Frank le ofreció por fin una muñeca. Field le ciñó una esposa y aseguró la otra al marco de la litera. Después, corrió la cortina y fijó los pernos.

Así pues, era cierto: Frank era un prisionero.

—Mierda —dijo Mark.

—Aún no creo que sea un asesino —susurró Diana.

—¡Espero que no! —exclamó Mark—. ¡Viajaríamos con más seguridad si hubiéramos pagado cincuenta pavos y viajáramos en el entrepuente de un carguero!

—Ojalá no le hubiera puesto las esposas. No sé cómo va a dormir ese chico encadenado a la cama. ¡Ni siquiera podrá darse la vuelta!

—Qué buena eres —dijo Mark, abrazándola—. Es probable que ese hombre sea un violador, y tú sientes pena por él porque no podrá dormir.

Diana apoyó la mano sobre su hombro. Mark le acarició el pelo. Se había enfadado con ella apenas dos minutos antes, pero ya se le había pasado.

—Mark —dijo Diana—, ¿crees que caben dos personas en una litera?

—¿Estás asustada, cariño?

—No.

Mark la miró, confuso, pero después comprendió y sonrió.

—Me parece que sí caben..., aunque al lado, no.

—¿Al lado no?

—Parece muy estrecha.

—Bueno... —Diana bajó la voz—. Uno de los dos tendrá que ponerse encima.

—¿Prefieres ponerte tú encima? —le susurró al oído Mark. Diana rió por lo bajo.

—Creo que no me costaría mucho.

—Tendré que pensarlo —respondió Mark con voz ronca—. ¿Cuánto pesas?

—Cincuenta y un kilos y dos tetas.

—¿Nos cambiamos?

Ella se quitó el sombrero y lo dejó sobre el asiento, a su lado. Mark sacó sus maletas de debajo del asiento. La suya era una Gladstone muy usada, de color rojo oscuro, y la de ella un maletín de piel, provisto de bordes duros, con sus iniciales grabadas en letras doradas.

Diana se irguió.

—Rápido —dijo Mark, besándola.

Ella le abrazó, notando su erección.

—Dios mío —susurró—. ¿Podrás conservárla hasta que vuelvas?

—No creo, a menos que mee por la ventana. —Diana rió—. Te enseñaré un truco rápido para que se ponga dura otra vez.

—No puedo esperar —susurró Diana.

Mark cogió su maleta y salió, dirigiéndose al lavabo de caballeros. Mientras salía del compartimento, se cruzó con Mervyn. Intercambiaron una mirada, como gatos desde lados opuestos de una verja, pero no hablaron.

Diana se sorprendió al ver a Mervyn ataviado con un camisón de franela gruesa a rayas marrones.

—¿De dónde demonios has sacado eso? —preguntó, sin dar crédito a sus ojos.

—Ríe, ríe —replicó él—. Es lo único que pude encontrar en Foynes. La tienda del pueblo jamás había oído hablar de pijamas de seda. No sabían si yo era maricón o un capullo.

—Bueno, a tu amiga la señora Lenehan no le vas a gustar con ese disfraz.

¿Por qué he dicho esto?, se preguntó Diana.

—Creo que no le gusto de ninguna manera —contestó Mervyn, malhumorado, y salió del compartimento.

El mozo entró.

—Davy, ¿quieres hacernos las camas, por favor?

—Ahora mismo, señora.

—Gracias.

Diana cogió su maleta y salió.

Mientras atravesaba el compartimiento número 5, se preguntó dónde dormiría Mervyn. No habían preparado aún ninguna litera, ni tampoco el número 6. Sin embargo, había desaparecido. Diana pensó de repente que debía de estar en la suite nupcial. Un momento después, se dio cuenta de que no había visto sentada a la señora Lenehan en ningún sitio, después de haber recorrido el avión de punta a punta. Se quedó ante el lavabo de señoras, con el maletín en la mano, paralizada por la sorpresa. Era inaudito. ¡Mervyn y la señora Lenehan tenían que compartir la suite nupcial!

Las líneas aéreas no lo permitirían, por descontado. Quizá la señora Lenehan ya se había acostado, oculta tras la cortina de alguna litera.

Tenía que averiguarlo.

Se detuvo ante la puerta de la suite nupcial y vaciló un momento.

Después, aferró el tirador y abrió la puerta.

La suite tenía el mismo tamaño de un compartimento normal, con una alfombra de color terracota, paredes beige y el tapizado azul con el mismo dibujo formado por estrellas que había en el salón principal. Al final de la habitación había un par de literas, con un sofá y una mesilla de café a un lado, y un taburete, un tocador y un espejo al otro. Había una ventana a cada lado.

Mervyn se hallaba de pie en el centro de la habitación, sorprendido por su aparición. La señora Lenehan no se veía por parte alguna, pero su chaqueta de cachemira gris estaba tirada sobre el sofá.

Diana cerró la puerta de golpe a su espalda.

—¿Cómo puedes hacerme esto? —preguntó.

—¿Hacerte qué?

Una buena pregunta, pensó Diana. ¿Por qué estaba tan furiosa?

—¡Todo el mundo se enterará de que has pasado la noche con ella!

—No me quedó otra elección —protestó Mervyn—. No había otra plaza.

—¿No te das cuenta de que la gente se reirá de nosotros? ¡Ya es bastante horrible que me hayas seguido!

—¿Qué más me da? Todo el mundo se ríe de un tío cuya esposa se larga con otro individuo.

—¡Pero lo estás empeorando! Tendrías que haber aceptado la situación tal como era.

—A estas alturas, ya deberías conocerme.

—Y te conozco… Por eso intenté evitar que me siguieras.

Mervyn se encogió de hombros.

—Bien, pues fracasaste. No eres lo bastante lista como para engañarme.

—¡Y tú no eres lo bastante listo como para rendirte con elegancia!

—Nunca he pretendido ser elegante.

—¿Qué clase de puta es esa tía? Está casada… ¡He visto su anillo!

—Es viuda. En cualquier caso, ¿con qué derecho te das esos aires de superioridad? Tú sí que estás casada, y vas a pasar la noche con tu querido.

—Al menos, dormiremos en literas separadas en un compartimento público, mientras que tú te pegas el lote en una suite nupcial —contestó Diana, reprimiendo una punzada de culpabilidad al recordar lo que iba a hacer con Mark en la litera.

—Pero yo no mantengo relaciones con la señora Lenehan —replicó Mervyn, en tono exasperado—. En cambio, tú no has parado de follar con ese playboy durante todo el verano, ¿verdad?

—No seas tan vulgar —siseó Diana, aun a sabiendas de que tenía razón. Eso era exactamente lo que había hecho: follar con Mark en cuanto tenía la menor ocasión. Mervyn tenía razón.

—Es vulgar decirlo, pero mucho peor hacerlo —dijo él.

—Al menos, yo fui discreta… No me dediqué a exhibirme para humillarte.

—No estoy tan seguro. No creo que tarde mucho en averiguar que era la única persona de todo Manchester que ignoraba tus manejos. Los adúlteros no son tan discretos como suelen pensar.

—¡No me insultes! —protestó Diana. La palabra la avergonzaba.

—No te insulto, te defino.

—Suena despreciable —dijo Diana, apartando la vista.

—Da gracias a que ya no se lapide a los adúlteros, como en los tiempos de la Biblia.

—Es una palabra horrible.

Tendrías que avergonzarte de los hechos, no de la palabra.

—Eres tan justo... Nunca has hecho nada malo, ¿verdad?

—¡Contigo siempre me he portado bien!

La exasperación de Diana alcanzó su punto álgido.

—Dos esposas han huido de ti, pero tú siempre has sido la parte inocente. ¿Nunca se te ha ocurrido preguntarte en qué te habías equivocado?

Sus palabras le hirieron. Mervyn la sujetó, sacudiéndola.

—Te di cuanto querías —gritó, irritado.

—Pero hiciste caso omiso de mis sentimientos —chilló Diana—. Siempre y en todo momento. Por eso te dejé.

Apoyó las manos en el pecho de Mervyn para apartarle... y la puerta se abrió en aquel momento, dando paso a Mark.

Se quedó inmóvil, contemplándoles, vestido con el pijama.

—¿Qué coño está pasando, Diana? —preguntó—. ¿Piensas pasar la noche en la suite nupcial?

Diana empujó a Mervyn, y este la soltó.

—No, claro que no —dijo ella a Mark—. Este es el alojamiento de la señora Lenehan... Mervyn lo comparte con ella.

Mark lanzó una carcajada desdeñosa.

—¡Fantástico! ¡Algún día lo utilizaré para un guión!

—¡No es divertido! —protestó Diana.

—¡Pues claro que sí! ¡Este tipo persigue a su mujer como un lunático, ¿y qué hace después? ¡Liarse con la primera chica que se encuentra en su camino!

Su actitud dolió a Diana, que tampoco deseaba defender a Mervyn.

—No se han liado —puntualizó, impaciente—. Eran las únicas plazas que quedaban.

—Deberías estar contenta —dijo Mark—. Si se enamora de ella, tal vez deje de perseguirte.

—¿No comprendes que estoy abatida?

—Por supuesto, pero no entiendo por qué. Ya no quieres a Mervyn. A veces, hablas como si le odiaras. Le has abandonado. ¿Qué te importa con quién se acuesta?

—¡No lo sé, pero me importa! ¡Me siento humillada!

Mark estaba demasiado enfadado para mostrarse comprensivo.

—Hace pocas horas decidiste volver con Mervyn. Después, te enfadaste con él y cambiaste de idea. Ahora, la idea de que pueda acostarse con otra te vuelve loca.

—No me acuesto con ella —puntualizó Mervyn.

Mark no le hizo caso.

—¿Estás segura de no seguir enamorada de Mervyn? —preguntó a Diana, en tono irritado.

—¡Lo que acabas de decirme es horrible!

—Lo sé, pero ¿no es verdad?

—No, no es verdad, y te odio por pensar que sí.

Los ojos de Diana se llenaron de lágrimas.

—Entonces, demuéstramelo. Olvídate de él y de dónde duerme.

—¡Las demostraciones nunca han sido mi fuerte! —gritó Diana—. ¡Deja de ser tan lógico! ¡Esto no es el Congreso!

—¡No, desde luego que no! —dijo una voz nueva. Los tres se volvieron y vieron a Nancy Lenehan en la puerta. Una bata de seda azul resaltaba su atractivo—. De hecho, creo que esta es mi suite. ¿Qué demonios está pasando?

17

Margaret Oxenford estaba enfadada y avergonzada. Tenía la certeza de que los demás pasajeros la miraban y pensaban en la espantosa escena del comedor, dando por sentado que compartía las horribles ideas de su padre. Tenía miedo de mirarles a la cara.

Harry Marks había rescatado los restos de su dignidad. Se había comportado con inteligencia y comprensión al entrar, apartarle la silla y ofrecerle el brazo al salir; un gesto insignificante, casi tonto, pero para ella había representado un mundo de diferencia.

De todos modos, solo le quedaba un vestigio de autoestima, y hervía de resentimiento hacia su padre, por ponerla en una situación tan vergonzosa.

Un frío silencio reinaba en el compartimento dos horas después de la cena. Cuando el tiempo empeoró, mamá y papá se retiraron para cambiarse.

—Vamos a disculparnos —dijo Percy, sorprendiéndola.

Su primer pensamiento fue que solo serviría para aumentar su embarazo y humillación.

—Creo que me falta valor —contestó.

—Bastará con acercarnos al barón Gabon y al profesor Hartmann y decirles que sentimos mucho la grosería de papá.

La idea de mitigar en parte la ofensa de su padre era muy tentadora. Después, se sentiría mejor.

—Papá se enfurecerá —dijo.

—No tiene por qué saberlo, pero no me importa si se enfada. Creo que se ha pasado. Ya no le tengo miedo.

Margaret se preguntó si era sincero. Percy, cuando era pequeño, siempre decía que no tenía miedo, cuando en realidad estaba aterrorizado. Pero ya no era un niño pequeño.

La idea de que Percy hubiera escapado al control de su padre la preocupaba un poco. Solo papá podía refrenar a Percy. Sin nadie que reprimiera sus travesuras, ¿qué haría?

—Vamos —la animó Percy—. Hagámoslo ahora. Están en el compartimento número 3. Lo he verificado.

Margaret continuaba vacilando. Pensar en acercarse al hombre que papá había insultado de aquella manera le ponía los pelos de punta. Podía herirles todavía más. Tal vez prefirieran olvidar el incidente lo antes posible, pero quizá se estuvieran preguntando cuánta gente estaba de acuerdo en secreto con papá. Era más importante oponerse a los prejuicios raciales, ¿no?

Margaret decidió acceder. Solía dar muestras de su carácter pusilánime, y siempre se arrepentía. Se levantó, cogiéndose al brazo del asiento para mantener el equilibrio, pues el avión no paraba de sacudirse.

—Muy bien —dijo—. Vamos a disculparnos.

Temblaba un poco de temor, pero la inestabilidad del avión disimulaba sus estremecimientos. Cruzó el salón principal y entró en el compartimento número 3.

Gabon y Hartmann estaban en el lado de babor, frente a frente. Hartmann se hallaba absorto en un libro, con su largo y delgado cuerpo curvado, la cabeza inclinada y la nariz ganchuda apuntando a una página llena de cálculos matemáticos. Gabon, aburrido en apariencia, no hacía nada, y fue el primero en verles. Cuando Margaret se detuvo a su lado, aferrándose al respaldo del asiento para no caer, se puso rígido y les miró con hostilidad.

—Hemos venido a disculparnos —se apresuró a explicar Margaret.

—Su valentía me sorprende —dijo Gabon. Hablaba un inglés perfecto, con un acento francés casi inexistente.

No era la reacción que Margaret había esperado, pero no por ello se desanimó.

—Lamento muchísimo lo sucedido, y mi hermano también. Admiro mucho al profesor Hartmann, como dije antes.

Hartmann levantó la cabeza del libro y asintió. Gabon continuaba airado.

—Es demasiado fácil para gente como ustedes pedir disculpas —dijo. Margaret miró al suelo, deseando no haber venido—. Alemania está llena de gente rica y educada que «lamenta muchísimo» lo que está sucediendo allí, pero ¿qué hacen? ¿Qué hacen ustedes?

Margaret enrojeció. No sabía qué decir o hacer.

—Basta, Philippe —intervino Hartmann—. ¿No ves que son jóvenes? —Miró a Margaret—. Acepto sus disculpas, y le doy las gracias.

—Oh, Dios mío —exclamó ella—. ¿He hecho algo que no debía?

—En absoluto —contestó Hartmann—. Ha mejorado un poco las cosas, y se lo agradezco. Mi amigo el barón está terriblemente disgustado, pero creo que al final adoptará también mi punto de vista.

—Será mejor que nos vayamos —dijo Margaret, abatida.

Hartmann asintió con la cabeza.

Margaret se dio la vuelta.

—Lo siento muchísimo —dijo Percy, siguiendo a su hermana.

Regresaron a su compartimento. Davy, el mozo, estaba preparando las literas. Harry había desaparecido, seguramente en el lavabo de caballeros. Margaret decidió acostarse. Cogió la bolsa y se dirigió al lavabo de señoras para cambiarse. Mamá salía en aquel momento, espléndida con su bata color castaño.

—Buenas noches, querida —dijo.

Margaret pasó por su lado sin hablar.

El lavabo estaba abarrotado. Margaret se puso a toda prisa el camisón de algodón y el albornoz. Su indumentaria parecía poco elegante entre las sedas de colores brillantes y las cachemiras de las demás mujeres, pero no le importó. Disculparse, a fin de cuentas, no la había tranquilizado, porque los comentarios del barón Gabon eran muy ciertos. Era demasiado fácil pedir perdón y no hacer nada acerca del problema.

Cuando regresó al compartimento, papá y mamá estaban en la cama, tras las cortinas cerradas, y un ronquido apagado surgía de la litera de papá. La de Margaret aún no estaba hecha, y decidió esperar en el salón.

Sabía muy bien que solo existía una solución a su problema. Tenía que dejar a sus padres y vivir sola. Estaba más decidida que nunca a hacerlo, pero aún no había resuelto los problemas prácticos de dinero, trabajo y alojamiento.

La señora Lenehan, la atractiva mujer que había subido en Foynes, se sentó a su lado, luciendo una bata azul vivo que cubría un salto de cama negro.

—He venido a tomar un coñac, pero el camarero parece muy ocupado —dijo. No aparentaba una gran decepción. Agitó la mano en dirección a los demás pasajeros—. Parece una fiesta en que el pijama sea la prenda obligatoria, o una orgía de medianoche en el dormitorio... Todo el mundo en *deshabillé*. ¿No te parece?

Margaret nunca había asistido a una fiesta en pijama o dormido en un dormitorio universitario.

—Me parece muy extraño. Hace que parezcamos una gran familia.

La señora Lenehan se abrochó el cinturón de seguridad. Tenía ganas de charlar.

—Supongo que es imposible comportarse con formalidad vestido para ir a dormir. Hasta Frankie Gordino estaba guapo con su pijama rojo, ¿verdad?

Al principio, Margaret no supo muy bien a quién se refería. Después, recordó que Percy había escuchado una agria discusión entre el capitán y el agente del FBI.

—¿Es el prisionero?

—Sí.

—¿No le tienes miedo?

—Creo que no. No va a hacerme ningún daño.

339

—Pero la gente dice que es un asesino, y cosas todavía peores.

—Siempre habrá crímenes en los bajos fondos. Quita de en medio a Gordino y otro se encargará de los asesinatos. Yo le dejaría allí. El juego y la prostitución han existido desde que Dios era un crío, y si tiene que haber crimen, mejor que esté organizado.

Estas afirmaciones resultaban bastante chocantes. Tal vez la atmósfera reinante en el avión invitaba a la sinceridad. Margaret imaginó que la señora Lenehan no hablaría así si hubiera hombres presentes: las mujeres eran más realistas cuando no había hombres delante. Fuera cual fuera el motivo, Margaret estaba fascinada.

—¿No sería mejor que el crimen estuviera desorganizado? —preguntó.

—Por supuesto que no. Si está organizado, está contenido. Cada banda posee su propio territorio, y no lo abandona. No roban a la gente de la Quinta Avenida y no exigen al club Harvard que les pague protección. No hay de qué preocuparse.

Margaret consideró excesivo esto último.

—¿Y la gente que se arruina en el juego? ¿Y esas chicas desgraciadas que arruinan su salud?

—No he querido decir que no me preocupe por esa gente —dijo la señora Lenehan. Margaret la miró con fijeza a la cara, preguntándose si era sincera—. Escucha, yo fabrico zapatos. —Margaret pareció sorprenderse—. Así me gano la vida. Soy propietaria de una fábrica de zapatos. Mis zapatos de hombre son baratos, y duran cinco o diez años. Es posible comprar zapatos aún más baratos, pero no son buenos; tienen suelas de cartón que se estropean al cabo de unas diez semanas. Y, lo creas o no, algunas personas compran las de cartón. Bien, creo que yo he cumplido mi deber fabricando zapatos buenos. Si la gente es lo bastante imbécil como para comprar zapatos malos, yo no puedo hacer nada. Y si la gente es lo bastante imbécil como para dilapidar su dinero en el juego, cuando ni siquiera puede comprar un filete para comer, tampoco es mi problema.

—¿Has sido pobre alguna vez? —preguntó Margaret.

La señora Lenehan rió.

—Una pregunta muy aguda. No, nunca, de modo que tal vez debería callarme. Mi abuelo hacía botas a mano y mi padre abrió la fábrica que yo dirijo ahora. No sé nada sobre la vida en los barrios bajos. ¿Y tú?

—No mucho, pero creo que existen motivos por los que la gente juega, roba y vende su cuerpo. No solo son imbéciles. Son las víctimas de un sistema cruel.

—Supongo que debes de ser comunista —dijo la señora Lenehan, sin hostilidad.

—Socialista —corrigió Margaret.

—Me parece bien —fue la sorprendente respuesta de la señora Lenehan—. Es posible que cambies de ideas más adelante, a todo el mundo le pasa a medida que se hace mayor, pero si se carece de ideales, ¿qué se puede mejorar? No soy cínica. Creo que se aprende de la experiencia, pero hay que aferrarse a los ideales. Me pregunto por qué te estaré predicando de esta manera. Tal vez porque hoy cumplo cuarenta años.

—Felicidades.

Margaret solía rebelarse cuando la gente decía que sus ideas cambiarían cuando se hiciera mayor. Implicaba un tono de superioridad, y esas personas lo decían por lo general, cuando habían perdido en una discusión y no querían admitirlo. Sin embargo, la señora Lenehan era diferente.

—¿Cuáles son tus ideales? —preguntó Margaret.

—Me conformo con fabricar buenos zapatos —sonrió con humildad—. No es un gran ideal, pero para mí es importante. Mi vida ha sido agradable. Vivo en una casa bonita, mis hijos van a colegios caros, gasto una fortuna en ropa. ¿Y por qué me lo puedo permitir? Porque fabrico zapatos buenos. Si fabricara zapatos de cartón, pensaría que soy una ladrona. Sería tan mala cono Frankie.

—Un punto de vista bastante socialista —indicó Margaret, sonriendo.

—En realidad, adopté los ideales de mi padre —dijo la

señora Lenehan, en tono reflexivo—. ¿De dónde has sacado tus ideales? De tu padre no, desde luego.

Margaret enrojeció.

—Te han hablado de la escena ocurrida durante la cena.

—Estaba presente.

—He de alejarme de mis padres.

—¿Qué te lo impide?

—Solo tengo diecinueve años.

—¿Y qué? —dijo la señora Lenehan, con cierta sorna—. ¡Hay gente que se va de casa a los diez!

—Lo intenté. Me metí en un lío y la policía me cogió.

—Te rindes con mucha facilidad.

Margaret quería demostrar a la señora Lenehan que no se trataba de falta de valentía.

—No tengo dinero, no sé hacer nada. Nunca recibí una educación adecuada. No sé qué hacer para ganarme la vida.

—Cariño, te diriges a Estados Unidos. La mayoría de la gente ha llegado a ese país con mucho menos que tú, y alguna ya es millonaria. Sabes leer y escribir en inglés, eres agradable, inteligente, bonita... No te costará mucho encontrar trabajo. Yo te contrataré.

El corazón le dio un vuelco. Un momento antes, detestaba la actitud poco comprensiva de la señora Lenehan. Ahora, le estaba dando una oportunidad.

—¿De veras? ¿De veras vas a contratarme?

—Claro.

—¿Y qué haré?

La señora Lenehan reflexionó unos instantes.

—Te pondré en la oficina de ventas; pegarás sellos, irás a por café, contestarás al teléfono, tratarás con amabilidad a los clientes. Si demuestras tu utilidad, pronto serás ascendida a subdirectora de ventas.

—¿En qué consiste eso?

—En hacer lo mismo por más dinero.

A Margaret le parecía un sueño imposible.

—Dios mío, un trabajo de verdad en una oficina de verdad —dijo, en tono soñador.

La señora Lenehan rió.

—¡Casi todo el mundo piensa que es una lata!

—Para mí, representa una aventura.

—Al principio, quizá.

—¿Lo dices en serio? —preguntó Margaret con solemnidad—. Si me presento en tu oficina dentro de una semana, ¿me darás un empleo?

La señora Lenehan aparentó sorpresa.

—Santo Dios, hablas muy en serio, ¿verdad? Pensaba que estábamos hablando en teoría.

Margaret notó una opresión en el corazón.

—Entonces, ¿no vas a darme el empleo? —dijo, en tono quejumbroso—. ¿Hablabas por hablar?

—Me gustaría contratarte, pero hay un problema. Es posible que dentro de una semana me haya quedado sin trabajo.

Margaret deseaba llorar.

—¿A qué te refieres?

—Mi hermano está intentando arrebatarme la empresa.

—¿Cómo va a hacerlo?

—Es complicado, y tal vez no lo consiga. Estoy oponiendo resistencia, pero no estoy segura de cómo acabará todo.

Margaret no podía creer que su oportunidad se hubiera desvanecido en cuestión de segundos.

—¡Has de ganar! —exclamó enérgicamente.

Antes de que la señora Lenehan pudiera contestar, Harry apareció, con el aspecto de un amanecer gracias al pijama rojo y la bata azul cielo. Verle calmó a Margaret. Se sentó y Margaret le presentó.

—La señora Lenehan ha venido a tomar un coñac, pero los camareros están ocupados.

Harry fingió sorpresa.

—Es posible que estén ocupados, pero aún pueden servir bebidas—. Se levantó y se asomó al compartimento siguiente—. Davy, ¿quieres hacer el favor de traer un coñac a la señora Lenehan?

—¡Eso está hecho, señor Vandenpost! —fue la respuesta

del mozo. Harry tenía la habilidad de lograr que la gente se plegara a sus deseos.

Volvió a sentarse.

—No he podido por menos que fijarme en sus pendientes, señora Lenehan. Son absolutamente maravillosos.

—Gracias —sonrió la mujer, muy complacida en apariencia por el cumplido.

Margaret los observó con más atención. Cada pendiente consistía en una única perla introducida en un enrejado hecho de alambres de oro y diminutos diamantes. Eran de una elegancia exquisita. Deseó llevar ella también alguna joya que despertara el interés de Harry.

—¿Los compró en Estados Unidos? —preguntó el joven.

—Sí, son de Paul Flato.

Harry asintió con la cabeza.

—Pero yo diría que fueron diseñados por Fulco di Verdura.

—No lo sé —repuso la señora Lenehan—. No es frecuente encontrar a un hombre joven interesado en las joyas.

Margaret tuvo ganas de decir «Solo le interesa robarlas, así que vaya con cuidado», pero estaba impresionada por su conocimiento de la materia. Siempre se fijaba en las mejores piezas, y solía saber quién las había diseñado.

Davy trajo el coñac de la señora Lenehan. Conseguía caminar sin tambalearse, pese a las bruscas sacudidas del avión.

Nancy cogió la copa y se levantó.

—Creo que voy a dormir.

—Buena suerte —dijo Margaret, pensando en el contencioso de la señora Lenehan con su hermano. Si lo ganaba, contrataría a Margaret, tal como había prometido.

—Gracias. Buenas noches.

—¿De qué estabais hablando? —preguntó Harry, un poco celoso.

Margaret no sabía si contarle la oferta de Nancy. La perspectiva era emocionante, pero existía un problema, y no podía pedirle a Harry que compartiera su alborozo. Decidió ocultarlo por el momento.

—Empezamos hablando de Frankie Gordino —dijo—.

Nancy cree que hay que dejar en paz a la gente de su calaña. Se limitan a organizar cosas como el juego y la... prostitución.., que solo hacen daño a la gente que se mezcla en ellas.

Se ruborizó levemente; nunca había pronunciado en voz alta la palabra «prostitución».

Harry parecía pensativo.

—No todas las prostitutas son voluntarias —dijo al cabo de un minuto—. A algunas se las obliga. ¿Has oído hablar de la trata de blancas?

—¿Qué quiere decir eso?

Margaret había visto la expresión en los periódicos, y había imaginado vagamente que las muchachas eran secuestradas y enviadas a Estambul para servir como criadas. Qué tonta era.

—No hay tanta como dicen los periódicos —siguió Harry—. En Londres solo hay un tratante de blancas. Se llama Benny de Malta, porque es de Malta.

Margaret estaba estupefacta. ¡Pensar que todo aquello ocurría ante sus propias narices!

—¡Me podría haber pasado a mí!

—Sí, aquella noche que huiste de casa. Es la típica situación que Benny aprovecha. Una chica sola, sin dinero ni sitio donde dormir. Te invitaría a una cena excelente y te ofrecería un empleo en una compañía de baile que partiría hacia París por la mañana, y tú pensarías que ese hombre era tu salvación. La compañía de baile resultaría ser un espectáculo de desnudos, pero no lo averiguarías hasta quedar atrapada en París sin dinero ni forma de volver a casa; te situarías en la fila de atrás y menearías el trasero lo mejor que pudieras.

Margaret se imaginó en aquella situación y comprendió que haría exactamente eso.

—Una noche —prosiguió Harry—, te pedirían que «fueras amable» con un corredor de bolsa borracho, y en caso de negarte te sujetarían para que él gozara de ti. —Margaret cerró los ojos, asqueada y asustada al pensar en lo que podría haberle sucedido—. Al día siguiente te irías, pero ¿a dónde? Aunque tuvieras unos francos, no bastarían para volver a casa.

Y empezarías a meditar lo que dirías a tu familia cuando llegaras. ¿La verdad? Jamás. De modo que volverías a tu alojamiento, con las demás chicas, que al menos te tratarían con cordialidad y comprensión. Después, empezarías a pensar que si lo has hecho una vez, puedes hacerlo dos, y con el siguiente agente de bolsa te lo tomarías con más calma. Antes de que te dieras cuenta, solo pensarías en las propinas que los clientes te dejarían por la mañana en la mesilla de noche.

Margaret se estremeció.

—Es lo más horrible que he oído en mi vida —dijo.

—Por eso creo que no se debe dejar en paz a Frankie Gordino.

Se quedaron en silencio uno o dos minutos.

—Me pregunto qué relación existe entre Frankie Gordino y Clive Membury —dijo Harry después, meditabundo.

—¿Existe alguna?

—Bueno, Percy dice que Membury lleva una pistola. A mí ya me había parecido que era un policía.

—¿De veras? ¿Por qué?

—El chaleco rojo. Es lo que un policía pensaría apropiado para pasar por un playboy.

—Quizá colabore en la custodia de Frankie Gordino.

—¿Por qué? Gordino es un malhechor norteamericano que vuela camino de una cárcel norteamericana. Se halla fuera de territorio británico y bajo custodia del FBI. No se me ocurre por qué Scotland Yard enviaría a alguien para colaborar en su vigilancia, sobre todo teniendo en cuenta el precio del billete.

Margaret bajó la voz.

—¿Es posible que te siga a ti?

—¿A Estados Unidos? ¿En el *clipper*? ¿Con una pistola? ¿Por un par de gemelos?

—¿Se te ocurre otra explicación?

—No.

—En cualquier caso, lo de Gordino hará olvidar el espectáculo que dio mi padre durante la cena.

—¿Por qué crees que perdió los estribos así? —preguntó Harry con curiosidad.

—No lo sé. No siempre fue así. Recuerdo que era bastante razonable cuando yo era más joven.

—He conocido a pocos fascistas... Suelen ser personas asustadas.

—¿Tú crees? —Margaret consideraba la idea sorprendente y poco plausible—. Pues parecen muy agresivos.

—Lo sé, pero por dentro están aterrorizados. Por eso les gusta desfilar arriba y abajo y llevar uniformes. Se sienten a salvo cuando forman parte de una banda. Por eso no les gusta la democracia; demasiado incierta. Se sienten más a gusto en una dictadura, pues siempre se sabe qué ocurrirá a continuación y no hay peligro de que el gobierno caiga por sorpresa.

Margaret comprendió la sensatez de aquellas aseveraciones. Asintió con aire pensativo.

—Me acuerdo, incluso antes de que el carácter se le agriara tanto, que se irritaba hasta extremos inimaginables con los comunistas, los sionistas, los sindicalistas, los independentistas irlandeses, los quintacolumnistas... Siempre había alguien decidido a someter a la nación. Si te paras a pensarlo un momento, nunca pareció muy verosímil que los sionistas sometieran a Inglaterra, ¿verdad?

—Los fascistas siempre están enfadados —sonrió Harry—. Suele ser gente decepcionada de la vida por un motivo u otro.

—Es el caso de papá. Cuando mi abuelo murió y heredó la propiedad, descubrió que estaba en bancarrota. Vivió en la ruina hasta que se casó con mamá. Entonces, se presentó al Parlamento, pero no fue elegido. Ahora, le han expulsado de su propio país. —De pronto, se dio cuenta de que comprendía mejor a su padre. Harry era sorprendentemente perceptivo—. ¿Dónde has aprendido tantas cosas? No eres mucho mayor que yo.

Harry se encogió de hombros.

—Battersea es un sitio muy politizado. La sección más poderosa del partido Comunista en Londres, creo.

Al comprender un poco más a su padre, Margaret se sintió menos avergonzada de lo ocurrido. No tenía excusa, desde luego, pero resultaba consolador pensar en él como un hombre amargado y asustado, en lugar de un ser desquiciado y vengativo. Harry Marks era muy inteligente. Ojalá la ayudara a escapar de su familia. Se preguntó si querría volver a verla cuando llegaran a Estados Unidos.

—¿Ya sabes dónde irás a vivir? —preguntó.

—Supongo que me alojaré en Nueva York. Tengo algo de dinero y no tardaré en conseguir más.

Qué fácil parecía, dicho así. Debía de ser más fácil para los hombres. Una mujer necesitaba protección.

—Nancy Lenehan me ha ofrecido un empleo —dijo ella, guiada por un impulso—, pero tal vez no pueda cumplir su promesa, porque su hermano está tratando de robarle la empresa.

Él la miró y después apartó la vista, con una inusual expresión de timidez en el rostro, como si, por una vez, se hallara inseguro.

—Bien, no me importaría, o sea, echarte una mano.

Era lo que ella estaba deseando escuchar.

—¿De verás lo harás?

Daba la impresión de pensar que no podía hacer gran cosa.

—Podría ayudarte a encontrar una habitación.

Qué alivio tan tremendo.

—Sería maravilloso. Nunca he buscado alojamiento, y no sabría por dónde empezar.

—Mirando en los periódicos.

—¿Cuáles?

—Todos.

—¿En los periódicos informan sobre alojamientos?

—Sacan anuncios.

—En el *Times* no salen anuncios de alojamientos.

Era el único periódico que papá compraba.

—Los periódicos vespertinos son mejores.

Ignorar cosas tan sencillas la hacía sentirse como una tonta.

—Supongo que, al menos, podré protegerte del equivalente norteamericano de Benny de Malta.

—Estoy tan contenta. Primero, la señora Lenehan. Después, tú. Ahora sé que podré tirar adelante si tengo amigos. Te estoy tan agradecida que no sé qué decir.

Davy entró en el salón. Margaret reparó en que el avión volaba con suavidad desde hacía cinco o diez minutos.

—Miren todos por las ventanas —dijo Davy—. Dentro de unos segundos verán algo.

Margaret miró por la ventana. Harry se desabrochó el cinturón y se acercó para mirar por encima de su hombro. El avión se inclinaba a babor. Al cabo de un momento, vio que volaban a baja altura sobre un gran transatlántico, iluminado como Piccadilly Circus.

—Habrán encendido las luces en nuestro honor —dijo alguien—. Suelen navegar a oscuras desde que se declaró la guerra… Tienen miedo de los submarinos.

Margaret era consciente de la cercanía de Harry, que no la disgustaba lo más mínimo. La tripulación del *clipper* habría hablado por radio con la del barco, pues los pasajeros del buque se habían congregado en la cubierta, contemplando el avión y agitando las manos. Estaban tan cerca que Margaret pudo distinguir su indumentaria: los hombres llevaban chaquetas de esmoquin blancas y las mujeres trajes largos. El barco se movía con rapidez. Su proa hendía las gigantescas olas sin el menor esfuerzo y el avión pasó sobre él con suma lentitud. Fue un momento especial; Margaret se sentía hechizada. Miró a Harry y ambos intercambiaron una sonrisa, compartiendo la magia. Él apoyó su mano derecha en la cintura de la muchacha, en la parte que ocultaba el cuerpo, para que nadie lo viera. Su tacto era suave como una pluma, pero ella notó que la quemaba. Estaba excitada y confusa, pero no deseaba que apartara la mano. Al cabo de un rato, el barco fue disminuyendo de tamaño; sus luces se fueron apagando una a una, hasta extinguirse por completo. Los pasajeros del *clipper* volvieron a sus asientos y Harry retrocedió.

La gente fue desfilando hacia sus respectivas literas, y al final solo quedaron en el salón los jugadores de cartas, Margaret y Harry. Margaret no sabía qué hacer. Se sentía torpe y tímida.

—Se está haciendo tarde —dijo—. Será mejor que nos vayamos a la cama.

¿Por qué lo he dicho?, pensó. ¡No quiero irme a la cama!

Harry aparentó decepción.

—Creo que me iré dentro de un minuto.

Margaret se levantó.

—Muchas gracias por ofrecerme tu ayuda —dijo.

—De nada.

¿Por qué nos comportamos con tanta formalidad?, pensó Margaret. ¡No quiero despedirme así!

—Que duermas bien —dijo.

—Lo mismo te digo.

Margaret hizo ademán de marcharse, pero no se decidió.

—Has dicho en serio que me ibas a ayudar, ¿verdad? No me decepcionarás.

El rostro de Harry se suavizó y le dirigió una mirada casi amorosa.

—No te decepcionaré, Margaret. Te lo prometo.

De pronto, la joven sintió que le quería muchísimo. Guiada por un impulso, sin pararse a pensar, se inclinó y le besó. Solo rozó los labios con los de él, pero cuando se tocaron experimentó una oleada de deseo que recorrió su cuerpo como una corriente eléctrica. Se irguió de inmediato, sorprendida por su acto y sus sensaciones. Por un momento, se miraron a los ojos. Después, Margaret pasó al compartimento siguiente.

Las rodillas le fallaban. Miró a su alrededor y vio que el señor Membury ocupaba la litera superior de babor, dejando la de abajo libre para Harry. Percy también había elegido una litera superior. Se introdujo en la que había debajo de Percy y sujetó la cortina.

Le he besado, pensó, y fue estupendo.

Se deslizó bajo la sábana y apagó la luz. Era como estar en una tienda de campaña, cálida y confortable. Miró por la ventana, pero no se veía nada interesante; solo nubes y lluvia.

Aun así, resultaba excitante. Recordó aquella vez en que Elizabeth y ella habían obtenido permiso para plantar una tienda en el jardín y dormir allí, cuando eran niñas y el calor impregnaba las noches de verano. Siempre pensaba que la excitación le impediría pegar ojo, pero al instante siguiente era de día y la cocinera se presentaba en la puerta de la tienda con una bandeja de té y tostadas.

Se preguntó dónde estaría Elizabeth en este momento. Mientras pensaba, se oyó un golpe suave en la cortina. Al principio, pensó que lo había imaginado porque estaba pensando en la cocinera, pero se repitió de nuevo, un sonido como el producido por una uña, tap, tap, tap. Vaciló, se levantó, apoyándose sobre el codo y se cubrió con la sábana hasta el cuello.

Tap, tap, tap.

Abrió un poco la cortina y vio a Harry.

—¿Qué pasa? —susurró, aunque creía saberlo.

—Quiero besarte otra vez —susurró él.

Margaret se sintió complacida y aterrorizada al mismo tiempo.

—¡No seas tonto!

—Por favor.

—¡Vete!

—Nadie nos verá.

Era una pequeña ofensiva, pero muy tentadora. Recordó la descarga eléctrica del primer beso y deseó otro. Casi involuntariamente, abrió un poco más la cortina. Harry asomó la cabeza y le dirigió una mirada suplicante. Era irresistible. Ella le besó en la boca. Olía a pasta de dientes. Ella pensaba en un beso rápido, como el de antes, pero Harry tenía otras ideas. Le mordisqueó el labio inferior. Margaret lo encontró excitante. Abrió la boca de forma instintiva, y sintió que la lengua de Harry acariciaba sus labios secos. Ian nunca había hecho eso. Era una sensación rara, pero agradable. Sintiéndose muy depravada, unió su lengua con la de él. Harry empezó a respirar con rapidez. De pronto, Percy se removió en la litera de arriba, recordándole dónde estaba. El pánico se apoderó de ella; ¿cómo podía hacer esto? ¡Estaba besando en público a un hombre al que apenas conocía! Si papá lo veía, se armaría un follón de mucho cuidado. Se apartó, jadeante. Harry introdujo más la cabeza, con la intención de volver a besarla, pero ella se lo impidió.

—Déjame entrar —dijo él.

—¡No seas ridículo! —susurró Margaret.

—Por favor.

Esto era imposible. Ni siquiera estaba tentada, sino asustada.

—No, no, no —se resistió.

Harry parecía abatido.

Ella se enterneció.

—Eres el hombre más agradable que he conocido en mucho tiempo, tal vez el que más; pero no hasta ese punto. Vete a la cama.

Harry comprendió que lo decía en serio. Sonrió con algo de tristeza. Intentó decir algo, pero Margaret cerró la cortina antes de que pudiera.

Ella escuchó con atención y creyó oír sus pasos al alejarse.

Cerró la luz y se acostó, respirando con fuerza. Oh, Dios mío, pensó, ha sido como un sueño. Sonrió en la oscuridad, reviviendo el beso. Le habría apetecido mucho continuar. Se acarició con suavidad mientras pensaba en lo ocurrido.

Su mente retrocedió hasta su primer amante, Monica, una prima que se instaló en su casa el verano que Margaret cumplió trece años. Monica tenía dieciséis, era rubia y bonita, y parecía saberlo todo. Margaret la adoró desde el primer momento.

Vivía en Francia, y tal vez por esta causa, o quizá porque sus padres eran más tolerantes que los de Margaret, Monica se paseaba desnuda con toda naturalidad por los dormitorios y el cuarto de baño situados en el ala de los niños. Margaret nunca había visto a una persona mayor desnuda, y se quedó fascinada por los grandes pechos de Monica y la mata de vello color miel que florecía entre sus piernas; en aquel tiempo, tenía el busto muy pequeño y unos pocos pelos en el pubis.

Pero Monica había seducido en primer lugar a Elizabeth, la fea y dominante Elizabeth, ¡que hasta tenía granos en la barbilla! Margaret las había oído murmurar y besarse por las noches, y se había sentido en rápida sucesión perpleja, irritada, celosa y, por fin, envidiosa. Se dio cuenta del profundo afecto que Monica deparaba a Elizabeth. Se sintió herida y excluida por las fugaces miradas que intercambiaban y el roce, en apariencia accidental, de sus manos cuando caminaban por el bosque o se sentaban a tomar el té.

Un día que Elizabeth fue a Londres con mamá por algún motivo, Margaret sorprendió a Monica en el baño. Yacía en el agua caliente con los ojos cerrados, acariciándose entre las piernas. Oyó a Margaret, parpadeó, pero no interrumpió su actividad, y Margaret fue testigo, asustada pero fascinada, de cómo se masturbaba hasta alcanzar el orgasmo.

Monica acudió aquella noche a la cama de Margaret, desechando a Elizabeth, pero esta montó en cólera y amenazó con contarlo todo, de manera que acabaron compartiéndola, como esposa y amante en un triángulo de celos. La culpa y las mentiras pesaron sobre Margaret todo aquel verano, pero el intenso afecto y el placer físico recién descubierto eran demasiado maravilloso para dar marcha atrás. Todo terminó cuando Monica volvió a Francia en septiembre.

Después de Monica, acostarse con Ian constituyó un duro golpe. El muchacho se había comportado con torpeza e ineptitud. Margaret comprendió que un joven como él no sabía casi nada sobre el cuerpo de una mujer, y era incapaz de proporcionarle tanto placer como Monica. Sin embargo, pronto superó el desagrado inicial. Ian la amaba con tal desesperación que su pasión suplía su inexperiencia.

Como siempre, pensar en Ian avivó sus deseos de llorar. Ojalá le hubiera hecho el amor con más dedicación y frecuencia. Se había resistido mucho al principio, aunque lo deseaba tanto como él. Ian se lo pidió durante meses seguidos, hasta que ella accedió por fin. Después de la primera vez, aunque Margaret deseaba hacerlo de nuevo, opuso algunas dificultades. No quería hacer el amor en su dormitorio por si alguien descubría la puerta cerrada con llave y se preguntaba la razón; le daba miedo hacerlo al aire libre, aunque conocía muchos escondites en los bosques que rodeaban su casa; y temía utilizar los pisos de sus amistades por temor a ganarse mala reputación. En el fondo, el auténtico obstáculo era el terror a la reacción de su padre si llegaba a enterarse.

Desgarrada entre el deseo y la angustia, siempre había hecho el amor, a escondidas, deprisa y devorada por la sensación de culpa. Solo lo hicieron tres veces antes de que él se fuera a España. Ella había imaginado que tenían todo el tiempo por delante. Luego, Ian resultó muerto, y la noticia trajo aparejada la espantosa comprensión de que jamás volvería a tocar su cuerpo. Pensó que su corazón iba a estallar, destrozado por el frenesí de su llanto. Había pensado que pasarían el resto de sus vidas aprendiendo a darse mutua felicidad; pero nunca volvió a verle.

Ahora, deseaba haberse entregado a él sin ambages desde el primer momento, haciendo el amor a la menor oportunidad. Sus temores parecían espantosamente triviales, ahora que Ian estaba enterrado en una polvorienta ladera de Cataluña.

De repente, pensó que tal vez estuviera cometiendo el mismo error.

Deseaba a Harry Marks. Todo su cuerpo clamaba por él. Era el único hombre que había despertado estas sensaciones desde Ian. Sin embargo, ella le había rechazado. ¿Por qué? Porque tenía miedo. Porque estaba en un avión, porque las literas eran pequeñas, porque alguien podía oírles, porque su padre se encontraba cerca, porque sería horrible que les sorprendieran.

¿Volvía a hacer gala de aquella cobardía aborrecible?

¿Y si el avión se estrella?, pensó. Viajaban en uno de los primeros vuelos transatlánticos. Se hallaban a mitad de camino entre Europa y América, a cientos de kilómetros de tierra en cualquier dirección; si algo fallaba, todos morirían en cuestión de minutos. Y su último pensamiento sería para arrepentirse de no haber hecho el amor con Harry Marks.

El avión no se iba a estrellar, pero igualmente podía ser su última oportunidad. No tenía ni idea de lo que ocurriría cuando llegaran a Estados Unidos. Pensaba alistarse en las Fuerzas Armadas lo antes posible, y Harry había comentado que quería llegar a ser piloto de las Reales Fuerzas Aéreas de Canadá. Tal vez muriera en combate, como Ian. ¿Qué importaba su reputación, quién iba a preocuparse de la ira paterna, si la vida era tan breve? Casi deseó haber dejado entrar a Harry.

¿Lo intentaría de nuevo? Era poco probable. Le había rechazado con firmeza. Cualquier chico que hiciera caso omiso de un rechazo como aquel sería un auténtico pelmazo. Harry había insistido y empleado lisonjas, pero no era terco como una mula. No se lo volvería a pedir esta noche.

Qué tonta soy, pensó. Ahora estaría conmigo; solo tenía que decir «sí». Se abrazó, imaginando que era Harry quien la abrazaba. En su imaginación, alargó una mano y acarició vacilante la cadera desnuda de Harry. Tendría vello rubio rizado en los muslos, pensó.

Decidió levantarse para ir al lavabo de señoras. Quizá Harry tuviera la misma idea, en ese preciso momento, para pedir una copa al camarero, o lo que fuera. Deslizó los brazos en la bata, desató las cortinas y se incorporó. La litera de Harry tenía las cortinas bien atadas. Se calzó las zapatillas y se levantó.

Casi todo el mundo se había acostado. Se asomó a la cocina: estaba vacía. Los camareros también necesitaban dormir, claro. Estarían en el compartimento número 1, con la tripulación libre de servicio. Tomó la dirección contraria y entró en el salón. Los trasnochadores, todos hombres, continuaban jugando al póquer. Había una botella de whisky sobre la mesa, de la que se iban sirviendo. Margaret siguió hacia la parte trasera, oscilando de un lado a otro al compás del avión. El piso ascendía hacia la cola, y había peldaños entre los compartimentos. Dos o tres personas estaban leyendo, con las cortinas abiertas, pero casi todos los cubículos estaban cerrados y silenciosos.

El tocador de señoras estaba vacío. Margaret se sentó

frente al espejo y se miró. Le resultaba chocante que un hombre considerara deseable a esta mujer. Su rostro era bastante vulgar, la piel muy pálida, los ojos de un curioso tono verde. Lo mejor era el cabello, pensaba en ocasiones; era largo y liso, de un color broncíneo refulgente. Los hombres solían fijarse en ese pelo.

¿Qué habría pensado Harry de su cuerpo, si le hubiera dejado entrar? Los grandes pechos le habrían encendido, trayéndole a la memoria la maternidad, ubres de vaca o cualquier cosa similar. Le habían dicho que a los hombres les gustaban pequeños, bien formados, del mismo tamaño que las copas de champán que se servían en las fiestas. Los míos no caben en una copa de champán, pensó con timidez.

Le habría gustado ser menuda, como las modelos de *Vogue*, pero parecía una bailarina española. Siempre que se ponía un vestido de baile debía llevar corsé debajo, de lo contrario sus pechos se desbordaban. Sin embargo, Ian había adorado su cuerpo. Decía que las modelos parecían muñecas. «Eres una mujer de verdad», le había dicho una tarde, en la antigua ala que se había utilizado como cuarto de los niños, mientras le besaba el cuello y le acariciaba los dos pechos a la vez por debajo del jersey de cachemira. A Margaret le habían gustado sus pechos en aquella época.

El avión se adentró en una zona de turbulencias, y tuvo que aferrarse al borde del tocador para no caer del taburete. Antes de morir, pensó morbosamente, me gustaría que me acariciaran los pechos otra vez.

Cuando el avión se estabilizó volvió a su compartimiento. Todos los cubículos tenían las cortinas cerradas. Se quedó de pie un momento, deseando que Harry abriera la cortina, pero no ocurrió. Miró en ambas direcciones del pasillo. No se veía un alma.

Toda su vida había sido pusilánime.

Pero nunca había deseado algo con tal fuerza.

Agitó la cortina de Harry.

No pasó nada. Tampoco había pensado en ningún plan. No sabía qué iba a decir o hacer.

No se oía nada en el interior. Agitó la cortina de nuevo. Un instante después, Harry asomó la cabeza.

Se miraron en silencio: él, asombrado, ella, sin habla.

Entonces, oyó un movimiento a su espalda.

Distinguió una mano que surgía de la litera de su padre. Iba a salir para ir al lavabo.

Sin pensarlo dos veces, Margaret empujó a Harry y se metió en la cama con él.

Mientras cerraba la cortina vio que papá salía de su cubículo. No la había visto por puro milagro, ¡gracias a Dios!

Se arrodilló al pie de la litera y miró a Harry. Estaba sentado en el otro extremo con las rodillas apoyadas en la barbilla, contemplándola a la escasa luz que se filtraba por la cortina. Parecía un niño que hubiera visto a Papá Noel bajar por la chimenea; apenas podía creer en su buena suerte. Abrió la boca para hablar, pero Margaret apoyó un dedo en sus labios para obligarle a callar.

De pronto, recordó que se había dejado fuera las zapatillas.

Llevaban bordadas sus iniciales, y cualquiera sabría a quién pertenecían. Estaban en el suelo, junto a las de Harry, como zapatos ante la puerta de una habitación de hotel, para que todo el mundo supiera que estaba durmiendo con él.

Solo habían pasado un par de segundos. Se asomó al exterior. Papá estaba bajando por la escalerilla de la litera, dándole la espalda. Margaret extendió la mano entre las cortinas. Si se volvía ahora, todo habría terminado. Tanteó en busca de las zapatillas y las encontró. Las cogió justo cuando papá posaba sus pies sobre la alfombra. Las metió dentro en una fracción de segundo antes de que él volviera la cabeza.

En lugar de miedo, sentía excitación.

No tenía una idea muy clara de qué deseaba que ocurriera ahora. Solo sabía que quería estar con Harry. La perspectiva de pasar la noche en su litera muriéndose de ganas por él se le antojaba intolerable. De todas formas, no iba a entregársele. Tenía muchas, muchísimas ganas, pero existían toda clase de problemas prácticos, empezando por el señor Membury, que dormía pocos centímetros encima de ellos.

Al momento siguiente se dio cuenta de que Harry, al contrario que ella, sabía muy bien lo que quería.

Se inclinó hacia delante, colocó la mano detrás de su cabeza, la atrajo hacia sí y besó sus labios.

Tras una brevísima vacilación, Margaret decidió abandonar toda idea de resistencia y entregarse sin más a las sensaciones.

Lo había pensado durante tanto tiempo que experimentó la sensación de llevar horas haciendo el amor con él. Sin embargo, esto era real: una mano fuerte en su nuca, una boca auténtica besando la suya, una persona auténtica fundiendo su aliento con el de ella. Fue un beso lento, tierno, suave, de ensayo, y tenía conciencia de todos los detalles: los dedos de Harry removiéndole el pelo, la aspereza de su barbilla afeitada, el cálido aliento sobre su mejilla, la boca que no cesaba de moverse, los dientes que mordisqueaban sus labios y, por fin, la lengua exploradora que se apretaba contra sus labios y buscaba la suya. Entregándose a un impulso irresistible, abrió su boca.

Se separaron al cabo de un momento, jadeantes, y Harry bajó la vista hacia sus pechos. Margaret observó que la bata se había abierto, y que sus pezones empujaban el algodón del camisón. Harry los contemplaba como hipnotizado. Extendió una mano, como a cámara lenta, y acarició el pecho izquierdo con las yemas de los dedos, acariciando la sensible punta a través de la fina tela, logrando que la joven jadeara de placer.

De pronto, no soportó el hecho de estar vestida. Se despojó de la bata rápidamente. Aferró el borde del camisón, pero titubeó. Una voz en el fondo de su mente dijo: «Después de esto, no podrás volver atrás», y ella pensó «¡Estupendo!», y se quitó el camisón por encima de la cabeza, arrodillándose desnuda frente a él.

Se sentía vulnerable y tímida, pero la angustia aumentaba su excitación. Los ojos de Harry recorrieron su cuerpo. Margaret leyó en ellos adoración y deseo. Harry se retorció en el estrecho espacio y se arrodilló, inclinándose hacia delante para acercar la cabeza a sus pechos. Margaret dudó por un momento: ¿qué pretendía hacer? Los labios de Harry rozaron sus pezones, primero uno, después el otro. Sintió que posaba la mano bajo su pecho izquierdo, primero acariciando, después sopesando, apretando suavemente a continuación. Bajó poco a poco los labios hasta llegar al pezón. Lo mordisqueó con extrema suavidad. El pezón estaba tan tumefacto que, por un momento, Margaret creyó que iba a estallar. Después, Harry empezó a chuparlo, y ella gruñó de placer.

Pasados unos instantes, deseó que hiciera lo mismo con el otro, pero era demasiado tímida para pedirlo. Sin embargo, Harry tal vez adivinó su deseo, porque lo hizo un momento después. Margaret acarició el erizado pelo de su nuca, y luego, cediendo a un impulso, aplastó la cabeza de Harry contra sus pechos. Él, en respuesta, chupó con mayor fervor.

Margaret deseaba explorar el cuerpo del joven. Cuando él descansó un momento, le apartó, desabrochándole los botones del pijama. Los dos jadeaban como corredores de fondo, pero no hablaban por temor a que les oyeran. Harry se quitó la chaqueta. No tenía pelo en el pecho. Margaret quería tenerle completamente desnudo, igual que ella. Encontró el cordón de los pantalones del pijama y, sintiéndose lasciva, lo desanudó.

Harry aparentaba vacilación y sorpresa, y Margaret experimentó la desagradable sensación de que tal vez era más atrevida que otras chicas con las que había estado. Sin embargo, se creyó en el deber de proseguir lo que había iniciado. Le empujó hasta tenderle en la cama, con la cabeza apoyada sobre la almohada, aferró la cintura de sus pantalones y tiró. Harry alzó las caderas.

Surgió la mata de vello rubio oscuro en la base de su estómago. Ella bajó aún más el algodón rojo, y respingó cuando su pene se irguió en libertad, como el mástil de una bandera. Lo contempló, fascinada. La piel se tensaba sobre las venas y el extremo estaba hinchado como un tulipán azul. Harry se quedó quieto, intuyendo que así lo deseaba ella. No obstante, el que Margaret lo mirara de aquella forma pareció excitarle, porque su respiración adquirió un tono gutural. Margaret sintió el impulso, por curiosidad y alguna otra emoción, de tocarlo. Su mano avanzó, movida por una fuerza irresistible. Harry emitió un leve gruñido cuando comprendió lo que ella iba a hacer. Margaret vaciló en el último instante. Su mano pálida titubeó junto al tumefacto pene. Harry lanzó una especie de gemido. Después, suspirando, Margaret se apoderó del miembro, y sus esbeltos dedos envolvieron la gruesa vara. La piel estaba caliente al tacto, y suave, pero cuando la apretó un poco, a lo cual reaccionó Harry con un jadeo, descubrió que era dura como un hueso. Margaret miró a Harry. Su rostro estaba encendido de deseo y su respiración se había acelerado aún más. Experimentó un enorme deseo de darle placer. Empezó a acariciarle el pene con un movimiento que Ian le había enseñado: hacia abajo con fuerza y hacia arriba con suavidad.

El efecto la sorprendió. Harry gimió, cerró los ojos y apretó las rodillas. Después, cuando ella repitió la caricia por segunda vez, el joven se agitó convulsivamente, su rostro se transformó en una mueca y semen blanco brotó del extremo de su pene. Estupefacta y embelesada, Margaret continuó agitando el miembro, y cada vez salía más semen. Un deseo incontenible se apoderó de la muchacha: sus pechos se endurecieron, la garganta se le secó y notó que un reguero de humedad mojaba la parte interna de sus muslos. Por fin, tras la quinta o sexta caricia, todo terminó. Los músculos de Harry se relajaron, su rostro adoptó una expresión más serena y su cabeza se derrumbó de costado sobre la almohada.

Margaret se tendió a su lado.

Harry parecía avergonzado.

—Lo siento —susurró.

—¡No debes sentirlo! —replicó ella—. Fue increíble. Nunca lo había hecho. Me he sentido muy bien.

Harry se quedó sorprendido.

—¿Te ha gustado?

Margaret estaba demasiado avergonzada para decir sí en voz alta, y se limitó a asentir con la cabeza.

—Pero yo no... —dijo Harry—. Quiero decir, tú no has...

Margaret calló. Harry podía hacer algo por ella, pero tenía miedo de pedírselo.

Él se puso de costado para que pudieran verse la cara.

—Quizá dentro de unos minutos...

No puedo esperar unos minutos, pensó ella. ¿Por qué no puedo pedirle que haga lo que yo he hecho por él? Cogió su mano y la apretó, pero continuaba sin poder pedir lo que deseaba. Cerró los ojos y llevó la mano de Harry hasta su entrepierna. Acercó la boca a su oreja y susurró:

—Con suavidad.

Harry comprendió. Su mano se movió, explorando. Ella estaba húmeda. Deslizó los dedos con suma facilidad entre sus labios. Ella le rodeó el cuello con los brazos y le aferró con fuerza. Los dedos de Harry se movieron en su interior. Ella quiso gritar: «¡Ahí no, más arriba!», pero él, como si leyera sus pensamientos, deslizó el dedo hacia el punto más sensible. Ella se sintió transportada al séptimo cielo. Espasmos de placer sacudieron su cuerpo. Se estremeció como una posesa, y mordió el brazo de Harry para reprimir sus gritos. Harry detuvo sus movimientos, pero ella se frotó contra su mano y las sensaciones no disminuyeron.

Una vez aplacado el placer, Harry volvió a mover el dedo y otro orgasmo tan intenso como el primero sacudió a Margaret.

Después, la sensibilidad del punto se hizo insostenible, y Harry apartó la mano.

Al cabo de un momento, Harry se deshizo del abrazo y frotó el hombro que ella había mordido.

—Lo siento —dijo ella, sin aliento—. ¿Te duele?

—Ya lo creo —murmuró, y ambos rieron por lo bajo. Intentar reprimir sus carcajadas fue peor, y se pasaron uno o dos minutos sofocados.

—Tu cuerpo es maravilloso..., maravilloso —dijo él cuando se calmaron.

—Y el tuyo también —contestó ella con fervor.

Harry no le creyó.

—Te lo digo en serio.

—¡Y yo también! —exclamó Margaret.

Nunca olvidaría su pene tumefacto irguiéndose de la mata de cabello dorado. Recorrió su estómago con la mano, buscándolo, y lo encontró recostado contra su muslo como una manguera, ni tieso ni encogido. La piel era sedosa. Experimentó el deseo de besarlo, y su propia depravación la sorprendió.

En lugar de ello, besó el hombro que le había mordido. A pesar de la oscuridad, vio las marcas de sus dientes. Iba a salirle un buen cardenal.

—Lo siento —musitó, en voz demasiado baja para que él la oyera. La embargó una gran tristeza por haber dañado aquella piel perfecta, después de que su cuerpo le hubiera proporcionado tanto placer. Besó el morado de nuevo.

Se quedaron inmóviles de agotamiento y placer, y no tardaron en adormecerse. Margaret creyó escuchar todo el rato el zumbido de los motores, como si estuviera soñando con aviones. En una ocasión oyó pasos que atravesaban el compartimento y regresaban unos minutos después, pero estaba demasiado feliz para que despertaran su curiosidad.

El avión voló durante un rato sin sacudidas y se sumió en un sueño profundo.

Se despertó sobresaltada. ¿Ya era de día? ¿Se habría levantado todo el mundo? ¿La verían todos saliendo de la litera de Harry? Su corazón latió con violencia.

—¿Qué pasa? —susurró él.

—¿Qué hora es?

—Noche cerrada.

Tenía razón. Nadie se movía fuera, las luces de la cabina estaban apagadas y no se veía ni rastro de luz del día por la ventana. Podía salir sin peligro.

—He de volver a mi litera ahora mismo, antes de que nos descubran —dijo, presa del nerviosismo. Empezó a buscar sus zapatillas, pero no pudo encontrarlas.

Harry apoyó una mano en su hombro.

—Tranquila —susurró—. Tenemos horas por delante.

—Pero estoy preocupada por papá...

Calló. ¿Por qué estaba tan preocupada? Contuvo el aliento y miró a Harry. Cuando sus ojos se encontraron en la semioscuridad, ella recordó lo que había ocurrido antes de que se durmieran, y adivinó que él estaba pensando en lo mismo. Intercambiaron una sonrisa, una sabia e íntima sonrisa de amantes.

De pronto, sus preocupaciones se esfumaron. Aún no era necesario que se marchara. Quería quedarse aquí, luego lo haría. Había mucho tiempo.

Harry se apretó contra ella, y Margaret notó su pene erecto.

—No te vayas aún —musitó Harry.

Ella suspiró de felicidad.

—Muy bien, no me iré —dijo, y empezó a besarle.

18

Eddie Deakin se sometía a un férreo control, pero hervía como una tetera destapada, como un volcán a punto de entrar en erupción. Sudaba sin cesar, le dolían las tripas y no podía estarse quieto. Intentaba hacer su trabajo, pero solo lo justo.

A las dos de la mañana, hora de Inglaterra, terminaba su turno. Cuando faltaba poco para la hora falseó más cifras concernientes al combustible. Antes había disminuido el consumo de carburante, para dar la impresión de que quedaba suficiente para realizar la travesía e impedir que el capitán volviera atrás. Ahora lo incrementó, para que cuando Mickey Finn, su sustituto, ocupara su puesto y leyera los datos del combustible no hubiera discrepancias. La curva Howgozit mostraría bruscas fluctuaciones en el consumo de carburante, y Mickey se preguntaría la razón, pero Eddie explicaría que era debido al mal tiempo. En cualquier caso, Mickey constituía la última de sus preocupaciones. Su mayor angustia, la que atenazaba de temor su corazón, era que el avión agotara el combustible antes de llegar a Terranova.

Estaban fuera del mínimo estipulado. Las normas dejaban un margen de seguridad, por cierto, pero los márgenes de seguridad tenían una razón de ser. Este vuelo se había quedado sin reserva extra de combustible para casos de emergencia, como el fallo de un motor. Si algo iba mal, el avión caería en picado al revuelto océano Atlántico. No podría aterrizar sin problemas en mitad del océano; se hundiría al cabo de pocos minutos. No habría supervivientes.

Mickey subió a la cabina de vuelo unos minutos antes de las dos, con aspecto más descansado, juvenil y animado.

—Vamos muy justos de combustible —dijo Eddie al instante—. Ya he informado al capitán.

Mickey asintió con aire indiferente y cogió la linterna. Su primera tarea consistía en realizar una inspección visual de los cuatro motores.

Eddie le dejó y bajó a la cubierta de pasajeros. El primer oficial, Johnny Dott, el navegante, Jack Ashford, y el operador de radio, Ben Thompson, le siguieron escaleras abajo cuando llegaron sus sustitutos. Jack se dirigió a la cocina para prepararse un bocadillo. Pensar en la comida despertó náuseas en Eddie. Cogió una taza de café y fue a sentarse en el compartimento número 1.

Cuando no estaba trabajando, le resultaba imposible apartar de su mente el pensamiento de Carol-Ann en manos de sus secuestradores.

Ahora serían las nueve de la noche en Maine. Habría oscurecido. Carol-Ann estaría preocupada y abatida, en el mejor de los casos. Solía quedarse dormida mucho antes desde que estaba embarazada. ¿Le facilitarían un lecho donde tenderse? Esta noche no dormiría, pero al menos descansaría el cuerpo. Eddie solo confiaba en que la idea de irse a la cama no alentara otros pensamientos en las mentes de los matones que la custodiaban...

Antes de que su café se enfriara, la tempestad se desencadenó.

El vuelo había sido movido durante varias horas, pero ahora las cosas habían empeorado. Era como estar a bordo de un barco en plena tempestad. El enorme avión era como un barco sobre el oleaje, que se alzaba poco a poco para derrumbarse al instante con un golpe sordo y volver a levantarse, rodando y oscilando de un lado a otro al capricho de los vientos. Eddie se sentó en una litera y se abrazó, apoyando los pies en el poste de la esquina. Los pasajeros empezaron a despertarse, tocaron el timbre para avisar a los mozos y salieron corriendo hacia el cuarto de baño. Nicky y Davy, que dormían en el compartimento número 1 con la tripulación libre de servicio, se abrocharon el cuello de la camisa y se pusieron la chaqueta, saliendo a toda prisa para atender las llamadas.

Al cabo de un rato, Eddie fue a la cocina en busca de más café. Cuando llegó, se abrió la puerta del lavabo de caballeros y salió Tom Luther, pálido y sudoroso. Eddie le miró con desprecio. Experimentó el deseo de lanzar las manos a su cuello, pero la reprimió.

—¿Es normal esto? —preguntó Luther, con voz asustada.

Eddie no sintió ni un ápice de compasión.

—No, no es normal —replicó—. Tendríamos que haber rodeado la tempestad, pero no nos queda bastante combustible.

—¿Por qué no?

—Se está agotando.

Luther se mostró aterrorizado.

—¡Pero usted dijo que daríamos media vuelta antes de llegar al punto crítico!

Eddie estaba más preocupado que Luther, pero el desasosiego del otro hombre le proporcionó una sombría satisfacción.

—Tendríamos que haber regresado, pero yo falsifiqué los datos. Tengo razones de peso para desear que este vuelo cumpla el horario previsto, ¿recuerda?

—¡Hijo de puta chiflado! —chilló Luther, desesperado—. ¿Intenta matarnos a todos?

—Prefiero aprovechar la oportunidad de matarle que dejar a mi mujer con sus amigos.

—¡Pero si todos morimos, no le servirá de nada a su mujer!

—Lo sé. —Eddie comprendió que arrastraba un peligro enorme, pero no podía soportar la idea de dejar a Carol-Ann con sus raptores ni un día más—. Es posible que esté chiflado —dijo.

Luther parecía enfermo.

—Pero este avión puede aterrizar en el mar, ¿verdad?

—Se equivoca. Solo podemos aterrizar sobre una mar en calma. Si nos posáramos sobre el Atlántico en medio de una tempestad como esta, el avión se despedazaría en cuestión de segundos.

—Oh, Dios mío —gimió Luther—. No tenía que haber embarcado en este avión.

—Nunca debió jugar con mi mujer, bastardo —dijo Eddie, rechinando los dientes.

El avión se bamboleó frenéticamente. Luther dio media vuelta y entró tambaleándose en el lavabo.

Eddie atravesó el compartimento número 2 y entró en el salón principal. Los jugadores de cartas se habían abrochado el cinturón de seguridad y se agarraban a donde podían. Vasos, cartas y una botella rodaban sobre la alfombra al compás de las sacudidas y oscilaciones del aparato. Eddie echó una ojeada a uno y otro lado del pasillo. Después del pánico inicial, los pasajeros se habían tranquilizado. La mayoría se hallaban de nuevo en sus literas, bien asegurados, comprendiendo que era la mejor forma de afrontar las sacudidas. Yacían con las cortinas abiertas, unos resignados alegremente a las incomodidades, otros muertos de miedo. Todo lo que no estaba sujeto había caído al suelo, y la alfombra estaba sembrada de libros, gafas, batas, dentaduras postizas, calderilla, gemelos y demás objetos que la gente guarda cerca de sus camas cuando se acuesta. Los ricos y sofisticados del mundo parecían de pronto muy humanos, y Eddie experimentó una súbita punzada de culpabilidad: ¿iba a morir toda esta gente por su culpa?

Regresó a su asiento y se ciñó el cinturón de seguridad. Ya no podía hacer nada en relación al consumo de combustible, y la única manera de ayudar a Carol-Ann era asegurar el aterrizaje de emergencia, siguiendo las directrices del plan.

Mientras el avión se estremecía en mitad de la noche, trató de contener su ira y repasar el plan.

Estaría de guardia cuando despegaran de Shediac, la última escala antes de Nueva York. Empezaría de inmediato a tirar combustible. Las cifras lo revelarían, por supuesto. Cabía la posibilidad de que Mickey Finn se diera cuenta de la pérdida, si aparecía en la cubierta de vuelo por algún motivo, pero en aquel momento, veinticuatro horas después de abandonar Southampton, lo único que importaba a la tripulación libre de servicio era dormir. No era probable que otro miembro de la tripulación echara un vistazo a las cifras del combustible, sobre todo en el trayecto más corto del vuelo, cuando el consumo de carburante no revestía tanta importancia. La idea de engañar a sus compañeros le repugnaba, y el furor volvió a poseerle por un momento. Cerró los puños, pero no tenía nada que golpear. Intentó concentrarse en su plan.

Cuando el avión estuviera cerca de lugar donde Luther quería que se posara, Eddie arrojaría más combustible, de forma que apenas quedara cuando llegaran a la zona precisa. En aquel momento avisaría al capitán que el combustible se había agotado casi por completo y amarar era necesario.

Tendría que controlar la ruta con minuciosidad. No siempre seguían la misma: la navegación no era una ciencia exacta. Sin embargo, Luther había elegido el lugar de la cita con gran inteligencia. Era el punto más adecuado en un amplio radio para que un hidroavión se posara, pues aunque se desviaran algunas millas de la ruta, el capitán sabía que, en caso de emergencia, podían llegar a él.

Si quedara tiempo, el capitán preguntaría a Eddie, irritado, por qué no había reparado en la dramática falta de combustible antes de que fuera crítica. Eddie debería responder que todos los datos eran erróneos, una contingencia harto improbable. Apretó los dientes. Sus compañeros confiaban en él para que llevara a cabo la tarea fundamental de vigilar el consumo de combustible del avión. Le confiaban sus vidas. Descubrirían que les había engañado.

Una lancha rápida estaría a la espera en la zona de amaraje y se acercaría al *clipper*. El capitán pensaría que venían en su ayuda. Les invitaría a subir a bordo, ignorando que Eddie les había abierto las puertas. Entonces, los gángsteres reducirían al agente del FBI, Ollis Field, y rescatarían a Frankie Gordino.

Actuarían con rapidez. El operador de radio enviaría una llamada de socorro antes de que el avión se posara sobre el agua, y el *clipper* era lo bastante grande para ser visto desde lejos; otros buques se acercarían antes de que pasara mucho rato. Incluso cabía la posibilidad de que los guardacostas se presentaran a tiempo de impedir el rescate, lo cual significaría el fracaso para la banda de Luther, pensó Eddie. Por un momento, recobró las esperanzas... hasta recordar que no deseaba el fracaso de Luther, sino su éxito.

No podía acostumbrarse a la idea de confiar en que los delincuentes se salieran con la suya. Se devanaba los sesos, buscando una forma de frustrar el plan de Luther, pero siempre tropezaba con el mismo problema: Carol-Ann. Si Luther no rescataba a Gordino, Eddie no rescataría a Carol-Ann.

Había pensado en alguna manera de conseguir que Gordino fuera apresado veinticuatro horas más tarde, cuando Carol-Ann estuviera a salvo, pero era imposible. Gordino estaría muy lejos en aquel momento. La única alternativa consistía en persuadir a Luther de que entregara antes a Carol-Ann, y era demasiado listo para aceptar aquel trabajo. El problema era que Eddie no tenía con qué amenazar a Luther. Este tenía a Carol-Ann, y Eddie tenía...

Bueno, pensó de repente, tengo a Gordino.

Espera un momento.

Ellos tienen a Carol-Ann, y no puedo recuperarla sin colaborar con ellos. Pero Gordino se encuentra en este avión, y ellos no pueden recuperarle a menos que colaboren conmigo. Quizá no tengan en su poder toda la baraja.

Se preguntó si existía alguna manera de tomar la iniciativa, de pasarles la mano por la cara.

Miró abstraído la pared de enfrente, cogiéndose con fuerza al asiento, sumido en sus pensamientos.

Existía una manera.

¿Por qué era necesario entregar primero a Gordino? Un intercambio de rehenes debería ser simultáneo.

Reprimió sus esperanzas renovadas y se obligó a pensar con frialdad.

¿Cómo se realizaría el intercambio? Tendrían que trasladar al *clipper* a Carol-Ann en la lancha que se llevaría a Gordino.

¿Porqué no? ¿Porqué narices no?

Se preguntó frenéticamente si podría negociarlo a tiempo. Había calculado que la retenían a ciento veinte o ciento cuarenta kilómetros de su casa a lo sumo, lo que significaba a unos ciento cuarenta kilómetros del lugar previsto para el amaraje de emergencia. En el peor de los casos, se hallaba a cuatro horas de distancia en coche. ¿Sería demasiado lejos?

Supón que Tom Luther accede. La primera oportunidad que tendría de llamar a sus compinches sería en la primera escala, Botwood, donde el *clipper* debía aterrizar a las nueve de la mañana, hora de Inglaterra. Después, el avión se dirigiría hacia Shediac. El amaraje improvisado se produciría una hora más tarde de despegar de Shediac, alrededor de las cuatro de la tarde, hora de Inglaterra, siete horas después. La banda podría llegar con Carol-Ann dos horas antes de lo convenido.

Eddie apenas pudo contener su excitación mientras acariciaba la perspectiva de recuperar a Carol-Ann antes de lo que creía. También imaginó que tenía una posibilidad, más bien remota, de hacer algo para impedir el rescate de Luther, lo cual le redimiría a los ojos de la tripulación. Olvidarían su traición si le veían capturar a una banda de gángsteres asesinos.

Se obligó de nuevo a no alentar esperanzas. Se trataba de una simple idea. Era muy probable que Luther no aceptara el trato. Eddie podía amenazarles con rechazar su plan si no accedían a sus condiciones, pero se darían cuenta de que era una amenaza vana. Ya habrían imaginado que Eddie haría cualquier cosa con tal de salvar a su mujer, y no errarían. Solo trataban de salvar a un camarada. Eddie estaba más desesperado, y esa circunstancia debilitaba su posición, pensó. Se sumió de nuevo en el abatimiento.

De todos modos, todavía podía plantear un problema a Luther, introduciendo dudas y preocupaciones en su mente. Luther tal vez no creyera en la amenaza de Eddie, pero ¿cómo podía estar seguro? Hacían falta redaños para afrontar el farol de Eddie, y Luther no era valiente, al menos en este momento.

En cualquier caso, pensó, ¿qué puedo hacer?

Lo probaría.

Se levantó de la litera.

Pensó que debería ensayar toda la conversación y preparar las respuestas a las preguntas de Luther, pero estaba al borde de la histeria y le resultaba imposible seguir pensando. Tenía que hacerlo o enloquecería.

Se dirigió hacia el salón principal, agarrándose a todo lo que encontraba a su paso.

Luther era uno de los pasajeros que no se habían acostado. Estaba en un rincón del salón, bebiendo whisky, pero sin unirse a la partida de cartas. El color había vuelto a su cara, y parecía haber superado las náuseas. Se encontraba leyendo una revista inglesa, *The Illustrated London News*. Eddie le palmeó el hombro. El hombre levantó la vista, sobresaltado y algo asustado. Cuando vio a Eddie, su rostro adquirió una expresión hostil.

—El capitán desea hablar con usted, señor Luther —dijo Eddie.

Luther parecía angustiado. Se quedó inmóvil un momento. Eddie le azuzó con un perentorio movimiento de la cabeza. Luther dejó la revista, se desabrochó el cinturón de seguridad y se puso en pie.

Eddie le siguió a través del compartimento número 2, pero en lugar de subir por la escalerilla a la cubierta de vuelo, abrió la puerta del lavabo de caballeros e invitó a Luther a entrar.

Olía débilmente a vómitos. Por desgracia, no estaban solos; un pasajero en pijama se estaba lavando las manos. Eddie señaló el váter y Luther entró, mientras Eddie se peinaba y esperaba. Al cabo de unos momentos, el pasajero se fue. Eddie tabaleó con los dedos sobre la puerta del cubículo y Luther salió.

—¿Qué coño pasa? —preguntó.

—Cierre el pico y escúcheme —le interrumpió Eddie.

No tenía la intención de comportarse con agresividad, pero Luther le sacaba de quicio.

—Sé por qué está aquí, he adivinado sus planes y pienso efectuar un cambio. Cuando este avión aterrice, quiero que Carol-Ann esté en el barco, esperando.

—No está en posición de exigir nada —se revolvió Luther.

Eddie no había esperado que cediera de inmediato. Debería echarse un farol.

—Muy bien —respondió con tanta convicción como pudo reunir—. No hay trato.

Luther aparentó cierta preocupación.

—Escuche, pedazo de mierda: usted quiere recobrar a su mujercita. Haga aterrizar el avión.

Era verdad, pero Eddie meneó la cabeza.

—No confío en usted —respondió—, y no tengo motivos para hacerlo. Podría engañarme en cualquier momento. No voy a correr el riesgo. Quiero cambiar el trato.

La confianza de Luther aún no se tambaleaba.

—Ni hablar.

—Muy bien. —Había llegado el momento de arriesgarlo todo—. Muy bien, irá a la cárcel.

Luther lanzó una nerviosa carcajada.

—¿De qué está hablando?

Eddie se sintió algo más confiado: Luther flaqueaba.

—Se lo contaré todo al capitán. Le sacarán del avión en la próxima escala. La policía le estará esperando. Le encarcelarán..., pero en Canadá, y ninguno de sus compinches podrá sacarle. Le acusarán de secuestro, piratería... Coño, Luther, puede que nunca vuelva a salir.

Luther, por fin, se mostró impresionado.

—Todo está preparado —protestó—. Es demasiado tarde para cambiar el plan.

—No, no lo es. Llame a sus cómplices desde la siguiente escala y dígales lo que hay que hacer. Tendrán siete horas para embarcar a Carol-Ann en esa lancha. Aún queda tiempo.

Luther se rindió de repente.

—Muy bien. Lo haré.

Eddie no le creyó; el cambio se había producido con demasiada rapidez. Su instinto le dijo que Luther había decidido engañarle.

—Dígales que deberán llamarme a la última escala, Shediac, para confirmarme que aceptan el acuerdo.

Una expresión de ira asomó por un instante al rostro de Luther, y Eddie supo que sus sospechas eran acertadas.

—Y cuando la lancha se encuentre con el *clipper* —prosiguió—, he de ver a Carol-Ann en la cubierta del barco antes de abrir las puertas, ¿entendido? Si no la veo, daré la alarma. Ollis Field le detendrá antes de que usted pueda abrir la puerta, y los guardacostas se presentarán antes de que sus gorilas irrumpan. Por lo tanto, asegúrese de que todo se cumpla a la perfección, o morirá.

Luther recobró de súbito su presencia de ánimo.

—Usted no va a hacer nada de lo que ha dicho —siseó—. No arriesgará la vida de su mujer.

Eddie trató de disipar sus dudas.

—¿Está seguro, Luther?

No era suficiente. Luther meneó la cabeza con determinación.

—No está tan loco.

Eddie sabía que debía convencer a Luther al instante. Era el momento crucial. La palabra loco le proporcionó la inspiración que necesitaba.

—Le voy a demostrar lo loco que estoy.

Empujó a Luther contra la pared, cerca de la gran ventana cuadrada. El hombre estaba asombrado para oponer resistencia.

—Le voy a demostrar lo muy loco que estoy.

Apartó las piernas de Luther de una patada, y el hombre se desplomó como un saco sobre el suelo. En ese momento, tuvo la sensación de que sí estaba loco.

—¿Ves esta ventana, cacho mierda? —Eddie aferró la persiana veneciana y la soltó—. Estoy lo bastante loco para tirarte por esta jodida ventana, mira lo que te digo.

Se plantó de un salto sobre el lavabo y lanzó una patada

contra el cristal de la ventana. Llevaba botas recias, pero la ventana estaba hecha de sólido plexiglás, de cinco milímetros de espesor. Golpeó de nuevo, con más fuerza, y esta vez el cristal se rajó. Otra patada lo rompió. Fragmentos de cristal cayeron sobre el suelo. El avión volaba a doscientos cincuenta kilómetros por hora. El viento helado y la lluvia fría penetraron en el interior como un huracán.

Luther, aterrorizado, intentó levantarse. Eddie saltó sobre él, impidiendo que huyera. Agarró al hombre y lo tiró contra la pared. La rabia le daba fuerzas para imponerse a Luther, aunque pesaban más o menos lo mismo. Cogió a Luther por las solapas y sacó su cabeza por la ventana.

Luther chilló.

El fragor del viento era tan potente que el grito apenas se oyó.

Eddie le tiró hacia atrás y gritó en su oído:

—¡Juro por Dios que te arrojaré al vacío!

Volvió a sacar la cabeza de Luther y le alzó del suelo.

Si el pánico no se hubiera apoderado de Luther, habría conseguido liberarse, pero había perdido el control y se sentía a merced de Eddie. Chilló de nuevo, mascullando palabras apenas inteligibles.

—¡Lo haré, lo haré, suélteme, suélteme!

Eddie estuvo a punto de cumplir su palabra; después, comprendió que también él corría el peligro de perder el control. No quería matar a Luther, se recordó, solo darle un susto de muerte. Ya lo había logrado. Era suficiente.

Dejó caer a Luther, soltándole.

Luther corrió hacia la puerta.

Eddie le dejó marchar.

He actuado como un auténtico loco, pensó Eddie, aunque sabía que no había actuado.

Se apoyó contra el lavabo, recuperando el aliento. La rabia le abandonó con la misma rapidez que había llegado. Se sintió calmado, pero aturdido por la violencia a la que había dado rienda suelta, casi como si le hubiera ocurrido a otra persona.

Un pasajero entró al instante siguiente.

Era Mervyn Lovesey, el hombre que había subido en Foynes, un individuo alto ataviado con un camisón a rayas que le daba un aspecto muy divertido. Era el típico inglés y aparentaba unos cuarenta años.

—Caramba, ¿qué ha pasado aquí? —dijo, inspeccionando los daños.

Eddie tragó saliva.

—Se ha roto una ventana —dijo.

Lovesey le dirigió una sonrisa irónica.

—Incluso yo lo he adivinado.

—Es frecuente cuando hay tormenta —siguió Eddie—. Esos vientos violentos arrastran trozos de hielo, e incluso piedras.

Lovesey parecía escéptico.

—¡Vaya! Llevo volando diez años en mi propio avión y nunca había escuchado nada semejante.

Tenía razón, por supuesto. A veces, se rompían ventanas durante los viajes, pero cuando el avión recalaba en un puerto, nunca en pleno Atlántico. Contaban, para evitar tal eventualidad, con cubreventanas de aluminio llamadas portillas, dispuestas también en el lavabo de caballeros. Eddie abrió un armarito y sacó una.

—Para eso las llevamos —dijo.

Lovesey se convenció por fin.

—Peculiar —comentó, y entró en el váter.

Con las claraboyas se guardaba el destornillador, la herramienta necesaria para instalarlas. Eddie decidió que la mejor forma de disimular el incidente sería encargarse de realizar el trabajo. Sacó el marco de la ventana en pocos segundos, quitó los restos de cristal roto, colocó la portilla y puso de nuevo el marco.

—Muy impresionante —dijo Mervyn Lovesey cuando salió del váter. Eddie intuyó que, de todos modos, aún no estaba convencido del todo. Sin embargo, no pensaba hacer nada para remediarlo.

Eddie salió y observó que Davy estaba preparando una bebida de leche en la cocina.

—Se ha roto la ventana del lavabo —le dijo.

—La arreglaré en cuanto haya servido su cacao a la princesa.

—He instalado la portilla.

—Caray, Eddie, gracias.

—Pero barre los cristales en cuanto puedas.

—Muy bien.

A Eddie le habría gustado encargarse de la tarea, pues el culpable era él. Así le había educado su madre. Sin embargo, corría el riesgo de despertar suspicacias si se mostraba demasiado servicial, traicionado por su conciencia. A regañadientes, dejó que Davy se encargara de ello.

En cualquier caso, había conseguido algo. Había asustado a Luther. Pensaba que Luther seguiría al pie de la letra el nuevo plan y arreglaría que Carol-Ann, se encontrara a bordo de la lancha. Al menos, tenía motivos para confiar.

Su mente se centró en su otra preocupación: la reserva de combustible del avión. Aunque aún no debía reincorporarse a su puesto, subió a la cubierta de vuelo para hablar con Mickey Finn.

—¡La curva ocupa todo el sitio! —exclamó Mickey en cuanto Eddie entró.

¿Nos queda bastante combustible?, pensó Eddie, aparentando serenidad.

—Déjame ver.

—Mira: el consumo de carburante es increíblemente elevado durante la primera hora de mi turno, y se normaliza durante la segunda.

—También ocupaba todo el espacio durante mi turno —dijo Eddie, intentando aparentar una leve preocupación, a pesar de que estaba aterrorizado—. Creo que la tormenta da al traste con todas las previsiones. —Entonces hizo la pregunta que le estaba atormentando—. ¿Nos queda suficiente combustible para llegar a casa? —Contuvo el aliento.

—Sí, nos queda bastante —respondió Mickey.

Eddie, aliviado, relajó sus músculos. Gracias a Dios. Al menos, esa preocupación ya no existía.

—Pero la reserva esta vacía —añadió Mickey—. Espero que no se estropee un motor.

Eddie no podía permitirse el lujo de preocuparse por una posibilidad tan remota; tenía demasiadas cosas en la cabeza.

—¿Cuál es la previsión meteorológica? Puede que estemos a punto de dejar atrás la tempestad.

Mickey meneó la cabeza.

—No —dijo, con semblante lúgubre—. Va a empeorar mucho más.

19

Nancy Lenehan consideraba perturbador estar acostada en una habitación que compartía con un completo desconocido.

Como Mervyn Lovesey le había asegurado, la suite nupcial tenía literas, a pesar de su nombre. Sin embargo, no había logrado que la puerta estuviera abierta de forma permanente, por culpa de la tempestad; por más que se esforzaba, la puerta se cerraba una y otra vez, hasta que ambos llegaron a la conclusión de que era menos embarazoso dejarla cerrada que hacer equilibrios para mantenerla abierta.

Nancy había hecho lo posible por seguir de pie. Estuvo tentada de instalarse en el salón durante toda la noche, pero era un lugar incómodamente masculino, lleno de humo de cigarrillos, aroma a whisky y las carcajadas y maldiciones de los jugadores. Tuvo la sensación de que todos la miraban. Al final, no le quedó otra solución que irse a la cama.

Apagaron las luces y se metieron en sus literas. Nancy se tendió con los ojos cerrados, pero no tenía sueño. La copa de coñac que el joven Harry Marks le había conseguido no sirvió de gran ayuda. Estaba tan despejada como si fueran las nueve de la mañana.

Intuía que también Mervyn seguía despierto. Oía todos sus movimientos en la litera de arriba. Al contrario que las demás, las de la suite nupcial carecían de cortinas, y solo la oscuridad le procuraba cierta privacidad.

Mientras yacía despierta pensó en Margaret Oxenford, tan

joven e ingenua, tan insegura e idealista. Presentía que bajo la superficie vacilante de Margaret bullía una gran pasión, y se identificaba con ella en ese sentido. También Nancy se había peleado con sus padres o, al menos, con su madre. Mamá quería que se casara con un chico perteneciente a una antigua familia de Boston, pero Nancy se enamoró a los dieciséis años de Sean Lenehan, un estudiante de Medicina cuyo padre, ¡horror!, era el capataz de la fábrica de papá. Mamá libró una dura campaña contra Sean durante meses, relatando espantosas habladurías acerca de él y otras chicas, vertiendo calumnias sobre sus padres, enfermando y atrincherándose en su lecho solo para volver a levantarse y sermonear a su hija por su egoísmo e ingratitud. Nancy sufrió durante el proceso, pero se mantuvo firme, y al final se casó con Sean y le amó con todo su corazón hasta el día en que murió.

Margaret carecía de la fortaleza de Nancy. Tal vez he sido un poco ruda con ella, pensó, diciéndole que si no estaba de acuerdo con su padre se marchara de casa. Sin embargo, daba la impresión de necesitar que alguien le aconsejara dejar de gimotear y comportarse como una persona adulta. ¡A su edad yo ya tenía dos hijos!

Le había ofrecido ayuda práctica, tanto como consejos sensatos. Confiaba en poder cumplir su promesa y proporcionarle un empleo a Margaret.

Todo dependía de Danny Riley, el antiguo réprobo que controlaba el equilibrio del poder en la batalla contra su hermano. El problema volvió a preocupar a Nancy. ¿Se habría puesto Mac en comunicación con Danny? De ser así, ¿cómo habría digerido la historia de que se iba a investigar uno de sus antiguos delitos? ¿Sospecharía que se trataba de un montaje para presionarle, o estaría asustado? Dio vueltas en la cama mientras pasaba revista a todas las preguntas sin respuesta. Ojalá hablara con Mac en la siguiente escala, Botwood, en Terranova. Quizá podría desvelar parte de la intriga.

El avión no paraba de saltar y oscilar, aumentando el nerviosismo y la inquietud de Nancy, y los movimientos empeoraron al cabo de una o dos horas. Nunca había tenido miedo en un avión, pero, por otra parte, jamás había vivido la experiencia de una tormenta tan fuerte. Se aferró a los bordes de la litera cuando el viento zarandeó el poderoso aparato. Se había enfrentado sola a muchas cosas desde la muerte de su marido, y se dijo que no debía desfallecer, pero la idea de que las alas se rompieran o los motores quedaran destruidos, precipitándoles al mar, la aterrorizaba. Cerró los ojos con fuerza y mordió la almohada. De pronto, dio la impresión de que el avión caía en picado. Esperó a que el descenso terminara, pero siguió y siguió. No pudo reprimir un sollozo de miedo. Por fin, se oyó un golpe sordo y el avión pareció enderezarse.

Un momento después, sintió la mano de Mervyn sobre su hombro.

—Solo es una tormenta —dijo, con su preciso acento británico—. Las he vivido peores. No hay nada que temer.

Ella encontró su mano y la aferró con desesperación. Mervyn se sentó en el borde de la litera y le acarició el pelo durante los momentos en que el avión se mantuvo estable. Nancy continuaba asustada, pero el contacto de otra mano la ayudó a sentirse mejor.

No supo cuánto rato permanecieron así. Por fin, la tormenta se apaciguó. Recobró sus energías y soltó la mano de Mervyn. No sabía qué decir. Por suerte, el hombre se levantó y salió de la habitación.

Nancy encendió la luz y saltó de la cama. Se irguió temblorosa, cubrió su salto de cama negro con una bata de seda azul y se sentó ante el tocador. Se cepilló el pelo, lo cual siempre la serenaba. Estaba violenta por haberle cogido la mano. Se había olvidado del decoro, agradeciendo que alguien la consolara, pero ahora se sentía extraña. La aliviaba el hecho de que él fuera lo bastante sensible para dejarla sola durante unos minutos.

Volvió con una botella de coñac y dos copas. Las llenó y pasó una a Nancy. Esta sostuvo la copa en una mano y se agarró al tocador con la otra: el avión seguía sacudiéndose.

Su desazón habría sido mayor de no llevar Mervyn aquel cómico camisón. Estaba ridículo, y él lo sabía, pero se comportaba con tanta dignidad como si se paseara con su traje de chaqueta cruzada, lo cual acentuaba aún más la faceta divertida de la situación. Era un hombre que no temía el ridículo. A ella le gustó la forma en que llevaba el camisón.

Nancy sorbió su coñac. El cálido licor contribuyó a tranquilizarla, y bebió un poco más.

—Ha ocurrido algo extraño —comentó Mervyn—. Cuando iba al lavabo de caballeros, salió otro pasajero, con el aspecto de estar muerto de miedo. Al entrar, vi que la ventana estaba rota, y de pie en medio del lavabo se hallaba el mecánico, con aire de culpabilidad. Me contó la increíble historia de que un pedazo de hielo había chocado contra el cristal, pero a mí me dio la impresión de que los dos hombres se habían peleado.

Nancy le agradeció que hablara de algo, en lugar de quedarse sentados en silencio, pensando en que se habían cogido de la mano.

—¿Quién es el mecánico? —preguntó.

—Un tipo atractivo, más o menos de mi estatura, cabello rubio.

—Ya sé quién es. ¿Y el pasajero?

—No sé cómo se llama. Un hombre de negocios, que viaja solo, vestido con un traje gris claro.

Mervyn se levantó y sirvió más coñac.

La bata de Nancy solo la cubría hasta las rodillas, y se sentía casi desnuda con los tobillos y los pies al descubierto. Recordó de nuevo que Mervyn perseguía frenéticamente a su adorada esposa, y que no tenía ojos para nadie más. Ni siquiera se daría cuenta si veía a Nancy desnuda de pies a cabeza. Estrecharle la mano había sido un gesto puramente amistoso de un ser humano a otro, así de sencillo. Una voz cínica le dijo, desde el fondo de su mente, que coger la mano del marido de otra mujer pocas veces era sencillo y nunca puro, pero no hizo caso.

—¿Tu mujer aún está enfadada contigo? —preguntó, por decir algo.

—Como un gato con un ratón —respondió Mervyn.

Nancy sonrió al recordar la escena que había encontrado en la suite cuando volvió a cambiarse: la mujer de Mervyn chillaba a su marido, y el amante la chillaba a ella, mientras Nancy observaba desde la puerta. Diana y Mark se habían callado al instante y abandonado la habitación, con aspecto avergonzado, para continuar su trifulca en otra parte. Nancy se había abstenido de hacer comentarios porque no quería que Mervyn pensara que se reía de su situación. Sin embargo, no tuvo reparos en formularle preguntas personales: las circunstancias habían forzado la intimidad entre ellos.

—¿Volverá contigo?

—No lo sé. Ese tipo que va con ella... Creo que es un lechuguino, pero tal vez sea eso lo que ella desee.

Nancy asintió con la cabeza. Los dos hombres, Mark y Mervyn, no podían ser más diferentes. Mervyn era alto y dominante, moreno, bien parecido y rudo. Mark era mucho más blando, de ojos color avellana y pecoso, con una expresión irónica permanente en su cara redonda.

—No me gustan los hombres de aspecto juvenil, pero a su manera es atractivo —dijo.

En realidad, estaba pensando: si Mervyn fuera mi marido, no lo cambiaría por Mark, pero sobre gustos no hay nada escrito.

—Sí. Al principio, pensé que Diana se estaba portando como una idiota, pero ahora que le he conocido no estoy tan seguro. —Mervyn se quedó pensativo unos instantes, y después cambió de tema—. ¿Y tú? ¿Vas a presentar batalla a tu hermano?

—Creo que he descubierto su punto débil —dijo Nancy con sombría satisfacción, pensando en Danny Riley—. Estoy en ello.

Mervyn sonrió.

—Cuando miras de esa forma, creo que prefiero tenerte por amiga antes que por enemiga.

—Es por mi padre. Yo le quería con locura, y la empresa es lo único que me queda de él. Es como un monumento en su memoria, y aún más, porque lleva la impronta de su personalidad hasta en el menor detalle.

—¿Cómo era?

—Uno de esos hombres al que nadie olvida jamás. Era alto, de cabello negro y voz potente, y sabías en cuanto le veías que era un hombre enérgico. Sabía el nombre de todos sus empleados, si sus esposas enfermaban y si sus hijos salían adelante en el colegio. Pagó la educación de incontables hijos de obreros, que ahora son abogados o contables; sabía ganarse la lealtad de la gente. En ese sentido era anticuado…, paternalista. Tenía el mejor cerebro para los negocios que he conocido. En plena Depresión, cuando las fábricas cerraban a lo largo y ancho de Nueva Inglaterra, seguíamos contratando trabajadores, porque nuestras ventas subían. Comprendió el poder de la publicidad antes que ningún fabricante de zapatos, y lo utilizó con brillantez. Le interesaba la psicología, cómo motivar a la gente. Tenía la habilidad de arrojar luz sobre cualquier problema que le presentaras. Le echo de menos cada día. Le echo de menos casi tanto como a mi marido. —De repente, la ira se apoderó de ella—. Y no me quedaré cruzada de brazos, viendo a mi inútil hermano destruir el trabajo de toda su vida. —Se removió inquieta en el asiento al recordar sus angustias—. Estoy intentando presionar a un accionista, pero no sabré si he tenido éxito hasta…

No terminó la frase. El avión fue atrapado por la turbulencia más violenta hasta el momento y se sacudió como un caballo salvaje. Nancy dejó caer la copa y se aferró al tocador con ambas manos. Mervyn intentó sujetarse con los pies, pero no pudo, y cayó al suelo cuando el avión se inclinó a un lado, golpeándose contra la mesita de café.

El avión se estabilizó. Nancy extendió la mano para ayudar a Mervyn.

—¿Estás bien? —preguntó.

Entonces, el avión osciló de nuevo. Nancy resbaló, perdió el apoyo y se desplomó sobre Mervyn.

Al cabo de un momento, Mervyn lanzó una carcajada.

Nancy tenía miedo de que se hubiera hecho daño, pero ella pesaba poco y él era muy grande. Estaba tendida sobre él, y los dos dibujaban una X en la alfombra color terracota. El avión se enderezó. Nancy se irguió y le miró. ¿Estaba histérico, o solo divertido?

—Debemos de parecer un par de tontos —dijo Mervyn, y volvió a reír.

Su risa era contagiosa. Por un momento, Nancy olvidó las tensiones acumuladas de las últimas veinticuatro horas: la traición de su hermano, el amago de colisión con el avión de Mervyn, su embarazosa situación en la suite matrimonial, la desagradable discusión acerca de los judíos en el comedor, su estupor ante la cólera de la esposa de Mervyn, el miedo a la tormenta. De pronto se dio cuenta de que había algo muy cómico en estar sentada en el suelo, vestida con ropa de cama, en compañía de un extraño, mientras el avión se agitaba salvajemente. Ella también se puso a reír.

El siguiente bandazo del avión les arrojó a uno en brazos del otro. Se encontró presa entre los brazos de Mervyn, sin dejar de reír. Se miraron.

De repente, ella le besó.

Su sorpresa fue mayúscula. Jamás había cruzado por su cabeza la idea de besarle. Ni siquiera estaba segura de si le gustaba. Se le antojó un impulso insólito.

Él se quedó estupefacto, pero lo superó enseguida y le devolvió el beso con entusiasmo. No vaciló ni un momento; se inflamó en un abrir y cerrar de ojos.

Al cabo de unos instantes, ella le apartó, jadeando.

—¿Qué ha pasado? —fue su estúpida pregunta.

—Me has besado —replicó él, con aspecto complacido.

—No era mi intención.

—Me alegro de que lo hicieras, de todos modos —dijo Mervyn, y volvió a besarla.

Ella quería rechazarle, pero Mervyn la abrazaba con mucha fuerza y la voluntad de ella flaqueó. Notó que él deslizaba la mano por debajo de su bata, y se puso rígida, por temor a que sus pechos pequeños le decepcionaran. Su gran mano se cerró sobre su pecho redondo y diminuto, y Mervyn emitió un sonido gutural. Las yemas de sus dedos buscaron el pezón, y Nancy volvió a sentir preocupación: sus pezones eran enormes, pues había dado de mamar a sus hijos. Pechos pequeños y pezones grandes. Se consideraba peculiar, casi deforme, pero Mervyn no demostró desagrado, sino todo lo contrario. La acarició con sorprendente suavidad, y ella se abandonó a las deliciosas sensaciones. Había pasado mucho tiempo desde la última vez.

¿Qué estoy haciendo?, pensó de súbito. Soy una viuda respetable, y estoy revolcándome por el suelo de un avión con un hombre al que conocí ayer. ¿Qué me ha pasado?

—¡Basta! —exclamó en tono perentorio. Se apartó, reincorporándose. El salto de cama dejaba al descubierto sus rodillas. Mervyn acarició su muslo desnudo—. Basta —repitió, apartándole la mano.

—Como quieras —dijo Mervyn, muy a regañadientes—, pero si cambias de opinión, estaré preparado.

Nancy echó un vistazo al bulto que su erección formaba en el camisón. Desvió la vista al instante.

—Ha sido culpa mía —dijo, aún jadeante por los besos—, pero fue una equivocación. Sé que estoy actuando como una calientabraguetas. Perdona.

—No te disculpes. Es lo más agradable que me ha pasado en muchos años.

—Pero quieres a tu mujer, ¿verdad? —le espetó ella.

Mervyn se encogió.

—Eso pensaba. Ahora estoy un poco confuso, si quieres que te diga la verdad.

Así se sentía Nancy exactamente: confusa. Después de diez años de soltería, descubría que se moría de ganas de abrazar a un hombre al que apenas conocía.

Pero le conozco, pensó. Le conozco muy bien. He recorrido un largo camino con él y nos hemos confesado nuestras penas. Sé que es áspero, arrogante y orgulloso, pero también apasionado, leal y fuerte. Me gusta a pesar de sus defectos. Le respeto. Es terriblemente atractivo, aunque lleve un camisón a rayas. Y me cogió la mano cuando estaba asustada. Sería maravilloso tener a alguien que me cogiera la mano siempre que estuviera asustada.

Como si Mervyn hubiera leído su mente, volvió a tocarle la mano. Esta vez la giró y besó su palma. Le puso la piel de gallina. Al cabo de unos momentos, la atrajo hacia sí y la besó en la boca.

—No hagas eso —susurró ella—. Si empezamos otra vez no podré parar.

—Tengo miedo de que si paramos ahora no volvamos a empezar jamás —murmuró él, con voz ronca de pasión.

Ella presintió la formidable pasión que alentaba en Mervyn, apenas contenida, y eso atizó más la llama de su deseo. Se había citado demasiadas veces con hombres débiles y obsequiosos que deseaban proporcionarle seguridad, hombres que se rendían con excesiva facilidad cuando ella rechazaba sus requerimientos. Mervyn iba a ser insistente, muy insistente. La deseaba, y la deseaba ahora. Ella anhelaba entregarse.

Sintió su mano bajo el salto de cama; sus dedos acariciaron la suave piel de la parte interna del muslo. Nancy cerró los ojos y, casi de forma involuntaria, abrió las piernas. Esa era toda la invitación que él necesitaba. Un momento después, la mano encontró su sexo, y ella gimió. Nadie le había hecho esto desde que su marido murió. Este pensamiento la abrumó de tristeza. Oh, Sean, te echo de menos, pensó, nunca me permitiré reconocer cuánto te echo de menos. No se había sentido muy apenada desde el funeral. Las lágrimas desbordaron sus párpados cerrados y resbalaron sobre su rostro. Mervyn la besó y saboreó sus lágrimas.

—¿Qué pasa? —murmuró.

Nancy abrió los ojos. Vio su rostro, borroso a causa de las lágrimas, hermoso y preocupado; vio también el salto de cama recogido alrededor de su cintura, y la mano de Mervyn entre sus muslos. Cogió su muñeca y le apartó la mano con suavidad, pero también con firmeza.

—No te enfades, por favor —suplicó.

—No me enfadaré, pero dime que te pasa.

—Nadie me ha tocado ahí desde que Sean murió, y eso me ha hecho pensar en él.

—Tu marido.

Ella asintió con la cabeza.

—¿Cuánto hace?

—Diez años.

—Mucho tiempo.

—Soy fiel. —Le dirigió una sonrisa velada por las lágrimas—. Como tú.

Mervyn suspiró.

—Tienes razón. Me he casado dos veces, y esta es la primera vez que estoy a punto de ser infiel. Estaba pensando en Diana y ese tío.

—¿Estamos locos?

—Tal vez. Deberíamos dejar de pensar en el pasado, vivir el momento, preocuparnos solo del presente inmediato.

—Quizá tengas razón —dijo ella, besándole de nuevo.

El avión se bamboleó como si hubiera chocado con algo. Se dieron un golpe en la cara y las luces parpadearon. El aparato se sacudió y osciló. Nancy dejó de pensar en besos y se aferró a Mervyn para conservar el equilibrio.

Cuando la turbulencia se apaciguó un poco, Nancy vio que el labio de Mervyn sangraba.

—Me has mordido —dijo él, con una sonrisa burlona.

—Lo siento.

—Yo no. Confío en que me deje una cicatriz.

Ella le abrazó con fuerza, invadida por un oleada de ternura.

Se tendieron juntos en el suelo mientras la tormenta rugía a su alrededor. Mervyn aprovechó la tregua siguiente para decir:

—Intentemos llegar a la litera… Estaremos más cómodos que sobre esta alfombra.

Nancy asintió. Gatearon por el suelo hasta trepar a la litera de ella. Mervyn se tendió a su lado. La rodeó con sus brazos y Nancy se apretó contra su camisón.

Cada vez que las turbulencias empeoraban, ella le abrazaba con fuerza, como un marinero atado a un mástil. Cuando los movimientos se suavizaban, aflojaba su presa, y él la acariciaba.

En algún momento, Nancy se sumió en un sueño profundo.

La despertó una llamada a la puerta y una voz que gritó:
—¡Mozo!

Abrió los ojos y se dio cuenta de que yacía en brazos de Mervyn.

—Oh, Dios mío —exclamó, presa del pánico. Se incorporó y miró frenéticamente a su alrededor.

Mervyn apoyó la mano en su hombro para tranquilizarla.

—Espere un momento, mozo —respondió, en tono autoritario.

—Tómese su tiempo, señor —dijo una voz asustada.

Mervyn saltó de la cama, se puso en pie y cubrió a Nancy con las mantas. Ella le dirigió una mirada de gratitud y se dio la vuelta, fingiendo que dormía, para no tener que mirar al mozo.

Oyó que Mervyn abría la puerta y el mozo entraba.

—¡Buenos días! —saludó, risueño. Nancy olió el aroma a café recién hecho—. Son las nueve y media de la mañana, hora de Inglaterra, las cuatro y media de la madrugada en Nueva York, y las seis en punto en Terranova.

—¿Ha dicho que son las nueve y media en Inglaterra, pero las seis en punto de Terranova? —se extrañó Mervyn—. ¿Van tres horas y media retrasados con respecto a Inglaterra?

—En efecto, señor.

—No sabía que se empleaban medias horas. Debe complicar la vida a la gente que confecciona los horarios de las líneas aéreas. ¿Cuánto tiempo tardaremos en aterrizar?

—Dentro de treinta minutos, y solo con un retraso de una hora, por culpa de la tormenta.

El camarero salió y cerró la puerta.

Nancy se dio la vuelta. Mervyn abrió las persianas. Era de día. Ella le miró mientras servía el café, y una serie de vívidas imágenes reprodujeron la noche pasada: Mervyn cogiéndole la mano durante la tempestad, los dos cayendo al suelo, la mano de Mervyn sobre su pecho, ella aferrada a su cuerpo mientras el avión oscilaba y se bamboleaba, la forma en que la había acariciado para que durmiera. Santo Dios, pensó, este hombre me gusta un montón.

—¿Cómo lo tomas? —preguntó Mervyn.

—Sin azúcar.

—Igual que yo.

Le tendió una taza.

Ella lo bebió, agradecida. De repente, experimentó curiosidad por saber cientos de cosas acerca de Mervyn. ¿Jugaba al tenis, iba a la ópera, le gustaba ir de compras? ¿Leía mucho? ¿Cómo se anudaba la corbata? ¿Se limpiaba él mismo los zapatos? Mientras le veía beber el café, supo que podía adivinar muchas cosas. Probablemente jugaba al tenis, pero no leía muchas novelas y, desde luego, no le gustaba nada ir de compras. Debía de ser un buen jugador de póquer y un mal bailarín.

—¿Qué piensas? —preguntó él—. Me miras como si te estuvieras preguntando si vale la pena proponerme un seguro de vida.

Nancy rió.

—¿Qué tipo de música te gusta?

—Carezco de oído. Cuando era un crío, antes de la guerra, el ragtime hacía furor en las salas de baile. Me gustaba el ritmo, aunque no sabía bailar mucho. ¿Y a ti?

—Oh, yo bailaba… Tenía que hacerlo. Cada sábado por la mañana iba a una escuela de baile, con un vestido blanco muy emperifollado y guantes blancos, para aprender bailes de sociedad con chicos trajeados de doce años. Mi madre pensaba que de esta manera se me abrirían las puertas de la alta sociedad de Boston. No fue así, por supuesto, pero a mí no me importó, por suerte. Me interesaba más la fábrica de papá…, para desesperación de mamá. ¿Combatiste en la Gran Guerra?

—Sí. —Una sombra cruzó por su rostro—. Estuve en Ypres, y juré que nunca permitiría que otra generación de jóvenes fuera enviada a la muerte de aquella forma. Pero no me esperaba lo de Hitler.

Ella le dirigió una mirada compasiva. Mervyn levantó la vista. Se miraron a los ojos y ella supo que también él pensaba en los besos y caricias de la noche. De repente, experimentó una intensa turbación. Desvió la vista hacia la ventana y vio tierra. Eso le recordó que cuando llegara a Botwood la esperaba una llamada telefónica que cambiaría su vida, para bien o para mal.

—¡Casi hemos llegado! —exclamó, saltando de la cama—. He de vestirme.

—Deja que salga yo primero. Será más conveniente para ti.

—De acuerdo.

Ya no estaba segura de si le quedaba alguna reputación que proteger, pero no quería expresarlo. Le miró mientras descolgaba su traje y cogía la bolsa de papel que contenía la ropa nueva que había' comprado en Foynes, además del camisón: una camisa blanca, calcetines negros de lana y ropa interior gris de algodón. Vaciló en la puerta, y ella adivinó que se estaba preguntando si podía besarla de nuevo. Se acercó a él y alzó la cara.

—Gracias por cobijarme en tus brazos toda la noche —dijo.

Él se inclinó y la besó. Fue un beso suave, apoyando sus labios cerrados sobre los de ella. Permanecieron así unos momentos, y después se separaron.

Nancy abrió la puerta y Mervyn salió.

Suspiró cuando cerró la puerta a su espalda. Creo que podría enamorarme de él, pensó.

Se preguntó si volvería a ver aquel camisón.

Miró por la ventana. El avión perdía altura poco a poco. Tenía que apresurarse.

Se peinó rápidamente ante el tocador, cogió su maletín y fue al lavabo de señoras, que estaba al lado de la suite matrimonial. Lulu Bell y otra mujer estaban allí, pero la esposa de Mervyn no, por suerte. Le habría gustado bañarse, pero se conformó con lavarse la cara en el lavabo. Se puso ropa interior y una blusa azul marino limpias bajo el traje rojo. Mientras se vestía, recordó la conversación matutina con Mervyn.

Pensar en él la hizo feliz, pero cierta inquietud subsistía bajo la felicidad. ¿Por qué? En cuanto se hizo la pregunta, la respuesta se abrió paso sin dificultad. Mervyn no había hablado de su mujer. Por la noche había confesado que estaba «confuso». Desde entonces, silencio. ¿Quería que Diana regresara? ¿Aún la amaba? Había dormido abrazado a Nancy toda la noche, pero eso no borraba de un plumazo un matrimonio.

¿Qué quiero yo?, se preguntó. Me encantaría volver a ver a Mervyn, desde luego, incluso mantener relaciones con él, pero ¿quiero que rompa su matrimonio por mí? ¿Cómo voy a saberlo, después de una noche de pasión no consumada?

Se quedó inmóvil mientras se aplicaba lápiz de labios y miró su cara en el espejo. Corta, Nancy, se dijo. Ya sabes la verdad. Quieres a este hombre. Es el primero del que te enamoras en diez años. Ya tienes cuarenta y un día y acabas de conocer al Hombre Perfecto. Deja de hacer niñerías y empieza a seducirle.

Se puso perfume Pink Clover y salió del lavabo.

Cuando salió vio a Nat Ridgeway y a su hermano Peter, cuyos asientos se hallaban situados junto al lavabo de señoras.

—Buenos días, Nancy —saludó Nat.

Nancy recordó al instante lo que había sentido por este hombre cinco años antes. Sí, pensó, con el tiempo me habría enamorado de él, pero no hubo tiempo. Y tal vez tuve suerte; tal vez él deseaba más a «Black's Boots» que a mí. Al fin y al cabo, todavía intenta apoderarse de la empresa, pero no de mí. Le saludó con un cortés movimiento de cabeza y entró en su suite.

Habían desmontado las literas, transformándolas otra vez en una otomana. Mervyn estaba sentado, afeitado y vestido con su traje gris y la camisa blanca.

—Mira por la ventana —dijo—. Casi hemos llegado.

Nancy miró y vio tierra. Volaban a escasa altura sobre un espeso bosque de pinos, atravesado por ríos plateados. Mientras miraba, los árboles dieron paso al agua, no a las aguas profundas y oscuras del Atlántico, sino a un sereno estuario gris. Al otro lado se veía un puerto y un puñado de edificios de madera, coronados por una iglesia.

El avión descendió con gran rapidez. Nancy y Mervyn se quedaron sentados con los cinturones abrochados, cogidos de la mano. Nancy casi no notó el impacto cuando el casco hendió la superficie del río, y no estuvo segura de que habían amarado hasta unos instantes después, cuando la espuma cubrió la ventana.

—Bueno —dijo ella—, ya he cruzado el Atlántico.

—Sí. Muy pocos pueden decir lo mismo.

Nancy no se sentía muy animada. Se había pasado la mitad del viaje preocupada por su negocio, la otra mitad cogiendo la mano del marido de otra. Solo había pensado en el vuelo cuando el tiempo empeoró y se asustó. ¿Qué les diría a los chicos? Querrían saber todos los detalles. Ni siquiera sabía a qué velocidad volaba el avión. Resolvió averiguar ese tipo de cosas antes que llegaran a Nueva York.

Cuando el avión se detuvo, una lancha se acercó. Nancy se puso la chaquetilla, y Mervyn su chaqueta de cuero. La mitad de pasajeros habían decidido salir a estirar las piernas. Los demás seguían acostados, encerrados tras las cortinas azules de sus literas.

Atravesaron el salón principal, caminaron sobre el hidroestabilizador y abordaron la lancha. El aire olía a mar y a madera nueva; habría una serrería en las cercanías. Cerca del malecón del *clipper* se había parado una barcaza que llevaba escrito en un lado SERVICIO AÉREO SHELL. Hombres cubiertos con monos blancos procedían a llenar los depósitos del avión. En el puerto también había dos enormes cargueros. Las aguas debían de ser profundas.

La mujer de Mervyn y su amante se hallaban entre los que habían decidido ir a tierra. Diana miró a Nancy cuando la lancha se dirigió hacia la orilla. Nancy se sintió incómoda y evitó mirarla a la cara, aunque era mucho menos culpable que Diana; al fin y al cabo, Diana había cometido adulterio.

Llegaron a tierra gracias a un muelle flotante, una pasarela y un desembarcadero. A pesar de la hora temprana, se había congregado una pequeña multitud de curiosos. Al final del desembarcadero estaban los edificios de la Pan American, uno grande y dos pequeños, hechos de madera pintada de verde, con adornos de un tono pardorrojizo. Junto a los edificios se extendía un campo, donde pastaban algunas vacas.

Los pasajeros entraron en el edificio grande y enseñaron su pasaporte a un dormido empleado. Nancy observó que los habitantes de Terranova hablaban deprisa, con un acento más canadiense que irlandés. Había una sala de espera, pero no sedujo a nadie, y todos los pasajeros decidieron explorar el pueblo.

Nancy estaba impaciente por hablar con Patrick MacBride. Iba a pedir un teléfono cuando la llamaron por los altavoces del edificio. Se identificó a un joven ataviado con el uniforme de la Pan American.

—La llaman por teléfono, señora.

El corazón le dio un vuelco.

—¿Dónde está el teléfono? —preguntó, mirando a su alrededor.

—En la oficina de telégrafos de la calle Wireless. Está a un kilómetro de distancia.

¡Un kilómetro de distancia! Apenas podía contener su impaciencia.

—¡Démonos prisa, antes de que la comunicación se corte! ¿Tiene un coche?

El empleado la miró tan sorprendido como si le hubiera pedido una nave espacial.

—No, señora.

—Pues iremos a pie. Enséñeme el camino.

Nancy y Mervyn salieron del edificio, precedidos por el mensajero. Subieron una colina y siguieron una carretera de tierra sin cunetas. Ovejas sueltas pastaban por los bordes. Nancy dio gracias por sus cómodos zapatos..., fabricados por «Black's», evidentemente. ¿Seguiría siendo suya la empresa mañana por la noche? Patrick MacBride estaba a punto de decírselo. La espera era insoportable.

Al cabo de unos diez minutos llegaron a otro edificio de madera pequeño y entraron. Invitaron a Nancy a tomar asiento en una silla, frente al teléfono. Se sentó y descolgó el aparato con mano temblorosa.

—Nancy Lenehan al habla.

—Llamada desde Boston —dijo la operadora.

Se produjo una larga pausa.

—¿Nancy? ¿Eres tú? —oyó por fin.

Al contrario de lo que esperaba, no era Mac, y tardó un momento en reconocer la voz.

—¡Danny Riley! —exclamó.

—¡Nancy, tengo problemas y has de ayudarme!

Nancy apretó el teléfono con más fuerza. Parecía que su plan había funcionado. Procuró que su voz sonara serena, casi aburrida, como si la llamada la molestara.

—¿Qué clase de problemas, Danny?

—¡Me han llamado por aquel viejo caso!

¡Estupenda noticia! Mac había asustado a Danny. El pánico se aparentaba en su voz. Eso era lo que ella quería, pero fingió no saber de qué hablaba,

—¿Qué caso? ¿A qué te refieres?

—Ya lo sabes. No puedo hablar de eso por teléfono.

—Si no puedes hablar de eso por teléfono, ¿por qué me llamas?

—¡Nancy! ¡Deja de tratarme como a una mierda! ¡Te necesito!

—De acuerdo, cálmate —estaba bastante asustado. Ahora, debía utilizar su miedo para manipularle—. Dime exactamente qué ha pasado. Olvídate de nombres y direcciones. Me parece saber de qué caso estás hablando.

—Guardas todos los viejos documentos de tu padre, ¿verdad?

—Claro, en la caja fuerte de mi casa.

—Es posible que alguien te pida permiso para examinarlos.

Danny estaba contando a Nancy la historia que ella había fraguado. De momento, la trampa funcionaba a la perfección.

—No sé por qué te preocupas… —dijo Nancy, en tono desenvuelto.

—¿Cómo puedes estar segura? —la interrumpió Danny, frenético.

—No sé…

—¿Los has examinado todos?

—No, hay muchos, pero…

—Nadie sabe lo que contienen. Tendrías que haberlos quemado hace años.

—Supongo que tienes razón, pero nunca pensé… ¿Quién quiere examinarlos?

—Se trata de una investigación impulsada por el Colegio de Abogados.

—¿Les ampara la ley?

—No, pero negarme no me beneficiará.

—¿Y a mí sí?

—Tú no eres abogado. No pueden presionarte.

Nancy hizo una pausa, fingiendo vacilar, manteniéndole en vilo un momento más.

—Entonces, no hay ningún problema —dijo por fin.

—¿Te negarás al registro?

—Haré algo mejor. Lo quemaré todo mañana.

—Nancy… —Daba la impresión de que iba a llorar—. Nancy, eres una amiga de verdad.

—Ni se me hubiera ocurrido hacer otra cosa —dijo, sintiéndose hipócrita.

—Te lo agradezco mucho. No sé cómo darte las gracias.

—Bueno, ya que lo mencionas, sí hay algo que puedes hacer por mí. —Se mordió el labio. Era el momento crucial—. ¿Sabes por qué regreso con tantas prisas?

—No lo sé. He estado tan preocupado por lo otro…

—Peter está intentando vender la empresa a mis espaldas.

Se produjo un silencio al otro extremo de la línea.

—Danny, ¿sigues ahí?

—Claro que sí. ¿Tú no quieres vender la empresa?

—¡No! El precio es ridículo y me quedaré sin empleo en la nueva empresa… Claro que no quiero vender. Peter sabe que es un trato espantoso, pero lo hace para perjudicarme.

—¿Un trato espantoso? La empresa no funcionaba demasiado bien últimamente.

—Sabes por qué, ¿verdad?

—Supongo…

—Anda, dilo. Peter es un director espantoso.

—Bien…

—En lugar de permitirle que venda la empresa por cuatro chavos, ¿por qué no le despedimos? Dejadme tomar las riendas. Puedo invertir la situación, y tú lo sabes. Después, cuando ya ganemos dinero, podremos volver a pensar en vender… a un precio mucho más elevado.

—No lo sé.

—Danny, acaba de estallar una guerra en Europa y eso significa que los negocios subirán como la espuma. Venderemos zapatos con más rapidez que los fabricaremos. Si esperamos dos o tres años a vender la empresa, obtendremos el doble o el triple que ahora.

—Pero la asociación con Nat Ridgeway sería beneficiosa para mi bufete.

—Olvida lo que es beneficioso… Te estoy pidiendo que me ayudes.

—La verdad es que no sé si va en pro de tus intereses.

Maldito mentiroso, quiso decir Nancy, estás pensando en tus intereses, pero se mordió la lengua.

—Sé que es lo mejor para todos.

—Muy bien, lo pensaré.

Eso no bastaba. Tendría que enseñar sus cartas.

—Te acuerdas de los documentos de papá, ¿verdad?

Contuvo el aliento.

Danny habló en voz más baja y con mayor lentitud.

—¿Qué quieres decir?

—Te pido que me ayudes a cambio de mi ayuda. Sé que eres experto en este tipo de cosas.

—Creo que lo entiendo. Suele llamársele chantaje.

Nancy vaciló, pero enseguida recordó con quién estaba hablando.

—Cosa que tú no has parado de hacer en toda la vida, bastardo hipócrita.

—Tocado, nena —rió Danny. Un pensamiento acudió a su mente—. No habrás impulsado esa investigación tú misma, con el fin de presionarme, ¿verdad?

Se había acercado peligrosamente a la verdad.

—Eso es lo que tú habrías hecho, lo sé, pero no responderé a más preguntas. Todo lo que necesitas saber es que si votas a mi favor mañana, te habrás salvado; de lo contrario, tendrás problemas.

Ahora le estaba amenazando, algo que él podía entender muy bien. ¿Se rendiría, o la desafiaría?

—No puedes hablarme así. Te conozco desde que llevabas pañales.

Nancy suavizó el tono.

—¿No te basta eso para ayudarme?

Se produjo una larga pausa.

—No me queda ninguna otra elección, ¿verdad? —dijo Danny por fin.

—Creo que no.

—Muy bien —aceptó a regañadientes—. Te apoyaré mañana, si te ocupas del otro asunto.

Nancy casi lloró de alivio. Lo había logrado. Había conseguido que Danny cambiara de opinión. Iba a ganar. «Black's Boot's» seguiría siendo suya.

—Me alegro, Danny —dijo una voz débil.

—Tu padre dijo que esto pasaría.

Nancy no comprendió el inesperado comentario.

—¿A qué te refieres?

—Tu padre quería que Peter y tú os pelearais.

Nancy captó en su voz una nota de astucia muy sospechosa. Danny detestaba rendirse a ella y quería ahondar la separación. Nancy se resistía a proporcionarle aquella satisfacción, pero la curiosidad se sobrepuso a la cautela.

—¿De qué coño hablas?

—Siempre dijo que los hijos de los ricos salían malos hombres de negocios, porque no habían pasado hambre. Estaba muy preocupado por ese motivo… Pensaba que echarías por tierra todo cuanto él había conseguido.

—Nunca me dijo nada parecido —replicó ella, suspicaz.

—Por eso arregló las cosas para que os pelearais. Te preparó para que tomaras el control después de su muerte, pero nunca te puso en el puesto, y le dijo a Peter que su trabajo consistiría en dirigir la empresa. De esta forma tendrías que enfrentarte con él, y el más fuerte vencería.

—No me lo creo —dijo Nancy, sin tanta seguridad como aparentaba. Danny estaba irritado porque había dado al traste con sus planes, y reaccionaba de manera desagradable para desahogarse. Sin embargo, eso no demostraba que estuviera mintiendo. Nancy sintió un escalofrío.

—Puedes creer lo que te dé la gana —continuó Danny—. Te estoy diciendo lo que tu padre me contó.

—¿Papá le dijo a Peter que le quería en el puesto de presidente?

—Por supuesto. Si no me crees, pregúntaselo a Peter.

—Si no te creo a ti, tampoco voy a creer a Peter.

—Nancy, te conocí cuando tenías dos días —dijo Danny, con voz cansada—. Te he conocido durante toda tu vida y la mayor parte de la mía. Eres una buena persona, de carácter fuerte, como tu padre. No quiero discutir contigo de negocios o de lo que sea. Lamento haber sacado el tema a colación.

Ahora sí que le creyó. Su voz delataba auténtico pesar, lo cual parecía demostrar que era sincero. Esta revelación la conmocionó. Se sintió débil y algo aturdida. Calló unos momentos, intentando recobrar la serenidad.

—Supongo que nos veremos en la junta de accionistas —dijo Dany.

—Muy bien.

—Adiós, Nancy.

—Adiós, Danny.

Nancy colgó.

—¡Por Dios que has estado brillante! —dijo Mervyn.

Ella esbozó una sonrisa.

—Gracias.

Mervyn lanzó una carcajada.

—Me refiero a la forma en que le manejaste..., sin darle la menor oportunidad. El pobre diablo ni siquiera sabía de dónde venían los tiros...

—Cierra el pico —dijo Nancy.

Mervyn la miró como si le hubiera abofeteado.

—Como quieras —respondió, tirante.

Nancy se arrepintió al instante.

—Perdóname —dijo, acariciándole el brazo—. Al final, Danny ha dicho algo que me ha dejado de una pieza.

—¿Quieres contármelo? —preguntó Mervyn con cautela.

—Ha dicho que mi padre preparó de antemano este enfrentamiento entre Peter y yo para que el más fuerte se hiciera con el control de la empresa.

—¿Y le has creído?

—Sí, y eso es lo peor. Tal vez sea cierto. Nunca lo había pensado, pero explica muchas cosas sobre mi hermano y yo.

Mervyn cogió su mano.

—Estás apenada.

—Sí. —Nancy le acarició los escasos pelos negros que crecían sobre sus dedos—. Me siento como un personaje de película, interpretando un papel que ha sido escrito por otra persona. He sido manipulada durante años, y me duele. Ni siquiera estoy segura de querer ganar esta batalla contra Peter, sabiendo que fue arreglada de antemano desde hace mucho tiempo.

Él asintió con la cabeza, comprendiendo sus sentimientos.

—¿Qué te gustaría hacer?

Nancy supo la respuesta en cuanto Mervyn terminó de formular la pregunta.

—Me gustaría escribir yo misma el guión; eso es lo que me gustaría hacer.

20

Harry Marks era tan feliz que apenas podía moverse.

Yacía en la cama recordando cada momento de la noche: el súbito estremecimiento de placer cuando Margaret le había besado; la angustia cuando había reunido el coraje para dar el paso decisivo; la decepción cuando ella le rechazó; y el asombro y placer que experimentó cuando Margaret se introdujo en su litera como un conejito zambulléndose en su madriguera.

Se encogió al recordar su reacción cuando ella le tocó. Siempre le ocurría la primera vez que estaba con una chica; no había logrado remediarlo. Era humillante. Una chica se había burlado de él. Por suerte, Margaret no se sintió disgustada o frustrada. Al contrario, aún se excitó más. En cualquier caso, Margaret fue feliz al final. Y él también.

Apenas daba crédito a su suerte. No era inteligente, no tenía dinero y no procedía de la clase social adecuada. Era un completo fracaso, y lo sabía. ¿Qué veía la joven en él? No era un misterio qué le atraía a él de ella: era bonita, adorable, tierna y vulnerable; y, por si no era suficiente, poseía el cuerpo de una diosa. Cualquiera se enamoraría de ella. Pero ¿él? No era mal parecido, desde luego, y sabía vestir, pero presentía que estas cosas no influían para nada en Margaret. Sin embargo, él la intrigaba. Consideraba su estilo de vida fascinante, y él sabía muchas cosas que ella desconocía, sobre la vida de la clase obrera en general y de los bajos fondos en particular. Harry suponía que le veía como una figura romántica, como

Pimpinela Escarlata, o algún tipo de proscrito, como Robin de los Bosques o Billy el Niño, o un pirata. Le había agradecido extraordinariamente que le apartara la silla en el comedor, algo trivial que Harry había hecho sin pensar, pero que significaba muchísimo para ella. De hecho, estaba seguro de que en ese momento se había enamorado de él. Las chicas son raras, pensó, encogiéndose mentalmente de hombros. En cualquier caso, ya no importaba el origen de la atracción; en cuanto se desnudaron, lo demás fue pura química. Nunca olvidaría la visión de sus pechos a la escasa luz que se filtraba por la cortina, de pezones tan pequeños y pálidos que apenas se distinguían, la mata de vello castaño entre sus piernas, las pecas de su garganta…

Y ahora iba a correr el riesgo de perderlo todo.

Iba a robar las joyas de su madre.

No era algo despreciable para una chica. Sus padres estaban enfadados con ella, ella debía creer que sería parte de la herencia. En cualquier caso, sufriría una conmoción terrible. Robar a alguien era como una bofetada en plena cara; no hacía mucho daño, pero encolerizaba sobremanera. Podía significar el fin de su relación con Margaret.

Pero el conjunto Delhi estaba aquí, en el avión, en la bodega de equipajes, a pocos pasos de donde él se encontraba: las joyas más hermosas del mundo, que valían una fortuna, suficiente para que viviera sin problemas por el resto de su vida.

Anhelaba sostener aquel collar en sus manos, regalarse los ojos con el rojo inmaculado de los rubíes birmanos y acariciar los diamantes facetados.

Habría que destruir las monturas, por supuesto, y romper el juego, en cuanto lo vendiera. Era una tragedia, aunque inevitable. Las piedras sobrevivirían, y terminarían convertidas en otro juego de joyas sobre la piel de la esposa de algún millonario. Y Harry Marks compraría una casa.

Sí, eso era lo que iba a hacer con el dinero. Compraría una casa de campo, en Estados Unidos, tal vez en la zona que llamaban Nueva Inglaterra, fuera cual fuera su ubicación. Ya la veía, con sus jardines y árboles, los invitados del fin de semana vestidos con pantalones blancos y sombreros de paja, y su mujer bajando por la escalera de roble con pantalones y botas de montar...

Pero su mujer tenía la cara de Margaret.

Ella se había marchado al amanecer, deslizándose por las cortinas cuando nadie podía verla. Harry había mirado por la ventana, pensando en ella, mientras el avión sobrevolaba los bosques de abetos de Terranova y aterrizaba en Botwood. Margaret dijo que se quedaría a bordo durante la escala y dormiría una hora; Harry dijo que haría lo mismo, aunque no albergaba la menor intención de dormir.

Vio una multitud de personas que abordaban la lancha, protegidas con abrigos: la mitad de los pasajeros y casi toda la tripulación. Ahora, mientras la mayoría del pasaje dormía, tendría la oportunidad de acceder a la bodega. Las cerraduras de las maletas no le supondrían grandes dificultades. El conjunto Delhi no tardaría en pasar a sus manos.

Sin embargo, no cesaba de preguntarse si los pechos de Margaret eran las joyas más preciosas de las que jamás se había apoderado.

Se conminó a ser realista. Ella había pasado una noche con él, pero ¿volvería a verla después de bajar del avión? Había oído rumores acerca de que los «romances de barco» eran muy efímeros; a bordo de un avión aún lo serían más. Margaret anhelaba con desesperación dejar a sus padres y llevar una vida independiente, pero ¿lo conseguiría algún día? Muchas chicas ricas acariciaban la idea de la independencia, pero, en la práctica, muy pocas renunciaban a una vida de lujos. Aunque Margaret era sincera al cien por cien, no tenía ni idea de cómo vivía la gente normal, y cuando la probara no le gustaría.

No, era imposible predecir qué haría. Las joyas, por el contrario, era muy fiables.

Todo sería más sencillo si se tratara de una elección radical. Si el diablo se le acercara y dijera: «Puedes elegir entre quedarte con Margaret o robar las joyas», se decantaría por

Margaret. Sin embargo, la realidad era mucho más compleja. Podía olvidar las joyas y perder a Margaret. O conseguir ambos trofeos.

Toda la vida se había arriesgado.

Decidió apostar por ambas cosas.

Se levantó.

Se puso las zapatillas y la bata y paseó la vista a su alrededor. Las cortinas seguían corridas sobre las literas de Margaret y su madre. Las otras tres, la de Percy, la de lord Oxenford y la del señor Membury, estaban vacías. No había nadie en el salón, a excepción de una mujer de la limpieza, que se cubría la cabeza con un pañuelo. Habría subido en Botwood, y vaciaba los ceniceros con movimientos perezosos. La puerta que daba al exterior estaba abierta, y el frío aire marino remolineó alrededor de los tobillos desnudos de Harry. En el compartimento número 3, Clive Membury conversaba con el barón Gabon. Harry se preguntó de qué estarían hablando, ¿quizá de chalecos? Más atrás, los mozos estaban transformando las literas en otomanas. En todo el avión reinaba una atmósfera de languidez.

Harry siguió adelante y subió la escalera. Como de costumbre, no había preparado ningún plan, ni excusas, ni tenía idea de qué iba a hacer si le sorprendían. Consideraba que trazar proyectos de antemano y anticipar errores le ponía demasiado nervioso. Incluso cuando improvisaba, como ahora, la tensión le dejaba sin aliento. Cálmate, se dijo, lo has hecho cientos de veces. Si sale mal, ya te inventarás algo, como de costumbre.

Llegó a la cubierta de vuelo y miró a su alrededor.

Tenía suerte. No había nadie. Respiró aliviado. ¡Vaya chiripa!

Vio una escotilla abierta bajo el parabrisas, entre los asientos de los dos pilotos. Miró por la escotilla y vio un gran espacio vacío, en las entrañas del avión. Había una puerta abierta en el fuselaje, y uno de los tripulantes más jóvenes hacía algo con una cuerda. Mala suerte. Harry retiró la cabeza antes de que le vieran.

Recorrió a toda prisa la cabina de vuelo y atravesó la puerta de la pared posterior. Se encontraba entre las dos bodegas de carga, bajo la escotilla que se utilizaba para introducir la carga, y donde también se encontraba la cúpula del navegante. Eligió la bodega de la izquierda, entró y cerró la puerta a su espalda. Nadie podía verle. Imaginó que la tripulación no tenía motivos para echar un vistazo a la bodega.

Examinó el lugar. Era como estar en una maletería de lujo. Maletas de piel caras estaban apiladas por todas partes y sujetas con cuerdas a los costados. Harry tenía que encontrar cuanto antes el equipaje de los Oxenford. Se puso manos a la obra.

No fue fácil. Algunas maletas se habían colocado con la etiqueta del nombre en la parte inferior, y otras estaban cubiertas por maletas difíciles de apartar. En la bodega no había calefacción y su bata no le protegía del frío. Le temblaban las manos y los dedos le dolían mientras desataba las cuerdas que impedían caer durante el vuelo a las maletas. Trabajaba de una manera sistemática, para no pasar por alto o registrar dos veces una misma pieza. Volvió a atar las cuerdas como mejor pudo. Los nombres eran internacionales: Ridgeway, D'Annunzio, Lo, Hartmann, Bazarov…, pero no Oxenford. Al cabo de veinte minutos había inspeccionado todas las maletas, estaba temblando y había llegado a la conclusión de que las maletas ansiadas se hallaban en la otra bodega. Maldijo para sus adentros.

Ató la última cuerda y paseó la vista a su alrededor con gran atención; no había dejado pruebas de su visita.

Ahora, debería repetir el mismo procedimiento en la otra bodega. Cuando abrió la puerta y salió, una voz asombrada gritó:

—¡Mierda! ¿Quién es usted?

Era el oficial que Harry había visto en el compartimento de proa, un joven risueño y pecoso que llevaba una camisa de manga corta.

Harry estaba igual de sorprendido, pero lo disimuló enseguida. Sonrió, cerró la puerta y respondió con calma:

—Harry Vandenpost. ¿Quién es usted?

—Mickey Finn, el ayudante del mecánico. No debería estar aquí, señor. Me ha dado un buen susto. Siento haber lanzado un taco. ¿Qué está haciendo?

—Busco mi maleta. Me he olvidado la navaja de afeitar —respondió Harry.

—Está prohibido el acceso al equipaje consignado durante el viaje, señor, en cualquier circunstancia.

—Pensé que no hacía ningún mal.

—Bueno, lo siento, pero está prohibido. Puedo prestarle mi navaja de afeitar.

—Se lo agradezco, pero prefiero la mía. Si pudiera encontrar mi maleta…

—Caramba, ojalá pudiera ayudarle, señor, pero es imposible. Pídale permiso al capitán cuando vuelva, pero sé que le dirá lo mismo.

Harry comprendió, desalentado, que debía aceptar la derrota, al menos de momento. Sonrió, disimulando lo mejor que pudo.

—En este caso, aceptaré su oferta y le quedaré muy agradecido.

Mickey Finn le abrió la puerta. Harry salió a la cabina de vuelo y bajó la escalera. Vaya mierda, pensó irritado. Unos segundos más y lo habría conseguido. Dios sabe cuándo tendré otra oportunidad.

Mickey entró en el compartimento número 1 y volvió un momento después con una maquinilla de afeitar, una hoja nueva, aún envuelta en papel, y jabón de afeitar en una taza. Harry lo cogió todo y le dio las gracias. No le quedaba otra opción que afeitarse.

Cogió su bolsa de aseo y entró en el cuarto de baño, pensando todavía en aquellos rubíes birmanos. Carl Hartmann, el científico, estaba lavándose en camiseta. Harry dejó sus útiles de afeitar en la bolsa y se afeitó a toda prisa con la navaja de Mickey.

—Menuda noche —dijo.

Hartmann se encogió de hombros.

—Las he tenido peores.

Harry contempló sus huesudos hombros. El hombre era un esqueleto ambulante.

—Seguro que sí —repuso.

No hubo más conversación. Hartmann no era hablador, y Harry estaba preocupado.

Después de afeitarse, Harry sacó una camisa azul nueva. Desenvolver una camisa nueva era uno de los pequeños pero intensos placeres que la vida le procuraba. Adoraba el crujido del papel de seda y el tacto fresco del algodón virgen. Se deslizó en ella embelesado y se anudó la corbata de seda color vino con un nudo perfecto.

Cuando volvió a su compartimento, observó que las cortinas de Margaret continuaban cerradas. Imaginó su rápida zambullida en el sueño, su adorable cabello esparcido sobre la almohada blanca, y sonrió para sí. Echó una ojeada al salón y vio que los camareros habían preparado el bufet del desayuno. Se le hizo la boca agua al contemplar los cuencos de fresas, las jarras de nata y zumo de naranja, el champán puesto a enfriar en cubos plateados. En esta época del año, pensó, debían ser fresas de invernadero.

Guardó su bolsa de aseo, y después, con los útiles de afeitar que Mickey Finn le había prestado, subió por la escalera hasta la cubierta de vuelo para intentarlo de nuevo.

Mickey no estaba, pero, para decepción de Harry, otro tripulante estaba sentado ante la gran mesa de mapas realizando cálculos en un cuaderno. El hombre levantó la vista y sonrió.

—Hola. ¿Qué desea?

—Busco a Mickey para devolverle su navaja.

—Le encontrará en el número uno, el compartimiento situado más hacia delante.

—Gracias.

Harry vaciló. Tenía que sacarse de encima a este tipo..., pero ¿cómo?

—¿Algo más? —preguntó el hombre.

—La cubierta de vuelo es increíble —comentó Harry—. Parece una oficina.

—Increíble, es verdad.

—¿Le gusta volar en estos aviones?

—Me encanta. Mire, ojalá tuviera tiempo para charlar, pero he de terminar estos cálculos y estaré ocupado casi hasta la hora del despegue.

El corazón le dio un vuelco a Harry. Esto significaba que el camino a la bodega estaría bloqueado hasta que ya fuera demasiado tarde. No se le ocurrió ninguna excusa para entrar en ella. Se obligó de nuevo a disimular su disgusto.

—Lo siento —dijo—. Me largo ahora mismo.

—Por lo general, nos gustar charlar con los pasajeros, porque conocemos a gente muy interesante. Pero en este momento…

—Es culpa mía.

Harry se devanó los sesos para conseguir más tiempo, pero luego se rindió. Dio la vuelta y bajó la escalera, maldiciendo por lo bajo.

Parecía que la suerte le estaba fallando.

Devolvió los útiles de afeitar a Mickey y volvió a su compartimento. Margaret aún no se había levantado. Harry atravesó el salón y salió al hidroestabilizador. Aspiró varias bocanadas profundas del frío y húmedo aire. Estoy desperdiciando la oportunidad de mi vida, pensó encolerizado. Le picaban las palmas de las manos cuando imaginaba las fabulosas joyas, a pocos metros sobre su cabeza. Pero aún no se había rendido. Quedaba otra escala, Shediac. Sería su última oportunidad de robar una fortuna.

QUINTA PARTE

DE BOTWOOD A SHEDIAC

21

Eddie Deakin podía sentir la hostilidad de sus compañeros mientras se dirigían a la orilla en la lancha. Ninguno le miraba. Todos sabían lo cerca que habían estado de quedarse sin combustible y estrellarse en el revuelto océano. Sus vidas habían corrido peligro. Nadie sabía aún la verdadera causa, pero el combustible era responsabilidad del mecánico; por lo tanto, Eddie era el culpable.

Debían de haber notado que se comportaba de una manera extraña. Había estado preocupado durante todo el vuelo, había asustado a Tom Luther durante la cena y una ventana se había roto inexplicablemente mientras se encontraba en el lavabo de caballeros. No era de extrañar que los demás ya no le creyeran fiable al cien por cien. Este tipo de sensación se contagiaba enseguida en el seno de una tripulación reducida, en que la vida de los miembros dependía de la colaboración y compenetración mutuas.

Le costaba aceptar que sus compañeros ya no confiaban en él. Tenía a gala considerarse uno de los muchachos más seguros. Para empeorar las cosas, tardaba en olvidar los errores de los demás, y en ocasiones se había mostrado despectivo con gente cuya capacidad se había visto menguada por problemas personales.

—Con excusas no se vuela —decía a veces, una agudeza que le sentaba como una patada cada vez que le venía a la mente.

Había intentado olvidarse de todo ello. Tenía que salvar a su mujer y tenía que hacerlo solo; no podía pedir ayuda a nadie, y no podía preocuparse por lo que pensaran los demás. Había puesto en peligro sus vidas, pero el juego había terminado. Todo era perfectamente lógico. El mecánico Deakin, sólido como una roca, se había convertido en Eddie el Inestable, un tipo al que convenía vigilar por si se le cruzaban los cables. Odiaba a la gente como Eddie el Inestable. Se odiaba a sí mismo.

Muchos pasajeros se habían quedado a bordo del avión, como solía ocurrir en Botwood. Tenían suerte de descabezar un sueñecito mientras el avión estaba inmóvil. Ollis Field; el agente del FBI, y su prisionero, Frankie Gordino, también se habían quedado, por supuesto. Tampoco habían desembarcado en Foynes. Tom Luther se hallaba en la lancha, ataviado con un abrigo de cuello de piel y un sombrero gris perla. Mientras se acercaban al desembarcadero, Eddie se acercó a Luther.

—Espéreme en el edificio de la línea aérea —murmuró—. Le acompañaré al teléfono.

Botwood consistía en unas cuantas casas de madera que se arracimaban alrededor de un puerto de aguas profundas, situado en el bien protegido estuario del río Exploits. Ni siquiera los millonarios del *clipper* podrían comprar gran cosa en este lugar. El pueblo contaba con servicio telefónico desde junio. Los pocos coches que había circulaban por la izquierda, porque Terranova aún se regía por las normas británicas.

Todos entraron en el edificio de madera de la Pan American. La tripulación se encaminó a la sala de vuelo. Eddie leyó enseguida las previsiones meteorológicas enviadas por radio desde el gran aeropuerto recién construido en Gander Lake, a sesenta kilómetros de distancia. Después, calculó el combustible necesario para recorrer el siguiente tramo. Como era mucho más breve, los cálculos no eran cruciales, pero el avión nunca cargaba un gran exceso de combustible porque la carga era cara. Notó un sabor amargo en la boca mientras realizaba las operaciones. ¿Podría volver a ocuparse de estos cálculos sin pensar en este espantoso día? La pregunta era puramente especulativa: después de lo que iba a hacer, jamás volvería a trabajar como mecánico de un *clipper*.

El capitán ya se estaría preguntando si debía confiar en los cálculos de Eddie. Este necesitaba hacer algo para recuperar la credibilidad. Decidió dar muestras de desconfianza en su capacidad. Repasó las cifras dos veces y tendió su trabajo al capitán Baker.

—Le agradecería que otra persona las verificara —dijo en tono neutral.

—No es mala idea —dijo el capitán, sin comprometerse, pero pareció aliviado, como si hubiera querido proponer esa solución sin atreverse a expresarla.

—Saldré a respirar un poco de aire —dijo Eddie, y se marchó.

Encontró a Tom Luther frente al edificio de la Pan American, de pie con las manos en los bolsillos, contemplando con aire sombrío las vacas que pastaban en los campos.

—Le llevaré a la oficina de telégrafos —dijo Eddie.

Empezó a caminar colina arriba a paso ligero. Luther se arrastró detrás.

—Dese prisa —indicó Eddie—. He de volver.

Luther apresuró el paso. Daba la impresión de que no deseaba encolerizar a Eddie. No era sorprendente, después de que Eddie casi le arrojara del avión.

Saludaron con un movimiento de cabeza a dos pasajeros que parecían volver de la oficina de telégrafos: el señor Lovesey y la señora Lenehan, la pareja que había subido en Foynes. El tipo llevaba una chaqueta de aviador. Aunque iba distraído, Eddie advirtió que parecían felices juntos. La gente siempre decía que Carol-Ann y él parecían felices juntos, y sintió una punzada de dolor.

Llegaron a la oficina y Luther solicitó la llamada. Escribió el número en un trozo de papel; no quería que Eddie le oyera pedirlo. Entraron en una pequeña habitación con un teléfono sobre su mesa y un par de sillas, y aguardaron con impaciencia la comunicación. A esta hora tan temprana, las líneas no estarían muy cargadas, pero tal vez habría muchas comunicaciones entre Botwood y Maine.

Eddie confiaba en que Luther diría a sus hombres que trasladaran a Carol-Ann al lugar de la cita. Era un gran paso adelante: significaría que tendría las manos libres para actuar en cuanto el rescate se hubiera producido, en lugar de continuar preocupándose por su mujer. Pero ¿qué podía hacer exactamente? Lo más obvio era llamar de inmediato a la policía, pero Luther pensaría en esa posibilidad, y quizá destrozara la radio del *clipper*. Todo el mundo se vería impotente hasta que llegara ayuda. Para entonces, Gordino y Luther estarían en tierra, huyendo en coche a toda velocidad..., y nadie sabría en qué país, Canadá o Estados Unidos. Eddie se devanó los sesos tratando de imaginar cómo la policía podía seguir la pista de Gordino, pero no se le ocurrió ninguna. Y si daba la alarma de antemano, existía el peligro de que la policía irrumpiera demasiado pronto y pusiera en peligro a Carol-Ann, el único riesgo que Eddie no pensaba correr. Empezó a preguntarse si, en realidad, había conseguido algo.

El teléfono sonó al cabo de un rato y Luther levantó el auricular.

—Soy yo —dijo—. Habrá un cambio en el plan. Traeréis a la mujer en la lancha. —Una pausa—. El mecánico quiere que se haga así, dice que de lo contrario no hará nada, y yo le creo, así que traed a la mujer, ¿de acuerdo? —Tras otra pausa, miró a Eddie—. Quieren hablar con usted.

El corazón le dio un vuelco. Hasta el momento, Luther había actuado como si fuera el principal responsable de la operación. Ahora, daba la impresión de que carecía de autoridad para ordenar que Carol-Ann acudiera a la cita.

—¿Quiere decir que es su jefe? —preguntó Eddie, enfurecido.

—Yo soy el jefe —dijo Luther, sin gran seguridad—, pero tengo socios.

Estaba claro que a los socios no les hacía gracia la idea de llevar a Carol-Ann al lugar de la cita. Eddie maldijo. ¿Debía concederles la oportunidad de negociar el trato? ¿Iba a ganar algo hablando con ellos? Pensó que no. Podrían obligar a Carol-Ann a gritar por el teléfono, haciéndole flaquear en su empeño...

—Dígales que se vayan a tomar por el culo —replicó Eddie. El teléfono estaba sobre la mesa y habló en voz alta, confiando en que le oyeran al otro extremo de la línea.

Luther parecía asustado.

—¡No puede hablar así a esta gente! —contestó, alzando la voz.

Eddie se preguntó si él también debería estar asustado. Tal vez había juzgado mal la situación. Si Luther era uno de los gángsters, ¿de qué estaba asustado? No tenía tiempo de evaluar la situación de nuevo. Tenía que aferrarse a su plan.

—Quiero un sí o un no —dijo—. No necesito hablar con lacayos.

—Oh, Dios mío. —Luther cogió el teléfono—. No quiere ponerse al teléfono... Ya le he dicho que es un tipo difícil. —Hubo una pausa—. Sí, es una buena idea. Se lo diré. —Se volvió hacia Eddie y le ofreció el auricular—. Su esposa está al teléfono.

Eddie alargó la mano, pero la retiró enseguida. Si hablaba con ella, se pondría a merced de los delincuentes. Sin embargo, necesitaba desesperadamente oír su voz. Realizó un supremo esfuerzo de voluntad, hundió las manos en los bolsillos y meneó la cabeza, rechazando la posibilidad en silencio.

Luther le miró un momento, y después volvió a hablar por teléfono.

—¡Sigue sin querer hablar! Él... Sal de la línea, puta. Quiero hablar con...

De repente, Eddie se lanzó sobre su cuello. El teléfono cayó al suelo. Eddie hundió los pulgares en el grueso cuello de Luther. Este jadeó.

—¡Basta! ¡Suélteme! Déjeme... —Su voz enmudeció.

La neblina rojiza que cubría la vista de Eddie se disipó. Comprendió que estaba matando al hombre. Aflojó su presa, pero no del todo. Acercó su cara a la de Luther, tan cerca que su víctima bizqueó.

—Escúchame —siseó Eddie—. Has de llamar a mi mujer señora Deakin.

—¡Muy bien, muy bien! —boqueó Luther—. ¡Suélteme, por los clavos de Cristo!

Eddie le soltó.

Luther se frotó el cuello, respirando con dificultad. Después, cogió el teléfono.

—¿Vincini? Se abalanzó sobre mí porque llamé a su mujer... una palabrota. Dice que he de llamarla señora Deakin. ¿Lo entiendes ya, o quieres que te haga un esquema? ¡Es capaz de hacer cualquier cosa! —Hubo una pausa—. Creo que podría encargarme de él, pero si la gente nos ve peleando, ¿qué pensará? ¡Todo podría irse al carajo! —Permaneció callado durante un rato—. Bien. Se lo diré. Escucha, hemos tomado la decisión correcta, lo sé. Espera un momento. —Se volvió hacia Eddie—. Han aceptado. Su mujer irá en la lancha. Eddie hizo de su rostro una máscara para ocultar su tremendo alivio.

—Pero me encarga que le diga —prosiguió Luther, nervioso— que si hay algún problema, él la matará.

Eddie le arrebató el teléfono de la mano.

—Óigame bien, Vincini. Uno, he de verla en la cubierta de su lancha antes de abrir las puertas del avión. Dos, ha de subir a bordo con usted. Tres, independientemente de los problemas que se produzcan, si ella recibe algún daño le mataré con mis propias manos. Métase esto en la cabeza, Vincini.

Colgó antes de que el hombre pudiera contestar.

Luther parecía abatido.

—¿Por qué lo ha hecho? —levantó el auricular y trató de recuperar la comunicación—. ¿Hola? —meneó la cabeza y colgó—. Demasiado tarde. —Miró a Eddie con una mezcla de rabia y temor—. Le gusta vivir peligrosamente, ¿verdad?

—Vaya a pagar la llamada —dijo Eddie.

Luther introdujo la mano en el bolsillo interior de la chaqueta y sacó un grueso fajo de billetes.

—Escuche, si pierde los estribos no beneficia a nadie. Le he concedido lo que me ha pedido. Ahora hemos de trabajar en equipo para que la operación sea un éxito, por el bien de ambos. ¿Por qué no intentamos comportarnos de una forma amigable? Ahora somos socios.

—Váyase a tomar por el culo, rata —replicó Eddie, y salió.

Hervía de rabia mientras volvía por la carretera hacia el puerto. El comentario de Luther en el sentido de que eran socios había tocado alguna fibra especialmente delicada. Eddie había hecho todo lo posible por proteger a Carol-Ann, pero aún se veía forzado a colaborar en la liberación de Frankie Gordino, que era un asesino y un violador. El hecho de que le obligaran le excusaba, y tal vez los demás pensarían de esa manera, pero para él no existía ninguna diferencia: sabía que si cumplía los designios de aquella gentuza, no volvería a levantar la cabeza nunca más.

Mientras bajaba la colina en dirección a la bahía, miró hacia el mar. El *clipper* flotaba majestuosamente sobre la serena superficie. Sabía que su carrera en el *clipper* estaba tocando a su fin. Este pensamiento le enloquecía. Había dos grandes cargueros anclados y unos cuantos pesqueros y descubrió con sorpresa una patrullera de la Marina estadounidense amarrada al muelle. Se preguntó qué estaría haciendo en Terranova. ¿Tendría relación con la guerra? Recordó sus días en la Marina. Una época dorada, cuando todo era sencillo. Quizá el pasado parecía más atractivo cuando había problemas.

Entró en el edificio de la Pan American. En el vestíbulo pintado de verde y blanco había un hombre con uniforme de teniente, que debía de pertenecer a la dotación del patrullero. Cuando Eddie entró, el teniente se volvió. Era un hombre feo, grande, de ojos juntos y estrechos y una verruga en la nariz. Eddie le miró, asombrado y jubiloso. No daba crédito a sus ojos.

—¿Steve? —dijo—. ¿De verdad eres tú?

—Hola, Eddie.

—¿Cómo cojones...?

Era Steve Appleby, al que Eddie había intentado llamar desde Inglaterra; su mejor y más antiguo amigo, el único hombre que desearía a su lado en un aprieto. Apenas podía creerlo.

Steve se acercó y le abrazó. Se dieron palmadas en la espalda.

—Se supone que estás en New Hampshire —dijo Eddie—. ¿Qué cojones haces aquí?

—Nella me dijo que cuando llamaste parecías muy nervioso —dijo Steve, con aspecto solemne—. Coño, Eddie, nunca te he visto ni tan solo impresionado. Siempre has sido como una roca. Enseguida adiviné que tenías problemas muy serios.

—Es verdad, es verdad…

Una gran emoción embargó de repente a Eddie. Había reprimido sus sentimientos durante veinte horas, y estaba a punto de explotar. El hecho de que su mejor amigo hubiera removido cielos y tierra para venir en su ayuda le había conmovido hasta lo más hondo.

—Tengo serios problemas —confesó. Las lágrimas acudieron a sus ojos y se le hizo un nudo en la garganta, impidiéndole hablar. Dio media vuelta y salió al exterior.

Steve le siguió. Eddie le guió hasta el lugar donde solía guardarse la lancha. Nadie les vería allí.

Steve habló para disimular su confusión.

—Ya no recuerdo cuántos favores he pedido que me devolvieran para trasladarme hasta aquí. Llevo ocho años en la Marina y mucha gente está en deuda conmigo, pero hoy todos me han pagado por duplicado, y ahora soy yo el que está en deuda con ellos. ¡Me costará otros ocho años ponerme al corriente!

Eddie asintió con la cabeza. Steve poseía una aptitud natural para negociar tratos. Eddie deseaba darle las gracias, pero era incapaz de detener el flujo de lágrimas.

—Eddie, ¿qué coño está pasando? —preguntó Steve, cambiando de tono.

—Tienen a Carol-Ann —balbuceó Eddie.

—¿Quién la tiene, por los clavos de Cristo?

—La banda de Patriarca.

Steve se mostró incrédulo.

—¿Ray Patriarca? ¿El mafioso?

—La han secuestrado.

—Dios todopoderoso, ¿por qué?

—Quieren que haga amarar el *clipper*.

—¿Para qué?

Eddie se secó la cara con la manga y se serenó.

—Hay un agente del FBI a bordo con un prisionero, un matón llamado Frankie Gordino. Me imagino que Patriarca quiere rescatarle. En cualquier caso, un pasajero que se llama Tom Luther me dijo que hiciera amarar el avión frente a la costa de Maine. Una lancha rápida estará esperando, y Carol-Ann irá a bordo. Intercambiaremos a Carol-Ann por Gordino, y este se largará.

Steve asintió con la cabeza.

—Y Tom Luther fue lo bastante listo como para comprender que la única forma de conseguir la colaboración de Eddie Deakin consistía en raptar a su mujer.

—Sí.

—Hijos de puta.

—Quiero atrapar a esos tío, Steve. Quiero crucificarles. Juro que los haré picadillo.

Steve meneó la cabeza.

—¿Qué puedes hacer?

—No lo sé. Por eso te llamé.

Steve frunció el ceño.

—El rato más peligroso para ellos será el que media entre subir al avión y regresar al coche. Es posible que la policía pueda descubrir el coche y tenderles una emboscada.

Eddie no estaba tan seguro.

—¿Cómo lo reconocerá la policía? Un simple coche aparcado junto a una playa.

—Valdría la pena probar.

—No es suficiente, Steve. Muchas cosas pueden salir mal. Además, no quiero llamar a la policía… Es imposible saber lo que harían para poner en peligro a Carol-Ann.

Steve estuvo de acuerdo.

—Y el coche podría estar a uno u otro lado de la frontera, lo cual quiere decir que también deberíamos llamar a la policía canadiense. Coño, el secreto no duraría ni cinco minutos. No, llamar a la policía no es buena idea. Solo nos queda la Marina o los guardacostas.

Discutir del problema con alguien contribuyó a mejorar el estado de ánimo de Eddie.

—Hablemos de la Marina.

—Muy bien. ¿Y si logro que una patrullera como esta intercepte a la lancha después del intercambio, antes de que Gordino y Luther lleguen a tierra?

—Podría funcionar —dijo Eddie, empezando a concebir esperanzas—. ¿Podrías hacerlo?

Era casi imposible lograr que buques de la Marina se saltaran la cadena de mando.

—Me parece que sí. Se están realizando todo tipo de ejercicios, y están muy excitados por si los nazis deciden invadir Nueva Inglaterra después de Polonia. El único problema es desviar uno. El tipo capaz de hacerlo es el padre de Simon Greenbourne... ¿Te acuerdas de Simon?

—Desde luego.

Eddie se acordaba de un tipo alocado que poseía un peculiar sentido del humor y una inmensa sed de cerveza. Siempre se metía en líos, pero solía salir bien librado porque su padre era almirante.

—Simon se pasó un día —continuó Steve—, pegó fuego a un bar de Pearl City y quemó media manzana. Es una larga historia, pero conseguí sacarle de la cárcel y su padre me estará eternamente agradecido. Creo que me haría ese favor.

Eddie desvió la vista hacia el buque en que había llegado Steve. Era un cazasubmarinos de clase SC, que ya tenía veinte años, con casco de madera, pero llevaba una ametralladora del calibre veintitrés y cargas de profundidad. Su sola visión bastaría para que delincuentes procedentes de la ciudad, a bordo de una lancha rápida, se cagaran en los pantalones. Sin embargo, era demasiado llamativo.

—Si lo vieran, se olerían una trampa —dijo, angustiado.

Steve meneó la cabeza.

—Estos barcos pueden ocultarse en ensenadas. Aunque vayan cargados hasta los topes, su calado no sobrepasa el metro ochenta de profundidad.

—Es arriesgado, Steve.

—Imagina que divisan una patrullera de la Marina. No les hace ni caso. ¿Qué van a hacer, echarlo todo por la borda?

—Podrían hacerle algo a Carol-Ann.

Tuvo la impresión de que Steve iba a seguir discutiendo, pero cambió de opinión.

—Es verdad —dijo—. Puede ocurrir cualquier cosa. Tú eres el único que tiene derecho a decir si vale la pena arriesgarse.

Eddie sabía que Steve no estaba diciendo lo que en realidad pensaba.

—Piensas que estoy acojonado, ¿verdad? —preguntó.

—Sí, pero estás en tu derecho.

Eddie consultó su reloj.

—Hostia, he de volver a la sala de vuelo.

Debía tomar una decisión. Steve había elaborado el mejor plan que se le había ocurrido, y solo dependía de Eddie aceptarlo o desecharlo.

—Quizá no hayas pensado en una cosa —señaló Steve—. Es posible que aún tengan la intención de darte gato por liebre.

—¿Cómo?

Steve se encogió de hombros.

—No lo sé, pero en cuanto hayan subido a bordo del *clipper* será difícil discutir con ellos. Tal vez decidan llevarse a Gordino y también a Carol-Ann.

—¿Y por qué coño harían eso?

—Para asegurarse de que no prestaras a la policía una colaboración demasiado entusiasta por un tiempo.

—Mierda.

Existía aún otro motivo, pensó Eddie. Había insultado y gritado a aquellos tipos. Quizá planearan darle una última lección.

Estaba atrapado.

Tenía que acceder al plan de Steve. Era demasiado tarde para pensar en otra cosa.

Dios me perdone si me equivoco, pensó.

—Muy bien —dijo—. Adelante.

22

Margaret se despertó pensando: «Hoy he de hablar con papá».

Tardó un momento en recordar lo que debía decirle, que no viviría con ellos en Connecticut, que iba a marcharse, buscar un alojamiento y conseguir un empleo.

Estaba segura de que se armaría un follón de mucho cuidado.

Una nauseabunda sensación de miedo y vergüenza se abatió sobre ella. La sensación era familiar. Se reproducía siempre que intentaba enfrentarse a papá. Tengo diecinueve años, pensó; soy una mujer. Anoche hice el amor apasionadamente con un hombre maravilloso. ¿Porqué he de estar asustada de mi padre?

Siempre había sido así, hasta donde alcanzaban sus recuerdos. Nunca había comprendido por qué su padre estaba tan decidido a encerrarla en una jaula. Lo mismo había sucedido con Elizabeth, mas no con Percy. Daba la impresión de que consideraba a sus hijas adornos inútiles. Siempre se había enfurecido cuando habían querido hacer algo práctico, como aprender a nadar, construir una casa en un árbol o ir en bicicleta. No le importaba lo que gastaban en ropa, pero no permitiría que abrieran una cuenta en una librería.

La perspectiva de la derrota no era lo único que la detenía. Era la forma en que la rechazaba, la ira y el desprecio, las burlas y la rabia ciega.

Había intentado a menudo utilizar el engaño, pero pocas veces funcionó. La aterrorizaba que oyera los arañazos del gatito rescatado del desván, o la sorprendiera jugando con los niños «impresentables» del pueblo, o registrara su habitación y descubriera su ejemplar de *Las vicisitudes de Evangelina*, de Elinor Glyn. Los placeres prohibidos llegaban a perder todo su encanto.

Solo había logrado oponerse a su voluntad con la ayuda de terceros. Monica la había introducido en los placeres sexuales, sin que él se enterase. Percy la había ayudado a disparar, y Digby, el chófer, a conducir. Ahora, tal vez Harry Marks y Nancy Lenehan la ayudaran a conquistar la independencia.

Ya se sentía diferente. Notaba un dolor agradable en los músculos como si hubiera pasado todo un día trabajando al aire libre. Durante seis años se había considerado un objeto provisto de bultos desgarbados y cabello repelente, pero de pronto descubría que le gustaba su cuerpo. En opinión de Harry, era maravilloso.

Captó débiles sonidos en el exterior. Supuso que los pasajeros se estaban levantando. Asomó la cabeza. Nicky, el camarero gordo, estaba transformando en otomanas las literas en que papá y mamá habían dormido, después de encargarse de las ocupadas por Harry y el señor Membury. Harry estaba sentado, ya vestido, y miraba por la ventana con aire pensativo.

Cerró las cortinas a toda prisa antes de que él pudiera verla, dominada por una repentina timidez. Qué curioso: horas antes habían compartido la mayor intimidad posible entre dos personas, pero ahora se sentía rara.

Se preguntó dónde estarían los demás. Percy habría ido a tierra. Papá, probablemente, le habría imitado; solía despertarse temprano. Mamá era incapaz de hacer cualquier cosa por las mañanas; estaría en el lavabo de señoras. El señor Membury había desaparecido.

Margaret miró por la ventana. Era de día. El avión había anclado cerca de un pueblo, rodeado por un bosque de pinos. Todo se veía muy tranquilo.

Se tendió de nuevo, disfrutando de la intimidad, saboreando los recuerdos de la noche, recreando los detalles y archivándolos como fotografías en un álbum. Tenía la sensación de que había perdido la virginidad aquella noche. Los coitos con Ian habían sido muy apresurados, difíciles y fugaces, y se había sentido como una niña que, desobedeciendo a sus padres, imitaba un juego de adultos. Aquella noche, Harry y ella se habían comportado como auténticos adultos, extrayendo placer de sus cuerpos. Habían sido discretos, pero no furtivos, tímidos pero no mojigatos, vacilantes pero no desmañados. Se había sentido como una mujer de verdad. Quiero más, pensó, mucho más, y se abrazó, con la sensación de ser muy perversa.

Rememoró la imagen de Harry que acababa de ver, sentado junto a la ventana con una camisa azul cielo y aquel aspecto pensativo en su hermoso rostro. De repente, experimentó el deseo de besarle. Se incorporó, se puso la bata, abrió las cortinas y dijo:

—Buenos días, Harry.

Harry volvió la cabeza, con la expresión de haber sido sorprendido haciendo algo malo. ¿En qué estarías pensando?, reflexionó ella. La miró a los ojos y sonrió. Margaret sonrió a su vez, sin poder parar. Intercambiaron una estúpida sonrisa durante un largo minuto. Por fin, Margaret bajó la vista y se levantó.

—Buenos días, lady Margaret —dijo el camarero—. ¿Le apetece una taza de café?

—No, gracias, Nicky.

Debía de estar hecha un adefesio, y tenía prisa por sentarse ante un espejo y cepillarse el pelo. Se sentía desnuda. Estaba desnuda, considerando que Harry se había afeitado, lucía una camisa limpia y tenía el aspecto radiante de una manzana madura.

Sin embargo, aún deseaba besarle.

Se calzó las zapatillas, recordando lo indiscreta que había sido al dejarlas junto a la litera de Harry, para recuperarlas una fracción de segundo antes de que su padre se fijara en ellas. Deslizó los brazos en las mangas de la bata y observó que los ojos de Harry miraban hipnóticamente sus pechos. No le importó; le gustaba que le mirara los pechos. Se ató el cinturón y se pasó los dedos por el pelo.

Nicky terminó su trabajo. Margaret esperaba que saliera del compartimiento para poder besar a Harry, pero no fue así.

—¿Puedo hacer ya su litera? —preguntó el mozo.

—Desde luego —respondió ella, decepcionada. Se preguntó cuánto tiempo debería esperar para volver a besar a Harry. Recogió su bolsa de aseo, dirigió una mirada de pesar a Harry y salió.

El otro mozo, Davy, estaba disponiendo el bufet del desayuno en el comedor. Margaret robó una fresa al pasar, con la sensación de estar cometiendo un pecado. Recorrió todo el avión. La mayoría de las literas ya habían sido convertidas en asientos, y algunas personas bebían café con aspecto soñoliento. Vio que el señor Membury mantenía una animada conversación con el barón Gabon, y se preguntó de qué tema hablarían con tanto entusiasmo aquella dispar pareja. Faltaba algo, y al cabo de unos momentos comprendió de qué se trataba: no había periódicos de la mañana.

Entró en el lavabo de señoras. Mamá estaba sentada ante el tocador. De pronto, Margaret experimentó una abrumadora sensación de culpabilidad. ¿Cómo pude hacer aquellas cosas, estando mamá a pocos pasos de distancia?, pensó. El rubor cubrió sus mejillas.

—Buenos días, mamá —se obligó a decir. Para su sorpresa, su voz sonó muy normal.

—Buenos días, querida. Tienes la cara un poco roja. ¿Has dormido bien?

—Muy bien —dijo Margaret, y su rubor aumentó de intensidad—. Me siento culpable porque he robado una fresa del bufet —añadió en un momento de inspiración. Entró en el váter para huir. Cuando salió, llenó la pila del lavabo con agua y se frotó la cara vigorosamente.

Lamentó tener que ponerse el vestido que había llevado el día anterior. Hubiera preferido cambiar. Se aplicó abundante colonia. Harry había dicho que le gustaba. Incluso había sabido que era «Tosca». Era el primer hombre que conocía capaz de identificar perfumes.

Se cepilló el pelo sin prisa. Era su atributo más bello y necesitaba acentuar su perfección. Tendría que preocuparme más de mi aspecto, pensó. No le había prestado mucha atención hasta hoy, pero de repente parecía haber adquirido una gran importancia. Debería utilizar vestidos que realcen mi figura, y zapatos bonitos que destaquen mis piernas largas, y colores a juego con el pelo rojo y los ojos verdes. El vestido que llevaba, de un color rojo ladrillo, era impecable, aunque holgado y algo deforme. Al mirarse en el espejo, pensó que necesitaba hombreras y un cinturón. Mamá no permitiría que se maquillara, por supuesto, de modo que debería conformarse con su tez pálida. Al menos, tenía bonitos dientes.

—Ya estoy —dijo, alegre.

Mamá no se había movido ni un centímetro.

—Supongo que vas a volver a charlar con el señor Vandenpost.

—Supongo que sí, considerando que no hay nadie más en el compartimento y que tú continúas acicalándote.

—No seas descarada. Tiene algo de judío.

Bueno, no está circuncidado, pensó Margaret, y casi lo dijo en voz alta por pura malicia, pero, en cambio, empezó a reír.

Mamá se ofendió.

—No sé qué te hace tanta gracia. Has de saber que no permitiré que vuelvas a ver a ese joven en cuanto bajemos del avión.

Te alegrará saber que me importa un pimiento.

Era cierto: iba a abandonar a sus padres, y le daba igual tener permiso o no.

Mamá le dirigió una mirada suspicaz.

—¿Por qué me da la impresión de que no eres sincera?

—Porque los tiranos nunca confían en nadie.

Pensó que era una buena frase de despedida y se encaminó hacia la puerta, pero mamá la retuvo.

—No te vayas, querida —dijo, y sus ojos se llenaron de lágrimas.

¿Quería decir «No te vayas de la habitación» o «no abandones a la familia»? ¿Habría adivinado las intenciones de Margaret? Siempre había sido intuitiva. Margaret no dijo nada.

—Ya he perdido a Elizabeth. No soportaría perderte a ti también.

—¡Pero es culpa de papá! —estalló Margaret, y de repente deseó llorar—. ¿No puedes impedir que se comporte de esa forma tan horrible?

—¿No crees que lo intento?

Margaret se quedó petrificada; su madre jamás había admitido ni un defecto de papá.

—No aguanto su forma de ser —dijo, abatida.

—Podrías tratar de no provocarle —respondió mamá.

—Plegarme a sus deseos en todo momento, quieres decir.

—¿Por qué no? Solo hasta que te cases.

—Si tú le plantaras cara tal vez cambiaría.

Mamá sacudió la cabeza con tristeza.

—No puedo ponerme de tu lado y contra él, querida. Es mi marido.

—¡Pero está equivocado!

—Da igual. Ya lo comprenderás cuando estés casada.

Margaret se sintió acorralada.

—Eso no es justo.

—No falta mucho. Te pido que le aguantes un tiempo más. En cuanto cumplas veintiún años será diferente, te lo prometo, incluso si no te has casado. Sé que es duro, pero no quiero que seas expulsada de la familia, como la pobre Elizabeth…

Margaret sabía que se sentiría tan afligida como mamá si se distanciaban.

—No quiero ni una cosa ni otra, mamá —dijo.

Avanzó un paso hacia el taburete. Mamá abrió los brazos. Se abrazaron de una forma desmañada, Margaret de pie y mamá sentada.

—Prométeme que no discutirás con él —pidió mamá.

Su voz era tan triste que Margaret deseó de todo corazón prometerlo, pero algo la retuvo, y se limitó a responder:

—Lo intentaré, mamá, te lo aseguro.

Mamá la soltó y la miró. Margaret leyó resignación en su rostro.

—Gracias, de todas maneras —dijo mamá.

No había nada más que hablar.

Margaret salió.

Harry estaba de pie cuando Margaret entró en el compartimento. Se sentía tan desolada que perdió todo sentido del decoro y le echó los brazos al cuello. Al cabo de un momento de estupefacto asombro, él la abrazó y besó su cabeza. El estado de ánimo de Margaret mejoró al instante.

Abrió los ojos y captó la expresión pasmada del señor Membury, que había vuelto a su asiento. Le daba igual, pero se apartó de Harry y fueron a sentarse al otro extremo del compartimento.

—Hemos de hacer planes —dijo Harry—. Tal vez sea nuestra última oportunidad de hablar en privado.

Margaret sabía que mamá volvería enseguida, y que papá y Percy regresarían con los demás pasajeros. Después, Harry y ella no encontrarían un momento de soledad. El pánico se apoderó de ella al imaginarse a ambos separándose en Port Washington para no volver a reunirse jamás.

—¡Dime donde puedo ponerme en contacto contigo!

—No lo sé… No he previsto nada, pero deja de preocuparte. Me pondré en contacto contigo. ¿En qué hotel os alojaréis?

—En el Waldorf. ¿Me telefonearás esta noche? ¡Has de hacerlo!

—Calma, claro que te llamaré. Daré el nombre de señor Marks.

El tono relajado de Harry dio a entender a Margaret que se estaba portando de una manera tonta… y un poco egoísta. Debía pensar en él tanto como en ella.

—¿Dónde pasarás la noche?

—Buscaré un hotel barato.

Una idea asaltó a Margaret.

—¿Te gustaría entrar a escondidas en mi habitación?

Harry sonrió.

—¿Lo dices en serio? ¡Ya sabes que sí!

Margaret se sintió feliz por haberle complacido.

—La hubiera compartido con mi hermana, pero ahora la tendré para mí sola.

—Caramba, estoy impaciente.

Margaret sabía cuánto le gustaba a Harry la vida por todo lo alto, y deseaba hacerle feliz. ¿Qué más le apetecería?

—Pediremos que nos suban a la habitación huevos revueltos y champán.

—Querré quedarme contigo para siempre.

Esa frase devolvió a Margaret a la realidad.

—Mis padres se trasladarán a la casa de Connecticut del abuelo dentro de unos días. Entonces, tendré que encontrar un sitio donde vivir.

—Lo buscaremos juntos. Quizá alquilemos habitaciones en el mismo edificio, o algo así.

—¿De veras?

Margaret experimentó un estremecimiento de dicha. ¡Alquilarían habitaciones en el mismo edificio! Exactamente lo que ella deseaba. Había temido que él se entusiasmara y quisiera casarse con ella, o que se negara a verla de nuevo. Sin embargo, la propuesta era ideal: estaría cerca de él y le iría conociendo mejor, sin tomar decisiones alocadas y apresuradas. Y podría acostarse con él. Pero había un problema.

—Si trabajo para Nancy Lenehan, viviré en Boston.

—Es posible que yo también vaya a Boston.

—¿De veras?

Apenas daba crédito a sus oídos.

—Es un lugar tan bueno como otro cualquiera. ¿Dónde está?

—En Nueva Inglaterra.

—¿Es como la vieja Inglaterra?

—Bueno, me han dicho que la gente es muy presuntuosa.

—Será como estar en casa.

—¿Qué clase de piso tendremos? —preguntó ella, excitada—. Quiero decir, ¿de cuántas habitaciones y todo eso?

Harry sonrió.

—No tendrás más de una habitación, y te costará mucho poder pagarla. Si se parece en algo a lo que hay en Inglaterra, tendrá muebles baratos y una ventana. Con suerte, tendrá un hornillo de gas o un calentador portátil para que prepares café. Compartirás el cuarto de baño con los demás inquilinos de la casa.

—¿Y la cocina?

Harry meneó la cabeza.

—No podrás permitirte una cocina. Solo comerás caliente a mediodía. Cuando vuelvas a casa, tomarás una taza de té y un trozo de pastel, o una tostada si tienes una estufa eléctrica.

Sabía que la estaba intentando preparar para una realidad que él consideraba desagradable, pero a Margaret se le antojaba todo maravillosamente romántico. Pensar que podría preparar té y tostadas, siempre que le apeteciera, en una pequeña habitación para ella sola, sin padres que la molestaran y criados gruñones... Sonaba de fábula.

—¿Suelen vivir en el edificio los propietarios?

—A veces. Es mejor, porque conservan bien el lugar, aunque también meten las narices en tu vida privada. Si el propietario vive en otro sitio, el edificio se deteriora: las cañerías se rompen, la pintura se desprende, aparecen goteras en los techos...

Margaret comprendió que le quedaba muchísimo por aprender, pero nada de lo que dijera Harry iba a disuadirla; todo era demasiado estimulante. Antes de que pudiera seguir preguntando, los pasajeros y tripulantes que habían desembarcado regresaron, y mamá volvió del lavabo en aquel mismo momento, pálida pero hermosa. Fue un contrapunto a la alegría de Margaret. Al recordar su conversación con mamá, se dio cuenta de que la emoción de fugarse con Harry se mezclaría con el pesar.

No solía comer mucho por las mañanas, pero hoy se sentía famélica.

—Quiero bacon y huevos —dijo—. De hecho, un montón de ambas cosas.

Miró a Harry y comprendió que tenía tanta hambre porque le había hecho el amor durante toda la noche. Esbozó una sonrisa. Harry leyó sus pensamientos y apartó la vista a toda prisa.

El avión despegó unos minutos después. Margaret no lo consideró menos emocionante porque viviera la experiencia por tercera vez. Ya no tenía miedo.

Meditó sobre la conversación que acababa de tener con Harry. ¡Quería ir a Boston con ella! Aunque era apuesto y seductor, y habría sostenido relaciones con muchas chicas como ella, parecía quererla de una manera especial. Todo se había desarrollado muy aprisa, pero Harry se portaba con sensatez; no hacía promesas extravagantes, pero estaba dispuesto a hacer cualquier cosa para quedarse con ella.

Esa decisión esfumó todas sus dudas. Hasta ahora no se había permitido pensar en un futuro compartido con Harry, pero de pronto depositó toda su confianza en él. Iba a tener cuanto deseaba: libertad, independencia y amor.

En cuanto el avión alcanzó la altura prevista se les invitó a servirse del bufet, y Margaret procedió con celeridad. Todos tomaron fresas con nata, a excepción de Percy, que prefirió cereales. Papá acompañó sus fresas con champán. Margaret también comió bollos calientes con mantequilla.

Cuando Margaret iba a volver al compartimento, vio a Nancy Lenehan, inclinada sobre las gachas. Nancy iba tan bien vestida y elegante como siempre, con una blusa azul marino en lugar de la gris que llevaba ayer. Llamó a Margaret y le dijo en voz baja:

—He recibido una llamada telefónica muy importante en Botwood. Voy a ganar. Puedes contar con un empleo.

Margaret resplandeció de satisfacción.

—¡Oh, gracias!

Nancy depositó una tarjeta blanca en el plato de Margaret.

—Llámame cuando te sientas dispuesta.

—¡Lo haré! ¡Dentro de unos días! ¡Gracias!

Nancy se llevó un dedo a los labios y le guiñó un ojo.

Margaret regresó al compartimento ebria de alegría. Confiaba en que papá no hubiera visto la tarjeta; no quería que le hiciera preguntas. Por fortuna, se hallaba demasiado concentrado en el desayuno para reparar en otra cosa.

Mientras comía, Margaret comprendió que debía decírselo tarde o temprano. Mamá le había suplicado que evitara un enfrentamiento, pero era imposible. La última vez que había intentado huir no resultó. En esta ocasión anunciaría públicamente que se iba, para que todo el mundo se enterase. No lo haría en secreto, no habría excusas para llamar a la policía. Debía dejarle claro que tenía un lugar a donde ir y amigos que la apoyaban.

Y este avión era el lugar ideal para el enfrentamiento. Elizabeth lo había hecho en un tren y había resultado, porque papá se había visto obligado a refrenarse. Después, en las habitaciones del hotel, podía comportarse como le viniera en gana.

¿Cuándo se lo diría? Cuanto antes mejor: estaría en mejor disposición de ánimo después del desayuno, repleto de champán y comida. Más tarde, con algunas copas de más, se mostraría irascible.

—Voy a buscar más cereales —dijo Percy, levantándose.

—Siéntate —ordenó papá—. Ahora traen el bacon. Ya has comido bastante de esa basura.

Por alguna razón, era contrario a los cereales.

—Aún tengo hambre —insistió Percy y, ante el estupor de Margaret, se marchó.

Papá estaba confuso. Percy nunca le había desafiado abiertamente. Mamá se limitó a contemplar la escena. Todo el mundo aguardaba el regreso de Percy. Volvió con un cuenco lleno de cereales. Se sentó y empezó a comer.

—Te he dicho que no tomaras más —habló papá.

—No es tu estómago —replicó Percy, sin dejar de comer.

Dio la impresión de que papá iba a levantarse, pero Nicky salió en aquel momento de la cocina y le ofreció un plato de salchichas, bacon y huevos escalfados. Por un momento, Margaret pensó que papá arrojaría el plato sobre Percy, pero estaba demasiado hambriento.

—Tráigame un poco de mostaza inglesa —dijo, cogiendo el cuchillo y el tenedor.

—Me temo que no hay mostaza, señor.

—¿Que no hay mostaza? —exclamó papá, furioso—. ¿Cómo voy a comer salchichas sin mostaza?

Nicky parecía asustado.

—Lo siento, señor… Nadie había pedido. Me aseguraré de llevar en el próximo vuelo.

—Eso no me sirve de mucho, ¿verdad?

—Supongo que no. Lo siento.

Papá gruñó y se puso a comer. Había desahogado su rabia sobre el mozo, y Percy se había salido con la suya. Margaret estaba asombrada. Jamás había ocurrido algo semejante.

Nicky le trajo huevos con bacon, que Margaret devoró con fruición. ¿Era posible que papá se estuviera ablandando? El fin de sus esperanzas políticas, el estallido de la guerra, el exilio y la rebelión de su hija mayor se habían combinado para aplastar su ego y debilitar su voluntad.

Nunca se presentaría un momento mejor para decírselo.

Acabó de desayunar y esperó a que los demás terminaran. Después, aguardó a que el mozo se llevara los platos, y luego a que papá consiguiera más café. Por último, ya no hubo demora posible.

Se trasladó al asiento situado en mitad de la otomana, al lado de mamá y casi enfrente de papá. Respiró hondo y se lanzó.

—He de decirte algo, papá, y espero que no te enfades.

—Oh, no… —murmuró mamá.

—¿Qué pasa ahora? —preguntó papá.

—Tengo diecinueve años y no he trabajado en toda mi vida. Ya es hora de que lo haga.

—¿Por qué, por el amor de Dios? —preguntó mamá.

—Quiero ser independiente.

—Hay millones de chicas trabajando en fábricas y oficinas que darían los ojos por estar en tu lugar —apuntó mamá.

—Lo sé, mamá.

Margaret también sabía que mamá discutía con ella para

mantener a papá al margen. Sin embargo, la argucia no funcionaría mucho rato.

Mamá la sorprendió al capitular casi de inmediato.

—Bien, supongo que si tu decisión es firme, el abuelo tal vez te consiga un empleo con alguno de sus conocidos...

—Ya tengo un empleo.

La declaración pilló a mamá por sorpresa.

—¿En Estados Unidos? ¿Cómo es posible?

Margaret decidió no mencionar a Nancy Lenehan; podrían hablar con ella y estropearlo todo.

—Todo está arreglado —dijo, sin explicar nada más.

—¿Qué tipo de empleo?

—Ayudante en el departamento de ventas de una fábrica de zapatos.

—Oh, por el amor de Dios, no seas ridícula.

Margaret se mordió el labio. ¿Por qué era mamá tan desdeñosa?

—No es ridículo. Estoy orgullosa de mí. He conseguido un trabajo sin necesitar tu ayuda, la de papá o la del abuelo, solo por mis méritos.

Quizá no estaba describiendo con exactitud lo sucedido, pero Margaret empezaba a ponerse a la defensiva.

—¿Dónde está esa fábrica? —preguntó mamá.

Papá intervino por primera vez.

—No puede trabajar en una fábrica, y punto.

—Trabajaré en la oficina de ventas, no en la fábrica —dijo Margaret—. Y está en Boston.

—Eso lo soluciona todo —afirmó mamá—. No vivirás en Boston, sino en Stamford.

—No, mamá, ni hablar, viviré en Boston.

Mamá abrió la boca para hablar, pero volvió a cerrarla, comprendiendo al fin que se enfrentaba con algo que no podía descartar tan fácilmente. Permaneció en silencio unos instantes.

—¿Qué quieres decirnos? —dijo luego.

—Solo que os dejo y me voy a Boston, viviré en un piso de alquiler y trabajaré.

—Oh, qué increíble estupidez.

—No seas tan despreciativa —se enfureció Margaret.

Mamá se acobardó al captar su tono airado, y Margaret se arrepintió al instante.

—Me limito a hacer lo mismo que muchas chicas de mi edad —siguió Margaret, más calmada.

—Chicas de tu edad, tal vez, pero chicas de tu clase, no.

—¿Cuál es la diferencia?

—No tiene sentido que trabajes por cinco dólares a la semana y vivas en un apartamento que le costará a tu padre cien dólares al mes.

—No quiero que papá me pague el apartamento.

—¿Y dónde vivirás?

—Ya te lo he dicho, en un piso de alquiler.

—¡En una inmundicia! Pero ¿por qué?

—Ahorraré dinero hasta tener suficiente para comprar un billete a Inglaterra, y volveré para alistarme en el SAT.

—No tienes ni idea de lo que estás diciendo —intervino papá por segunda vez.

Margaret se sintió herida.

—¿Qué es lo que ignoro, papá?

—No, no... —trató de interrumpirles mamá.

Margaret impidió que continuara.

—Ya sé que tendré que hacer recados, preparar café y responder al teléfono de la oficina. Sé que viviré en una habitación con un hornillo de gas y que compartiré el cuarto de baño con los demás inquilinos. Sé que no me gustará ser pobre..., pero me encantará ser libre.

—No sabes nada de nada —replicó él, desdeñoso—. ¿Libre? ¿Tú? Serás como una cría de conejo suelta en una perrera. Voy a decirte lo que no sabes, muchacha: no sabes que te han mimado y consentido toda la vida. Ni siquiera has ido al colegio...

Aquella injusticia arrancó lágrimas de sus ojos y provocó que contraatacara.

—Yo quise ir al colegio —protestó—, ¡pero tú no me dejaste!

Su padre hizo caso omiso de la interrupción.

—Te han lavado la ropa y preparado la comida, acompañado en coche a donde te daba la gana ir, venían niñas a casa para que jugaran contigo, y nunca te has preguntado cómo era posible todo eso...

—¡Claro que sí!

—¡Y ahora quieres vivir sola! ¿Sabes cuánto vale una barra de pan?

—Pronto lo averiguaré.

—No sabes lavarte ni las bragas. Nunca has subido a un autobús. Nunca has dormido sola en una casa. No sabes poner a punto un despertador, disponer una ratonera, lavar platos, cocer un huevo... ¿Sabrías cocer un huevo? ¿Sabes cómo se hace?

—¿Y de quién es la culpa? —sollozó Margaret.

Él continuó, implacable, convertido su rostro en una máscara de desprecio y cólera.

—¿De qué vas a servir en una oficina? No puedes preparar el té... ¡porque no sabes cómo se hace! En tu vida has visto un archivador. Nunca te has quedado en un sitio de nueve de la mañana a cinco de la tarde. Te aburrirás y saldrás pitando. No durarás ni una semana.

Estaba expresando las preocupaciones secretas de Margaret, por eso la joven se sentía tan abatida. En el fondo de su corazón, tenía miedo de que él estuviera en lo cierto: sería incapaz de vivir sola, la despedirían del trabajo. Aquella voz implacablemente burlona, que predecía sin el menor asomo de duda la realización de sus peores temores, estaba destruyendo sus sueños, al igual que el mar destruye un castillo de arena. Margaret se puso a llorar y las lágrimas resbalaron sobre su cara.

—Esto es demasiado... —oyó que Harry decía.

—Déjalo que siga —dijo. Harry no podía luchar por ella en esta batalla: era entre ella y su padre.

Papá continuó su diatriba, el rostro purpúreo, agitando el dedo, elevando cada vez más el tono de voz.

—Boston no es como el pueblo de Oxenford, ya lo sabes.

La gente allí no se ayuda mutuamente. Te pondrás enferma y médicos que ni siquiera han terminado la carrera te envenenarán. Caseros judíos te robarán hasta el último centavo, y negros zarrapastrosos te violarán. En cuanto a tu idea de alistarte en el ejército...

—Miles de chicas se han alistado en el SAT —dijo Margaret, pero su voz se había reducido a un débil susurro.

—Pero no son chicas como tú. Chicas duras, tal vez, acostumbradas a levantarse temprano y a barrer suelos, pero no adolescentes mimadas. Dios quiera que no te encuentres en algún tipo de peligro... ¡Te convertirás en gelatina!

Recordó su penosa reacción durante el apagón —asustada, indefensa y presa del pánico— y se sintió abrumada de vergüenza. Él tenía razón, se convertiría en gelatina. Pero no siempre sería timorata y débil. Papá había hecho lo posible por transformarla en un ser dependiente e inepto, pero ella estaba firmemente decidida a forjar su propia personalidad, y mantuvo viva aquella llama de esperanza, a pesar de que las embestidas de papá minaban sus defensas.

Él apuntó un dedo hacia ella, con los ojos a punto de salírsele de las órbitas.

—No durarás ni una semana en una oficina, y no durarías ni un día en el SAT —persistió—. Eres demasiado blanda.

Se reclinó en el asiento, con aspecto satisfecho.

Harry se sentó al lado de Margaret. Sacó un pañuelo de hilo y le secó las mejillas con ternura.

—En cuanto a usted, joven petimetre... —dijo papá.

Harry se levantó de su asiento como impulsado por un resorte y se precipitó hacia papá. Margaret se quedó sin aliento, pensando que iba a producirse una pelea.

—No se atreva a hablarme de esa manera —dijo Harry—. No soy una chica. Soy un hombre hecho y derecho, y si me insulta le aplastaré su cabezota.

Papá se sumió en el silencio.

Harry dio la espalda a papá y volvió a sentarse al lado de Margaret.

Margaret estaba disgustada, pero en el fondo de su corazón palpitaba una sensación de triunfo. Le había dicho que se marchaba. Él se había enfurecido y mofado, consiguiendo que llorara, pero no había logrado disuadirla: Margaret persistía en su idea de marcharse.

Sin embargo, había conseguido alentar una duda. A Margaret le preocupaba mucho carecer del coraje necesario para llevar adelante sus planes, temerosa de que la angustia la paralizase en el último momento. Papá había avivado esa duda con sus burlas y desprecios. Margaret nunca había hecho nada valeroso en su vida; ¿lo haría ahora? Sí, lo haré, pensó. No soy tan blanda, y lo voy a demostrar.

Papá la había desanimado, pero sin conseguir que cambiara de idea. Sin embargo, no era probable que ya se hubiera rendido. Miró por encima del hombro de Harry. Papá tenía la vista dirigida hacia la ventana, con una expresión maligna en el rostro. Elizabeth le había desafiado, pero él la había expulsado del seno de la familia, a la cual quizá no volvería a ver.

¿Qué horrible venganza estaría maquinando para Margaret?

23

Diana Lovesey estaba pensando, entristecida, que el verdadero amor no duraba mucho tiempo.

Cuando Mervyn se enamoró de ella, se complacía en acceder a todos sus deseos, cuanto más caprichosos mejor. En un abrir y cerrar de ojos estaba preparado para conducir hasta Blackpool para comprarle un palo de azúcar cande, tomarse una tarde libre para ir al cine, o dejarlo todo y volar a París. Le encantaba visitar todas las tiendas de Manchester, en busca de una bufanda de cachemira en el tono verdeazulado apropiado, salir de un concierto a la mitad porque ella se aburría, o levantarse a las cinco de la mañana para ir a desayunar a un café de obreros. Sin embargo, esta actitud no duró mucho después de la boda. Pocas veces le negaba algo, pero pronto dejó de complacerse en satisfacer sus caprichos. El placer se transformó en tolerancia, y después en impaciencia, y en ocasiones, hacia al final, en desprecio.

Ahora, se estaba preguntando si su relación con Mark seguiría la misma tónica.

Durante todo el verano había sido su esclava, pero ahora, pocos días después de fugarse juntos, se habían peleado. ¡Estaban tan enfadados la segunda noche que ni siquiera habían dormido juntos! En mitad de la noche, cuando estalló la tormenta y el avión corcoveó como un caballo salvaje, Diana se asustó tanto que casi se tragó el orgullo y acudió a la litera de Mark, pero eso hubiera sido humillante sobremanera, de modo que se había quedado inmóvil, pensando que iba a morir. Había confiado en que él viniera, pero Mark era tan orgulloso como ella, y eso la había enfurecido todavía más.

Esta mañana apenas se habían dirigido la palabra. Diana se había despertado justo cuando el avión aterrizaba en Botwood, y cuando se levantó, Mark ya había ido a tierra. Ahora, estaban sentados frente a frente en los asientos de pasillo del compartimento número 4, fingiendo que desayunaban. Diana jugueteaba con algunas fresas y Mark desmenuzaba un panecillo sin comerlo.

Ya no estaba segura de por qué se había enfurecido tanto al averiguar que Mervyn compartía la suite nupcial con Nancy Lenehan. Había pensado que Mark se solidarizaría con ella y la consolaría, pero en cambio había puesto en duda su derecho a enfurecerse, insinuando que seguía enamorada de Mervyn. ¿Cómo podía decir eso, cuando lo había abandonado todo para huir con él?

Paseó la vista a su alrededor. La princesa Lavinia y Lulu Bell mantenían una inconexa conversación. Ninguna había dormido por culpa de la tempestad, y ambas parecían agotadas. A su izquierda, al otro lado del pasillo, el agente del FBI, Ollis Field, y su prisionero, Frankie Gordino, comían en silencio. El pie de Gordino estaba sujeto con unas esposas al asiento. Todo el mundo tenía aspecto de cansancio y malhumor. Había sido una larga noche.

Davy, el mozo, entró y se llevó los platos del desayuno. La princesa Lavinia se quejó de que sus huevos escalfados estaban demasiado blandos y el bacon demasiado hecho. Davy les ofreció café, pero Diana no quiso.

Miró a Mark y forzó una sonrisa.

—No me has hablado en toda la mañana —dijo.

—¡Porque pareces más interesada en Mervyn que en mí!

Diana se sintió un poco arrepentida. Tal vez tenía derecho a estar un poco celoso.

—Lo siento, Mark. Te aseguro que eres el único hombre que me interesa.

Mark cogió su mano.

—¿Lo dices en serio?

—Sí. Me siento fatal. Me he portado muy mal.

Mark acarició el dorso de su mano.

—Sabes... —Él la miró a los ojos, y Diana observó, sorprendida, que estaba a punto de llorar—. Tengo mucho miedo de que me dejes.

No se esperaba eso. Su sorpresa fue total. Nunca había imaginado que Mark tuviera miedo de perderla.

—Eres tan encantadora, tan deseable, podrías conseguir a cualquier hombre, y no acabo de creer que me quieras. Temo que comprendas tu equivocación y cambies de opinión.

Diana estaba conmovida.

—Eres el hombre más adorable del mundo, por eso me enamoré de ti.

—¿Ya no te importa Mervyn?

Ella vaciló un solo momento, pero fue suficiente.

El rostro de Mark se transformó de nuevo.

—Te importa —dijo con amargura.

¿Cómo se lo podía explicar? Ya no estaba enamorada de Mervyn, pero este aún ejercía cierto tipo de poder sobre ella.

—No es lo que piensas —respondió, desesperada.

Mark retiró su mano.

—Pues acláramelo. Dime qué es.

En aquel momento, Mervyn entró en el compartimento. Miró a su alrededor, localizó a Diana y dijo:

—Te pillé.

Los nervios se apoderaron al instante de Diana. ¿Qué quería? ¿Estaba enfadado? Confió en que no hiciera una escena.

Miró a Mark. Estaba pálido y tenso. Respiró hondo y dijo:

—Escuche, Lovesey... No queremos otra discusión, así que lo mejor será que se vaya.

Mervyn no le hizo caso y habló a Diana.

—Hemos de hablar de esto.

Ella le estudió, preocupada. Su idea de una conversación podía ser un monólogo; a veces, «hablar» se convertía en una arenga. Sin embargo, no parecía agresivo. Intentaba mantener imperturbable su expresión, pero Diana tuvo la impresión de que ocultaba cierta timidez. Eso despertó su curiosidad.

—No quiero ningún follón —dijo, cautelosa.

—Prometo que no habrá ningún follón.

—Muy bien. Adelante.

Mervyn se sentó a su lado, miró a Mark y dijo:

—¿Le importaría dejarnos solos unos minutos?

—¡Coño, pues sí! —vociferó Mark.

Los dos la miraron, y ella comprendió que debía tomar una decisión. En realidad, le habría gustado quedarse a solas con Mervyn, pero heriría a Mark. Vaciló, temerosa de apoyar a uno de los dos. Al final, pensó: «He dejado a Mervyn y estoy con Mark; debería ponerme de su lado».

—Habla, Mervyn —dijo, con el corazón acelerado—. Si no puedes decir lo que sea delante de Mark, no quiero escucharlo.

Mervyn aparentó sorpresa.

—Muy bien, muy bien —dijo, irritado. Después, recobró la serenidad y volvió a mostrarse suave—. He estado pensando en algunas de las cosas que dijiste. Sobre mí. Sobre mi frialdad hacia ti. Sobre lo desdichada que has sido.

Hizo una pausa. Diana no dijo nada. Esto no era propio de Mervyn. ¿Qué se avecinaba?

—Quiero decir que lo lamento de veras.

Diana se quedó estupefacta. Intuía que lo decía en serio. ¿Qué había producido este cambio?

—Yo quería hacerte feliz —prosiguió Mervyn—. Era lo único que deseaba desde la primera vez que estuvimos juntos. Nunca quise que fueras desgraciada. No es justo que seas infeliz. Te mereces la felicidad porque tú la das. Basta que entres en un sitio para que la gente sonría.

Los ojos de Diana se llenaron de lágrimas. Sabía que era cierto: la gente disfrutaba mirándola.

—Es un pecado entristecerte —dijo Mervyn—. No lo volveré a hacer.

¿Iba a prometer que sería bueno, se preguntó Diana, con

una punzada de temor? ¿Iba a suplicar que volviera con él? Ni siquiera deseaba que se lo pidiera.

—No pienso volver contigo —dijo, nerviosa.

Mervyn hizo caso omiso de la frase.

—¿Mark te hace feliz? —preguntó.

Ella asintió con la cabeza.

—¿Será bueno contigo?

—Sí, sé que lo será.

—¡No habléis de mí como si no estuviera presente! —exclamó Mark.

Diana cogió la mano de Mark.

—Nos queremos —dijo a Mervyn.

—Sí —por primera vez, una levísima expresión de desdén cruzó por el rostro de Mervyn, pero enseguida desapareció—. Sí, me parece que sí.

¿Se estaba ablandando? Nunca se había portado así. ¿Tenía algo que ver la viuda con la transformación?

—¿Te dijo la señora Lenehan que vinieras a hablar conmigo? —preguntó Diana, suspicaz.

—No, pero sabe lo que voy a decir.

—Me gustaría que se diera prisa en soltarlo —dijo Mark.

—Tranquilo, chico… Diana todavía es mi mujer —dijo Mervyn en tono desdeñoso.

Mark no cedió ni un milímetro.

—Olvídelo. No tiene ningún derecho sobre ella, así que no trate de inventarse uno. Y no me llame chico, abuelito.

—No empecéis —intervino Diana—. Mervyn, si tienes algo que decir, hazlo, y no intentes escurrir el bulto.

—Muy bien, muy bien, no es tan complicado —respiró hondo—. No voy a interponerme en tu camino. Te pedí que volvieras conmigo y te negaste. Si crees que este tipo va a triunfar donde yo fracasé, haciéndote feliz, buena suerte a los dos. Os deseo lo mejor —hizo una pausa y les miró—. Eso es todo.

Se produjo un momento de silencio. Mark quiso decir algo, pero Diana se le adelantó.

—¡Maldito hipócrita! —había comprendido en un instante lo que pasaba en realidad por la cabeza de Mervyn, y se quedó sorprendida por la furia de su reacción—. ¿Cómo te atreves?

—¿Cómo? ¿Por qué...? —balbuceó Mervyn, estupefacto.

—Eso de que no te vas a interponer en nuestro camino es pura mierda. No nos desees suerte, como si estuvieras haciendo un sacrificio. Te conozco demasiado bien, Mervyn Lovesey. ¡Solo renuncias a algo cuando ya no lo quieres! —Se dio cuenta de que todo el compartimento escuchaba ávidamente, pero estaba demasiado enfurecida para tenerlo en cuenta—. Sé lo que estás planeando. Te lo has pasado de miedo con la viuda esta noche, ¿verdad?

—¡No!

—¿No? —ella le examinó con atención. Tal vez decía la verdad—. Faltó poco, ¿verdad? —Leyó en su rostro que esta vez había acertado—. Te has enamorado de ella, y a ella le gustas, y ahora ya no me quieres... Esa es la verdad, ¿no? ¡Admítelo!

—No admitiré algo semejante...

—Porque no tienes valor para ser sincero, pero yo sé la verdad y todo el mundo en el avión la sospecha. Me has decepcionado, Mervyn. Creía que tenías más redaños.

—¡Redaños!

Le había ofendido.

—Exacto. Te has inventado una lamentable historia acerca de no interponerte en nuestro camino. Bien, te has ablandado... ¡Los sesos se te han ablandado! ¡No nací ayer, y no puedes engañarme tan fácilmente!

—Muy bien, muy bien —dijo Mervyn, levantando las manos en un gesto defensivo—. Te he ofrecido la paz y la has rechazado. Haz lo que te dé la gana —se puso en pie—. Por la forma en que hablas, cualquiera diría que soy yo quien se ha fugado con su amante. —Se encaminó a la puerta—. Avísame cuando te vayas a casar. Te enviaré un cuchillo de pescado.

Salió.

—¡Bien! —La sangre aún hervía en las venas de Diana—. ¡Vaya cara!

Miró a los demás pasajeros. La princesa Lavinia apartó la vista con aire altivo, Lulu Bell sonrió, Ollis Field frunció el ceño, expresando su desaprobación, y Frankie Gordino dijo:

—¡Buena chica!

Por fin miró a Mark, preguntándose qué pensaba de la interpretación de Mervyn y de su estallido. Sorprendida, vio que sonreía ampliamente. Su sonrisa se le contagió.

—¿Qué te divierte tanto? —preguntó.

—Has estado magnífica —contestó Mark—. Estoy orgulloso de ti. Y complacido.

—¿Por qué complacido?

—Te has enfrentado a Mervyn por primera vez en tu vida.

¿Era verdad? Diana supuso que sí.

—Imagino que sí.

—Ya no estás asustada de él, ¿verdad?

Diana reflexionó.

—Tienes razón; ya no lo estoy.

—¿Te das cuenta de lo que eso significa?

—Significa que no estoy asustada de él.

—Significa más que eso. Significa que ya no le quieres.

—¿Tú crees? —preguntó, pensativa. No había parado de decirse que había dejado de querer a Mervyn hacía siglos, pero ahora investigó en el fondo de su corazón y comprendió que no era cierto. Todo el verano, incluso cuando le era infiel, había seguido siendo su esclava. Mervyn había continuado ejerciendo influencia sobre ella incluso después de que le abandonara. Los remordimientos la habían asaltado en el avión, hasta el punto de pensar en volver a su lado. Pero ya no.

—¿Cómo te sentaría que se liara con la viuda? —preguntó Mark.

—¿Qué más me da? —replicó, sin pensar.

—¿Lo ves?

Diana lanzó una carcajada.

Tienes razón. Por fin se ha terminado.

24

Cuando el *clipper* inició el descenso hacia la bahía de Shediac, en el golfo de San Lorenzo, Harry se estaba replanteando el robo de las joyas de lady Oxenford.

Margaret había debilitado su determinación. Dormir con ella en una cama del Waldorf Astoria, despertar y pedir que les subieran el desayuno a la habitación valía más que las joyas. Por otra parte, también deseaba ir a Boston con ella y vivir en un piso, ayudarla a ser una persona independiente y llegar a conocerla en profundidad. La excitación de Margaret era contagiosa, y Harry compartía su emocionada anticipación de la vida en común que les aguardaba.

Pero todo eso cambiaría si robaba a su madre.

Shediac era la última escala antes de Nueva York. Debía tomar una decisión cuanto antes. Sería su última oportunidad de introducirse en la bodega.

Se preguntó otra vez si existía alguna forma de quedarse con Margaret y con las joyas. En primer lugar, ¿sabría ella que las había robado? Lady Oxenford descubriría su ausencia cuando abriera el baúl, probablemente en el Waldorf, pero nadie sabría si las joyas habían sido robadas en el avión, o antes, o después. Margaret sabía que Harry era un ladrón, y sospecharía de él. Si él lo negaba, ¿le creería? Tal vez.

Y luego, ¿qué? ¡Vivirían como pobres en Boston mientras guardaba en el banco cien mil dólares! No sería por mucho tiempo. Margaret encontraría alguna manera de volver a Inglaterra y alistarse en el ejército, y él iría a Canadá para ser piloto de caza. La guerra se prolongaría uno o dos años, quizá más. Cuando terminara, regresaría para sacar el dinero del banco y comprar la casa de campo, y tal vez Margaret fuera a vivir con él..., y entonces sabría de dónde había salido el dinero.

Pasara lo que pasara, tarde o temprano se lo diría.

Pero quizá sería mejor tarde que temprano.

Tendría que darle alguna excusa por quedarse a bordo del avión en Shediac. No podía decirle que se encontraba mal, porque ella querría hacerle compañía, y lo estropearía todo. Debía procurar que bajara a tierra y le dejara solo.

La miró. Estaba abrochándose el cinturón de seguridad sobre el estómago. En su imaginación la recreó desnuda, en la misma postura, sus pechos desnudos bañados por la luz que penetraba por las ventanas, una mata de vello castaño brotando de entre sus muslos, sus largas piernas estiradas sobre el suelo. ¿No era una idiotez perderla por un puñado de rubíes?, pensó.

Claro que se no se trataba de un puñado de rubíes, sino del conjunto Delhi, valorado en cien de los grandes, suficiente para que Harry se convirtiera en lo que siempre había deseado ser, un caballero.

De todos modos, jugueteó con la idea de contárselo ahora. «Voy a robar las joyas de tu madre, ¿te importa?» Tal vez respondiera: «Buena idea, la vieja vaca no ha hecho nada para merecerlas». No, Margaret no reaccionaría de esta forma. Se consideraba radical, y creía en la redistribución de la riqueza, pero todo en teoría. Se sentiría conmovida en lo más hondo si él desposeía a su familia de alguna de sus pertenencias. Se lo tomaría como algo personal, y sus sentimientos hacia él cambiarían.

Ella le miró y sonrió.

Él le devolvió la sonrisa con una sensación de culpabilidad y desvió la vista hacia la ventana.

El avión descendía hacia una bahía en forma de herradura; se veían algunos pueblos diseminados a lo largo de su orilla. Más allá de los pueblos se extendían tierras de cultivo. Cuando se aproximaron más, Harry distinguió una línea férrea que serpenteaba entre los pueblos y desembocaba en un largo malecón. Cerca del malecón estaban amarrados varios buques de diferente tamaño y un pequeño hidroavión. Al este del malecón se extendían kilómetros de playas arenosas, y entre las dunas surgían algunas casetas de veraneo. Harry pensó que sería maravilloso poseer una casa de veraneo a la orilla de la playa en un lugar como este. Bueno, si eso es lo que quiero, eso tendré, se dijo. ¡Voy a ser rico!

El avión se posó sobre el agua con suavidad. La tensión de Harry disminuyó. Ya era un viajero aéreo experimentado.

—¿Qué hora es, Percy? —preguntó.

—Once de la mañana, hora local. Llevamos una hora de retraso.

—¿Cuánto tiempo nos quedaremos aquí?

—Una hora.

En Shediac se estaba experimentando un nuevo método de atraque. Los pasajeros no eran transportados a tierra mediante una lancha, sino que se acercaba un barco parecido a un langostero y remolcaba el avión. Se ataban guindalezas a ambos extremos del aparato y se sujetaba a un muelle flotante conectado con el malecón mediante una pasarela.

Esta invención solucionó un problema de Harry. En las escalas previas, donde los pasajeros habían sido conducidos a tierra en una lancha, solo existía una posibilidad de llegar a la orilla. Harry había pensado en una excusa para quedarse a bordo durante toda la escala sin permitir que Margaret se quedara con él. Ahora, sin embargo, podía dejar que Margaret bajara a tierra, diciéndole que le seguiría al cabo de unos minutos, impidiendo así que insistiera en quedarse con él.

Un mozo abrió la puerta y los pasajeros empezaron a ponerse las chaquetas y los sombreros. Todos los Oxenford se levantaron, como también Clive Membury, que apenas había pronunciado palabra durante todo el viaje, a excepción, recordó Harry, de una animada conversación con el barón Gabon. Se preguntó de qué habrían hablado. Apartó el pensamiento de su mente, impaciente, y se concentró en sus propios problemas.

—Ya te alcanzaré —susurró al oído de Margaret, mientras los Oxenford salían. Después, se dirigió al lavabo de caballeros.

Se peinó y se lavó las manos, por hacer algo. La ventana se había roto por la noche, y habían encajado una sólida pantalla en el marco. Oyó que la tripulación bajaba la escalera y pasaba por delante de la puerta. Consultó su reloj y decidió esperar otros dos minutos.

Supuso que casi todo el mundo habría bajado. Muchos estaban demasiado dormidos en Botwood, pero ahora querían estirar las piernas y respirar aire fresco. Ollis Field y su prisionero se quedarían a bordo, por supuesto. Sin embargo, sería extraño que Membury fuera a tierra, si se suponía que también vigilaba a Frankie. El hombre del chaleco rojo vino aún intrigaba a Harry.

Las mujeres de la limpieza subirían a bordo casi de inmediato. Se concentró en la escucha: no captó el menor sonido al otro lado de la puerta. La abrió unos centímetros y miró. Todo despejado. Salió con cautela.

La cocina estaba desierta. Echó un vistazo al compartimento número 2: vacío. Divisó la espalda de una mujer que manejaba una escoba en el salón. Sin más vacilaciones, subió la escalera.

Lo hizo con sigilo, para que nadie advirtiera su presencia. Se detuvo en la curva de la escalera y escrutó el suelo de la cabina de vuelo. No había nadie. Iba a continuar cuando un par de piernas uniformadas se hicieron visibles, alejándose de él. Harry se ocultó en la esquina, y después se asomó. Era Mickey Finn, el ayudante del mecánico, que ya le había sorprendido la última vez. El hombre se detuvo en el puesto del mecánico y se dio la vuelta. Harry retiró la cabeza de nuevo, preguntándose a dónde se dirigía el tripulante. ¿Bajaría por la escalera? Harry escuchó con atención. Los pasos recorrieron la cubierta de vuelo y enmudecieron. Harry recordó que la última vez había visto a Mickey en el compartimento de proa, manipulando el ancla. ¿Ocurría lo mismo ahora? Tenía que aprovechar la coyuntura.

Subió en silencio.

En cuanto hubo ascendido lo suficiente miró hacia la proa. Por lo visto, había acertado: la escotilla estaba abierta y Mickey no se veía por parte alguna. Harry no se paró a mirar con más atención, sino que atravesó a toda prisa la cubierta de vuelo y se introdujo en la zona de las bodegas. Cerró la puerta a su espalda con sigilo y volvió a respirar.

La última vez había registrado la bodega de estribor. Ahora, probaría en la de babor.

Supo al instante que estaba de suerte. Vio en medio de la bodega un enorme baúl, forrado de piel verde y dorada, con brillantes esquineras de metal. Estaba seguro de que pertenecía a lady Oxenford. Consultó la etiqueta: no llevaba ningún nombre, pero la dirección era The Manor, Oxenford, Berkshire.

—Bingo —dijo en voz baja.

Lo aseguraba un simple candado, que abrió con su navaja.

Aparte del candado, contaba con seis cierres de metal que no estaban cerrados con llave. Los soltó todos.

El baúl estaba pensado para ser utilizado como guardarropa en el camarote de un transatlántico. Harry lo puso vertical y lo abrió. Se dividía en dos espaciosos compartimentos. A un lado había una barra con perchas, de las que colgaban trajes y chaquetas, con un pequeño hueco para zapatos en el fondo. El otro contenía seis cajones.

Harry registró primero los cajones. Estaban hechos de madera liviana recubierta de piel y forrados de terciopelo. Lady Oxenford tenía blusas de seda, jerséis de cachemira, ropa interior de encaje y cinturones de piel de cocodrilo.

En la otra parte, la parte superior del baúl se alzaba como una tapa, y se sacaba la barra para poder coger con más facilidad los vestidos. Harry palpó cada prenda y los costados del baúl.

Por fin, abrió el compartimento de los zapatos. Solo contenía zapatos.

Estaba abatido. Confiaba ciegamente en que la mujer se habría llevado sus joyas, pero tal vez existía alguna equivocación en su razonamiento.

Era demasiado pronto para abandonar las esperanzas.

Su primer impulso fue registrar el resto del equipaje de los Oxenford, pero prefirió reflexionar. Si tuviera que transportar joyas de incalculable valor en un equipaje consignado, pensó, intentaría esconderlas en alguna parte. Y sería más fácil ocultarlas en un baúl que en una maleta de tamaño normal.

Decidió mirar otra vez.

Empezó con el compartimento de las perchas. Deslizó una mano por dentro del baúl y otra por fuera, intentando calcular el espesor de los lados; si detectaba algo anormal, significaría que había un compartimento secreto. No encontró nada extraño. Se volvió hacia el otro lado y sacó los cajones por completo...

Y encontró el escondrijo.

Su corazón latió a mayor velocidad.

En la parte posterior del baúl habían pegado con esparadrapo un gran sobre de papel manila y una cartera de piel.

—Aficionados —dijo, meneando la cabeza.

Empezó a quitar el esparadrapo con creciente excitación. El primer objeto en soltarse fue el sobre. Daba la impresión de que solo contenía un fajo de papeles, pero Harry lo abrió por si acaso. En su interior había unas cincuenta hojas de papel grueso, impresas por un lado. Harry tardó un rato en decidir qué eran, pero al final se decantó por bonos al portador, valorados en cien mil dólares cada uno.

Cincuenta equivalían a cinco millones de dólares, o sea, un millón de libras.

Harry se sentó, contemplando los bonos. Un millón de libras. Casi sobrepasaba la imaginación.

Harry sabía por qué los había encontrado aquí. El gobierno británico había promulgado normas de emergencia sobre el control de divisas, a fin de impedir que el dinero saliera de la nación. Oxenford sacaba de contrabando sus bonos, lo cual constituía un delito, por supuesto.

Es tan ladrón como yo, pensó Harry con ironía.

Harry nunca había robado bonos. ¿Podría cambiarlos por dinero en metálico? Eran pagaderos al portador, como anunciaba claramente cada uno, aunque también tenían un número individual, de manera que pudieran ser identificados. ¿Denunciaría Oxenford el robo? Eso significaría admitir que los había sacado de contrabando, pero ya imaginaría una mentira para encubrir su delito.

Era demasiado peligroso. Harry carecía de experiencia en ese campo. Si intentaba cambiar los bonos, le atraparían. Los dejó a un lado de mala gana.

El otro objeto escondido era la cartera de piel, similar a la utilizada por los hombres, pero algo más grande. Harry la despegó.

Parecía una cartera para guardar joyas.

Se cerraba con una cremallera. La abrió.

Delante de sus ojos, sobre el forro de terciopelo negro, estaba el conjunto Delhi.

Daba la impresión de que brillaba en la penumbra de la bodega como los vitrales de una catedral. El rojo profundo de los rubíes alternaba con los destellos arcoirisados de los diamantes. Las piedras eran enormes, exquisitamente cortadas y perfectamente aparejadas, dispuesta cada una sobre una base de oro y rodeadas de delicados pétalos dorados. Harry estaba anonadado.

Cogió el collar con solemnidad y dejó que las piedras se deslizaran entre sus dedos como agua de colores. Era extraño que algo pudiera combinar un aspecto tan cálido con un tacto tan frío, pensó. Era la joya más hermosa que jamás había sostenido en sus manos, tal vez la más hermosa que se había creado.

Iba a cambiar su vida.

Dejó el collar al cabo de uno o dos minutos y examinó el resto del juego. El brazalete era igual que el collar; alternaba rubíes y diamantes, aunque las piedras eran, en proporción, más pequeñas. Los pendientes eran particularmente delicados; cada uno tenía un rubí a modo de botón, y el colgante consistía en una serie de diminutos diamantes y rubíes engarzados en una cadena de oro; cada piedra era una versión en miniatura de la misma montura en forma de pétalo dorado.

Harry imaginó el juego sobre el cuerpo de Margaret. El rojo y el dorado resaltarían de una manera asombrosa sobre su piel pálida. Me gustaría verla cubierta solo con esto, pensó, y experimentó al instante una potente erección.

No estaba seguro de cuanto tiempo llevaba sentado en el suelo, contemplando las piedras preciosas, cuando oyó que alguien se acercaba.

El primer pensamiento que cruzó por su mente fue que se trataba del ayudante del mecánico, pero los pasos sonaban de forma diferente: impertinentes, agresivos, autoritarios..., oficiales.

El temor le embargó de súbito, su estómago se encogió, apretó los dientes y cerró los puños.

Los pasos se acercaron a toda velocidad. Harry empujó los cajones, devolvió a su sitio el sobre de los bonos y cerró el baúl. Estaba escondiendo el conjunto Delhi en el bolsillo cuando la puerta de la bodega se abrió.

Se agazapó detrás del baúl.

Siguió un largo momento de silencio. Experimentó la horrorosa sensación de haber procedido con excesiva lentitud, de que el tío le había visto. Captó el sonido de una respiración apresurada, como si un hombre gordo hubiera subido por la escalera corriendo. ¿Entraría el tipo a echar un vistazo, o qué? Harry contuvo el aliento. La puerta se cerró.

¿Había salido el hombre? Harry aguzó el oído. Ya no escuchó la respiración. Se puso en pie poco a poco y asomó la cabeza. El hombre se había ido.

Suspiró de alivio.

¿Qué estaba pasando?

Sospechaba que aquellos pasos pesados y aquella respiración agitada pertenecían a un policía. ¿O tal vez a un inspector de aduanas? Quizá se trataba de una simple comprobación de rutina.

Se dirigió a la puerta y la abrió unos centímetros. Oyó voces ahogadas procedentes de la cabina de vuelo, pero parecía que afuera no había nadie. Salió y se pegó a la puerta de la cabina de vuelo. Estaba entreabierta, y oyó dos voces masculinas.

—Ese tío no está en el avión.

Tiene que estar. No ha bajado.

Harry reconoció los acentos como canadienses. ¿De quién estaban hablando?

—Quizá salió después que los demás.

—¿Y a dónde ha ido? No se ha localizado en ninguna parte.

¿Se habría escapado Frankie Gordino?, se preguntó Harry.

—¿Quién es, en cualquier caso?

—Dicen que es un «socio» del gángster que va en el avión.

Por lo tanto, Gordino no había huido, pero alguien de su banda viajaba a bordo, había sido descubierto y se había dado a la fuga. ¿Cuál de los, en apariencia, respetables viajeros era?

—Ser socio no es ningún delito, ¿verdad?

—No, pero viaja con pasaporte falso.

Un escalofrío recorrió a Harry. Él también viajaba con pasaporte falso. ¿No le estarían buscando a él?

—Bien, ¿qué hacemos ahora?

—Informar al sargento Morris.

Al cabo de un momento, el espantoso pensamiento de que le buscaban a él cruzó por la mente de Harry. Si la policía había averiguado, o adivinado, que un pasajero pensaba rescatar a Gordino, verificaría la lista de los pasajeros, y no tardaría en descubrir que Harry Vandenpost había denunciado el robo de su pasaporte en Londres dos años antes, y entonces bastaría con llamar a su casa para descubrir que no se encontraba en el *clipper* de la Pan American, sino sentado en la cocina comiendo cereales y leyendo el periódico de la mañana, o algo por el estilo. Sabiendo que Harry era un impostor, darían por sentado que era él quien pretendía liberar a Gordino.

No, se dijo, no precipites las conclusiones. Tal vez exista otra explicación.

Una tercera voz se unió a la conversación.

—¿A quién estáis buscando, muchachos?

Parecía el ayudante del mecánico, Mickey Finn.

—El tipo utiliza el nombre de Harry Vandenpost, pero no es él.

Ya estaba claro. Harry experimentó una viva conmoción. Le habían descubierto. La visión de la casa de campo con pista de tenis se desvaneció como una foto antigua, y en su lugar apareció un Londres tenebroso, un tribunal, una celda y después, por fin, un barracón del ejército. La peor suerte de la que había oído hablar.

—Sabéis, le encontré husmeando por aquí mientras hacíamos escala en Botwood —dijo Mickey Finn.

—Bueno, ahora no está aquí.

—¿Estáis seguros?

Métete la lengua en el culo, Mickey, pensó Harry.

—Hemos mirado por todas partes.

—¿Habéis registrado los controles mecánicos?

—¿Dónde están?

—En las alas.

—Sí, miramos en las alas.

—¿Llegasteis hasta el final? Es posible esconderse sin ser visto desde la cabina?

—Será mejor que volvamos a mirar.

Estos dos policías parecían un poco tontos, pensó Harry. Era dudoso que su sargento confiara mucho en ellos. Si tenía algo de sentido común ordenaría un nuevo registro del avión. Y la próxima vez mirarían detrás del baúl. ¿Dónde podía esconderse Harry?

Había varios escondrijos, pero la tripulación conocería su existencia. Un registro a fondo debería incluir el compartimento de proa, los lavabos, las alas y el angosto hueco de la cola. Cualquier otro lugar que Harry fuera capaz de encontrar sería conocido por la tripulación.

Estaba atrapado.

¿Podría huir? Tal vez tuviera la oportunidad de salir a hurtadillas del avión y huir a lo largo de la playa. Una oportunidad remota, pero era mejor que rendirse. Pero, aun en el caso de que pudiera llegar a la aldea sin ser visto, ¿a dónde iría? Su facilidad de palabra le sacaría de cualquier apuro en una ciudad, pero tenía la sensación de que se encontraba muy lejos de una. En pleno campo, estaba perdido. Necesitaba multitudes, callejones, estaciones de tren y tiendas. Suponía que Canadá era un país enorme, compuesto en su mayoría de árboles.

No habría problemas si conseguía llegar a Nueva York. Pero ¿dónde se escondería en el ínterin?

Oyó que los policías salían de las alas. Para mayor seguridad, retrocedió al interior de la bodega...

Y se encontró de narices ante la solución de su problema. Se escondería en el baúl de lady Oxenford.

¿Cabría dentro? Eso pensaba. Debía medir metro y medio de alto, sesenta centímetros de ancho y otros tantos de fondo; vacío, cabían dos personas en su interior. No estaba vacío, claro: tendría que hacerse sitio sacando algunas prendas de ropa. ¿Qué haría con ellas? No podía dejarlas tiradas alrededor. Las amontonaría en su maleta, que llevaba bastante vacía.

Debía darse prisa.

Se arrastró sobre el equipaje amontonado y se apoderó de su maleta. La abrió a toda prisa y embutió en su interior las chaquetas y vestidos de lady Oxenford. Tuvo que sentarse sobre la tapa para volver a cerrarla.

Ya podía meterse en el baúl. Se podía cerrar desde dentro con razonable facilidad. ¿Podría respirar cuando estuviera cerrado? No se quedaría mucho tiempo; a pesar del reducido espacio, sobreviviría.

¿Observarían los policías que los cierres estaban sueltos? Tal vez. ¿Podría cerrarlos desde dentro? Parecía difícil. Reflexionó sobre el problema durante unos instantes. Si practicaba agujeros en el baúl cerca de los cierres, tal vez lograría introducir la navaja y manipular los cierres. Y esos mismos agujeros le proporcionarían aire.

Sacó la navaja. El baúl estaba hecho de madera recubierta de piel. Sobre la piel había dibujadas flores de color dorado. Como todas las navajas, contaba con un utensilio puntiagudo para extraer piedras de los cascos de los caballos. Apoyó la punta sobre una de las flores y empujó. Penetró en la piel con suma facilidad, pero la madera era más dura. Tiró adelante y atrás. La madera medía unos seis milímetros de espesor, calculó. Le costó un par de minutos perforarla.

Sacó la punta. La configuración del dibujo impedía que el agujero se viera.

Se metió en el baúl. Comprobó con alivio que podía abrir y cerrar el cierre desde el interior.

Había dos cierres en la parte superior y tres en el costado. Trabajó primero en los de arriba, porque eran los más visibles. Cuando terminó, volvió a escuchar pasos.

Entró en el baúl y lo cerró.

Esta vez no le resultó tan fácil manipular los cierres, porque debía proceder con las piernas dobladas, pero lo logró al final.

Se sintió terriblemente incómodo pasados uno o dos minutos. Se retorció y dobló, sin éxito. Tendría que padecer.

Su respiración resonaba. Los ruidos procedentes del exterior llegaban ahogados. Sin embargo, oyó pasos ante la puerta de la bodega, tal vez porque no había alfombra y el puente transmitía las vibraciones. Calculó que había tres personas afuera, como mínimo. No oyó que se abriera o cerrara la puerta, pero captó una pisada mucho más próxima y supo que alguien había entrado en la bodega.

De pronto, se oyó una voz a su derecha.

—No entiendo cómo es posible que ese bastardo se nos haya escapado.

No mires los cierres laterales, por favor, suplicó Harry, atemorizado.

Alguien golpeó la parte superior del baúl. Harry contuvo la respiración. Tal vez el tipo había apoyado el codo encima, pensó.

Alguien habló desde cierta distancia.

—No, no está en el avión —replicó el hombre—. Hemos buscado por todas partes.

El otro volvió a hablar. A Harry le dolían las rodillas. ¡Idos a charlar a otro sitio, por el amor de Dios!, pensó.

—Bueno, le cazaremos de todos modos. No va a recorrer los doscientos veinticinco kilómetros que le separan de la frontera sin que nadie le vea.

¡Doscientos veinticinco kilómetros! Tardaría una semana en salvar aquella distancia. Quizá pudiera hacer autoestop, pero nadie le olvidaría en estos terrenos desérticos.

Se hizo el silencio durante unos segundos. Oyó que los pasos se alejaban.

Esperó un rato, sin oír nada.

Sacó la navaja, la introdujo por un agujero y soltó el cierre.

Esta vez fue más laborioso. Le dolían tanto las rodillas que se habría desplomado de tener sitio. Se impacientó y atacó sin cesar el agujero. Una horrible claustrofobia se apoderó de él y pensó «¡Me voy a ahogar aquí dentro!». Trató de calmarse. Al cabo de unos instantes dominó el pánico y manipuló con todo cuidado la navaja hasta trabarla en el cierre. Empujó la hoja. Alzó la anilla metálica, pero resbaló. Apretó los dientes y volvió a probar.

Esta vez, el cierre se soltó.

Repitió el proceso con los demás, lenta y penosamente.

Por fin, apartó las dos mitades del baúl y se irguió. Notó un insoportable dolor en las rodillas cuando estiró las piernas, y casi chilló. Después, se suavizó.

¿Qué iba a hacer?

No podía bajar del avión. Estaría a salvo hasta que llegaran a Nueva York, pero entonces ¿qué?

Tendría que ocultarse en el avión y escabullirse por la noche.

Quizá lo lograra. De todos modos, no le quedaba otra alternativa. Todo el mundo sabría que él había robado las joyas de lady Oxenford. Lo más importante era que Margaret también lo sabría. Y no tendría la menor oportunidad de explicárselo.

Cuanto más meditaba sobre esta posibilidad, más la detestaba.

Sabía que robar el conjunto Delhi pondría en peligro su relación con Margaret, pero siempre había imaginado que le daría una explicación convincente cuando ella se diera cuenta de lo ocurrido. Ahora, sin embargo, tal vez pasaran días antes de que se pusiera en contacto con ella, y si las cosas iban mal, si le detenían, pasarían años.

Adivinaba lo que ella pensaría. Él la había engatusado y seducido, y le había prometido que la ayudaría a encontrar un nuevo hogar. Todo había sido una vulgar estratagema para robar las joyas de su madre, plantándola a continuación. Margaret pensaría que lo único que había deseado desde el primer momento eran las joyas. Le destrozaría el corazón, y ella le odiaría y despreciaría.

La idea le afligió hasta extremos inconcebibles.

Hasta este momento no se había dado cuenta de lo mucho que Margaret había logrado cambiarle. Su amor por él era auténtico. Toda su vida era un fraude: su acento, sus modales, sus ropas, toda su forma de vivir era un disfraz. Sin embargo, Margaret se había enamorado del ladrón, del chico de clase obrera huérfano de padre, el Harry real. Era lo mejor que le había pasado en toda su vida. Si lo desechaba, su vida siempre sería como ahora, una combinación de fingimiento y falta de honradez. Margaret había conseguido que él deseara algo más. Aún confiaba en comprar la casa de campo con pista de tenis, pero no le satisfaría hasta que Margaret viviera en ella.

Suspiró. Harry ya no era un muchacho. Tal vez se estaba haciendo hombre.

Abrió el baúl de lady Oxenford. Sacó del bolsillo la cartera de piel que contenía el conjunto Delhi.

Abrió la cartera y sacó las joyas una vez más. Los rubíes brillaban como fuegos artificiales. Quizá no vuelva a verlos nunca más, pensó.

Devolvió las joyas a la cartera. Después, apesadumbrado, colocó la cartera en el baúl de lady Oxenford.

25

Nancy Lenehan estaba sentada en el malecón, en el extremo que limitaba con la orilla, frente a la terminal aérea. El edificio recordaba una casa de la playa, con macetas de flores en las ventanas y toldos sobre estas. Sin embargo, una antena de radio que se alzaba detrás de la casa y una torre de observación que sobresalía del tejado revelaban su auténtico cometido.

Mervyn Lovesey estaba sentado a su lado, en otra tumbona de lona a rayas. El agua lamía el malecón, provocando un sonido calmante, y Nancy cerró los ojos. No había dormido mucho. Una leve sonrisa se insinuó en las comisuras de su boca, al recordar cómo se habían comportado Mervyn y ella por la noche. Se alegró de no haber llegado hasta el final con él. Demasiado rápido. Ahora, ya tenía algo en qué pensar.

Shediac era un pueblo pesquero y un lugar de veraneo. Al oeste del malecón se abría una bahía iluminada por el sol, en la que flotaban varios langosteros, algunos yates y dos aviones, el *clipper* y un pequeño hidroavión. Al este había una amplia playa arenosa que parecía extenderse a lo largo de varios kilómetros, y casi todos los pasajeros del *clipper* estaban sentados entre las dunas o paseaban por la orilla.

La paz se vio alterada por dos coches de la policía que irrumpieron en el malecón con aparatosos chirridos de neumáticos, vomitando siete u ocho policías. Entraron a toda prisa en el edificio.

—Da la impresión de que vienen a detener a alguien —murmuró Nancy a Mervyn.

—Me preguntó a quién —dijo él, asintiendo con la cabeza.

—¿A Frankie Gordino, quizá?

—No pueden… Ya está detenido.

Salieron del edificio pocos momentos después. Tres subieron a bordo del *clipper*, dos se encaminaron a la playa y dos siguieron la carretera, como si buscaran a alguien.

—¿A quién persigue la policía? —preguntó Nancy, cuando se acercó un tripulante del *clipper*.

El hombre vaciló como si no supiera si debía revelar algo; después, se encogió de hombros.

—El tipo se hace llamar Harry Vandenpost, pero no es su nombre verdadero.

Nancy frunció el ceño.

—Es el chico que se sienta con la familia Oxenford.

Tenía la impresión de que Margaret Oxenford estaba perdiendo la cabeza por él.

—Sí —corroboró Mervyn—. ¿Ha bajado del avión? No le he visto.

—No estoy segura.

—Me pareció un vivales.

—¿De veras? —Nancy le había tomado por un joven de buena familia—. Tiene buenos modales.

—Exactamente.

Nancy insinuó una sonrisa; era muy típico de Mervyn detestar a los hombres educados.

—Creo que Margaret estaba muy interesada en él. Confío en que no sufra.

—Los padres se sentirán tranquilizados, supongo.

Solo que a Nancy no le agradaban los padres de Margaret. Mervyn y ella habían presenciado el desagradable comportamiento de lord Oxenford en el comedor del *clipper*. Personas como él se merecían todo cuanto les pasaba. Sin embargo, en el caso de que Margaret se hubiera prendado de un personaje impresentable, Nancy sentiría pena por ella.

—No soy lo que suele llamarse un tipo impulsivo —dijo Mervyn.

Nancy se puso en guardia.

—Solo hace unas horas que te conocí —prosiguió él—, pero estoy completamente seguro de que deseo conocerte hasta el fin de mis días.

¡No puedes estar seguro, idiota!, pensó Nancy, pero no por ello dejaba de estar satisfecha. No dijo nada.

—He estado pensando que, al llegar a Nueva York, tú te quedarías y yo volvería a Manchester, pero no quiero hacerlo.

Nancy sonrió. Eran las palabras que quería escuchar. Le acarició la mano.

—Estoy muy contenta —dijo.

—¿De veras? —Mervyn se inclinó hacia delante—. El problema es que pronto resultará casi imposible cruzar el Atlántico, a excepción de los buques militares.

Nancy asintió con la cabeza. Ella también había meditado sobre el problema, aunque no en profundidad, pero estaba segura de que encontrarían una solución si se empeñaban.

—Si nos separamos ahora —continuó Mervyn—, puede que pasen años, literalmente, antes de que nos veamos de nuevo. No puedo aceptarlo.

—Estoy de acuerdo contigo.

—¿Volverás a Inglaterra conmigo? —preguntó Mervyn.

La sonrisa de Nancy se esfumó de su boca.

—¿Qué?

—Regresa conmigo. Múdate a un hotel, si quieres, compra una casa, un piso…, lo que sea.

Una enorme irritación se apoderó de Nancy. Apretó los dientes e intentó mantener la calma.

—Has perdido el juicio —dijo con desdén. Apartó la vista. Una amarga decepción la embargaba.

Mervyn pareció herido y desconcertado por su reacción.

—¿Qué pasa?

—Tengo una casa, dos hijos y un negocio de muchos millones. ¿Te atreves a pedirme que me vaya a vivir a un hotel de Manchester?

—¡Si no quieres, no! —exclamó Mervyn, indignado—. Vive conmigo, si así lo deseas.

—Soy una viuda respetable, con una buena posición social... ¡No pienso vivir como una mantenida!

—Escucha, creo que nos casaremos. Estoy seguro, pero no espero que lo aceptes al cabo de tan pocas horas de conocernos, ¿verdad?

—Esa no es la cuestión, Mervyn —dijo Nancy, aunque en cierto modo sí lo era—. Me importan un bledo los arreglos que tengas en mente, pero me molesta tu presunción de que voy a dejarlo todo para seguirte a Inglaterra.

—¿Y cómo estaremos juntos?

—¿Por qué no me has hecho esa pregunta, en lugar de empezar por la respuesta?

—Porque solo hay una respuesta.

—Hay tres: puedo trasladarme a Inglaterra, tú puedes trasladarte a Estados Unidos, o podemos trasladarnos los dos a otro lugar, por ejemplo, las Bermudas.

Mervyn estaba perplejo.

—Pero mi país está en guerra. He de unirme al combate. Puede que sea demasiado mayor para el servicio activo, pero la Fuerza Aérea necesita hélices a miles, y yo sé más sobre fabricar hélices que cualquier otro de mis compatriotas. Me necesitan.

Todo lo que Mervyn decía solo servía para empeorar la situación.

—¿Y por qué das por sentado que mi país no me necesita? Yo fabrico botas para los soldados, y cuando Estados Unidos intervenga en esta guerra, habrá muchos más soldados que necesiten buenas botas.

—Pero yo tengo un negocio en Manchester.

—Y yo tengo un negocio en Boston..., mucho más importante, a propósito.

—¡No es lo mismo para una mujer!

—¡Claro que es lo mismo, idiota!

Se arrepintió al instante de haberle insultado. Una expresión de furia apareció en el rostro de Mervyn: le había ofendido mortalmente. Mervyn se levantó de la tumbona. Nancy quiso decir algo para impedir que se marchara, pero las palabras precisas no acudieron a su mente, y Mervyn ya se había ido al cabo de un momento.

—Maldita sea —masculló Nancy.

Esta furiosa con él y furiosa con ella misma. No quería ahuyentarle; ¡le gustaba! Había aprendido muchos años antes que los enfrentamientos directos no eran la mejor manera de tratar con los hombres; aceptaban ser agredidos por otro miembro de su sexo, pero no por una mujer. Siempre había suavizado su espíritu combativo cuando se trataba de negocios. Conseguía lo que deseaba manipulando a la gente, con palabras medidas, sin peleas. Había olvidado por un momento todo eso y peleado con el hombre más atractivo que había conocido en diez años.

Qué idiota soy, pensó. Sé que es orgulloso, y además me gusta que lo sea, es una faceta más de su energía. Es duro, pero no ha reprimido todas sus emociones, como la mayoría de los hombres duros. Acuérdate de cómo siguió al pendón de su mujer por medio mundo. Acuérdate de cómo defendió a los judíos cuando lord Oxenford perdió los papeles en el comedor. Recuerda cómo te besó...

Lo más irónico es que se sentía muy dispuesta a plantearse un cambio en su vida.

Lo que Danny Riley le había contado sobre su padre había arrojado nueva luz sobre toda la historia. Siempre había pensado que Peter y ella discutían porque la consideraba más inteligente que él. Sin embargo, ese tipo de rivalidad solía desaparecer en la adolescencia. Sus propios hijos, que se habían peleado como gato y perro durante casi veinte años, eran ahora los mejores amigos del mundo y se profesaban una lealtad a toda prueba. Por el contrario, la hostilidad entre Peter y ella se había mantenido viva hasta la madurez, y ahora comprendía que el responsable era papá.

Papá había dicho a Nancy que iba a ser su sucesora, y que Peter trabajaría bajo sus órdenes, al tiempo que aseguraba a Peter lo contrario. Por lo tanto, ambos habían creído que iban a dirigir la empresa. Sin embargo, todo se remontaba a mucho tiempo atrás. Papá siempre se negó a marcar normas precisas o a definir las áreas de responsabilidad. Compraba juguetes para que ambos los compartieran, y luego se negaba a solventar las inevitables disputas. Cuando tuvieron edad de conducir, compró un coche para que ambos lo disfrutaran: habían peleado por ese motivo durante años.

La estrategia de papá había sido positiva para Nancy; se había convertido en una mujer inteligente y de voluntad férrea. Por el contrario, Peter había terminado débil, pusilánime y rencoroso. Ahora, el más fuerte de los dos iba a tomar el control de la empresa, de acuerdo con el plan de papá.

Y eso era lo que molestaba a Nancy: todo de acuerdo con el plan de papá. Saber que todo cuanto hacía había sido previsto por otra persona aguaba el sabor de la victoria. Toda su vida le parecía ahora un deber escolar preparado por su padre. Había logrado matrícula de honor, pero cuarenta años era una edad excesiva para estar en el colegio. Albergaba un violento deseo de fijar ella misma sus propias metas, y también de vivir su vida.

De hecho, se hallaba en el momento idóneo para discutir sin prejuicios con Mervyn acerca de su futuro común, pero él la había ofendido al suponer que lo dejaría todo y le seguiría al otro extremo del mundo; en lugar de hablar con él, le había gritado.

No esperaba que se pusiera de rodillas y le propusiera matrimonio, claro, pero...

En el fondo de su corazón, creía que debería haberle propuesto matrimonio. Al fin y al cabo, ella no era una bohemia; era una mujer norteamericana, procedente de una familia católica, y si un hombre quería relacionarse con ella, solo había una forma legítima de hacerlo, y se llamaba matrimonio. Si era incapaz de pedírselo, tampoco debía pedirle otra cosa.

Suspiró. Todo era muy indignante, pero ella le había ahuyentado. Quizá el enfado no fuera permanente. Lo deseaba con todo su corazón. Ahora que corría el peligro de perder a Mervyn, se daba cuenta de lo mucho que le deseaba.

Sus pensamientos fueron interrumpidos por la llegada de

otro hombre al que en una ocasión había ahuyentado: Nat Ridgeway.

Se quedó de pie frente a ella, se quitó el sombrero y dijo:

—Por lo visto, me has derrotado… de nuevo.

Ella le miró con atención durante un momento. Nunca podría haber fundado y levantado una empresa como papá lo había hecho: carecía del empuje y la visión. Sin embargo, dirigía con suma habilidad una gran organización: era inteligente, trabajador y duro.

—Si te sirve de consuelo, Nat —dijo Nancy—, sé que cometí una equivocación hace cinco años.

—¿Una equivocación comercial, o personal? —preguntó él; el tono de su voz traicionó cierto resentimiento agazapado.

—Comercial —replicó ella. La despedida de Nat había finalizado un romance que acababa de empezar, pero no quería hablar del tema—. Te felicito por tu matrimonio. He visto una foto de tu mujer. Es muy bonita.

Falso: era atractiva, como máximo.

—Gracias, pero volviendo a los negocios, me ha sorprendido que hayas acudido al chantaje para lograr tus propósitos.

—No se trata de una fiesta, sino de una fusión. Me lo dijiste ayer.

—*Touché*. —Nat vaciló—. ¿Puedo sentarme?

Su formalidad la impacientó.

—Coño, claro. Trabajamos juntos durante años, y salimos unas semanas. No tienes que pedirme permiso para sentarte, Nat.

—Gracias —sonrió el hombre. Giró la tumbona de Mervyn para poder mirarla—. Intenté apoderarme de «Black's» sin tu ayuda. Fue una tontería, y fracasé. Debería haberlo pensado dos veces.

—No hay duda. —Consideró la respuesta algo hostil—. Ni tampoco rencor.

—Me alegro de que digas eso… porque aún quiero comprar tu empresa.

Nancy se quedó estupefacta. Había corrido el peligro de subestimarle. ¡No bajes la guardia!, se dijo.

—¿Qué tienes en mente?

—Voy a intentarlo otra vez. Haré una oferta mejor la próxima vez, por supuesto. Pero lo más importante es que quiero tu apoyo…, antes y después de la fusión. Quiero hacer un trato contigo, para que te conviertas después en directora de «General Textiles» y firmes un contrato por cinco años.

Nancy no se esperaba eso, y tampoco sabía qué pensar. Hizo una pregunta para ganar tiempo.

—¿Un contrato? ¿Para hacer qué?

—Para dirigir «Black's Boots» como división de «General Textiles»

—Perdería mi independencia. Sería una empleada.

—Dependiendo de cómo se estructurase el acuerdo, podrías ser accionista. Y mientras obtengas beneficios, gozarás de toda la independencia que quieras… No me entrometo en las divisiones rentables, pero si pierdes dinero, entonces sí, perderás tu independencia. Despido a los perdedores. —Meneó la cabeza—. Pero tú no fracasarás.

La primera idea de Nancy fue rechazar la oferta. Por más que le dorase la píldora, lo que él quería era arrebatarle la empresa. Sin embargo, comprendió que la negativa instantánea era lo que papá habría deseado, y había decidido dejar de vivir conforme al programa de papá. De todos modos, tenía que contestar algo, pero con evasivas.

—Tal vez me interese.

—Con esto me basta. —Nat se levantó—. Piensa en ello y medita sobre el tipo de acuerdo que te resultará menos violento. No te ofrezco un cheque en blanco, pero quiero que comprendas que haré lo posible por complacerte.

No dejaba de ser, en cierta forma, divertido, pensó Nancy. La técnica de Nat era persuasiva. Había aprendido mucho sobre el arte de negociar en los últimos años. Nat desvió la vista hacia el malecón.

—Creo que tu hermano quiere hablar contigo —dijo.

Nancy se volvió y vio que Peter se acercaba. Nat se caló el sombrero y se marchó. Parecía un movimiento de pinza. Nancy contempló con rencor a Peter. La había engañado y traicionado, y no tenía ganas de hablar con él. Habría preferido reflexionar sobre la sorprendente oferta de Nat Ridgeway, ver si encajaba en las nuevas perspectivas de su vida, pero Peter no le dio tiempo. Se plantó frente a ella, ladeó la cabeza de una forma que le recordó a Nancy cuando era niño, y dijo:

—¿Podemos hablar?

—Lo dudo.

—Quiero disculparme.

—Te arrepientes de tu traición, ahora que has fracasado.

—Me gustaría hacer las paces.

Hoy, todo el mundo quiere hacer tratos conmigo, pensó con sarcasmo.

—¿Cómo piensas reparar lo que me has hecho?

—No podré —contestó de inmediato—. Nunca. —Se dejó caer en la tumbona que había ocupado Nat—. Cuando leí tu informe, me sentí como un idiota. Decías que yo no podía dirigir el negocio, que no era como mi padre, que mi hermana lo hacía mejor que yo, y me sentí muy avergonzado, porque en el fondo de mi corazón sabía que era verdad.

«Bueno, es un progreso», pensó ella.

—Me enfurecí, Nan, esa es la pura verdad.

De niños, se llamaban Nan y Percy, y la utilización del diminutivo de la infancia le puso un nudo en la garganta.

—Tengo la impresión de que no sabía lo que hacía —siguió Peter.

Nancy meneó la cabeza. Era la típica excusa de su hermano.

—Sabías muy bien lo que hacías —respondió, con más tristeza que irritación.

Un grupo de personas se detuvo ante la puerta del edificio de la compañía aérea, hablando en voz alta. Peter les dirigió una mirada colérica.

—¿Quieres venir a dar un paseo conmigo por la playa? —preguntó.

Nancy suspiró. Al fin y al cabo, era su hermano pequeño. Se levantó.

Él le dedicó una sonrisa radiante.

Caminaron hacia el extremo del malecón que limitaba con la parte de tierra, cruzaron la vía del tren y bajaron hacia la playa. Nancy se quitó los zapatos de tacón alto y caminó sobre la arena en medias. La brisa agitó el pelo rubio de Peter y Nancy observó, sorprendida, que comenzaba a ralear en las sienes. Se preguntó por qué no se había dado cuenta antes, y comprendió que se peinaba de forma que no se notara. Se sintió vieja.

No había nadie cerca, pero Peter siguió en silencio durante un rato, hasta que Nancy habló por fin.

—Danny Riley me dijo algo muy extraño. Según él, papá planeó todo para que tú y yo nos peleáramos.

Peter frunció el ceño.

—¿Por qué iba a hacerlo?

—Para endurecernos.

Peter lanzó una áspera carcajada.

—¿Lo crees?

—Sí.

—Supongo que yo también.

—He decidido que no viviré el resto de mis días obedeciendo al capricho de papá.

Peter asintió con la cabeza.

—¿Qué significa eso? —preguntó.

—Aún no lo sé. Tal vez acepte la oferta de Nat y fusione nuestra empresa con la suya.

—Ya no es «nuestra» empresa, Nan. Es tuya.

Ella le miró con atención. ¿Era sincero? Se creyó mezquina por mostrarse tan suspicaz. Decidió concederle el beneficio de la duda.

—He comprendido que no sirvo para los negocios —prosiguió Peter con aparente sinceridad—. Voy a dejarlo en manos de gente capacitada como tú.

—¿Y qué vas a hacer?

—Tal vez compre esa casa. —Pasaban frente a una atractiva casita pintada de blanco, con postigos verdes—. Tendré mucho tiempo libre para ir de vacaciones.

Nancy experimentó cierta compasión por él.

—Es una casa bonita —dijo—. ¿Está en venta?

—Hay un cartel al otro lado. Estuve antes fisgoneando. Ven a ver.

Rodearon la casa. La puerta y los postigos estaban cerrados, y no pudieron ver las habitaciones, pero su aspecto era espléndido desde fuera. Tenía una amplia terraza con una hamaca, una pista de tenis en el jardín y un pequeño edificio sin ventanas al otro lado. Nancy supuso que en él guardaban la barca.

—Podrías comprarte una barca —dijo. A Peter siempre le había gustado navegar.

Una puerta lateral del cobertizo estaba abierta. Peter entró. Nancy le oyó exclamar:

—¡Santo Dios!

Nancy cruzó el umbral y escudriñó la oscuridad.

—¿Qué pasa? —preguntó, nerviosa—. Peter, ¿estás bien?

Peter apareció por detrás y le agarró el brazo. Una repulsiva sonrisa de triunfo se dibujó por una fracción de segundo en su cara, y Nancy supo que había cometido una terrible equivocación. Él le retorció el brazo con violencia, obligándola a adentrarse en el cobertizo. Tropezó, gritó, dejó caer los zapatos y el bolso, y se derrumbó sobre el polvoriento suelo.

—¡Peter! —gritó furiosa. Escuchó tres rápidos pasos, el ruido de la puerta al cerrarse, y se hizo la oscuridad más absoluta—. ¿Peter? —gritó, asustada. Se puso en pie. La puerta recibió un golpe, como si la estuvieran atrancando—. ¡Peter! —chilló—. ¡Di algo!

No hubo respuesta.

Un terror histérico estranguló su garganta y quiso gritar de miedo. Se llevó la mano a la boca y se mordió el nudillo del pulgar. Al cabo de unos instantes, el pánico empezó a desaparecer.

De pie en la oscuridad, ciega y desorientada, comprendió que Peter lo había planeado todo desde el principio: había descubierto la casa vacía, con su providencial cobertizo para la barca, la había atraído con engaños hacia ella, encerrándola en el interior, a fin de que perdiera el avión y no llegara a tiempo de votar en la junta de accionistas. Su arrepentimiento, sus disculpas, su decisión de abandonar los negocios, su dolorosa sinceridad, todo había sido falso de principio a fin. Había evocado cínicamente su niñez para ablandarla. Nancy había confiado en él una vez más; él la había traicionado una vez más. Era más que suficiente para provocar su llanto.

Se mordió el labio y consideró la situación. Cuando sus ojos se acostumbraron a la penumbra distinguió una línea de luz por debajo de la puerta. Se acercó, extendiendo las manos hacia delante. Llegó a la puerta, palpó la pared a ambos lados y encontró un interruptor. Lo conectó y la luz iluminó el cobertizo. Asió el tirador e intentó abrirla, sin la menor esperanza. Ni siquiera se movió: Peter la había atrancado bien. Aplicó el hombro a la hoja y empujó con todas sus fuerzas, pero la puerta resistió.

Los codos y las rodillas le dolían a causa de la caída, y se había roto las medias.

—Cerdo —masculló al ausente Peter.

Se puso los zapatos, recogió el bolso y miró a su alrededor. Un gran velero acomodado sobre una plataforma provista de ruedas ocupaba casi todo el espacio. El mástil estaba sujeto a un gancho del techo, y las velas se veían dobladas pulcramente sobre la cubierta. Había una amplia puerta en la parte delantera del cobertizo. Nancy la examinó y descubrió, como sospechaba, que estaba bien cerrada.

La casa se hallaba algo apartada de la playa, pero cabía la posibilidad de que los pasajeros del *clipper*, u otra persona, pasaran por delante. Nancy respiró hondo y gritó con toda la potencia de su voz «¡SOCORRO! ¡SOCORRO! ¡SOCORRO!». Decidió pedir auxilio a intervalos de un minuto, para no enronquecer.

Tanto la puerta principal como la lateral eran sólidas y estaban bien encajadas en el marco, pero tal vez pudiera forzarlas con una palanca o algo por el estilo. Paseó la vista en torno suyo. El propietario era un hombre ordenado: no guardaba útiles de jardinería en el cobertizo de la barca. No había palas ni rastrillos.

Volvió a pedir auxilio, y después trepó a la cubierta del velero, buscando alguna herramienta. Localizó varios armarios, todos cerrados con llave por el celoso propietario. Escrutó el cobertizo desde la cubierta, pero no descubrió nada nuevo.

—¡Mierda, mierda, mierda! —exclamó.

Se sentó en el puente y meditó, desalentada. Hacía mucho frío en el cobertizo, y se alegró de llevar la chaqueta de cachemira. Continuó pidiendo ayuda cada minuto, pero, a medida que transcurría el tiempo, sus esperanzas disminuían. Los pasajeros ya estarían a bordo del *clipper*. El aparato no tardaría en despegar, abandonándola a su suerte.

Se sorprendió al comprender que perder la empresa era la última de sus preocupaciones. ¿Y si nadie se acercaba al cobertizo en una semana? Podía morir aquí. El pánico se apoderó de ella y empezó a chillar sin cesar. Captó una nota de histeria en su voz, lo cual la asustó todavía más.

Se cansó al cabo de un rato, y el agotamiento la serenó. Peter era malvado, pero no un criminal; no dejaría que muriera. Lo más probable era que telefoneara anónimamente al departamento de policía de Shediac para que la liberaran. Pero no hasta después de la junta de accionistas, por supuesto. Nancy se dijo que estaba a salvo, pero su inquietud era extrema. ¿Y si Peter era peor de lo que pensaba? ¿Y si se olvidaba? ¿Qué ocurriría si caía enfermo o sufría un accidente? ¿Quién la salvaría, en ese caso?

Oyó el rugido de los potentes motores del *clipper* atronando la bahía. El pánico dejó paso a una desesperación total. La habían traicionado y derrotado, y también había perdido a Mervyn, que ahora se encontraría a bordo del avión, esperando el momento del despegue. Tal vez se preguntara, distraído, qué le había pasado, pero como la última palabra que Nancy le había dirigido era «idiota», se imaginaría que había terminado con él.

Se había comportado de forma arrogante al dar por sentado que le seguiría a Inglaterra, pero, siendo realista, cualquier hombre supondría lo mismo, y ella se lo había tomado a la tremenda. Se habían separado con malos modos y nunca volvería a verle. Y la muerte la rondaba.

El ruido de los lejanos motores aumentó de intensidad. El *clipper* estaba despegando. El estruendo persistió durante uno o dos minutos, y después empezó a disminuir cuando, pensó Nancy, el avión ganó altura. Ya está, concluyó: he perdido mi negocio y he perdido a Mervyn, y es probable que muera de hambre en este cobertizo. No, no moriría de hambre, sino de sed, sometida a una espantosa agonía...

Notó que una lágrima se deslizaba por su mejilla y la secó con el puño de la chaqueta. Tenía que serenarse. Ha de existir una forma de salir de aquí. Se preguntó si podría utilizar el mástil a modo de ariete. Subió al barco. No, el mástil era demasiado pesado para que una sola persona lo manejara. ¿Podría practicar un agujero en la puerta? Recordó historias acerca de prisioneros encerrados en mazmorras medievales que arañaban las piedras con sus uñas año tras año, en un vano intento de escapar. A ella no le quedaban años, y necesitaba algo más fuerte que las uñas. Rebuscó en su bolso. Tenía un pequeño peine de marfil, una barra de carmín rojo brillante casi gastada, una polvera barata que los chicos le habían regalado cuando cumplió treinta años, un pañuelo bordado, el talonario, un billete de cinco libras, varios de cincuenta dólares y una pluma de oro: nada útil. Pensó en sus ropas. Llevaba un cinturón de piel de cocodrilo con una hebilla chapada en oro. La punta de la hebilla quizá sirviera para rascar la madera que rodeaba la cerradura. Sería un trabajo largo, pero tenía todo el tiempo del mundo.

Bajó del barco y localizó la cerradura de la gran puerta principal. La madera era sólida, pero tal vez no sería preciso practicar un agujero de parte a parte; cabía la posibilidad de que se partiera si hacía una hendidura bastante profunda. Volvió a gritar pidiendo ayuda. Nadie respondió.

Se quitó el cinturón. Como la falda no iba a sostenerse, se la quitó, la dobló y la dejó sobre la regala del velero. Aunque nadie podía verla, se alegraba de llevar unas bonitas bragas adornadas con encaje y unas ligas a juego.

Practicó una marca cuadrada alrededor de la cerradura, y después empezó a ahondarla. El metal de la hebilla no era muy fuerte, y la punta se dobló al cabo de un rato. No obstante, prosiguió su tarea, parando a cada minuto, más o menos, para gritar. Poco a poco, la marca se transformó en una hendidura. El suelo quedó sembrado de astillas.

La madera de la puerta era suave, quizá a causa de la humedad. Aumentó el ritmo y pensó que no tardaría en poder salir.

Cuando más esperanzada se sentía, la punta se rompió.

La recogió del suelo e intentó continuar, pero la punta separada de la hebilla resultaba difícil de manejar. Si hacía el agujero más profundo resbalaría de sus dedos, y si raspaba con suavidad la hendidura no prosperaría. Después de que se le cayera cinco o seis veces, derramó lágrimas de rabia y golpeó inútilmente la puerta con los puños.

—¿Quién está ahí? —gritó una voz.

Nancy calló y dejó de golpear la puerta. ¿Había oído bien?

—¡Hola! ¡Socorro! —chilló.

—Nancy, ¿eres tú?

Su corazón dio un vuelco. La voz tenía acento inglés, y ella la reconoció.

—¡Mervyn! ¡Gracias a Dios!

—Te estaba buscando. ¿Qué demonios te ha pasado?

—Déjame salir, ¿quieres?

La puerta se sacudió.

—Está cerrada.

—Ve por el lado.

—Enseguida.

Nancy cruzó el cobertizo y se acercó a la puerta lateral.

—Está atrancada —oyó que decía Mervyn—. Espera un momento.

Se dio cuenta de que iba en medias y bragas, y cubrió su desnudez con la chaqueta. La puerta se abrió al cabo de un momento, y Nancy se lanzó a los brazos de Mervyn.

—¡Pensé que iba a morir aquí! —exclamó, y se puso a llorar sin poder evitarlo.

Él la abrazó y le acarició el pelo.

—Ya pasó, ya pasó.

—Peter me encerró —sollozó.

—Imaginé que había hecho una de las suyas. Ese hermano tuyo es un auténtico hijo de puta, si quieres que te dé mi opinión.

A Nancy le traía sin cuidado Peter, porque estaba muy dichosa de ver a Mervyn. Le miró a los ojos a través de un velo de lágrimas y le besó toda la cara: los ojos, las mejillas, la nariz y, por fin, los labios. De repente, experimentó una brutal excitación. Abrió la boca y le besó con pasión. Él la rodeó con sus brazos y la apretó contra sí. Nancy se restregó contra él, hambrienta del contacto de su cuerpo. Mervyn deslizó la mano por debajo de la chaqueta, recorrió su espalda y se detuvo, sorprendido, al palpar las bragas. Retrocedió y la contempló. La chaqueta se había abierto.

—¿Qué le ha pasado a tu falda?

Nancy rió.

—Intenté perforar la puerta con la punta de la hebilla del cinturón, y mi falda no se sostenía sin el cinturón, de modo que me la quité…

—Qué agradable sorpresa —dijo Mervyn con voz ronca. Le acarició el culo y los muslos desnudos. Nancy notó el pene erecto contra su estómago. Bajó la mano y lo acarició.

Un furioso deseo se apoderó de ambos en un instante. Ella deseaba hacer el amor de inmediato, y sabía que Mervyn sentía lo mismo. Este se apoderó de sus pequeños pechos y Nancy jadeó. Desabrochó los botones de su bragueta e introdujo la mano. Todo el rato, en el fondo de su mente, pensaba: «Podía haber muerto, podía haber muerto», y la idea azuzaba sus desesperadas ansias de satisfacción. Encontró el pene, cerró la mano sobre él y lo sacó. Ambos jadeaban como corredores de fondo. Nancy dio un paso atrás y contempló la gran polla, presa de su pequeña mano blanca. Obedeciendo a un impulso irresistible, se inclinó y la introdujo en su boca.

Tuvo la sensación de que la llenaba por completo. Captó un olor semejante al del musgo y notó en la boca un sabor salado. Gruñó de éxtasis; había olvidado cuánto le gustaba hacer esto. Hubiera continuado chupándola horas y horas, pero Mervyn levantó la cabeza y gimió:

—Basta, antes de que estalle.

Se arrodilló frente a ella y le bajó poco a poco las bragas. Nancy se sintió avergonzada y enardecida al mismo tiempo. Mervyn le besó el vello púbico. Le bajó las bragas hasta los tobillos y Nancy acabó de quitárselas.

Mervyn se irguió y la abrazó de nuevo, y su mano se cerró por fin sobre el sexo de Nancy. Un instante después, Nancy notó que un dedo la penetraba con suma facilidad. No cesaban de besarse, lenguas y labios trabados en una frenética lucha, y solo paraban para recuperar el aliento. Pasado un rato, Nancy se apartó y miró a su alrededor.

—¿Dónde? —preguntó.

—Pásame los brazos alrededor del cuello.

Ella obedeció. Mervyn colocó las manos debajo de sus muslos y la alzó del suelo sin el menor esfuerzo. La chaqueta de Nancy colgaba detrás de ella. Mientras Mervyn la bajaba, Nancy guió su pene hasta sus entrañas, y luego pasó las piernas alrededor de su cintura.

Se quedaron inmóviles un instante, y Nancy saboreó la sensación ausente durante tanto tiempo, la confortadora sensación de total intimidad resultante de tener a un hombre dentro de ella y fundir los dos cuerpos en uno. Era la mejor sensación del mundo, y pensó que debía de estar loca por haberla relegado al olvido durante diez años.

Después, Nancy empezó a moverse, apretándose contra él y luego apartándose. Oía que Mervyn emitía sonidos guturales: pensar en el placer que le estaba proporcionando todavía la enardeció más. No sentía la menor vergüenza por estar haciendo el amor en esta postura extravagante con un hombre al que apenas conocía. Al principio, se preguntó si podría sostener su peso, pero ella era menuda y él muy grande. Mervyn aferró las nalgas de Nancy y comenzó a moverla, arriba y abajo. Nancy cerró los ojos y saboreó la sensación del pene entrando y saliendo de su interior, y del clítoris apretado contra el vientre de su amante. Se olvidó de preocuparse por su fuerza y se concentró en las sensaciones que estremecían su entrepierna.

Abrió los ojos al cabo de un rato y le miró. Deseaba decirle que le quería, pero algún centinela de su sentido común le advirtió que todavía no. En cualquier caso, así lo sentía.

—Te tengo mucho cariño —susurró.

Su mirada reveló a Nancy que él la había entendido. Mervyn murmuró su nombre y empezó a moverse con más rapidez.

Nancy volvió a cerrar los ojos y solo pensó en las oleadas de placer que brotaban del lugar donde sus cuerpos se unían. Oyó su propia voz, como desde una gran distancia, lanzando gritos de placer cada vez que él la excavaba. Respiraba con fuerza, pero sostenía su peso sin la menor señal de cansancio. Nancy notó que él se contenía, esperándola. Pensó en la presión que se concentraba en el interior de Mervyn cada vez que ella subía y bajaba las caderas, y esa imagen la arrastró al orgasmo. Todo su cuerpo se estremeció de placer. Gritó. Nancy notó que llegaba el momento de Mervyn y le cabalgó como a un caballo salvaje hasta que ambos alcanzaron el clímax. El placer se serenó por fin, Mervyn se quedó quieto y ella se derrumbó sobre su pecho.

—Caramba —dijo él, abrazándola con fuerza—, ¿siempre te lo tomas así?

Nancy soltó una carcajada, sin aliento. Le gustaban los hombres que la hacían reír.

Por fin, Mervyn la depositó en el suelo. Ella se quedó en pie, temblorosa, apoyándose en él, durante unos minutos. Después, de mala gana, se vistió.

Se sonrieron durante mucho rato sin hablar. Después, salieron a la pálida luz del sol y caminaron lentamente por la playa en dirección al malecón.

Nancy iba preguntándose si tal vez sería su destino vivir en Inglaterra y casarse con Mervyn. Había perdido la batalla por el control de la empresa. Ya no llegaría a tiempo de participar en la Junta de accionistas. Peter ganaría la votación, derrotando a Danny Riley y a tía Tilly, y se llevaría el gato al agua. Pensó en sus hijos: ya eran independientes, no era preciso que viviera en función de sus necesidades. Además, había descubierto que Mervyn era el amante perfecto que ella necesitaba. Aún se sentía aturdida y un poco débil después del coito. ¿Y qué voy a hacer en Inglaterra?, pensó. No puedo ser un ama de casa.

Llegaron al malecón y contemplaron la bahía. Nancy se preguntó con cuánta frecuencia salían trenes del pueblo. Iba a proponer que hicieran pesquisas cuando reparó en que Mervyn miraba con insistencia algo en la distancia.

—¿Qué miras?

—Un Grumman Goose —respondió él, en tono pensativo.

—No veo ningún ganso.[1]

—Aquel pequeño hidroavión se llama Grumann Goose —dijo Mervyn, señalando con el dedo—. Es muy nuevo... Los fabrican desde hace solo dos años. Son muy veloces, más veloces que el *clipper*...

Nancy contempló el hidroavión. Era un monoplano de dos motores y aspecto moderno, provisto de una cabina cerrada. Comprendió lo que él estaba pensando. En un hidroavión podrían llegar a Boston a tiempo para la junta de accionistas.

—¿Podríamos alquilarlo? —preguntó, vacilante, sin atreverse a confiar.

—Eso es justo lo que estaba pensando.

—¡Vamos a preguntarlo!

Nancy se puso a correr por el malecón hacia el edificio de la línea aérea y Mervyn la siguió, alcanzándola sin dificultad gracias a sus largas zancadas. El corazón de Nancy latía violentamente. Aún podía salvar su empresa, pero reprimía su júbilo: siempre podían aparecer problemas.

Entraron en el edificio y un joven con el uniforme de la Pan American les interpeló.

—¡Oigan, han perdido el avión!

1. Juego de palabras intraducible. *Goose* significa «ganso».

—¿Sabe a quién pertenece este pequeño hidroavión? —preguntó Nancy, sin más preámbulos.

—¿El Ganso? Claro que sí. Al propietario de una fábrica textil llamado Alfred Southborne.

—¿Lo alquila?

—Sí, siempre que puede. ¿Quieren alquilarlo?

El corazón de Nancy dio un vuelco.

—¡Sí!

—Uno de los pilotos anda por aquí... Vino a echar un vistazo al *clipper.* —Retrocedió y entró en una habitación contigua—. Oye, Ned, alguien quiere alquilar tu Ganso.

Ned salió. Era un hombre risueño de unos treinta años, que llevaba una camisa con hombreras. Les saludó con un movimiento de cabeza.

—Me gustaría ayudarles, pero mi copiloto no está aquí, y el Ganso necesita dos tripulantes.

Las esperanzas de Nancy se desvanecieron.

—Yo soy piloto —dijo Mervyn.

Ned le miró con escepticismo.

—¿Ha pilotado alguna vez un hidroavión?

Nancy contuvo el aliento.

—Sí, el Supermarine —contestó Mervyn.

Nancy nunca había oído hablar del Supermarine, pero debía ser un aparato de carreras, porque Ned se quedó impresionado.

—¿Corre usted?

—Cuando era joven. Ahora solo vuelo por placer. Tengo un Tiger Moth.

—Bueno, si ha pilotado un Supermarine no tendrá ningún problema en ser copiloto del Ganso. Y el señor Southborne estará ausente hasta mañana. ¿A dónde quiere ir?

—A Boston.

—Le costará mil dólares.

—¡No hay problema! —saltó Nancy, excitada—. Pero necesitamos marcharnos ahora mismo.

El hombre la miró con cierta sorpresa; había pensado que era el hombre quien llevaba la voz cantante.

—Saldremos dentro de pocos minutos, señora. ¿Cómo va a pagar?

—Puede elegir entre un talón nominal o pasar la factura a mi empresa en Boston, «Black's Boots».

—¿Usted trabaja en «Black's Boots»?

—Soy la propietaria.

—¡Oiga, yo gasto sus zapatos!

Nancy bajó la vista. El hombre calzaba el Oxford acabado en punta de 6,95 dólares, color negro, talla 9.

—¿Cómo le van? —preguntó automáticamente.

—De perlas. Son unos buenos zapatos, pero supongo que usted ya lo sabe.

—Sí —sonrió Nancy—. Son unos buenos zapatos.

SEXTA PARTE

DE SHEDIAC
A LA BAHÍA DE FUNDY

26

Margaret se sentía loca de preocupación mientras el *clipper* sobrevolaba Nueva Brunswick en dirección a Nueva York. ¿Dónde estaba Harry?

La policía había descubierto que viajaba con pasaporte falso; todos los pasajeros lo sabían. Ignoraba cómo lo habían averiguado, pero era una pregunta meramente convencional. Lo más importante era qué le harían si le encontraban. Lo más probable sería que le enviaran de vuelta a Inglaterra, donde iría a la cárcel por robar aquellos horribles gemelos o sería reclutado por el ejército. ¿Cómo podrían reunirse algún día?

Por lo que ella sabía, aún no le habían cogido. La última vez que le vio había entrado en el lavabo de caballeros mientras ella desembarcaba en Shediac. ¿Había sido el principio de un plan para escaparse? ¿Ya conocía los problemas que se avecinaban?

La policía había registrado el avión sin encontrarle, así que debía de haber bajado en algún momento. ¿A dónde había ido? ¿Estaría caminando en estos momentos por una estrecha carretera que atravesaba el bosque, intentando hacer autoestop, o se habría embarcado en un pesquero y huido por mar? Independientemente de lo que hubiera hecho, la misma pregunta torturaba a Margaret: ¿volvería a verle?

Se dijo una y otra vez que no debía desanimarse. Perder a Harry la hacía sufrir, pero todavía contaba con Nancy Lenehan para que la ayudara.

Papá ya no podría detenerla. Era un fracasado y un exiliado, y había perdido su poder de coerción sobre ella. Sin embargo, aún temía que perdiera los estribos, como un animal herido y acosado, y cometiera alguna insensatez.

En cuanto el avión alcanzó la altitud de crucero, se desabrochó el cinturón y fue a ver a la señora Lenehan.

Los mozos estaban preparando el comedor para el almuerzo cuando pasó. Más atrás, en el compartimiento número 4, Ollis Field y Frank Gordon estaban sentados codo con codo, esposados. Margaret llegó a la parte posterior del avión y llamó a la puerta de la suite nupcial. No hubo respuesta. Llamó otra vez y abrió. No había nadie.

Un terror frío invadió su corazón.

Quizá Nancy había ido al tocador, pero ¿dónde estaba el señor Lovesey? Si hubiera ido a la cubierta de vuelo o al lavabo de caballeros, Margaret le habría visto al pasar por el compartimiento número 2. Se quedó de pie en el umbral, contemplando la habitación con el ceño fruncido, como si se ocultaran en algún sitio, pero no había escondite posible.

Peter, el hermano de Nancy, y su acompañante se encontraban sentados a la derecha de la suite nupcial, frente al tocador.

—¿Dónde está la señora Lenehan? —les preguntó Margaret.

—Decidió quedarse en Shediac —contestó Peter.

Margaret dio un respingo.

—¿Qué? ¿Cómo lo sabe?

—Me lo dijo.

—Pero ¿por qué? ¿Por qué se quedó?

Peter pareció ofenderse.

—No lo sé —dijo con frialdad—. No me lo dijo. Se limitó a pedirme que informara al capitán de que no pensaba continuar el vuelo.

Margaret sabía que era una grosería seguir interrogándole, pero pese a todo insistió.

—¿A dónde fue?

Peter cogió un periódico del asiento contiguo.

—No tengo ni idea —replicó, y se puso a leer.

Margaret se sentía desolada. ¿Cómo era posible que Nancy hubiera hecho aquello? Sabía lo mucho que confiaba Margaret en su ayuda. No se habría marchado del avión sin decir nada, o al menos le habría dejado un mensaje.

Margaret miró con fijeza a Peter. Pensó que su mirada era huidiza. También parecía que las preguntas le molestaban en exceso.

—Creo que no me está diciendo la verdad —le espetó, obedeciendo a un impulso.

Era una frase insultante, y contuvo el aliento mientras aguardaba su reacción.

Peter, ruborizado, levantó la vista.

—Jovencita, ha heredado los malos modales de su padre —dijo—. Lárguese, por favor.

Se sintió abatida. Nada era más detestable a sus ojos que la comparasen con su padre. Se marchó sin decir palabra, a punto de llorar.

Al pasar por el compartimento número 4 se fijó en Diana Lovesey, la bella esposa de Mervyn. Todo el mundo se había interesado por el drama de la esposa fugitiva y el marido que la perseguía, drama que se convirtió en vodevil cuando Nancy y Mervyn se vieron obligados a compartir la suite nupcial. Ahora, Margaret se preguntó si Diana estaría enterada de lo ocurrido a su marido. Sería muy embarazoso preguntárselo, desde luego, pero Margaret estaba demasiado desesperada para preocuparse por eso. Se sentó al lado de Diana y dijo:

—Perdone, pero ¿sabe lo que les ha pasado a la señora Lenehan y al señor Lovesey?

Diana aparentó sorpresa.

—¿Pasado? ¿No están en la suite nupcial?

—No... No están a bordo.

—¿De veras? —Era obvio que Diana se encontraba asombrada y confusa—. ¿Cómo es posible? ¿Han perdido el avión?

—El hermano de Nancy me ha dicho que decidieron no continuar el vuelo, pero no le creí.

—Ninguno de los dos me lo comunicó —dijo Diana, malhumorada.

Margaret dirigió una mirada interrogativa al acompañante de Diana, el plácido Mark.

—A mí no me dijeron nada, desde luego —respondió.

—Espero que estén bien —comentó Diana, en un tono de voz diferente.

—¿Qué quieres decir, cariño? —preguntó Mark.

—No sé lo que quiero decir. Solo espero que estén bien.

Margaret se mostró de acuerdo con Diana.

—No confío en el hermano. Creo que no es honrado.

—Es posible que tenga razón —intervino Mark—, pero no podremos hacer nada mientras volemos. Además…

—Sé que ya no es de mi incumbencia —dijo Diana, irritada—, pero hemos estado casados durante cinco años y estoy preocupada por él.

—Supongo que nos entregarán un mensaje suyo cuando lleguemos a Port Washington —la calmó Mark.

—Eso espero—dijo Diana.

Davy, el mozo, tocó el brazo de Margaret.

—La comida está servida, lady Margaret, y su familia ya se ha sentado a la mesa.

—Gracias.

Margaret no estaba interesada en la comida, pero la pareja no podía decirle nada más.

—¿Es usted amiga de la señora Lenehan? —preguntó Diana cuando Margaret se levantó.

—Iba a darme un empleo —respondió la joven con amargura. Se alejó, mordiéndose el labio.

Sus padres y Percy ya estaban sentados en el comedor, y habían servido el primer plato: cóctel de langosta, preparado con langostas frescas de Shediac. Margaret se sentó y se disculpó automáticamente.

—Lamento llegar tarde.

Papá se limitó a mirarla.

Jugueteó con la comida. Tenía ganas de apoyar la cabeza en la mesa y derramar abundantes lágrimas. Harry y Nancy la había abandonado sin previo aviso. Estaba igual que al principio, sin amigos que le ayudaran ni ánimos para continuar adelante. Era injusto: había intentado ser como Elizabeth y planificarlo todo, pero su cuidadoso plan se había venido abajo.

Se llevaron la langosta, sustituida por sopa de riñones. Margaret tomó un sorbo y dejó la cuchara sobre la mesa. Se sentía cansada e irritable. Tenía dolor de cabeza y nada de apetito. El superlujoso *clipper* empezaba a parecer una prisión. El vuelo duraba ya veintisiete horas, y tenía bastante. Quería dormir en una cama de verdad, con un colchón blando y montones de almohadas; dormir durante una semana.

Los demás también experimentaban la misma tensión. Mamá estaba pálida y agotada. Papá, con los ojos inyectados en sangre y la respiración dificultosa, se hallaba al borde del ataque de nervios. Percy se mostraba inquieto y nervioso, como alguien que hubiera tomado demasiado café, y no cesaba de lanzar miradas hostiles hacia papá. Margaret tenía la sensación de que iba a cometer alguna atrocidad de un momento a otro.

Como plato principal podían elegir entre lenguado frito con salsa cardenal, o solomillo de ternera. No le apetecía ninguna de ambas cosas, pero eligió el pescado. La guarnición consistía en patatas y coles de Bruselas. Pidió a Nicky una copa de vino blanco.

Pensó en los espantosos días que la aguardaban. Se alojaría con papá y mamá en el Waldorf, pero Harry no se introduciría a hurtadillas en su cuarto; se tendería sola en la cama y anhelaría su compañía. Tendría que ir con mamá a comprar ropa. Después, todos viajarían a Connecticut. Sin consultarle, inscribirían a Margaret en un club de equitación y en otro de tenis, y recibiría invitaciones a fiestas. Mamá les integraría en un círculo social en un periquete, y no tardarían en aparecer chicos «convenientes» para tomar el té, asistir a fiestas o pasear en bicicleta. ¿Cómo podía participar en esta pantomima, si Inglaterra estaba en guerra? Cuanto más lo pensaba, más deprimida se sentía.

Como postre se podía escoger entre tarta de manzana con nata o helado bañado en chocolate. Margaret pidió el helado y lo devoró.

Papá pidió un coñac con el café, y luego carraspeó. Iba a pronunciar un discurso. ¿Se disculparía por la horrible escena de ayer? Imposible.

—Tu madre y yo hemos estado hablando de ti —empezó.

—Como si fuera una criada respondona —espetó Margaret.

—Eres una niña respondona —dijo mamá.

—Tengo diecinueve años y me viene la regla desde hace seis… ¿Cómo voy a ser una niña?

—¡Calla! —ordenó mamá, escandalizada—. ¡El hecho de que emplees semejantes palabras delante de tu padre demuestra que aún no eres adulta!

—Me rindo —dijo Margaret—. No puedo ganar.

—Tu estúpido comportamiento solo confirma todo lo que hemos hablado —siguió su padre—. Aún no podemos confiar en que lleves una vida social normal entre gente de tu clase.

—¡Gracias a Dios!

Percy rió a carcajada limpia, y papá le miró, pero continuó hablando a Margaret.

—Hemos pensando en un lugar donde enviarte, un lugar donde no tendrás la menor oportunidad de causar problemas.

—¿Habéis pensado en un convento?

Lord Oxenford no estaba acostumbrado a que su hija le replicara, pero controló su ira con un gran esfuerzo.

—Hablar así no mejorará tu situación.

—¿Mejorar? ¿Cómo puede mejorar mi situación? Mis amantísimos padres están decidiendo mi futuro, teniendo solo en cuenta lo que más me conviene. ¿Qué más podría pedir?

Ante su sorpresa, mamá se secó una lágrima.

—Eres muy cruel, Margaret —dijo.

Margaret se sintió conmovida. Ver llorar a su madre destruía su rebeldía. Volvió a ablandarse y preguntó en voz baja:

—¿Qué quieres que haga, mamá?

Papá respondió a la pregunta.

—Irás a vivir con tu tía Clare. Tiene una casa en las montañas de Vermont, bastante aislada. No podrás molestar a ningún vecino.

—Mi hermana Clare es una mujer maravillosa —añadió mamá—. Es soltera. Es la espina dorsal de la iglesia episcopaliana de Brattleboro.

Una fría rabia se apoderó de Margaret, pero logró controlarla.

—¿Cuántos años tiene tía Clare? —preguntó.

—Unos cincuenta y pico.

—¿Vive sola?

—Aparte de los criados, sí.

Margaret temblaba de ira.

—De modo que este es mi castigo por intentar vivir a mi gusto —dijo, con voz vacilante—. Vivir exiliada en las montañas con una tía loca y solterona. ¿Cuánto tiempo habéis calculado que estaré allí?

—Hasta que te hayas serenado —respondió papá—. Un año, tal vez.

—¡Un año!

Se le antojó toda una vida, pero no podían obligarla a permanecer en aquel horrible lugar.

—No seáis estúpidos. Me volveré loca, me suicidaré o escaparé.

—No podrás marcharte sin nuestro consentimiento —dijo papá—. Y si lo haces… —titubeó.

Margaret le miró de frente. Dios mío, pensó, hasta él se siente avergonzado de lo que iba a decir. ¿A qué demonios se refería?

Papá apretó los labios hasta formar una fina línea y continuó.

—Si te escapas, te declararemos loca y te internaremos en un manicomio.

Margaret respingó. Se quedó muda de horror. No le había imaginado capaz de semejante crueldad. Miró a su madre, pero esta desvió la vista.

Percy se levantó y tiró la servilleta sobre la mesa.

—Maldito loco, has perdido la chaveta —dijo, y se marchó.

Si Percy hubiera hablado así una semana antes, se habría producido un buen escándalo, pero ahora nadie le hizo caso.

Margaret volvió a mirar a papá. Su expresión era desafiante, obstinada y culpable. Sabía que se equivocaba, pero no iba a cambiar de opinión.

Por fin, encontró las palabras que expresaban lo que sentía en su corazón.

—Me has sentenciado a muerte —dijo.

Mamá se puso a llorar en silencio.

De pronto, el sonido de los motores cambió. Todo el mundo lo oyó y todas las conversaciones cesaron. Se notó una sacudida y el avión empezó a descender.

27

Cuando los dos motores de babor se detuvieron al mismo tiempo, la suerte de Eddie quedó sentenciada.

Hasta aquel momento podía haber cambiado de idea. El avión habría seguido volando, nadie sabría lo que había planeado. Pero ahora, pasara lo que pasara, todo saldría a la luz. Nunca volvería a volar, excepto quizá como pasajero. Su carrera habría terminado. Combatió la furia que amenazaba con poseerle. Debía conservar la frialdad y cumplir su encargo. Después, pensaría en los bastardos que habían arruinado su vida.

El avión debería realizar un amaraje de emergencia. Los secuestradores subirían a bordo y rescatarían a Frankie Gordino. Después, podía pasar cualquier cosa. ¿Saldría indemne Carol-Ann? ¿Tendería la Marina una emboscada a los gángsteres cuando se dirigieran hacia la orilla? ¿Iría Eddie a la cárcel por su participación en el complot? Era un prisionero del destino, pero se contentaba con estrechar a Carol-Ann entre sus brazos, sana y salva.

Un momento después de que los motores se detuvieran, la voz del capitán Baker sonó por los altavoces.

—¿Qué demonios sucede?

Eddie tenía la garganta seca por la tensión y tuvo que tragar saliva dos veces para poder contestar.

—Aún no lo sé.

Claro que lo sabía. Los motores se habían detenido porque carecían de combustible: él había cortado el suministro.

El *clipper* contaba con seis depósitos de combustible. Dos pequeños depósitos alimentadores situados en las alas abastecían los motores. Casi todo el carburante se guardaba en dos enormes depósitos de reserva ubicados en los hidroestabilizadores, las alas rechonchas sobre las que caminaban los pasajeros para bajar del avión.

El combustible podía vaciarse de los depósitos de reserva, pero no por Eddie, porque el control se hallaba en el puesto del segundo piloto. Sin embargo, Eddie podía bombear carburante desde los tanques de reserva a las alas y viceversa. La operación era controlada mediante dos grandes ruedas de mano que se encontraban a la derecha del panel de instrumentos del mecánico. El avión sobrevolaba la bahía de Fundy, a unos ocho kilómetros del lugar de encuentro, y los depósitos de las alas se habían quedado sin combustible durante los últimos minutos. El depósito de estribor tenía combustible para unos cuantos kilómetros más. El depósito de babor estaba seco, y los motores se habían parado.

Sería muy fácil bombear carburante desde los depósitos de reserva, por supuesto. Sin embargo, mientras el avión hacía escala en Shediac, Eddie había subido a bordo y manipulado las ruedas de mano, moviendo los cuadrantes de forma que cuando indicaran «Bombeo» estuvieran desconectados, y al revés. En este momento, los cuadrantes indicaban que estaba intentando alimentar los depósitos de las alas, cuando en realidad no ocurría nada.

Había utilizado la estratagema de los cuadrantes cambiados durante la primera parte del vuelo, desde luego; otro mecánico lo habría descubierto y se preguntaría qué demonios sucedía. Eddie se había preocupado cada segundo de que su ayudante, Mickey Finn, libre de servicio, estuviera arriba, pero no había tardado en dormirse por completo en el compartimento número 1, como Eddie esperaba. En esta fase del largo viaje, la tripulación libre de servicio siempre se dormía.

Había vivido dos desagradables momentos en Shediac. El primero, cuando la policía anunció que sabía el nombre del cómplice de Frankie Gordino que viajaba a bordo. Eddie supuso que hablaban de Luther; pensó por un momento que el juego había terminado y se devanó los sesos, imaginando otra forma de rescatar a Carol-Ann. Después, nombraron a Harry Vandenpost, y Eddie casi dio saltos de alegría. No tenía ni idea de quién era Vandenpost, quien se trataba, por lo visto, de un cordial joven norteamericano de familia rica que viajaba con pasaporte falso. Agradeció que el hombre distrajera la atención sobre Luther. La policía no prosiguió su búsqueda, Luther pasó inadvertido y el plan continuó adelante.

Pero el cúmulo de incidentes había sido demasiado para el capitán Baker. Mientras Eddie todavía se recobraba del susto, Baker había lanzado una bomba. El hecho de que un cómplice viajara a bordo significaba que alguien se tomaba muy en serio el rescate de Gordino, dijo, y quería que el delincuente bajara del avión. Eso también habría arruinado los planes de Eddie.

Se produjo un tenso enfrentamiento entre Ollis Field, el agente del FBI, y Baker, pues aquel amenazó al capitán con denunciarle por obstrucción a la justicia. Al final, Baker había llamado a la Pan American de Nueva York, responsabilizando a la compañía del problema. La línea aérea había decidido que Gordino siguiera a bordo del aparato. Eddie experimentó un gran alivio de nuevo.

Había recibido otra buena noticia en Shediac. Un críptico pero obvio mensaje de Steve Appleby había confirmado que un guardacostas de la Marina estadounidense patrullaría la costa sobre la que descendería el *clipper*. Se mantendría oculto hasta el amaraje, e interceptaría posteriormente a cualquier barco que entrara en contacto con el hidroavión.

Eso bastaba para Eddie. Sabiendo que los gángsteres serían detenidos después, tomó las precauciones necesarias para que el plan se desarrollara sin el menor problema.

Ahora, su misión casi estaba concluida. El avión no se hallaba lejos del lugar de la cita y solo volaba con dos motores.

El capitán Baker se plantó al lado de Eddie en un abrir y

cerrar de ojos. Al principio, Eddie no dijo nada. Conectó con mano temblorosa el alimentador de los motores, a fin de que el depósito del ala de estribor distribuyera combustible a todos los motores, y volvió a poner en marcha los motores de babor.

—El depósito del ala de babor se ha secado y no puedo llenarlo —dijo a continuación.

—¿Por qué? —preguntó el capitán.

Eddie señaló las ruedas de mano.

—He conectado las bombas, pero no ocurre nada —indicó, sintiéndose como un traidor.

Los instrumentos de Eddie no mostraban flujo de combustible o presión de combustible entre los depósitos de reserva y los depósitos de alimentación, pero en la parte posterior de la cabina había cuatro ventanillas para comprobar que el depósito circulara por los tubos. El capitán Baker miró por cada una de ellas.

—¡Nada! —exclamó—. ¿Cuánto combustible queda en el depósito del ala de estribor?

—Está casi vacío… Unos pocos kilómetros.

—¿Cómo es posible que no se haya dado cuenta? —preguntó, enfurecido.

—Pensé que estábamos bombeando —dijo Eddie débilmente.

Era una respuesta inadecuada, y el capitán estaba furioso.

—¿Cómo podrían funcionar las dos bombas al mismo tiempo?

—No lo sé, pero contamos con una bomba de mano, gracias a Dios.

Eddie asió la manija cercana a su mesa y empezó a manipular la bomba de mano. Solo se empleaba cuando el mecánico vaciaba agua de los depósitos de carburante en pleno vuelo. Lo había hecho nada más despegar de Shediac, y había omitido a propósito volver a conectar la válvula que permitía al agua caer al mar. Como resultado, sus vigorosos movimientos de bombeo no llenaban los depósitos de las alas, sino que expulsaban el combustible.

El capitán no lo sabía, por supuesto, pero veía que el combustible no fluía.

—¡No funciona! —gritó—. ¡No entiendo cómo pueden fallar las tres bombas al mismo tiempo!

Eddie examinó sus cuadrantes.

—El depósito del ala de estribor está casi vacío —dijo—. Si no amaramos pronto, nos desplomaremos como un saco.

—Todo el mundo preparado para amaraje de emergencia —dijo el capitán. Apuntó con un dedo a Eddie—. No me gusta cómo trabaja, Deakin. No confío en usted.

Eddie se sintió destrozado. Tenía buenos motivos para mentir a su capitán, pero eso no impedía que se detestara. Toda su vida había sido honrado con la gente, y despreciaba a los hombres que utilizaban engaños y añagazas. Ahora estaba actuando de esa manera despreciable. Al final lo comprenderás, capitán, pensó, pero tuvo ganas de decirlo en voz alta.

El capitán se volvió hacia el puesto del navegante y se inclinó sobre el mapa. Jack Ashford, el navegante, dirigió una mirada de sorpresa a Eddie. Después, puso un dedo sobre el mapa y dijo al capitán:

—Estamos aquí.

Todo el plan dependía de que el *clipper* descendiera en el canal que separaba la costa de la isla Grand Manan. Los gángsteres confiaban en ello, y también Eddie. Sin embargo, cuando se producían emergencias, la gente hacía cosas raras. Eddie decidió que si Baker elegía, irracionalmente, otro lugar, hablaría para exponer las ventajas del canal. Baker sospecharía, pero vería la lógica de la elección y, en todo caso, sería él quién se comportaría de manera extraña si amaraba en otro sitio.

Sin embargo, no hizo falta que interviniera.

—Aquí, en este canal —dijo Baker, al cabo de un momento—. Ahí descenderemos.

Eddie se volvió para que nadie viera su expresión de triunfo. Se había acercado un paso más a Carol-Ann.

Mientras llevaban a cabo los preparativos para el amaraje

de emergencia, Eddie miró por la ventana y escrutó el mar. Vio un pequeño barco, parecido a un pesquero deportivo, moviéndose sobre el oleaje. La mar estaba picada. El amaraje sería brusco.

Oyó una voz que paralizó su corazón.

—¿Cuál es la emergencia?

Era Mickey Finn, que subía por la escalera para investigar.

Eddie le miró, horrorizado. Mickey descubriría en menos de un minuto que la válvula situada sobre la rueda de mano no había sido conectada de nuevo. Eddie tenía que deshacerse de él a toda prisa.

Pero el capitán Baker hizo el trabajo por él.

—¡Largo de aquí, Mickey! —ordenó—. ¡Los tripulantes libres de servicio han de estar sujetos con el cinturón de seguridad durante un amaraje de emergencia, no paseando por el avión y haciendo preguntas estúpidas!

Mickey se marchó como espoleado por un rayo, y Eddie respiró con mayor facilidad.

El avión perdió altura rápidamente. Baker quería encontrarse cerca del agua en caso de que el combustible se agotara antes de lo esperado.

Giraron hacia el oeste para no sobrevolar la isla; si se quedaban sin combustible sobre tierra, todos morirían. Pocos momentos después se hallaron sobre el canal.

Eddie calculó que las olas medían alrededor de un metro veinte. La altura crítica del oleaje se estimaba en unos noventa centímetros; sobrepasado este límite, resultaba peligroso para el *clipper* amarar. Eddie apretó los dientes. Baker era un buen piloto, pero todo dependería de la suerte.

El avión descendió a toda velocidad. Eddie notó que el casco rozaba la cresta de una gigantesca ola. Siguieron volando durante uno o dos segundos y volvieron a tocar agua. El impacto fue más violento esta vez, y su estómago se revolvió cuando rebotaron hacia arriba.

Eddie temía por su vida. Así se estrellaban los hidroaviones.

Aunque el avión seguía en el aire, el impacto había reducido la velocidad, y se encontraba a una altitud muy baja. En lugar de deslizarse por el agua sin hundirse demasiado, chocaría con violencia. Era la diferencia entre zambullirse y darse una panzada, solo que el estómago del avión, de fino aluminio, podía romperse como una bolsa de papel.

Se quedó inmóvil, esperando el impacto. El avión golpeó el agua con un estrépito terrorífico que se trasmitió a lo largo de su columna vertebral. El agua cubrió las ventanas. Eddie salió lanzado hacia el lado izquierdo, pero consiguió aferrarse a su asiento. El operador de radio, que estaba sentado mirando hacia delante, se golpeó la cabeza con el micrófono. Eddie pensó que el avión iba a romperse en mil pedazos. Si un ala se sumergía, todo habría terminado.

Pasó un segundo, y luego otro. Desde la cubierta de vuelo se oían los gritos de los aterrorizados pasajeros. El avión volvió a elevarse, saliendo en parte del agua y avanzando a rastras. Después, se hundió de nuevo, y Eddie salió disparado contra un lado.

Sin embargo, el avión se estabilizó, y Eddie empezó a confiar en que saldrían bien librados. Las ventanas quedaron limpias y logró ver el mar. Los motores continuaban rugiendo; no se habían sumergido.

La velocidad del avión fue disminuyendo. Eddie se sintió cada vez más a salvo, hasta que el avión se quedó quieto, mecido por las olas.

—Jesús, ha sido más difícil de lo que creía —oyó que decía el capitán por sus auriculares, y el resto de la tripulación estalló en carcajadas de alivio.

Eddie se levantó y miró por todas las ventanas, buscando el barco. El sol brillaba, pero divisó nubes de lluvia en el cielo. La visibilidad era buena, pero no distinguió ningún barco. Quizá la lancha se hallaba detrás del *clipper*, para que no la vieran.

Se sentó y cortó los motores. El operador de radio transmitió un SOS.

—Bajaré a tranquilizar a los pasajeros —dijo el capitán.

El operador de radio recibió una respuesta a su llamada, y Eddie confió en que procediera de los que venían a rescatar a Gordino.

No pudo esperar a averiguarlo. Se dirigió hacia la proa,

abrió la escotilla de la cabina y bajó al compartimento de proa. La escotilla se abría hacia abajo, formando una plataforma. Eddie salió y permaneció de pie sobre ella. Tuvo que sujetarse al marco de la puerta para conservar el equilibrio. Las olas saltaban sobre los hidroestabilizadores, y algunas llegaron a mojar sus pies. El sol se ocultaba tras las nubes de vez en cuando, y soplaba una fuerte brisa. Examinó con minuciosidad el casco y las alas, pero no observó el menor desperfecto. El gran aparato había sobrevivido sin sufrir ningún daño.

Soltó el ancla y escudriñó el mar, buscando un barco. ¿Dónde estaban los compinches de Luther? ¿Y si algo iba mal, y si no aparecían? Entonces, divisó por fin en la distancia una lancha motora. Su corazón desfalleció. ¿Era la que esperaba? ¿Iría Carol-Ann a bordo? Le preocupó la idea de que se tratara de otra embarcación, atraída por la curiosidad, y que podía entorpecer todo el proceso.

Se acercaba a gran velocidad, cabalgando sobre las olas. Eddie, después de soltar el ancla y comprobar los posibles daños, debía volver a su puesto en la cubierta de vuelo, pero era incapaz de moverse. Contemplaba la lancha como hipnotizado a medida que aumentaba de tamaño. Era una lancha grande, con la cabina del timonel cubierta. Sabía que corría a unos veinticinco o treinta nudos, pero se le antojaba penosamente lenta. Distinguió unas cuantas figuras en la cubierta. Las contó: cuatro. Se fijó en que una era mucho más pequeña que las otras. El grupo fue configurándose como tres hombres vestidos con trajes oscuros y una mujer ataviada con una chaqueta azul. Carol-Ann tenía una chaqueta azul.

Pensó que era ella, pero no estaba seguro. Tenía el pelo rubio y era menuda, como ella. Estaba algo apartada de los demás. Los cuatro se apoyaban en la barandilla y miraban en dirección al *clipper*. La espera resultaba insoportable. Entonces, el sol surgió de detrás de una nube y la mujer levantó la mano para protegerse los ojos. El gesto pulsó las fibras más sensibles del corazón de Eddie, y supo que era su mujer.

—Carol-Ann —gritó.

Una oleada de excitación se apoderó de él, y olvidó por un

momento los peligros a los que ambos se enfrentaban, dando rienda suelta a la alegría de verla otra vez. Agitó los brazos, ebrio de dicha.

—¡Carol-Ann! —chilló—. ¡Carol-Ann!

Ella no podía oírle, por supuesto, pero sí podía verle. Demostró sorpresa, vaciló como si no estuviera segura de que era él y luego respondió a su saludo, primero con timidez y después con energía.

Si podía moverse así, significaba que se encontraba bien, y se sintió débil como un niño, lleno de alivio y gratitud.

Recordó que aún faltaba mucho por hacer. Saludó por última vez y regresó de mala gana al interior del avión.

Apareció en la cubierta de vuelo justo cuando el capitán subía de la cubierta de pasajeros.

—¿Algún desperfecto? —preguntó.

—Ninguno, por lo que he podido comprobar.

El capitán se volvió hacia el radiotelegrafista, que le dio su informe.

—Nuestra llamada de socorro ha sido contestada por varios barcos, pero el más próximo es un barco de recreo que se acerca por babor. Quizá pueda verlo.

El capitán se acercó a la ventana y vio la lancha. Meneó la cabeza.

—No nos sirve. Han de arrastrarnos. Intente conectar con los guardacostas.

—Los pasajeros de la lancha quieren subir a bordo —dijo el radiotelegrafista.

—Ni hablar —respondió Baker. Eddie se sintió abatido. ¡Tenían que subir a bordo!—. Es demasiado peligroso —siguió el capitán—. No quiero un barco amarrado al avión. Podría dañar el casco, y si intentamos trasladar a la gente con este oleaje, seguro que alguien se cae al agua. Dígales que agradecemos su oferta, pero que no pueden ayudarnos.

Eddie no se esperaba esto. Disfrazó con una expresión de indiferencia su angustia. ¡A la mierda los desperfectos del avión! ¡La banda de Luther ha de subir a bordo! aunque lo pasarían mal sin ayuda desde el interior.

Aun con ayuda, sería una pesadilla tratar de entrar por las puertas normales. Las olas saltaban por encima de los hidroestabilizadores, y llegaban a mitad de las puertas. Nadie podía mantenerse de pie sobre los hidroestabilizadores sin sujetarse a una cuerda, y el agua entraría en el comedor mientras la puerta estuviera abierta. Esto nunca le había pasado a Eddie, porque el *clipper* solía aterrizar en aguas tranquilas.

¿Cómo subirían a bordo?

Tendrían que entrar por la escotilla de proa.

—Les he dicho que no pueden subir —informó el radiotelegrafista—, pero no parece que me hayan oído.

Eddie miró por la ventana. La lancha estaba dando vueltas alrededor del avión.

—No les haga caso —dijo el capitán.

Eddie se levantó y se dirigió a la escalerilla que descendía al compartimento de proa.

—¿A dónde va? —le preguntó el capitán Baker con sequedad.

—Necesito verificar el ancla —respondió Eddie de forma vaga, y continuó sin esperar la respuesta.

—Es el último viaje de ese tío —oyó que decía Baker.

Ya lo sabía, pensó, desolado.

Salió a la plataforma. La lancha se encontraba a unos diez o doce metros del morro del *clipper*. Vio a Carol-Ann, apoyada en la barandilla. Llevaba un vestido viejo y zapatos de tacón bajo, los que utilizaba para estar por casa. Se había echado su mejor chaqueta sobre los hombros cuando la secuestraron. Ya podía distinguir su rostro. Parecía pálida y agotada. Una rabia sorda bulló en el interior de Eddie. Me las pagarán, pensó.

Alzó el cabrestante plegable, gesticuló en dirección a la lancha, señalando el cabrestante y fingiendo que lanzaba una cuerda. Tuvo que repetirlo varias veces antes de que los hombres de la lancha le entendieran. Adivinó que no eran marineros experimentados. Parecían fuera de lugar en la embarcación, con sus trajes de chaqueta cruzada y sujetándose los sombreros de fieltro para que el viento no se los arrebatara.

El tipo que manejaba el timón, tal vez el patrón de la lancha, estaba ocupado en sus controles, intentando que la lancha no zozobrara. Por fin, uno de los hombres dio a entender que había comprendido con un ademán y lanzó una cuerda.

No era muy ducho, y Eddie solo consiguió cogerla a la cuarta intentona.

La aseguró al cabrestante. Los hombres de la lancha acercaron su embarcación al avión. La barca, que era mucho más ligera, se balanceaba mucho más en el oleaje. Amarrar la lancha al avión, iba a convertirse en una tarea difícil y peligrosa.

De pronto, escuchó la voz de Mickey Finn detrás de él.

—Eddie, ¿qué coño estás haciendo?

Se giró en redondo. Mickey se hallaba en el compartimento de proa, mirándole con una expresión de preocupación en su rostro franco y cubierto de pecas.

—¡No te entrometas, Mickey! —gritó Eddie—. ¡Si lo haces, alguien saldrá malherido, te lo advierto!

Mickey parecía asustado.

—Muy bien, muy bien, lo que tú digas.

Retrocedió hacia la cubierta de vuelo, pensando que Eddie se había vuelto loco, tal como demostraba su expresión.

Eddie miró hacia la lancha. Ya estaba muy cerca. Contempló a los tres hombres. Uno era muy joven; no tendría más de dieciocho años. Otro era mayor, pero bajo y delgado, y un cigarrillo colgaba de la esquina de su boca. El tercero, vestido con un traje negro a rayas blancas, daba la impresión de estar al mando.

Iban a necesitar dos cuerdas para asegurar la lancha, decidió Eddie. Se llevó las manos a la boca para que actuaran como un megáfono y gritó:

—¡Lancen otra cuerda!

El hombre del traje a rayas cogió otra cuerda de la proa, cercana a la que ya estaban utilizando. No serviría de nada: necesitaban una en cada extremo de la lancha, a fin de formar un triángulo.

—¡No, esa no! —chilló Eddie—. ¡Tírenme una cuerda desde la popa!

El hombre comprendió el mensaje.

Esta vez, Eddie se apoderó de la cuerda a la primera. La introdujo en el interior del avión, atándola a un puntal.

La lancha se aproximó con mayor rapidez, gracias a que un hombre tiraba de cada cuerda. De repente, los motores enmudecieron y un hombre cubierto con un mono salió de la timonera y se encargó de la tarea. Se trataba de un marinero, sin lugar a dudas.

Eddie oyó otra voz a su espalda, procedente del compartimento de proa. Era el capitán Baker.

—¡Deakin, está desobedeciendo una orden directa! —aulló.

Eddie no le hizo caso y rezó para que tardara unos segundos más en intervenir. La lancha ya se encontraba lo más cerca posible. El patrón ató las cuerdas a los puntales de la cubierta, tensándolas lo suficiente para que la lancha se meciera al compás de las olas. Los gángsteres deberían esperar hasta que el oleaje permitiera que la cubierta se situara al nivel de la plataforma. Después, saltarían de una a otra. Utilizarían la cuerda que unía la popa de la lancha con el compartimento de proa para conservar el equilibrio.

—¡Deakin! —ladró Baker—. ¡Vuelva aquí!

El marinero abrió una puerta practicada en la barandilla y el gángster del traje a rayas se dispuso a saltar. Eddie notó que el capitán Baker le agarraba por la chaqueta desde atrás. El gángster comprendió lo que estaba pasando y deslizó su mano en el interior de la chaqueta.

La peor pesadilla de Eddie consistía en que uno de sus compañeros de tripulación decidiera comportarse como un héroe y le mataran. Ojalá hubiera podido contarles que Steve Appleby iba a enviar un guardacostas, pero temía que, sin darse cuenta, alguno de ellos pusiera sobre aviso a los gángsteres. Por lo tanto, debía esforzarse por controlar la situación.

—¡Capitán, no se entrometa! —gritó, volviéndose hacia Baker—. ¡Estos bastardos llevan pistolas!

Baker se mostró sorprendido. Miró al gángster, y luego se escabulló. Eddie se giró en redondo y vio que el hombre del traje a rayas guardaba una pistola en el bolsillo de la chaqueta. Jesús, ojalá pueda impedir que empiecen a disparar sobre la gente, pensó, presa del pánico. Si alguien muere, será por culpa mía.

La embarcación se hallaba sobre la cresta de una ola, con la cubierta algo elevada sobre el nivel de la plataforma. El gángster asió la cuerda, vaciló y saltó sobre la plataforma. Eddie le sujetó para que no cayera.

—¿Tú eres Eddie? —preguntó el hombre.

Eddie reconoció la voz: la había oído por teléfono. Recordó cómo se llamaba el nombre: Vincini. Eddie le había insultado. Ahora lo lamentó, porque necesitaba su colaboración.

—Quiero trabajar con ustedes, Vincini —dijo—. Si quiere que no haya problemas, déjenme ayudarles.

Vincini le dirigió una dura mirada.

—Muy bien —dijo al cabo de un momento—, pero un paso en falso y está muerto.

Su tono era enérgico, práctico. No dio muestras de guardarle rencor. Sin duda, tenía demasiadas cosas en la cabeza para pensar en desaires anteriores.

—Entre y espere a que los demás suban.

—Muy bien —Vincini se volvió hacia la lancha—. Joe, tú eres el siguiente. Después, el muchacho. La chica será la última.

Entró en el compartimento de proa.

Eddie vio que el capitán Baker estaba subiendo por la escalerilla hacia la cubierta de vuelo. Vincini sacó la pistola y dijo:

—Quieto ahí.

—Obedézcale, capitán —indicó Eddie—. Estos tíos no se andan con bromas.

Baker bajó y levantó las manos.

Eddie devolvió su atención a la lancha. El tal Joe se aferraba a la barandilla de la embarcación, con el aspecto de estar muerto de miedo.

—¡No sé nadar! —chilló, con voz rasposa.

—No le hará falta —contestó Eddie, extendiendo una mano.

Joe saltó, asió su mano y entró tambaleándose en el compartimento de proa.

El jovencito era el último. Se mostraba más confiado, después de ver que los otros dos se habían trasladado al avión sin problemas.

—Yo tampoco sé nadar —dijo, sonriente. Saltó demasiado pronto, posó los pies en el mismo borde de la plataforma, perdió el equilibrio y cayó hacia atrás. Eddie se inclinó hacia adelante, sujetándose a la cuerda con la mano izquierda, y agarró al muchacho por el cinturón, tirando de él hasta depositarle sobre la plataforma.

—¡Caray, gracias! —dijo el chico, como si Eddie, en lugar de salvarle la vida, se hubiera limitado a echarle una mano.

Carol-Ann se encontraba de pie en la cubierta de la lancha, mirando hacia la plataforma con el temor reflejado en su cara. No era cobarde, pero Eddie adivinó que el amago de accidente del muchacho la había asustado.

—Haz lo mismo que ellos, cariño —dijo Eddie, sonriendo—. Tú puedes hacerlo.

Ella asintió y agarró la cuerda.

Eddie esperó, con el corazón en un puño. El oleaje elevó la lancha al nivel de la plataforma. Carol-Ann titubeó, perdió una oportunidad y se asustó aún más.

—No te precipites —aconsejó Eddie, hablando con una voz serena que ocultaba sus propios temores—. Salta cuando lo creas conveniente.

La lancha volvió a mecerse. Una expresión de forzada determinación apareció en el rostro de Carol-Ann. Apretó los labios y frunció el entrecejo. La lancha se alejó medio metro de la plataforma, ensanchando la separación.

—Quizá no sea el momento… —empezó Eddie, pero ya era demasiado tarde. Carol-Ann estaba tan decidida a comportarse con valentía que ya había saltado.

Ni siquiera llegó a tocar la plataforma.

Lanzó un chillido de terror y quedó colgada de la cuerda. Sus pies patalearon en el aire. Eddie no podía hacer nada mientras la lancha se deslizaba hacia abajo por la pendiente de la ola y Carol-Ann se alejaba de la plataforma.

—¡Cógete fuerte! —gritó—. ¡Ya subirás!

Estaba dispuesto a lanzarse al mar para salvarla si fuera necesario.

Pero ella se aferró con fuerza a la cuerda y el oleaje volvió a elevarla. Cuando llegó al nivel de la plataforma, estiró una pierna, pero no logró tocarla. Eddie se arrodilló y extendió una mano. Casi perdió el equilibrio y cayó al agua, pero ni siquiera consiguió rozarle la pierna. El oleaje se la llevó de nuevo, y la joven chilló de desesperación.

—¡Colúmpiate! —gritó Eddie—. ¡Colúmpiate de un lado a otro cuando subas!

Ella le oyó. Eddie advirtió que apretaba los dientes a causa del dolor que sentía en sus brazos, pero logró columpiarse atrás y adelante mientras el oleaje elevaba la lancha. Eddie se arrodilló y alargó la mano. Carol-Ann se situó al nivel de la plataforma y se columpió con todas sus fuerzas. Eddie la agarró por el tobillo. No llevaba medias. La atrajo hacia sí y se apoderó del otro tobillo, pero sus pies aún no llegaban a la plataforma. La lancha cabalgó sobre la cresta de la ola y empezó a caer. Carol-Ann chilló. Eddie continuaba agarrándola por los tobillos. Entonces, ella soltó la cuerda.

Eddie no cedió. Cuando Carol-Ann cayó, su peso le arrastró y estuvo a punto de caer al mar, pero consiguió deslizarse sobre el estómago y permanecer en la plataforma. Carol-Ann subía y bajaba, sin soltar sus manos. En esta posición no podía elevarla, pero el mar se encargó del trabajo. La siguiente ola sumergió su cabeza, pero la alzó hacia él. Eddie soltó el tobillo que atenazaba con la mano derecha y rodeó su cintura con el brazo.

La había salvado. Descansó unos momentos.

—Ya está, nena, te he cogido —dijo, mientras ella respiraba con dificultad y farfullaba palabras entrecortadas. Después la izó hasta la plataforma.

La sostuvo con una mano mientras ella se ponía de pie, y luego la condujo al interior del avión.

Carol-Ann, sollozando, se derrumbó en sus brazos. Eddie apretó la cabeza chorreante contra su pecho. Tenía ganas de llorar, pero se contuvo. Los tres gángsteres y el capitán Baker le miraban expectantes, pero siguió sin hacerles caso varios segundos más. Abrazó a Carol-Ann con fuerza cuando ella se puso a temblar.

—¿Te encuentras bien, cariño? —preguntó por fin—. ¿Te han hecho daño estos canallas?

Ella meneó la cabeza.

—Creo que estoy bien —balbució, mientras sus dientes castañeteaban.

Eddie levantó la vista y miró al capitán Baker. Este les contempló con estupor.

—Dios mío, empiezo a comprender esta...

—Basta de cháchara. Hay mucho que hacer —interrumpió Vincini.

Eddie soltó a Carol-Ann.

—Muy bien. Creo que antes deberíamos hablar con la tripulación, serenarla y lograr que no se entrometa. Después, les conduciré hasta el hombre que buscan. ¿De acuerdo?

—Sí, pero démonos prisa.

—Síganme.

Eddie se encaminó a la escalerilla y subió por ella. Salió a la cubierta de vuelo y se puso a hablar al instante, aprovechando los pocos segundos que había sacado de ventaja a Vincini.

—Escuchad, chicos, que nadie intente hacerse el héroe, por favor, no es necesario. Espero que me comprendáis. —No podía arriesgarse más. Un momento después, Carol-Ann, el capitán Baker y los tres malhechores surgieron por la escotilla—. Mantened todos la calma y haced lo que os digan —continuó Eddie—. No quiero disparos, no quiero que nadie resulte herido. El capitán os dirá lo mismo. —Miró a Baker.

—Exactamente, muchachos. No deis motivos a estos tipos para utilizar sus armas.

Eddie miró a Vincini.

—Muy bien, adelante. Capitán, venga con nosotros para tranquilizar a los pasajeros, por favor. Después, que Joe y

Kid conduzcan a los tripulantes al compartimento número 1.

Vincini mostró su aprobación con un cabeceo.

—Carol-Ann, ¿quieres ir con la tripulación, cariño?

—Sí.

Eddie se sintió mejor. Estaría lejos de las pistolas, y podría explicar a sus compañeros de tripulación por qué había ayudado a los gángsteres.

—¿Quiere esconder su pistola? —preguntó Eddie a Vincini—. Asustará a los pasajeros…

—Que te den por el culo. Vamos.

Eddie se encogió de hombros. Al menos, lo había intentado.

Les guió hasta la cubierta de pasajeros. Muchos conversaban en voz alta, otros reían con cierta nota de histeria y una mujer sollozaba. Todos estaban sentados, y los dos mozos realizaban heroicos esfuerzos para aparentar calma y normalidad.

Eddie recorrió el avión. Vajilla y vasos rotos sembraban el suelo del comedor; de todos modos, no se había derramado mucha comida, porque la comida casi había terminado, y todo el mundo estaba tomando café. La gente se calló cuando reparó en la pistola de Vincini.

—Les pido disculpas, damas y caballeros —iba diciendo el capitán Baker, que caminaba detrás de Vincini—, pero sigan sentados, mantengan la calma y todo terminará en breve plazo.

Hablaba con tal aplomo que hasta Eddie se sintió más aliviado.

Atravesó el compartimento número 3 y entró en el número 4. Ollis Field y Frankie Gordino estaban sentados codo con codo. Ya está, pensó Eddie; voy a dejar en libertad a un criminal. Apartó el pensamiento, señaló a Gordino y dijo:

—Aquí tiene a su hombre.

Ollis Field se puso en pie.

—Soy el agente del FBI Tommy McArdle —dijo—. Frankie Gordino cruzó el Atlántico en un barco que llegó ayer a Nueva York, y ahora está encerrado en la cárcel de Providence, Rhode Island.

—¡Por los clavos de Cristo! —estalló Eddie. Estaba atónito—. ¡Un señuelo! ¡He sufrido tanto por un asqueroso señuelo!

A la postre, no iba a dejar en libertad a un asesino, pero no podía sentirse contento porque temía la reacción de los gángsteres. Miró con temor a Vincini.

—Gordino nos importa un rábano —dijo Vincini—. ¿Dónde está el devorador de salchichas?

Eddie le miró, sin habla. ¿No querían a Gordino? ¿Qué significaba eso? ¿Quién era el devorador de salchichas?

La voz de Tom Luther sonó desde el compartimento número 3.

—Está aquí, Vincini. Ya le tengo.

Luther estaba en el umbral, apuntando con una pistola a la cabeza de Carl Hartmann.

Eddie no salía de su asombro. ¿Por qué demonios quería secuestrar a Carl Hartmann la banda de Patriarca?

—¿Por qué les interesa un científico?

—No solo es un científico —dijo Luther—. Es un físico nuclear.

—¿Son ustedes nazis?

—Oh, no —explicó Vincini—. Solo hacemos un trabajo para ellos. De hecho, somos demócratas. —Lanzó una ronca carcajada.

—Yo no soy demócrata —replicó con frialdad Luther—. Estoy orgulloso de ser miembro del Deutsch-Amerikaner Bund.

Eddie había oído hablar del Bund; era una supuesta sociedad de amistad germanonorteamericana, pero la habían fundado los nazis.

—Estos hombres son simples mercenarios —prosiguió Luther—. Recibí un mensaje personal del propio Führer, solicitando mi ayuda para capturar a un científico fugado y devolverle a Alemania. —Eddie comprendió que Luther estaba orgulloso de tal honor. Era el acontecimiento más importante de su vida—. Pagué a esta gente para que me ayudara. Ahora, llevaré de vuelta a Alemania al profesor Hartmann, donde el Tercer Reich requiere su presencia.

Eddie miró a Hartmann. El hombre estaba muerto de miedo. Un abrumador sentimiento de culpa embargó a Eddie. Obligarían a Hartmann a regresar a la Alemania nazi, todo por culpa de Eddie.

—Raptaron a mi esposa —le dijo Eddie—. ¿Qué podía hacer?

La expresión de Hartmann se transformó de inmediato.

—Lo comprendo —dijo—. En Alemania estamos acostumbrados a estas cosas. Te obligan a traicionar una lealtad por el bien de otra. Usted no tenía otra alternativa. No se culpe.

Que el hombre aún conservara arrestos para consolarle en un momento como este dejó estupefacto a Eddie.

Miró a Ollis Field.

—¿Por qué trajo un señuelo al *clipper*? —preguntó—. ¿Quería que la banda de Patriarca secuestrara el avión?

—De ninguna manera —contestó Field—. Nos informaron que la banda quiere matar a Gordino para impedir que cante. Iban a atentar contra su vida en cuanto pusiéramos pie en Estados Unidos. Esparcimos el rumor de que volaba en el *clipper*, pero le enviamos en barco. En estos momentos, la radio estará transmitiendo la noticia de que Gordino ha ingresado en prisión, y la banda sabrá que fue engañada.

—¿Por qué no protegía a Carl Hartmann?

—No sabíamos que viajaba a bordo… ¡Nadie nos lo dijo!

¿Viajaba Hartmann sin ninguna protección, o contaba con un guardaespaldas desconocido para todo el mundo?, se preguntó Eddie.

El gángster bajito llamado Joe entró en el compartimento con su pistola en la mano derecha y una botella abierta de champán en la izquierda.

—Están pacíficos como corderitos, Vinnie —dijo—. Kid se ha quedado en el comedor, para cubrir la parte delantera del avión desde allí.

—¿Y dónde está el jodido submarino? —preguntó Vincini a Luther.

—Llegará de un momento a otro, estoy seguro —respondió Luther.

¡Un submarino! ¡Luther se había citado con un submarino frente a la costa de Maine! Eddie miró por las ventanas, esperando verlo surgir de las aguas como una ballena de acero, pero solo divisó olas.

—Bien, ya hemos cumplido nuestra parte —dijo Vincini—. Denos el dinero.

Luther retrocedió hacia su asiento, sin dejar de apuntar a Hartmann, cogió un maletín y lo entregó a Vincini. Este lo abrió. Estaba repleto de fajos de billetes.

—Cien mil dólares en billetes de veinte —dijo Luther.

—Lo comprobaré —replicó Vincini. Guardó la pistola y se sentó con el maletín sobre las rodillas.

—Tardará años en… —empezó Luther.

—¿Cree que nací ayer? —repuso Vincini, en un tono de infinita paciencia—. Comprobaré dos fajos y después contaré cuántos fajos hay. Ya lo he hecho otras veces.

Todo el mundo miró a Vincini mientras contaba el dinero, la princesa Lavinia, Lulu Bell, Mark Alder, Diana Lovesey, Ollis Field y el presunto Frankie Gordino. Joe reconoció a Lulu Bell.

—Oiga, ¿no sale usted en las películas?

Lulu Bell desvió la vista, sin hacerle caso. Joe bebió directamente de la botella, y después se la ofreció a Diana Lovesey. Esta palideció y se apartó de él.

—Estoy de acuerdo, no es tan bueno como dicen —comentó Joe, y derramó champán sobre su vestido a topos crema y rojo.

Diana lanzó un grito de angustia y rechazó las manos del hombre. La tela mojada se pegó a su piel, resaltando la turgencia de sus pechos.

Eddie se sintió consternado. Incidentes como este podían degenerar en actos violentos.

—¡Basta! —dijo.

Joe no le hizo caso.

—Vaya tetas —dijo, con una sonrisa lasciva. Dejó caer la botella y aferró un pecho de Diana, apretándolo.

Ella chilló.

—¡No la toques, mamarracho...! —gritó Mark, forcejeando con el cinturón de seguridad.

El gángster le golpeó en la boca con la pistola, efectuando un movimiento sorprendentemente veloz. Brotó sangre de los labios de Mark.

—¡Vincini, por el amor de Dios, deténgale! —gritó Eddie.

—Joder, si a una tía como esta no le han tocado aún las tetas a su edad, ya es hora —dijo Vincini.

Joe hundió la cara entre los pechos de Diana, que se debatía en el asiento, intentando soltarse el cinturón.

Mark se desabrochó el cinturón, pero Joe volvió a golpearle antes de que consiguiera ponerse de pie. Esta vez, la culata de su pistola le alcanzó cerca del ojo. Joe utilizó su puño derecho para hundirlo en el estómago de Mark, asestándole otro golpe en la cara con la pistola. La sangre de sus heridas cegó a Mark. Varias mujeres empezaron a chillar.

Eddie ya no pudo soportarlo más. Estaba decidido a evitar el derramamiento de sangre. Cuando Joe iba a golpear a Mark de nuevo, Eddie, jugándose la vida, agarró al gángster por detrás y le retorció los brazos.

Joe se debatió, tratando de apuntar a Eddie, pero este no aflojó la presa. Joe apretó el gatillo. El estruendo resultó ensordecedor en un espacio tan restringido, pero la bala se estrelló en el suelo.

Ya se había disparado el primer tiro. Eddie se quedó horrorizado, temiendo perder el control de la situación. El baño de sangre parecía inevitable.

Vincini intervino por fin.

—¡Basta, Joe! —aulló.

El hombre se inmovilizó.

Eddie le soltó.

Joe le dirigió una mirada envenenada, pero no dijo nada.

—Ya podemos marcharnos —dijo Vincini—. Tenemos el dinero.

Eddie vislumbró un rayo de esperanza. Si se marchaban ahora, no se derramaría más sangre. Idos, pensó. ¡Por el amor de Dios, idos!

—Llévate a la puta si quieres, Joe —siguió Vincini—. Yo también me la quiero tirar... Me gusta más que la huesuda mujer del mecánico.

Se levantó.

—¡No, no! —chilló Diana.

Joe le desabrochó el cinturón de seguridad y la agarró por el pelo. Diana luchó con él. Mark se puso en pie, intentando secarse la sangre que cegaba sus ojos. Eddie cogió a Mark, conteniéndole.

—¡No sea suicida! —dijo—. Todo saldrá bien, se lo prometo —añadió, bajando la voz.

Deseaba decirle a Mark que un guardacostas de la Marina estadounidense interceptaría a la lancha de la banda antes de que tuvieran tiempo de hacerle algo a Diana, pero tenía miedo de que Vincini le escuchara.

—O vienes con nosotros o le meto una bala a tu amiguito entre ceja y ceja —dijo Vincini a Diana, apuntando a Mark.

Diana se quedó quieta y empezó a llorar.

—Yo iré con ustedes, Vincini —dijo Luther—. Mi submarino no ha conseguido llegar.

—Ya lo sabía —replicó Vincini—. Es imposible acercarse tanto a Estados Unidos.

Vincini no sabía nada acerca de submarinos. Eddie sabía por qué el submarino no había hecho acto de aparición. El comandante había visto el guardacostas de Steve Appleby, patrullando el canal... No debía de estar muy lejos, escuchando la radio del guardacostas, confiando en que la lancha se alejaría.

La decisión de Luther de huir con los gángsteres, en lugar de aguardar al submarino, envalentonó a Eddie. La lancha de los gángsteres se dirigía hacia la trampa preparada por Steve Appleby, y si Luther y Hartmann se encontraban a bordo de la lancha, Hartmann se salvaría. Si todo terminaba sin más daños que algunos cortes en la cara de Mark Alder, Eddie se daría por satisfecho.

—Vamos —dijo Vincini—. Primero Luther, después el devorador de salchichas, después Kid, después yo, después el mecánico, al que quiero tener a mi lado hasta que salgamos de este cascarón de nuez, y luego Joe y la rubia. ¡Moveos!

Mark Alder intentó librarse de los brazos de Eddie.

—¿Quieren sujetar a este tío, o prefieren que Joe le mate? —preguntó Vincini a Ollis Field y al otro agente.

Cogieron a Mark y le inmovilizaron.

Eddie siguió a Vincini. Los pasajeros les contemplaron con los ojos abiertos de par en par mientras desfilaban por el compartimento número 3, hasta entrar en el comedor.

Cuando Vincini entró en el compartimento número 2, el señor Membury sacó una pistola y gritó:

—¡Alto! —¡Apuntó directamente a Vincini!—. ¡Todos quietos o mataré a vuestro jefe!

Eddie retrocedió un paso para apartarse de la trayectoria. Vincini palideció.

—Tranquilos, muchachos, que nadie se mueva —dijo.

El que llamaban Kid se giró en redondo y disparó dos veces.

Membury se desplomó.

—¡Soplapollas, podría haberme matado! —chilló Vincini al muchacho, enfurecido.

—¿No te has fijado en su acento? —preguntó Kid—. Es inglés.

—¿Y qué cojones quieres decir con eso?

—He visto todas las películas que se han rodado, y un inglés nunca alcanza a nadie cuando dispara.

Eddie se arrodilló junto a Membury. Las balas habían entrado en su pecho. La sangre era del mismo color que el chaleco.

—¿Quién es usted? —preguntó Eddie.

—Rama Especial de Scotland Yard —musitó Membury—. Con la misión de proteger a Hartmann. —De modo que el científico no carecía de guardaespaldas, pensó Eddie—. Menudo fracaso —masculló Membury. Cerró los ojos y dejó de respirar.

Eddie maldijo por lo bajo. Se había jurado sacar a los gángsteres del avión sin que nadie muriera, y había estado muy cerca de conseguirlo. Ahora, este valiente policía había muerto.

—Qué innecesario —dijo Eddie en voz alta.

—¿Por qué estaba tan seguro de que nadie necesita ser un héroe? —oyó decir a Vincini. Levantó la vista. Vincini le miraba con suspicacia y hostilidad. Hostia puta, creo que le encantaría matarme, pensó Eddie—. ¿Sabes algo que nosotros no sepamos? —prosiguió Vincini.

Eddie no respondió, pero en aquel momento bajó corriendo por la escalera el marinero de la lancha, entrando en el compartimento.

—Oye, Vincini, acabo de enterarme por Willard...

—¡Le dije que solo utilizara la radio en caso de emergencia!

—Es que se trata de una emergencia... Un barco de la Marina está patrullando la orilla, como si buscara a alguien.

El corazón de Eddie cesó de latir. No había pensado en esta posibilidad. La banda había dejado un centinela en la orilla, con una radio de onda corta para comunicarse con la lancha. Ahora, Vincini había descubierto la trampa.

Todo había terminado. Eddie había fracasado.

—Me has engañado —dijo Vincini a Eddie—. Bastardo, te voy a matar.

Eddie miró al capitán Baker y leyó comprensión y sorprendido respeto en su rostro.

Vincini apuntó con su pistola a Eddie.

He hecho cuanto he podido, y todo el mundo lo sabe, pensó Eddie. Ya no me importa morir.

—¡Presta atención, Vincini! —exclamó Luther—. ¿No has oído nada?

Todos guardaron silencio. Eddie oyó el sonido de otro avión.

Luther miró por la ventana.

—¡Un hidroavión va a descender!

Vincini bajó la pistola. Las rodillas de Eddie flaquearon.

Vincini miró hacia afuera, y Eddie siguió la dirección de su mirada. Vio el Grumman Goose que estaba amarrado en Shediac. Mientras lo observaba, se posó sobre una ola, inmovilizándose.

—¿Y qué? —dijo Vincini—. Si se cruzan en nuestro camino, les liquidaremos.

—¿Es que no lo entiendes? —insistió Luther, nervioso—. ¡Es nuestra vía de escape! ¡Sobrevolaremos el maldito guardacostas y escaparemos!

Vincini asintió lentamente.

—Bien pensado. Eso es lo que haremos.

Eddie comprendió que iban a huir. Había salvado su vida, pero había fracasado.

28

Nancy Lenehan había encontrado la solución a su problema mientras volaba siguiendo la costa canadiense en el hidroavión alquilado.

Quería derrotar a su hermano, pero también deseaba escapar de los planes trazados por su padre para dirigir su vida. Quería estar con Mervyn, pero tenía miedo de que si abandonaba «Black's Boots» y se iba a Inglaterra, se convertiría en una aburrida ama de casa como Diana.

Nat Ridgeway había dicho que pensaba hacerle una importante oferta a cambio de la empresa y darle un empleo en «General Textiles». Mientras pensaba en sus palabras había recordado que «General Textiles» poseía varias fábricas en Europa, sobre todo en Inglaterra, y Ridgeway no podría visitarlas hasta que concluyera la guerra, que podía durar años. Por lo tanto, Nancy iba a ofrecerse como directora para Europa de «General Textiles». Así podría estar con Mervyn y continuar trabajando.

La solución era muy clara. La única pega era que Europa estaba en guerra y corría el riesgo de morir.

Estaba reflexionando sobre esta lejana pero escalofriante posibilidad cuando Mervyn se volvió y le indicó por señas que mirase por la ventana: el *clipper* flotaba sobre el mar.

Mervyn intentó conectar por radio con el *clipper*, pero no obtuvo respuesta. Nancy se olvidó de sus problemas cuando el Ganso voló en círculos alrededor del avión. ¿Qué había pasado? ¿Estaba ilesa la gente que viajaba a bordo? El avión no parecía haber sufrido daños, pero no se veían señales de vida.

—Hemos de bajar a ver si necesitan ayuda —gritó Mervyn, haciéndose oír por encima del rugido del motor.

Nancy asintió vigorosamente con la cabeza.

—Abróchate el cinturón. El oleaje dificultará el amaraje.

Nancy obedeció y miró por la ventana. La mar estaba picada y las olas eran enormes. Ned, el piloto, condujo el avión en línea paralela a la cresta de las olas. El casco tocó agua sobre el lomo de una ola, y el hidroavión cabalgó sobre ella como un aficionado al surf de Hawai. No fue tan duro como Nancy temía.

Una lancha motora estaba amarrada al morro del *clipper*. Un hombre vestido con mono y una gorra apareció en el puente y les hizo señas. Quería que el Ganso amarara junto a la lancha, supuso Nancy. La puerta de proa del *clipper* estaba abierta, de manera que entrarían por allí. Nancy enseguida supo por qué. Las olas saltaban por encima de los hidroestabilizadores, y resultaría difícil entrar por la puerta habitual.

Ned dirigió el hidroavión hacia la lancha. Nancy imaginó que, con esta mar, era una maniobra difícil. Sin embargo, el Ganso era un monoplano con las alas situadas a bastante altura, que quedaban por encima de la superestructura de la lancha, y podrían deslizarse a su lado. El casco del avión golpeaba contra la fila de neumáticos colocados en el costado de la barca. El hombre que estaba en cubierta había amarrado al avión la proa y la popa de su embarcación.

Mientras Ned cortaba el motor del hidroavión, Mervyn abrió la puerta y soltó la pasarela.

—He de quedarme en el avión —dijo Ned a Mervyn—. Será mejor que vaya usted a ver qué pasa.

—Yo también voy —dijo Nancy.

Como el hidroavión estaba amarrado a la lancha, ambas embarcaciones se mecían al unísono sobre las olas, y la pasarela no se movía en exceso. Mervyn fue el primero en desembarcar y tendió la mano a Nancy.

—¿Qué ha ocurrido? —preguntó Mervyn al hombre de la lancha.

—Tuvieron problemas con el combustible y se vieron obligados a amarrar.

—No pude conectar por radio con ellos.

El hombre se encogió de hombros.

—Será mejor que suba a bordo.

Pasar de la lancha al *clipper* exigía un pequeño salto desde la cubierta de la lancha a la plataforma facilitada por la puerta de proa abierta. Mervyn abrió la marcha. Nancy se quitó los zapatos, los guardó en la chaqueta y le siguió. Estaba un poco nerviosa, pero saltó con facilidad.

En el compartimento de proa vio a un joven que no reconoció.

—¿Qué ha sucedido aquí? —preguntó Mervyn.

—Un aterrizaje de emergencia —contestó el joven—. Estábamos pescando y presenciamos la maniobra.

—¿Qué le pasa a la radio?

—No lo sé.

Nancy decidió que el joven no era muy inteligente. Mervyn debió de pensar lo mismo, a juzgar por sus siguientes palabras.

—Iré a hablar con el capitán —dijo, impaciente.

—Vaya por ahí. Todos están reunidos en el comedor.

El muchacho no iba vestido de la forma más adecuada para pescar: zapatos de dos tonos y corbata amarilla. Nancy siguió a Mervyn escaleras arriba hasta llegar a la cubierta de vuelo, que se encontraba desierta. Eso explicaba por qué Mervyn no había podido conectar por radio con el *clipper*, pero ¿por qué estaban todos en el comedor? Era muy extraño que toda la tripulación hubiera abandonado la cubierta de vuelo.

El nerviosismo se apoderó de ella a medida que bajaban hacia la cubierta de pasajeros. Mervyn entró en el compartimento número 2 y se detuvo de repente.

Nancy vio que el señor Membury yacía en el suelo, en medio de un charco de sangre. Se llevó la mano a la boca para ahogar un grito de horror.

—Santo Dios, ¿qué ha pasado aquí? —exclamó Mervyn.

—Sigan avanzando —dijo desde atrás el joven de la corbata amarilla. Su voz había adoptado un tono áspero.

Nancy se volvió y vio que empuñaba una pistola.

—¿Usted lo mató? —preguntó, encolerizada.

—¡Cierre su jodida boca y siga avanzando!

Entraron en el comedor.

Había tres hombres armados más en la sala: un hombre grande vestido con un traje a rayas que parecía estar al mando, un hombrecillo de rostro vil que estaba detrás de la esposa de Mervyn, acariciándole los pechos, lo cual provocó que Mervyn maldijera por lo bajo, y el señor Luther, uno de los pasajeros. Apuntaba con su pistola a otro pasajero, el profesor Hartmann. El capitán y el mecánico también se encontraban presentes, con aspecto de desolación. Varios pasajeros estaban sentados a las mesas, pero la mayoría de los platos y vasos habían caído al suelo, rompiéndose en mil pedazos. Nancy se fijó en Margaret Oxenford, pálida y asustada. Recordó de repente la conversación en que había asegurado a Margaret que la gente normal no debía preocuparse por los gángsteres, porque solo actuaban en los barrios bajos. Qué estupidez.

El señor Luther habló.

—Los dioses están de mi parte, Lovesey. Ha llegado en un hidroavión justo cuando necesitábamos uno. Usted nos conducirá a mí, al señor Vincini y a nuestros socios por sobre el guardacostas de la Marina que el traidor de Eddie Deakin llamó para que nos tendiera una trampa.

Mervyn le dirigió una dura mirada, pero no dijo nada.

El hombre del traje a rayas intervino.

—Démonos prisa, antes de que la Marina se impaciente y venga a investigar. Kid, encárgate de Lovesey. Su novia se quedará aquí.

—Muy bien, Vinnie.

Nancy no estaba muy segura de lo que estaba pasando, pero sabía que no quería quedarse. Si Mervyn tenía problemas, prefería estar a su lado. Solo que nadie se había interesado por sus preferencias.

El hombre llamado Vincini continuó dando instrucciones.

—Luther, encárgate del comedor de salchichas.

Nancy se preguntó por qué se llevaban a Carl Hartmann. Había dado por sentado que todo tenía relación con Frankie Gordino, pero no se le veía por ninguna parte.

—Joe, trae a la rubia —dijo Vincini.

El hombrecillo apuntó con la pistola al busto de Diana Lovesey.

—Vamos —dijo.

Ella no se movió.

Nancy estaba horrorizada. ¿Por qué secuestraban a Diana? Tenía la horrible sensación de saber la respuesta.

Joe hundió el cañón de la pistola en el suave pecho de Diana, y la mujer lanzó un gemido de dolor.

—Un momento —dijo Mervyn.

Todos le miraron.

—Muy bien, les sacaré de aquí, pero con una condición.

—Cierre el pico y mueva el culo —replicó Vincini—. No puede poner ninguna condición.

Mervyn abrió los brazos.

—Pues dispare —dijo.

Nancy lanzó un chillido de miedo. Eran la clase de hombres que dispararían sobre cualquiera que les desafiara. ¿Es que Mervyn no lo comprendía?

Se produjo un momento de silencio.

—¿Qué condición? —preguntó Luther.

Mervyn señaló a Diana.

—Ella se queda.

Joe dirigió a Mervyn una mirada asesina.

—No le necesitamos, pedazo de mierda —contestó Vincini—. Tenemos a un montón de pilotos de la Pan American... Cualquiera pilotará el hidroavión tan bien como usted.

—Y cualquiera le pondrá la misma condición —contestó Mervyn—. Pregúnteles..., si le queda tiempo.

Nancy comprendió que los gángsteres no conocían la presencia de otro piloto a bordo del Ganso, aunque prácticamente daba lo mismo.

—Suéltala —dijo Luther a Joe.

El hombrecillo enrojeció de ira.

—Coño, ¿por qué...?

—¡Suéltala! —gritó Luther—. ¡Te pagué para que me ayudaras a secuestrar a Hartmann, no para violar mujeres!

—Tiene razón, Joe —intervino Vincini—. Ya conseguirás otra puta más tarde.

—Vale, vale —dijo Joe.

Diana empezó a llorar de alivio.

—¡Nos estamos retrasando! —gritó Vincini—. ¡Vámonos de aquí!

Nancy se preguntó si volvería a ver a Mervyn.

Escucharon un bocinazo. El patrón de la lancha intentaba llamar su atención.

El que llamaban Kin gritó desde el compartimento contiguo.

—¡Dios mío, jefe, mire por la ventana!

Harry Marks había quedado sin sentido cuando el *clipper* se posó sobre las aguas. Del primer rebote salió disparado de cabeza contra las maletas amontonadas. Después, mientras se incorporaba a gatas, el avión se desplomó sobre el mar y él se precipitó contra la pared opuesta, golpeándose en la cabeza y perdiendo el conocimiento.

Cuando se despertó, se preguntó qué estaba pasando.

Sabía que no habían llegado a Port Washington; solo habían transcurrido dos horas y la última etapa duraba cinco. Se trataba de una escala no prevista, y tenía toda la pinta de ser un amaraje de emergencia.

Se incorporó, dolorido. Ahora sabía por qué los aviones llevaban cinturones de seguridad. Sangraba por la nariz, la cabeza le dolía mucho y tenía magulladuras por todas partes, aunque no se había roto ningún hueso. Se secó la nariz con el pañuelo y se consideró afortunado.

En la bodega del equipaje no había ventanas, por, supuesto, y no podía averiguar lo que ocurría. Permaneció sentado un rato y se concentró en escuchar. Los motores se habían parado, y el silencio era absoluto.

Después, oyó un disparo.

Armas de fuego significaban gángsteres, y si había gángsteres a bordo, venían a por Frank Gordino. Además, un tiroteo equivalía a confusión y pánico, y Harry tal vez pudiera escapar en aquellas circunstancias.

Tenía que echar un vistazo.

Abrió la puerta apenas. No vio a nadie.

Salió al pasillo y se encaminó a la puerta que conducía a la cubierta del vuelo. Se detuvo y escuchó. No oyó nada.

Abrió la puerta con sigilo y se asomó.

La cubierta de vuelo estaba vacía.

Avanzó de puntillas y subió por la escalera. Distinguió voces masculinas enzarzadas en una discusión, pero no consiguió captar las palabras.

La escotilla de la carlinga estaba abierta. Se asomó y vio que entraba luz del día en el compartimento de proa. Se acercó y comprobó que la puerta de proa estaba abierta.

Se irguió y miró por la ventana, hasta ver una lancha motora amarrada al morro del avión. Había un hombre en la cubierta, con botas de goma y una gorra.

Harry comprendió que la escapatoria era muy posible.

Ante él había una lancha rápida, que podía conducirle a un lugar solitario de la costa. Por lo visto, a bordo solo había un hombre. Tenía que existir un medio de desembarazarse de él y apoderarse de la barca.

Oyó un paso justo detrás de él. Se giró en redondo, con el corazón latiendo a toda velocidad.

Era Percy Oxenford.

El chico estaba de pie en el umbral de la puerta de atrás, con el aspecto de estar tan conmocionado como Harry.

—¿Dónde te habías escondido? —preguntó Percy al cabo de un instante.

—Da igual —contestó Harry—. ¿Qué pasa ahí abajo?

—El señor Luther es un nazi que quiere devolver al profesor Hartmann a Alemania. Ha contratado a unos gángsteres para que le ayudaran, y les ha entregado un maletín que contiene cien mil dólares.

——¡Demonios! —exclamó Harry, olvidando su acento norteamericano.

—Y han matado al señor Membury, que era un guardaespaldas de Scotland Yard.

De modo que no iba tan desencaminado.

—¿Tu hermana está bien?

—De momento, pero quieren llevarse a la señora Lovesey porque es muy guapa... Espero que no se fijen en Margaret...

—Caray, que lío —dijo Harry.

—Conseguí escabullirme por la trampilla cercana al lavabo de señoras.

—¿Para qué?

—Quiero la pistola del agente Field. Vi cómo el capitán Baker se la confiscaba.

Percy abrió el cajón de la mesa de mapas. Dentro había un pesado revolver de cañón corto, el tipo de arma que los agentes del FBI llevaban bajo la chaqueta.

—Es lo que me figuraba —dijo Percy—. Un Colt Detective Special del 38.

Lo cogió, abriéndolo con pericia y haciendo girar el tambor.

Harry meneó la cabeza.

—No me parece una gran idea. Solo conseguirás que te maten.

Cogió el revólver, lo devolvió a su sitio y cerró el cajón.

Se oyó un potente ruido. Harry y Percy miraron por la ventana y vieron que un hidroavión volaba en círculos alrededor del *clipper*. ¿Quién coño era? Al cabo de un momento, empezó a descender. Se posó sobre el agua, cabalgando sobre una ola, y se acercó al *clipper*.

—Y ahora, ¿qué? —dijo Harry. Se volvió. Percy había desaparecido. El cajón estaba abierto.

—Mierda —masculló Harry.

Atravesó la puerta de atrás. Dejó atrás las bodegas, pasó bajo la cúpula del navegante, cruzó un compartimento de techo bajo y se asomó a una segunda puerta.

Percy reptaba por un pasadizo que se hacía más bajo y angosto a medida que se aproximaba a la cola. La estructura del avión estaba al desnudo. Se veían puntales y remaches, y una serie de cables corrían por el suelo. Se trataba de un hueco superfluo situado sobre la mitad posterior de la cubierta de pasajeros. Se veía luz al final, y Percy se coló por un agujero cuadrado. Harry recordó haberse fijado en una escalerilla sujeta a la pared, junto al lavabo de señoras, con una trampilla encima.

Ya no podía detener a Percy. Era demasiado tarde.

Margaret le había dicho que todos los miembros de la familia sabían disparar, pero el chico desconocía todo acerca de los gángsteres. Si se interponía en su camino le matarían como a un perro. Harry apreciaba al muchacho, pero estaba más preocupado por Margaret. Harry no quería que presenciara la muerte de su hermano. ¿Qué mierda podía hacer?

Volvió a la cubierta de vuelo y miró por la ventana. El hidroavión estaba amarrado a la lancha. O los tripulantes del hidroavión subirían a bordo del *clipper*, o viceversa. En cualquier caso, alguien no tardaría en pasar por la cabina de vuelo. Harry debía desaparecer por unos momentos. Se refugió tras la puerta trasera, dejando un resquicio para observar qué pasaba.

Alguien subió desde la cubierta de pasajeros y se dirigió al compartimiento de proa. Pocos minutos después, dos o tres personas regresaron por el mismo camino. Harry oyó que bajaban por la escalera, y luego salió.

¿Traían ayuda, o refuerzos para los gángsteres?

Subió por la escalera. Al llegar arriba vaciló. Decidió arriesgarse y avanzar un poco más.

Llegó a la curva de la escalera, desde la que pudo ver la cocina. Estaba desierta. ¿Qué haría ahora si el marinero de la lancha decidía subir a bordo del *clipper*? Le oiré llegar, pensó Harry, y me deslizaré al lavabo de caballeros. Siguió bajando paso a paso, deteniéndose y escuchando en cada peldaño. Cuando llegó al último oyó una voz. Era la de Tom Luther, de acento norteamericano culto con un leve matiz europeo.

—Los dioses están de mi parte, Lovesey —estaba diciendo—. Ha llegado en un hidroavión justo cuando necesitábamos uno. Usted nos conducirá a mí, al señor Vincini y a nuestros socios por sobre el guardacostas de la Marina que el traidor Eddie Deakin llamó para que nos tendiera una trampa.

Ya tenía respuesta a la pregunta. El hidroavión permitiría que Luther se escapara con Hartmann.

Harry bajó por la escalera. La idea del pobre Hartmann en manos de los nazis era sobrecogedora, pero Harry no iba a hacer nada por impedirlo. No era un héroe. Sin embargo, el joven Percy Oxenford cometería una estupidez de un momento a otro. Harry no podía quedarse al margen y permitir que el hermano de Margaret resultara muerto. Debía anticiparse y realizar alguna maniobra de diversión y frustrar los propósitos de los gángsteres, por el bien de Margaret.

Concibió una idea al ver una cuerda atada a un puntal en el compartimento de proa.

De pronto, se le ocurrió la forma de llevar a cabo la maniobra de diversión, y tal vez desembarazarse de un gángster al mismo tiempo.

En primer lugar, debía desatar las cuerdas y dejar la lancha a la deriva.

Pasó por la escotilla y bajó por la escalera.

Su corazón latía a toda velocidad. Estaba asustado.

No pensó en lo que diría si alguien le sorprendía. Improvisaría algo, como siempre.

Cruzó el compartimento. Tal como imaginaba, la cuerda partía de la lancha.

Alcanzó el puntal, desató el nudo y dejó caer la cuerda al suelo.

Miró afuera y vio que una segunda cuerda unía la proa de la lancha con el morro del *clipper*. Mierda. Tendría que salir a la plataforma para llegar a ella, y eso significaba que podían verle.

Pero ya había pasado el momento de dar marcha atrás. Y debía darse prisa. Percy se iba a meter en la guarida del león, como Daniel.

Salió a la plataforma. La cuerda estaba atada a un cabrestante que sobresalía del morro del aparato. La soltó a toda prisa.

Oyó un grito procedente de la lancha.

—Oiga, ¿qué está haciendo?

No levantó la vista. Confiaba en que el tipo estuviera desarmado.

Desanudó la cuerda del cabrestante y la tiró al mar.

—¡Oiga, usted!

Se volvió. El patrón de la lancha gritaba desde cubierta. No iba armado, gracias a Dios. El hombre asió su extremo de la cuerda y tiró. La cuerda surgió del compartimento de proa y cayó al agua.

El patrón se introdujo en la timonera y encendió el motor.

El siguiente paso era más peligroso.

Los gángsteres solo tardarían unos segundos en observar que su lancha iba a la deriva, lo cual provocaría estupor y alarma. Uno de ellos saldría a investigar para amarrar la lancha de nuevo. Y entonces...

Harry estaba demasiado asustado para pensar en lo que haría entonces.

Subió a toda prisa por la escalerilla, atravesó la cubierta de vuelo y se ocultó en las bodegas.

Sabía que era mortalmente peligroso jugar con gángsteres de esta manera, y notó un sudor frío al pensar en lo que le harían si llegaban a cogerle.

Durante un largo minuto no ocurrió nada. Venga, pensó, daos prisa y mirad por la ventana. Vuestra lancha navega a la deriva... Tenéis que daros cuenta antes de que pierda el valor.

Por fin, volvió a oír pasos, pasos pesados, apresurados, que subían por la escalerilla y atravesaban la cabina de vuelo. Para su decepción, daba la impresión de que eran dos hombres. No había calculado que debería enfrentarse a dos.

Cuando juzgó que habían entrado en el compartimento de proa, asomó la cabeza. No se veía a nadie. Atravesó la cabina y miró por la escotilla. Dos hombres armados con pistolas miraban al exterior desde la puerta de proa. Aunque no hubieran llevado pistolas, Harry habría adivinado que eran delincuentes por sus ropas llamativas. Uno era un tipejo feo de aspecto desagradable; el otro era muy joven, de unos dieciocho años.

Quizá debería esconderme otra vez, pensó.

El patrón se hallaba maniobrando la lancha, y el hidroavión continuaba amarrado al costado. Los dos gángsteres deberían amarrar de nuevo la lancha al *clipper*, y no podrían hacerlo empuñando sus armas. Harry esperó ese momento.

El patrón gritó algo que Harry no entendió. Pocos momentos después, los gángsteres guardaron las pistolas en los bolsillos y salieron a la plataforma.

Harry, con el corazón en un puño, bajó por la escalerilla y entró en el compartimento de proa.

Los hombres intentaban atrapar una cuerda que el patrón les lanzaba, completamente distraídos, y al principio no le vieron.

Se dirigió de puntillas hacia el otro extremo del compartimiento.

Cuando se encontraba a medio camino, el joven asió la cuerda. El pequeñajo se volvió un poco… y vio a Harry. Hundió la mano en el bolsillo y sacó la pistola justo cuando Harry se precipitaba contra él.

Harry se sintió seguro de que iba a morir.

Desesperado, sin pensarlo dos veces, se agachó, asió al hombre por el tobillo y lo levantó.

El hombrecillo se tambaleó, a punto de caer, soltó la pistola y se agarró a su compañero para no perder el equilibrio.

El joven trastabilló y soltó la cuerda. Los dos oscilaron por un instante. Harry aún sujetaba el tobillo de Joe, y tiró de él.

Los dos hombres cayeron de la plataforma al revuelto mar.

Harry lanzó un alarido de triunfo.

Se hundieron bajo las olas, emergieron y se debatieron en el oleaje. Harry adivinó que ninguno de los dos sabía nadar.

No esperó a ver cuál era su suerte. Debía saber lo que había ocurrido en la cubierta de pasajeros. Atravesó corriendo el compartimento de proa, subió por la escalerilla, desembocó en la cabina de vuelo y se dirigió de puntillas hacia la escalera.

Se detuvo al pie para escuchar.

Margaret podía oír los latidos de su corazón.

Resonaban en sus oídos como timbales, rítmicos e insistentes, con tal potencia que le parecía imposible que los demás pasajeros no los oyeran.

Estaba más asustada que en ningún otro momento de su vida, y avergonzada de ello.

La había asustado el amaraje de emergencia, la súbita aparición de las pistolas, la desconcertante forma con que personajes como Frankie Gordino, el señor Luther y el mecánico intercambiaban sus papeles, y la brutalidad indiferente de aquellos estúpidos matones, vestidos con sus espantosos trajes, y, sobre todo, porque el silencioso señor Membury yacía muerto en el suelo.

Estaba demasiado asustada para moverse, y esto también la avergonzaba.

Había hablado durante años de que quería luchar contra el fascismo, y ahora se había presentado su oportunidad. Delante de sus propias narices, un fascista estaba secuestrando a Carl Hartmann para devolverle a Alemania. Pero no podía hacer nada porque el terror la paralizaba.

En cualquier caso, tal vez no podía hacer nada; tal vez solo lograría que la matasen. Pero debía intentarlo, y siempre había dicho que arriesgaría su vida por la causa y por la memoria de Ian.

Comprendió que su padre no se había equivocado al mofarse de sus pretensiones de valentía. Su heroísmo solo residía en la imaginación. Su sueño de servir como correo motorizado en el campo de batalla era pura fantasía. Al oír el primer disparo se escondería debajo de un seto. En medio de un peligro real, no servía para nada. Se quedó sentada, absolutamente inmóvil, mientras el corazón aporreaba sus oídos.

No había pronunciado una palabra desde que el *clipper* se había posado sobre las aguas, los pistoleros subieron a bordo, y Nancy y el señor Lovesey llegaron en el hidroavión. No dijo nada cuando el llamado Kid vio que la lancha se alejaba, y el que se llamaba Vincini envió a Kid y a Joe a recuperarla.

Pero lanzó un chillido cuando vio que Kid y Joe se estaban ahogando.

Tenía la vista clavada en la ventana, sin ver otra cosa que olas, cuando los dos hombres aparecieron ante sus ojos. Kid intentaba mantenerse a flote, pero Joe se aferraba a la espalda de su arraigo, empujándole hacia abajo mientras trataba de salvarse. Era una escena horrible.

Cuando gritó, el señor Luther corrió hacia la ventana.

—¡Han caído al agua! —gritó como un histérico.

—¿Quién? —preguntó Vincini—. ¿Kid y Joe?

—Sí.

El patrón de la lancha arrojó una cuerda, pero los hombres que se ahogaban no la vieron. Joe manoteaba como un poseso, presa del pánico, sumergiendo a Kid.

—¡Haga algo! —dijo Luther, también muy asustado.

—¿Qué? —preguntó Vincini—. No podemos hacer nada. ¡Esos bastardos chiflados ni siquiera saben cómo salvarse!

Los dos hombres se hallaban cerca del hidroestabilizador. Si hubieran mantenido la calma, habrían trepado a él, pero ni tan siquiera lo vieron.

La cabeza de Kid se hundió y no volvió a salir.

Joe perdió contacto con Kid y tragó una bocanada de agua. Margaret oyó un chillido ronco, amortiguado por las paredes a prueba de ruidos del *clipper*. La cabeza de Joe se hundió, emergió y desapareció por última vez.

Margaret se estremeció. Los dos habían muerto.

—¿Cómo les ha ocurrido esto? —preguntó Luther—. ¿Cómo han caído?

—Quizá les empujaron —insinuó Vincini.

—¿Quién?

—Quizá haya alguien más en este jodido avión.

¡Harry!, pensó Margaret.

¿Era posible? ¿Seguiría Harry a bordo? ¿Se habría escondido en algún sitio, mientras la policía le buscaba, y salido tras el amaraje de emergencia? ¿Habría empujado Harry a dos gángsteres?

Después, pensó en su hermano. Percy había desaparecido después de que la lancha amarrara junto al *clipper*; Margaret había imaginado que estaría en el lavabo de caballeros y habría preferido quedarse donde no le vieran. Pero no era típico de él. Siempre se metía en líos. Sabía que había descubierto una manera extraoficial de subir al puente de vuelo. ¿Qué estaría planeando?

—¡El plan se está yendo al carajo! —exclamó Luther—. ¿Qué vamos a hacer?

—Nos iremos en la barca, tal como habíamos planeado: usted, yo, el devorador de salchichas y el dinero —contestó Vincini—. Si alguien se entromete, métale una bala en el estómago. Tranquilícese y vámonos.

Margaret tenía el funesto presentimiento de que se toparían con Percy en la escalera, y sería él quien recibiría un tiro en el estómago.

Entonces, justo cuando los tres hombres salían del comedor, oyó la voz de Percy, procedente de la parte posterior del avión.

—¡Quietos ahí! —gritó a pleno pulmón.

Margaret, asombrada, vio que empuñaba una pistola... y apuntaba directamente a Vincini.

Era un revólver de cañón corto, y Margaret adivinó al instante que debía ser el Colt confiscado al agente del FBI. Percy lo sostenía frente a él, con el brazo recto, como si estuviera apuntando a un blanco.

Vincini se volvió poco a poco.

Margaret se sentía orgullosa de Percy, aunque al mismo tiempo temía por su vida.

El comedor se encontraba abarrotado. Detrás de Vincini, muy cerca de donde Margaret estaba sentada, Luther apoyaba su pistola en la cabeza de Hartmann. Nancy, Mervyn y Diana Lovesey, el mecánico y el capitán se hallaban de pie al otro lado del compartimento. Y la mayoría de los asientos estaban ocupados.

Vincini contempló a Percy durante un largo momento.

—Lárgate de aquí, chaval —dijo por fin.

—Tire el arma —replicó Percy, con su voz aflautada de adolescente.

Vincini reaccionó con sorprendente celeridad. Se agachó a un lado y levantó la pistola. Se produjo un disparo. La detonación ensordeció a Margaret. Oyó un chillido lejano y comprendió que se trataba de su propia voz. Ignoraba quién había disparado a quién. Percy aparentaba estar ileso. Después, Vincini se tambaleó y cayó; un chorro de sangre brotaba de su pecho. Dejó caer la maleta y esta se abrió, esparciendo su contenido. La sangre manchó los fajos de billetes.

Percy tiró la pistola y miró, horrorizado, al hombre que había matado. Parecía al borde de las lágrimas.

Todo el mundo miró a Luther, el último de la banda, y la única persona que todavía empuñaba un arma.

Carl Hartmann se liberó de la presa de Luther con un repentino movimiento y se arrojó al suelo. La idea de que Hartmann resultara asesinado aterró a Margaret; luego pensó que Luther mataría a Percy, pero lo que en realidad ocurrió la pilló totalmente desprevenida.

Luther se apoderó de ella.

La sacó del asiento y la sostuvo frente a él, apoyando la pistola en su sien, tal como había hecho antes con Hartmann.

Todo el mundo permaneció inmóvil.

Margaret estaba demasiado aterrorizada para hablar, incluso para gritar. El cañón de la pistola se hundía dolorosamente en su sien. Luther estaba temblando, tan asustado como ella.

—Hartmann, vaya hacia la puerta de proa. Suba a la lancha. Haga lo que le digo o mataré a la chica.

De pronto, Margaret notó que una terrorífica calma descendía sobre ella. Comprendió, con espantosa claridad, la astucia de Luther. Si se hubiera limitado a apuntar a Hartmann, este habría dicho: «Máteme. Prefiero morir que regresar a Alemania». Pero ahora, su vida estaba en juego. Hartmann podía estar dispuesto a sacrificar su vida, pero no la de una joven.

Hartmann se levantó lentamente.

Todo dependía de ella, comprendió Margaret con lógica fría e implacable. Podía salvar a Hartmann sacrificando su vida. No es justo, pensó, no esperaba esto, no estoy preparada, no puedo hacerlo.

Miró a su padre. Parecía horrorizado.

En aquel horrible momento recordó cómo se había burlado de ella, diciendo que era demasiado blanda para combatir, que no duraría ni un día en el STA.

¿Tenía razón?

Lo único que debía hacer era moverse. Tal vez Luther la matara, pero los demás hombres saltarían sobre él al instante, y Hartmann conseguiría salvarse.

El tiempo transcurría con tanta lentitud como en una pesadilla.

Puedo hacerlo, pensó con absoluta frialdad.

Respiró hondo y pensó: «Adiós a todos».

De pronto, oyó la voz de Harry detrás de ella.

—Señor Luther, creo que su submarino acaba de llegar.

Todo el mundo miró por las ventanas.

Margaret notó que la presión del cañón sobre su sien cedía una fracción de milímetro, y reparó en que Luther se distraía un momento.

Agachó la cabeza y se liberó de su presa.

Oyó un disparo; pero no sintió nada.

Todo el mundo se movió al mismo tiempo.

Eddie, el mecánico, pasó junto a ella y cayó como un árbol sobre Luther.

Margaret vio que Harry le arrebataba la pistola a Luther.

Luther se derrumbó sobre el suelo, bajo el peso de Eddie y Harry.

Margaret comprendió que aún vivía.

De repente, se sintió débil como un bebé, y se desplomó en el asiento.

Percy se lanzó hacia ella. Se abrazaron. El tiempo se había detenido.

—¿Estás bien? —se oyó preguntar.

—Creo que sí —contestó Percy, tembloroso.

—¡Eres muy valiente!

—¡Y tú también!

Sí, lo he sido, pensó. He sido valiente.

Todos los pasajeros se pusieron a gritar a la vez, hasta que el capitán Baker intervino.

—¡Cállense todos, por favor!

Margaret miró a su alrededor.

Luther seguía caído en el suelo, sujeto por Eddie y Harry. El peligro procedente del interior del aparato ya no existía. Miró afuera. El submarino flotaba en el agua como un gran tiburón gris, y sus mojados flancos de acero centelleaban a la luz del sol.

—Hay un guardacostas de la Marina en las cercanías —explicó el capitán Baker— y vamos a informarles por radio ahora mismo de la presencia del submarino. —La tripulación había entrado en el comedor desde el compartimento número 1. El capitán se dirigió al radiotelegrafista—. Ponte en contacto, Ben.

—Sí, señor, pero tenga en cuenta que el submarino puede captar nuestro mensaje y darse a la fuga.

—Tanto mejor —gruñó el capitán—. Nuestros pasajeros ya han corrido suficientes peligros.

El radiotelegrafista subió a la cubierta de vuelo.

Todo el mundo miraba al submarino, cuya escotilla seguía cerrada. Su comandante se mantenía a la espera de los acontecimientos.

—Falta un gángster por capturar —continuó Baker— y me gustaría echarle el guante. Es el patrón de la lancha. Eddie, ve a la puerta de proa y hazle subir a bordo. Dile que Vincini le reclama.

Eddie se levantó y salió.

—Jack, coge todas estas jodidas pistolas y quítales la munición —dijo el capitán al navegante. Después, al darse cuenta de que había soltado un taco, se disculpó—. Señoras, les ruego que perdonen mi lenguaje.

Habían oído tantas palabrotas en boca de los gángsteres que Margaret no pudo por menos que reír de su ingenuidad, y los demás pasajeros la secundaron. El capitán manifestó estupor al principio, pero luego comprendió el motivo de sus carcajadas y sonrió.

Las risas hicieron comprender a todos que el peligro había pasado, y algunos pasajeros empezaron a tranquilizarse. Margaret aún se sentía rara, y temblaba como si la temperatura fuera extremadamente fría.

El capitán empujó a Luther con la punta del zapato y habló a otro tripulante.

—Johnny, encierra a este tipo en el compartimento número uno y no le pierdas de vista.

Harry soltó a Luther y el tripulante se lo llevó.

Harry y Margaret se miraron.

Ella había imaginado que Harry la había abandonado. Había pensado que nunca volvería a verle. Había abrigado la certidumbre de que iba a morir. De repente, se le antojaba insoportablemente maravilloso que ambos estuvieran vivos y juntos. Harry se sentó a su lado y ella le echó los brazos al cuello. Se unieron en un estrecho abrazo.

—Mira afuera —murmuró Harry en su oído al cabo de un rato.

El submarino se estaba sumergiendo poco a poco bajo las olas.

Margaret sonrió y le besó.

29

Cuando todo hubo terminado, Carol-Ann no quiso tocar a Eddie.

Estaba sentada en el comedor, bebiendo un café con leche caliente que le había preparado Davy, el mozo. Estaba pálida y temblorosa, pero no cesaba de repetirse que se encontraba bien. Sin embargo, se encogía cada vez que Eddie le ponía la mano encima.

Él la miraba, sentado a su lado, pero ella evitaba sus ojos. Hablaron en voz baja de lo ocurrido. Ella le refirió de forma obsesiva, una y otra vez, cómo los hombres habían irrumpido en casa, arrastrándola hacia el coche.

—¡Yo estaba envasando ciruelas! —repetía, como si fuera el aspecto más ultrajante del lance.

—Todo ha terminado —respondía él cada vez, y Carol-Ann asentía con la cabeza vigorosamente, pero Eddie se daba cuenta de que aún no lo creía.

Por fin, ella le miró y preguntó:

—¿Cuándo volverás a volar?

Entonces, Eddie comprendió. Estaba asustada de quedarse sola otra vez. Experimentó un gran alivio; no iba a costarle nada tranquilizarla.

—No volveré a volar. Voy a retirarme ya. En caso contrario, tendrían que despedirme. No pueden emplear a un mecánico que hizo aterrizar un avión de forma deliberada.

Baker escuchó la conversación y le interrumpió.

—Eddie, debo decirle algo. Comprendo lo que hizo. Le pusieron en una tesitura imposible y se enfrentó a ella como mejor pudo. Más aún: no conozco a otro hombre que la hubiera manejado tan bien. Fue valiente y listo, y me siento orgulloso de volar con usted.

—Gracias, señor —dijo Eddie, con un nudo en la garganta—. No sé explicarle cuánto se lo agradezco. —Vio por el rabillo del ojo a Percy Oxenford, que estaba sentado solo, con aspecto de seguir conmocionado—. Señor, creo que deberíamos dar las gracias al joven Percy. ¡Su intervención fue fundamental!

Percy le oyó y levantó la vista.

—Bien pensado —respondió el capitán. Palmeó el hombro de Eddie y fue a estrechar la mano del muchacho—. Eres un hombre muy valiente, Percy.

Percy se animó al instante.

—¡Gracias!

El capitán se sentó a charlar con él.

—Si no sigues volando, ¿qué vamos a hacer? —preguntó Carol-Ann a Eddie.

—Iniciaré el negocio del que hemos hablado.

Vio la esperanza reflejada en su cara, pero aún no le creía del todo.

—¿Podremos?

—He ahorrado suficiente dinero para comprar el aeródromo, y pediré prestado el que haga falta para empezar.

El optimismo de Carol-Ann aumentaba a cada segundo.

—¿Podríamos dirigirlo juntos? —preguntó—. Yo me encargaré de los libros y contestaré al teléfono, mientras tú te encargas de las reparaciones y de reabastecer de combustible a los aviones.

Eddie sonrió y asintió con la cabeza.

—Claro, al menos hasta que llegue el niño.

—Como una tienda familiar.

Eddie cogió su mano, y esta vez ella no la retiró, sino que apretó la de su marido.

—Una tienda familiar —repitió Eddie, y ella sonrió por fin.

Nancy estaba abrazando a Mervyn cuando Diana palmeó el hombro de este.

Nancy estaba loca de alegría y alivio, abrumada por el placer de seguir con vida y en compañía del hombre al que amaba. Ahora, se preguntó si Diana iba a proyectar una nube sobre este momento. Diana había dejado a Mervyn de forma vacilante, y había dado muestras de arrepentirse de vez en cuando. Mervyn había demostrado que aún se preocupaba por ella, negociando con los gángsteres para salvarla. ¿Iba a rogarle ella que la acogiera de nuevo a su lado?

Mervyn se volvió y dirigió a su esposa una mirada cautelosa.

—¿Y bien, Diana?

Las lágrimas cubrían su rostro, pero su expresión era decidida.

—¿Quieres darme la mano?

Nancy no estaba segura de lo que eso significaba, y el comportamiento precavido de Mervyn le dio a entender que él tampoco lo tenía claro. Sin embargo, Mervyn le ofreció la mano.

—Por supuesto.

Diana retuvo la mano de Mervyn entre las suyas. Derramó más lágrimas, y Nancy creyó que iba a decir: «Intentémoslo otra vez», pero no fue así.

—Buena suerte, Mervyn. Te deseo mucha felicidad.

—Gracias, Di —contesto Mervyn, solemne—. Te deseo lo mismo.

Entonces, Nancy comprendió: se estaban perdonando el daño mutuo que se habían infligido. Iban a separarse, pero como amigos.

—¿Quieres darme la mano? —preguntó Nancy a Diana, obedeciendo a un súbito impulso.

La otra mujer solo vaciló una fracción de segundo.

—Sí —dijo. Se estrecharon la mano—. Te deseo lo mejor.

—Y yo a ti.

Diana se volvió sin decir nada más y caminó hacia su compartimento.

—¿Y nosotros? —preguntó Mervyn—. ¿Qué vamos a hacer?

Nancy se dio cuenta de que aún no había tenido tiempo de contarle sus planes.

—Voy a ser la directora para Europa de Nat Ridgeway.

Mervyn se quedó sorprendido.

—¿Cuándo te ha ofrecido el empleo?

—Todavía no lo ha hecho…, pero lo hará —dijo Nancy, y lanzó una alegre carcajada.

Captó el sonido de un motor. No eran los poderosos motores del *clipper*, sino uno pequeño. Miró por la ventana, preguntándose si la Marina habría llegado.

Ante su sorpresa, vio que alguien había desamarrado la lancha motora de los gángsteres y se alejaba del *clipper* y del hidroavión pequeño a toda velocidad.

¿Quién la conducía?

Margaret abrió la válvula de estrangulación por completo y la lancha se alejó del *clipper*.

El viento le apartó el pelo de la cara. La joven lanzó un grito de júbilo.

—¡Libre! ¡Soy libre!

Harry y ella habían tenido la idea al mismo tiempo. Estaban de pie en el pasillo del *clipper*, preguntándose qué iban a hacer, cuando Eddie trajo al patrón de la lancha y le encerró en el compartimento número 1 con Luther. Un pensamiento idéntico pasó por la cabeza de ambos.

Pasajeros y tripulantes estaban demasiado ocupados felicitándose mutuamente para fijarse en que Harry y Margaret se deslizaban en el compartimento de proa y subían a la lancha. El motor estaba en marcha. Harry había desatado las cuerdas mientras Margaret examinaba los controles, iguales a los de la barca que su padre tenía en Niza, y al cabo de unos segundos ya estaban lejos.

No creía que les persiguieran. El guardacostas de la Marina que había acudido a la llamada del mecánico había partido a la caza del submarino, y no iba a mostrar el menor interés por un hombre que había robado un par de gemelos en Londres. Cuando la policía llegara, investigaría asesinato, secuestro y piratería. Pasaría mucho tiempo antes de que se preocuparan por Harry.

Harry rebuscó en un cajón y encontró algunos mapas, que estudió durante un rato.

—Hay montones de mapas de las aguas que rodean una bahía llamada Blacks Harbour, que está situada a la derecha de la frontera entre Estados Unidos y Canadá. Creo que estamos cerca. Deberíamos dirigirnos hacia el lado canadiense.

Poco rato después, añadió:

—Hay una ciudad grande a unos cien kilómetros al norte llamada St. John. Tiene estación de tren. ¿Vamos hacia el norte?

Margaret comprobó la brújula.

—Sí, más o menos.

—No sé nada de navegación, pero creo que no nos perderemos si seguimos la costa. Deberíamos llegar al anochecer.

Ella sonrió.

Harry dejó los mapas y se acercó a ella, mirándola con fijeza.

—¿Qué pasa? —preguntó Margaret.

Harry meneó la cabeza, como incrédulo.

—Eres tan bonita… ¡Y me quieres!

Margaret lanzó una carcajada.

—Cualquiera que te conozca ha de quererte.

Harry deslizó los brazos alrededor de su cintura.

—Es increíble navegar bajo el sol con una chica como tú. Mi madre siempre dice que soy un tío con suerte, y tiene razón, ¿no crees?

—¿Qué haremos cuando lleguemos a St. John? —preguntó Margaret.

—Dejaremos la lancha en la playa, iremos a la ciudad, alquilaremos una habitación para pasar la noche y cogeremos el primer tren de la mañana.

—No sé cómo nos arreglaremos para conseguir dinero —dijo Margaret, frunciendo el ceño de preocupación.

—Sí, es un problema. Solo me quedan unas pocas libras, y tendremos que pagar los hoteles, los billetes de tren, ropas nuevas…

—Ojalá me hubiera traído la maleta, como tú.

Harry le dirigió una mirada maliciosa.

—No es mi maleta —dijo—. Es la del señor Luther.

Margaret se mostró perpleja.

—¿Por qué has traído la maleta del señor Luther?

—Porque contiene cien mil dólares —contestó Harry, y se echó a reír.

NOTA DEL AUTOR

La edad de oro de los hidroaviones duró muy poco.

Solo se construyeron doce Boeings B-314, seis del primer modelo y seis más de una versión ligeramente modificada llamada B-314A. Nueve fueron cedidos al ejército de Estados Unidos a principios de la guerra. Uno de ellos, el *Dixie Clipper*, transportó al presidente Roosevelt a la conferencia de Casablanca, en enero de 1943. Otro, el *Yankee Clipper*, se estrelló en Lisboa en febrero de 1943, con veintinueve víctimas mortales. Fue el único accidente en toda la historia del aparato.

Los tres aviones que la Pan American no entregó a las autoridades militares norteamericanas fueron vendidos a los ingleses, y también fueron utilizados para transportar a personajes prominentes de uno a otro lado del Atlántico. Churchill voló en dos de ellos, el *Bristol* y el *Berwick*.

La ventaja de los hidroaviones consistía en que no necesitaban largas y caras pistas de hormigón. Durante la guerra, no obstante, se construyeron pistas largas en muchas partes del mundo para dar cabida a bombarderos pesados, y dicha ventaja desapareció.

Después de la guerra, el B-314 se consideró antieconómico, y los aparatos fueron desguazados o echados a pique uno tras otro.

Ya no queda ninguno en el mundo.